# Was keiner wahrhaben will

- Psychokrimi -

von

Frederik Altmann

Bibliografische Information der Deutschen Nationalbibliothek:
Die Deutsche Nationalbibliothek verzeichnet diese Publikation in
der Deutschen Nationalbibliografie; detaillierte bibliografische
Daten sind im Internet über dnb.d-nb.de abrufbar.

**TWENTYSIX – Der Self-Publishing-Verlag**
Eine Kooperation zwischen der Verlagsgruppe Random House
und BoD – Books on Demand

© 2017 Altmann, Frederik

Herstellung und Verlag:
BoD – Books on Demand, Norderstedt

ISBN: 978-3-7407-2909-7

1. Prolog

„Miez, miez, miez, miez miez, ……., miez, miez, miez, miez, miez, ……… komm doch her, mein kleiner Racker."
Erika nahm den grauen kastrierten Kater zärtlich auf den linken Arm und strich ihm mit der rechten Hand sanft über den Rücken. Der Kater ließ sich das gerne gefallen und rieb seinen Kopf behaglich an Erikas Handrücken. Nach einigen intensiven Streicheleinheiten setzte sie ihn wieder auf dem Boden ab, denn an ihrem Bein rieb sich schon der nächste Bewerber für eine schmusige Krauleinheit.

Eine kleine getigerte Katze war durch das Geschnurre des Katers angelockt worden, drückte sich nun an Erika heran und forderte durch intensives Miauen Zuwendung. Erika beugte sich herunter und begann, die Getigerte hinter den Ohren zu kraulen. „Na, mein Kätzchen, geht es dir wieder besser? Du willst wohl etwas zu Fressen. Zuerst muss ich aber mal nachsehen, was unser Aua macht." Sie überprüfte den Verband, den das Tier am rechten hinteren Bein trug, und tastete ihn gewissenhaft ab. Sie hatte es auf einem ihrer Spaziergänge am nahe gelegenen Waldrand entdeckt und schon von weitem gesehen, dass die Katze ein blutverschmiertes Bein nachzog. Als sie sie aufzugreifen versuchte, wollte die Katze mit großen furchtsamen Augen zuerst ängstlich die Flucht antreten. Sie humpelte unbeholfen in den Wald, kam aber nicht weit. An ihren Bewegungen war deutlich abzulesen, dass die Verletzung große Schmerzen verursachte. Erika näherte sich ihr vorsichtig an, schaffte es, den Fluchtversuch zu beenden und die resignierte Katze einzufangen. Zuerst hielt sie ihr zum Schnuppern den Zeige- und Mittelfinger ihrer Hand hin, bis die Katze nach einigen Sekunden zaghaft mit ihrem Näschen daran stupste. Das war wohl ihre Erlaubnis, dass Erika sie berühren durfte. Erika nahm das bebende Tier behutsam hoch. Dann erst bekam sie das ganze Ausmaß der Verletzung zu Gesicht, die sich an dem leblos herunterhängenden, rechten Hinterbein als tiefer, roter Graben ins Fell furchte, ein böser Riss im Fleisch, an dem zähes Blut klebrige Tropfen bildete. Die Katze hatte wohl versucht, sich durch Lecken zu helfen, aber die Wunde war zu gravierend, als dass das Tier sich selbst hätte retten können. Erika nahm sie aus reinem Mitgefühl kurzerhand mit und verarztete sie bei sich zuhause so gut es ging. Seither lebte das Tier bei ihr zusammen mit den anderen aufgelesenen, zugelaufenen und abgegebenen ehemaligen Lieblingen in einem schrulligen, alten Häuschen am Ortsrand von Pfrondorf, einer kleinen Teilgemeinde von Tübingen, irgendwo in Süddeutschland. Insgesamt bestand die bunte Truppe um Erika aus fünf Katzen, zwei Hasen und zwei Wellensittichen.

Während sie den Verband begutachtete, regte sie sich erneut auf. Undenkbar, dass sich die Katze die Wunde einfach so zugezogen hatte. Erika war sich sicher, dass hier jemand nachgeholfen hatte. Da steckten widerliche Menschen dahinter, und sie stellte sich bildhaft vor, wie ein grobschlächtiger, gestörter Kerl oder eine Gruppe gelangweilter Jugendlicher oder wer auch immer dem bedauernswerten Opfer eine Schnur an den Schwanz gebunden hatte, an der vier oder fünf leere Blechdosen aufgefädelt waren, die beim Wegrennen für das Tier zum hinterhältigen Folterinstrument wurden. Jede ruckartige Bewegung wurde zur Gefahr, und letztendlich war es nur eine Frage der Zeit gewesen, bis sich die armselige Kreatur die scharfkantigen Dosendeckel ins Fleisch rammte. Und weil Überheblichkeit nach Erikas Erfahrung meistens in Kombination mit Feigheit auftrat - man könnte ja erwischt werden - , hatten die Peiniger ihr Opfer doch noch vom Korpus Delicti, das zu ihrer Ergreifung hätte führen können, befreit und die Katze ihrem unausweichlichen, sich schön langsam hinziehenden Schicksal überlassen. Ganz sicher musste es so gewesen sein. Erika malte sich alles in den lebhaftesten Farben aus, um sich über so viel menschliche Niedertracht unbändig zu ärgern.

Erfreulicherweise war die Genesung der Patientin deutlich vorangeschritten. Das Tier hatte Glück. Keine Sehne war verletzt, und das Laufen klappte, als wäre nie etwas Schlimmes passiert. In wenigen Tagen konnte der Verband entfernt werden, und die Katze war wieder gesund. Aber wohin mit ihr? Es blieb Erika nichts anderes übrig, als sie bei sich aufzunehmen, denn was sollte sonst mit ihr geschehen? Niemand aus der näheren Umgebung vermisste eine Katze. Sie würde den Besitzer wohl nie ausfindig machen. Die einzige Alternative war das Tierheim. Für Erika inakzeptabel.

Aus dem Kühlschrank holte sie eine große angebrochene Dose mit Katzenfutter, deren Inhalt sie auf fünf Schalen verteilte und auf den Küchenboden stellte. Durch das Geräusch der Kühlschranktür angelockt, kamen sofort alle restlichen Anwärter auf eine leckere Mahlzeit um die Ecke geschossen und machten sich über das Futter her. Schmatzend und zufrieden zerkauten die Katzen mit zugekniffenen Augen behaglich die Fleischbrocken und verschlangen sie einen nach dem anderen.

Niedliche kleine Viecher. So süß. So wehrlos und ausgeliefert. Und so gepeinigt. Alle ihre Katzen hatten irgendein unglückliches Schicksal erleiden müssen, bevor sie bei Erika eine sichere Bleibe fanden. Verwahrlost, halb verhungert hatte der graue Kater, der sich eben dankbar an einer der Schüsseln bediente, eines Tages auf der Terrasse gesessen und Erika herzzerreißend angeblickt. Vermutlich war er von irgendwelchen verantwortungslosen und gleichgültigen Leuten, die sich auf dem Weg in ihren Sommerurlaub gemacht hatten, unterwegs irgendwo neben der Strasse ausgesetzt worden. Wenigsten war er kastriert, so dass Erika nicht auch noch damit ihre Haushaltskasse zu belasten brauchte.

Ihre zweite Katze, eine Schwarz-Weiße, gehörte ehemals in die Nachbarschaft und wurde eines Tages von ihren lieben Besitzern offensichtlich nicht mehr gefüttert. Erika erbarmte sich. Zwei weitere hatte sie aus dem Tierheim abgeholt, als sie hörte, dass es überfüllt und der Notstand ausgebrochen war, um sie vor dem sicheren Tod zu bewahren. Die beiden waren praktisch nicht vermittelbar, denn eine war auf einem Auge blind und der anderen fehlte der linke Vorderfuß. Die Hasen waren einstmals Weihnachtsgeschenke und hatten sich wenige Wochen nach dem Fest unvermutet zu Riesenviechern entwickelt, nachdem die Hasenpubertät überstanden war. Auch sie waren dann nicht mehr erwünscht, weil sie nicht mehr den Erwartungen entsprachen. Die Wellensittiche hatten bei ihrer Eigentümerin wenige Wochen, nachdem sie sie angeschafft hatte, krankhafte Symptome ausgelöst. Die

Asthmaanfälle hörten erst auf, als sie sich von den Vögeln wieder getrennt hatte.

Dann stand das Mädchen aus der Nachbarschaft vor der Haustür mit einem Schuhkarton unter dem Arm, dessen Seitenwände durchlöchert waren. Es klingelte zaghaft. Verschüchtert und mit roten, verweinten Augen schaute es mit seinen blonden Zöpfen, in rosa Pulli, ärmelloser Steppweste und Jeans die alte Frau an, die unter dem Türrahmen reflexartig ihre bunte Kittelschürze glatt strich und sich eine Strähne ihres grauen, wirren Haares aus der Stirn wischte. „Hallo, du wohnst doch drei Straßen weiter von hier? Was willst du von mir? Warum heulst du so? Wie heißt du noch mal?"

„Lena Bachmann", druckste das Mädchen, indem es lediglich auf die letzte der vielen Fragen antwortete, und den Schuhkarton fest umklammerte.

„Was hast du da?"

Lena schob den Karton vor ihren Bauch und drückte mit einer Hand den Deckel einen schmalen Spalt weit nach oben. Im gleichen Moment war ein kleines rosa Schnäuzchen zu erkennen, das eifrig versuchte, sich schnüffelnd in der Umgebung zu orientieren. Zwischen seinen zarten Lippen lugten kleine, spitze Nagezähnchen hervor.

„Und?" Erika wurde ungeduldig.

„Meine Mama schickt mich!"

„Wie bitte?"

„Sie sagt, ich muss Schnuppi fortbringen, wenn Sie sie nicht nehmen." Sie war kurz davor, erneut los zu heulen.

„Wer ist denn Schnuppi?" „Meine Ratte."

„Und wie kommst du zu der Ratte?" Diese bohrende Frage war Ausdruck eines leisen Verdachts, den Erika in sich aufsteigen spürte und der sich alsbald bestätigte.

„Hab' ich im Zoogeschäft gekauft. Von meinem Taschengeld." In den Augen des Kindes glänzte naiver Stolz auf, der die Tränen versiegen ließ.

„Wusste deine Mutter davon?" Bedrücktes Schweigen. Erika wartete ab und wurde streng. „Du hast sie nicht gefragt, was?"

„Sie hätte es gar nicht erlaubt. Ich wünsch' mir aber schon so lange ein Tier, mit dem ich spielen kann." Erika ahnte, auf was das Ganze hinauslief.
„Und warum eine Ratte?" „Die war am billigsten." Erika schlug innerlich die Hände über dem Kopf zusammen. So wird bei uns mit Tieren umgegangen. Sie sind nichts als Waren. Gegenstände. Rechtlos. Jeder bedient sich, wie es ihm passt, rücksichtslos. Entgeistert stieß sie einen tiefen Seufzer aus. „Kannst du denn überhaupt schon für ein Tier sorgen?"
In ihrer Frage schwang ein deutliches Missfallen an Lenas Verhalten mit, das das Kind ohne zu zögern überging. Es lächelte nur und legte redselig drauf los: „Ich geb' ihr auch regelmäßig Futter, putze die Schachtel und spiel' mit ihr."
So einfach war das!
Der Zoohändler hätte Lena ohne das Einverständnis der Erziehungsberechtigten die Ratte nicht verkaufen dürfen. Ihm ging es nur ums Geschäft. Wieder eine Bestätigung für Erika, wie verantwortungslos, schlicht ignorant, sich viele Zeitgenossen wehrlosen Kreaturen gegenüber verhielten.
„Und jetzt?"
Den Vorschlag, die Ratte bei Erika zu deponieren, hatte die Mutter von Lena ja wohl nicht ernst gemeint oder? „Meine Mutter hat gesagt, die Ratte muss weg. Ich will sie aber nicht zurückbringen."
Unvorstellbar für Erika, dass die Zoohandlung die Ratte wieder zurücknehmen würde, denn es war nicht auszuschließen, dass sie sich inzwischen schon irgendwo eine Infektionen oder etwas Ähnliches eingefangen hatte und hoch ansteckend war. Die Ratte einfach in der Wildnis aussetzen? Gezüchtete Ratten wussten doch gar nicht, wie sie da überleben sollten. Es hätte ihren sicheren Tod bedeutet. Schließlich konnte die Ratte nichts dafür, dass so ein dummes Kind eigenmächtig gehandelt hatte, entschied Erika.
„Also gut," murmelte sie. „Gib mir die Schachtel."
Immer noch standen sie vor dem Haus.
„Sie gehört aber mir. Ich will sie besuchen und mit ihr spielen. Das darf ich doch, oder?" flehte Lena mit einem Schuss Trotz und machte dazu ein aufforderndes Gesicht.

Erika stöhnte still und schwieg. Das Mädchen konnte ja schließlich auch nichts dafür, dass mindestens zwei Erwachsene, ihre offensichtlich gefühllose Mutter und der selbstsüchtige Zoohändler, in ihrer Verantwortlichkeit versagt hatten. Dann dachte sie kurz nach und fasste sich ein Herz. Lenas Erfahrungen kamen ihr eigentümlich bekannt vor. „Na gut."
„Deine Mutter hat dir aber ganz schön das Messer auf die Brust gesetzt, ist dir das klar? Wie kommt sie eigentlich dazu, dich bei mir hier vorbei zu schicken?" Erika erlaubte Lena, mit ins Wohnzimmer zu kommen und auf das dicke Sofa zu klettern. Das Zimmer war voll gestopft mit allerlei urtümlichen Möbelstücken und Krimskrams, ähnliche Sachen, wie sie Lena schon auf Flohmärkten gesehen hatte. Mitten auf einem Tisch stand der Vogelkäfig mit den zwei Wellensittichen, die fröhlich um die Wette zwitscherten und aufgeweckt und unermüdlich von einer Stange zur anderen hüpften. Lena behielt den Schuhkarton auf dem Schoß, während sie aufgeregt die Füße baumeln ließ, mit denen sie von der hohen Sitzfläche aus den Boden nicht erreichte. Es empörte Erika immer mehr, dass andere Leute sie mit ihren Dummheiten behelligten. Auf der anderen Seite imponierte ihr Lena, die ihren ganzen Mut zusammengekratzt hatte und sich aufmachte, für ihre Schnuppi eine Lösung zu finden. Sie überließ dem Mädchen das Sofa und setzte sich stattdessen auf einen Stuhl gegenüber.
„Hast du denn keinen Käfig? Eine Schachtel ist auf Dauer kein geeignetes Rattenzuhause. Die Pappe wird nass und bricht durch."
„Dafür hat mein Taschengeld nicht gereicht."
„Ach so. Klar. Und für Futter?"
„Ratten fressen Abfälle. Obststückchen, Brotreste."
„Natürlich, hab' ich gar nicht mehr dran gedacht. Stimmt."
Lena fing an, sich bei Erika wohl zu fühlen. „Wie heißen Sie eigentlich?" „Erika Schaufler. Wenn du nun öfter vorbei kommst, kannst du auch Erika zu mir sagen." Erika bemerkte, wie sie sich über den arglosen Besuch des kleinen Mädchens zu freuen begann, denn in der letzten Zeit war sie mit Ausnahme von Einkäufen kaum noch unter Menschen gewesen. Mit Tieren konnte man dann doch nicht so gut reden.

„Mir fällt gerade ein, dass ich im Keller noch einen alten Hamsterkäfig habe. Sollen wir mal nachsehen, ob das für Schnuppi was hergeben kann?"
„Au ja!" Lena sprang jauchzend auf. Sie war glücklich.

Lena war sich selbstverständlich dessen nicht bewusst, dass sich ihre Mutter über diesen Erfolg ziemlich ärgern würde, denn die war stillschweigend davon ausgegangen, dass die schrullige Frau Schaufler ihrer Tochter eine gehörige Abfuhr erteilen würde. Die miesepetrige Alte hatte sich im Dorf zwar den Ruf einer selbstlosen Tierretterin erworben. Dass sie es Lena aber tatsächlich ermöglichte, die von ihr selbst eingebrockte Suppe so einfach auszulöffeln, davon ging Lenas Mutter nicht aus. Ihre Absicht bestand darin, die Gunst der Stunde zu nutzen und ihrer Tochter endlich mal eine Lektion zu erteilen. Sie hoffte, dass sie dabei kräftig auf die Schnauze fiel und bei Frau Schaufler abblitzte. Deshalb hatte sie Lena unerbittlich vor die Wahl gestellt, das Tier in die Zoohandlung zurück zu geben oder ein paar Straßenecken weiter unterzubringen. Sie sollte ruhig mal in ihre Grenzen verwiesen werden, auch wenn es wehtat, und spüren, dass sie ohne ihre Hilfe nicht weit kam. Denn in der letzen Zeit war Lena immer frecher geworden und schien es nicht mehr nötig zu haben, ihre Eltern vorher zu fragen, wenn sie etwas vorhatte, geschweige denn etwas abzusprechen. Nun witterte Frau Bachmann eine passende Gelegenheit, dieser Entwicklung einen Riegel vor zu schieben.

Nachdem der Käfig unter viel altem Gerümpel im Keller gefunden und im Garten saubergemacht war, wurde Schnuppi hineingesetzt. Das graue Tierchen inspizierte den Käfig sofort neugierig.
„Ist es eigentlich ein Männchen oder ein Weibchen?" „Ein Weibchen", behauptete Lena. „Darf ich mal nachsehen?" Nach eingehender Untersuchung hatte Erika nichts Gegenteiliges feststellen können.
„Wo stellen wir den Käfig nun hin?" fragte sie mehr sich selbst als das Kind, denn die vielen Katzen in ihrem Haus waren, angelockt von der ungewohnten Betriebsamkeit, schon bedenklich aufmerksam geworden. Der Käfig war zwar einigermaßen einbruchsicher, aber die Ratte stand sicher unter immensem Stress, wenn die Stubentiger mit

triefendem Mäulchen um ihre Festung streiften und mit ihren ausgefahrenen Krallen die Festigkeit des Gitters testeten. Erika begann, Gefallen an der Abwechslung zu finden, die Lena hereinbrachte. Und um das Thema Schnuppi nicht vorschnell durch eine tödliche Herzkreislaufattacke, die das arme Tier wegen der herumstreifenden Katzen erlitt, auf eine sozusagen natürliche Art und Weise zu beenden, überlegte sie, wo sie seinen Käfig am besten aufstellten.

„Katzen fressen doch auch Ratten, oder nicht! Ist Schnuppi hier sicher?"

Auch Lena hatte das Problem erkannt und machte sich großen Sorgen um das Wohlergehen ihres Schützlings. Das Mädchen wurde Erika immer sympathischer.

„Wir werden sie auf den Dachboden bringen. Dort kommen die Katzen an Schnuppi nicht heran." Lena nickte zufrieden, hatte aber Bedenken. „Da ist sie aber ganz alleine und fühlt sich sicher oft einsam." „Wir müssen ihr genügend Spielzeug in den Käfig legen, das Futter verpacken oder in irgendetwas verstecken, so dass sie ein bisschen beschäftigt ist." „Und ich kann doch alle paar Tage mal vorbei kommen und mit ihr spielen."

Lena war froh, dass ihr Erika in diesem Punkt nicht widersprach, denn sie wollte weder ihre Ratte ganz weggeben, noch Erika mit ihrer Anwesenheit auf die Nerven fallen. Dass sie ihrer Mutter beweisen konnte, dass sie nicht die Macht hatte, ihr Schnuppi wegzunehmen, darauf war sie ganz besonders stolz.

Ihre nächste Sorge, dass ihre Mutter etwas dagegen haben könnte, dass ihre Tochter mehrmals die Woche bei Frau Schaufler vorbeischaute, zerstreute sich rasch. Denn schließlich war es ihr eigener Vorschlag gewesen, für Schnuppi hier anzufragen. Sollte sie doch selber mal die Konsequenzen ihrer doofen Ideen ausbaden. Außerdem wohnte Erika fast in der direkten Nachbarschaft, und die Mutter war darüber informiert, wo sich Lena herumtrieb. Es nervte sie, dass ihre Mutter immer alles wissen wollte, was sie machte und wo sie hinging. Das war lästig, denn immerhin war sie schon zehn. Ihre Mutter wollte einfach nicht kapieren, dass sie nicht für alles einen Aufpasser brauchte. Lena war Erika sehr dankbar.

Eine schmale Holztreppe führte bis unters Dach. Hierher transportierten die beiden den Käfig mit seinem neuen Bewohner und sperrten die aufdringlichen Katzen aus. Hier hatte es Schnuppi gut. Dessen war sich Lena sicher. Das Geschoß war nicht ausgebaut. Die Dachbalken und die Ziegel lagen frei. Es sah aus, als ob es hier im Winter sehr kalt und zugig war, aber es war wenigstens nicht zu dunkel. In den gegenüberliegenden Wänden, die das Dachgebälk trugen, waren Fenster eingearbeitet. Ansonsten war es sehr staubig. Erika kam selten hoch, denn das restliche Haus war für sie alleine groß genug, um sich auszubreiten. Nichtsdestotrotz standen einige alte Kartons herum, an deren Inhalt Erika schon lange nicht mehr gedacht hatte. Sie waren mit einer unappetitlichen Dreckschicht überzogen. Schwitzend und keuchend jonglierten Lena und ihre Wohltäterin den Käfig zwischen ihnen hindurch. „Pass' auf, dass du dich nicht schmutzig machst", mahnte Erika. Der Staub wurde von ihren Tritten aufgewirbelt, so dass Lena unweigerlich niesen musste und beinahe den Käfig fallen ließ. „Gleich haben wir's. Durchhalten, mein Fräulein."

Kaum jemals hatte Erika in den letzten Jahren an all das gedacht, was hier oben lagerte. Dass es in ihr zu rumoren begann, ging an dem Mädchen vorbei. Sicher waren in den Kisten noch alte Fotos aus ihrer Kindheit und Jugend und aus ihrer kurzen Ehe. Komisch, dass es sie gar nicht reizte, in ihnen zu stöbern. Oder vielleicht doch? Leise erwachte in ihr eine Art von Neugier. Sie nahm sich vor, bei Gelegenheit den Dachboden aufzuräumen. Die beiden Fenster hätten eine Begegnung mit einem feuchten Wischlappen gut vertragen können. Schon dies war Anlass genug, klar Schiff zu machen. Elektrisches Licht gab es hier oben nicht. Sie musste ihr Vorhaben tagsüber einplanen. War ja kein Problem. Aber Lena konnte auf gar keinen Fall hier oben alleine sein. Zu dumm, dass sie an all den Plunder nicht mehr gedacht hatte. Momentan interessierte sich das Kind glücklicherweise nicht für die Kisten. Kleine Mädchen konnten so naseweiß sein und unangenehme Fragen stellen. Oder herum spionieren und ihre Finger in Dinge stecken, die sie weiß Gott nichts angingen.

Sie deponierten den Käfig direkt unter einem der Fenster, so dass Schnuppi nicht im Dunkeln hauste, was einer Ratte egal gewesen wäre. Lena bestand auf den Fensterplatz und war davon überzeugt, dass ihr Tier Sonne brauchte. Erika, deren Sorgen sich im Augenblick um den Inhalt der Kisten drehte, hatte nichts dagegen. Lena fing an, ihr grenzenlos zu vertrauen.

Alles deutete darauf hin, dass das Füttern größtenteils an Erika hängen blieb, denn Lena hatte selbst schon betont, dass sie nicht jeden Tag kommen konnte. Das Mädchen wusste, dass ihre Mutter das niemals dulden würde. Erika war das recht, denn sie selbst wollte es bei aller Sympathie beileibe nicht, dass Lena ab jetzt jeden Tag bei ihr vorbei kam. Das wäre ihr eindeutig zuviel gewesen.

„Den Käfig saubermachen musst du selber. Zweimal die Woche ist ausreichend. Futter kann ich ihr geben!"
„Was hast du denn zum Füttern?"
Wie bitte? Auch das noch! Wo das Futter letztlich herkam, hatte sich das Mädchen wohl nicht überlegt. Hätte ich mir auch denken können! Die Mutter wird ihr nicht zwei Mal die Woche ein ausreichendes Vesperpaket hinstellen, ärgerte sich Erika über sich selber. Zähneknirschend realisierte sie, dass sie das Futter nicht nur in den Käfig legen, sondern auch besorgen musste. Den Kommentar dazu verkniff sie sich. Wie schon so oft, war sie wieder einmal auf das berühmte Spiel mit dem kleinen Finger und der ganzen Hand hereingefallen. Kritisch würde es werden, wenn sie den Punkt erreicht hatte, an dem sie sich ausgenutzt fühlte. Das wusste sie genau. „Ich werde schon was finden. Mach' dir keine Sorgen. Wir lassen Schnuppi nicht verhungern. Wenn du zum Ausmisten kommst, kannst du selbst etwas mitbringen, und dann siehst du, dass Schnuppi keine Not leiden muss."
„Einverstanden." Lena wirkte erlöst und strahlte Erika an.
„Wie viele Tiere hast du eigentlich?" „Das erzähle ich dir ein anderes Mal." Erikas Bedürfnis nach zwischenmenschlicher Kommunikation war für den heutigen Tag mehr als gedeckt. „Ich denke, du solltest nun nach Hause gehen. Vielleicht macht sich deine Mutter schon Sorgen, wo du so lange bleibst." Sie lotste Lena ins Erdgeschoß. „Wenn ich wieder komme, zeigst du mir dann deine Tiere?" „Natürlich. Jetzt habe ich aber noch andere Dinge zu tun außer Schnuppis bei mir einzuquartieren. Ich möchte, dass du nach Hause gehst,

verstehst du?" Nachdem sie Lena über die Schwelle nach draußen bugsiert hatte, schloss sie von innen zu, drehte dazu den Schlüssel zweimal herum und atmete erst mal durch.

Wenige Stunden, nachdem Schnuppi bei Erika eingezogen war, nahm die Sache ihren Lauf. Frau Bachmann kam direkt in der Talstrasse 45 vorbei. Erika kannte sie vom Sehen, hatte aber noch nie mit ihr gesprochen. Schließlich wohnte die Familie nicht in unmittelbarer Nachbarschaft. Eine biedere Frau mittleren Alters, mit praktischer Kurzhaarfrisur, in einem Mantel, den sie sich rasch übergezogen hatte, und unter dem ein Rock und Beine mit Nylonstrümpfen in flachen Sandalen hervortraten, streckte ihr die Hand hin, die Erika ignorierte.

„Grüß Gott, Frau Schaufler, entschuldigen Sie, dass ich störe, aber vorhin war meine Tochter bei Ihnen. Ich bin Frau Bachmann. Wir kennen uns vom Sehen." Frau Bachmann gab einen willfährigen Eindruck ab.

„Grüß Gott, ja, und?" Erika blieb auf Distanz. „Sie haben sie doch selbst rüber geschickt. Ist etwas nicht in Ordnung?"

„Dass Lena Sie tatsächlich damit belästigt, lag nicht in meiner Absicht. Ich hatte gehofft, dass Sie sie mit diesem Ungeziefer wieder wegschicken. Lena hätte es entweder da hin zurück bringen können, wo sie es hergeholt hat, oder es irgendwo im Wald laufen lassen können, wo es meiner Ansicht nach auch hingehört. Sie hat diese Ratte einfach, ohne zu fragen, mitgebracht und tagelang heimlich in ihrem Zimmer versteckt, bis ich am Gestank gemerkt habe, dass etwas nicht stimmt. Nun wollte ich Ihnen sagen, dass ich diesen Keimträger eigenhändig abhole, weil ich nicht will, dass Sie sich genötigt fühlen."

Die hatte Nerven. Wer nötigte hier eigentlich wen zu was? Jetzt war eine erste kleine Belehrung fällig. Erika versuchte, es neutral auszudrücken. „Das Ungeziefer gehört zu einer Tierart mit sehr intelligentem Verhalten, und Lenas Keimträger heißt übrigens Schnuppi." Die Angesprochene traute ihren Ohren nicht.

Erikas Empörung über das Benehmen von Frau Bachmann hätte sie zu einer ausgewachsenen Gardinenpredigt befähigt, aber sie hatte keine Lust auf eine längere Auseinandersetzung mit dieser Person, war ja auch egal, denn die blöde Schnalle konnte an der Lage der Fakten eh nichts mehr ändern. Der Sieg war ihrer. Die Genugtuung gewann Oberhand. Frau Bachmann hatte faktisch keinen Einfluss mehr. Sie hatte Lena und Erika wegen Schnuppi nichts mehr zu sagen. Und sie hatte es sich selber zuzuschreiben. Herrlich! Frau Bachmann in der demütigenden Rolle einer abhängigen Bittstellerin ein bisschen zum Zappeln zu bringen, um sie dann schön sauber abschmieren zu lassen, war eine feine Sache. „Was habe ich denn falsch gemacht?" fragte Erika unschuldig und begann, ihre überlegene Position auszukosten.

„Nichts, natürlich nicht. Ich weiß nicht, was im Kopf meiner Tochter vor sich geht. Auf jeden Fall wollte ich mich bei Ihnen für diese Belästigung entschuldigen und die Sache in Ordnung bringen. Wenn Sie sie mir nicht geben können, weil Sie sich ekeln, dann helfe ich Ihnen, diese Kreatur mit einer Portion Rattengift zur Strecke zu bringen und sie dann zu entsorgen. Ich bitte Sie sogar darum, denn wenn das Ungeziefer entwischt, fängt es an, sich..., Sie wissen schon, wie die Ratten zu vermehren und durch unsere Gärten zu wühlen, Krankheitserreger zu verbreiten und so weiter. Ich denke, da sind wir uns einig." Frau Bachmann fühlte sich wie ein Sprachrohr der Vernunft, moralisch unantastbar, und wollte Frau Schauflers Reaktionen nicht wahrhaben. Erika musste innerlich lachen, bevor sie ihr den Todesstoß versetzte: „Dem Tierchen gefällt es bei mir sehr gut. Wir haben uns schon angefreundet. Schnuppi lässt mich sogar schon mit sich spielen. Ich werde ihr ein paar Kunststückchen beibringen. Und übrigens: In meiner Schürzentasche fühlt sie sich sauwohl." Dass sie in solch ein übertriebenes Engagement, offen gesagt, keine Sekunde investieren würde, brauchte sie Frau Bachmann ja nicht auf die Nase zu binden. Ihr kam es auf den momentanen Schockeffekt an, und der verfehlte seine Wirkung nicht. Frau Bachmann verschlug es die Sprache. Mit so etwas hatte sie ganz und gar nicht gerechnet.

Nach einigen Sekunden erzählte ihr sich langsam verändernder Gesichtsausdruck, dass sie das eben Gehörte verarbeitete. Frau Bachmann verwandelte sich für wenige Momente in einen begossenen Pudel, wusste nicht mehr, was sie sagen sollte. „Gut, dann muss ich erst einmal mit meinem Mann darüber sprechen", stammelte sie schließlich.

Während sie von einem Fuß auf den anderen trat, ohne dabei mit ihren Gesundheitssandalen in eines der Blumenbeete des Vorgartens zu trampeln, rang sie auf der Suche nach einem einigermaßen würdevollen Abgang aus dieser peinlichen Situation nach Fassung. Erikas Hohn war selbst für den unsensibelsten Zeitgenossen nicht zu übersehen.

„Ich bin froh, dass Lena Sie anscheinend nicht belästigt hat. Ich hätte sie natürlich nicht hergeschickt, wenn ich das gewusst hätte. War eine schön blöde Idee von mir." Frau Bachmann verabschiedete sich sichtlich angesäuert Sie verließ Erikas Grundstück wütend, indem sie mit wehendem Mantel davon stob, ohne sich nochmals umzudrehen.

Seit dieser überraschenden Notaufnahmeaktion versorgte Lena Schnuppi tatsächlich zweimal die Woche. Die 64-jährige einsame und eigenbrötlerische Erika Schaufler gewöhnte sich zu ihrem eigenen Erstaunen schnell daran, obwohl ihr Besuch der einzige regelmäßige und nähere Kontakt war, den sie zu anderen Menschen pflegte. Ansonsten lebte sie zurückgezogen in dem von ihrer Mutter geerbten Haus. Kontakt zu einem drei Jahre jüngeren Bruder hatte sie schon lange nicht mehr, andere Angehörige waren längst vergessen und ihre Eltern beide lange gestorben. Eine kinderlose Ehe hatte nur wenige Jahre gehalten. Ihr damaliger Mann hatte frustriert seine Sachen gepackt und sie sitzen lassen. Nach drei weiteren Jahren war dann die Scheidung durch. Erika war damals 32 Jahre alt, vom Leben enttäuscht. Sie hatte ab dann die Schnauze voll von Beziehungen, schottete sich innerlich ab, indem sie sich einen dicken, unsichtbaren Kokon zulegte, der sie vor Verletzungen schützte. Es gelang ihr mit der Zeit, sämtliche noch verbliebenen Begegnungen oberflächlich zu halten. Eine weitere Ehe kam natürlich nicht in Frage. Die Vorstellung, dass eine zweite Person hier in ihrem Haus lebte und sie möglicherweise Toilette und Badezimmer und was sonst noch alles teilen sollte, widerte sie an. Immer die stinkigen Socken hinter jemandem herräumen, ‚fremde' Krümel vom Tisch fegen oder sich sagen lassen, was noch alles bis dann und dann zu erledigen ist oder gebraucht wird, z.B. Bügelwäsche. Nein, alleine leben war viel besser. Ihren Job als Altenpflegerin in einem Pflegeheim konnte sie im Zuge ihres 60. Geburtstags glücklicherweise dank eines

Rückenleidens aufgeben. Die Rente, die ihr zustand, reichte gerade so zum Überleben, denn sie brauchte ja keine Miete zu bezahlen. Große Sprünge waren nicht drin, geschweige denn Reparaturen am Haus. Das Geld musste schon gut eingeteilt werden. Das Häuschen würde sie allerdings noch aushalten, dachte sie immer wieder für sich, um sich zu beruhigen.

Hin und wieder machte sie sich Gedanken über ihren Tod. Sie hätte gerne bis zum Schluss in dem Haus gelebt. Ein Pflegeheim kam für sie nicht in Frage. Dafür hatte sie in ihrem Beruf zuviel hinter die Kulissen gespickt. Nein danke. Das würde sie sich nicht antun. Der Renteneintritt war für sie wie eine Erlösung gewesen. Der Umgang mit den vielen senilen Alten hatte bei ihr nicht gerade zu ausgeprägten Stimmungshochs beigetragen. Dann das ewige Gekeife von den Kolleginnen. „Du hast bei der Müller den Verband nicht richtig gewechselt. Wegen dir liegt sie jetzt wund, und ich kann mich drum kümmern." „Überprüfen Sie doch bitte noch mal, ob Frau Schmidt genügend getrunken hat. Nicht das uns in diesem Sommer wieder jemand vertrocknet!" Nie war jemand so richtig mit ihr zufrieden gewesen, nie wurde sie gelobt. Ihren Rücken hatte sie den Alten geopfert, und was war der Dank? Ihr war die Lust auf die ‚lieben' Mitmenschen auf allen erdenklichen Ebenen gründlich abhanden gekommen. Die Tiere waren wenigsten dankbar, freuten sich, wenn sie ihnen etwas zum Fressen hinstellte oder sie hinter den Ohren kraulte. Und: Sie meckerten nicht herum und strahlten Wohlbefinden aus. Doch, die Tiere konnte sie noch ertragen. Und natürlich Lena.

Wieder einmal hatten die Katzen ihre Schüsselchen genüsslich leer gefressen und bis auf das letzte Krümmelchen ausgeschleckt. Sie zwinkerten zufrieden mit den Augen und schnurrten behaglich. Die anderen Tiere, die zwei Hasen, die zwei Wellensittiche und Schnuppi saßen in ihren Käfigen und warteten, bis Erika Futter vorbeibrachte. Der aus Holzbrettern zusammen genagelte Hasenstall stand im Garten. Erika ging hinaus und warf eine große Handvoll Löwenzahn hinein, den sie aus einem Weidenkorb herausnahm. Sie hatte ihn extra auf einer kleinen Lichtung im nahe gelegenen Wald gepflückt. Die beiden Langohren kamen sofort herbei gehoppelt und knabberten knirschend an den leckeren Blättern.

Dann ging sie zurück ins Haus, um die Vögel im Wohnzimmer mit Sittichfutter und frischem Wasser zu versorgen. Danach kam Schnuppi auf dem Dachboden an die Reihe.

Für die Mahlzeit der Ratte schnitt sie einen Apfel klein, holte ein paar vertrocknete Brotstücke aus der Schublade und ging mit den Leckerbissen nach oben.

Die Ratte schnüffelte betriebsam im Käfig herum und schien Appetit zu haben. Ungeduldig streckte sie ihr rosafarbenes Näschen durch die Gitterstäbe. Erika griff in den Käfig und verhinderte, dass sich Schnuppi heraus winden konnte. Sofort begann das Tier, mit seine Pfoten an Erikas geschlossener Faust zu graben, um an die Futterbrocken heran zu kommen, die darin verborgen waren. Erika ließ ihre Hand locker. Das Futter fiel zu Boden, und die Ratte hüpfte hinterher. Sorgfältig verriegelte sie den Käfig wieder, ließ das Tier in Ruhe fressen und sah sich um. Ihr Blick fiel auf die verstaubten Kartons. Sie waren lange in Vergessenheit geraten. Nun standen sie da, still, einsam, unschuldig. Erika wurde unruhig. Warum nicht einen Blick hineinwerfen und in alten Erinnerungen schwelgen? Ach was, von wegen, in alten Erinnerungen schwelgen. Das klang Erika viel zu romantisch.

Als sie mit der vordersten Schachtel anfing, beschleunigte sich ihr Puls. Mit klopfendem Herz wischte sie einen Teil der dicken Staubschicht mit einem gebrauchten Papiertaschentuch weg, das sie in der Tasche ihrer Kittelschürze mit sich herumtrug. Vorsichtig schleppte sie ihn nach unten.

Nachdem sie ihn auf der Terrasse ausreichend gesäubert hatte, setzte sie sich im Wohnzimmer auf ihr Sofa und nahm den Deckel beiseite. Die Pappe verströmte ein modrig-morbides Aroma. Als ob der Schachtelinhalt in einer Urne begraben gewesen war. Sie fand wie erwartet einen Stapel alter vergilbter Fotos aus längst vergangenen Zeiten. Nacheinander ging sie die Bilder durch. Eine Ewigkeit schien alles her zu sein. Sie hatte sie das letzte Mal angesehen, als ihre Scheidung rechtskräftig geworden war, um sie dann endgültig auf dem Dachboden zu beerdigen und mit den alten Geschichten abzuschließen.

Es waren zum Teil sehr antiquierte Schwarz-Weiß-Fotos mit gezacktem Rand dabei. Auf ihnen war sie selbst als Kleinkind abgelichtet zu einer Zeit, in der ihre Mutter noch nicht einmal mit ihrem Bruder schwanger gewesen war. Dann gab es Fotos vom Bruder alleine und mit ihr zusammen, als er seine ersten Gehversuche längst hinter sich hatte. Auf einem weiteren Bild waren ihre Eltern und die beiden Geschwisterkinder zusehen. Die Familie wirkte vordergründig fröhlich, aber das stimmte nicht. Vage Erinnerungen stiegen hoch, provoziert durch die Gesichter auf den Fotos. Sie hallten wie Echos durch Erikas Kopf, die sich befremdet darüber wunderte, wie ferne Stimmen die vielen, lautstarken Auseinandersetzungen ihrer Eltern auferstehen ließen. Nichts schien vorbei.

Erika ließ sich in den Strom der Erinnerungen mitnehmen. In der Familie wurde sehr sparsam gewirtschaftet und für das Häuschen, in dem sie jetzt lebte, auf Vieles verzichtet. Sie hatte sich als Kind von ihrem Vater mehr gemocht gefühlt als von ihrer Mutter. Von ihr wurde sie immer zu angekeift und unter Druck gesetzt. Es sah so aus, als würde der Bruder besser behandelt als sie. Ihrer Mutter war sie als Kind immer zu frech, zu ungezogen, zu schusselig. Dabei hatte sie sich immer so gewünscht, von ihrer Mutter unterstützt und verstanden zu werden, so wie alle Kinder sich das wünschten. Ihre Mutter war wohl der Meinung, dass Klein-Erika beim Erwachsenwerden von einem zu schonenden Umgang am wenigsten profitierte.

Die Härte der Mutter hatte wehgetan. Wenn Erika zu einem Kindergeburtstag eingeladen war, musste sie Geschenke von ihrem wenigen Taschengeld selbst kaufen. Die Folge war, dass sie die Einladung zu manchem Fest ausschlagen musste, weil sie ihr weniges Geld natürlich schon ausgegeben hatte. Aber das war nur ein Beispiel unter vielen. Niemals griff ihr die Mutter unter die Arme, wenn sie in Schwierigkeiten war. Lenas Mutter schien ähnliche Marotten zu besitzen. Vielleicht ist es das, was mich an dem Kind und der Ratte anrührt, dachte Erika, die kurz aus dem Bad der Vergangenheit auftauchte, als ob sie nach Luft schnappte. Ätsch, ihr habt uns nicht dran gekriegt, ihr fiesen

Erwachsenen. Unmerklich bekamen die Familienfotos, die sie in ihren Händen hielt, hässliche Knicke, während sich ihr Körper zusammenzog. Erika war wütend. Ihrer Überzeugung nach hätte die Nummer, die Frau Bachmann Lena gegenüber fertig gebracht hatte, auch von ihrer eigenen Mutter stammen können mit dem Unterschied, dass sie als Zugabe ein paar kräftige Ohrfeigen für Erika beigesteuert hätte. Ihre Mutter hätte ihr solche Flausen wirksam ausgetrieben und dafür gesorgt, dass die Ratte vom Erdboden verschwand. Keiner hätte nach ihr gefragt. Die heutigen Mütter schienen etwas mehr Skrupel zu haben, aber was wusste man schon darüber, was sich hinter verschlossenen Türen abspielte. Erikas Vater war ihr gegenüber nachgiebiger gewesen. Allerdings verstand es ihre Mutter perfekt, dafür zu sorgen, dass das nicht allzu oft vorkam. Sein Tod war für Erika ein kaum zu verkraftender Verlust gewesen. Er war mit 66 Jahren bei einem Autounfall ums Leben gekommen. Seit diesem Ereignis lebte Erika mit ihrer Mutter bis zu deren Dahinscheiden in dem kleinen Häuschen, was die Hölle war. Den Einzug bei der Mutter nahm sie nach dem Tod des Vaters auf sich, weil sie in ihrem Beruf als Altenpflegerin nach ihrer Scheidung finanziell gerade so über die Runden kam und auf diese Weise die Miete sparte. Außerdem war Frau Schaufler Senior damals auch schon 64 (so alt, wie ich jetzt, dachte sie) und nicht mehr ganz rüstig. Die ersten Gebrechlichkeiten kündigten sich an. Obwohl in der Zeit ihres Zusammenlebens ihre Beziehung nach wie vor unterkühlt blieb, fühlte sich Erika komischerweise über die Maßen für sie verantwortlich und trug ständig ein schlechtes Gewissen ihr gegenüber mit sich herum. Oft wünschte sie sich, die Mutter hätte woanders gelebt, weit weg, und sie hätte das Häuschen ganz für sich alleine gehabt. Manchmal war ihr sogar der Gedanke gekommen, ob sie ihr nicht auch ihre Ehe geopfert hatte. Das Schicksal meinte es trotzdem gut mit Erika. Ihre Mutter verabschiedete sich nach drei Jahren ins Jenseits.

Erikas Bruder Alfred legte beruflich eine ordentliche Karriere hin. Er verstand seine Schwester sein ganzes Leben lang nie so richtig, traute ihr jedenfalls nicht über den Weg. Da Erika ihm als älteres Geschwister häufig in irgendeiner

Hinsicht überlegen war, hatte er in seiner Kindheit unter ihr ziemlich viel zu leiden. Erika traktierte ihn mit Streichen, die manchmal nicht besonders lustig waren. Einmal schloss sie ihn abends, als die Eltern noch nicht zu Hause waren, alleine in den dunklen Keller ein, und amüsierte sich königlich, als er zu heulen anfing. Später als junge Erwachsene fanden die Geschwister keine Ebene mehr miteinander. Alfred verzichtete nach dem Tod der Mutter freiwillig auf sein Erbe. Er hatte schlicht keine Lust, sich wegen des Nachlasses mit seiner Schwester auseinanderzusetzen, und kostete diese Überlegenheitsdemonstration Erika gegenüber genüsslich aus. Nach dem Ableben der Mutter fiel das Häuschen also komplett Erika zu. Sie hatte es zuwege gebracht, ihre wenigen Angehörigen früh genug abzuschütteln, damit sie selbst ungestört ihren wohlverdienten Ruhestand im gemachten Nest verleben konnte. Und zwar alleine und ungestört.

Beim Betrachten erschienen ihr ihre Gedanken und Erinnerungen zu den Fotos seltsam fremd, als ob es nicht ihre eigenen gewesen wären, und als ob sie mit den abgelichteten Menschen niemals etwas zu tun gehabt hätte. Die letzten Begegnungen waren lange her.

Seltsam, Erikas alte Wut wollte verfliegen. Das wunderte sie erst ein wenig, dann aber ließ sie es zu. Vielleicht heilte die Zeit doch Wunden. Wer wusste das schon. Die Gleichgültigkeit, die sie in sich wahrnahm, tat gut. Sie kostete nicht so viel Kraft. In ihr machte sich etwas Ausgesöhntes, Befriedetes breit.

Als ihre Mutter noch lebte, hatte es in Erika anders ausgesehen. Die letzten Jahre mit ihr waren schier unerträglich. In ihrem 65. Lebensjahr war es unumgänglich geworden, ihren linken Unterschenkel zu amputieren. Das war aufgrund ihrer absolut sturen und unkooperativen Art, die sie im Rahmen ihrer Behandlung als Diabetikerin an den Tag legte, notwendig geworden. Jahrelang hatte sie den korrekten Einsatz der Medikamente verweigert, bis ihr Bein anfing, regelrecht zu verfaulen. Nachdem der Stumpf verheilt, die Mutter aus dem Krankenhaus entlassen und wieder zu Hause war, saß Frau Mama tagein tagaus im Rollstuhl, bewegte sich nie wieder über die

Grundstücksgrenzen hinaus und verbrachte ihre Zeit damit, auf die ersehnte Tochter zu warten. Erika hatte also nach ihrem ohnehin schon anstrengenden Dienst im Pflegeheim noch einen weiteren Pflegefall zu versorgen. Ihre Mutter, die es mit ihrer missmutigen, unfröhlichen Grundstimmung Zeit ihres Lebens nicht schaffte, ein minimales Ausmaß an Lebensfreude zu entwickeln, versank nun vollends in dauerhaftem Selbstmitleid. Diesen schweren Karren konnte Erika beim besten Willen nicht aus dem Dreck ziehen. Und sie wollte es auch nicht mehr, denn dass es ihrer Mutter emotional nicht gut ging, wurde ihr immer gleichgültiger. Nein, sie darin hängen zu lassen, war sogar eine Art subtiler Rache, die ihr äußerst gut tat. Sollte die Alte doch versauern. Die Genugtuung, wenn sie sah, wie ihre Mutter litt, half ihr, die notwendige Energie für ihre Versorgung aufzubringen. Für Erika war das eine Art ausgleichender Gerechtigkeit. Die Erinnerung an die letzten drei Jahre mit ihr riefen in Erika Bitterkeit und zugleich hämische Freude hervor. Lustige Mischung. Sie hatte der Alten noch kräftig eins ausgewischt.

Erika wollte ihre Ruhe haben. Obgleich an den Rollstuhl gefesselt, war der Drachen noch erstaunlich gefährlich. Das Ausruhen den lieben langen Tag führte dazu, dass sich in ihre Erzeugerin beachtliche Energiereserven aufbauten. Ihr Redebedarf war für Erika an ihrem Feierabend einfach nicht zu ertragen, kaum auszuhalten. Sie erzählte immer dasselbe, beispielsweise wen sie vom Fenster aus beim Vorbeigehen am Gartenzaun gesehen hatte. Nie wollte sie wissen, wie es ihr, Erika, ging, wie sie sich fühlte nach dem langen Arbeitstag.

Wie war sie nur zu bremsen, wie konnte sie dazu gebracht werden, einen Gang zurückzuschalten? Erika fiel etwas ein. Warum nicht nachhelfen, um ein wenig vom Gas zu gehen? Im Pflegeheim merkte es sowieso keiner, wenn eine klitzekleine Menge des wunderbaren Beruhigungsmittels fehlte, mit dem sie und ihre Kolleginnen - nur in absoluten Ausnahmefällen - arme alte Menschen zu behandeln gezwungen waren. Das war vorwiegend dann so, wenn einer von ihnen nicht schnell genug aus einem Anfall von Verfolgungswahn herausfand. Und bei Demenzkranken konnte das andauernd vorkommen.

Erika begann vorsichtig mit einer geringen Dosis (halbe Tablette!), die sie ihrer Mutter in das Abendessen hineinbröselte. Das Mittel entfaltete seine Wirkung schnell. Die Mutter sprach auf die Substanz gut an, mit durchschlagendem Effekt. Angespornt durch diesen Anfangserfolg entschied sich Erika, diese ‚Behandlung' fortzusetzen. Offensichtlich tat es der Alten gut, denn sie regte sich nicht mehr so schnell auf. Unter dem Diabetes hatte auch ihr Herzkreislaufsystem gelitten. Aufregung war nicht gut. Und: Sie hielt vor allem ihre Klappe und nörgelte weniger herum. Erika konnte seit langem zu Hause wieder durchatmen. Es tat ihnen beiden gut. Die Mutter fing nach dem Essen regelmäßig an zu dösen. Erika schob sie dann in ihrem Rollstuhl in das Zimmer nebenan, hievte sie dort in ihr Bett und zog ihr die Kleider aus- und das Nachthemd an, bis die Nervensäge dann ganz wegschnarchte. So ging das viele Wochen, und das Leben gewann an Qualität zurück.

Eines Abends war sie wieder, wie wo häufig, in ihrem Rollstuhl eingenickt. Erika hatte sie in ihr Zimmer schieben wollen. Aber seltsam, sie war völlig regungslos und schien nicht mehr zu atmen. Erika hob ein Augenlid hoch, keine Reaktion. Der Augapfel glotzte ihr starr entgegen, bis sie entschied, einen Krankenwagen zu rufen. Nach wenigen Minuten war er da, mit Blaulicht und Martinshorn. Rettungssanitäter stürmten mit einer Tragbahre das Wohnzimmer. Der Notarzt marschierte im Stechschritt und mit einem großen Koffer hinterher, hantierte dann mit verschiedenen Instrumenten, vergeblich. Er konnte leider nur noch ihren Tod feststellen. Erika erinnerte sich an jedes Detail dieses Dialogs.

„So wie das aussieht, ist Ihre Mutter an Herzversagen gestorben. Hat sie wegen Herzkreislaufproblemen Medikamente genommen?"

„Sie ist, nein, war Diabetikerin", hatte sie entgegnet und dabei völlig verwirrt gewirkt.

„Das erklärt einiges. Deswegen wohl das amputierte Bein, nehme ich an. In dem Alter stellt die Kombination aus Diabetes und mangelnder körperlicher Betätigung ein hohes spontanes Sterberisiko dar. Das kann das Herzkreislaufsystem sehr in Mitleidenschaft ziehen. Tut mir leid."

Er legte eine pietätvolle Paus ein und erklärte dann in gedämpftem Ton: „Sie haben sicher einen Hausarzt. Wollen wir ihn benachrichtigen, damit er die Todesursache bestätigen und den Totenschein ausstellen kann? Er kann sicher noch vorbei kommen." Der ortsansässige Hausarzt war vom Notarzt direkt informiert worden. Alles wurde ordnungsgemäß über die Bühne gebracht und die Formalitäten erledigt. Die Fakten wiesen glasklar auf einen natürlichen Tod hin. Die Rettungssanitäter legten den Leichnam der Mutter aufs Bett, denn ein Leichenbestatter konnte erst am nächsten Tag benachrichtigt werden. Als alles erledigt war, was an diesem Abend erledigt werden konnte, verabschiedeten sich die Helfer. Mit einem Mal war Erika allein, ganz allein.

Dann setzte sie sich. Im ersten Moment passierte in ihr überhaupt nichts, bis sie zu realisieren begann, was gerade geschehen war. Ihre Mutter war gestorben. Völlig undramatisch. Ganz friedlich. Was für ein Glück. Sie konnte es kaum begreifen, hätte jubeln, jauchzten können, ohne genau zu wissen, warum. Das war ein Befreiungsschlag. Aus der zeitweiligen Ruhe war eine ewige geworden.

Erika saß mit den Fotos in der Hand da und kicherte, dass das Sofa wackelte. Der Film lief weiter. Aber hoppla! War ihr da nicht eine Kleinigkeit daneben gegangen? Sie marschierte am selben Abend noch in die Küche, holte das Päckchen Beruhigungsmittel aus der Schublade, klappte die Packung geklappt und zählte die Anzahl der ausgedrückten Tabletten nach. Eine war zuviel weg. So harmlos war das Mittel wohl doch nicht gewesen. Erika hielt sich schnell die Hand vor den Mund, nachdem sie ihren Schrei hörte. Überdosiert. „Die haben nichts gemerkt!" schoss es ihr durch den Kopf. Nachdem sie auf diesem schicksalhaften Weg von ihrer Mutter verlassen worden war, holte Erika noch am selben Abend eine Flasche Sekt aus dem Kühlschrank (0,75 l), den sie einstmals von einer Angehörigen im Pflegeheim geschenkt bekommen hatte, und goss sich ein Glas ein. Der Sekt war eine Wohltat. Zuerst wurde ihr wohlig warm. Dann fühlte sie sich grandios, trank aus und schenkte sich solange nach, bis die Flasche leer war. Ein Gläschen für Mami, ein Gläschen für Papi. Erika gluckste und lachte, als sie die Worte beim

Nachfüllen aussprach. Das war die Belohnung für die überaus gelungene Aktion und die Feier für die Beendigung ihrer Qualen. Das hatte sie sich wirklich verdient. Außerdem hatte sie ihrer Mutter einen schönen Tod besorgt, ohne Schmerzen, einfach einschlafen, ein echter Liebesdienst. Was wollte sie mehr? Damit meinte sie ihre Mutter. Als die Party vorbei war, weil der Sekt alle war, legte sie sich beschwipst und glücklich in ihr eigenes Bett und gönnte der Toten ihre wohlverdiente Ruhe. Schließlich hatte die Alte super mitgemacht. Ein schlechtes Gewissen konnte niemand von Erika erwarten nach all dem, was geschehen war. Das war ja wohl klar.
Barmherzig und dankbar strich sie ihrer Mutter auf dem Foto mit der Fingerkuppe über das Gesicht. Hatte die Alte etwa erwartet, dass Erika das ewig durchhielt? Natürlich nicht. Ihrem Bruder Alfred war es zum Glück nicht eingefallen, eine Obduktion zu veranlassen.

Inzwischen war Erika um die Erfahrung reicher, dass kein Mensch seine Vergangenheit loswerden konnte wie einen faulen Zahn. Besonders die mit der eigenen Mutter nicht. Der alte Geier tauchte nämlich nach kürzester Zeit wieder auf, wie aus dem Nichts.

Die Alte tyrannisierte sie weiter. Nachts. Da war sie selbst alt und gebrechlich und als Pflegefall an ein Bett fixiert. Die Tür sprang auf und eine hässliche, grinsende Krankenschwester, die ihrer Mutter zum verwechseln ähnlich sah, polterte herein. Sie schwang eine riesige Spritze und rammte sie Erika in den Arm, der an einem Gitterstab festgebunden war. Erika schrie vor Schmerz, jammerte und heulte verzweifelt, aber die Schwester ließ nicht ab. Sie ließ das Blut aus ihrem Arm laufen, das sie in einem rostigen Eimer auffing. Es spritzte pulsierend in den Eimer, der voller und voller wurde. Währenddessen strich die Krankenschwester Erika, die sich gegen die straffen Riemen vergeblich aufbäumte, wie zur Beruhigung über den Kopf, so, als ob alles in Ordnung gewesen wäre. Das letzte, was Erika gewöhnlich von ihr sah, war ihr falsche Mitleidsfratze, bevor sie selbst in eine schwarze Ohnmacht stürzte.

An diesem Punkt wachte sie regelmäßig auf, schweiß gebadet und erschöpft, halbtot vor Angst, um Minuten später zu realisieren, dass es der immer gleiche alte Alptraum war, der sie unablässig verfolgte.

Jedenfalls war die Mutter damals für Erika, anders als erhofft, nach ihrer Versenkung in eine Tiefe von einem Meter achtzig nicht sofort von der Bildfläche verschwunden. Glücklicherweise wurden die Träume über die Monate und Jahre seltener. In der letzten Zeit hatten sie sogar ganz aufgehört.

Die Verbitterung blieb. Erika fühlte sich vom Leben gemein und niederträchtig behandelt, geradezu verkannt, was sie nun wirklich nicht verdient hatte. Im Gegenteil. Im tiefsten Inneren ihres Herzens verspürte sie ein brennendes Bedürfnis, Gutes zu vollbringen. Ob der Job als Altenpflegerin ihr immer die Gelegenheit zu guten Taten bot, konnte sie nicht genau beurteilen. Dafür hatte sie einfach zu lange in dem Metier gearbeitet. Jedenfalls war es ihr im Beruf mit der Zeit nicht immer möglich gewesen, so gut zu handeln, wie sie es sich gewünscht hätte. Die Bedingungen hatten es nicht zugelassen. Sie sah noch ein paar Fotos durch, bis die ermüdenden Erinnerungen sie oberflächlich und interesselos werden ließen. Sie legte die Bilder wieder in die Schachtel, brachte sie auf den Dachboden zurück und verstaute sie in einer dunklen Ecke, wo sie auch hingehörten. Vielleicht würde sie ein andermal weiterstöbern. Jetzt war es fürs Erste genug.

Im Wohnzimmer wurde es nach und nach dämmrig. Die Sonne ging unter. Erika ließ den Rollladen herunter, bevor sie künstliches Licht anmachte. Ein Blick auf die Uhr zeigte ihr, dass sie sich mehr als drei Stunden mit den Bildern aufgehalten hatte und total in ihnen versunken gewesen sein musste. Nach den anstrengenden Erinnerungen entschied sie sich, sich heute einmal früher schlafen zu legen. Vorher würde sie sich in der Küche aber noch ein oder zwei Bierchen hinter die Binde kippen, um für die nötige Bettschwere zu sorgen. Nicht dass das mit dem Traum wieder losging. Das konnte sie beim besten Willen nicht mehr gebrauchen. Gut, dass sich Lena für morgen angekündigt hatte. Das würde sie wieder auf andere Gedanken bringen.

2. Eine Freundschaft entsteht

Lena hielt sich zuverlässig an ihren Vorsatz, Schnuppi zu versorgen. Ihre Mutter konnte nichts dagegen machen, denn Lena achtete darauf, dass für die Schule immer alles erledigt war. Frau Bachmann ging das alles gewaltig gegen den Strich. Deshalb versuchte sie, ihren Mann, Lenas Vater, einzuspannen, um ihrem Sprössling zu verbieten, ständig bei Frau Schaufler herumzuhängen. Der hatte aber keine Lust, sich wegen so etwas mit seiner Tochter herumzuzanken, und nahm alles viel lockerer. Er führte Lenas gute Schulleistungen ins Feld, und so blieb Frau Bachmann nichts anderes übrig, als die Sache zähneknirschend so weiter laufen zu lassen, wie sie eben begonnen hatte. Was für eine schmachvolle Niederlage, die sie sich zugefügt hatte. Die gehörte auf das Konto ihres Mannes, denn er verweigerte seine Unterstützung und fiel ihr in den Rücken.
Aber vielleicht würde sich bald eine Möglichkeit auftun, den Schnitzer doch noch auszubügeln. Sie war entschlossen, Lena die Sache nicht durchgehen zu lassen. Hatte sie denn überhaupt nichts mehr zu sagen?

Als Lena wieder ein Mal nachmittags bei ihrer Mentorin klingelte, war diese gerade mit dem Herrichten des Futters für die Tiere beschäftigt. Erika hatte sich vorgenommen, Lena beim Versorgen aller Tiere einzubinden, damit sich unverfängliche Gesprächsthemen ergaben und keine Gefahr bestand, dass Lena sie etwas Persönliches fragte. Wenn das Mädchen da war, kontrollierte sie sich sorgfältig in allem, was sie sagte und tat, weil sie wollte, dass sich Lena wohl bei ihr fühlte. Denn wenn das Kind da war, ging es ihr viel besser. Es tat gut, mit jemandem zu reden. Das Mädchen machte den Eindruck, als hätte es Spaß daran, sich mit ihr zu unterhalten. Und das gefiel ihr.

Lena war mit ihren zehn Jahren schon sehr selbständig. Sie war wegen ihrer aufgeweckten Art sogar ein Jahr früher eingeschult worden als der Durchschnitt. Nach der Grundschule wechselte sie auf ein Tübinger Gymnasium. Das Dumme daran war, dass sie nicht nur ein Jahr jünger war, als die anderen, sondern sie war auch noch die Einzige in der Klasse, die in Pfrondorf wohnte. Die anderen Schüler stammten alle aus dem engeren Stadtgebiet. Und das bedeutete, dass sie nicht, wie die anderen Mädchen, nachmittags einfach Freundinnen treffen konnte, wie sie wollte. Dabei wäre sie auf ihre Mutter angewiesen gewesen, die ihr kleines Mädchen nicht gerne wegließ. Wer weiß, was alles passieren konnte bei all den Großen. Und so war Lena gezwungen, alleine klar zu kommen und selbst für ein wenig Abwechslung zu sorgen. Ihre Ratte und die nette Frau Schaufler standen in dem Anti-Langeweile-Programm inzwischen ganz weit oben. Und das konnte die alte Frau sehr gut verstehen. Das spürte sie deutlich. Außerdem war Frau Schauflers Haus aufregend und geheimnisvoll, wie ein großer Abenteuerspielplatz. Nicht so, wie bei ihr zuhause, wo alles immer picobello aufgeräumt und geputzt war. Bei Frau Schaufler war alles ein wenig durcheinander. Es gab alles Mögliche zu entdecken, was sie interessierte. Und Frau Schaufler schien das nicht zu stören.

„Hallo, Frau Schaufler, hier bin ich wieder", rief Lena wie selbstverständlich zur Begrüßung. Der Empfang gestaltete sich von beiden Seiten sehr herzlich. „Hallo. Komm' rein. Waren wir nicht schon mal bei Du und Erika?" Lena wurde rot.

Erika bereute ihren kleinen Vorwurf sofort und half über die Verlegenheit hinweg. „Du kannst mir gleich beim Füttern unserer Schützlinge helfen." Das Mädchen folgte Erika in die Küche.

„Wer bekommt denn was?" wollte sie wissen, als sie die verschiedenen Schüsseln und Schachteln auf der Ablage sah.

„Erst mal langsam. Ich bin nicht mehr die Schnellste. Immerhin könnte ich deine Großmutter sein." Lena gefiel Erikas Vergleich. „Stimmt, und du bist auch mindestens so nett wie eine Oma."

„Du hast doch sicher eine Großmutter, oder nicht?" wollte Erika wissen. „Siehst du sie oft?" Lena wurde gesprächig. „Nein. Sie wohnt weit weg. Nur Weihnachten und Ostern. Und zum Geburtstag schickt sie mir ein Päckchen. Sie ist total lieb. Andere Kinder haben es da besser. Bei manchen wohnen Oma und Opa im Umkreis von Tübingen oder sogar in Pfrondorf", kommentierte sie deprimiert.

Lenas Oma mütterlicherseits war bereits verstorben, die andere von der väterlichen Verwandtschaftsseite lebte in Norddeutschland, von wo Herr Bachmann vor einigen

Jahren der Arbeit wegen herkam und wenig später Inge Sonder, Lenas Mutter, kennen lernte. Trotz ihres herzlichen Verhältnisses war Lenas Kontakt zu dieser Oma spärlich, denn Bremen lag nicht gerade um die Ecke. Es blieb bei den üblichen Besuchen an Ostern und Weihnachten, für die ihre Familie den langen Weg mit dem Auto auf sich nahm, um bei dieser Gelegenheit ein paar Tage zu bleiben. Erika nahm Lenas Traurigkeit in sich auf und spürte, wie gefährlich das für ihre eigene instabile Stimmungslage war. Schnell versuchte sie, das Thema zu wechseln und auf die Tiere zurückzukommen.

„Sollen wir zuerst Schnuppi etwas Futter bringen?"
„Au ja, ich habe zwei Scheiben hartes Brot dabei und drei verschrumpelte Äpfel." Das Mädchen brannte vor Begeisterung und zog eine Plastiktüte mit dem besagten Inhalt aus ihrem Beutel, den sie mitgebracht hatte.
„Von mir kann sie noch eine Karotte haben. Das zusammen wird für eine Tagesration ausreichen. Komm, wir gehen nach oben." Erika setzte sich in Bewegung und ignorierte die Katzen, die schon erwartungsvoll herumstrichen und miauten.

Auf dem Dachboden hockte sich Lena vor den Käfig und holte die Ratte heraus. Sie gab ihr der Reihe nach die Futterstücke, die das Tier gierig vertilgte. Dann ließ sie es zu, dass die Ratte in ihren Ärmel kroch und ihn von innen erkundete. Das kitzelte ziemlich, und Lena kicherte amüsiert. Das Tierchen war so süß und so lieb. Es kroch immer tiefer in seine neue Höhle, bis Lena es aus ihrem Ärmel, den sie dabei beträchtlich überdehnte, herausholte. Sie umfasste die Ratte fest mit der Hand und hielt sie in die Höhe, um von unten zu beobachten, wie sich das Tier orientierte. Plötzlich platschten ein paar Tropfen dicke braune Flüssigkeit auf den Boden und sogar eine kleine Menge auf Lenas Wange, die überrascht erschrak.

„Das war Schnuppi vermutlich etwas zuviel", meinte Erika. „Hast du sie zu fest gehalten? Könnte sein, dass sie Angst bekommen hat. Du solltest vorsichtiger sein."
Lena besaß wohl überhaupt keine Erfahrung im Umgang mit Tieren und war erst dabei, ihn zu lernen. Gut, dass Schnuppi nun unter Erikas Aufsicht von dem Mädchen ‚betreut' wurde. „Hab' ich ihr wehgetan? Entschuldige, Schnuppi,

wird nicht wieder vorkommen." Verunsichert und ungeschickt setzte Lena Schnuppi unter Erikas abgekühltem Blick in den Käfig zurück. Ihre Lust, mit ihr zu spielen, hatte einen Dämpfer bekommen. Sie nahm sich vor, behutsamer mit ihr umzugehen, denn sie spürte Erikas berechtigte Kritik und wollte sie auf keinen Fall enttäuschen.
„Ich lasse es für heute. Ich will nicht, dass sie mich nicht mehr mag."
„Ich denke nicht, dass ihr das dauerhaft geschadet hat. Aber Tiere sind eben keine Spielzeuge, sondern richtige Lebewesen, die sich freuen und traurig sein können und gegebenenfalls starke Schmerzen empfinden. Wenn wir sie richtig beobachten, dann können wir das an ihrem Verhalten genau erkennen. Du wirst das sicher früher oder später lernen. Komm, nun gehen wir nach unten und kümmern uns um den Rest", erklärte Erika versöhnlich.
Ihr tat es leid, dass sie dem Kind den Spaß verdorben hatte.

Das Haus verfügte neben einem Dachboden über ein Obergeschoß, ein Erdgeschoß und einen Keller. Hinter dem Haus lag ein Garten. Die alte Garage wurde inzwischen als Schuppen genutzt, denn Erika hatte ihr Auto abgeschafft, als es ihr vor Jahren schon zu teuer geworden war. Seit sie im Ruhestand war, brauchte sie streng genommen gar keines mehr. Also sparte sie das Geld lieber, das sie an anderer Stelle dringend benötigte.
Sie begaben sich in die Küche, die altmodisch und abgenutzt war. Trotzdem war sie als einziger Raum im Haus vergleichsweise sauber geschrubbt, aufgeräumt und voll funktionstüchtig, denn Erika legte hier auf Sorgfalt Wert. Die Katzen warteten ungeduldig und lugten respektvoll auf die Ablage, wo die Dosen mit der Katzennahrung standen. Am liebsten wären sie vom Boden aus zu ihnen hochgesprungen, ließen es aber bleiben, denn Erika verjagte sie regelmäßig, wenn sie sie dabei erwischte. „So, die Katzen mögen das Dosenfutter gerne, und weil sie auch nicht leben sollen, wie ein Hund, spendiere ich ihnen so etwas Leckeres, obwohl Trockenfutter natürlich billiger wäre. Aber die Ärmsten haben es verdient. Jede hat ihr eigenes Schicksal. Gut, dass wir nicht alles wissen, was ihnen passiert ist, denn da wäre sicher die eine oder andere

Gruselgeschichte dabei", murmelte Erika beim Hantieren mit den Dosen. Lena hörte aufmerksam zu und nickte, als Erika sie fragte, ob sie den Inhalt der Dose, die sie im Moment öffnete, auf die Schüsseln verteilen wolle. Die Katzen am Boden wurden immer aufgeregter. „Komm, wir setzen uns an den Küchentisch und schauen ihnen beim Fressen zu", schlug Erika vor, stellte eine Flasche Saft und zwei Gläser auf den Tisch und goss ein.

Die Schüsseln der fünf Katzen waren alle in größtmöglicher Entfernung voneinander im Raum platziert, so dass jede beim Fressen ungestört war. Auch wenn eine jede von ihrem Schicksal gebeutelt war, so blieben sie doch kleine egoistische Raubtiere, die sich keinesfalls dafür schämten, sich auf Kosten anderer ungebührlich zu bereichern. Durch die Verteilung der Futterplätze im Raum verhinderte Erika, dass die Stärkeren den Schwächeren das Futter streitig machten.

Lena fiel zuerst das dreibeinige Tier auf. „Die tut mir leid", gab sie gerührt von sich.

„Warum denn?" wollte Erika neugierig wissen. Sie war auf Lenas Begründung gespannt. „Weil sie nur drei Beine hat."

„Ja, sie kann halt nur humpeln und hüpfen mit ihren drei Beinen. Ansonsten fühlt sie sich sehr wohl. Sie hat gelernt, mit ihrem Handicap umzugehen." „Wie denn?"

„Na, sie bewegt sich sehr vorsichtig und geht nur im Garten spazieren. Es scheint, als ob es ihr bewusst wäre, dass sie in zu großer Entfernung vom Haus unter Umständen in eine gefährliche Situation geraten könnte, aus der sie sich nicht schnell genug in Sicherheit bringen kann. Aber ansonsten geht es ihr gut. Sie genießt ihr Leben." „Woher weißt du das?"

Lena war erstaunt. Die humpelnde und hüpfende Fortbewegungsart der Katze hatte etwas Herzzerreißendes, Mitleiderregendes an sich.

Erika ließ die unausgesprochene Bewertung, die in Lenas Skepsis mitschwang, nicht gelten. „Sie frisst gerne, sie putzt und leckt sich regelmäßig, sie genießt es, gekrault zu werden, sie holt sich Streicheleinheiten ab, wenn sie Bedarf danach verspürt. Das sind alles Anzeichen von satter Lebensfreude", ein Gefühl, das Erika bei ihren Tieren beobachtete, aber das sie selber in ihrem eigenen Leben kaum erlebte. Vielleicht glaubte sie, ihren Tieren etwas zu ermöglichen, was für sie persönlich unerreichbar blieb, und dass es für sie, genügsam und bescheiden, ausreichend war, sich an deren Lebensglück zu erfreuen. Aber dessen war sie sich nicht sicher. „Du meinst, die Dreibeinige ist glücklich?"

Erika bestand darauf: „Ja. Sie braucht kein Mitleid."

„Und wann hat sie das Bein verloren?" Lena fiel auf, dass sie noch nicht viel über Erika und ihre seltsame Kompanie wusste. Auf jeden Fall war sie sehr wissbegierig und hoffte, im Laufe der nächsten Wochen in einige Geheimnisse eingeweiht zu werden. Sie saß mit großen Augen da und hörte Erika mit gespitzten Ohren zu. „Noch bevor ich sie aufgenommen hatte. Ich habe das arme Geschöpf vom Tierheim mit nach Hause gebracht. Niemand will mit einer dreibeinigen Katze etwas anfangen. Im Tierheim vegetierte sie in einem viel zu dicht besetzten Zwinger vor sich hin. Sie war sehr verschreckt und eingeschüchtert. Wenn ich sie nicht abgeholt hätte, hätte sie von den Pflegern eingeschläfert werden müssen. Auch aus Mitleid. Oder weil das Tierheim zu voll war. Am Anfang hatte sie panische Angst vor Menschen. Sie wollte sich vom Pfleger partout nicht einfangen lassen. Er hat mich daraufhin gefragt, ob ich nicht lieber eine andere Katze, eine weniger Schwierige, mit nach Hause nehmen wolle. Er glaubte, ich würde sie ja ohnehin nur wieder zurückgeben. Als er sie in eine Ecke drängte und sie mit seinem Handschuh packte, um sie in einen Katzenkorb zu setzen, biss und kratzte sie wie eine Wilde. Sie strotzte vor unbändiger Energie und wirkte zäh wie Leder. Und deshalb bestand ich darauf, sie mitzunehmen. Ich hatte sie richtig eingeschätzt und dem Pfleger bewiesen, dass er im Unrecht war. Sie ist nicht schwierig, sondern in Wirklichkeit eine Kämpferin. Ich weiß noch genau, wie ich den Korb hier geöffnet in die Küche stellte. Ich hatte beschlossen, sie nicht anzufassen, sondern zu warten, bis sie von selbst bereit war, sich auf das Leben einzulassen. Sie saß drei Tage und drei Nächte in dem offenen Korb, bis sie endlich einen ersten Versuch startete, herauszukommen. Ich hatte ihr eine Schüssel Wasser und ein wenig Trockenfutter vor den Korb gestellt. Irgendwann war sie so hungrig und so durstig, dass sie zitternd und bebend den Korb verließ. Was für eine Todesfurcht muss sie

in dem Augenblick ausgestanden haben. Aber ihr Überlebenswille war stärker."
Lena lauschte hingerissen. Wie aufregend! Sie bewunderte Erika und war tief ergriffen von ihrem Einsatz für benachteiligte Tiere. Erika haftete etwas Reines, Großherziges an. Sie war eine Heldin.
„Ich habe mich natürlich erkundigt, ob im Tierheim etwas über die Geschichte der Dreibeinigen bekannt war", fuhr Erika fort. „Leider habe ich nichts Genaues erfahren. Man könnte vermuten, dass sie das Opfer einer sadistischen Quälerei geworden war. Das könnte sogar eine Erklärung für ihre Panik vor Menschen abgeben."
Lena war voller Fragen: Was meinte Erika mit ‚sadistisch'? Aber sie brachte nicht den Mut auf, ihre Frage zu stellen. Sie wollte es nicht riskieren, es sich mit Erika mit einem eventuell zu vorlauten Benehmen zu verscherzen, das ihr ihre Mutter häufig zum Vorwurf machte. Jedenfalls fühlte sie sich ernstgenommen. Niemals unterhielt sich ihre Mutter so mit ihr. Sie bekam immer nur Anweisungen („Tu dies, tu das, mache das nicht, mache jenes nicht"). Richtig reden konnte sie jedenfalls mit der nicht.

Erika machte sich Gedanken, ob sie Lena nicht zu viel erzählte. Ihr hatte einfach zu lange niemand mehr zugehört. Ihr gefiel es, zu reden, und sie hätte noch lange weiter machen können, hielt jedoch eine Pause für angebracht. Sicher hatte sie das Mädchen mit ihrem Gerede überfordert. Sie war den Umgang mit Kindern - oder musste man nicht fast sagen ‚Jugendlichen'? – nicht gewohnt. Die Alten im Pflegeheim hatten nur so vor sich hingedämmert. Gespräche, die die Bezeichnung Kommunikation verdient gehabt hätten, waren selten zustande gekommen. Kinder hingegen konnten richtig nett sein. Wenn sie das früher gewußt hätte, hätte sie sich damals möglicherweise nicht für die Ausbildung zur Altenpflegerin entschieden, sondern hätte sich auf einer Erzieherinnenschule beworben.

Dafür war es nun aber zu spät. Schade. Pech gehabt. Auch das war vorbei. Nie war ihr das Schicksal wohl gesonnen. Immer schien es die guten Gelegenheiten an ihr vorbei rauschen zu lassen. Wie einen Linienbus, der sie an der Haltestelle, an der sie ohne Schirm im Regen wartete, stehen ließ, weil er überfüllt war, und sie – wie als

Draufgabe - beim Vorbeifahren zu allem Überfluss noch mit dreckigem Wasser aus einer Pfütze klatschnass spritzte. Dieses Bild war immer dann in ihrem Kopf, wenn sie darüber nachdachte, was in ihrem Leben alles schief gelaufen war.

Lena genoss die ungeteilte und unvoreingenommene Aufmerksamkeit Erikas. Hoffentlich hört sie nicht auf, zu erzählen, dachte sie bei sich. Erwartungsvoll sah sie sie an, um sie zum Weitersprechen zu ermuntern. Schließlich traute sie sich doch zu fragen: „Hat die Dreibeinige jetzt keine Angst mehr vor Menschen?" Erika freute sich darüber und schlussfolgerte aus der Frage, dass sie sehr genau zugehört hatte. Sie war ein intelligentes Mädchen. „Teils - teils. Tiere, die schlimme Erfahrungen gemacht haben, vergessen diese in der Regel nie. Das meinst du doch mit deiner Frage, oder?" mutmaßte Erika. Soweit hatte Lena das Ganze zwar nicht durchdacht, es schien ihr aber logisch, und so nickte sie eifrig. „Dennoch lernen sie, mit der Zeit zwischen den Menschen, denen sie nicht mehr trauen können, und denen, denen sie noch vertrauen können, zu unterscheiden. Katzen beobachten Menschen viel genauer als es uns bewusst ist. Die Dreibeinige hat nach kurzer Zeit herausbekommen, dass ich ihr nichts tue. Die anderen Katzen, die ich bis zu diesem Zeitpunkt schon hatte, spielten natürlich eine große Rolle. Sie kapierte, dass sich auch die anderen nicht vor mir fürchteten. Und weil sie offensichtlich überleben wollte, war sie gezwungen, mir zu vertrauen. Ich vermute mal, dass sie das Grundstück nicht verlässt, weil sie sich nur noch hier sicher fühlt. Auch vor dir hat sie keine Angst, weil ich dabei bin", erklärte Erika. Das leuchtete Lena ein, und sie hatte den Eindruck, unheimlich viel Interessantes über Katzen erfahren zu haben. Erika wusste augenscheinlich alles über Tiere und gab ihr von ihrem Wissen etwas ab. Für Lena war sie ein Glücksfall, denn das Mädchen liebte Tiere über alles.

Ihre Mutter war ihr inzwischen ziemlich egal, denn die hatte offensichtlich überhaupt nicht verstanden, was sie mit ihrem Verbot bei ihrer Tochter anrichtete. Lena war aus dem Alter heraus, in dem Kinder ihre Sorgen mit ihrem Teddy teilten, und sie war bereit, echte Verantwortung zu übernehmen. Sie wollte ein kleines Lebewesen versorgen, ihm alles geben, was es brauchte, und allen beweisen, dass sie das gut machte. Und sie war sich sicher, dass auch das Tier sie dann mögen und nur für sie da sein würde. Für Lena war es schlimm, dass ihre Mutter meistens dagegen war, wenn sie mit einer guten Idee ankam. Frau Bachmann war an einer vor Sauberkeit perfekt strahlenden Wohnung interessiert. Von morgens bis abends war sie damit beschäftigt, alles, was im Haushalt anfiel, unverzüglich und einwandfrei zu erledigen. Dennoch füllte sie das Pensum bei weitem nicht aus. Es blieb immer noch genügend Zeit übrig, für die Erziehung ihrer Tochter beispielsweise. Deren idiotische Einfälle, womöglich die Anschaffung eines schmuddeligen Tieres, das aus dem Maul stank, überall seine Exkremente fallen ließ und Spaß daran hatte, im Abfall herumzuwühlen, gingen ihr total gegen den Strich. Wenn sie jedoch glaubte, dass Lena die Sache mit der Ratte sicher bald vergessen und (hoffentlich) wieder ‚normal' würde, weil sie ja ‚nur' ein Kind war, dann hatte sie sich gewaltig geirrt.

Vorsichtig näherte sich Lena der Dreibeinigen, beugte sich langsam zu ihr hinab und streckte ihr die Hand entgegen. Die Dreibeinige zeigte keinerlei Anzeichen von Furcht. Für Lena war das ein Erfolgserlebnis, das sie zu weiteren Annäherungen anspornte, bis es ihr gelang, sie zwischen den Ohren zu kraulen. Sie war stolz, dass sich die Katze von ihr streicheln ließ nach dem, was sie offensichtlich hinter sich hatte. „Du kannst ruhig versuchen, sie auf deinen Schoß zu setzen. Sie wird sich dann auf den Rücken werfen und ihre drei Beine in die Luft strecken, um dich aufzufordern, sie am Bauch zu kraulen." Dazu hatte Lena noch nicht den Mut. Sie traute sich nicht, Erikas Aufforderung nachzukommen, um nichts falsch zu machen. Ihr fiel auf, dass sie schon sehr lange bei Erika war, und wurde unruhig. Ihre Mutter hatte ihr zwar keine genaue Zeit genannt, ab wann sie sie zurück erwartete. Lenas Erfahrung nach hielt diese Tatsache ihre Mutter jedoch nicht davon ab, ihr Vorwürfe zu unterbreiten, wo sie denn solange gesteckt hatte. Frau Bachmann hatte ihre Tochter ‚gut' erzogen, also sollte diese gefälligst von alleine wissen, wann es sich gehörte, sich bei ‚fremden' Leuten zu verabschieden.
Erika bemerkte Lenas Zustand.
„Du musst wohl nach Hause, was?"

„Ja, meine Mutter wird sauer, wenn ich zu lange weg bleibe."
„Dann geh' lieber, bevor sie sich Sorgen macht." Das Mädchen verließ die Küche und trat auf den Flur.
„Komm' ruhig in ein paar Tage wieder. Ich freu' mich."
Und obwohl Erika Frau Bachmann äußerst unsympathisch fand, bat sie Lena, der Mutter einen Gruß auszurichten. Mit einem „Wird gemacht!" verdrückte sich das Mädchen. Erika und ihre Tiere waren wieder unter sich.

Mit jedem Besuch erzählte Erika Lena mehr von den Tieren, und wie jedes einzelne bei ihr gelandet war. Die Geschichten, die Leidenswege offenbarten, lösten in Lena eine tiefe Wut und Abscheu gegenüber Menschen aus, die es fertig brachten, mit den ihnen ausgelieferten Geschöpfen so verachtend und demütigend umzugehen. Was waren das für Ungeheuer. Es gab so viel Ungerechtigkeit auf der Welt, gegen die sie nichts zu unternehmen imstande war, und das machte sie gleichzeitig traurig. Zum Glück gab es daneben solche Menschen wie Erika.
Zwischen den beiden war ein starkes Freundschaftsband gewachsen. Zu Hause erzählte Lena wenig über die Besuche, auch wenn ihre Mutter vor Eifersucht glühte und sich den Kopf darüber zerbrach, wie sie mehr Informationen aus ihrer Tochter herausquetschen konnte. Lena legte den Schwerpunkt ihrer knappen Berichte auf ihre Beschäftigung mit der Ratte, sehr zum Ärger ihrer Mutter, die das Tier nach wie vor abscheulich fand.

Frau Bachmann war total sauer. Der ungelöste Dauerstreit mit ihrer Tochter, der sich bereits über Wochen hinzog, strengte sie enorm an. Um den Stresspegel wenigstens minimal zu reduzieren, redete sie sich ein, sie habe sich mit der lästigen Situation, die sie sich aus mangelndem Weitblick selbst eingebrockt hatte, mehr recht als schlecht abgefunden. Sie nahm sich zurück und unterließ es, ihre Tochter wegen der Ratte zu kritisieren. Vielmehr schöpfte sie ihre letzte Hoffnung, in dem Spiel doch noch einen kleinen Punktsieg zu erringen, aus ihrer Zuversicht, dass kleine Tiere in Gefangenschaft aus den unterschiedlichsten Gründen ohnehin keine ausgedehnte Lebenserwartung besaßen. Vielleicht war die ‚Rattenaffäre' zwischen Lena und Frau Schaufler wegen natürlich eintretender (Todes-) Umstände schneller ausgestanden als zunächst befürchtet. Ihre Tochter verschwieg eisern das meiste, besonders, dass sie mit Frau Schaufler per Du war, und blieb felsenfest bei ihren seichten „Schnuppi"-Anekdötchen.

3. Im Steinbruch
Drei Monate waren dahingeplätschert. Der Frühling verwandelte sich in einen schönen Sommer. Bäume standen in sattem Grün. Auf den Feldern um Pfrondorf wuchsen Mais und Getreide üppig und verliehen der Gegend einen ländlichen Anstrich.

In Erikas Garten blühten die Blumen. Die Hasen saßen tagsüber unter einem stabilen Gitter auf dem Rasen und hoppelten im Gras umher. Lena war wie üblich vorbeigekommen. Nachdem sie sich ausgiebig mit Schnuppi beschäftigt hatte, ergriff Erika die Initiative. „Ich möchte nachher für die Hasen frischen Löwenzahn pflücken. Drüben im Wald Richtung Steinbruch gibt es eine kleine Lichtung, wo ganz große Blätter wachsen. Hast du Lust, mich zu begleiten? Wenn du willst, kannst du gerne deine Mutter anrufen und Bescheid sagen." „Ich probier's mal. Heute hat sie zufällig gute Laune. Außerdem wird es erst spät dunkel. Da kann ich Glück haben, und sie hat nichts dagegen."

Nachdem Frau Bachmann ihr Einverständnis erteilt hatte, weil es ein ausgesprochen schöner Sommertag war, schnappte Erika den Korb für die Löwenzahnblätter, und die beiden gingen los. Am Ortsrand von Pfrondorf überquerten sie eine Strasse und erreichten nach einigen hundert Metern Fußmarsch über die Felder den Waldrand. Nach einem kurzen Stück am Waldrand entlang mündete der Weg direkt in den Wald hinein. Danach führte er sie einen Hang hinab zu einer Kreuzung. Ihr Ziel, die Lichtung, lag an dem Weg, der von der Kreuzung durch den Wald in Richtung der nächsten Ortschaft führte. Bevor man jedoch an die Kreuzung gelangte, kam man an einen Steinbruch vorbei. Bis zur Lichtung benötigte man dann gewöhnlich noch zehn Minuten, wenn man ein strammes Gehtempo vorlegte.

Der Weg für Spaziergänger führte an der oberen Kante des Steinbruch entlang. Früher war er für den Sandsteinabbau in Betrieb gewesen, bis er vor einigen Jahren stillgelegt wurde. Niemand kümmerte sich mehr um das Anwesen, an dem der Zahn der Zeit nagte. Die Absperrung war beschädigt. Die Zäune waren eingedrückt, verrostet oder sonst wie kaputt. Verwitterte Schilder warnten vor unkontrolliertem Steinschlag, der jederzeit von der Oberkante losgetreten werden konnte. Es bestand erhebliche Absturzgefahr. Ein steiler, hässlicher Abgrund tat sich vor ihnen in die Tiefe auf.

Die beiden waren an einem normalen Wochentag unterwegs, und es war unwahrscheinlich, weitere Spaziergänger anzutreffen. Die Ruhe im Wald fand Erika herrlich. Weil Lena heute ein wenig übermütig war und sie es nicht eilig hatten, ignorierten sie die Schilder und wagten sich sehr nahe an die Kante, um von oben aus einer seltenen Perspektive einen Blick in den Steinbruch zu werfen. An dessen Grund war ein trüber Tümpel erkennbar, angefüllt mit Wasser, das bei Regen aus dem Gestein hervortrat und sich in der schlammigen Mulde sammelte.

Sie standen da, spähten neugierig in die Tiefe und lauschten der Stille, bis von weitem ein Motorengeräusch durch den Wald wahrnehmbar wurde. Es bohrte sich durch den Frieden des Waldes und kam langsam näher. Es hörte sich an, wie das Tuckern eines alten Traktors. Nur denjenigen, die Grundbesitz im Wald hatten, war es erlaubt, sich dort motorisiert fortzubewegen. Und das waren meistens die Bauern aus der Umgebung, die Holzwirtschaft betrieben. Sicher war einer von ihnen im Wald zum Arbeiten unterwegs. Erika und Lena blieben stehen, bis sie sich sicher waren, ob sie mit ihrer Vermutung richtig lagen. Von oben erspähten sie den alten Traktor, wie er sich durch den Eingang des Steinbruchs schob und eine Kurve drehte.

Erika erkannte sofort, wer da unterwegs war. Es war Herbert Munsinger, ein ehemaliger Landwirt und rüstiger Rentner, der seinen Pfrondorfer Hof dem Sohn überschrieben hatte und nun mit seinen gesamten, noch verbleibenden Kräften bei allem half, was in einer Landwirtschaft tagtäglich anfiel.

„Wusste gar nicht, dass die Munsingers auch Waldbesitz haben", nuschelte Erika. Lena kannte den alten Mann vom Sehen. Er war im Dorf häufig mit genau diesem Traktor unterwegs, seine Art, mobil zu bleiben.

„Der ist aus Pfrondorf. ... Wer ist das noch mal?"

„Herbert Munsinger. Was der wohl hier vorhat?" entgegnete Erika und kicherte gedämpft. „Komm, wir sind ganz leise. Er hat uns wegen des Geknatters noch nicht gehört. Mal schauen, was passiert. Die Munsingers tun nämlich immer

so heimlich und erzählen nicht alles im Dorf über sich herum. Jetzt kriegen wir mal mit, was sie so treiben."
Erika freute sich diebisch über ihre kleine Hinterhältigkeit und darüber, dass Munsinger bestimmt nicht rauskriegen würde, dass er heimlich beobachtet wurde. Sie bedeutete Lena, sich genau wie sie, hinters Gebüsch zu ducken, und drückte mit einem kaum hörbaren „sch" ihren Finger an die Lippen.

Munsinger hielt den Traktor neben dem Tümpel an, würgte den Motor ab und stieg breitbeinig vom Sitz. Er war standesgemäß mit einer blauen Arbeitsjacke, einer alten Hose und Gummistiefeln bekleidet. Von oben erkannten sie, wie er hinter dem Sitz einen Jutesack hervorzerrte. Als er ihn an der Stelle, wo er zusammengebunden war, festhielt, war deutlich zu erkennen, dass sich in dem Sack etwas bewegte und zappelte.
Erika fiel ein, dass die Munsingers auf ihrem Hof in der Ortsmitte Katzen hielten, um die Anzahl der Mäuse einigermaßen unter Kontrolle zu halten, die sich wegen des breiten Nahrungsangebots im Stall und in der Scheune tummelten. Auch war ihr über die Jahre, wenn sie auf ihrem Weg zum nächsten Laden an dem Anwesen vorbeikam, aufgefallen, dass einzelne Katzen immer wieder trächtig waren. Stattdessen hatte sie nie je ein Jungtier zu Gesicht bekommen und sich ständig gewundert, wie schnell die Munsingers ihren Katzennachwuchs woanders unterbrachten.
Geistesgegenwärtig zählte Erika eins und eins zusammen. Es war Opas Job, die ‚Unterbringung' eines neuen Wurfs junger Katzen zu organisieren. Sie war fassungslos, als ihr das klar wurde, und sie wusste sofort, was sich in den nächsten Augenblicken vor ihrer beider Augenpaare abspielen sollte. Munsinger war mit dem Sack auf dem Weg zu einer felsigen Stelle in der Steinbruchwand. Noch wenige Schritte, und die Katzenschicksale waren besiegelt.

Intuitiv, ohne lange nachzudenken – da gab es nichts nachzudenken –, beugte sich Erika über einen etwa eineinhalb Kilo schweren, einzelnen Stein, der neben ihnen im Gebüsch lag, nahm ihn auf, hob ihn mit beiden Händen über den Kopf und stieß ihn außer sich vor Empörung mit einem kurzen Schrei von oben auf den alten Mann hinab.

Der Alte schaute verdutzt gen Himmel. Sofort erklang ein dumpfes ‚Plog', Munsinger stand regungslos da, wankte kurz hin und her, ließ den Sack aus der Hand gleiten und kippte, ohne einen Mucks von sich zu geben, seitlich um. Erika hatte ihn am Kopf getroffen. Leblos lag er am Boden.

„Ist er tot?" Lena stockte bei dem Gedanken das Blut in den Adern. Erika war wie zur Salzsäule erstarrt. „Lena, das habe ich nicht mit Absicht getan. Hörst du? Ich wollte ihn nur erschrecken, damit er die Kätzchen nicht umbringt. Das wolltest du doch bestimmt auch nicht, oder?" Sie keuchte. „Ich weiß nicht", wimmerte Lena, die nicht wirklich erfasste, was gerade eben geschehen war, und spürte, dass etwas unglaublich schief zu laufen begann. Erika wurde aufgedreht, nervös, begann, schwer zu schwitzen. Sie versuchte, sich zu sammeln.

„Lena, er ist sicher nicht tot. So schnell stirbt man nicht. Lass' mich bitte überlegen, ich muss nachdenken, was wir jetzt machen. Ich vermute, wir haben beide, auch du, ein Problem."

In Lena stieg Angst auf. Warum hatte sie ein Problem? Sie hatte ja gar nichts getan! Erika überlegte fieberhaft und versuchte vergeblich Ordnung in ihre chaotischen Gedankengänge zu bringen.

„Wir lassen ihn am besten hier liegen. Wenn wir einen Krankenwagen rufen und er kommt wieder zu sich, wird er sich an mich erinnern und mich anzeigen. So wird er sicher bald vermisst und von seinem Sohn gesucht. Das reicht noch Dicke aus, um ihn zu retten. Vielleicht hat er dann einen Gedächtnisverlust, und kann sich an gar nichts mehr erinnern." „Warum hast du den Stein geworfen und nicht einfach nur gerufen?" wollte Lena verzweifelt wissen.

Lenas einfältige Frage brachte Erika in Aufruhr. Das Mädchen war total verstört über das, was eben passierte. Nun half nur noch beherztes Handeln. Erika sah keine andere Möglichkeit, als den Sack samt Inhalt mitzunehmen.

„Geh' du runter in den Steinbruch und hole den Sack mit den Kätzchen. Die wollten wir doch befreien, nicht wahr? Er hätte sie gegen den Felsen geschlagen. Sie hätten sich das Genick gebrochen. Und dann hätte der Alte Steine in den Sack gefüllt und ihn mit den Kätzchen im Tümpel versenkt, verstehst du? Das ist wie Mord. Geh' nun, fix. Nimm aber den Weg und pass' auf, dass dir nichts passiert. Dann kommst du ganz schnell wieder her", wies sie Lena hastig an, die in ihrer Verwirrung augenblicklich gehorchte.

Verstört und geschockt machte sich Lena auf den Weg und tat, was ihr aufgetragen war. Als sie unten angekommen war, jammerten die Kätzchen im Sack herzzerreißend. Lena war bestürzt. Es waren völlig hilflose, arme Geschöpfe, die vergeblich versuchten, ihrem todbringenden Gefängnis zu entkommen. Wie konnte ein Mensch derartig brutal sein und sie einfach so abmurksen wollen. Es stimmte, was Erika über den Sack und Munsinger gesagt hatte. Plötzlich war sich Lena sicher. Was Erika getan hatte, war bestimmt richtig. Entschlossen nahm sie den Sack an sich. Er war für sie recht schwer, aber sie mobilisierte alle Kraft, die sie besaß, und schleppte ihn vorsichtig davon. Den Alten ließ sie links liegen. Geschah ihm im Grunde ganz recht.
Brav schaffte sie den Sack den Abhang hinauf zu Erika, die Lena nicht eine Sekunde aus den Augen gelassen hatte. Während sie ihr zusah, wie sie sich abmühte und mit großem Eifer und schwer hechelnd wie ein folgsamer Jagdhund die ‚Beute' apportierte, zermarterte sie sich das Hirn, wie es weiter gehen konnte.

„So, das hast du gut gemacht. Bevor uns hier jemand entdeckt, gehen wir schnell zur Lichtung und pflücken den Löwenzahn, gerade so viel, wie wir brauchen, um den Sack zuzudecken. Den legen wir unten in den Korb unter die Blätter und verstecken ihn da. Die Katzen werden dabei bestimmt nicht ersticken. Wir nehmen sie auf jeden Fall mit zu mir." Lena war beruhigt, weil die Kätzchen lebten. Sie zweifelte nicht eine Sekunde daran, dass Erika im Grunde nichts Böses getan hatte. Der Herr Munsinger würde sicher bald gefunden und in ein paar Tagen wieder wie gewohnt mit seinem Traktor durch Pfrondorf kutschieren. Vielleicht mit einem peinlichen Pflaster am Kopf, so dass er sich unangenehme Fragen und Bemerkungen gefallen lassen musste. Wo gehobelt wird, fallen Späne, pflegte ihre Mutter zu sagen. So ist das halt im Leben. Kann doch schließlich nicht jeder machen, was er will, oder?
Unterwegs zur Lichtung sprachen sie nicht viel. Sie marschierten zügig, um den Löwenzahn endlich einzuholen, und hetzten nach Hause.

Zu Hause brachten sie die Babys in den Keller, denn Erika hatte starke Bedenken, ob die Kätzchen sie nicht verraten konnten. Ihre Nachbarn waren nicht völlig blind und neigten dazu, sich ihre eigenen Erklärungen zu Dingen zu machen. Sie holte sofort Milch, um ihnen zu trinken zu geben und Lena mit in ihre Versorgung einzubinden. Sie sollte sich beteiligen und sich verpflichtet fühlen. Darüber hinaus verlangte sie ihr das Versprechen ab, niemandem davon zu erzählen. Sie waren im Wald und bei der Lichtung gewesen und hatten unterwegs keinen Menschen angetroffen! „Uns ist niemand begegnet, verstanden?" beschwor sie Lena, die brav nickte und versprach, dicht zu halten. Erika war sich sicher, dass sie sich auf Lena verlassen konnte. Im Notfall hatte sie ja Schnuppi als Pfand.

Auf dem Nachhauseweg bastelte sich Lena eine Geschichte zusammen, die sie ihrer Mutter über den Ausflug in den Wald erzählen wollte.

Frau Bachmann brauchte Lena in diesem Abend nicht wie sonst alles aus der Nase zu ziehen. Im Gegenteil, sie war über Lenas Gesprächigkeit hoch erstaunt und zugleich erfreut. War die Eiszeit etwa zu Ende? Lena schilderte den Nachmittag bei Frau Schaufler in ungewohnter Ausführlichkeit, den Spaziergang in den Wald und zu der Lichtung, Futterpflücken für die Hasen, und so weiter. Und Schnuppi. Frau Bachmann schickte heimliche Stoßgebete zum Himmel, dass Lena so bleiben möge, und war dankbar, dass ihre Erziehungsversuche endlich fruchteten. Das Misstrauen war wie weggeblasen.

Lena dagegen begab sich mit ihrer Strategie raffiniert in die Offensive und unterband mit ihrem ausschweifenden Bericht geschickt aufdringliche Nachfragen bereits im Vorfeld. Ihre Mutter war mehr als zufrieden und würde sie nun in Ruhe lassen. Punkt.

Die Sache war am nächsten Tag Dorfthema. Herbert Munsinger war verschwunden. Er habe gestern Nachmittag mit seinem Traktor den Bauernhof verlassen, und sei noch nicht zurückgekehrt, so die Familie, die sich große Sorgen machte, wo er denn so lange blieb, denn er war nicht mehr der Jüngste. Auch hatte er kein Handy dabei, weil ihm das ‚zu modern' war. Seine Angehörigen befürchteten, dass ihm etwas zugestoßen war. Eine groß angelegte Suchaktion in

der Umgebung durch die Polizei erübrigte sich jedoch bald, denn er wurde von einem Jogger entdeckt, der augenblicklich Polizei und Krankenwagen verständigte.
Herbert Munsinger verstarb kurz nach Eintreffen der Sanitäter noch am Fundort. Jegliche Hilfe kam zu spät.
Wenige Tage danach empfing Frau Bachmann ihre Tochter nach der Schule mit Neuigkeiten.
„Die Polizei war hier. Sie suchen Zeugen, die sich vor vier Tagen im Wald aufhielten und etwas zur Todesursache von Herrn Munsinger sagen können. Überall hier wird darüber geredet. Ich habe keinen Grund darin gesehen, etwas zu verschweigen. Ich habe der Polizei erzählt, dass Du mit Frau Schaufler am selben Nachmittag, an dem er schwer verletzt wurde, in dem Waldgebiet unterwegs warst, und dass ihr davon nichts mitbekommen habt." Lena war wie vom Donner gerührt.
Frau Bachmann hatte nichts anderes erwartet. Schließlich war Lena ein Kind.
„Die Polizei besteht darauf, jeden zu befragen, der etwas mitbekommen haben könnte. Sie wollen klären, wie es zu der Verletzung kam, an der er gestorben ist. Das gehört nun mal dazu."
Lena versuchte, eine neutrale Miene aufzusetzen. Das gelang ihr einigermaßen überzeugend, denn sie dachte an die kleinen Kätzchen in Erikas Keller. Aber ein leiser Beigeschmack von Beklemmung blieb an ihrem Gewissen haften. Sie stellte ihre Schuhe ordentlich in den Schuhschrank und schlüpfte in ihre Hausschuhe.
„Mmmmh."
„Sie wollen morgen Nachmittag vorbei kommen. Ich denke, Du erklärst ihnen alles noch mal, und dann ist die Angelegenheit erledigt. Als deine Mutter und Erziehungsberechtigte werde ich mit dabei sein. Alle erwarten, dass wir die Aufklärungen unterstützen. Ich denke, wir können das den Munsingers nicht abschlagen. Frau Schaufler werden sie ebenfalls befragen." In Lena ratterte es: Dann muss ich vorher unbedingt noch zu Erika, um sie zu warnen!
„Gut, dass du dabei bist, Mama", antwortete Lena beherzt.
Auf Frau Bachmann wirkte die Unbehaglichkeit ausstrahlende und zugleich gefasste Reaktion ihrer Tochter

nicht besonders außergewöhnlich, sondern normal. Schließlich war es für ein Kind keine einfache Sache, zum Tode eines Menschen von der Polizei befragt zu werden. Und Lena ließ sich endlich einmal von ihrer Mutter helfen. Frau Bachmann war milde gestimmt. „Wir werden das gut über die Bühne bringen."
„Kann ich Schnuppi heute noch besuchen?" fragte Lena kleinlaut, nachdem sie ihren Schulranzen in ihr Zimmer gestellt hatte und wieder bei ihrer Mutter in der Küche auftauchte. Auf dem Herd brutzelten zwei Schnitzel. In einer Schüssel mischte Lenas Mutter eine Soße unter den Salat.
„Wenn du deine Hausaufgaben erledigt hast", war ihre Antwort.
Zwei Stunden später klingelte Lena bei Erika. Die Polizei war freilich schon da gewesen. Hauptkommissarin Gundel Tenneberg von der Kripo Tübingen hatte die Leitung über die Untersuchungen zum Fall Munsinger. Nach dem kurzen Gespräch mit Frau Bachmann, von der sie die Adresse erfuhr, setzte sie ihre Nachforschungen umgehend bei Frau Schaufler fort. Sie wurde von ihrem Mitarbeiter Sven Gruber begleitet.

Erika war wie gewöhnlich zu Hause, als die Polizei bei ihr eintraf. Sie hatte sie durch das Küchenfenster den Weg herauf kommen sehen, zwei Personen in zivil, eine Frau und ein Mann.
KEINER KANN MIR ETWAS NACHWEISEN.
Sie wartete, bis einer von den beiden klingelte. Die Frau und der Mann stellten sich vor und entschuldigten sich für die spontane Störung; ob sie kurz hereinkommen könnten, um ihr ein paar Fragen zu Herbert Munsinger zu stellen? Erika bat sie in die Küche und forderte sie auf, am Küchentisch Platz zu nehmen.
„Frau Schaufler, ich komme gleich zur Sache", eröffnete Gundel Tenneberg das Gespräch. Erika ließ sie auf dem Trockenen sitzen, bot ihnen absichtlich keine Getränke an.
„Wir müssen den Tod von Herrn Munsinger untersuchen, um die Umstände seines Todes aufzuklären. Eine Leiche im Wald dürfen wir nicht ohne Ermittlungen zu den Akten legen. Die Spurensicherung hat die Umgebung abgeriegelt und sucht noch nach Hinweisen. Seine Familie hat die Beerdigung verschoben und zugestimmt, Herrn Munsingers

Körper in der Gerichtsmedizin auf Spuren von Gewalteinwirkung und auf sonstige Hinweise überprüfen zu lassen. Es liegen uns hier noch keine Ergebnisse vor."
Der Mann übernahm. „Sie waren an dem Nachmittag, als Herr Munsinger im Steinbruch eine Verletzung mit Todesfolge erlitt, mit dem Mädchen Lena Bachmann ganz in der Nähe im Wald unterwegs, richtig?" Erika bejahte.
Nun machte die Frau weiter. „Wir möchten Sie bitten, uns genau zu schildern, was Sie und das Kind an diesem Nachmittag gemacht haben. Das beinhaltet in keinerlei Hinsicht irgendwelche Verdächtigungen. Verstehen Sie das bitte nicht falsch. Wir gehen unserer Pflicht nach und versuchen, Erklärungen für einen undurchsichtigen Fall zu finden. Dabei sind wir auf Ihre Mitarbeit angewiesen. Kleinste Spuren und Hinweise können uns entscheidend weiterhelfen."
Erika saß mit gefalteten Händen am Tisch und hielt den Kopf geneigt. „Ich helfe Ihnen gerne. Das ist doch Ehrensache. Der arme Herr Munsinger. Er war so ein netter alter Mann, immer gut aufgelegt. Immer grüßte er freundlich. Was passiert ist, tut mir sehr leid, " heuchelte Erika und erkundigte sich nebenbei nach weiteren Details. „Wie haben Sie übrigens meine Adresse erfahren? Nur so zur Information? Hat Frau Bachmann Sie Ihnen gegeben?"
„Ja, sie war so freundlich. Das Mädchen müssen wir auch befragen. Da wollen wir nicht so überfallsartig auftreten, außerdem soll die Mutter dabei sein. Deshalb befragen wir Sie zuerst", erläuterte Frau Tenneberg freimütig.
Trotz ihrer mangelnden Gastfreundschaft machte die alte Frau einen aufgeschlossenen Eindruck. Die Kripobeamten nahmen zunächst ihre Personalien auf. Während eines beiläufigen Small Talks verschafften sie sich einen allgemeinen Eindruck von Frau Schauflers Umfeld, alles reine Routine. Die Alte hatte nichts Verdächtiges an sich.
Sie erfuhren, dass Frau Schaufler eine Altenpflegerin im Ruhestand war, eine Frau, die eine ausgeprägte soziale Ader zu besitzen schien, lange Jahre in einem Heim in Tübingen-Weilheim gearbeitet hatte und seit ihrem Renteneintritt hier in dem Häuschen in Gesellschaft ihrer vielen Tiere ihren Lebensabend verbrachte.

Gundel Tenneberg, die sich einbildete, sich dunkel an den Namen zu erinnern, ohne jedoch einen Zusammenhang zu irgendetwas Aussagekräftigem herstellen zu können, war ganz gerührt, als sie hörte, warum die Alte so viele Tiere hatte, und dass Frau Schaufler ihren Ruhestand mit Beschäftigungen ausfüllte, die ihr einen Sinn vermittelten.

Dennoch fiel ihr vor allem im Flur und bei einem Blick in das chaotische Wohnzimmer auf, dass Erika Schaufler ihren Haushalt schlampig führte, und sie fragte sich, wie gut die Alte, die auf den ersten Blick einen wachen Eindruck machte, ihren Alltag wohl noch auf die Reihe brachte. Obwohl der Garten einen aufgeräumten, wenn auch nicht sehr gepflegten Anschein vermittelte, war das Haus verwahrlost.

Alte Zeitungen stapelten sich im mehreren Ecken und versperrten den Weg. Ein paar überquellende Mülltüten lehnten an der Wand und warteten vermutlich nicht erst seit gestern auf ihren Abtransport. Eine war sogar umgefallen. Ein Teil ihres Inhalts lag auf dem Boden verstreut, eine leere Plastikflasche und zwei oder drei leere Konservendosen, die einen säuerlichen Mief verströmten. Die fürsorgliche Kommissarin nahm sich vor, vorsichtshalber die zuständige Sozialstation zu informieren, damit sich jemand um Frau Schaufler kümmerte.

Auch für die Tiere bestand eine Verantwortung. Nicht dass der Tierschutzverein sich bei ihr beschwerte, weil sie auf die ihr bekannte Sachlage nicht korrekt reagiert hatte.

Nach all diesen allgemeinen Überlegungen ging Tenneberg pflichtgemäß zur Tagesordnung über.

„Können Sie uns in allen Einzelheiten beschreiben, was Sie und das Mädchen an diesem Nachmittag erlebt haben?" Sie hoffte, dass die Erinnerungen der alten Frau einigermaßen brauchbar waren.

„Ja", setzte Erika ein. „Das Mädchen von Bachmanns war an diesem Nachmittag bei mir, weil sie ihre Ratte besuchen wollte."

„Wie bitte, was meinen Sie damit?" Sven Gruber meldete sich zu Wort. Er hatte bisher weniger geredet als seine Chefin und hielt es für angebracht, sich mit seiner Frage aktiver ins Gespräch einzuschalten. Auch seine Vorgesetzte wurde hier neugierig und ließ ihn gewähren. So kam heraus,

was Frau Bachmann ihnen verschwiegen hatte, dass nämlich ihre Tochter ständig mit Frau Schaufler zu tun hatte. Die beiden Polizisten erfuhren den Hintergrund dafür, warum Lena Bachmann ständig bei Erika Schaufler zu Besuch war, und zwar aus Frau Schauflers Perspektive.
„Dann haben Sie beide ja ein richtiges Vertrauensverhältnis" schlussfolgerte Gundel Tenneberg.
„Ich bin in gewisser Weise eine Art Omaersatz für das Kind", erwiderte Erika nicht ohne Stolz und legte Wert auf ihre Fürsorglichkeit und Verantwortungsbereitschaft für andere.
„Gut. Wenden wir uns dem besagten Nachmittag zu." Gruber hörte konzentriert zu und wollte endlich zum Thema kommen.
„Ich hatte Lena vorgeschlagen, in den Wald gehen, um auf einer Lichtung Löwenzahn für meine beiden Hasen zu pflücken Wir sind am Steinbruch vorbei gekommen und zügig in Richtung Lichtung weiter gegangen, da ist uns allerdings nichts aufgefallen. Wir haben das Futter eingesammelt und sind direkt zurückgekehrt, denn die Hasen waren hungrig und brauchten dringend etwas zu fressen."
„Um wie viel Uhr war das? Wann sind Sie zum Wald losgegangen und wann etwa am Steinbruch vorbei gekommen? Und wann waren Sie wieder hier? Also die gesamte Zeitschiene." Tennebergs Mitarbeiter drückte aufs Gas. Er hatte keine Lust, zu lange um den heißen Brei herumzureden. Das ganze Gequatsche war zwar wichtig, aber bei Gundel Tenneberg artete es immer aus, wenn er nicht dazwischen ging. Jetzt mussten aus seiner Sicht Ergebnisse auf den Tisch. Sie ließ ihm freie Hand, denn für das Unangenehme, das Bohrende, für die Fragen, bei denen die Leute ungemütlich wurden, sich unter Druck gesetzt fühlten und dann komisch reagierten, hatte sie zur Zeit kein gutes Gespür.
Erika schaltete sofort und verlegte den Spaziergang eine halbe Stunde nach vorne. Sie strengte sich höllisch an, nicht den Überblick über die Details zu verlieren. Auf den raschen Polizeiauftritt war sie nicht vorbereitet.
Intuitiv schätzte sie die halbe Stunde als den Fehlertoleranzbereich ein, den man auch bei einer

professionellen Beurteilung der Zuverlässigkeit von Zeugenaussagen – falls sie beim Verlassen des Dorfes von jemandem gesehen wurden – einräumte. Die Vorverlegung passte gut zu der Uhrzeit, zu der sich Lena von zu Hause aus zu ihr auf den Weg gemacht haben konnte, denn an diesem Nachmittag hatte sie sehr lange mit Schnuppi gespielt, bevor sie wieder nach Hause ging. „Gut. Ich notiere mir das und werde Ihre Angaben mit dem abgleichen, was die Kollegen in der Gerichtsmedizin herausgefunden haben. Wurden Sie von jemandem gesehen, als Sie dieses Haus verlassen haben und zum Wald gegangen sind? Ich meine, auf den Feldern da oben?" Gruber wollte es genau wissen. Erika konzentrierte sich. „Ich glaube nicht. Ich muss Ihnen allerdings sagen, dass ich darauf nicht besonders geachtet habe." „Klar. Unsere Kollegen werden noch mal die Leute befragen, die Sie auf dem Weg, den Sie geschildert haben, gesehen haben könnten. Die Anwohner in der Umgebung also."

Gundel Tennenberg beugte sich vor und gab ihrem Mitarbeiter ein Zeichen, dass sie nun an der Reihe war. „Haben Sie im Wald irgendjemanden gesehen oder ist Ihnen jemand begegnet, der irgendwie etwas mit dem Tod von Herrn Munsinger zu tun haben könnte? Ist Ihnen etwas aufgefallen, ein abgestelltes Fahrzeug, besondere Geräusche oder irgendetwas?"
Erika strengte das Gespräch mittlerweile ziemlich an. Können die nicht bald abdampfen? Ihr kam spontan keine Idee, auf wen oder was sie einen Verdacht hätte lenken können. Um Zeit zu gewinnen, tat sie so, als ob sie ein Gähnen unterdrückte.
„Frau Schaufler, beantworten Sie bitte noch die Frage, dann haben wir erst mal genügend Informationen, um den Fall weiter zu bearbeiten. Sie können sich dann wieder ausruhen", redete ihr Gundel Tenneberg zu und warf einen Blick zu Gruber, um abzusichern, dass er kapiert hatte, dass es für den heutigen Tag gut war.
„Nein, wenn ich den Spaziergang vor meinem geistigen Auge Revue passieren lasse, dann kann ich Ihnen leider keinen Hinweis geben."

Die Kommissarin nickte Gruber zu, der sich wortlos von seinem Stuhl erhob, und die beiden verabschiedete sich. Erika fühlte sich total erschlagen.

Lena konnte es kaum erwarten, Erika zu treffen, denn sie war von ihren Sorgen sehr aufgewühlt. Als sie hörte, dass von Seiten der Polizei keinerlei konkrete Verdachtsmomente gegen sie beide im Raum standen, war sie zuerst beruhigt. Aber Erika setzte alles auf eine Karte.
„Wir müssen unbedingt das Gleiche erzählen, ohne Abweichungen. Dann ist der Spuk bald vorbei. Augen zu und durch." Sie schwor Lena auf ihre Version der Geschehnisse ein und appellierte an sie, sich alles gut zu merken und in keiner Einzelheit von Erikas Variante der Abläufe abzuweichen.
„Hast du verstanden?"
Darüber hinaus hielt sie es für sinnvoll, Lenas Gedächtnis mit einer sachten Drohung zu unterstützen, als Motivationshilfe sozusagen. Wer weiß, was der Göre alles einfiel, wenn sie nicht dabei war und sie von allen möglichen Erwachsenen ausgequetscht wurde. Für den Fall brauchte die Kleine ihre Unterstützung ohne falsche Rücksichtnahme.
„Wir könnten sonst beide ziemliche Schwierigkeiten bekommen. Außerdem willst du doch nicht, dass Schnuppi ihr Zuhause verliert!? Du brauchst keine Angst zu haben. Wenn wir beide uns gegenseitig aufeinander verlassen können, wird uns allen nichts passieren. Als ich so alt war wie du, nannten wir das ‚treu'."
Rücksichtslos nützte Erika aus, dass Lena mittlerweile an ihr hing.
Treu. Das abgegriffene, altmodische Wort berührte Lena tatsächlich. Sie fühlte seinen Sinn förmlich, den sie im Grunde gar nicht richtig verstand, als Erika es mit gewichtiger und eindringlicher Mimik aussprach, als ob die Wahrung ihres gemeinsamen Geheimnisses an eine besondere Ehre gekoppelt war. Dass das Abhängigkeitsverhältnis zwischen ihnen, nach allem, was passiert war, auf Gegenseitigkeit beruhte, dafür hatte Lena natürlich keinen Blick.
Erika schätzte Lenas Verhalten im Moment als kalkulierbar ein. Sie ließ das eingeschüchterte Kind die veränderte

Geschichte so häufig wiederholen, bis es von selbst anfing, an die neue Variante zu glauben. Lena gab sich größte Mühe, sich brav alles so zu merken, wie es Erika verlangte. Sie wollte Erika nicht enttäuschen. Sie wollte unter keinen Umständen, dass ihr etwas Schlimmes geschah, denn sie wusste, dass Erika im Grunde ihres Herzens ein guter Mensch war, und sie wünschte sich, dass Schnuppi bei Erika bleiben konnte. Die Vorstellung, wie gemein der alte Munsinger war, machte ihr das Lügen leicht. Erika brauchte ihre Hilfe! Und auch Schnuppi. Denn was sollte aus der Ratte werden, wenn Erika im Gefängnis saß? „Möchtest du mich in den Keller begleiten und die kleinen Kätzchen streicheln?" Lena wollte.

Die vier umtriebigen Fellknäuel waren noch ganz jung und extrem süß. Lena war begeistert von ihnen. Sie fütterte eines davon mit Milch aus einer Flasche für Säuglinge. Die Kleinen waren putzmunter und hatten das drohende, rechtzeitig auf wundersame Weise abgewendete Unheil gut überstanden. Erika und Lena spielten ein paar Minuten mit ihnen und setzten sie danach wieder in einen großen Korb mit Deckel, der mit einer alten Wolldecke ausgelegt war, um sie bis zur nächsten Mahlzeit sich selbst zu überlassen. Lena hatte an diesem Nachmittag wegen der Kätzchen weniger Zeit für ihre Ratte und verabschiedete sich beizeiten. Sie spürte, dass es besser war, ihre Mutter nicht unnötig zu provozieren.

In der Polizeidirektion begannen Gundel Tenneberg und Sven Gruber, den Stand der Ermittlungen zu reflektieren. Laut Frau Schauflers Darstellung war der Jogger, der Munsinger auf seiner täglichen Runde durch den Wald gefunden hatte, ihr und dem Kind nicht begegnet, auch nicht an dem Tag, an dem Munsinger verschwand. „Die Aussagen des Joggers stehen zu Schauflers Angaben nicht im Widerspruch, auch die Zeitschiene ist denkbar. Das ist nicht gerade ergiebig, was wir da herausbekommen haben", meinte Gruber, der seine Arbeit an manchen Tagen hasste. „Du wirst mir doch wohl nicht heimlich die alte Frau verdächtigen?" Gundel Tenneberg sah Gruber erstaunt an. „Wir müssen Munsinger Junior noch mal auf den Zahn fühlen", bestimmte sie dann. Gruber fragte sich, wo seine Chefin den Elan für diesen Fall hernahm.

„Ah, da ist er schon."
Eine Sekretärin lugte durch den Türspalt und deutete an, dass er eingetroffen war. Die beiden Polizisten traten auf den Flur und lenkten den großen, derben Mann in eine enge Kammer, wo er brav auf dem für ihn vorgesehenen Stuhl Platz nahm.

Jörg Munsinger glänzte auf die Frage, was sein Vater an eben diesem Tag, zu eben dieser Zeit im Steinbruch zu schaffen hatte, auch jetzt nicht mit spektakulären Enthüllungen. Er sei da halt mit seinem Traktor unterwegs gewesen, nach dem Rechten schauen, denn das Waldstück am Steinbruch gehörte in der Tat zum Besitz der Munsingers. In dem Punkt, warum sein Vater wohl – unerlaubter Weise - in den gesperrten Steinbruch hinein fuhr, legte sich der junge Munsinger immer noch nicht so recht fest. Vielleicht habe er unterwegs einfach nur austreten müssen, und da habe er sich dezenter Weise den Steinbruch ausgesucht, weil er zufällig auf dem Weg lag. Sein Vater habe sich nicht immer um alle Verbote geschert und hätte ihn nicht immer über alles in Kenntnis gesetzt, was er mit seinem Traktor unternahm.

Tenneberg klopfte ungeduldig mit dem Kugelschreiber auf den Tisch. Sie hasste es, nicht ernst genommen zu werden. Gruber beugte sich vor und wurde eindringlich. „Hatte Ihr Vater Feinde?" „Nein!" Jörg Munsinger schüttelte patzig den Kopf. „Hätte denn jemand ein Interesse an seinem Ableben gehabt?" hakte die Kommissarin sofort nach. „Das weiß ich nicht. Das sollen Sie ja herausfinden!" Darin blieb Munsinger stur.

„Was ist mit Ihnen?" Gruber griff Tennebergs Ball auf, startete unstrukturierte Versuche, etwas herauszufinden. „Wie stehen bei Ihnen die Finanzen nach dem Tod Ihres Vaters?"

„Die Finanzen sind längst geregelt, wenn Sie auf das Thema Erbschaft anspielen. Mein Vater hat mir den Hof ab dem Zeitpunkt komplett überschrieben, ab dem er Rente bezog. Mich ins Visier zu nehmen, finde ich ziemlich platt." Dann wurde er todernst und setzte zu einer empörten Gegenrede an. „Wir alle trauern zu Hause um unseren Opa und müssen mit diesem Verlust fertig werden. Bei uns wollte niemand den Großvater loswerden!" Er war außer sich, weil er mit Grubers letzten Bemerkung als Täter in Betracht kam.

Nachdem Gruber Munsinger entnervt darauf hingewiesen hatte, dass sie schließlich nur ihre Arbeit erledigten, und zwar gewissenhaft, und dass die Tatsache der Gewissenhaftigkeit automatisch dazu führte, dass bei dem jetzigen Stand der Ermittlungen im Prinzip jeder als Täter in Frage kam („Nur damit wir uns richtig verstehen!"), klärte er ihn darüber auf, dass den Befragungen gegenwärtig kaum Hinweise auf den wahren Hergang der Vorkommnisse zu entnehmen seien. Es fehlten zu viele Details, Indizien und ein plausibles Motiv. Daher wären sie gezwungen, alles in Betracht ziehen, was denkbar sei, um irgendwie weiter zu kommen. Egal wie.

Aus Munsinger war aber trotzdem nicht mehr herauszubekommen.

Gundel Tenneberg schob ihm das Formular hin, in das Sven seine Aussagen hineinprotokolliert hatte, und forderte ihn zum Unterschreiben auf. Danach entließen sie ihn.

4. Die Luft wird dünner

Eine Feinheit hatte Munsinger selbstverständlich unter den Tisch fallen lassen, nämlich dass sein Vater den Steinbruch als diskreten und deshalb geeigneten Ort zur Entledigung unliebsamen Katzennachwuchses nutzte, wie an diesem Tag. Das gehörte seines Erachtens nicht zu dem Fall dazu. Das ging niemanden etwas an, auch die Polizei nicht.
Außerdem hätte es im Dorf kein gutes Licht auf die Munsingers geworfen. Wegen so einer nebensächlichen Lappalie konnte heutzutage eine ganze Familie leicht zum Feindbild der Allgemeinheit werden.
Tenneberg und Gruber schwammen nicht gerade in einer Flut von Informationen. „O.k., Sven", meinte Gundel. „Wir können also aus dem, was wir haben, noch kein Tatmotiv rekonstruieren. Haben wir schon Ergebnisse von der Obduktion der Leiche?"
„Ja, hier", entgegnete Gruber und orientierte sich schnell in dem dünnen Bericht, den er auf dem Schreibtisch hatte.
Er schaffte es, ihn in ein längeres Statement zu verarbeiten. „Der Tod ist durch eine Hirnblutung eingetreten. Das Opfer lag über Nacht bewusstlos am Boden, bis ihn der Jogger fand. Dann kollabierte der Kreislauf vollends. Das war zu dem Zeitpunkt, als der Krankenwagen eintraf. Wie lange er so dalag, kann man nur schätzen. Etwa einen Tag lang. Es kann schon sein, dass er zu dem Zeitpunkt, als diese Frau Schaufler mit dem Mädchen vorbeikam, noch nicht da gewesen ist. Die Verletzung muss durch einen circa zwei Kilo schweren Felsbrocken aus Sandstein verursacht worden sein, der ihn an der Stirn erwischte. Steinschlag im Steinbruch, nicht sehr abwegig. Steht doch auch auf den Warnschildern."
„D.h., es kann ein Unfall gewesen sein", resümierte Gundel.
„Ja. Dann wäre der Fall für uns erledigt. Munsinger war selbst schuld."
„Werfen wir einen Blick auf die Ergebnisse der Spurensicherung." Gruber setzte seinen Vortrag fort, während er die wenigen Blätter wichtig in den Händen hielt.
„Die haben die Leiche und den Traktor gefilzt, so gut es ging. An der Leiche wurden keine weiteren Spuren gefunden, außer Spuren, die Kleidung normalerweise

aufweist, wenn sie bei der Arbeit auf einem Bauernhof getragen wurde: Erde, Tierhaare, Fasern von Verpackungen, Heu- und Strohpartikel usw.. Ebenso der Traktor. Alles, was an ihm dran klebte, waren Spuren, die mit Sicherheit von dem Hof stammten. Beim Absuchen der Umgebung kannst du in unserem Fall darauf verzichten, die so genannte Tatwaffe zu suchen. Da liegen Unmengen von Brocken in der gesuchten Größe rum. Ungeklärt bleibt auch, ob der Brocken wirklich zwei Kilo wog, denn ein kleinerer mit einer größeren Fluggeschwindigkeit könnte dieselbe Verletzung verursacht haben. Dann müsste ihn aber jemand aktiv geworfen haben. Irgendwie müsste dieser Stein ein paar geringe Spuren von Munsingers Blut aufweisen. So einen Stein in diesem Steinbruch zu finden, ist den Kollegen leider nicht gelungen. Da liegen so viele herum. Bis da jeder umgedreht ist, vergehen Tage, und alle möglichen Tierchen wie Ratten und Mäuse waren längst da und haben an ihm herumgeschleckt!"

Sven machte es spannend. Natürlich hatte er den Bericht während seiner Ausführungen weiter überflogen. Er wollte Gundel die kleine Sensation bühnengerecht präsentieren. Dazu schnitt er eine bedeutungsvolle Grimasse und setzte seine Ausführungen fort. Sie ahnte inzwischen, dass ihr Kollege etwas entdeckt hatte. „Kommt denn in dem Bericht nichts heraus, was für uns von Interesse ist?" erkundigte sie sich mit gespielter Enttäuschung.

Gruber legte mit großer Geste die Beine auf den Schreibtisch. „Bisher nichts, aber jetzt kommt's: Neben der Leiche konnten die Kollegen deutliche Profilmuster im Boden feststellen, die eine Spur im Boden hinterlassen haben, als ob jemand um die Leiche herumgelaufen wäre. Es handelt sich um Schuhwerk der Größe 33, vielleicht Gummistiefel oder was ähnliches. Die Frage, Chefin, lautet nun:…na…?"

Gruber zeigte mit dem Finger auf Gundel, als ob er ihr das Wort erteilen wollte, beantwortete sich die Frage jedoch selbst. Sie reagierte zu langsam. „Gibt es einen Zusammenhang zwischen diesen Spuren und der Leiche?"

Die Befragung fand im Wohnzimmer der Bachmanns statt. Eine Frau mittleren Alters, dunkelblond, gut angezogen und mit einem angenehm riechenden Parfum, hatte sich freundlich als Frau Tenneberg vorgestellt. Sie war in Begleitung eines Herrn Gruber da. Die Frau war nicht unsympathisch. Für Lena jedoch kein Grund zur Beruhigung.

„Lena, erzähl' doch mal von dem Nachmittag. Nachdem du mit den Hausaufgaben fertig warst, bist du zu Frau Schaufler rüber. Was habt ihr da gemacht?" Die fremde Frau lächelte das Mädchen freundlich an und ignorierte ihren Begleiter, der damit beschäftigt schien, seine Gesichtsmuskeln unter Kontrolle zu bringen. Lena guckte sie mit großen Augen an und beschrieb, wie sie die Tiere fütterten und sich dann wegen des Löwenzahns für die Hasen gen Wald aufmachten. Sie seien am Steinbruch vorbeigekommen, da sei aber nichts gewesen. Dann wären sie schnurstracks zur Lichtung, hätten schnell den Löwenzahn gepflückt, denn die Hasen hatten ja Hunger. Danach wären sie umgehend nach Hause gegangen, also zu Frau Schaufler, hätten die Hasen versorgt und noch eine Weile mit den Tieren gespielt. Daraufhin habe sie sich auf den Heimweg gemacht.

Frau Bachmann nickte erleichtert und lächelte Lena aufmunternd zu. Keiner kam auf die Ratte zu sprechen. Lena lag die Uhrzeit, die ihr Erika eingetrichtert hatte, auf der Zunge und wollte schon losschießen. Da kam Frau Tenneberg auf einen ganz anderen Punkt zu sprechen. „Weißt du noch, was du für Schuhe angehabt hast?"

„Meine grünen Gummistiefel", rief sie freudig und wurde gesprächiger, weil die Kommissarin sie bei den Zeitangaben nicht zu weiteren Lügen nötigte. „Mama sagt, die muss ich anziehen, wenn ich zu Frau Schaufler gehe, damit ich mir im Gras draußen keine Zecken hole." „Kluge Idee. Im Gras gibt es sicher viele Zecken, und die sind nicht ungefährlich", gab Gundel lobend zu. „Kannst du uns die Gummistiefel mal zeigen?" Ohne mit der Wimper zu zucken sprang Frau Bachmann auf, um die Stiefel zu holen.

Nun wurde Gundel direkt. „Wir haben bei der Leiche von Herrn Munsinger Fußspuren im Boden gefunden. Der Vollständigkeit halber würden wir gerne das Profil von Lenas Stiefeln mit dem Profil der Spuren vergleichen. Keine Sorge, das beinhaltet keinen konkreten Verdacht. Haben Sie etwas dagegen, Frau Bachmann, wenn wir uns die Stiefel ausleihen? Wir wollen nur genau sein. Und keine Sorge, wir bringen sie so schnell als möglich wieder zurück", erläuterte die Kommissarin sachlich.

Sowohl für Lena und als auch für Frau Bachmann begann die weitere Entwicklung der Ereignisse vom Plan abzuweichen. Für Frau Bachmann, weil die Angelegenheit, gegen alle Erwartungen, doch noch nicht ganz ausgestanden schien. Insgeheim begann sie sich über den indirekten Vorwurf zu empören, sie behielt aber die Fassung. Für Lena, weil sie zum ersten Mal ernsthafte Bedenken bekam, ob sie und Erika nicht doch noch aufflogen. Aber es war zu spät. Es blieb ihnen keine andere Möglichkeit mehr, als den Polizisten die Stiefel zu überlassen. Lena wurde ganz steif. Eine höllische Angst ergriff von dem Mädchen Besitz. Erika wurde bestimmt wütend, wenn sie das mit den Gummistiefeln erfuhr. Die Tenneberg hatte sie reingelegt mit ihrem freundlichen Getue.

Die erste schwere Strafe ereilte sie in der Nacht, in der sie vor lauter Sorgen kaum Schlaf fand, sich ruhelos im Bett hin und her wälzte und sich das Hirn zermarterte, was mit ihr und Schnuppi nun geschehen würde. Die Sorgen taten richtig weh. Lena spürte sie an ihrem ganzen Körper. Sie hatten sich festgesetzt wie Blutegel, saugten an ihr und raubten ihr ihre ganze Kraft.

Am nächsten Morgen klagte sie über Bauchweh, aber ihre Mutter bestand auf den Schulbesuch, jetzt erst recht.

Das Ergebnis aus dem Vergleich zwischen dem Sohlenabdruck im Steinbruch und dem Profil von Lenas Stiefeln lag Gundel und Sven bereits einen Tag später vor. „Die Profilmuster sind identisch. Die Erdpartikel an den Stiefeln stammen aus dem Steinbruch. Das Mädchen muss in unmittelbarer Nähe der Stelle herumgelaufen sein, an der Munsinger zusammengebrochen ist", sagte Sven misstrauisch, während er Gundel von der Seite mit seinem Blick streifte.

„Ich schätze, der Fall kann uns noch einiges an Kopfzerbrechen bereiten." Gundel wurde hektisch. „Komm, wir fahren gleich nach Pfrondorf. Die Schule ist aus, Lena könnte zuhause sein. Lassen wir ihnen keine Gelegenheit, zu lange zu überlegen. Das Mädchen hat uns womöglich verschwiegen, dass sie doch etwas gesehen hat. Danach statten wir Frau Schaufler einen weiteren Besuch ab."

Frau Bachmann öffnet in der Küchenschürze. Sie hatte eben das frisch gekochte Mittagessen für sich und Lena auf dem Tisch und fühlte sich durch die spontane Störung ausgesprochen belästigt. Konnten die sich denn nicht ankündigen? Sie versuchte, ihren Unmut zu überspielen. „Bringen Sie Lenas Gummistiefel zurück? So schnell wäre das nun nicht nötig gewesen", sagte sie zur Begrüßung.
Nachdem Gundel erläutert hatte, warum die gegenwärtige Lage der Fakten ein weiteres Interview mit Lena erforderte, saßen sie wenige Augenblicke später zum zweiten Mal im Wohnzimmer. Frau Bachmann blieb nichts anderes übrig, als das Essen im Ofen warm zu stellen.
„Lena", begann Gundel ohne Umschweife und sah das Kind dabei direkt an, „wir vermuten, dass die Fußspuren im Steinbruch von deinen Gummistiefeln stammen. Kannst du uns helfen, wie wir das mit dem zusammenbringen können, was du uns gestern erzählt hast? Ich sage nicht, dass du uns angelogen hast. Aber manchmal erinnert man sich nicht richtig, verstehst du?"
Lena sah sie bedrückt an und schwieg. Ihre Finger gruben sich in ihre Kniekehlen. „Ich weiß, dass es für ein kleines Mädchen nicht leicht ist, bei solch schwerwiegenden Vorfällen wie dem hier unter Umständen Dinge gesehen zu haben, die nicht zu verkraften sind." Gundel versuchte es auf die einfühlsame Art und bemühte sich, mit allen ihr zur Verfügung stehenden Mitteln zu verhindern, dass sie das Kind einschüchterte. Womöglich war sie die einzige Zeugin, die ihnen Hinweise zur Aufklärung des Todes des alten Mannes liefern konnte.
„Lena, bitte, sag´ Frau Tenneberg, was du gesehen hast", bettelte Frau Bachmann, die die Störungen durch die Polizei satt hatte. Was sollten denn die Nachbarn denken?
Lena druckste herum und zögerte. „Ich hab´ nichts gesehen", erklärte sie kurz angebunden und blieb dabei.
„Warum warst du im Steinbruch? Wo war Frau Schaufler? Ihr seid doch zu zweit unterwegs gewesen? Du weißt doch, dass der Steinbruch gefährlich ist", bohrte nun Frau Bachmann nach. „Bitte lassen Sie mich das machen, Frau Bachmann, seien Sie so freundlich." Gundel wies sie hart

zurecht. Die genervte Mutter war dabei, alles kaputt zu reden.

Während eines kleinen Disputs zwischen den beiden Frauen kam Lena plötzlich die zündende Idee. „Das stimmt. Jetzt fällt's mir wieder ein. Ich war auf unserem Spaziergang kurz im Steinbruch." Die beiden Frauen und auch Sven Gruber verschlug es die Sprache. „Ich hab´ für die Hasen da unten Futter gesucht. Dort wächst ganz leckeres Futter. Dann sind wir weiter zur Wiese. Erika wollte nicht mit runter. Sie hat aber gesagt, ich solle aufpassen." „Und gesehen hast du sonst niemanden?" „Nein." „Es lag dort noch niemand am Boden?" Lena schüttelte mit nachdrücklich zusammengepressten Lippen den Kopf.

Das also war Lenas Revision ihrer Auskünfte, die sie in einer eigentümlichen Fröhlichkeit vortrug, so arglos und naiv, dass keiner ihr einen Vorwurf machte.

Mit einem Mal setzte sich für Gundel die Sachlage neu zusammen. Lena wusste, dass es keinem Menschen erlaubt war, den Steinbruch zu betreten. Und um sich wegen ihrer Dummheit vor Strafe zu schützen, hatte sie gelogen. Außerdem hatte Frau Schaufler ihre Aufsichtspflicht als Erwachsene verletzt, indem sie zuließ, dass Lena das Gelände betrat. Und Lena schützte sie nun. Das war der Hintergrund für die Falschaussagen des Mädchens. „Gut Lena, du hättest keine Angst zu haben brauchen. Wir von der Polizei drücken bei kleinen ‚Vergehen' ein Auge zu" erklärte die Kommissarin verständnisvoll. „Wir wollen nur die richtig großen Verbrecher fangen. Weil das unsere wichtigste Aufgabe ist, interessiert es uns, warum der Herr Munsinger da unten sterben musste. Deshalb werden sich der Herr Gruber und ich nun verabschieden und weiterarbeiten." Lena schluckte.

Unterwegs hatten sie wegen der Kürze der Wegstrecke nicht viel Zeit, sich auszutauschen. Sven war über den Verlauf der Befragung nicht sehr glücklich. Ihm brannte es unter den Nägeln. „Ich finde, dass deine Schlussfolgerungen zu kurz greifen. Die Stiefelabdrücke passen zu gut mit der Lage der Leiche zusammen", kritisierte er. Gundel murrte, aber er hatte noch nicht genug. „Ist dir außerdem nicht aufgefallen, dass sie Frau Schaufler ‚Erika' nannte? Die beiden scheinen ein sehr vertrautes Verhältnis zueinander zu haben." „Jetzt, wo du es sagst, im Nachhinein, ja. Ich kann es für mich aber noch nicht einordnen, ob das etwas zu bedeuten hat", erwiderte Gundel. Da standen sie aber schon in der Talstrasse 45.

„Dürfen wir freundlicherweise hereinkommen?" Ohne diese Aufforderung hätte Erika sie im Vorgarten vermodern lassen, ohne sich darum zu scheren, was die Nachbarn dachten, weil schon wieder Polizei am Haus war.

„Wollen wir uns nicht setzen?" Erika wirkte an diesem Nachmittag besonders zerstreut. Außerdem sah sie übermüdet aus.

Gundel und Sven verlangten von ihr, den Ablauf des entscheidenden Nachmittags erneut zu beschreiben. Auf Erikas Nachfrage, warum das erforderlich war, erklärten sie ihr, wo die Abdrücke von Lenas Gummistiefeln überall festgestellt worden waren, und dass ihre Darstellung vom Gang der Dinge mitnichten vollständig sein konnte. Wie sie sich das denn erklärte.

„Ja, da habe ich wohl ein paar Sachen als unerheblich eingeschätzt", meinte Erika energielos. Sie sei in letzter Zeit etwas vergesslich geworden und habe vielleicht nicht ganz einschätzen können, was für die Aufklärung des Todes von Herbert Munsinger alles wichtig war. „Stimmt, habe ich ganz vergessen, jetzt, wo Sie direkt danach fragen?"

Lena sei in den Steinbruch gelaufen. Sie sei wie ein junges Fohlen auf der Weide auf dem ganzen Spazierweg zur Lichtung unermüdlich hin und her gesprungen, habe entlang des Weges da etwas gesucht, hier etwas entdeckt. Hätte sie sie denn anbinden sollen? So seien die Spuren im Steinbruch durchaus zu erklären.

Sven, der sich über Frau Schauflers seiner Ansicht nach offensichtlich mangelnde Bereitschaft zur Zusammenarbeit langsam, aber sicher aufregte, protokollierte die neuen Auskünfte genau. Gundels lasche Art von vorhin besorgte seiner Laune den Rest.

„Wenn das so war, wie Sie eben beschrieben haben, waren Sie aber schnell wieder hier. Wenn Kinder unterwegs so hin und her springen, kostet das nicht unheimlich viel Zeit?" Erika wachte auf, wurde ärgerlich. Dieser dahergelaufene Jungspund in engen Jeans und lässigem T-Shirt besaß tatsächlich die Frechheit, ohne jegliche konkrete

Verdachtsmomente allein aufgrund bodenloser Vermutungen ihre Unschuld in Frage zu stellen. Sie hatte nicht im Geringsten den Ehrgeiz mehr, ihre Wallungen zu verbergen. Im Gegenteil. Angriff war die beste Verteidigung. „Sind Sie fertig oder haben Sie noch etwas auf Lager?" raunzte sie Sven an. Der sah zu Gundel, die ratlos zu ihm zurückblickte.

„Gut, Frau Schaufler. Lassen wir das. Wir werden uns etwas anderes überlegen." Gruber beendete das kurze Gespräch ohne zu zögern. „Sie werden von uns hören." Erika verfolgte den Rückzug der beiden mit Genugtuung und freute sich über ihren Punktsieg. Sie hatte sie in die Flucht geschlagen.

Vorerst.

Die Bilanz, die die beiden in der Dienststelle zogen, war ernüchternd. Sven sah aus dem Fenster ihres Büros auf die umliegende Parkanlage und merkte nicht, wie er den Bericht der Spurensicherung mit seinen schweißigen Händen zerknitterte. Gundel saß an ihrem Schreibtisch, ohne Sven auf das inzwischen lädierte Schriftstück aufmerksam zu machen. Sie hielt ihren matten Kopf auf beide Hände gestützt, die zu ihren Ohren hinaufrutschten und sich dort verkeilten. Ihre Stimmung war im Keller. Im Raum war es stickig und warm, denn die Klimaanlage war ausgefallen. Wer glaubte, dass sich die Fenster des in die Jahre kommenden Gebäudekomplexes öffnen ließen, irrte.

„Wann werden die endlich die Klimaanlage reparieren lassen? Das ist ja kaum auszuhalten", moserte Sven, der auf der Suche nach einem Opfer für seine schlechte Laune war.

Sie drehten und wendeten jede Information. Hin und her, vor und zurück, aber die Informationsgrundlage war und blieb wenig aussagekräftig. Es kamen keine neuen Erkenntnisse ans Licht.

„Wir müssen die Ermittlungen einstellen", fasste Gundel resigniert ihr fulminantes Ergebnis zusammen. Erbost warf Sven den Bericht auf den Schreibtisch und ging zum Waschbecken, das an der Wand angebracht war. Ungeduldig nahm er das Handtuch vom Haken, etwas zu resolut, und riss dabei mit einem unfreundlichen Ratsch dessen Aufhänger ab. Er ignorierte sein Missgeschick, machte das Handtuch unter dem aufgedrehten Kaltwasserhahn nass, wrang es aus und setzte sich auf seinen Schreibtischstuhl. Dann lehnte er sich zurück und legte sich das kühle Handtuch auf die Stirn.

„Ich habe Kopfschmerzen."

„Meinst du, das hilft?"

„Nein."

Mit geschlossenen Augen und den Beinen auf dem Tisch hing er in seinem Bürostuhl. Es sah unbequem aus.

„Vielleicht war es wirklich ein Unfall, und es stimmt, dass Schaufler und das Mädchen nichts und niemanden gesehen haben."

„Quatsch, Gundel. Du schließt auf einen Unfall nicht aufgrund vorliegender, sondern aufgrund fehlender Fakten."

Svens Analyse war keine kombinatorische Glanzleistung, sondern eine traurige Tatsache, die ihn dazu veranlasste, seiner Chefin einen ausführlichen Vortrag zuzumuten, warum ein Unfall als Ermittlungsergebnis in diesem Fall eine Bankrotterklärung der Staatsgewalt darstellte. „Wegen der Gummisstiefelabdrücke!" Warum bloß war seine Chefin schon seit Tagen nicht richtig bei der Sache?

„Wenn die Tatwaffe ein Zwei-Kilo-Brocken gewesen sein soll und Munsinger da zusammengebrochen ist, wo er sterbend aufgefunden wurde, dann hat sich das alles nicht innerhalb eines Radius ereignet, der aus ballistischer Sicht einen natürlichen Steinschlag nahe legt. Es gibt keine Spuren, dass er sich weit vom Fleck bewegt hat. Was bedeutet das?"

Aus dem nassen Handtuch tropfte Wasser und lief Sven quer über das Gesicht. Er redete so engagiert, dass er das Handtuch vergessen hatte. Gundel fand, dass er komisch aussah, und kicherte.

„Hörst du mir überhaupt zu?"

Das Kichern hörte auf. „Die Temperaturen heute sind höllisch, entschuldige, ich kann mich kaum konzentrieren." Er sah sie seufzend an.

„Das bedeutet...? Ich bin ganz Ohr!" „Dass der Stein genauso gut geworfen worden sein kann. Aber es war dann bestimmt nicht das Mädchen, auch dann nicht, wenn er leichter war als zwei Kilo."

„Hervorragende Arbeit, mein Lieber. Messerscharf kombiniert, dass es nicht das Mädchen gewesen sein kann",

entgegnete Gundel ironisch. Gleich wurde Sven sauer. „Du lässt mich ja auch die ganze Arbeit alleine machen. Bitte schalte endlich deinen Grips zu." Sein Unmut an sich war Gundel noch keine große Hilfe.
„O.k.. Spaß beiseite. Aber wer kommt überhaupt als Täter in Frage? Auch hier fehlen uns alle konkreten Anhaltspunkte."
„Angeblich war niemand sonst im Wald unterwegs bis auf die beiden sehr ungleichen Freundinnen. Vielleicht war es Frau Schaufler."
„Komm´ mal aus deiner Märchenwelt zurück in die Realität. Es existieren keine Hinweise auf ein Tatmotiv."
„Hör´ mal zu, du Kinderpsychologin mit deinen Totschlagargumenten. Falls du es nicht mehr weißt: Es ist legitim und notwendig, Spekulationen anzustellen. Allerdings, bitteschön, in einem logischen Zusammenhang. Nimm´ einfach mal an, das kleine Mädchen deckt ihre Begleiterin. Ist sehr gut denkbar, hab´ ich recht?" Gundel schwieg.
„Von deiner Psycho-Theorie mit der Verantwortungsübernahme zum Schutz von uns hilflosen Erwachsenen halte ich wenig. Das reicht mir nicht, um zu erklären, warum die Kleine so durch den Wind war, als wir ein paar harmlose Fragen stellten!" „Gut, mein toller Herr Kollege. Was ist dann deine Theorie, hä?" Gundel war zu schlapp, um sich aufzuregen. Sollte sich doch Sven das Hirn zermartern. Dazu war er ja schließlich da.
„Dass das Mädchen von der Schaufler unter Druck gesetzt wird. Sie hat ihr verboten, etwas zu erzählen. Das ist der Grund, warum die Kleine so nervös ist. Sie hat uns angelogen. Und zwar absichtlich." Sven wurde laut.
„Dafür hast du keine Beweise." „Woher auch. Bisher muss ich diesen Scheißfall ja auch alleine bearbeiten." „Sei´ endlich mal konkret, sonst werd´ ich gleich sauer."
Sven zückte seinen Trumpfbuben, seinen einzigen. „Erinnerst du dich genau an ihre Formulierungen?" „Nein."
„Sie nannte die Alte Erika. Die beiden sind sehr vertraut. Das Mädchen deckt die Schaufler!" „Du wiederholst dich. Falls du es vergessen hast: KEIN MOTIV ERKENNBAR. Warum sollte Frau Schaufler so etwas getan haben?"
Sein Kopfweh ließ nach, auch wenn seine Karte den Stich nicht holte. „Weiß ich nicht."

Nach einer längeren gespannten Pause wurde Sven im Ton versöhnlicher. „Sorry, Gundel. Das stinkt etwas zum Himmel wie eine riesengroße Jauchegrube in der heißen Nachmittagssonne. Irgendjemand verschweigt uns etwas."
„Wir haben nichts in der Hand, um Frau Schaufler richtig in die Mangel zu nehmen." Aber das wusste Gruber auch selber. Gundel sah müde aus.
„Ich hol´ dir einen Kaffee."
„Aber bitte auch ein Wasser."
Der Sprudelkasten in der Stockwerksküche war leer. Sven streckte seinen Kopf durch die Tür. „Wasser gibt es nur noch in der Cafeteria." Die Cafeteria befand sich im Erdgeschoß.
„Gehen wir runter. Vielleicht ist es dort kühler."
Die meisten Kollegen auf dem Stockwerk hatten ihre Zimmertüren offen stehen. Im Aufzug trafen sie den Staatsanwalt.
„Und? Wie läuft es bei Ihnen?" Es war ein junger Typ, dennoch immer korrekt gekleidet, ein wenig steif, heute aber ohne Jackett, nur mit Krawatte, einer von der Sorte neunmal klug, noch nicht lange im Geschäft, nicht unsympathisch, fand Gundel. Beruhigend, auch sein Deo hatte angesichts der Hochwetterlage versagt.
Bevor Gundel zu einer Antwort ansetzen konnte, war der Aufzug bereits im nächsten Stockwerk, und eine ganze Masse stieg zu. Sven zwinkerte. Glück gehabt.
Im Erdgeschoß, wo es genauso heiß und dämpfig war, wie in ihrem Büro, hatten sie den Staatsanwalt abgehängt. Wenigstens gab es etwas zu trinken. Gundel verzichtete auf den Kaffee.
„Wo es bei mir hakt, sind die Uhrzeiten. Meiner Meinung nach ist die Dauer des Spaziergangs für das, was die alles sonst noch unterwegs erlebt haben wollen, zu knapp bemessen." Sven sagte als erster etwas, als sie sich mit Getränken versorgt hatten. Hier stimmte ihm Gundel das erste Mal zu.
Zugegebenermaßen brachte sie die Story an diesem Punkt genauso wenig hundertprozentig schlüssig zusammen, wie er, was sie jedoch nicht davon abhielt, sich weiterhin strikt zu weigern, ein Verbrechen in Betracht zu ziehen.

„Abgesprochen haben die beiden auf mich nicht gewirkt", fuhr sie fort und suchte stur nach Argumenten, die Svens Sichtweise widerlegten.

„Wir wissen, dass es normal ist, dass sich zwei Darstellungen von ein und demselben Ereignis nicht komplett decken, wenn es von zwei Leuten beschrieben wird. Auch wenn beide dabei waren", kritisierte sie ihn.

Svens energische Art, die sein ganzer Körper immer dann ausstrahlte, wenn er sich intensiv mit etwas beschäftigte, verhieß, dass er Blut geleckt hatte. Er ließ nicht mehr locker. Wie ein hungriges Raubtier, das sich instinktiv in der Beute festbiss. Gundel musste eingestehen, dass er durchaus ein gewisses Gespür dafür hatte, wenn etwas nicht stimmte. Die wenigen Erfolge ihrer Abteilung gingen maßgeblich auf das Konto seiner Beharrlichkeit. Sie machte ihn zu einem guten Ermittler, und in seinem Alter war er alles andere als am Ende seiner Karriere. Aus diesem Grund verstand sie es sehr gut, dass er sich in seiner kriminologischen Begabung nicht bremsen lassen wollte. Als seine Chefin glaubte sie jedoch, ihn im vorliegenden Fall bremsen zu müssen, denn sie hielt es nicht für normal, dass Sven immer Recht haben sollte. Ihm fehlte der gesunde Funken Selbstkritik. Außerdem war die Energie, die er immer dann entfaltete, wenn er sich eine plausible Sichtweise zu einem Fall zu Recht gelegt hatte, sehr anstrengend. Für Gundel zurzeit zu anstrengend. Sie wollte ihm klarmachen, dass er in diesem Fall über das Ziel hinaus schoss, und sie wollte verhindern, dass er sich die Finger verbrannte (und sie mit ihm, denn sie hatte seine Aktionen als Dienstvorgesetzte nach oben hin zu verantworten).

„Gundel, ich weiß auch nicht, ob die beiden mit dem Tod von Munsinger direkt etwas zu tun haben. Ich will dir nur mal aufzählen, was mir aufgefallen ist. Bitte hör' dir das an." Gundel hielt die Arme auf dem Tisch verschränkt und sah in ihr halbgefülltes Sprudelglas.

„Die Schaufler ist ein seltsamer Sonderling. Das musst du zugeben." Ihre wenig begeistert zusammengezogenen Mundwinkel interpretierte Sven als verhaltene Zustimmung. Seine Stimme begann, dezentere Worte zu formen, mit denen er seiner Chefin gut zuredete. Die wenigen Kollegen, die sich auch noch in der Cafeteria aufhielten, reckten die

Hälse und sahen neugierig zu ihnen herüber. Ihre fragenden Gesichter verrieten, dass sie kein Wort von dem verstanden, worüber sich Sven mit Gundel unterhielt.
„Das sieht man dem ganzen Umfeld an, in dem sie lebt."
Gundel fiel ein, dass sie noch die Sozialstation informieren wollte. „Stimmt. Das ist selbst mir aufgefallen", gab sie widerborstig zurück.
„Das alleine reicht freilich nicht. Was weiter?"
„Das Mädchen. Wir können die Beziehung zwischen Schaufler und dem Mädchen nicht im Geringsten beurteilen. Ist das eine Art Freundschaft, oder ist die alte Dame Großmutterersatz? Wieso haben die zwei so viel miteinander zu tun? Ich kann mir nicht vorstellen, dass das rein nachbarschaftliche Kontakte sind. Frau Bachmann machte auf mich einen eher distanzierten Eindruck Frau Schaufler gegenüber." Gundel ließ das mal kommentarlos so stehen und wartete die kreativen Ideen ihres Kollegen ab.
„Und dann sehe ich noch einen Hinweis. Ich hoffe, du hältst mich nicht für verrückt!"
„Machs nicht so spannend." O.k., Sven gab sich größte Mühe, er sollte eine Chance zu erhalten.
Nun packte er seine Idee aus. Er sah die letzte und einzige Möglichkeit, seine Chefin zu Ermittlungen zu bewegen in dem Versuch, sie an ihrer eigenen Nase zu ziehen. „Ich weiß, dass gerade du sehr offen für psychologische Erklärungen bist. Jetzt will ich auch mal eine anwenden. Ich meine ihre Körpersprache. Findest du nicht, dass da einiges nicht zusammen gepasst hat?" Fragend starrte sie ihn an. Ihre Augenbrauen waren kritisch zusammen gekniffen.
„Manchmal verstehe ich deine Kapriolen nicht. Wenn zwischen den beiden Verbindlichkeiten bestehen, dann am ehesten wegen der Ratte! Hast du die vergessen? Deswegen haben die zwei etwas miteinander zu tun. Deshalb kennen sie sich so gut!"
„Gundel, nimmst du mich auf den Arm?"
„Komm, wir streiten uns im Büro weiter. Mir ist das hier zu heiß." Bevor es sich Gundel anders überlegen konnte, brachte Sven das dreckige Geschirr weg und holte noch zwei Flaschen Sprudel.

Im Aufzug waren sie diesmal alleine. „Da haben sich wohl einige Hitzefrei genehmigt", moserte Sven, als sie über den leeren Flur zu ihrem Büro gingen.
Drinnen war es dämpfiger als vorher. „Du hättest die Jalousien runter lassen können", giftete Gundel ihren superschlauen Kollegen an. Eine gute Viertelstunde lang erklärte Sven, warum ihm an Frau Schaufler einiges seltsam vorkam.
„Sie hat uns während der Befragung kein einziges Mal richtig angesehen. Ständig ist sie ausgewichen."
„Na und. Was willst du damit beweisen?" Svens Eiertanz verdarb ihr den letzten Rest Laune. Nun war sie ernsthaft gereizt und kurz davor, das Gespräch abzubrechen. Das hinderte Sven nicht, sich nach wie vor mächtig ins Zeug zu legen. „Es gibt sogar Theorien, die behaupten, Blick nach rechts oben deutet beim Sprechen darauf hin, dass jemand die Dinge, die er so daher labert, konstruiert, erfindet, sozusagen. Man könnte es auch als gelogen bezeichnen. Wenn jemand vergangene Erlebnisse wiedergibt, an die er sich erinnert, weil sie wirklich stattgefunden haben oder er sie erlebt hat, bewegt sich sein Blick eher nach links oben."
„Von der Kommunikationstheorie habe ich gehört", ließ Gundel gelangweilt wissen und signalisierte ihm, dass er ihr nichts sensationell Neues unter die Nase rieb.
„Soll ich beim Staatanwalt die Ermittlungen einleiten, weil eine vermeintliche Zeugin bei der Befragung immer nach rechts geguckt hat, oder willst du das machen, mein lieber Herr Lügendetektor?" fragte sie ihn grimmig. Nebenbei trommelte sie ungeduldig mit den Fingern auf den Tisch, in der Hoffnung, dass er ihre Körpersprache korrekt zu interpretieren verstand.
„Sven, genug davon. Hör bitte auf. Hat diese Theorie denn Hand und Fuß? Nein. Und damit willst du die Einleitung von Ermittlungen begründen? Du bist ja völlig verrückt."
Das saß. Gruber war eingeschnappt. Mit nichts war Gundel zu ködern, selbst mit ihrem eigenen Psycho-Steckenpferd nicht. Ihm platzte der Kragen. Er wurde laut. „Sieh dir doch mal an, wie viele Fälle in den letzten Jahren in diesem Dienststellenbezirk ungeklärt geblieben sind. Wie findest du das?" Es war ein Dammbruch. Er hatte keine Lust mehr diplomatisch zu sein. „Das ist doch total daneben, was hier

abläuft. Wir haben eine derartig schlechte Aufklärungsquote, dass man sich schämen muss, zuzugeben, in welcher Abteilung man arbeitet."
Gundel war platt. So hatte sie Sven noch nie erlebt. Und er hatte einen verdammt wunden Punkt getroffen.

Anstatt wütend zu werden über seine unverschämten Bemerkungen, saß sie wortlos und leer da, als ob etwas in ihr etwas kaputt geschlagen war. Sven erzählte noch irgendetwas. Aber das hörte sie nicht mehr. Was sollte sie damit jetzt noch, nachdem er die Zustände ihrer Abteilung so simpel, so punktgenau, so unverblümt ausgesprochen hatte?

Mühsam rappelte sie sich auf. Eigentlich gestand sie ihm kein Recht auf dieses Urteil zu. Er war schließlich erst zwei Jahre in der Abteilung, die sie seit immerhin zehn Jahre leitete. Auf der anderen Seite verstand sie seinen Unmut. Es stimmte, dass ihre Aufklärungsquote außergewöhnlich niedrig war, und dass sie sich erst erhöht hatte, seit Sven ihr Mitarbeiter war. Auch sie hätte mehr Spaß an ihrem Beruf gehabt, wenn sie bessere Ergebnisse erzielt hätte, klar. So viele ungelöste Fälle zu den Akten zu legen, wie sie es taten, war unglaublich deprimierend. Andere lästerten bereits.
Gundel schwieg. Trotzdem verstand sie seine Reaktion zunächst nicht. Warum gerade jetzt dieser Hammer? Sie schöpften im Fall Munsinger doch alle legalen Möglichkeiten aus. Mehr war nicht drin.
Womöglich war sein Gemeckere keine Kritik an ihrer Arbeit, sondern der Ausdruck einer Krise, einer ersten Tiefphase in einer jungen Berufslaufbahn, die den Praxisschock noch nicht hinter sich gelassen hatte. So ist das halt mal, philosophierte sie, und hielt es für gewinnbringender, ihn schmoren zu lassen. Diesen Brocken sollte er mal ganz alleine verdauen, so wie alle, die nach der Ausbildung erlebten, dass Theorie und Praxis nicht immer übereinstimmten. Sollte er sich seine Ecken und Kanten abstoßen. Diese Schmerzen hatten sie alle erlitten.

Nach einer längeren Phase der Regungslosigkeit kam sie wieder zu sich und zuckte mit den Schultern. „Ich habe ein paar Momente Erholung gebraucht, entschuldige."

„Was verschweigt uns die Schaufler deiner Ansicht nach?" Er unterbrach sein langsames Auf- und Abschreiten

im Zimmer, mit dem er die Peinlichkeit der Situation zu überspielen versuchte.
„Ich weiß es nicht, was es ist."
Gundel sagte nichts.
„Du weißt doch selbst, dass der Stein, von dem Munsinger getroffen wurde, geworfen worden sein musste. Wenn wir das als Ausgangspunkt nehmen, können wir unterstellen, dass sie uns Informationen über einen Täter vorenthält, wer auch immer dafür in Frage kommt. Das Mädchen hält zu ihr."
Er war nicht tot zu kriegen. Gundel war bereit, es zu versuchen.
„Gut." Sie seufzte. „Mit dem Mädchen können wir im Augenblick nicht viel anfangen. Falls es die alte Frau deckt, könnten wir die Glaubwürdigkeit seiner Aussagen nur mit einem Gutachten in Frage stellen. Aber das bringt uns nichts. Zudem haben wir keinen Grund für ein derartiges Gutachten."
Sven horchte auf und war angenehm überrascht über Gundels plötzliche Aktivität. Es war, als ob eine Mauer zu bröckeln begann. Immerhin fing sie an, sich in den Fall hineinzudenken, wenn auch noch sehr chaotisch. Er hörte aufmerksam zu.
„Und wer könnte dem Munsinger an die Gurgel gegangen sein?" war ihre nächste Frage. „Wenn wir das Gedankenexperiment durchziehen und annehmen, dass er nicht ohne menschliche Fremdeinwirkung gestorben ist."
„Entweder eine uns bis jetzt noch unbekannte Person oder die Schaufler selbst. Das sage ich mal ganz theoretisch. Wir müssen alle Möglichkeiten in Betracht ziehen, auch wenn sie extrem weit hergeholt erscheinen. Ansonsten kommen wir nie auf neue Hypothesen, die uns weiterbringen." „Im Grunde kann ich dir nicht widersprechen." An ihrem traurigen Tonfall erkannte Sven, dass Gundel dabei war, ihre Meinung zu ändern. „Im Moment habe ich zwar keine Ahnung, wie wir weitermachen. Aber ich werde die Spurensicherung beauftragen, den Steinbruch ein weiteres Mal und etwas weitläufiger als vorher unter die Lupe zu nehmen. Es ist durchaus denkbar, Hinweise auf eine bisher unbekannte Person aufzuspüren. Die Zeit, bis Ergebnisse vorliegen, können wir als kreative Denkpause nutzen."

5. Gundel Tenneberg kommt ins Grübeln

Sie ließ die Fälle der letzten Jahre vor ihrem geistigen Auge vorbeiziehen, konnte sich nicht an alle erinnern. Der Versuch, sich möglichst vieles wieder herzuholen, war mühsam. Unter dem, was ihr spontan und sehr lückenhaft einfiel, fanden sich in der Tat einige ungeklärte Todesfälle.
Pünktlich zu Dienstschluss setzten die üblichen Pilgerströme ein, ein Ritual, auf das unbedingt Verlass war. Wenig später war das Bürogebäude wie ausgestorben. Diesen Zeitpunkt wartete Gundel ab. Es hätte nur lästiges Gerede gegeben. Die abgelegten Akten, die sie durchsehen wollte, waren außerhalb ihres Büros archiviert, in einem fensterlosen Raum ein Stockwerk tiefer, der unappetitlich nach abgegriffenem, altem Papier roch.
Gundel knipste das Neonlicht an und suchte die Regalbeschriftungen ab. Bald hatte sie einen Stapel von fünf oder sechs Mappen zusammengesammelt und setzte sich an den kleinen Tisch, der in der Mitte des Raumes stand. Sie begann, die Unterlagen aufmerksam durchzulesen.

Am Abend kam sie spät nach Hause. Ihr Ehemann war wenig begeistert von ihrem neuerlichen Engagement.
„Seit wann schiebst du Überstunden?"
„Ich schiebe keine Überstunden", entgegnete sie. „Ich sehe mir gerade ein paar alte Fälle durch."
„Warum denn das?" Torsten war äußerst erstaunt.
„Gruber hat mir so zu sagen den Kopf gewaschen." Er sah sie irritiert an. „Warum wäscht er dir den Kopf? Ich dachte, du bist die Vorgesetzte?"
„Er ist unzufrieden und hat an den Ergebnissen unserer Arbeit gewaltig herum gemeckert. Ja, er hat sich über unsere Aufklärungsrate beschwert. Ich denke, er will noch nicht akzeptieren, dass im Fall Munsinger möglicherweise nichts heraus kommt. Kann ich auch verstehen." Torsten wurde hellhörig. Sie seufzte bedrückt.
„Irgendwie hat er mit dem ganzen Thema bei mir eine wunde Stelle getroffen." „Aha, und inwiefern?"
„Mir geht es auch auf die Nerven, dass wir so oft wie die Deppen vom Dienst dastehen. Die Welt verübt Verbrechen, und wir gucken zu wie Schießbudenfiguren. Irgendwie kommt man sich da schon verarscht vor, um es schwäbisch auszudrücken."

„Das heißt?" So kannte er seine Frau gar nicht. „Dass du nun öfters mal abends Überstunden einlegst?" wollte er wissen, ohne einen leichten Widerspruch zu unterdrücken. Damit war er ganz und gar nicht einverstanden. Er war nämlich heilfroh, dass sich seine Frau in ihrem Beruf nicht überengagierte und auspowerte, sondern ihre freie Zeit in relativ ausgeruhtem Zustand mit ihm zusammen verbrachte. Er genoss das.

„Wenn ich ehrlich bin, stört mich dieser Zustand auch schon lange. Deshalb habe ich heute Abend in alten Unterlagen gewühlt. Wenn etwas dran ist an dem, was Gruber kritisiert, dann will ich auch nicht so weitermachen wie bisher." Gundel schob ihren Teller zu der Pfanne mit den Bratkartoffeln und schöpfte sich ein zweites Mal nach. Ihr Mann kaute unterdessen langsam auf einem Bissen Wurst herum, ohne den Blick von ihr abzuwenden.

„Ich wollte mal nachschauen, ob wir in der Vergangenheit wirklich so viele Fälle zu früh abgehakt haben."

Torsten beobachtete die neuen Entwicklungen genau, bereit, rechtzeitig die Notbremse zu ziehen, falls Gundel auf die Idee kam, Karriere machen zu wollen und sich dabei zu verschleißen. Das war aus seiner Sicht nicht notwendig.

„Und? Was ist dabei herausgekommen? Ist dir im Nachhinein etwas aufgefallen?" „Ja, Grubers Vorwurf, dass wir Ermittlungen zu früh einstellen, kann ich gut nachvollziehen. Da war einiges, an dem man durchaus hätte penetranter dranbleiben können."

„Daraus folgt was?"

„Dass ich prüfe, in welchen Fällen ich die Ermittlungen nacharbeite." Das klang verdächtig nach Überstunden! Aber Torsten fiel kein passendes Gegenargument ein. Plumpe Versuche, sie umzustimmen, hätte seine Frau beleidigt abgeschmettert. „Mord verjährt ja schließlich nicht", setzte sie nach. Torsten legte langsam sein Messer und seine Gabel beiseite und nahm sich ebenfalls ein zweites Mal aus der Pfanne. „Rein theoretisch können wir immer noch zugreifen und einlochen." „Denkst du an etwas Konkretes?" Torsten schnippelte an seiner zweiten Wurst.

Es war eine ältere Affäre, die Gundel besonders beschäftigte. Vor circa drei bis vier Jahren erregte ein Pflegeheim in einer kleinen Nachbargemeinde Tübingens starkes öffentliches Aufsehen, weil innerhalb weniger Wochen eine ganze Serie von Todesfällen aufgetreten war. Die Sonderkommission, die sie damals leitete, kam zu keinem brauchbaren Ergebnis.

„Es war vor Grubers Zeit. Genau deshalb werde ich mir den gesamten Hergang der Ermittlungen mit ihm zusammen noch mal haarklein anschauen."

Torsten hatte sich bis dahin über Gundels Arbeit keine großen Gedanken gemacht. Ihm war es nicht wichtig, dass seine Frau erfolgreich war. Nicht aus Gleichgültigkeit ihr gegenüber, der Himmel bewahre, sondern weil er selbst beruflich fest im Sattel saß, genügend für sie beide verdiente. Ihm gefiel das so. Er hatte immerhin einen gut dotierten Lehrstuhl für Literatur an der Uni inne.

Auf der anderen Seite schien diese ungewohnte Aktivität Gundel aufblühen zu lassen. Und daran fand er plötzlich Gefallen. Vielleicht weihte sie ihn in spannende, skandalträchtige Geschichten aus der wirklichen Wirklichkeit ein. Als Literaturprofessor las er zwar hin und wieder einen Krimi, aber reale Geschichten besaßen natürlich ihren eigenen Reiz und waren wegen ihrer Echtheit und räumlichen Nähe viel spannender als erfundene.

Der zweite Anlauf der Spurensicherung erwies sich als voller Reinfall. Die Suche ergab nicht einen winzigen neuen Hinweis. Gundel tat es leid, dass Svens Eifer einen Rückschlag erlitt. Sie selber war ja Misserfolge gewöhnt. Betrübt legte er den Bericht beiseite und sah aus dem Fenster.

„Ich habe mir noch mal einige ungeklärte Fälle aus den vergangenen Jahren zu Gemüte geführt. Einer ist mir da besonders schmerzlich in Erinnerung geblieben. Ich dachte mir, wir könnten zusammen anhand der Unterlagen den Verlauf rekapitulieren und nachprüfen, an welchen Stellen die Ermittlungen gescheitert sind. Ich habe mich damals unglaublich geärgert. Ich würde gerne deine Meinung dazu hören!" Gundels seelsorgerlicher Versuch erntete bei Sven lediglich einen tiefen Seufzer.

„Worum ging es da?"

„Es gab in einem Pflegeheim ganz hier in der Nähe eine bizarre Reihe von Todesfällen. Bekannt wurde die ganze Geschichte, weil Gerüchte im Umlauf waren und die Presse bereits in den Startlöchern saß. Nachdem wir damals einige Fragen gestellt hatten, schien sich die Lage wieder zu normalisieren. Sagt dir Petrusstift etwas?" Das einzige, was ihm dazu einfiel, war ein Schulternzucken. Doch dann fiel der Groschen. Sein Gesicht nahm überraschend eine gesündere Farbe an, seine Mundwinkel deuteten ein dezent hämisches Grinsen an. „Hat da nicht unsere Frau Schaufler gearbeitet?"

Wie ein Blitz durchfuhr es Gundel. Natürlich! Es fiel ihr wie Schuppen von den Augen. Ärgerlich nur, dass sie die Verbindungslinie nicht selbst gezogen hatte. Schalte endlich dein Hirn ein, Gundel, kasteite sie sich in Gedanken, und tat vor Sven so, als ob sie diesen fetten Brocken absichtlich ihm zugeschoben hatte. „Ganz genau. Daran habe ich auch schon gedacht." Sven schien nichts zu bemerken. Nebenbei stieg jedoch ein flaues Gefühl in ihrer Magengegend hoch „Das ist Futter für die Fantasie eines jeden Ermittlers. Wir müssen also aufpassen, dass wir den Blick für die Fakten nicht verlieren", warnte sie. Aber die Kettenreaktion war in Gang gesetzt. Gundel hatte die Mischung der Ingredienzen nicht ganz zutreffend eingeschätzt. Ihr halbherziger Rückzieher brachte Sven an die Decke. „Was ist los?" Er wurde laut und vorwurfsvoll. „Findest du dich nicht ein bisschen paranoid? Obwohl ich keine Verbindung zwischen Munsinger und dem Pflegeheim hergestellt habe, da hast du schon Bedenken, dass wir unsere Kompetenzen überschritten haben und die Öffentlichkeit bereits über uns lacht?"

Wortlos vermied es Gundel, ihn anzusehen. Sie ordnete Papiere, räumte die Schubladen ihres Schreibtisches aus, faltete Blätter neu zusammen, sortierte manches aus, warf es in den Papierkorb. Sven beobachtete sie perplex.

„Es ist deine verdammte Aufgabe, Verbindungen zu suchen, Hypothesen aufzustellen, mit Vermutungen zu arbeiten. Man nennt das Ermittlungen in alle Richtungen. Vor allem dann, wenn noch überhaupt keine Richtung erkennbar ist. Hast du das vergessen?" Er verstand ihr Braves-Mädchen-Getue nicht. Gundel war wie eine alte, angezogene Bremsvorrichtung, die im Laufe der Jahre eingerostet war, an der sich nichts bewegte.

„Damit trittst du niemandem auf die Zehen, verstehst du?"
Zu Svens letzter Äußerung hatte sie andere Erfahrungen gemacht.
„Und wenn, dann gehört das zum Geschäft!"

Auf ihrem Schreibtisch fand sie nichts mehr, was aufzuräumen war. Gundel rang sich eine Antwort ab, atmete dabei schwer. Am liebsten hätte sie sich in ein Loch verzogen und geheult. Ihre Stimme klang dünn. „Können wir die Munsinger-Sache nicht einfach ein paar Tage ruhen lassen?"
Weil von Sven noch kein Widerspruch kam, redete sie weiter.
„Eine kreative Pause, bis uns brauchbare Ideen einfallen und wir uns nicht aus Übereifer und Hektik künstlich etwas aus der Nase ziehen, was von vorne herein nicht Hieb und Stich fest sein kann? Auf dem Hintergrund der derzeitigen Sachlage erwartet hier von uns keiner eine sofortige abschließende Stellungnahme." Sie hatte sich Luft verschafft. Sven sah ein, dass das trotz allem die klügere Taktik war, und nahm sich etwas zurück. Wenigstens schienen sich bei Gundel die Blockaden zu lösen. Sie einigten sich darauf, sich als nächstes die Todesfallserie im Petrusstift anzuschauen. Endlich kam ganz sachte Leben in die Bude, was aus seiner Sicht dringend nötig war.

Der Druck, der sich in Erika aufbaute, fühlte sich an, wie die Sturzflut infolge eines Wirbelsturmes, und war kaum zu ertragen. Wenigstens erreichte sie es mit viel Wein und Bier, dass die Anspannung ihre Nerven nicht sprengte. Das Teufelszeug brachte die ersehnte Ablenkung. Phasenweise konnte sie ihre quälende Angst vergessen. Wer wusste schon, wann Tenneberg und Gruber wiederkamen und bei ihr herum schnüffelten.
Noch trank sie vorwiegend abends und war in Folge dessen am Vormittag annähernd nüchtern. Der Getränkehändler, der in Pfrondorf Haushalte belieferte, freute sich, dass Frau Schaufler eine gute Kundin war, und zollte dem für eine alte Dame recht ungewöhnlichen Konsum Respekt. Ihn interessierte nur der Umsatz, alles andere war ihm egal. Sollten sich die Leute die Leber weg saufen; davon lebte er schließlich. Alle paar Tage stellte er volle Kisten bei ihr ab und sammelte das Leergut ein.

Nachts fiel Erika in einen unerholsamen besoffenen Schlaf. Ihr schwirrten immer wieder dieselben Befürchtungen durch den Kopf. Verdruckst hatte ihr Lena gestanden, dass die Polizisten ihre Gummistiefel mitgenommen und herausbekommen hatten, dass die Spuren um den Fundort der Leiche von ihr stammen mussten. Offenbar hatte sie dicht gehalten. Aber wenn die Nachforschungen in absehbarer Zeit nicht eingestellt wurden, würde Lena nicht mehr lange standhalten.
Im Dorf äußerte niemand einen Verdacht gegen sie. Alle suchten den großen Unbekannten, den man sich zu solch einer Schandtat vorstellen konnte. Oder waren es doch unglückliche Umstände, die zu einem Unfall geführt hatten? Es war unmöglich, dass eine alte Frau, die mit einem kleinen Mädchen unterwegs war, einen dorfbekannten Opa aus der Nachbarschaft getötet haben konnte. Warum sollte sie?
Bei den wenigen Gelegenheiten, zu denen sie sich ins Dorf begab, nur zum Einkaufen, begegneten Erika Mitgefühl und Bedauern und der aufrichtige Wunsch, dass sie diese unangenehmen Ereignisse hoffentlich bald hinter sich lassen konnte. Erika sog diese Reaktionen in sich auf wie ein trockener Schwamm das Putzwasser im Eimer und glaubte bald selbst an ihre Version von den Abläufen im Wald und im Steinbruch. Sie hatte mit den Ereignissen nur noch am Rande zu tun.
Nichts desto trotz, das Ganze hinterließen Spuren in ihr. Das ständige Manipulieren von Tatsachen und der nicht unerhebliche Alkoholkonsum, der früher schon eine Gewohnheit war, sich nun aber zu verstärken begann, zerfurchten sie auf eine absonderliche Art und Weise. Manchmal hatte sie das Gefühl, seltsam neben sich zu stehen. Sie kam sich in ihrem eigenen Körper fremd vor. Als sie kürzlich einen Apfel klein schnitt, mit dem Messer dabei aus Versehen ihren Finger touchierte und das Blut aus dem klaffenden Hautlappen tropfte, merkte sie eine ganze Weile nicht, dass es ihr eigener Finger war, in den sie hinein geschnitten hatte. Nicht selten versorgte Lena die Tiere alleine, wenn sie da war. Darauf war sie sehr stolz. Das Mädchen bemerkte sehr genau, dass Erika mitunter außergewöhnlich abwesend war, konnte aber letztendlich

nichts damit anfangen. Sie hatte schlicht nicht den Mut, sich bei Erika zu erkundigen, was mit ihr los war.

Im Keller tobten die vier kleinen Kätzchen. Sie turnten zwischen den Kisten und Regalen umher, bissen sich gegenseitig im Spiel und balgten miteinander. Sie waren einfach niedlich. Erika und Lena passten gut auf, dass sie aus ihrem Verließ nicht entwischten, denn dann hätten die Fragen erneut angefangen. Zuerst ganz unbedarft und harmlos, danach, wenn ihnen keine guten Antworten eingefallen waren, weniger freundlich und alsbald skeptisch und mit den ersten Unterstellungen.

Die kleinen waren zwischen drei und vier Wochen alt und wurden immer noch mit dem Fläschchen gefüttert. Das bedeutete für Erika und Lena (hauptsächlich für Erika, denn Lena konnte selbstverständlich nicht ständig helfen) einen erheblichen Aufwand. Erika ging dazu über, ihnen versuchsweise feste Nahrung anzubieten. Die Kätzchen probierten das neue Futter zwar, aber es war noch kein passender Ersatz. Der vollständige Verzicht auf Flüssignahrung war probeweise erst in drei bis vier Wochen sinnvoll. Bis dahin waren sie für Erika sehr pflegeintensiv. Überall im Raum setzten sie ihre Exkremente ab, wie Säuglinge eben. Damit es nicht allzu sehr zu stinken anfing, blieb Erika nichts anderes übrig, als ständig zu putzen. Sie stöhnte unter der Last. An Sauberkeitstraining war erst dann zu denken, wenn die kleinen Scheißerchen drei Monate alt waren. Bis dahin war es noch eine Ewigkeit. Dann würde sie für die vier Katzen mindestens zwei Katzenklos benötigen. Wie die Alten im Pflegeheim, dachte sie bei sich. Hatten den ganzen Tag über nichts anderes zu tun als in ihren Betten zu liegen und zu warten, bis jemand vom Pflegepersonal vorbei kam und ihnen mühselig soviel Essen und Trinken einflösste, dass die ausgemergelten, kaputten Körper nicht vollends in sich zusammenfielen. Danach wurden sie aufs Klo gesetzt und bekamen mehr schlecht als recht den Hintern abgewaschen. Waschen. Was für eine Bezeichnung für eine Handlung, die diesen Namen nicht verdiente. Den Geruch nach Alt hatte man von denen mit keiner noch so guten Seife wieder abbekommen. Was für ein Gestank, wenn man die Zimmertüren öffnete, mit angehaltener Luft erst einmal zum Fenster hechtete und es

aufriss, damit man beim Arbeiten nicht an dem Mief erstickte, um dann zu hören: „Mir wird es zu kalt, ich friere", auch wenn draußen Frühling war und eine milde Temperatur die Bäume austreiben ließ. Was für eine Zumutung.
Die kleinen Kätzchen verbreiteten im Vergleich zu den alten Pflegebedürftigen selbstverständlich eine andere Vitalität, trotzdem empfand Erika ihre Versorgung als Strapaze. Sie war müde geworden. Verschrumpelt und zerknittert wie ein Luftballon, den ein Kind in prallem, aufgeblasenen Zustand in einer Spielzeugkiste zur Aufbewahrung versteckte, um später betrübt festzustellen, dass er über die Wochen an Spannkraft und Volumen verlor hatte. Gut, dass Lena bald anrückte und sich einspannen ließ.

Als das Mädchen am Nachmittag eintraf, war Erika noch nicht mit Saubermachen im Keller fertig. Eigentlich wollte sie dem Kind diese Arbeit nicht aufbürden, aber sollte nicht ein jeder junger Mensch frühzeitig mit allen Seiten des Lebens in Berührung kommen? Was half es, den Anschein einer heilen Welt aufrecht zu erhalten? Also half Lena Erika dabei, die Ausscheidungen ihrer Pfleglinge aufzuputzen.
Im Keller hatte sich durch den Kot und den Urin ein Geruch eingenistet, der sich durch alleiniges Entfernen der Fäkalien nicht mehr beseitigen ließ. Der Raum besaß zwar ein kleines Fenster, durch das etwas frische Luft hereinströmte. Allerdings zu wenig, um ihn wirksam zu belüften. Diese Umgebung würde die Katzen auf Dauer schädigen und die Entwicklung des Geruchssinns der Tiere beeinträchtigen, überlegte Erika. Außerdem war es gar nicht möglich, zwischen den Regalen, den Kisten und dem herumstehenden Gerümpel, hinter denen die Kätzchen spielten und dann ihre Notdurft fallen ließen, alles vollständig aufzuwischen. Erika hätte immer alles komplett ausräumen müssen, und das mit ihrem kaputten Rücken.
Lena fand den Geruch auch abscheulich, nahm ihn jedoch als unabänderlich in Kauf. Ihre Lust, mit den Kätzchen zu spielen, war ungebrochen.

Trotzdem litt sie seit der Angelegenheit mit den Gummistiefeln unter einer Art schlechtem Gewissen. Sie spürte, dass es vielleicht nicht richtig gewesen war, die Polizei anzulügen. Frau Tenneberg die Wahrheit zu sagen,

hätte nicht zwingend bedeutet, die Kätzchen in Gefahr zu bringen. Ihrer Mutter die Wahrheit vorzuenthalten, fand sie nicht so schlimm, damit konnte sie gut leben. Auch mit deren Enttäuschung und Ärger, falls alles aufflog. Hätte ihre Mutter das mit der Ratte erlaubt, dann wäre alles gar nicht so weit gekommen. Ja, wegen ihrer Mutter war alles so gekommen. Sie war schuld.
Der richtige Zeitpunkt zum Reden war nun vorbei. Sie mussten ihren Plan durchziehen, vom Anfang bis zum Ende. Das schlechte Gewissen würde sich wie von selbst auflösen, je mehr alles in Vergessenheit geraten würde. Sonst wäre Erika nicht weiterhin sehr nett zu ihr gewesen.
Lena spürte aber, daß etwas anderes mit Erika etwas nicht in Ordnung war. Sie durfte sie also unter keinen Umständen im Stich lassen und ließ sich immer wieder die Geschichten von den geretteten Tieren erzählen, auch wenn sich Erika gebetsmühlenartig zum x-ten Male wiederholte.

Mit den Tagen nahmen die Sorgen über Erika zu. Lena fiel auf, dass die Geschichten über ihre geretteten Tiere immer weniger zu der Art passten, wie Erika ihre Pflegeaktivitäten um die Katzenkinder herum kommentierte. Die Kätzchen im Keller waren nicht nur kleine Sonnenscheinchen, sondern sie wurden ebenso eine Quelle von Erikas Unbehagen. Lena verstand nicht recht, warum.
„Was machen wir mit den Kätzchen auf Dauer", fragte Erika an einem Nachmittags beiläufig. Lena wurde hellhörig. „Ich weiß nicht?" Worauf wollte Erika wohl hinaus, überlegte Lena konsterniert.
„Sie können doch hier bleiben" entgegnete sie fragend.
„Ja", erwiderte Erika seltsam. „Das müssen sie wohl."
Lena hatte jedem von ihnen einen Namen geben wollen und war erstaunt, dass Erika dagegen war.
„Siehst du, meine anderen Tiere haben auch keine richtigen Namen."
„Warum nicht?" Lena fand Erikas Begründung merkwürdig.
„Sie brauchen keinen. Sie geben sich untereinander auch keine Namen. Wenn wir Menschen ihnen Namen geben, auf die sie eh nicht reagieren, dann ist das einer unserer vielen unpassenden Versuche, sie uns ähnlicher zu machen als sie es tatsächlich sind. Wir denken, sie hätten dieselben

Bedürfnisse wie wir Menschen. Ich finde, wir werden ihnen gerechter, wenn wir sie namenlos lassen", erklärte Erika.
Auf diese Argumentation fiel Lena nichts Stichhaltiges ein. An ihrem überzeugten Blick las sie ab, dass sich Erika nicht umstimmen lassen würde. Manchmal war sie komisch. Lena verstand vieles an Erika nicht, hielt aber lieber den Mund.

Gundel und Sven hatten endlich einen Anlass, sich den Kopf auf eine konstruktive Art zu zerbrechen. Der Hinweis kam doch noch von der Spurensicherung. Die Kollegen ließen sich nach langem hin und her platt klopfen, die Proben aus dem Steinbruch ein weiteres Mal durch alle Testverfahren laufen zu lassen. Und siehe da. Es ergab sich eine neue Einzelheit, deren Bedeutung vorerst so gut wie nicht absehbar war, die aber Anlass zu Optimismus gab. Neben der Stelle, an der Munsinger lag, wurden Spuren von Jutefasern entdeckt.

„Ticken die Typen von der Spurensicherung eigentlich noch ganz richtig?" eiferte sich Sven. „Die bequemen sich mal so nach und nach und finden Dinge heraus, die beim ersten Anlauf bereits hätten dabei sein müssen. Geht das nicht genauer, oder warum muss man jedes Mal einen Extraantrag stellen, um an die Fakten ran zu kommen? Denen geht's wohl zu gut." So deutlich, wie in diesem Zusammenhang, war es ihm noch nie aufgefallen, wie die Zusammenarbeit zwischen den einzelnen Abteilungen wirklich ablief.

„Ich kenn' das nicht anders."

„Hey, die sollen gefälligst ihren Job machen, und zwar von sich aus. Wo sind wir denn hier?" Sven regte sich gewaltig auf, auch wegen Gundel, die das alles wohl ganz normal fand und sich nicht im Geringsten zu echauffieren schien.

„Reg' dich nicht auf. Hast du eine Idee, was das bedeuten könnte?" Sie wollte einfach weitermachen.

„Was, die Kooperation von unseren Kollegen?" Sven war noch auf hundertachtzig und rang seiner Chefin durch seinen Groll einen schwermütigen Seufzer ab. „Nein, ich meine das mit der Jutefaser", antwortete sie schließlich kleinlaut.

Die Jutefasern sagten ihr rein gar nichts. Das Stochern im Nebel wurde dadurch nicht besser, und das machte sie nervös. Svens Ärger war da nur lästig. Nach fünf Runden, die er um den Schreibtisch herum drehte, versuchte er, seine

ursprüngliche Fassung zurück zu gewinnen. „Jetzt mal ganz locker bleiben", meinte er mehr zu sich selbst. „Zu Hektik besteht keinerlei Anlass. Unsere Kollegen lassen sich schließlich auch durch nichts aus der Ruhe bringen, oder?" Gundel schluckte zum dritten Mal.
Sven bemühte sich, cool zu wirken, und verschränkte die Arme vor der Brust.
„Versuchen wir einfach, ganz strukturiert vorzugehen. Das bringt am meisten. Sammeln wir mal die Fragen, die sich daraus ergeben: Woher stammen diese Fasern? Vielleicht von einem Sack, wie man sie auf Bauernhöfen benützt? Hatte Herbert Munsinger einen Sack dabei? Oder hatte Munsinger den Sack dabei und der Täter hat ihn entwendet? Wo ist also dieser Sack geblieben. Was war drin? Aus seinen Jacken- und Hosentaschen wurde laut Jörg Munsinger nichts entwendet. Oder hatte der Täter oder die Täterin, wenn es einen oder eine gibt, den Sack selbst dabei? Und welche Funktion hatte der Sack dann?" Er legte eine Pause ein und überlegte kurz. „Wem sollten wir noch mal auf den Zahn fühlen?"
„Dem Mädchen und Jörg Munsinger", entschied Gundel. „Frau Schaufler erst dann, wenn sich aus den Angaben der ersten beiden Widersprüche ergeben oder gar nichts dabei heraus kommt."
„Verstehe ich nicht? Warum das Mädchen und nicht gleich die Schaufler? Warum nicht alle drei? Wenn das Mädchen vor Munsinger im Steinbruch war, konnte sie doch gar keinen Sack gesehen haben."
Sven versuchte krampfhaft, Gundels Gedankengängen zu folgen, was gar nicht so einfach war. „Bei der Leiche waren die Jutefasern und die Gummistiefelabdrücke. Theoretisch könnte das Mädchen einen Sack dabei gehabt haben. Worin haben die denn ihren Löwenzahn nach Hause transportiert? Vielleicht in dem Sack, von dem die Fasern stammen. Dann spräche das gegen die zeitlichen Angaben von Lena und Frau Schaufler über den Hergang der Ereignisse und gegen die Behauptung, an ihnen sei alles vorbei gerauscht", fasste Gundel zusammen. Sie schien momentan den Überblick zu behalten.
„Wenn sie den Sack dabei hatten und das Mädchen mit ihm die Leiche streifte, dann war Munsinger schon im

Steinbruch und die beiden haben gelogen. Und wir hätten wieder ein Stück aus dem Puzzle mit dem Titel ‚Frau Schauflers bröckelnde Unschuld'", vervollständigte Sven ironisch. Verflixt. Er war überzeugt, dass die Alte Dreck am Stecken hatte.

„Wir müssen herausfinden, ob es bei Frau Schaufler einen Jutesack gibt, mit dem wir die Fasern vergleichen können."

„Den wird sie sicher nicht freiwillig herausrücken, falls sie mit der Tat etwas zu tun hat!"

„Gut, dann los. Es ist halb drei Uhr, das können wir heute Nachmittag hinkriegen." Sven griff sich den Autoschlüssel.

Das Mädchen war zuhause. Frau Bachmann brachte nicht die Courage auf, die Befragung zu verweigern. Nach der Sache mit den Gummistiefeln hätte Frau Tenneberg Druck ausüben können und sich am Ende durchgesetzt. Lena blieb bei ihrer Sicht der Dinge. Allerdings schien sie nicht auf eine erneute Befragung vorbereitet. Sie benötigte für ihre Antworten auffällig viel Zeit. Nein, von einem Sack wisse sie nichts. Den Löwenzahn hätten sie in einem Korb transportiert.

Aha.

Ihre Aussage stimmte immer noch mit der Version der Geschichte vom großen Unbekannten überein. Allein die lange Bedenkzeit bei den Antworten waren noch keine Grundlage für weitere Schlussfolgerungen. Gundel und Sven kamen keinen Schritt weiter.

Auch bei Jörg Munsinger waren sie nicht erfolgreicher. Da müsste er mal scharf nachdenken, meinte dieser, ob sein Vater einen Sack dabei gehabt hätte, wisse er nicht mehr. Warum das denn wichtig sei? Ach so. Ja klar, Jutesäcke hätte sie viele hier. Sie würden für die Kartoffelernte gebraucht. Aber warum sein Vater einen Sack mit in den Steinbruch hätte nehmen sollen. Kartoffeln gäbe es dort keine, vor allem nicht um diese Jahreszeit. Fehlanzeige.

Jörg Munsinger tat so, als ob Tenneberg und Gruber völlig von allen guten Geistern verlassen wären. Was sollten diese dummen Fragen? Gundel kam es so vor, als hätte es ihn eher gestört, dass sie sich über den Tod seines Vaters weiterhin den Kopf zerbrachen. Er schien an Ermittlungen nur noch bedingt interessiert zu sein.

Nun brannte Gundel förmlich darauf, Erika Schaufler noch mal unter die Lupe zu nehmen. Offenbar hatte Sven bei weitem mehr wahrgenommen als sie. Von wo er wohl seine Intuition, dass sie mit Munsingers Tod auf alle Fälle etwas zu tun hätte, her nahm? Auf dem Weg vom Hof der Munsingers durch das Dorf zum Haus von Frau Schaufler schwieg sie eisern vor sich hin. Sven machte sich seine eigenen Gedanken.

Als sie Erika Schaufler antrafen, gab sie auf den ersten Blick eher das Bild eines Opfers, denn einer Täterin ab. Ein bemitleidenswertes Häufchen Elend auf dem Weg in die Verwahrlosung, ungewaschen, ungekämmt, mit einem leichten Mief umgeben, bedürftig und abstoßend zugleich. Ihr Anblick rührte Gundel an. Die Alte brauchte dringend Unterstützung. Verdammt, sie hatte schon wieder vergessen, bei der Sozialstation anzurufen.
Sven sah Gundel von der Seite an. Er kannte jede Bewegung in ihrem Gesicht und stupste sie wie zufällig mit seinem Ellenbogen. Das war das Zeichen, dass er auf eine gewisse Härte bestand, die die Schaufler trotz allem gut verkraften konnte. Wie leicht waren sie über den Tisch zu ziehen.
Gundel schluckte. In Svens Augen jetzt zu versagen, hätte sie sich genauso wenig verziehen, wie die Verantwortung für die Alte zu ignorieren.
„Ich hoffe, wir stören nicht. Leider sind im Fall Munsinger neue Fragen aufgetreten." Sven freute sich, dass sie ohne Umschweife zur Sache kam, und warf ihr einen lobenden Blick zu.
„Nein, nein", antwortete Erika scheinbar kooperativ. „Fragen Sie nur." Ein Hüsteln sollte rüber zu bringen, dass sie kaum Kraft für sinnvolle Befragungen aufzubringen im Stande war. Sie hoffte, dass die beiden Störer richtig verstanden und bald wieder abzogen, und dass sie bis dahin genügend Achtsamkeit aufbrachte, um sich in ihren Aussagen nicht zu verhaspeln.
Gundel packte den Stier bei den Hörnern. „Frau Schaufler, worin haben Sie den Löwenzahn nach Hause transportiert?"
Erika roch den Braten sofort. Instinktiv hatte sie vermutet, dass von dem Sack eine gewisse Gefahr ausgehen konnte, war aber durch den desorientierten Ermittlungsstil der hiesigen Polizei zu wenig unter Druck, um sich sofort um

alles zu kümmern. Den Sack, den sie im Keller auf einen Haufen Sperrmüll geworfen hatte, würde sie gleich nachher verbrennen. Tenneberg und Gruber hatten bestimmt keinen Durchsuchungsbeschluß, also brauchte sie sie nicht in den Keller zu lassen. Das wusste sie von den vielen Krimisendungen, die sie in den letzten Jahren im Fernsehen angeschaut hatte. Fernsehen bildet, kicherte sie amüsiert in sich hinein. Bis die die notwendige Genehmigung beischafften, waren alle Spuren beseitigt. Ihr fiel die Geschichte vom Wettrennen von dem Hasen und dem Igel ein. Die beiden Hasen würden sich die Lunge aus dem Leib laufen und das Rennen gegen den Igel trotzdem verlieren. Im Märchen fiel der Hase am Schluss tot um. Nun gut, soweit wollte Erika nun wirklich nicht gehen.

„In einem Korb."

„Können wir den Korb mal sehen?" „Ja, ich habe ihn im Garten. Kommen Sie nur mit."

Erika führte sie durchs Wohnzimmer zur Verandatür. Gundel sah schon durch die Scheiben fassungslos einen umgedrehten Weidenkorb. Bitte nicht, bitte, bitte, nein, flehte sie insgeheim.

Der Korb lag zum Trocknen auf dem Rasen. Erika hatte ihn mit einer Bürste gründlich nass abgeschrubbt, nachdem ihn die Kätzchen unterwegs voll gepinkelt hatten. Alle etwaigen Spuren von einem Sack waren somit beseitigt.

„Da ist er." Erika nahm ihn hoch und drückte ihn Gundel wie selbstverständlich in die Hand. „Hatten Sie auch einen Jutesack dabei?" fragte Gundel bestimmt.

„Jutesack? Warum? Nein, ich weiß nichts von einem Jutesack. Hat er etwas mit dem Tod von Munsinger zu tun?" fragte Erika ungeniert zurück.

„Das wissen wir nicht. Das müssen wir erst noch herausfinden. Können wir uns ein bisschen bei Ihnen umsehen?" Gundel probierte es einfach; vielleicht fiel sie darauf herein.

„Haben Sie einen Durchsuchungsbeschluß? Nein? Dann dürfen Sie sich auch nicht umschauen! Wissen Sie, auch wenn Sie von der Polizei sind. Wir alten Leute dürfen uns nicht alles gefallen lassen. Schon aus diesem Grund muss ich auf diese Formalität bestehen", gab Erika wie aus der Pistole geschossen zurück.

Ganz schön schlagfertig, die Alte. Die hatte kein Mitleid nötig. Gruber zog die rechte Augenbraue hoch. Gundel hatte zu früh geballert. Für einen Durchsuchungsbeschluß hatten sie viel zu wenig in der Hand, aber die Schaufler besaß nun den notwendigen Hinweis und genügend Zeit, um in Ruhe aufzuräumen, falls es notwendig war. So.
„Frau Schaufler, uns würde da noch etwas anderes interessieren", setzte Sven nach. „Was denn. Sind wir noch nicht fertig?" Erika probierte es empört. Außerdem fing sie an, es auszukosten, oben zu schwimmen. Die konnten ihr gar nichts. Sonst würden sie sich nicht so abstrampeln.
„Wann haben Sie denn im Petrusstift gearbeitet?" Erika stutzte.
„Was soll denn das jetzt? Was geht Sie das an? Was hat das mit dem hier zu tun?" „Das wissen wir nicht. Wir wissen nur so viel, dass es vor wenigen Jahren im Petrusstift über eine längere Zeitdauer zu einer ungewöhnlich hohen Sterblichkeitsrate gekommen war und wir fragen uns heute noch, warum. Sie waren mal im Petrusstift beschäftigt. Ich dachte, Sie könnten uns da weiterhelfen, als Zeugin."
Darauf war Gundel nicht vorbereitet. Sie überlegte kurz, aber es blieb ihr nichts anderes übrig, als Sven das Ding zu Ende machen zu lassen und die Alte dabei genau zu beobachten. Erika war sichtlich überrascht. „Wieso? Wie kommen Sie auf mich? Und warum jetzt?"
Sie legte ihren Kopf schief und taxierte Gundel Tenneberg genau. Tenneberg hatte doch damals ermittelt. Die beiden hatten in diesem Zusammenhang nicht direkt miteinander zu tun gehabt, denn die Ermittlungen beschränkten sich auf die Befragung der Leitungskräfte und die Sichtung der Unterlagen, die in jedem Pflegeheim zu jedem einzelnen Heimbewohner routinemäßig angelegt wurden. Sie waren daraufhin schnell im Sande verlaufen, denn diese Unterlagen und die Angaben der Leitungskräfte waren so einwandfrei, dass es keinen Anlass für weitere Nachforschung gab.
Erikas Augen bohrten angriffslustig in Gundels Mimik. Was hatten die vor? Wollten die beiden sie tatsächlich aufs Glatteis führen? „Lassen Sie mich gefälligst in Ruhe. Das ist alles schon lange her, und Sie haben kein Recht, mich heute nachträglich zu verdächtigen, bloß weil der arme alte Herbert Munsinger tot im Steinbruch lag", fauchte sie.

„O.k., o.k., wir sind ja auch schon fertig." Sven zwinkerte Gundel zu, weil er es für besser hielt, jetzt zu gehen.

Erst als sie draußen um die nächste Ecke verschwunden waren und sich in Richtung Dienstwagen bewegten, platzte Sven heraus. „Hast du gehört, was sie gesagt hat? Verdächtigen!! Ist das nicht bemerkenswert? Sie hat sich gegen etwas verteidigt, was wir nicht im Geringsten behauptet haben!" Er sah sich in seinem Spürsinn bestätigt und war mächtig stolz auf seinen raffinierten Trick und was dabei herausgekommen war.
Gundel holte ihn wieder auf den Boden. „Immer noch haben wir keine Beweise. Jeder Staatsanwalt oder Richter haut uns das um die Ohren. Außerdem, Sven, das ist viel zu wenig." Ihre Bewertung der Ergebnisse war gnadenlos.
„Das weiß ich selber", setzte er nach. „Aber…."
„Nichts aber", zischte Gundel und machte sogleich Zugeständnisse, die ihn beschwichtigten. „Wir werden uns das Petrusstift nochmals sehr genau ansehen. Dass du sie für weniger unschuldig hältst, als sie sich gibt, habe ich verstanden. Also, immer mit der Ruhe. Wir werden das weiter verfolgen, das verspreche ich dir. Und nun zurück zu unserem vermeintlichen Steinbruchmord. Wir haben dies bezüglich nichts, nichts, nichts."
„Und wie machen wir nun weiter?" Das war eine gute Frage. Sven brachte es auf den Punkt und hatte keine noch so vage Vorstellung, wie sie bei all dem Kuddelmuddel einen Fuß zwischen Tür und Angel brachten.

6. Frau Schaufler räumt auf

Kaum waren die Eindringlinge verschwunden, humpelte Erika in den Keller. Der Sack, mit dessen Hilfe Munsinger die lästigen Viecher ins Jenseits befördern wollte, hatte schleunigst zu verschwinden. Sie fand ihn sofort. Tenneberg und Gruber hätten ihn bald in den Fingern gehabt. Die Katzenpisse, die in dem Spankorb gelandet war, hatte sie mit einem scharfen Reiniger und einer Wurzelbürste gründlich entfernt und dabei gleichzeitig die letzten Spuren des Jutesacks (haha) beseitigt.

Es stank bestialisch. Die lieben Kleinen setzten ihre Ausscheidungen immer noch überall ab. Hinter den Regalen, wo sie mit Vorliebe in das letzte hinterste Eckchen krochen, sammelten sich Kothaufen an, und sie konnte nichts dagegen unternehmen. Das wurmte Erika besonders. Alles war so anstrengend.

Sie nahm den Sack und wollte mit ihm nach oben, als eines der Kleinen daher kam und sich an ihrem Bein festkrallte. Es drückte mit seinen spitzigen Krallen ein bisschen zu stark in Erikas Haut, weil es neben dem Verdauungs- und Ausscheidungsapparat mit der Koordination seiner restlichen körperlichen Funktionen einfach auch noch Probleme hatte, und verursachte einen spürbaren, stechenden Schmerz. Erika heulte auf. Sie kniff reflexartig die Augen zusammen und spürte, wie eine Träne über ihre Wange lief. Ihr war so elend zumute wegen der nicht enden wollenden Widrigkeiten.

„Du kleines Mistvieh, lass das gefälligst", murmelte sie und nahm das Kleine hoch, indem sie ihm mit Daumen und Zeigefinger der rechten Hand den Hals umschloss. Das Kätzchen strampelte und wehrte sich gegen seine unbequeme Lage. So ein zartes dünnes Hälschen.

In der linken Hand hatte sie noch den Sack und stülpte ihn dem Kätzchen so weit über, dass es darin verschwand und sie es nicht mehr sehen konnte. Dann wechselte sie die Hand, mit der sie den Hals des Kätzchens umschloss, von rechts nach links (so dass sie die Katze von außen mit der Linken umgriffen hielt) und wieder von links nach rechts, denn in der rechten haben Rechtshänder normalerweise mehr Kraft. Und drückte fest zu, sehr fest. Das Kleine zappelte noch einige Minuten heftig und versuchte, den

Kopf hin und her zu winden und sich zu befreien. Dann aber wurde es bald ruhig und schlaff.

Erika drehte die Sacköffnung nach oben und ließ den Katzenkadaver vollends in ihn hineinfallen. Dann stieg sie mit ihrem Bündel die Kellertreppe hoch und brachte es in den Garten nach ganz hinten neben den Kompost, schichtete ein paar dürre Zweige auf, und übergab den Sack samt Inhalt in einer Art Feuerbestattung den Mächten des Jenseits. Verträumt, abwesend, wie in Trance, blieb sie neben dem Feuer stehen, bis es knisternd abgebrannt war. Der Sommer war heiß und Funkenflug gefährlich.

Als der schwarze Haufen nur noch qualmte, beendete sie ihre Meditation und holte aus der Regentonne eine Kanne Wasser. Die schwarze Asche zischte, als sie es darüber goss, um den letzten Rest Glut auszulöschen. Dann zog sie als Abschlussritual mit einem Rechen die nassen Reste auseinander. Zu guter Letzt warf sie mit einem Spaten ein paar Brocken Erde darüber, stellte die Geräte nach Erledigung ihrer Arbeit an ihrem gewohnten Platz und kehrte ins Haus zurück, um ihre Tiere zu füttern.

Das Wetter war herrlich und die Tennebergs verbrachten ihren gemeinsamen Abend gemütlich auf der Terrasse. Das heißt, so gemütlich, wie es Gundel eben hinbekam in der Ruhelosigkeit, unter der sie neuerdings litt. Ihre Gedanken kreisten unentwegt um die vielen einzelnen Fetzen, die sich zu keinem Gesamtbild zusammenfügten.

Torsten hatte für seinen Teil erfolgreich den Feierabend eingeläutet, die Uni souverän ausgeblendet, und es sich in einem riesengroßen Korbsessel gemütlich gemacht. Er bemerkte Gundels Überspanntheit an ihrer Schusseligkeit. Zuerst verbrannte sie sich an einem heißen Backblech, dann fiel ihr die Gabel zu Boden, und als sie im Begriff war, sich ein weiteres Stück Pizza zu nehmen, platschte es von der Schaufel mitten auf die frische Tischdecke, die Torsten aufgelegt hatte. Er hatte nicht vor, sich auf ihre Hektik einzulassen. Trotzdem interessierte er sich brennend für Neuigkeiten, und vor allem wie es Gundel mit ihrem Fall ging.

„Wie sieht's denn bei eurem Steinbruch-Fall aus?" Darauf hatte Gundel gewartet.

„Bist du scharf drauf?" Sie wollte ihm zwar mit ihrem Mangel an Erfolgsstorys nicht den Feierabend verderben, aber Torsten war erfreulicherweise sehr neugierig.

Immer wenn Gundel von der Arbeit erzählte, fühlte er sich am Puls der Zeit. Das tat er zwar bei seiner Arbeit auch, Gundels Geschichten waren aber noch einen Tick authentischer als das, was er tagtäglich mit seinen Studenten analysierte und interpretierte. Gundels Erlebnisse schlossen die direkte Konfrontation mit Hindernissen und Niederlagen des Lebens in der eigenen Existenz mit ein. Bei dieser Art von Dramatik konnte er mit seinem akademischen Elfenbeinturm nicht mithalten, und er war froh, dass Gundel ihn ab und zu daraus entführte. In ihren Geschichten bekam er mit, wie das Leben wirklich war. Sie erzählte gerne, denn sein Abstand zu ihren Erlebnissen half ihr, den Boden unter den Füßen zu behalten und ihre Arbeit bei aller Dramatik nicht zu ernst zu nehmen. Nebenbei bemerkt hätte sie das in den letzten Jahren um den Verstand gebracht. Sie hätte ihren Job schon manches Mal am liebsten an den Nagel gehängt, wenn Torsten nicht gewesen wäre. Er sorgte – in der Regel - für die Rückendeckung, die sie benötigte, um seelisch zu überleben.

„Wir haben noch rein gar nichts. Wir tappen im Dunkeln und wissen nicht, wo ansetzen. Es macht mir gerade aber nicht so viel aus. Gruber ist da nicht so souverän." Sie lächelte in sich hinein.

Torsten nahm einen Schluck aus seinem Weinglas.

„Trotzdem lässt er sich nicht so leicht entmutigen, wie ich. Und das tut richtig gut. Ich glaube, er vertraut mir." Gundel zersägte mit ihrem Messer ein Pizzastück.

„Traust du ihm auch?" „Ich glaube schon", entgegnete sie.

„Das heißt, ihr arbeitet gut zusammen?" fragte Torsten interessiert. „Ja, er ist ein wenig übermotiviert, das Gegenteil von mir, aber vielleicht steckt er mich ja noch an damit."

„Von Gruber hast du mir noch nicht viel erzählt. Was ist das für einer?" Ihm fiel auf, wie wenig er über ihn wusste.

„Er ist jung und ehrgeizig, immerhin auch schon zwei Jahre in meiner Abteilung", entgegnete sie kauend.

„Er hat eben erkannt, dass du eine gute Chefin bist." Torsten warb mit einem Kompliment um ihre Nähe.

Sie blickte nachdenklich weg. Eine gute Chefin. Wehmut überkam sie. Was hätte sich nicht alles anders entwickelt, wenn ihr nächster Dienstvorgesetzter so etwas wie ein guter Chef gewesen wäre, was auch immer man sich darunter vorzustellen hatte. Ihr Chef war ein Fossil vom alten Schlag und hatte noch drei Jahre bis zur Pension. Allein der Gedanke daran war dazu geeignet, sie in eine depressive Krise zu stürzen. Sie stoppte sich innerlich. Über Vergangenes wollte sie ein andermal nachdenken. Nicht jetzt, nicht am heutigen Abend. Es gab viel zu verdauen. Der richtige Zeitpunkt für diesen Kompostierprozess war noch nicht gekommen.

„Ja, da mag etwas dran sein." Sie legte Messer und Gabel beiseite, sah Torsten direkt in die Augen und überging sein Kompliment, um direkt zum Thema zu kommen.

„Uns beschäftigen ein paar Details, die wir nicht zusammen bringen." „Na, erzähl' doch endlich. Spann' mich nicht länger auf die Folter", drängelte er. Ihn störte, dass Gruber mit seinem Informationsvorsprung mit seiner Frau mehr Gemeinsamkeiten teilte als er.

„Munsinger wurde im Steinbruch von einem Stein erschlagen. Ballistisch betrachtet muss der Stein geworfen worden sein. Wir gehen von einem Zwei-Kilo-Brocken aus." Gundel klärte ihn über alles auf, was sie bis jetzt herausbekommen hatten. „Die alte Frau und das Mädchen behaupten, zeitlich vor dem Vorfall am Steinbruch vorbeigekommen zu sein. Neben der Leiche waren aber die Gummistiefelabdrücke des Mädchens. Des Weiteren fanden wir neben der Leiche Spuren von Jutefasern. So, nun bist du dran. Was meinst du dazu?"

Torsten beneidete Gundel nicht. „Welche Gründe sprechen dagegen, den Fall zu den Akten zu legen?"

„Gruber hat insgeheim den Verdacht, dass die Alte doch etwas mit dem Tod Munsingers zu tun hat."

„Aha, und wie kommt er da drauf?" „Ich habe kürzlich die ungelösten Fälle der Abteilung aus den letzten Jahren durchgesehen, wie du mitbekommen hast. Ich hatte dir doch von dem Fall im Petrusstift erzählt. Das sind vor Jahren plötzlich viele Heimbewohner kurz hintereinander gestorben. Die Gründe liegen bis heute im Dunkeln. Die Alte war zu dieser Zeit in dem Heim angestellt." „Ganz

schön gewagt." Torsten ahnte, auf welche Konstruktion Gundel hinaus wollte. „Lass' dich von dem Jungspund bloß nicht zu gefährlichen Luftnummern hinreißen. Wenn der meint, er müsse da den genialen Wurf hinlegen, soll er Anhaltspunkte mit Hand und Fuß liefern." „Ja, ja", erwiderte Gundel ein wenig beleidigt.
„Gibt es denn ein Tatmotiv?" Torsten hatte über die Jahre gelernt, die richtigen Fragen zu stellen. „Kein erkennbares." Gundel zupfte sich mit einer Hand an der Unterlippe, was bei ihr ein Anzeichen von Konzentration und Anstrengung war.
„Weitere Indizien werdet ihr so einfach nicht finden, nehme ich an."
Torstens unsensible Zusammenfassung riss ein hässliches, schwarzes Loch in Gundels fragilem Gemütszustand. Sie wollte von ihrem Ehemann andere Kommentare hören, Kommentare, die ermutigender waren als das, was er gerade vom Stapel gelassen hatte. „Dein Hinweis auf dieses Faktum ist überflüssig, mein lieber Torsten. Du bist nicht eben eine Hilfe, mit dem, was du da sagst", entgegnete sie scharf.
Zu spät. Gundels letzte Äußerung klang gereizt. Ihr guter Vorsatz, die Vergangenheit Vergangenheit sein zu lassen, zerbrach wie eine dünne, wertvolle Vase, die ein ungeschickter Dummkopf beim Ausziehen seines Mantels im Hausflur einer Bekannten durch eine unüberlegte Bewegung vom Sockel gestieß. Es klirrte schmerzlich, und das gute Stück zersprang in tausend Stücke. Torsten traf unbeabsichtigt voll ins Schwarze und brachte eine Tatsache auf den Punkt, die sie seit Svens überschwänglichem Engagement erfolgreich verdrängt hatte, dass sie nämlich auch diesen Fall mit an Sicherheit grenzender Wahrscheinlichkeit ungelöst zu den anderen Akten heften konnten.
Sie fühlte sich leer und taub und fragte sich, wie sie in den Wahn verfallen war, ausgerechnet Polizistin zu werden.

„Sven hat die alte Frau im Verdacht. Er traut ihr wohl alles zu. Ich muss zugeben, ihre Reaktionen in der letzten Befragung waren durchaus ungewöhnlich, weil sie sich seltsamerweise gegen Vorwürfe verteidigt hat, die wir niemals gegen sie erhoben haben." Gundel räusperte sich und richtete unbewusst ihren Körper auf, als ob sie ihre

eigene Standhaftigkeit untermauern wollte. „Die Alte hat durchaus was. Sag', wie schätzt du sie ein?" Torstens Offenheit versöhnte Gundel ein wenig.
„Das ist eine alte Frau in Rente, die alleine lebt und niemanden zu haben scheint, der sich näher um sie kümmert. Sie macht auf den ersten Blick einen desolaten Eindruck. Ich finde, auf sie passt die Beschreibung ‚ausgequetschte Zitrone', saft- und kraftlos. Im Haus muffelt es überall nach Kot und Urin von den Tieren, die sie im Haus hält. Ich möchte einfach nur herausfinden, ob sie in Bezug auf den Munsingertod irgendetwas weiß und nicht damit herausrückt. Bei den Todesfällen im Petrusstift müssen wir erst noch mal prüfen, ob es überhaupt Anhaltspunkte gegeben hätte, die wir, genauer gesagt ich, übersehen haben. Weiter sind wir nicht." Sie grinste. „Ich kann ja den Sozialdienst under cover hinschicken." Sie fing von ihrem Platz aus an, Jagd auf die Schnaken zu machen. Mit einer zusammengefalteten Zeitung schlug sie auf die Viecher ein, die mit ihren trunkenen Bewegungen erstaunlich geschickt auswichen.
„Pass' auf, dass du die Lampe nicht abräumst", wies Torsten sie zurecht.
Seine mangelnde Einfühlsamkeit strapazierte unnötig. Warum um alles in der Welt konnte er sich in seiner Mithilfe nicht auf Händchen halten beschränken. Er war wieder dabei, den Bogen zu überspannen.
  Mit seinem nächsten Beitrag zur Lösung ihrer Fälle ging Torstens Fantasie offenbar durch, so kam es Gundel wenigstens vor. Er erwies sich als schlimmer als Gruber. Warum nur hatte sie derart anstrengende Männer um sich herum. „Wenn ihr im Fall Petrusstift die Ermittlungen wieder aufnehmt und es sich zeigt, dass die Schaufler etwas mit den Sterbefällen zu tun hat, dann kannst du eine Hausdurchsuchung beantragen. Es könnte sein, dass dann der Grund für diese seltsame Freundschaft zwischen Frau Schaufler und dem Mädchen aufgedeckt wird." Gundel bereute es inzwischen bitter, dass sie Torsten überhaupt etwas von den Fällen erzählt hatte. „Ich kann nicht garantieren, dass wir etwas finden, womit wir den Fall Petrusstift neu aufrollen können. Das ist völlig offen. Aber ich verspreche dir, ich werde die Akten zusammen mit

Gruber gründlich durchsehen. Wenn sich dann etwas ergibt, ist deine Idee wieder im Spiel. Vorher nicht." Basta. Ihr tat der Schädel weh. Gundel fasste sich an die Stirn und warf den Kopf in den Nacken. Sie wollte nur noch ihre Ruhe haben und das Thema nicht weiter besprechen. Und auch Torsten sah zum Glück ein, dass es genug für heute war. Er hatte nicht vor, Gundel zu ärgern, aber es tat ihm weh, wie wenig sie heute in der Lage war, ihm richtig zu zuhören und seine Unterstützung anzunehmen. Er hatte ihr ja nur helfen wollen.

Bei Bachmanns hing der Haussegen schief. Sehr schief. Frau Bachmann hatte mit ihrem Mann über die Befragungen von Lena durch die Polizei gesprochen und von ihm verlangt, Lena zu untersagen, Frau Schaufler weiterhin so häufig zu besuchen. Daraufhin wollte Herr Bachmann von seiner Frau wissen, wie sie sich das denn eigentlich vorstellte. „Ich bin den ganzen Tag bei der Arbeit und soll abends, wenn ich heim komme, die Auseinandersetzungen zwischen dir und Lena bereinigen, indem ich wie ein Pascha auftrete, obwohl ich letztlich keinen blassen Schimmer habe, worüber ihr euch streitet? Warum hast du ihr nicht erlaubt, hier ein Tier zu halten? Mich hätte es nicht gestört. Dann wäre das alles nicht so weit gekommen. Es ist doch dein Problem mit Lena und nicht meines", schrie er sie vorwurfsvoll an.

Frau Bachmann war eingeschnappt. Der Streit war entbrannt, als Herr Bachmann gegen Abend von der Arbeit nach Hause kam und Frau Bachmann ihn in die Küche zitierte. Sie hatte sichergestellt, dass Lena nicht lauschte und hatte ihm dann alles geschildert. Beleidigt stand sie nun am Herd vor dem Essen, das sie gerade dabei war aufzuwärmen, und verschränkte verkrampft die Arme vor der Brust. So kam sie nicht weiter. Da sah sie nach fünf Minuten eisigen Schweigens ein. Ihr Mann ließ sie in der Küche alleine.

Sie biss auf ihren Fingernägeln herum, wie sie es stets tat, wenn ihr nichts mehr dazu einfiel, wie sie ihren Kopf durchsetzen konnte. Dann ging sie hinterher und erklärte sie ihm, dass sie es doch hätte auch nicht wissen können, welche Schwierigkeiten ihr Verbot nach sich zog. Wie hätte sie denn annehmen können, dass es mit Frau Schaufler derartige Schwierigkeiten geben würde. Sie wollte ihr ja

nichts unterstellen, alles was recht war. Aber das Dorfthema im Zusammenhang mit einem mysteriösen Todesfall eines altansässigen Pfrondorfers zu werden, sei für sie keineswegs absehbar gewesen und alles andere als angenehm. Derartig im Mittelpunkt zu stehen, war ihr äußerst peinlich und er, der Vater, säße schließlich und letztendlich mit im selben Boot. (Auf Druck reagierte er gewöhnlich).
„Du hast dir das selbst eingebrockt. Jetzt musst du eben zusehen, wie du deine Schwierigkeiten selber regelst. Jedes Mal verbrenne ich mir die Finger dabei, wenn ich mich in deine Streitereien mit Lena hineinziehen lasse." Er wehrte sich heftig und konnte sich gerade noch zusammenreißen, um nicht ins Toben zu geraten. Mit Erpressung wollte er sich von seiner Gattin nicht zu Sanktionen gegen seine Tochter zwingen lassen.

Lena lauschte bedrückt der Auseinandersetzung zwischen ihren Eltern von der Treppe des ersten Stockwerks aus. Sie hätte zu gerne gehabt, dass ihr Vater ihr die Besuche bei Frau Schaufler verbot, denn sie befand sich neuerdings wieder in einer akuten Notlage. Das Problem war jetzt, dass sie nicht mehr zu Erika hinüber wollte. Wenn ihr Vater die Besuche verboten hätte, hätten sich alle Probleme augenblicklich in Luft aufgelöst. Sie hätte Erika gegenüber einen Grund gehabt, warum sie nicht mehr kommen konnte. Sie hätte ihre Schnuppi eingepackt und ihren Vater überredet, ihre Mutter weich zu klopfen, dass sie Schnuppi in einem Käfig in ihrem Zimmer unterbringen konnte.

Es war ihr indessen unmöglich, dies ihren Eltern zu sagen, denn sie hatte höllische Angst vor den Fragen, die dann unter Umständen zu beantworten gewesen wären. Es wäre vielleicht herausgekommen, dass sich eventuell doch irgendetwas nicht so abgespielt hatte, wie es hätte sein sollen. Die Angst, dass ihre Lügen aufflog,en lastete immer schwerer auf ihrem Gemüt. Die Konsequenzen wollte sich sie lieber nicht ausmalen. Sie hatte sich in einer Falle verheddert, und mit jeder Bewegung bohrten sich die Ketten und Bügel, die sie am Weglaufen hinderten, tiefer ins wunde Fleisch. Zudem hatte Erika sich während der Ereignisse der letzten zwei Wochen verändert.

Sehr verändert.

Die Atmosphäre während der Besuche war nicht mehr die Gleiche wie vor dem Zwischenfall im Steinbruch. Und die letzten Tage waren schlimm gewesen. Der früheren Leichtigkeit im Umgang war eine bleierne Schwere gefolgt. Frau Schaufler verhielt sich nach außen hin zwar weiterhin freundlich, dennoch spürte Lena den Zwang, den sie ausübte, als wollte sie eine Art unüberwindliches Bollwerk um sie herum aufbauen. Lena gefiel es nicht mehr bei Erika, sie hatte jedoch wegen Schnuppi keine Wahl.

Am darauf folgenden Nachmittag war sie wieder bei Erika. Notgedrungen und mit unglaublich viel Bauchweh, von dem ihr speiübel war. Erika kam ihr noch fahriger, unkonzentrierter und ungewaschener vor als sonst, und die Alkoholfahne war intensiver als die Tage zuvor. Lena fuhr zusammen, als ein Schwall des widerlichen Dunstes ihre Nase erreichte und zu ihrem Unbehagen Ekel vor Erika hinzufügte.

Erika schaute abwesend durch sie hindurch. Dennoch hatte sie einen stieren Blick, von dem Lena sich eingehend beobachtet fühlte. In der Küche lief das übliche Ritual ab, als ob Normalität herrsche. Die Katzen streiften unruhig um die beiden Beinpaare. Erika stellte Dosen auf die Ablage und öffnete sie, vergaß jedoch, Lena zu fragen, ob sie helfen wollte. Mit ihren zittrigen Händen stocherte sie in der teigigen Fleischmasse herum und gabelte sie ungeschickt in die Schüsselchen. Eines rutschte dabei so nah an den Rand der Ablage, dass es mit der nächsten Ladung die Balance verlor und mit metallischem Geschepper laut zu Boden krachte. Erschrocken stoben die Katzen zur Seite, waren jedoch nach wenigen Augenblicken wieder zur Stelle. Erika drehte sich um und sah auf den Boden. Dabei machte sie einen Schritt rückwärts und trat in einen Haufen Katzenfutter, der beim Herunterfallen der Schüssel verstreut worden war. Zu Lenas Erstaunen schien sie das gar nicht zu berühren. Erika hob die Schüssel vom Boden auf die Ablage auf und füllte Futter nach. Mit ihren achtlosen Tritten verteilte sie das Futter auf dem Boden, der alsbald von einem dünnen, glitschigen Film überzogen war. Eifrig fingen die Katzen an zu schlecken. Lena war konsterniert und hatte nicht den Mut, Erika auf das Missgeschick anzusprechen. Sie fragte auch nicht, warum Erika heute nicht mit ihr in den Keller zu den kleinen Kätzchen ging. Hatte sie ihnen etwa schon etwas zum Fressen gebracht? Wortlos und unaufgefordert half sie Erika beim Füttern der anderen Tiere, beschäftigte sich auf dem Dachboden mit ihrer Ratte und war froh, dass Erika sie dabei alleine ließ. Mittlerweile hatte sie aufgehört, Erika zu erzählen, ob die Polizei da gewesen war oder nicht.

Erikas ausgehöhlter Realitätsbezug schwankte gefährlich wie ein abgestorbener Baum in einem heftigen Herbststurm. Sie stand oft neben sich und sah sich selber wie in einem Film. Ihre Stimmung bestand hauptsächlich aus Teilnahmslosigkeit und Desinteresse. In den letzten Tagen kam Schlaflosigkeit hinzu. Anstatt zu schlafen, drehten sich ihre Gedanken wie ein Karussell. Sie war abends müde, ausgebrannt und unfähig, sich zu entspannen. Da halfen nur ein paar Flaschen Bier, die sie am späten Abend schnell hintereinander in sich hineinschüttete. Das altbekannte oberflächliche, traumlose Dösen setzte dann ein, aber wenigstens legte sich das lästige Treiben in ihrem Kopf für ein paar Stunden. Morgens war sie früh wach, verkatert und viel zu kaputt, um aufzustehen. Sie wusste, sie musste sich zwingen, aus dem Bett zu kommen. Wichtig war einfach, die nächsten Wochen zu überstehen, und wenn sich der Stress um die Ermittlungen gelegt hätte, dann würde sich alles wieder normalisieren, das wusste sie. Vor einigen Jahren hatte sie schon einmal eine ähnlich stressreiche Phase durchlebt. Als die Belastungen damals nachließen, verschwanden beinahe zeitgleich die Symptome, die dieselben waren, wie die, unter denen sie gegenwärtig litt und die sie teuflisch quälten. Aber sie hatten auch etwas Gutes. Sie lenkten von der Wahrheit ab, die noch schrecklicher war als das von den Symptomen erzeugte Leid, und sie nährten die Illusion von der gerechten Vergeltung, von einer Art Wiedergutmachung. Und ein bisschen Leiden hatte sie ja schließlich verdient, oder nicht? Sie war schließlich kein braves Mädchen gewesen, sondern ungezogen, sehr sogar. Da war es doch nur gut und billig, wenn ihr im Gegenzug ein wenig Schmerz zugefügt, genauer gesagt ‚zurückgegeben' wurde, oder nicht? Strafe musste sein.

Sie dachte an den Traum von der Krankenschwester. Die Krankenschwester mit dem Gesicht ihrer Mutter fiel über sie her und zapfte ihr nicht nur alles Blut ab, das sie kriegen konnte, sondern verpasste ihr zusätzlich noch eine schallende Ohrfeige, weil Erika ‚böse' zu ihr gewesen war. Erika kniff ihre Augenlider fest zu, um das Bild zu verdrängen. Alles wird gut; lass' dich nur nicht zu sehr gehen. Ihre Selbstbeschwörungsversuche fruchteten kaum. Ausschlaggebender waren die Tiere, die ihr die überlebensnotwendige Tagesstruktur abverlangten. Wie Kinder brauchten sie ihre tägliche Versorgung.
Einmal am Tag begab sie sich hinunter zu den drei Kleinen, die ihren vierten Gefährten wohl nicht sonderlich zu vermissen schienen. Wie gewöhnlich begrüßten sie Erika freudig und strichen vertrauensvoll um sie herum. Kommt nur her, meine Engelchen. Wenn ich euch nicht hätte, murmelte sie in sich hinein. Beiläufig summte sie die Melodie eines alten Liedreims vor sich hin.
Sie beabsichtigte, Lena in den nächsten Wochen nicht mit nach unten zu nehmen. Dies war ihr Haus. Sie durfte bestimmen, wer sich wann wo wie lange aufhielt. Keiner außer ihr hatte die Berechtigung, darüber zu entscheiden.
Doch sie musste auf der Hut sein, vor allem vor sich selber. Weil sie sich manchmal nicht so richtig im Griff hatte, bestand ein gewisses Risiko, dass sie ihr Hausherrinnen-Prinzip auf Lena zu unflexibel anwandte. Dabei war sie auf das Mädchen angewiesen, zu dumm. Also konnte sie es sich nicht erlauben, es sich mit ihr zu verscherzen. Erika hatte durchaus mitbekommen, dass sich Lena seit geraumer Zeit seltsam zurück hielt. Sie kam zwar regelmäßig vorbei, wurde aber immer stiller und zugeknöpfter. Falls sie nicht mehr mitkriegen sollte, was die Kleine so trieb oder was sie so vorhatte, war sie unter Umständen in Gefahr. Lena durfte ihr nicht entgleiten. Wenn sie der Kripo irgendeinen Hinweis unterjubelte, war Erika geliefert. Das Risiko bestand natürlich auch so, aber mit den regelmäßigen Kontakten glaubte Erika, eine gewisse Kontrolle über Lena auszuüben. Dann würde sich die Kleine wenigstens genau überlegen, was sie wem erzählte. Außerdem war Erika im Besitz der Ratte, und das war gut so.

Sie wanderte ziellos im Haus hin und her, während sie ihre Gedanken beobachtete, die blubbernd an die Oberfläche drängten. Nein, nein, die blieb hier, und zwar lebend. Die Ratte war Erikas einzige Möglichkeit, Lena zu steuern. Dennoch bestand keinerlei Anlass zu undiplomatischem Vorgehen, denn Kinder waren letztendlich unberechenbar. Wer weiß, was der Göre alles einfiel, wenn sie sich um ihre Ratte ‚keine' Sorgen mehr zu machen brauchte, falls ihr zufällig etwas zustieß. Man konnte ja nie wissen.
Auf der anderen Seite war Lena immer noch der einzige Mensch, zu dem Erika in regelmäßigen Abständen Kontakt hatte. Die waren zugegebener Maßen für Erikas Seelenkostüm als stabilisierender Faktor zu veranschlagen. Die Besuche Lenas bewahrten Erika mindestens ebenso vor dem Abstürzen, wie das disziplinierte Aufstehen jeden Morgen, selbst wenn sie sich ärgerte, dass die Beziehung zu dem Mädchen ein gegenseitiges Abhängigkeitsverhältnis barg. Die zwei Male in der Woche, die sie im Dorfladen einkaufte, und die sie der Begegnung mit anderen Menschen auslieferten, brachte sie schnellstmöglich hinter sich, denn sie wollte nicht auf Herbert Munsinger angesprochen werden. Dass die Leute verwundert reagierten, weil sie so kurz angebunden war, nahm sie in Kauf. Immerhin musste sie mit dieser schwierigen Sache fertig werden. Da war es ja wohl mal erlaubt, sich etwas zu distanzieren und sich des Volkes Neugierde vom Leibe zu halten, oder? Dass die Leute ihr ansonsten nichts Negatives unterstellten, registrierte sie mit Genugtuung. Im Gegenteil, die meisten brachten ihr tiefes Verständnis für ihre unangenehme Lage entgegen, immer noch. Bei dem Gedanken an die Suche nach dem großen Unbekannten verzog sich ihr Gesicht zu einem Grinsen. Das allein reichte allerdings nicht aus, um ihre Laune nachhaltig zu verbessern.

Lena schaute heute etwas irritiert, als Erika die Stippvisite bei den vier (nein, falsch, drei!) Hosenscheißern im Keller ausließ. Sie hatte sich dringend etwas einfallen zu lassen. Warum sollte sie ihr nicht weismachen, dass ein Kätzchen krank geworden und dann gestorben ist?
Ein vorzüglicher Plan. Ihre Stimmung hellte sich nun doch unerwartet auf angesichts dieses sehr überzeugenden Einfalls. Sie empfand mit einem Male wieder etwas Lust

und Tatkraft, im Garten einige Dinge zu Ende zu erledigen, nachdem Lena wieder gegangen war.

Die Grillen zirpten auf dem benachbarten Feld in der warmen Sommersonne um die Wette. An der Stelle, an der sie Sack und Katze verbrannt hatte, begann sie, die verbleibenden Spuren mit einem Spaten zu beseitigen und die Erde umzugraben. Sie arbeitete den Aschehaufen mit den letzten Überresten sorgfältig in die Erde ein. Asche war ein guter Dünger. Der Gartenboden profitierte von dem, was geschehen war. Außerdem trug vergehendes Leben auf diese Weise zur Entstehung von neuem Leben bei, sinnierte Erika pietätvoll. Ja, das war der natürliche Kreislauf der Natur. Alles war vergänglich, aber Vergangenes machte Neuem Platz, und insofern war es doch eigentlich richtig, was sie tat.

Erika hatte kein schlechtes Gewissen. Sorgen bereiteten ihr nur die anderen Zeitgenossen, die mächtig genug waren, ihre eigenen Vorstellungen von Recht und Moral durchzusetzen, von denen sie behaupteten, dass sie die wirklich Gültigen seien. Und wenn es lediglich im Nachhinein geschah, um einer ausgleichenden Gerechtigkeit willen, die die Toten nicht wieder lebendig werden ließ.

Während sie so vor sich hin philosophierte und sich beim Graben in der Erde immer tiefer in ihre gestörte Welt hineinarbeitete, kam ein Fahrzeug im die Ecke, das vor ihrem Haus anhielt. Erika bemerkte es erst, als eine männliche Person ausstieg. Sie beobachtete, wie sie auf ihren Hauseingang zusteuerte, und fragte sich, ob es sich wohl um einen Hausierer handelte. Komisch, die Person war fast ganz in Weiß bekleidet.

Die kommen, um mich abzuholen! Das war die erste Befürchtung, die sich in ihr Hirn drängte, ein beklemmender Geistesblitz, der Erika einige Schrecksekunden lähmte. Dann fing sie sich, atmete tief durch, sortierte sich neu und wischte sich mit der Schürze den kalten Schweiß vom Gesicht. Der Mann war alleine gekommen. Auch passte sein Auto nicht. Also konnte das nicht sein.

Nun klingelte er an ihrer Tür. Sie ließ den Spaten fallen und marschierte resolut von hinten durch den Garten über die Terrasse durch das Wohnzimmer zum Eingang und riss offensiv die Tür auf. Ein lächelnder, schwergewichtiger

Glatzkopf stand breitschultrig da und stemmte die Arme, die blond und haarig aus einem kurzärmeligen Oberteil herausragten, in die Seiten. In der weißen Hose steckten Füße, die trotz des warmen Wetters in dicke, weiße Baumwollsocken eingepackt waren. Er trug offene Gesundheitslatschen. Seine Uniform war Erika bestens vertraut.
„Grüß Gott, Frau Schaufler, entschuldigen Sie, dass ich Sie störe. Sie sind doch Frau Schaufler, oder nicht?" Er sah, dass sie schwitzte. „Es ist ganz schön heiß heute, nicht?" Plumper Versuch. Seine selbstverständliche Art, wie er Erika ansprach, zeigte, dass er es offensichtlich gewohnt war, mit alten Leuten zu reden. Erika indessen ging seine aufdringliche Freundlichkeit, nein, seine Unverschämtheit, sofort gegen den Strich. Zudem erinnerte er sie an jemanden ganz Bestimtes. „Zuerst will ich wissen, wer Sie sind, danach überlege ich es mir, ob ich Frau Schaufler bin", giftete sie und warf von unten einen feindseligen Blick zu ihm hinauf.
Der Widerstand zeigte Wirkung. Das Lächeln in dem runden Gesicht erstarb und wurde von einer absichtlich verständnisvollen, ernsten Miene abgelöst. Der Eindringling benötigte kaum einen Moment, um sich ein neues Konzept zurechtzulegen und sich auf diese Herausforderung einzustellen. „Oh, entschuldigen Sie. Selbstverständlich. Ich komme von der Sozialstation." Er lachte gespielt verlegen. „Wir haben einen Hinweis bekommen, dass Sie unter Umständen Hilfe brauchen. Ich bin Tobias Kaipf." Er hielt ihr seine Pranke entgegen. „…und möchte mal schauen, ob bei Ihnen alles in Ordnung ist."
Sozialstation. Erika erschauderte und überging sein Angebot. Das waren allen Ernstes ihre ehemaligen Kollegen von der ambulanten Altenhilfe. Was wollten die denn bei ihr? Sie hatte niemanden angefordert. „Was wollen Sie von mir? Ich komme alleine zurecht. Ich brauche keinen Altenpfleger. Ich kann mich alleine versorgen." Das hatte ihr gerade noch gefehlt. Jemanden, der jede Woche mehrmals ins Haus kam und sie womöglich noch ausspionierte. „Darf ich nicht mal reinkommen? Dann können wir in Ruhe sprechen. Frau Tenneberg hat mich verständigt. Ich möchte Sie mit meinem Erscheinen nicht

überfahren, aber die Polizei hatte den Eindruck, dass Sie Unterstützung benötigen."
Daher wehte also der Wind. Der Bursche blieb hartnäckig und war sich seiner Sache offenbar sicherer, als es Erika in den Kram passte, weil die Tenneberg dahinter steckte. Sie versuchte, gelassen zu bleiben. Wenn sie jetzt zu abweisend oder zu unkooperativ war, dann konnte der Schuss nach hinten losgehen. Dann hatte sie die Polizei wirklich am Wickel, denn als erstes würden die ihren Realitätsbezug anzweifeln. Diese Spielchen kannte sie von früher her nur zu gut.
„Na gut, kommen Sie herein", antwortete sie widerborstig. Erika trat im Hausflur auf die Seite, um dem ungebetenen Helfer Platz zu machen.
„Gehen wir ins Wohnzimmer", befahl sie und wies in die entsprechende Richtung. Der junge Altenpfleger sah sich beim Durchgehen gleich ein wenig um, bemühte sich dabei aber tunlichst, nicht vom vorgewiesenen Weg abzuweichen, um die alte Dame nicht unnötig in Rage zu bringen. Die alten Leute konnten sich furchtbar kindisch aufführen, wenn man ihnen zu nahe trat. Nebenbei schweifte sein Blick sachte nach rechts und links ab, um einen Eindruck vom Zustand der Umgebung zu gewinnen, in der die Frau lebte. Das allein heizte Erika auf. Dazu hatte sie ihm keine Erlaubnis erteilt. Was nahm er sich heraus. Sie bebte innerlich und bemühte sich gleichzeitig, nichts von dem nach außen dringen zu lassen. Ohne sich großartig irritieren zu lassen, begutachtete er ihr Haus von innen und zimmerte sich ungefragt ein Bild über sie zusammen!
„Nun?" forderte sie ihn heraus. „Frau Schaufler, wie geht es Ihnen? Ich wollte einmal vorbeischauen und nach dem Rechten sehen. Wie bereits erwähnt, hat sich Frau Tenneberg bei uns gemeldet und uns gebeten, Ihnen unsere Hilfe anzubieten, wenn Sie alleine nicht mehr klar kommen. Wir wollen Ihnen nur helfen. Kosten entstehen Ihnen dadurch keine, denn wir stellen die Anträge für die Kostenübernahme bei der Pflegeversicherung für Sie, wenn Sie es möchten. Wir organisieren lediglich die Dienstleistungen, auf die Sie angewiesen sind. Das kann Hilfe im Haushalt, Pflege im Allgemeinen oder bei Krankheit sein", zählte er ohne Pause auf mit der

ungebrochenen Absicht, Erika in ein Gespräch zu verwickeln.
„Entscheiden dürfen Sie das auf jeden Fall selbst." „Na gut. Ich brauche niemanden. Ich kann alles selbst erledigen. Es ist doch besser, möglich lange aktiv zu bleiben, meinen Sie nicht?" Schachmatt. Dagegen war von seiner Seite aus nichts einzuwenden. Es war von Vorteil, wenn man sich im gegnerischen Lager gut auskannte. Es ermöglichte einem, die feindlichen Strategien auszuhebeln und abzuwehren. Erika hatte es ihm gezeigt. Jetzt war sie bereit, sich einigermaßen normal zu unterhalten.
Der junge Mann, der wie ein Bär daher kam und Erika in Körpergröße um zwei Köpfe überragte, schaute entwaffnet drein. Weil Erika ihm keinen Platz angeboten hatte, stand er nun verloren mitten im Zimmer. Angesichts des unerwartet starken Widerstandes fühlte er sich sichtlich unwohl und suchte nach einem halbwegs passablen Abgang.
„Ich will Sie auch nicht länger belästigen. Hier sind unsere Prospekte mit unseren Kontaktdaten." Kaipf legte einen kleinen Stapel Unterlagen auf den Tisch, die er aus seiner Kitteltasche zerrte. „Lassen Sie es sich in Ruhe durch den Kopf gehen." Dann zögerte er. „Haben Sie eigentlich Angehörige, die sich um Sie kümmern?"
Erika schnaubte. Er wartete ihre Antwort, die er bereits zu kennen glaubte, nicht ab. „Nein? Sehen Sie, dann haben Sie nun uns als Ansprechpartner, falls Sie in eine Notlage geraten." Das, was er im Haus zu sehen bekommen hatte, wirkte ungepflegt und schmuddelig, reichte aber nicht aus, ohne die direkte Einverständnis der Alten einzugreifen. Alles, was er tun konnte, war, die alte Dame in ein paar Wochen oder Monaten wieder zu kontaktieren beziehungsweise sich zu ihrer Adresse einen entsprechenden Vermerk zu machen. Dass sie bald vor dem Alltag kapitulierte, war absehbar.
Er verabschiedete sich, ohne Frau Schaufler über seine Notiz zu informieren, die er im Auto anfertigen wollte. „ Ich kann gar nicht lange bleiben und muss schon weiter. Mein Terminkalender ist randvoll. Freut mich, Sie kennen gelernt zu haben und, wie gesagt, haben Sie keine Hemmungen, uns anzufragen, wenn Sie etwas brauchen. Dafür sind wir da."

Er fand zu seinem Lächeln zurück, drehte sich um und steuerte mit großen Schritten auf den Ausgang zu. Erika hüpfte ihm eilig hinterher, griff von hinten um ihn herum zuerst an die Türklinke und behielt so die Oberhand. Er blieb nicht stehen, sondern trat hinaus. Erika wippte flugs auf die Seite und machte den Weg frei.

Draußen drehte er sich kurz um und bemühte sich um einen letzten Blickkontakt. Dann winkte er grüßend zum Abschied und setzte sich in sein Dienstfahrzeug. Erika sah, wie er einen Zettel ausfüllte, den er in eine Mappe schob, bevor er den Motor anließ. Das Auto setzte sich langsam in Bewegung. ‚Sozialdienst Tübingen – Auf uns können Sie sich verlassen' war in großen, bunten Lettern auf die Seiten gedruckt.

Frechheit. Sie regte sich unbändig auf. Was fiel der Tenneberg ein, ihr mit so einem Schnösel auf die Pelle zu rücken, der bei ihr herumspionierte? Oder war der womöglich gar kein Altenpfleger, sondern ein Polizist? Hatten sie sie etwa doch im Verdacht und fehlten ihnen die Beweise (haha)? In Erika drehte sich alles. Ihr war schwindelig. Wie ein verwundeter Tiger auf der Flucht durchkreuzte sie ruhelos die Zimmer ihres Hauses, zunächst ohne einen Sinn dahinter zu erkennen. Plötzlich stand sie im Flur und fixierte die Kellertür. Ohne zu überlegen hetzte sie maschinenhaft und ohne Zögern in den Garten, packte den Spaten und stob zurück ins Haus.

Hurtig war sie im Keller drunten. Zwei der drei kleinen Kätzchen - es waren noch die drei süßen Schwarz-Weißen übrig - begrüßten sie mit piepsigen Miautönen, da war es um die eine schon geschehen. Erika schwenkte den Spaten über ihrem Kopf, soweit es die niedere Kellerdecke erlaubte, und ließ ihn mit einem lauten Krach auf das kleine Köpfchen niedersausen. Lautlos knickte es überwältigt ein und blieb liegen.

War gar nicht so schwierig. Dann gleich noch mal, wenn wir schon dabei sind. Das andere blickte orientierungslos und unwissend mit seinen großen, dunklen Augen umher. Wie in Trance holte Erika ein zweites Mal aus. Der Stoß saß nicht ganz so glücklich, das Kleine zappelte noch. Wie im Fieber fing Erika an, mit der scharfen Spatenkante auf der kleinen Kreatur herum zu hacken. Das wenige Blut spritzte ein bißchen, trotzdem wurde es eine richtige Sauerei. Drei-, viermal, da war das Kätzchen Matsch.

Das war anstrengend gewesen. Erika keuchte. Der Schweiß begann ihr erneut über die Stirn zu laufen. Eins war noch übrig. Die kleine Zwangspause bewirkte, dass Erikas Tatkraft nachließ. Ein unerwünschter Ermüdungseffekt setzte ein. Sie sank auf einen herumstehenden umgedrehten Korb nieder, ließ ihr Werkzeug aus der Hand gleiten und schlug erschöpft und verzweifelt die Hände vor das Gesicht.

Wie ein Häufchen Elend saß sie da und kam sich vor wie ein mieses Stück Dreck. Als sie nach einigen Minuten die Hände von den Augen nahm, sah sie im grellen Neonlicht die furchtbaren Auswirkungen des Massakers. Das zweite Opfer vom heutigen Tag war ein blutiger zerfetzter Haufen Fleisch, nicht groß, aber rot und nass. Kaum zu glauben, dass das bis vor wenigen Augenblicken ein kleines Kätzchen gewesen sein sollte. Erika hatte in ihrem mechanischen Gemetzel ihr erstes Opfer ebenfalls zerlegt. Ihm war jedoch noch anzusehen, dass es einmal ein komplettes Tier mit einem Fell gewesen war. Der Spaten, an dem Fleisch- und Fellfetzen klebten, war Blut verschmiert.

Irgendwo hatte sich in einer hinteren Ecke das letzte Kätzchen verkrochen. Um das wollte sie sich später kümmern.

Im Augenblick war sie nicht dazu imstande, den Schmuddel, den sie angerichtet hatte, wegzuwischen. Stattdessen schleppte sie sich zum Bierkasten, klemmte sich so viele volle Flaschen unter den Arm wie sie konnte, und ließ die Folgen des Blutbades achtlos liegen.

Im Wohnzimmer kippte sie eine Flasche nach der anderen in sich hinein. Sie sehnte nach nichts anderem, einfach abzuschalten, alles zu vergessen, was geschehen war, alles aus ihrem Kopf auszuradieren, auf ewig. Nachdem sie sich einen beträchtlichen Rausch angesoffen hatte, sank sie auf ihr Sofa und nickte ein.

7. Gruber macht sich nützlich

Es war früh am Morgen. Die Flure waren wie ausgestorben. Gundel war extra zeitig zum Dienst erschienen, um sich mit der Akte Petrusstift zu beschäftigen, bevor Gruber eintraf. Auf ihre Ellbogen gebeugt, brütete sie seit einer halben Stunde über den Notizen und wenigen Berichten, die zwischen zwei Pappdeckeln aufbewahrt wurden. Neben ihr dampfte ein Becher mit Kaffee, den sie sich am Stockwerksautomaten gezapft hatte, eine hellbraune Brühe, die sich Cappuccino schimpfte, aber den Namen kaum verdiente. Jahrelang hatte sie sich vorgenommen, eine eigene Kaffeemaschine mitzubringen. Auf der anderen Seite kam ihr das Aufstellen einer eigenen Maschine wie ein Einzug vor, als ob sie sich für ewig in diesem verhassten Büro einzurichten gedachte. Dieser Schritt wäre ihr zu endgültig vorgekommen. Und an dieser Klippe war ihr Vorhaben wohl all die Jahre über gescheitert. Sie konzentrierte sich auf die Akte.

Die Tochter einer vor circa fünf Jahren verstorbenen Bewohnerin hatte damals Strafanzeige erstattet. Ihre Mutter war wenige Zeit nach der Aufnahme in das Pflegeheim sehr schnell und ihrem Eindruck nach allzu überraschend verstorben. Die alte Dame war kurz vor dem Einzug in die Einrichtung zum Pflegefall geworden, und die Tochter versprach sich von der Unterbringung eigentlich eine Verbesserung ihres Zustandes. Der unerwartete Tod der Mutter, der durch einen plötzlichen Kreislaufkollaps verursacht worden sein sollte, machte die Tochter skeptisch, nicht zuletzt deshalb, weil zeitnah mehrere andere Heimbewohner auch überraschend verstorben waren. Gundel kaute nachdenklich auf einem Kugelschreiber herum. Sie erinnerte sich anhand der Dokumente, dass die Ermittlungen vorwiegend aus der Vernehmung der Pflegedienstleitung und aus der genauen Durchsicht der Pflegedokumentationen bestanden hatten. Die Pflegedokumentation in dem angezeigten Fall war einwandfrei und lückenlos gewesen, keine Unregelmäßigkeiten. Die Angaben des Pflegedienstleiters standen völlig im Einklang mit ihnen. Die Bescheinigung des behandelnden Arztes, der fast alle Bewohner auf der

Station versorgte, hatte zu keinen Verdachtsmomenten Anlass gegeben.

Auch Sven hatte sich nach seinem Eintreffen als erstes einen Pappbecher besorgt, dessen Inhalt derselben Quelle wie Gundels Cappuccino entstammte.

„Oh, bist du schon fündig geworden?" wollte er wissen.

„Nein, nicht direkt", winkte Gundel ab.

Sven bekam die Akte zum ersten Mal zu Gesicht. Er holte sich einen Stuhl, um sich neben Gundel zu setzen und sich einen Überblick über die Vermerke zu verschaffen. „Wurde lediglich bei der einen Frau ermittelt?" wollte er wissen. „Ja, aber daraus ergaben sich keine Hinweise. Pflegedokumentation, Arztbericht, Vernehmung des Pflegedienstleiters, alles korrekt." „Bei diesem Fall. Wurden die anderen auch untersucht?" Gundel seufzte. „Nein, es lagen keine Anzeigen vor. Die Angehörigen der anderen Toten sahen davon ab. Ich sah keinen Anlass. Die Staatsanwaltschaft sah auch keinen Grund, die Sache weiter zu verfolgen. Damals hatten wir einen sehr heißen Sommer mit Temperaturen, die den Alten schwer zusetzen. Die Pflegedokumentation enthielt keinen Hinweis auf eine Unterversorgung mit Flüssigkeit, wenn du das meinst. Und trotzdem können gTodesfälle unter solchen Bedingungen durchaus gehäuft vorkommen, ohne dass es sich gleich um fahrlässige Tötung handelt, Kreislaufversagen eben." Der so genannte Cappuccino zog Gundel die Mundwinkel zusammen. „Versuch's doch mal mit Zucker. Das hilft", empfahl Gruber. „Hab' ich probiert, danke. Würde ich als Zuckerverschwendung bezeichnen, ein schwerwiegender Fall von Rohstoffmissbrauch."

Sven kippte sich den Inhalt seines Pappbechers tapfer in den Rachen und legte eine Pause ein, nicht, um sich von der stechenden Empfindung zu regenerieren, die das Getränk in seinem Magen verursachte, sondern um nachzudenken.

„Das heißt, die Pflegedokumentationen der anderen vier, die nicht angezeigt wurden, wurden nicht überprüft?"

„Nein, das hatte mich an dem Vorgehen auch gestört. Wir haben keine Einsicht bekommen." Gundel hatte plötzlich das diffuse Gefühl, sich verteidigen zu müssen. „Ich konnte den Pflegedienstleiter nur wegen der einen Alten verhören.

Die anderen Totenscheine, kein Zugang. Zu wenig Verdachtsmomente.

Sven rieb sich das Kinn. „War denn der Arzt, der bei der Toten aus der Anzeige die Sterbeurkunde ausgestellt hat, der gleiche Hausarzt, der die alte Frau schon vor ihrer Aufnahme im Petrusstift behandelt hat? Nur dieser kann meines Erachtens einen unerwarteten Tod aufgrund seiner Kenntnisse der gesamten Krankengeschichte korrekt einordnen, meinst du nicht?"

Gundel verzog unangenehm berührt das Gesicht. Sven war eben dabei, die Schwachpunkte ihrer Ermittlungsarbeit zu identifizieren. Es war ja hinlänglich bekannt, dass die Feststellung von Todesursachen durch Ärzte nicht selten fehlerhaft war. Da hätte sie ruhig kritischer nachfragen können, was sie nicht getan hatte. Und das war ihr nun äußerst unangenehm. Beinahe bereute sie es, ihm die Akte gezeigt zu haben.

„Da hast du recht, das hilft uns jetzt leider noch nicht weiter", versuchte sie, sich zu entschuldigen. „Wir fangen mit dieser Erkenntnis heute nichts mehr an. Außer, es gäbe einen Anlass, die Ermittlungen neu aufzunehmen. Und der Anlass bestünde lediglich in einer erneuten Anzeige, etwa durch betroffene Angehörige." Sven sah ein, auf was seine Chefin hinaus wollte. Gundel wäre blöd dagestanden, wenn sie dem Staatsanwalt die Akte erneut vorgelegt hätte. Sie hätte damit ihre eigenen Ermittlungsfehler, die er als ziemlichen Patzer betrachtete, zugegeben. Da war einiges unter den Teppich gekehrt worden.

Im Umfeld seiner Chefin lauerten Tretminen. Sven wusste das. Aus seiner Position in der zweiten Reihe heraus war ihm das bis jetzt egal. Ihm dämmerte, dass das nun bald vorbei war.

„Die Einrichtungsleitung hat sicher kein Interesse, den Fall neu aufzurollen, nehme ich an." „Nein, natürlich nicht. Im Petrusstift hatten die Verantwortlichen in Sachen Öffentlichkeitsarbeit nie ein besonders glückliches Händchen. Was glaubst du, wie das Heim nach außen hin dasteht mit einer solchen Geschichte am Kragen? Die bekommen keinen Fuß mehr auf den Boden." Der Rest des Cappuccinos war zu kaltem Kaffee mutiert, nur noch für den Ausguss zu gebrauchen. Aber Gundel interessierte das im

Moment nicht im Geringsten. Ihr Augenmerk galt etwas anderem. Es war an der Zeit, ihren Mitarbeiter einzuweihen und ihn über die wahren Gründe ihrer wahnsinnig katastrophalen Ermittlungsarbeit aufzuklären. Sven merkte, dass sie ihm etwas Heikles mitteilen wollte, und sah sie auffordernd an. „Und weil sich unser Kriminalrat, das heißt mein direkter Chef, in seiner Freizeit im Stiftungsrat des Petrusstift ehrenamtlich engagierte, kamen von seiner Seite keine Anweisungen an mich, die im Zweifel einen Skandal für das Petrusstift bedeutet hätten. Im Gegenteil", flüsterte sie. „Sven, bei dem, wie die Ermittlungen gelaufen sind, hat mein Chef keine unerhebliche Rolle gespielt. Er hat sie zwar nicht direkt aktiv unterbunden. Allerdings rührte er nicht mehr am Thema, als ich die Ermittlungen wegen der mehr als dürftigen Beweislage einstellte." „Unser Kriminalrat sitzt im Stiftungsrat des Petrusstift? In dem Fall war er ja eine Art Chef im Petrusstift, oder zumindest einer, der unter Umständen mit zur Verantwortung gezogen werden konnte?" „Das mit der Verantwortung kann ich nicht beurteilen. Immerhin wäre er selber auf eine für ihn wenig förderliche Weise ins öffentliche Licht geraten. Das reicht den meisten ja schon."

Sven holte sich noch einen Pappbecher mit Kaffee vom Flur, weil er das plötzliche Bedürfnis verspürte, sich die Füße zu vertreten. Das brauchte er. Gundels Informationen waren der Hammer. Es kam noch mehr. „Aktuell ist er allerdings nicht mehr Mitglied dieses Gremiums. Er ist wenige Monate nach Abschluss der Nachforschungen freiwillig und völlig sang- und klanglos aus dem Gremium ausgeschieden."

„Wenigstens eine Hürde beseitigt. Trotzdem komisch, sein Rückzug ohne Pauken und Trompeten."

„Ja, das dachte ich auch. Die Sache muss ihm zu heiß geworden sein, aber der Zug war abgefahren. Ich konnte nichts mehr tun." „Verstehe. Aber sag' mal, wie bist du eigentlich diese ganzen Insiderinformationen gekommen?"

„Über meinen Mann", gab sie zu. „Torsten hat natürlich Zugang zu dem ganzen Tübinger Professoren- und Honoratiorenklüngel. Was da läuft, interessiert ihn zwar nicht sonderlich. Wenn er sich allerdings völlig heraushält, kann er sich viele Nachteile einhandeln. Bei so manchem

Abendessen erfährst du Dinge, zu denen ein Normalsterblicher keinen Zugang hat. Was denkst du, warum es unser Kriminalrat nicht wagt, mich wegen schlechter Leistung zu versetzen?" Sven konnte es sich denken.

„Wie machen wir weiter?" wollte Gundel wissen. Ob ihm dazu nun etwas einfiel?

Das Ganze begann, auf eine seltsame Art Spaß zu machen. Sven verlieh Gundel irgendwie den nötigen drive. Und sie kam tatsächlich ein wenig in Fahrt.

„Es gibt einige offene Fragen. Zum ersten die vier anderen Todesfälle, die, von denen wir nichts aus der Pflegedokumentation wissen. Zum zweiten die gesundheitliche Einschätzung des früheren Hausarztes der Verstorbenen, für die Anzeige erstattet wurde. Du hast erwähnt, dass das Pflegepersonal nicht vernommen. Bei einer Wiederaufnahme der Ermittlungen hätten wir einen Grund, uns mit Frau Schaufler endlich intensiver zu unterhalten."

Jetzt war Sven derjenige mit der meisten Bodenhaftung. „Aber uns fehlt momentan ein geeigneter Ansatzpunkt. Es ist schon eine Sauerei, wie manche Leute aufgrund von ihrer Position Vorgänge manipulieren können."

„Klar", pflichtete Gundel bei. Ihre Absicht war es, bei dem Fall wieder einzuhaken, egal wie.

Sven sollte sich Gedanken machen. „Mit welchen Hypothesen oder Annahmen oder Verdachtsmomenten können wir in die Ermittlung wieder einsteigen? Was meinst du?"

„Mit der Annahme, dass an der Vermutung derjenigen Angehörigen, die die Anzeige erstattete, etwas dran ist. Oder dass keiner von den fünf alten Menschen feiwillig gestorben ist. Schlimmstenfalls, dass in dem Heim noch mehr als die fünf unfreiwillig den Löffel abgegeben haben. Und: dass es Mord war, also mit Vorsatz, und kein Todschlag. Jetzt höre ich lieber auf. Es bringt uns nichts, darüber zu spekulieren, in welchem Umfang das Pflegepersonal möglicherweise beteiligt oder nicht beteiligt war. Vorerst haben wir genug Hypothesen und keine Beweise. Zur Frage nach dem Ansatzpunkt: Ich selber war noch nie an der Aufklärung eines Mordes in einem Pflegeheim beteiligt."

„Ich auch nicht", gab Gundel zu. „Das bedeutet, einer von uns macht sich mit der Materie vertraut." Sven verstand den Wink mit dem Zaunpfahl und nahm ihre Anweisung gelassen an. „O.k., Chefin, ich werde mich mal dahinter klemmen und schauen, was ich an brauchbarem Allgemeinwissen für uns auftreiben kann. Dann sprechen wir uns wieder."

Die Betäubung, in die sich Erika mit dem vielen Bier versetzt hatte, hielt einige Stunden an und ließ allmählich nach. Sie kam spät in der Nacht benommen zu sich und fühlte sich wie gerädert. Um nicht vom schmalen Sofa herunter zu fallen, musste sie ihren steifen Körper unbequem zu verkrümmen. Als sie einigermaßen wach war, verursachte die verspannte Muskulatur unangenehme Schmerzen und drückte zusätzlich auf ihre miese Stimmung. Das bleierne Gefühl der Übernächtigung und der unausgeschlafene Rausch machten es ihr schwer, einen brauchbaren Gedanken zu fassen. Sie setzte sich auf und versuchte, sich zu erinnern, was geschehen war. Währenddessen war es im Raum ziemlich duster geworden. Die Nacht war durch das Fenster von draußen herein gekrochen. Bevor Erika das Licht anknipste, ließ sie den Rollladen herunter und tastete sich vorsichtig in Richtung Lichtschalter.

Auf dem stockdunklen Weg dorthin stieß sie mit einem Fuß heftig an einem Tischbein an. Es knackste und ein dumpfer, hohler Schmerz pflanzte sich in einer pulsierenden Welle durch ihren Fuß fast bis zum Knie hinauf fort und blieb dort stecken. Die Gesamtheit ihrer körperlichen Qualen übertönte diesen im Vergleich nichtigen Unfall in allen seinen Facetten, und sie spürte es kaum, dass sie sich den kleinen Zeh kräftig verstaucht, wenn nicht sogar gebrochen hatte. Selbst wenn ihre Wahrnehmung es zugelassen hätte, dieses Ereignis angemessen zu beurteilen, was nicht der Fall war, hätte sie keine Zeit übrig gehabt, sich um solche Nebensächlichkeiten zu kümmern. Ihr war nämlich unterwegs zum Lichtschalter ein anderes Licht aufgegangen. Genau betrachtet waren ihre Angelegenheiten im Keller keineswegs abgeschlossen.

Als die Lampe endlich brannte, überlegte sie hin und her, ob sie gleich vollends aufräumen oder bis zum nächsten

Morgen warten sollte. Einerseits hielt sie das Letztere für sinnvoller als das erstere, andererseits verspürte sie einen Drang, Ordnung zu schaffen, die Dinge zu erledigen. Was sollte sie nur tun? Schlaf- und tatenlos auf den Anbruch des Morgens warten? Weiterzuschlafen war unmöglich. In ihrer Vorstellung starrte sie in den Keller. Die Entscheidung war gefallen.
Sie sammelte die notwendigen Utensilien zusammen, Schaufel, großer Eimer, ein Wischtuch, das nach getaner Arbeit mit Sicherheit unbrauchbar war, das scharfe Putzmittel, Haushaltshandschuhe aus Gummi. Dann füllte sie den Eimer in der Küche mit warmem Wasser. Ein sehr großer Spritzer von dem Reiniger konnte nicht schaden. Mit den Putzsachen bewaffnet begab sie sich die Stufen hinab.

Oje, oje, wie sah es hier nur aus. Mit Putzen allein würde es nicht getan sein, das war ihr sofort klar. Eine Wand war mit dünnen Blutspritzern besprenkelt. Hier musste frisch gestrichen werden. Sie humpelte zurück nach oben und holte zwei alte Plastiktüten, griff in eine der Tüten und streifte sie so zurück, dass sie wie ein großer Handschuh über ihren Unterarm gezogen war. Ein großer Teil von dem Blutmatschhaufen war zwischenzeitlich am Boden angetrocknet und verströmte den üblen Gestank einer Mischung aus geronnenem Blut und Katzenpisse und -kacke. Beherzt packte sie einen großen Teil von dem Blutmatschhaufen und stülpte die Tüte über, indem sie sie über das Fleischbündel streifte. Hatte sie das nicht schon einmal erlebt? Ihr kam das eben vor wie ein Déjà Vu-Erlebnis.
Bin ich denn vollkommen übergeschnappt? stieg es in ihr auf. Nein, das war echt, das erste Kätzchen hatte sie mit dem Jutesack auf dieselbe Weise gepackt, erinnerte sie sich dunkel. Ich bin noch nicht bekloppt, dachte sie erregt und bestätigte sich mit einem lauten „Noch nicht."
Nachdem die Tierfetzen in den Tüten verschwunden waren, knotete sie diese gut zu und legte sie auf die Seite.
Jetzt war der schwierigere Teil der Arbeit an der Reihe. Zuerst zog sie sich die Gummihandschuhe an, weil sie sich ekelte, und wischte mit dem nassen Tuch die Reste mehr recht als schlecht auf dem Boden zusammen. Die Spuren ließen sich weder von der Wand noch vom Boden

vollständig beseitigen. Fürs erste musste das reichen. Morgen war auch noch ein Tag. Das Wasser im Eimer war schmutzig dunkelrot mit kleinen braunen Stückchen, die darin herum schwammen.
Um alles wieder nach oben zu schaffen, musste sie zweimal die Treppe rauf und runter. Sie beförderte die Tüten auf die Terrasse in die dunkle Nacht hinaus, weil sie der Gestank drinnen störte. Den Eimer mit der Brühe leerte sie in Klo aus und spülte kräftig nach.
So, mehr war heute Nacht nicht drin.
Nach diesen körperlichen Anstrengungen röchelte sie schwer und spürte glücklicherweise eine echte Müdigkeit in sich aufsteigen. Sie ging ins erste Stockwerk, wusch sich die Arme bis über die Ellbogen, bis sie sich einigermaßen sauber fühlte, legte dann ihre Kleider, die von Blutspuren nicht verschont geblieben waren, ab und begab sich in ihr Bett. Endlich konnte sie richtig schlafen.

Am nächsten Tag wachte sie um die Mittagszeit auf, einigermaßen erholt. Nach einer Tasse Kaffee warf sie einen Blick auf die Terrasse und zu den Tüten mit den sterblichen Überresten der zwei Kätzchen.
Aber was war das? Es sah aus, als ob ein Monster gewütet hatte. Zu allem Überfluss war der größte Teil der Tüten verschwunden!
Anfangs ärgerte sich Erika über sich selbst, dass sie daran nicht gedacht hatte. Für herum streifende kleine Fleischfresser wie Marder oder auch Ratten – Ratten? War da nicht was? –, die vom intensiven Geruch angelockt wurden, waren sie eine willkommene Beute. Einzelne Überreste der Tüten lagen auf dem Boden verstreut herum. Es sah aus, wie nach einer wilden Party. Die Diebe hatten wohl zunächst versucht, Löcher in die Plastikfolie zu beißen. Das war ihnen offensichtlich gelungen, die herumliegenden Fetzen deuteten darauf hin. Dann aber hatten sie ihren leichten Fang wohl kurzerhand zum Fressen an einen sichereren Ort weggezerrt und dabei die Sauerei aus Tütenstückchen, Fellfetzen, Knochenteilchen und Blutschmiere hinterlassen. Nun gut, so waren wenigstens die Kadaver beseitigt. Erika brauchte lediglich die allerletzten Überreste einzusammeln und ihre Putzsachen zu säubern.

Nachdem alles aufgeräumt war, setzte sie sich mit einer Tasse Kaffee an den Küchentisch und überlegte, wie sie mit den Blutspuren umgehen sollte. Ach, ja, ihre Tiere waren ja auch noch zu versorgen.

Es kam Leben in die Abteilung. Gundel und Sven befassten sich intensiv mit den Sterbefällen im Petrusstift. Ein gewisses Risiko stellte in diesem Zusammenhang selbstverständlich Gundels direkter Vorgesetzter dar, der aus den bekannten Gründen dagegen war, dass sie gerade dieses Thema aufwärmten. Weil das so sicher war, wie das Amen in der Kirche, sparte es sich Gundel, mit ihm darüber zu reden und sein Einverständnis einzuholen. Stattdessen entschied sie sich für die Maulwurf-Taktik. Sie hatte die Schnauze voll davon, ständig aufgrund fadenscheiniger Begründungen bei ihrer Arbeit in die Schranken gewiesen zu werden. Damit war jetzt Schluss. Schließlich hatte er selbst Dreck am Stecken, vor allem dann, wenn er normale Ermittlungen verhinderte.

Diese Gewissheit gab jedoch keinen Anlass her, von einem frühzeitigen Triumph auszugehen. Zu beweisen war die empfindliche Pflichtverletzung des Polizeirats erst, wenn sie imstande waren, eine erfolgreiche Aufklärungsarbeit vorzulegen. Da biss sich die Katze in den Schwanz. Sven sah ein, dass es im momentanen Stadium strategisch sinnvoller war, Konfrontationen zu meiden – auch wenn das Recht sachlich betrachtet auf ihrer Seite war -, und den schnöden Schein zu pflegen, was bedeutete, verdammt aufzupassen, dass er ihnen nicht auf die Schliche kam. Also war äußerste Diskretion und viel Fingerspitzengefühl erforderlich, wollten sie sich neben dem Tagesgeschäft her unbehelligt in die Materie einarbeiten. Auf diese Weise blieb ihnen ein Hintertürchen für den geordneten Rückzug offen, falls ihr Projekt scheiterte.

Angesichts der neuesten Entwicklungen entpuppte sich der Umstand, dass Gundels wenig beliebte Abteilung nicht gerade mit Arbeitsaufträgen überhäuft wurde, als äußerst vorteilhaft. Darüber hinaus sie teilten sich das Büro nur zu zweit. Die Kollegen anderer Abteilungen, die sich gewöhnlich zu viert oder zu fünft in einem Raum quetschten, hatten keine Ahnung, was sie zu zweit trieben. Die Gefahr verpetzt zu werden, hielt sich dadurch in

Grenzen. Schon allein diese Tatsachen verliehen der konspirativen Aktion neben dem Risiko einen gewissen Reiz. Gundels Arbeitssituation, unter der sie früher unsäglich gelitten hatte, verwandelte sich völlig unvermutet in einen exquisiten Vorzug.

Sven machte sich im Internet auf die Suche nach Hinweisen auf Ansatzpunkte, die sich im Petrusstift ergeben konnten. Wie ein Wilder hackte er auf seiner Tastatur herum und wurde schnell fündig; das schloss Gundel aus der Gebanntheit, mit der er plötzlich auf den Monitor starrte.

„Ist ja super spannend", murmelte er. „Du, ich hab' hier was Interessantes."

„Schieß los!" Gundel konnte es kaum erwarten, zu hören, so aufgeregt klang Sven. „Ich hab' da einen längeren Report über Pflegekräfte, die als Serienmörder verurteilt worden sind." Sie trat hinter ihn, um selbst zu sehen, was der Bildschirm hergab. Ihr Versuch war jedoch vergeblich, denn er scrollte pausenlos auf und ab, so dass sie sich besser wieder auf ihren Stuhl setzte. „Da hat einer einige Todesserien, bei denen Pflegefachkräfte als Mörder an Heimbewohnern überführt wurden, ausgewertet und verglichen."

Er überflog den Text. Gundel ging das alles zu langsam. „Mach' weiter, was steht da?" „Wenn man sich einfach mal diese Liste anschaut, die der da zusammengetragen hat, bekommt man den Eindruck, dass so etwas in der Vergangenheit gar nicht so selten vorgekommen ist." Stumm studierte er den Text weiter, bis er einen begeisterten Pfiff ausstieß. „Gundel, interessiert es dich?" Er saß am Drücker. Absichtlich trieb er die Spannung auf die Spitze und grinste sie von der Seite an. „Aber klar, erzähl' endlich. Raus mit der Sprache", drängte sie.

„Die Ausführungen hier handeln überwiegend von verstorbenen Patienten in der Krankenpflege", wiederholte er, um das Spektakuläre an seiner Entdeckung zu betonen.

„Das hast du bereits erwähnt, Sven." „Hab' ich?" Er kratzte sich am Kopf und fuhr fort.

„Allerdings sind in der Altenpflege – das ist die Hypothese des Artikels -, vor allem im Zusammenhang mit den schweren Pflegestufen ähnliche Vorfälle anzunehmen, ohne dass die überwiegende Mehrzahl entdeckt wird. Zu deutsch:

Es ist von einer nicht unerheblichen Dunkelziffer an Morden in Altenheimen auszugehen. Hier wird immer der Begriff Tötung verwendet, nicht Mord oder Totschlag. Daran muss ich mich erst gewöhnen." „Tötung, das klingt sehr neutral, als wäre das nichts Schlimmes. Von wem ist denn der Bericht? Scheint kein Kriminologe oder Jurist zu sein." Ihre anfängliche Begeisterung ließ nach.

„Nein, ein Journalist, der sich seriös gibt. Ist für unsere Zwecke vielleicht nicht schlecht. Der liefert hier ziemlich viele Hintergrundinformationen, was für unsere Ausgangslage eigentlich ganz förderlich ist", erläuterte er weiter. „Tatsächlich. Hör' mal zu. In der Krankenpflege fanden Tötungen häufig auf der eigenen Station des Täters oder der Täterin statt, ohne das jemand etwas gemerkt hatte, vor allem nicht sofort nach der Tat."

Der Report enthielt viele Informationen in Kurzform. „Der liefert uns alles auf dem Präsentierteller. Die Serien sind in der Vergangenheit häufig erst nach vielen, vielen Einzeltaten aufgeflogen. Zunächst kam niemand auf die Idee, dass es eine Pflegekraft gewesen sein könnte, denn keiner hatte das erwartet. Das ist gut nachvollziehbar. Wenn Leute in einem sozialen Beruf arbeiten, denken alle anderen, sie sind sozial engagiert und verfolgen nur selbstlose und für die Gesellschaft wertvolle Ziele. Und diese Erwartung vernebelte den Blick auf die wahren Handlungen der Täter. Dazu kommt noch, dass die Opfer meistens während der Arbeitszeit und während der Pflegehandlungen umkamen, die routinemäßig durchgeführt wurden. Das heißt, die Täter fielen kaum auf, weil niemand damit rechnete, ihnen so nah am Tatort, an der Tatzeit und am Opfer zu begegnen." „Das heißt, da standen unter Umständen sogar Leute daneben, andere Fachkräfte, und die waren nicht imstande, korrekt einzuordnen, was da gerade geschehen war?" Gundel konnte es kaum glauben. „Richtig. Jeder denkt doch bei Mord, der Täter agiert im Verborgenen oder macht sich zumindest gleich aus dem Staub, oder? Das war hier nie so. Die spazierten nach der Tat über die Station, als wäre nichts gewesen. Übrigens, es waren erstaunlich viele Frauen dabei." „Klar, Pflegeberufe werden ja hauptsächlich von Frauen ausgeübt. Außerdem wird es Frauen weniger als Männern zugetraut, andere Menschen umzubringen. Wir

Frauen haben hier Männern gegenüber sozusagen einen Vorteil", fügte Gundel spöttisch hinzu.

Er verstand sofort. „Hier steht auch, dass die Taten eher kurz nach der Aufnahme des Patienten passierten. Vermutlich ist es leichter, jemanden zu töten, wenn man – oh, ich meine natürlich frau – das Opfer noch nicht gut kennt. Es besteht noch keine Bindung. Außerdem schienen die meisten Opfer an einer falschen Dosis irgendeines Medikamentes gestorben zu sein. Klar, was liegt näher? In Pflegeheimen gibt es massenhaft Medikamente. Es bietet sich geradezu an, auf diese Weise zu morden. Außerdem kommt diese Tötungsart Frauen entgegen."

Er sah vom Bildschirm auf. „Nur, ist das immer ein ‚sanfter' Tod?" Das war eine Frage, die er mehr sich selber stellte, von Gundel aber beantwortet wurde. „Ich kann mir vorstellen, dass einige Opfer wegen einer falschen Dosis einer bestimmten Substanz nicht einfach ‚friedlich' eingeschlafen sind. Da haben doch sicher Todeskämpfe stattgefunden, die für die Opfer alles andere als sanft waren. Falsch dosierte Medikamente können doch bestimmt schlimme Qualen verursachen. Die mussten die armen Opfer dann aushalten, bis der Tod tatsächlich eintrat. Und der war dann, nach dem was passiert war, wirklich eine Erlösung."

„Fürchterlich. Das heißt, dass eine so genannte Tötung in Wirklichkeit ein ziemlich brutaler Mord ist. Er hat den Anschein von sanft, weil er beim Opfer keine blutigen Verwundungen oder verzweifelte Abwehrversuche hervorruft. Das wird hier auch bestätigt. Den Tötungsakten fehlte äußerlich jedes schockierende Moment. Eine saubere Sache. Obwohl hier auch erwähnt wird, dass ruppigere Tötungsarten durchaus auch vorkamen, z.B. Ersticken mit einer Plastiktüte oder einem Kopfkissen. Da musste wohl einer seine Skrupel deutlich abgebaut haben. Oder da steckten jede Menge Aggressionen dahinter. Und auch Kalkül. Ertränken in der Badewanne suchst du vergeblich."

Gundel hing noch an den Medikamenten. „Bei Medikamenten ist auch zu bedenken, dass es unter Umständen nicht nachweisbar ist, dass sie falsch dosiert wurden. Das hast du ja vorhin auch angedeutet. Wenn die Leute sowieso täglich viele Mittel verabreicht bekamen, war

es sicher schwierig in einer Obduktion aus dem gesamten Mix das einzelne heraus zu filtern." „Ja, das heißt, nur die Pflegedokumentation in Verbindung mit einer präzisen Diagnosestellung hätte einen brauchbaren Hinweis liefern können. Aber wer es schreibt schon auf, wenn er einer alten, klapprigen Oma eine Schlafpille zuviel aus der Packung drückt?" „Überlege mal, diese Rahmenbedingungen zeigen doch, dass das Risiko erwischt zu werden, gering ist."
„Der Journalist räumt das auch ein. Die Fälle wurden eher durch Zufall als durch gezielte Ermittlung aufgedeckt. Ist das nicht erschreckend? Eben aus diesem Grund spekuliert er über eine heftige Dunkelziffer." „Vielleicht liegt er da richtig!" „Ja, aber das sind nun wirklich Spekulationen, auch wenn mich das nicht beruhigt." „Was sagt denn der Report noch? Vielleicht ist noch was dabei, was uns helfen könnte." „Da es sich häufig nicht um Einzelfälle, sondern ganze Serien drehte, geht er davon aus, dass das Nicht-Auffliegen, also der Erfolg so zu sagen, die Täter oder Täterinnen in ihrem Handeln bestätigt hat. Das führte zu den langen Serien. Die hielten ihre Taten vermutlich für etwas ganz Normales, was zu ihrer Arbeit dazu gehörte", stellte Sven fassungslos fest.
Gundel verdrehte die Augen. „Hoffentlich landen wir selbst mal nicht in einem Pflegeheim." Das Thema war gruselig. „Ich kann mir vorstellen, dass die Arbeit in einem Pflegeheim sehr hart ist", gab sie zu bedenken. „Sorry. Das ist doch keine Entschuldigung."
„Ich weiß schon." Gundel war leise geworden.
„Hier wird noch ein wichtiger Grund erwähnt, warum die Vorfälle lange nicht ans Licht kamen. Eine Variante hast du selbst erlebt, als sich unser Kriminalrat mit seinem Desinteresse an einer Ermittlung durchsetzte. Leitungen oder Ärzte beachteten Informationen über etwaige Vorfälle nicht, um nicht hineingezogen zu werden. Ich drucke das gleich mal aus. Ich denke, an solchen Ecken müssen wir ansetzen, sobald wir können." „Ohne zu wissen, ob wir bei handfesten Beweisen landen. Leider. Aber hören wir für heute auf. Ich habe vorerst genug von dem Thema. Wir dürfen nicht vergessen, unseren täglichen Kleinkram zu erledigen, den uns mein Chef an den Hals gehängt hat. Sonst

fängt er an, uns zu kontrollieren." Dem hatte Sven nichts hinzuzufügen.

8. Am Abgrund

Nach drei Tassen starkem Kaffee und einem Stück Brot mit Butter und Marmelade machte sie sich daran, ihre Tiere zu versorgen.

Erika gab den Hasen Heu und füllte Wasser in ihren Napf. Mit Schrecken stellte sie fest, dass sie die beiden in der letzten Zeit vernachlässigt hatte, denn sie hockten nicht mehr auf frischen Stroh, sondern auf einem feuchten Haufen ihrer eigenen Ausscheidungen, und es stank ziemlich nach Mist, wenn man den Kopf zu weit in den Käfig streckte. Gut, dachte sie sarkastisch, da war einiges liegen geblieben.

Die Wellensittiche saßen wie gewöhnlich auf ihren Stangen und wechselten sich dabei ab, in ihrer fröhlichen und unbeschwerten Art ihren Kameraden in dem kleinen Spiegel, den Erika im Käfig aufgehängt hatte, anzuzwitschern. Erika leerte das kleine Schälchen mit den ausgefressenen Sittichfutterhülsen und füllte aus einer Schachtel neue Körnchen nach. Auch dieser Käfig war verdreckt. Der Wasserspender, der zwischen den Gitterstäben klemmte, war defekt. Die Vögel hatten kein Wasser mehr, weil es aus einem feinen Riss ausgetreten und von dem verkoteten Sand auf dem Käfigboden aufgesogen worden war. Um den Wasserspender zu ersetzen, war eine Fahrt mit dem Bus nach Tübingen in die nächste Zoohandlung erforderlich, wozu Erika überhaupt keine Lust hatte. Unter Leute zu kommen entsprach derzeit überhaupt nicht ihrem Bedürfnis.

Heute oder morgen bestand die Notwenigkeit, ins Dorf zu gehen und in dem kleinen Laden das Allernötigste einzukaufen, was man zum blanken Überleben brauchte. Ein frisches Brot, ein paar Äpfel, Nudeln, überlegte sie. Der Gedanke, unter Menschen zu sein, löste in Erika enormen Widerwillen aus. *... und vielleicht ein Stückchen Fleisch vom Metzger, ein Schnitzel oder Gulasch?* Ihr wurde übel. Allein der Gedanke an rohes Fleisch löste in ihr einen Würgereiz aus. Erst nach einigen Minuten dämmerte ihr der Zusammenhang. Nein, auf Fleisch hatte sie keinen Appetit. Zu blutig. Gemüse und Nudeln oder Kartoffeln reichten. Oder eine harmlose Tomatensoße zu Spagetti ... oder lieber doch nichts Rotes. Das Katzenfutter aus der Dose – ach ja, ein paar Dosen Katzenfutter sollte sie mitbringen – hatte

zum Glück eine braune Farbe. Als Erika den letzten Rest, der noch da war, für die Katzen auf die Schüsselchen verteilte, war sie froh, dass das industriell verarbeitete Fleisch wenig Ähnlichkeit mit seinem Urzustand hatte. Sollte sie der kleinen Katze im Keller auch etwas hinstellen? Hungrig war sie bestimmt. Alle Tiere waren versorgt, bis auf die übrig gebliebene im Keller.
Sie stieg die Kellertreppe hinab und knipste das Licht an. Ein erbärmliches Herrje entfuhr ihr, wie nach einem Schreck, bis es ihr dämmerte, dass sie selbst die Verursacherin der Katastrophe war, deren Auswirkungen noch allzu deutlich erkennbar waren. Aber in ihrem Geiste war inzwischen alles so weit weg. Der Zusammenhang zwischen den Auswirkungen, die nach wie vor da waren und die sie sah, und den Ereignissen, durch die sie hervorgerufen worden waren, fühlte sich unecht an.
Ein Massaker an zwei kleinen Katzen führt wegen Mangels an Masse natürlich nicht zu einem Blutbad, in dem man ertrinkt. Trotzdem hatte sie sich gewaltig verschätzt. An den Wänden waren noch sehr viel mehr angetrocknete Blutspuren zu sehen, als sie es nach der letzten Putzaktion wahrhaben wollte. Und der Fußboden war noch immer nicht sauber. Sie hatte keinen Plan, wie sie die Blutspritzer von der Wand und vom Boden abbrachte. Von dem letzten kleinen Kätzchen gab es keine Spur und auch keinen Piep. Erika wurde über den Anblick, der sich ihr bot, traurig, aber sie war mit ihrem Latein am Ende. Die Polizisten hatten ihr keine andere Wahl gelassen. Sie hatten sie in die Enge gedrängt. Um sich nicht zu gefährden, blieb ihr nichts anderes übrig als die kleinen Bälger verschwinden zu lassen. Die Polizei war schuld, nicht sie, davon war sie überzeugt.

Das Mitleid für die kleinen Katzen verflog im Zuge dieser Analyse rasch. Sie hatten ausgelitten und ihren Frieden. Wer weiß, vor welch anderen schlechten Erfahrungen Erika sie bewahrt hatte. Am besten war es, die Geschichte ganz abzuschließen. Erika nahm sich vor, das letzte Mal unblutig vorzugehen. Bloß wie? Brutalität entsprach eigentlich nicht ihrem Wesen. Da war doch hier irgendwo im Keller ein kleines Tütchen versteckt, in dem sie von früher her eine ausreichende Portion Rattengift aufbewahrt hatte. Wo war das gleich?

Nachdem sie es nach einigem Suchen in einem Regal zwischen ein paar alten Tontöpfen für Blumenstöcke gefunden hatte, holte sie von oben einen letzten Rest Dosenfutter und mischte das Gift gut unter.

Die Episode verlief unspektakulär. Erika stellte das Schälchen hin, trottete die Treppe hinauf und schrieb sich am Küchentisch einen Einkaufszettel. *Äpfel, Nudel, Katzenfutter, ... ach ja, Brot*. Nach einer Stunde sah sie im Keller nach, wie weit das Vorhaben gediehen war. Das Schälchen war leer. Erika sah sich um und entdeckte in der hinteren Ecke des Kellerraums ein kleines schnaufendes Fellbündel.

Das arme Geschöpf, das mit dem Tode rang, kauerte am Boden. Gequält und Hilfe suchend flehte es Erika mit seinen süßen Äuglein an. Es war durch das Gift gelähmt und unfähig, sich zu bewegen, hatte dabei sicher schwere Schmerzen, die bald vorüber gingen. Erika streichelte ihm mitfühlend über den kleinen Kopf und ließ es in Ruhe liegen, wo es war.

Nach einer weiteren Stunde lag das kleine Körperchen leblos und ausgehaucht da. Die Äuglein waren sinnlich verschlossen. Es hatte seinen Frieden gefunden. Nun war die Zeit zum Einkaufen gekommen. Erstaunlich dynamisch nahm Erika den Einkaufskorb und ihren Geldbeutel an sich und verließ das Haus in Richtung Dorfmitte. Es war Nachmittag, leicht bewölkt und dämpfig, als ob ein Gewitter aufzog, und der kleine Laden am Rathausplatz hatte ab 14.30 Uhr geöffnet.

Das vermeintliche Gewitter löste sich in Luft auf. Nach gut einer dreiviertel Stunde war Erika mit einem vollen Einkaufskorb wieder zu Hause, und die Sonne schien, wie eh und je.

Auf unerwartete und wundersame Weise hatten sich im Zuge ihres ungeliebten Einkaufs mehr Dinge als ursprünglich geplant erledigt. In dem kleinen Laden tummelten sich einige Frauen aus dem Dorf, die wie Erika ebenso wenig mobil und darauf angewiesen waren, die wichtigsten Dinge für das tägliche Leben am Ort einkaufen zu können.

Köpfe drehten sich schaulustig zu Erika um, als sie eintrat. Im Laden waren ungefähr vier oder fünf weitere Kundinnen,

die sofort erkannten, wie trübselig die gute Frau Schaufler daher kam. Die Unterhaltungen, die im Gange waren, wurden abrupt abgebrochen, und sofort war sie der unausgesprochene Mittelpunkt des allgemeinen Interesses, das Objekt dezent aufdringlicher Erkundigungen. Erika war diplomatisch genug, darauf angemessen zu reagieren und die unbequemen Fragerinnen mit einigen Floskeln zu beschwichtigen. Wie ein Schwarm räuberischer Wespen, der ein Gefäß mit Zuckerwasser umkreiste, das jemand aufgestellt hatte, um sie von den leckeren Speisen abzulenken, labten sie sich gefräßig an den dürftigen Informationen, die Erika ihnen hinwarf. Was ging es diese Weiber an, wie es um sie stand? Helfen konnten – oder wollten? - sie ihr so oder so nicht. Was sollten also diese dusseligen Nachfragen? Nach einigen Momenten inneren Schwankens hatte sie sich wieder im Griff. Und plötzlich kam ein zweiter Geistesblitz, wie aus heiterem Himmel. Da hatte sie doch noch ein Problem! Woher sollte sie denn weiße Wandfarbe herbekommen, um den Keller zu streichen? Vielleicht war es möglich, auf der Welle des vermeintlichen Mitgefühls mit zu schwimmen und sich bei der Gelegenheit aus den reichhaltigen Fanggründen einen ordentlich Fisch zu sichern? Vielleicht hatte ja eine von den alten Tanten von der letzten Renovierungsarbeit zu Hause einen Rest Farbe übrig, der irgendwo in einem Kellerraum oder einer Garage lagerte, noch nicht zu stark eingetrocknet, und den sie ihr kostenlos überließ, weil sie sich dadurch den Gang zur Sondermüllentsorgung sparte. Erika rang sich ein Lächeln ab. Der Zeitpunkt war ideal, denn die Bereitschaft zu helfen, war momentan nicht ganz unehrlich gemeint, warum auch immer, egal. Sie atmete auf. Beinahe hätte sie dieses wichtige Detail in ihrer Rage übersehen.
Artig gab sie auf die Erkundigungen Antworten. Ja, das habe sie alles sehr stark mitgenommen. Es sei auch keine einfache Situation gewesen, das mit der Polizei und so. Ihr sei es nicht gut gegangen, nun aber spürte sie, dass sie sich langsam erholte. Sie sei natürlich immer noch angeschlagen. Sie habe Mühe mit dem Einkaufen. „Wenn Sie Hilfe brauchen, Frau Schaufler …", bot eine Dame mittleren Alters an. „Na ja, nicht direkt, … aber warten Sie mal, … ich weiß nicht." Erika druckste ein bisschen herum und tat,

als ob es ihr unangenehm war. Das machte einen bescheidenen Eindruck und stärkte den Willen zum Helfen. „Sie brauchen sich dafür nicht zu schämen, sagen Sie ruhig, was Sie brauchen. Möglicherweise kann ich etwas für Sie tun", ermunterte sie eine andere Frau. „Ja, wenn ich es mir recht überlege. Wissen Sie, zur zeit fühle ich mich nicht dazu imstande, mit dem Bus in die Stadt zu fahren und einen Eimer weißer Wandfarbe und eine Walze zum Streichen zu besorgen, die ich dringend brauche. Es ist so beschwerlich. Mir fehlt einfach die Energie." Erika strich sich mit einer theatralischen Geste über die Stirn. „Wenn Sie zufällig jemanden kennen, der so etwas übrig hat oder ausleihen kann? Damit wäre mir sehr geholfen."
Die Frau stutzte, denn erwartet hatte sie alles Mögliche, nur nicht den Wunsch nach weißer Wandfarbe und einer Walze. Nun gut. „Ich glaube, wir haben da noch etwas übrig. Ist schon eine Weile her, dass wir die Küche frisch gestrichen haben, aber wenn die Farbe noch zu gebrauchen ist. Ist es Ihnen recht, wenn mein Mann sie in den nächsten Tagen vorbeibringt?" entgegnete die Frau.
Erika jauchzte. „Ja, vielen Dank, das ist sehr freundlich. Gerne nehme ich das Angebot an", erklärte sie sofort. „Nur,..." Erika biss die Lippen zusammen und kräuselte die Stirn. „...geht es eventuell morgen Abend? Heute ist es nicht geschickt." Sie hatte sich vorgenommen, in der Dämmerung den letzten Katzenkadaver zu beerdigen und konnte keine Zuschauer gebrauchen. „Natürlich, machen wir gerne, wenn Ihnen das hilft", versprach die edle Spenderin. „Mein Mann kann gegen 18 Uhr die Sachen bei Ihnen abliefern."
Der Einkauf war ein Erfolg. Ohne sich auf weitere Gespräche einzulassen, - sie durfte sich das leisten, denn ihr ging es schließlich schlecht – sammelte sie aus den Regalen zusammen, was sie brauchte, bezahlte und verabschiedete sich so freundlich, wie sie konnte, nach Hause, und umging geschickt weitere gefährliche Fragen.

Zu Hause räumte sie alles an seinen gewohnten Platz. Vor dem Aufräumen im Keller graute es Erika, denn ihn in seinen ursprünglichen Zustand zurückzuversetzen, in dem er sich vor dem Katzenmassaker befunden hatte, bedeutete, alles Herumstehende mehrfach umzuräumen, um darunter und dahinter gründlich zu wischen. Nur so war die

Katzenpisse und die Katzenkacke von allem abzubekommen und der Geruch dauerhaft zu beseitigen.

Bis die Dämmerung einsetzte, hatte Erika noch Zeit, und so machte sie sich zuerst etwas zu essen. Während sie Gemüse klein schnippelte, um es zu dünsten, und das Nudelwasser aufsetzte, bekam sie richtig Appetit. In den letzten Wochen hatte sie abgenommen, denn sie hatte nie richtig Hunger und entsprechend wenig zu sich genommen. Sie aß am Küchentisch. Als der Teller leer war, fiel ihr auf, dass sie sich insgesamt vernachlässigte. Über der Spüle hing ein Spiegel. Beim Abwasch fiel Erikas Blick zufällig auf die zersausten Haare einer abgewirtschafteten Person, die in Kleidern steckte, die bereits vor einer Woche in die Waschmaschine gehört hätten. Als ihr die gelben Zähne der Person mit dem Mob auf dem Kopf in die Augen stachen, schmeckte sie schlechten Atem. Seit Tagen hatte sie keine Zähne mehr geputzt. Auch vorhin, als sie zum Laden gegangen war, hatte sie ungekämmt das Haus verlassen. Das war nicht gut.

Sie kniff beschämt die Lippen zusammen, damit die Zähne im Spiegel verschwanden, und nahm sich fest vor, wieder sorgfältiger auf sich zu achten. Ihre Aufmachung war den alten Klatschtanten im Laden nicht entgangen. Bestimmt sorgten sie mit ihrem Getratsche nun dafür, dass sie im ganzen Dorf Gesprächsthema blieb und dieser - wie hieß er noch von der Sozialstation? – Kerl wieder auftauchte.

Der Abwasch zog sich hin. Denn auch hier hatte Erika geschludert und eine stattliche Hypothek angehäuft. Als sie ihn endlich bewältigt hatte, setzte sie sich wieder an den Küchentisch. Morgen würde Lena wieder kommen. Ach ja, die Ratte. Ihr hatte sie noch nichts zum Fressen gegeben. Sollte sie ihr die kleine Katze als Futter in den Käfig werfen? Mittlerweile ging ihr das Vieh auf die Nerven. Lena brachte von Zuhause zu wenig Futter für sie mit. Immer wieder war sie gezwungen, von ihren eigenen Äpfeln oder von ihrem Brot beizusteuern, damit die Ratte satt wurde. Das verursachte zwar keine horrenden Kosten, und Erika wäre sicher aus einem anderen Grund pleite gewesen. Aber es war nicht ihr Tier, und sie bezog eine alles andere als üppig zu bezeichnende Rente. Die Bachmanns hingegen verfügten gewiss über ein ordentliches monatliches Budget.

Insofern war sie nicht bereit, auch nicht mit kleinsten Beträgen, andere zu subventionieren.

Ihre Überlegungen führten sie allerdings wieder auf den schmalen Grat, auf dem sie sich schon am Nachmittag im Laden befunden hatte, und sie mahnte sich zur Vorsicht. Lena wegen solch einer Bagatelle vor den Kopf zu stoßen, war gefährlich. Also konnte sie den Katzenkadaver unmöglich der Ratte zum Fraß vorwerfen, was natürlich ausgesprochen praktisch gewesen wäre. So schleppte sie sich mit trockenem Brot aus ihrem eigenen Bestand die Treppe zum Dachboden hinauf.

Das hungrige Tier war sehr aktiv und suchte eifrig den Käfig ab. Sofort stürzte es sich auf die Brotscheiben, die Erika zwischen den Käfigstäben hindurch schob, und begann gierig zu nagen. Ich werde Lena davon überzeugen, dass die Katzenbabys leider alle krank waren und deswegen innerhalb kürzester Zeit gestorben sind, beschloss sie. Aus, Punkt, fertig, basta. Rückfragen waren nicht erlaubt. So etwas kommt im Leben vor. Lena musste sich daran gewöhnen. Die Begegnung mit Sterben und Tod war im Altenpflegeheim etwas ganz Normales, Alltägliches. Das Leben ging weiter. Das würde Lena begreifen und gut verarbeiten. Sie kam sich bei ihren Überlegungen sogar überaus pädagogisch vor, und freute sich darauf, Lena mit etwas zu konfrontieren, was ihrer Meinung nach dazu geeignet war, die Persönlichkeitsentwicklung eines Kindes positiv zu beeinflussen. Seelischer Schmerz und Leiden machten langfristig stark. Das wusste Erika aus eigener Erfahrung zu gut. Sie hätte Romane füllen können mit ihren schlechten Erfahrungen. Bis heute hatte sie sich nicht unter kriegen lassen nach dem Motto ‚Was mich nicht umbringt, macht mich hart'. Ja, so wollte sie das Thema anpacken.

Durch das Bühnenfenster war zu beobachten, wie sich der Tag draußen verabschiedete. Mit sich selbst zufrieden und zufrieden über das, was sie im Angesicht mannigfaltiger, widriger Umstände geleistet hatte, machte sie sich auf in die tieferen Sphären ihres Refugiums. Die einbrechende Dämmerung war wie ein Appell, das Anstehende nicht länger aufzuschieben. Die Ratte brauchte sie nicht. Die konnte alleine fressen.

Ihr Garten, der an der hinteren Seite an das freie Feld angrenzte, war rechts und links von Nachbarn flankiert. Der Abstand zwischen den Häusern war großzügig. Die Bebauung stammte aus einer Zeit, in der ansehnliche Grundstücke noch erschwinglich waren. Die Nachbarn, die von der vorderen Hausfront aus gesehen gegenüber wohnten, hatten keine Einsicht ins Grundstück. Zudem war es durchaus üblich, dass die Leute in dieser Gegend und zu dieser Jahreszeit spät abends im Garten Feuer anzündeten. Manche hatte große, fest gemauerte Gartengrills. Andere hatten sich im Baumarkt einen Feuerkorb aus Metall besorgt, den sie bei gutem Wetter gelegentlich mit Holzscheiten auffüllten und anzündeten, um bei einem Feierabendbierchen das romantische Flammenspiel im Freien zu genießen. Das Abrennen von ein paar Kleinigkeiten bedeutete kein besonderes Risiko. Und wer konnte ausschließen, dass nicht auch im Hause Schaufler an schönen Sommerabenden gelegentlich ein Stückchen Fleisch gegrillt wurde?

Die vergiftete Katze wurde in eine Papiertüte eingesargt. Um wenigstens die letzte ihrer Art einigermaßen pietätvoll zu verabschieden, dachte sie sich ein kleines Ritual aus. Das war Erika geradezu ein Anliegen. Dazu baute sie aus ein paar schmalen Holzscheiten, die sie locker aufeinander schichtete, ein niederes Türmchen und drapierte den ‚Sarg' oben drauf. Das Arrangement, das aussah wie eine kleine Kultstätte, gefiel Erika auf Anhieb. Es entsprach ihrem Bedürfnis nach Andacht und Ehrfurcht, was für ihren Geschmack bisher zu kurz gekommen war, denn es tat ihr aufrichtig leid, dass die kleinen Katzen nicht mehr Glück in ihrem kurzen Leben gehabt hatten. So konnte sie ihnen wenigstens im Tod angemessenen Respekt widerfahren lassen, wenn sie ihnen schon unter den gegebenen Umständen zu Lebzeiten nicht besser zu helfen imstande war. Als nächstes knüllte sie ein Stück altes Zeitungspapier zusammen und schob es unter die trockenen Holzscheite. Mit einem brennenden Streichholz setzte sie das Papier in Brand, dessen zaghafte Flammen nach wenigen Augenblicken die Hölzchen erfassten. Im Nu brannte ein ordentliches Feuer. Das trockene Holz knisterte lustig. Erika legte noch Holz nach, damit ihre provisorisch inszenierte

Feuerbestattung die sterblichen Überreste des Tierchens zu einem überwiegenden Teil, wenn auch nicht vollständig, zu Asche verwandelte. Dann stellte sie sich auf einen gemütlichen Abend ein. Das Wetter war angenehm. Die Luft hatte sich etwas abgekühlt. Sie holte sich einen Stuhl und ein paar Flaschen Bier, setzte sich neben die Feuerstelle und genoss die gemütliche Atmosphäre mit einem Gefühl von Friedlichkeit und Ruhe.

Es dauerte einige Zeit, bis das Feuer in einen roten Haufen Glut zusammengefallen war. Nebenher leerte sie nacheinander alle Bierflaschen. Nach der letzten Flasche Bier war sie ziemlich beschwipst. Sie schaffte es gerade noch, die letzten Feuerreste mit ein paar Schaufeln Erde zu ersticken. Das viele Bier hatte ihr gut getan. Sie freute sich auf ihr Bett und auf die nächtliche Ruhe.

Es kam anders. Als Erika unter der Decke lag und versuchte, in den Schlaf hineinzufinden, befiel sie eine innere Unruhe. Sie warf sich unablässig hin und her und fand keine bequeme Position. Ihre Gedanken fuhren Karussell. Sie kreisten unablässig um die Kätzchen und um Munsinger. Welchen Sinn machte das alles? Die Nacht schien sich ewig hinzuziehen und nicht enden zu wollen. Schließlich schlief sie in den frühen Morgenstunden wegen ihrer überwältigenden Müdigkeit doch ein. Was sie nun erlebte, war der wahre Horror. Sie lag in ihrem Bett gefesselt. Die Fesseln waren Bänder und Schnallen, die sich um ihre beiden Arme und Beine legten. Um ihren Bauch schlang sich ein breiter Gurt. Die Fixierungen hinderten sie an jeglicher Bewegung. Sie spürte die Druckstellen und ihre Knochen taten weh. Es war zum verrückt werden. Nur den Kopf konnte sie ein wenig hoch heben, aber das verringerte ihre Pein nicht im Mindesten.

Plötzlich sprang die Zimmertüre auf. Entsetzt sah sie, dass ihre Krankenschwester zurückgekehrt war. Mit breiter und hämischer Grinse trat sie an Erikas Bett und zog die Fixierungen noch ein wenig fester an, so dass Erika spürte, wie ihr Fleisch pulsierte. Sie stieß lautlose Schreie aus und schlug verzweifelt mit dem Kopf. Die Krankenschwester beugte sich mit ihrer breiten, aufgerissenen Fresse so tief zu Erikas Gesicht herunter, dass ihre fauligen Zähne einen modrigen Ring um Erikas Nase bildeten. Der Gestank ihres

Atems war unbeschreiblich. Erika war einer Ohnmacht nahe. Dann sprangen die vier Kätzchen über die Schulter der Krankenschwester und setzten sich auf Erikas Körper. Eine begann, sie im Gesicht zu lecken. Pfui. Eine andere hangelte sich zwischen ihre Beine und schnüffelte in ihren intimsten Bereichen herum. Die Krankenschwester nahm sie weg und fing an, sie mit einem großen, nassen und kalten Schwamm zwischen den Beinen zu bearbeiten. Sie schrubbte und rubbelte, bis ihr Fleisch glühte vor Schmerz. Sie hatte den Schwamm zuvor in ein scharfes Putzmittel getaucht. Die Brühe lief aus ihm heraus und sickerte in alle offenen Stellen und Höhlen an Erikas Leib. Sie schrie, hör doch auf, du ekelhaftes, stinkiges Ungeheuer. Gut, brüllte die Krankenschwester, furchtbare Fratzen schneidend, wie du willst. Machen wir mit etwas anderem weiter. Sie lachte schallend und zückte ihre große Spritze - oh nein, Erika wünschte sich vergeblich, dass die Bewusstlosigkeit endlich eintrat -, nein, sie schnappte sich eine Katze und stieß ihr die leere Spritze in die Seite, um sie mit deren Blut aufzuziehen. Dieser schien das Spaß zu machen, sie miaute begeistert und wie vor Lust. Die Spritze war sogleich voll. Die Kätzchen schmiegten sich dicht an die Krankenschwester heran, schnurrten dankbar und schienen zu lächeln. Dann richtete ihre Mutter, nein, oder war es doch die Krankenschwester, sie wusste es nicht mehr, die volle Spritze mit dem Katzenblut auf Erikas nackten und wehrlos mit der Innenseite nach außen gedrehten, fixiert daliegenden Arm und drückte die Nadel tief in Erikas Vene. Erika wurde wahnsinnig. Sie hielt es nicht mehr aus. Alles wurde dunkel. Sie stürzte in einen schwarzen Abgrund, begann zu rennen und rannte, rannte, rannte, bis sie schweißgebadet aus ihrem furchtbaren Traum herausstolperte.
Die Krankenschwester war verschwunden.
Das Herz schlug noch. Es pochte wie wild, war nicht stehen geblieben. Erika nahm den rasenden Rhythmus wahr. Mit der Zeit wurde er ein wenig langsamer. Es gelang ihr, sich aufzurichten. Schwer atmend und benebelt orientierte sie sich im Raum. Sie war zu Hause in ihrem eigenen Bett.
Nein, fängt das wieder an? Elend, trostlos begriff sie, dass die grausige Krankenschwester in ihre Träume zurückgekehrt war. Sie war mit ihren Nerven am Ende. Der

Wecker auf dem Nachttischchen zeigt halb sechs Uhr morgens an.

Als letzte Möglichkeit blieb ihr noch das Erste-Hilfe-Schränkchen im Bad. Sie holte sich eine starke Beruhigungstablette und konnte wenigstens bis zehn Uhr ohne Zwangsgedanken und Bewusstsein, einige Stunden überbrücken, leichenhaft und gefühllos, aber auch ohne Verfolgungswahn und unbehelligt von den nächtlichen Gespenstern, um irgendwann gerädert und verkatert eine Kanne starken Kaffee aufzubrühen.

Bis zum Nachmittag hing sie wie eine Halbleiche herum. Sie wusste nicht, was sie wollte, was sie überhaupt noch sollte. Warum musste es sie noch geben? Ihre ungestillte Sehnsucht nach Ruhe und Frieden war unersättlich. Gestern hatte doch alles so gut geklappt. Sie hatte sich gefühlt wie an einem Wendepunkt. Die Welt auf dem besten Wege der Besserung. Nun lag alles in Scherben vor ihr, alles, was sie in den letzten Tagen erarbeitet, geleistet hatte.

Das Leben war ihr lästig. Aber was tun? Den Sack zuzubinden, den Schlusspunkt zu setzen, bedeutete, ihre Tiere mitzunehmen. Dazu war sie zu trotzig und noch nicht verzweifelt genug. Denn der Schlusspunkt hätte bedeutet, dass die niederträchtige Welt mit einem weiteren Massaker über sie triumphierte. Nein, sie ließ sich nicht unterkriegen. Soweit konnte sie niemand und nichts bringen. Empört dachte sie an den Punkt in ihrem schmucklosen Dasein, an dem das Leben ihr seelisches Genick gebrochen hatte. Und der war doch schon lange vorbei! Kein Wunder! Ist doch normal, dass ich ein bisschen verrückt bin, überlegte sie sich und beruhigte sich zunehmend.

Die Türglocke riss Erika aus ihren verkorksten Tagträumereien. War es wieder soweit? Lena stand auf der Matte. Wie diese Geschichte ausgehen konnte, war Erika schleierhaft. Für eine Never-Ending-Version hielt sie diese Story jedenfalls nicht geeignet. Sprich: Lenas Besuche konnten keine Dauereinrichtung sein. Freilich war es zum gegenwärtigen Zeitpunkt nicht ratsam, eine Veränderung vorzunehmen, denn sie war darauf angewiesen, dass Lena den Mund hielt. Erika war dazu verdammt, die ganze Sache noch eine ganze zeitlang durchzuziehen und zu warten, bis sich eine gute Gelegenheit zum Absprung bot.

Lena kam herein und sagte leise hallo. Sie wirkte zurückhaltend und niedergedrückt, was Erika in ihrem Zweifel an Lena bestätigte. Wer weiß, wie lange sie sich noch auf sie verlassen konnte.

Lenas unbehagliches Gefühl verstärkte sich, als Erika ihr die Tür aufmachte. Wie eine hässliche alte Hexe stand sie unter dem Türrahmen zum Hexenhäuschen und verbreitete eine Aura, die bei Kindern gewöhnlich das schiere Grausen auslöste.

„Kann ich gleich zu Schnuppi? Ich habe ihr Brot und frisches Heu mitgebracht. Der Käfig muss sicher dringend sauber gemacht werden." Erika griff den Vorschlag ohne mit der Wimper zu zucken auf, um das Misstrauen bei dem Kind nicht zu verstärken. „Gut, dann gehen wir nach oben. Ich werde einen Eimer und eine Schaufel mitnehmen. Dann können wir das alte Stroh gegen dein sauberes Heu austauschen. Hier, nimm noch eine Schale mit frischen Wasser mit."

Auf dem Dachboden verrichteten die beiden stumm alles, was sie sich vorgenommen hatten, bis Erika das offensive Großfeuer eröffnete.

„Du Lena, mit den kleinen Katzen war etwas nicht in Ordnung", begann sie und achtete geflissentlich darauf, dass ihr Tonfall nicht zu falsch rüber kam. „Was meinst du damit?" Lena sah sie beunruhigt und mit einem argwöhnischen Blick von der Seite an, der ahnen ließ, dass sie sich auf eine grausige Nachricht einstellte.

„Ich vermute, dass die Kleinen krank waren", erklärte Erika, ohne um den heißen Brei herumzureden, und beobachtete Lenas Reaktionen genau.

„Du musst das verstehen, wenn Tiere so krank sind, wie unsere kleinen Kätzchen, dann haben sie eine sehr kurze Lebenserwartung, und es kann dann sehr schnell gehen."
„Was ist mit ihnen passiert?" reagierte Lena entsetzt. Erika hielt den Moment für günstig, ihr alles auf einmal vor den Latz zu knallen. „Sie lagen vorgestern alle miteinander tot im Keller. Ich vermute, sie waren mit einem mir unbekannten, aber sehr gefährlichen Katzenvirus infiziert. So etwas gibt es. Schließlich haben wir sie ja auch keinem Tierarzt zeigen können." „Ein Katzenvirus?" Lena blieb nichts anderes übrig, als Erika zu glauben, denn völlig

abwegig erschien ihr das nicht, auch wenn sie von einem schnell tötenden Katzenvirus noch nie etwas gehört hatte. Gegen das Argument mit dem Tierarzt war nichts einzuwenden.
„Wo sind sie jetzt?" Ihr war unheimlich. Erika wandte sich ihr zu, schaute sie fest an und legte dabei ihre knochigen, zusammen geschrumpelten Finger auf ihre Schulter. Lena hatte nicht den Mut, sie abzustreifen, obwohl ihr jeder Körperkontakt zuwider war.
„Ich habe sie gleich hinten im Garten verbrennen müssen, weißt du? Wenn man mit Viren nicht aufpasst, können sie sich schnell ausbreiten. Es war notwendig, die Tiere zu verbrennen, um eine Ausbreitung der Krankheit zu verhindern. Aber glaub' mir: Sie haben nicht gelitten."
„Und deine anderen Katzen?"
„Die kranken und gesunden Tiere hatten zum Glück unter einander keinen Kontakt. Es war gut, die Kleinen im Keller unterzubringen, in einer Art Katzenquarantäne sozusagen. Das hat Schlimmeres verhindert."
Ab dann ging Lena alles viel zu schnell. Erikas Nachricht stürzte sie in echte Sorgen. Sie war nicht bereit, zu verstehen, dass die kleinen Katzen, die sie erst vor wenigen Wochen vor dem sicheren Tod gerettet hatten, gestorben und verbrannt waren. Außerdem war da noch Schnuppi. Welchen Bedrohungen war ihre Ratte ausgesetzt? Konnte sie etwa auch todkrank werden? Tapfer kämpfte sie gegen ihre Tränen. Aber wahrscheinlich stimmte es, was Erika erzählte. Sie besaß viel Erfahrung mit Haustieren.
Lena strich Schnuppi traurig über das Fell. Was, wenn sich Schnuppi auch einen tödlichen Virus einfing?
Erika erkannte, dass ihr Ziel erreicht hatte. Das Kind nahm das ‚Unglück' so auf, wie sie es beabsichtigt hatte. Ihrem Urteil nach hielt sich Lenas Schock in Grenzen. Sie sah aus, als ob sie damit beschäftigt war, dem Schicksalsschlag einen Sinn abzuringen und die neuesten Entwicklungen zu akzeptieren. Erika war vorerst beruhigt. Sie hatte Lena richtig eingeschätzt und lächelte nun milde. Braves Kind. Dafür bekommst du von mir eine Belohnung.
Erikas Zufriedenheit über den Gesprächsverlauf ließen ihre Mimik und Gestik weich und sanft werden. Lenas Glaube, dass sie Erika vertrauen konnte, auch wenn sie manchmal -

nicht immer! - wie eine böse Hexe daherkam, wurde zu neuem Leben erweckt. Sie war dabei, Erika die Geschichte mit dem Virus vollständig abzunehmen.

Nach einer halben Stunde war Erika wieder alleine. Für den Abend erwartete sie die Farbenspende. Und tatsächlich, der gewissenhafte Ehemann lieferte pünktlich und wie versprochen einen halben Eimer weiße Farbe bei ihr ab. Zuerst sah Erika vom Küchenfenster aus, wie ein großes Auto direkt vor ihrem Vorgärtchen anhielt und ein Mann ausstieg. Aus dem Kofferraum holte er den Farbeimer samt Walze und Pinsel und stellte sie auf die Strasse. Erfreut kam ihm Erika entgegen, um ihm das Suchen nach der Klingel zu ersparen. Es gab sie also noch, die Menschen, auf die Verlass war und die sich als wahre Lichtblicke entpuppten. „So, das haben wir noch übrig gehabt. Die Walze und der Pinsel sind schon so oft im Einsatz gewesen und alt, sie können Sie behalten. Ich hoffe, Sie fangen etwas damit an", trällerte er fröhlich. „Danke, wissen Sie, für mich ist es nicht einfach, von so einem Dorf aus und ohne Auto Handwerkszeug zu beschaffen. An einem Haus gibt es doch hin und wieder etwas zu reparieren. Aber in punkto Reparaturen brauche ich Ihnen ja nichts zu erzählen, das kennen Sie selber." Ein wenig Small Talk gehörte dazu, damit er nach dem Weggehen die Episode vor ihrem Gartentürchen schnell wieder vergaß, weil sie sich gewöhnlicher nicht hätte zutragen können. So verabschiedete sich der Mann nach der Übergabe der gewünschten Gegenstände ohne Umschweife und war froh, keine längere Unterhaltung führen zu müssen.

Erika schleifte alles in den Keller hinab. Als sie das Licht anknipste, sah sie, dass die Blutspritzer inzwischen eine braune Farbe angenommen hatten. Sie kamen ihr heute noch viel größer vor. Nachträglich gewachsen waren die sicher nicht. Aber dass sie die Verursacherin dieses Gemetzels gewesen sein sollte! Nein, es war nicht sie gewesen, sondern das muss eine andere Erika gewesen sein, die dazu fähig war.

Sie begann heftig zu schimpfen, stellte den Eimer auf den Boden und legte die Streichwerkzeuge darauf ab. Innerhalb einer Stunde war alles, was sich ehemals in dem Raum befand, in den angrenzenden Kellerraum transportiert. Zum

Sauerei machen war die andere Erika fähig, nicht aber dazu, alles wieder in Ordnung zu bringen.

Erika schwitzte und keuchte, auf ihrer Stirn bildeten sich Schweißperlen. Das Schimpfen, mit dem sie sich regelrecht selbst anfeuerte, verlieh ihr eine ungewohnte Schaffenskraft. Erstaunlicherweise tat Erika die körperliche Anstrengung gut. Ihre Stimmung hellte sich zunehmend auf, und sie bekam mehr und mehr Spaß an der Arbeit. Nach dem Ausräumen befreite sie den Boden mit einem Zitronenreiniger von den Katzenfäkalien. Dessen frischer Geruch machte sie beinahe glücklich über ihr Werk. Das Saubere gefiel ihr. Der Keller hatte sowieso eine Grundreinigung nötig gehabt, auch ohne Katzenpisse.

Zufällig warf sie einen Blick in den Putzeimer mit dem Schmutzwasser.

Igitt. War das eine Brühe.

Ihr widerlicher Anblick brachte sie beinahe dazu, sich zu übergeben. Im letzten Moment gelang es ihr, den Würgereiz zu unterdrücken, aber eine kleine Menge galliger Magensäure befand sich bereits im hinteren Rachenraum und verbreitete ihren bitteren Geschmack. Wie viel Ekel erregender Dreck sich über die Jahre angesammelt hatte, in denen sie keine Lust zum Saubermachen gehabt hatte, weil es ihr so sinnlos vorkam. Und jetzt der angenehme Duft, den sie entfernt mit Lebensfreude in Verbindung brachte.

Hätte sie schon früher haben können.

Ihre Stimmung wurde euphorisch. Sie holte alte Zeitungen, um den Boden abzudecken, machte den Farbkübel auf und stellte fest, dass sein Inhalt brauchbar war. Danach bereitete sie Pinsel und Walze vor, indem sie sie unter dem laufenden Wasserhahn anfeuchtete, und begann mit Schwung, die Wandabschnitte mit den braunen Spritzern zu bearbeiten.

Die Farbe reichte zum Überstreichen von noch viel mehr Fläche als nur von den verspritzten Abschnitten, so dass Erika im Endeffekt zwei komplette Wände neu anstrich, ohne zu merken, wie schnell die Zeit verging. Zuletzt malte sie mit dem Pinsel die Ränder beziehungsweise die Übergänge zur Nachbarwand nach und ließ sich, ganz außer Puste von so viel konstruktiver Betriebsamkeit, auf einer Kiste nieder, um stolz ihre Leistung zu bewundern. Sie war glücklich.

Da hatte sie ein tolles Resultat zustande gebracht. Für heute war das genug. Sie wusch am Becken in der Waschküche Pinsel und Walze unter fließendem Wasser aus und stellte sie zum Trocknen in einen noch unbenützten Eimer. Mit ein paar Flaschen Bier unter dem Arm ging sie nach oben, um ihren Erfolg angemessen zu feiern.

Doch nach dem ungerechtfertigten Höhenflug erfolgte der Absturz. Unvermeidlich. Als sie auf dem Sofa saß, um sich auszuruhen und die Biere ihrer letzten Bestimmung zuzuführen, merkte sie, wie mit jeder geleerten Flasche ihre gute Stimmung nachließ, bis sie ins Gegenteil umschlug, wie ein schweres Pendel, das langsam und unaufhaltsam zurück schwang. Eine immense Trostlosigkeit bemächtigte sich ihrer, und der Alkohol verhinderte das keineswegs.

9. Frau Tennebergs extravagante Alleingänge
Frau Schaufler blieb ein Buch mit sieben Siegeln. Gundel war in ihrem Büro im zweiten Stock der Tübinger Polizeidirektion alleine. Sven hatte sich vorhin schon in den Feierabend verabschiedet. Sie blieb noch, warum, wusste sie auch nicht so recht. Vielleicht brach heute Abend der geniale Einfall über sie herein. Sven hatte heute so viel geleistet. Und sie?

Sie saß an ihrem Schreibtisch, wanderte mit ihrem Blick durch den Büroraum und fühlte sich aufgedreht und ausgelaugt zugleich. Der geniale Einfall ließ auf sich warten. Einen weiteren Kaffee wollte sie sich heute nicht mehr antun. Sechs Becher über den Tag verteilt aus dem Automaten auf dem Flur waren genug. Indessen bemächtigte sich ihrer ein altbekanntes, zutiefst deprimierendes Gefühl und baute so ziemlich die größte Blockade gegen eine kreative Wende auf, die es geben konnte um diese Uhrzeit.
Nach einer halben Stunde vergeblichen Wartens sah sie frustriert ein, dass sie an ihrem Vorhaben gescheitert war, Sven am nächsten Morgen mit dem durchschlagenden, alles überragenden Ermittlungskonzept zu überraschen.
Wie so oft war sie zu optimistisch, zu euphorisch gewesen. Und immer kam danach der große Rückschlag.
Weil sie sich zu viele Hoffnungen gemacht hatte.
Nun ärgerte sie sich darüber, dass sie nicht mit Sven das Büro verlassen hatte.

Die Tennebergs wohnten in Tübingen-Hagelloch in einem Haus aus den Fünfzigern des vorigen Jahrhunderts, dass sie sich vor einigen Jahren hatten umbauen lassen. Mit dem Auto benötigte Gundel von der Polizeidirektion aus kaum eine Viertelstunde. Da sich Torsten nur drei Tage die Woche an der Uni blicken ließ und ansonsten daheim zu arbeiten pflegte, verzichtete er auf ein eigenes Auto. Er fuhr im Sommer mit dem Rad an die Uni, und im Winter oder wenn es regnete, nahm er den Bus. Heute war er daheim geblieben, was in seinem Leben bedeutete, dass er sich morgens aus dem Haus begab, um einzukaufen. Deshalb fuhr er nicht mit dem Rad, sondern mit dem Bus in die Innenstadt, kaufte auf dem Markt und in den Läden alle Lebensmittel ein, die er haben wollte, und transportierte sie in einem riesigen Rucksack nach Hause. Im Bus traf er unterwegs nicht selten Studenten aus seinen Lehrveranstaltungen, mit denen er sich bei dieser Gelegenheit während der Fahrt unterhielt. Torsten war alles andere als abgehoben, was ihn von vielen seiner Kollegen unterschied und ihn bei seinen Studenten ausgesprochen beliebt machte. Heute war er nicht ganz so gesprächig wie sonst. Er beschäftigte sich auf der Busfahrt konzentriert mit der Zubereitung des Abendessens. Er hatte Glück. Es stiegen keine Studenten zu.

Es ratschte und klimperte gewöhnlich, wenn Gundel den Schüssel im Haustürschloss umdrehte, und Torsten lauschte angestrengt, weil er auf sie wartete. Endlich, er identifizierte die vertrauten Geräusche. Heute war sie wieder später dran. Er steckte den Kopf in den Flur, wo Gundel ihre Straßenschuhe gegen Hausschuhe austauschte.
„Hallo, mein Schatz. Ich bin schon fleißig am Kochen. Wie war dein Tag?" „Geht so", erwiderte Gundel. „Lass mich doch erst mal reinkommen." Sie streckte ihre Arme noch oben und gähnte verspannt. „Hier riecht es super. Ist das die Überraschung?" „Ja", verkündete er stolz. „Es gibt als Vorspeise Jakobsmuscheln auf mariniertem Fenchel, als Hauptgang Kaninchen mit Rosmarinkartoffeln, ..." „Und als Nachtisch gratiniertes Katzenpfotensorbet in süßem Fliegenpilzmantel unter Vanillesahnehaube mit Minzblättchen." Torsten lachte über Gundels Spott. „Leider nicht. Ich war zu spät und zu langsam. Die Fliegenpilze hat Rotkäppchen heute in der Frühe schon geerntet, und die Katzen sind mir dummerweise am Vormittag im Garten entwischt, als ich die Axt nach ihnen warf. Tut es auch Panna cotta mit Zwetschgenkompott?" „Meinst du die Axt, mit der du die Kaninchen enthauptet hast?" „Ja. Sie war noch so stark mit Blut verschmiert, dass sich das beim Werfen und im Flug negativ auf den Luftwiderstand und somit auf die Flugbahn auswirkt hat. Deshalb habe ich den potentiellen Nachtisch um wenige Zentimeter verfehlt. Er hat sich zu meinem Bedauern in die Büsche geschlagen. Aber vielleicht klappt es das nächste Mal." „Das will ich hoffen", gab Gundel amüsiert zurück. Sie hatte ihre Depri-Phase von vorhin überwunden und war fast genauso gut drauf wie ihr Mann. Das Essen war so gut wie fertig. Heute

kamen Gäste dazu, das hatte sie ganz vergessen. Sie konnten jeden Augenblick eintreffen. Bis dahin deckte Gundel den Tisch im Wohnzimmer. Nebenbei freute sie sich auf einen angenehmen und lustigen Abend.

Als etwa eine dreiviertel Stunde später alle Gäste eingetroffen waren, servierte Torsten das Menü. Alle waren begeistert von seinen raffinierten Kochkünsten, die er in jahrelanger Übung perfektioniert hatte. Um das sinnliche Geschmackserlebnis angemessen abzurunden, kredenzten die Tennebergs selbstverständlich einen passenden italienischen Rotwein, mit dem nicht gespart zu werden brauchte, so dass das Grüppchen nach Beendigung der Mahlzeit zufrieden, satt und mit heißen Köpfen beisammen saß und sich von einer lockeren Unterhaltung treiben ließ. Es waren zwei Kollegen von Torsten, mit denen er sich besonders gut verstand, und deren Partnerinnen.

Beim weinseligen Plausch rutschte Gundel ins Zentrum des allgemeinen Interesses. Die zwei Professorenkollegen erkundigten sich danach, womit sie sich zur Zeit beschäftigte. Gewöhnlich gab Gundel wenig von ihrer Arbeit als Kripobeamtin preis, außer bei Torsten natürlich. Es war ihr zu riskant, Außenstehenden gegenüber ins unkontrollierte Erzählen zu geraten.

Der Rotwein, der sehr verführerisch schmeckte und von dem Gundel während des Essens zwei Gläser getrunken hatte, verringerte die Bedenken und senkte ihre gesunde Hemmschwelle deutlich ab. Außerdem spürte sie, wie Rachegefühle gegen ihre Arbeitsstelle und gegen manche Kollegen (mit Ausnahme von Sven) in ihr aufkamen. Kollegialität Gundel gegenüber war keine Eigenschaft, mit denen sie sich in der Vergangenheit Lorbeeren erworben hatten. Im Gegenteil. Plötzlich bekam sie riesige Lust, allen mal so richtig eins auszuwischen und die internen Zustände der maroden Polizeidirektion Tübingen an die große Glocke zu hängen, einen Skandal daraus zu machen.

Sie spielte mit ihrem Weinglas, guckte durch es hindurch zu Torsten hinüber. Er zwinkerte ihr nichts ahnend zu.

„Es gibt bei uns immer mehrere Baustellen, die wir parallel bearbeiten", begann Gundel tiefsinnig und schwenkte lässig den Wein in ihrem Glas, bevor sie es an ihre Lippen setzte.

„Halt", rief einer der männlichen Gäste. „Lasst uns

anstoßen! Auf Gundel." Wie auf ein Kommando ergriffen alle ihr Glas, beugten sich heiter von ihren Plätzen vor und ließen klingend ihre Gläser aneinander stoßen, um dann einen Schluck zu trinken. „Zuerst mache ich aber die Terrassentür zu. Nicht, dass jemand mithört", tat Gundel geheimnisvoll. Nach wenigen Augenblicken saß sie wieder auf ihrem Platz in der Runde, deren Aufmerksamkeit ihr gut tat.

„Mich persönlich beschäftigt im Moment eine spezielle Frage, ich weiß nicht, ob das für euch von Interesse ist", untertrieb sie mit Absicht. „Erzähl doch, wenn wir mal so nah an einer Kripobeamtin dran sind, die sich in die Karten schauen lässt, dann möchten wir diese Gelegenheit auch nutzen." Die Anwesenden waren ganz heiß auf Sensationsstorys, denn in ihrem Alltagstrott waren die Gutsituierten mehr mit der wahrhaft luxuriösen Herausforderung der Bekämpfung ihrer Langeweile beschäftigt, als mit den ernsthaften Problemen eines täglichen Überlebenskampfes. Sie liebten jede Abwechslung. Torsten war ebenfalls gespannt auf das, was Gundel nun gleich zum Besten gab. Schließlich hatte er von den letzten beiden Tagen selbst nicht allzu viel von ihr mitbekommen, weil sie beide viel zu sehr mit ihrem eigenen Kram beschäftigt waren.

„Wie ihr wollt. Ich hoffe, ihr haltet mich nicht für zu blutrünstig oder sensationslüstern, aber bei der Kriminalpolizei begegnen einem eben auch Phänomene, die einen am eigenen Verstand zweifeln lassen oder die derart ungewöhnlich oder pervers sind, dass man sich fragt, ob man seinen eigenen Sinnen noch trauen kann." Gundel hatte ihre Zuhörer in ihren Bann gezogen, die mit Hingabe jedes ihrer Worte aufsaugten. Sie genoss das sichtlich und legte eine kleine, aber gewichtige Pause ein, in der sie wiederholt an ihrem Weinglas nippte und es langsam zur Seite stellte. Alle Blicke, die sich aufgrund des vielen Alkohols durch eine gewisse Schieflage auszeichneten, hingen an ihren Lippen, und die meisten überlegten, ob sie in den letzten Tagen in Tübingen aus Versehen irgendetwas Wichtiges verpasst hatten. Torsten zündete nebenher ein paar Kerzen an. Genau die richtige Atmosphäre für ein paar Schauergeschichten.

Gundel war bereit, weiter zu sprechen.

„Sicher haben einige von euch von Fällen gehört, in denen ein Pfleger oder eine Krankenschwester in einem Heim oder Krankenhaus offenbar viele Patienten ermordet hat. Das wird gewöhnlich in der Boulevardpresse ausgeschlachtet ohne Ende. Ich finde, sie wirken dann besonders irreal oder erfunden, weil in den entsprechenden Blättern in der Regel sowieso die Hälfte frei erfunden ist, stimmt's?" Die Gruppe reagierte mit einem einhelligen Nicken. „Solche Fälle sind aber Realität." Jemand stieß ein verblüfftes ‚uh' aus.

„Ja", setzte Gundel fort und erzählte einiges aus dem Report, den Sven gefunden hatte. Sie bildete sich ein, nicht zu lallen. Die Zuhörer waren fasziniert. Benebelt vom Wein und von der Beachtung, die ihr entgegen gebracht wurde, war sie bereit, weiter zu machen.

„Bist du gerade an solch einem Fall dran, in Tübingen etwa?" Die ungeduldige Frage kam von Franz, Torstens Kollege von der Fakultät für empirische Kulturwissenschaft. Die Materie interessierte ihn besonders aus dem Grund, weil er seit einigen Wochen über eine neue Fragestellung für eine Untersuchung nachdachte und noch nichts Passendes gefunden hatte. Das Thema hörte sich für ihn nach einem brauchbaren Forschungsgegenstand an. Er nahm sich vor, bei der nächsten Gelegenheit eine wissenschaftliche Hilfskraft mit der Informationssuche zu beauftragen, und war von Gundel begeistert. „Wartet, wartet. Ich muss noch ein bisschen ausholen, bevor ich auf den Punkt komme", zögerte sie, um mit ihrer Story nicht zu früh herauszurücken. Wäre ja schade gewesen. „Nicht konkret. Das heißt, nein, eigentlich überhaupt nicht. Wir müssen allerdings immer und überall mit derartigen Vorfällen rechnen."

„Wie bitte? Und was macht die Polizei?" Nun reagierten alle merklich erschrocken. Das aus dem Mund einer Kripobeamtin zu hören, war hart. Es klang beinahe so, als ob Morde aus der Sicht der Polizei in Heimen an der Tagesordnung gewesen wären, und als ob es Anlaß zu Verdachtsmomenten in Tübinger Heimen geben würde. Gundel erzählte jedoch nichts davon, dass solche Vorfälle auch aufgeklärt wurden. Sie war kurz davor, mit ihren vagen Andeutungen, die alles oder nichts bedeuten konnten, eine mörderische Gerüchteküche mit einer giftigen

Eigendynamik anzuheizen. Denn wer konnte sich schon darauf verlassen, dass das, was sie eben von sich gab, wirklich in diesem Wohnzimmer blieb?
Sie spürte den Wein. Torstens Blick verfinsterte sich. Die Stimmung kippte ins Ungemütliche. Ulf, Torstens zweiter Kollege, rang um Fassung. Gundel versuchte verzweifelt nach beschwichtigenden Worten. Sie hatte sich verrannt und stellte Ulf nicht zufrieden. Er meinte, dass die Täter doch unglaublich gestörte Menschen sein müssten. „Das erwarten wir, weil wir selbst diese Taten als derartig abartig empfinden, dass wir denken, die Täter seien zwangsläufig abnormal. In Untersuchungen konnte man aber keinen sicheren Zusammenhang zwischen Tat und psychischer Gestörtheit der Täter feststellen. Sie waren weder besonders häufig schizophren oder psychopathisch oder sonst was. Dagegen fällt allerdings auf, dass sie mit dem Töten anfingen, als ihnen die Arbeitsbelastung zu groß wurde, und sie das Gefühl hatten, den Ansprüchen nicht mehr zu genügen", erklärte Gundel verzweifelt, um sich aus dem Thema zu retten.
Der Kommentar, der den Abend vor dem letztendlichen Absturz rettete, kam jedoch von Franz. „Dann ist das doch im Grunde ein politisches Thema, das wir nicht ständig den Leuten persönlich in die Schuhe schieben dürfen." Gundel nickte eifrig. Ihr gelang es, die gesellschaftlichen Aspekte des Themas in den Vordergrund zu rücken, weg von ihrem speziellen Arbeitsalltag. Nun waren alle beeindruckt, als wie gesellschaftlich weitreichend sich ihr Beruf erwies. Ein neues Diskussionsthema kam auf, und die Anwesenden redeten noch eine ganze Zeitlang hochgeistig über die mangelnde öffentliche Anerkennung sozialer Berufe, die sich vor allem in katastrophalen Arbeitsbedingungen niederschlug. Irgendwann einmal war allerdings auch dieses Thema erschöpfend behandelt. Als die meisten gähnten, verbreitete sich allgemeine Aufbruchstimmung, und die Gäste verabschiedeten sich nacheinander. Es war ein aufreibender, aber kein verunglückter Abend gewesen, fand Gundel. Torsten war da anderer Meinung. Für ihn war es offen, was seine Gattin mit ihrer Solovorstellung losgetreten hatte, er hielt aber vorerst mal den Mund.

Bei ihrem geheimen Ermittlungsprojekt, das sie sich eigenmächtig und ohne Anlass und Rücksprache mit Vorgesetzten gewählt hatten und somit gegen die Dienstvorschriften verstießen, fanden Gundel und Sven nach wie vor keine brauchbaren Ansatzpunkte, um weiter zu kommen. Was für ein gefundenes Fressen für den Kriminalrat, welch ein Verlust an Respekt bei den anderen Kollegen, wenn sie die Akte Petrusstift neu aufrollten und wegen mangels handfester Hinweise mit blutigen Nasen kräftig abblitzten. Eine klitzekleine Kleinigkeit hielt sie bei der Stange. Wie sie es auch drehten und wendeten, sie stolperten bei jeder neuen Erörterung der Sachlage über Erika Schaufler. Sie war die einzige Person, bei der sich die Möglichkeit einer gerechtfertigten Vernehmung ergeben konnte, wenn auch aus einem völlig anderen Tatzusammenhang heraus. Aber auch der Fall Munsinger schien sich als ein Flop zu erweisen. Verflixt noch mal, das einzige, was Gundel an legaler Kontaktaufnahme noch blieb, war der Sozialdienst.
Sie bekam Tobias Kaipf ans Telefon und hakte nach. Seine Auskunft brachte die erhoffte Wende jedoch nicht herbei. Der Altenpfleger bekundete, dass er Frau Schaufler im Auge behalten wolle. Der Konkurrenzdruck unter den vielen Anbietern ambulanter Altenpflegehilfe war inzwischen so groß, dass wahre Gerangel um die Kundschaft stattfanden. „Die alte Dame hat mich auf eine recht resolute Art zum Haus hinauskomplimentiert. Ich denke aber, dass sie nicht mehr die rüstigste ist und bald auf Hilfe angewiesen sein wird. Ich werde bald mal unverbindlich nachfragen, wie es so geht. Sie scheint es nicht zu mögen, wenn man ihr nahe kommt." Sie wird ihre Gründe haben, welche auch immer das sein mögen, dachte sich Gundel und heuchelte ins Telefon. „Ich mache mir ebenfalls Sorgen um sie." Sven sah sie von der Seite an. „Darf ich mich nach einiger Zeit wieder bei Ihnen nach ihr erkundigen?" wollte Gundel scheinheilig wissen. „Klar", entgegnete Kaipf, der diese Art der Kooperation mit der Kripo als raffinierten Marketingtrick auslegte, der auf seinem Mist gewachsen war. Für ihn war es ganz eindeutig in Ordnung so. Sven freute sich über die abgebrühte Lüge seiner Chefin. Warum nicht solche Methoden anwenden, wenn es erforderlich war und sich

anbot? Immerhin wurde mit ihnen auch nicht zimperlich umgesprungen.

10. Ein paar schicksalsträchtige Wendungen
„Was machst du im Keller?" rief es von oben. Es war Lenas Mutter, die unter der schwierigen Beziehung zu ihrer Tochter zunehmend litt.
„Nichts." Lena schrak zusammen.
„Warum bist du dann da unten?"
„Nur so." Lena verzog genervt das Gesicht. Konnte ihre Mutter den nicht einmal nachmittags weggehen? Nie war Lena allein zu Hause. Immer rückte sie ihr auf die Pelle. Plötzlich stand sie unter dem Türrahmen und sah, wie ihre Tochter in einem Stapel alter Kartons wühlte, die ihr Mann noch nicht entsorgt hatte. Mit einem „Was brauchst du denn?" startete sie einen hilflosen Versuch der Kontaktaufnahme.
Ihre Tochter sah sie feindselig und abwehrend an, mit einem Blick, der Bände sprach. Es dämmerte ihr langsam, dass sie sich in ihrer Familie auf Dauer nicht mehr wohl fühlen konnte – keiner konnte das, auch Herr Bachmann und vor allem Lena nicht -, wenn dieser blöde Machtkampf nicht aufhörte. Die Spannungen innerhalb der ganzen Familie waren in den letzten Tagen unerträglich geworden. Der Blick ihrer Tochter tat ihr weh. Lena antwortete nicht, sondern hörte auf, nach einer Schachtel zu suchen. Sie war dabei, den Keller zu verlassen.
„Wäre denn Frau Schaufler sauer, wenn du deine Ratte bei uns im Garten unterbringen würdest?" brachte Frau Bachmann zaghaft heraus, während Lena versuchte, sich an ihr vorbei zu stehlen. Sie blieb stehen und sah ihre Mutter ungläubig an. Jetzt auf einmal, dachte sie erbost. Ihre Miene blieb finster angesichts dieses jämmerlichen Versuchs ihrer Mutter, sich bei ihr anzubiedern.
„Weiß nicht!" schrie sie verbittert an und rannte weinend nach oben. Frau Bachmann war enttäuscht und verzweifelt. Sie hatte eine völlig andere Reaktion ihrer Tochter erwartet, fühlte sich nach dieser Szene total fertig. Erschöpft und ausgelaugt setzte sie sich auf einen der Kartons und schluckte ihre eigenen Tränen hinunter.
Nachdem sie eine ganze Weile so dagesessen hatte und sich nichts tat, ging sie wieder nach oben. Aus Angst vor weiteren Kurzschlusshandlungen Lenas riss sie sich

zusammen, drückte vorsichtig die Türklinke zu ihrem Zimmer nach unten und lugte hinein.
Das Mädchen saß verstört auf dem Teppich und starrte vor sich hin. Frau Bachmann hatte keine Idee mehr, wie sie auf sie zugehen sollte. Auf jeden Fall war es richtig, ihr nicht gleich nachzurennen, denn inzwischen hatte sich Lena etwas beruhigt.
„Hast du Angst vor Papa bekommen oder was soll das Ganze?" Lena sah grimmig an die Decke. Im Augenblick hasste sie ihre Mutter für ihr Angebot.
„Nein, aber so kann es nicht weitergehen."
„Warum hast du mir dann nicht von Anfang an die Ratte erlaubt? Was ist, wenn ich sie nicht hierher holen WILL?" schrie sie wütend zurück.
Weil Lena nicht einlenkte, drohte Frau Bachmanns Verzweiflung in unbändigen Ärger umzuschlagen. Lenas hysterisches Gebaren kam bei ihr an als feindseliger Trotz, gerichtet gegen ihre mütterliche Autorität. Dennoch war sie bereit, ihr noch eine einzige Chance zum Einlenken zu geben. Sie gab sich Mühe, sich zu beherrschen. „Warum nicht?" fragte sie sie mit halbwegs ruhiger, aber bebender Stimme.
Lena registrierte am Tonfall sehr wohl, an welchem Scheideweg sich ihre Mutter befand und auf welch schmalem Grad sie selbst sich momentan bewegte. Seit sie in ihrem Zimmer saß, brütete sie über eine Möglichkeit nach, Schnuppi unbemerkt bei Erika herauszubekommen. Sie hatte aber keine Ahnung, wie sie das bewerkstelligen sollte. Um Zeit zu gewinnen, ließ sie sich auf Verhandlungen mit ihrer Mutter ein.
„Kann ich es mir noch überlegen?" Lenas Stimme zitterte. Die dicke Luft hatte etwas Hochexplosives an sich. Frau Bachmann kam sich vor, als ob sie am seidenen Faden hing. Ihre Tochter schien sich lediglich auf einen Waffenstillstand einzulassen, nicht aber auf einen Friedensvertrag. Hin und her gerissen zwischen einem unerbittlichen ‚Soll ich der Göre eine runter hauen?' und einem einfühlsamen ‚Lass ihr gefälligst die Zeit, die sie braucht!' entschied sich Frau Bachmann glücklicherweise für das Letztere. Wenn das jetzt schief ging, riskierte sie einen deftigen Ehekrach. Sie wusste, was auf dem Spiel stand.

„Gut, überlege es dir noch mal", ächzte sie gequält und bestand auf eigene Bedingungen. „Ich erwarte aber, dass wir unseren Streit in den nächsten Tagen beilegen. Ich bin nicht bereit, dieses Theater noch lange auszuhalten. So kann man ja nicht zusammen unter einem Dach leben."
Lena nahm die letzten Äußerungen mit Genugtuung zur Kenntnis. Immerhin hatte sie es ihrer Mutter, die manchmal schon eine ziemlich blöde Kuh war, für einen kleinen Teil der Schwierigkeiten, die sie wegen ihr nun ausbadete, heimgezahlt.
Für einen Freudentanz war es indessen viel zu früh. Als nächstes war das Schnuppi-Problem zu lösen. Doch wie sollte sie es anstellen? Erika ließ sie so gut wie nie aus den Augen, wenn sie auf dem Dachboden waren.

Warum gibt sich Lena heute so reserviert, fragte sich Erika, als es wieder einmal soweit war. Offenbar war die Kleine noch geschockt von dem ach so plötzlichen Ableben ihrer lieben Schützlinge. Sie unterließ es, ihre Unsicherheit durch eine direkte Nachfrage auszuräumen. Es war ihr zu anstrengend. Lena hatte ihr die Geschichte mit der Katzenkrankheit bestimmt abgekauft.
„Willst du deine Jacke nicht ausziehen?" „Nein, mir ist heute kalt. Meine Mama sagt, ich werde vielleicht krank." Nun gut, sollte sie ihre Trauerzeit bekommen.
Erika holte ein paar alte Äpfel aus dem Keller, während Lena in der Küche wartete. Seit Tagen hatte Erika Lena nicht mehr mit in den Keller hinunter genommen. Irgendwie war er zum Sperrgebiet geworden. Die Gründe dafür waren allerdings nicht das, was Lena heute intensiv beschäftigte. Ihre Aufmerksamkeit war auf etwas anderes gerichtet, und gut, dass Erika für einige Minuten verschwunden war und die Kellertür hinter sich zugemacht hatte.
Sie spürte, wie ihr Herz bis zum Hals pochte, und war so hellwach wie ein Häschen in seiner Höhle, wenn ein Fuchs darum herum strich. Sie hatte Mühe, dabei nicht vor lauter Konzentriertheit zu erstarren, und konnte sich kaum bewegen. Ihre Arme und Beine waren schwer wie Blei. Hoffentlich merkte Erika nichts.
Als die Alte mit den Äpfeln zurückkam, saß Lena wieder brav auf ihrem Stuhl, als ob nichts gewesen wäre.

Oben auf dem Dachboden hatten sie sich wenig zu sagen. Lena gab kaum etwas von sich. Erika ihrerseits fiel nichts ein, was sie Lena hätte mitteilen wollen. Wortlos warfen sie die Apfelstücke in den Käfig, die die Ratte wie immer mit Appetit verschlang. Plötzlich mischte sich mitten in das Geräusch, das an ein Mahlwerk erinnerte, etwas anderes und übertönte es. Ein riesiger Krach! Ein metallenes, schepperndes Getöse drang jäh nach oben zu ihnen hinauf, worauf hin es verzweifelt fauchte und miaute und aufgeregt zwitscherte. Erika fuhr überrascht auf und polterte wie der Blitz die Holztreppe nach unten.

Aber was sah sie da? Im Wohnzimmer stapelte sich ein großer unordentlicher Haufen Konservendosen, der dalag, wie ein in sich zusammengefallener Turm. Ein offener Vogelkäfig war mit in die Tiefe gestürzt. Sein nicht lebender Inhalt hatte sich über den Wohnzimmerteppich verstreut. Sein Türchen stand offen, und die beiden Wellensittiche flatterten panisch im Zimmer umher. Die Katzen starrten fasziniert den hektischen Flugbewegungen hinter her, um dann mit unermüdlichen Sprungversuchen über die Schränke und Regale nach der vermeintlichen Beute zu jagen. Was für ein Chaos.

Nun musste alles schnell gehen. Lena hatte nicht viel Zeit. Sie steckte Schnuppi in ihre Jackentasche, machte den Reißverschluss zu, öffnete das Dachfenster und schleuderte den Käfig mit einem kräftigen Stoß zum Dachbodenfenster hinaus. Er krachte unten wie mit einem lauten Donnerschlag auf die Terrasse. Lena war flink. Während er fiel, rannte sie schon die Treppe hinunter. Erika war zur Terrassentür gehechtet, weil sie glaubte, eine kleine Bombe sei eingeschlagen. Sie überblickte das Durcheinander im Wohnzimmer überhaupt nicht, da trat schon das nächste Fiasko ein, Schlag auf Schlag, so kam es ihr vor. Es war ein ausgewachsener Tumult entstanden, von dem Erika vollkommen überrascht worden war. Gehetzt und verwirrt wusste sie gar nicht, wohin zuerst, um die schlimmsten Folgen einzudämmen. Die schweren Hüpfer, mit denen Lena in Windeseile die Treppe herunter sprang, hörte sie seit einigen Sekunden. Bis sie sich umdrehte, sah sie das Kind nur noch auf die Haustür zu rennen. Schnell wollte sie hinter her, berechnete aber ihre Schrittlänge falsch, traf mit einem

Fuß auf eine umgestürzte Katzenfutterdose auf und klatschte längs ausgestreckt auf den Boden. Die Tür knallte zu. Oder war es ihr Kopf, der auf einem harten Gegenstand aufgeschlagen war? Ihr wurde schwummerig. Es wurde abrupt Nacht.

Erika besaß keine Vorstellung davon, wie lange diese Nacht dauerte. Ein gleichmäßiges Ticken drang an ihr Ohr. Es war die alte Wanduhr. Als sie langsam die Augen aufschlug und das Licht im Wohnzimmer wahrnahm, das von draußen durch die Fenster schien, schmeckte sie die ekelhafte süß-säuerliche Soße in ihrem Mund, die einen widerlich stechenden Geruch ausströmte. Es war Erbrochenes, das obendrein auf den Boden geflossen war, und bis sie das vollständig begriffen hatte, musste sie sich beinahe wieder übergeben.

Sie war bewusstlos gewesen. Anhand der aktuellen Uhrzeit begann sie die Dauer ihrer geistigen Abwesenheit nachzurechnen, und kam auf ganze zwei Stunden. Währen sie mit den Händen vorsichtig ihren schmerzenden Schädel abtastete, sah sie sich um und stellte fassungslos fest, was passiert war. Die Katzenfutterdosen und der leere Vogelkäfig lagen wild auf dem Boden verteilt herum. Die kleine Rotznase war ganz schön raffiniert gewesen. Weil der Käfig mit den Vögeln auf dem wackeligen Dosenturm mitten auf dem Wohnzimmerteppich in erreichbarer Nähe gewesen war, hatten sich die Katzen an die Wellensittiche rangemacht. Dabei war der Turm in sich zusammengebrochen. Infolge dessen war der Käfig auf den Boden gefallen. Die aufgeschrockenen Wellensittiche waren erregt im Käfig umher geflattert und hatten sich durch den aufgesprungenen Ausgang auf die Gardinen gerettet, in denen sie sich mit ihren feinen Krallen verheddert hatten.

Mit einem dunklen Vorgefühl humpelte Erika die Treppe zum Dachboden hinauf. Das Fenster stand sperrangelweit offen. Der Rattenkäfig war weg. Klar, sie hatte ihn hinaus geworfen und Erika damit ein zweites Mal gefoppt. Wieder im Erdgeschoß warf sie einen Blick auf die Terrasse. Da lag er, der verbeulte, leere Käfig. Dieses berechnende Luder! Der werde ich noch helfen, grollte sie und ballte dabei fest die Hände.

Mit einer Heidenangst im Nacken rannte Lena nach Hause, so schnell sie konnte. Erst als sie das elterliche Grundstück erreichte, merkte sie, wie sehr das Grauen all ihre Glieder beherrschte. Und heiß war ihr geworden davon, dass sie sich gerade beinahe die Lunge aus dem Leib gehetzt hatte. Die letzen Meter überwand sie unter stechenden Atemzügen. Endlich stand sie keuchend und am ganzen Leibe zitternd vor der Haustür. Erst einmal beruhigen, bevor ihre Mutter sie zu Gesicht bekam, denn die würde sie ansonsten wie immer in die Mangel nehmen.
Nach einer halben Minute Durchschnaufen hatte sie ansatzweise zu ihrer Beherrschung zurückgefunden. Dann kramte sie aus ihrer Hosentasche den Haustürschlüssel hervor. Im Hausflur zog sie langsam ihre Schuhe aus, stellte sie artig an ihren Platz und wischte sich die Haare notdürftig aus dem heißen Gesicht.
„Mama?" Unmittelbar nach ihrem Ausruf kam die prompte Antwort. „Ich bin hier."
Mit hochrotem Kopf schlich Lena ins Wohnzimmer, von woher sie die Stimme ihrer Mutter vernommen hatte.
„Willst du nicht deine Jacke ausziehen? Du bist ja viel zu warm angezogen." „Mama, ich habe Schnuppi geholt!" Das kam für Frau Bachmann unerwartet. Ein Rückzieher war nicht möglich. Er stand auch nicht zur Debatte, denn Frau Bachmann war heilfroh, dass Bewegung in die innerfamiliären Zustände kam, egal, wie.
„Ich habe sie in meiner Jackentasche."
„Im Haus möchte ich sie nicht. Wir haben gesagt, im Garten beziehungsweise auf der Terrasse. Wo tun wir sie nur hin, ich meine, in was bewahren wir sie auf? Hast du deshalb im Keller zwischen den Kartons herumgekramt?" Ihre Tochter zuckte mit den Schultern. Frau Bachmann seufzte. „Na gut", meinte sie apathisch. „Ich schlage vor, wir holen eine von den Schachteln, machen Luftlöcher rein und halten sie mit einem Gummi zu, damit sie nicht entwischt, bis heute Abend der Papa heim kommt. Dann soll er mit dir in Stadt fahren und einen richtigen Käfig kaufen." Erleichtert stimmte Lena zu. Frau Bachmann, die ihr Strickzeug weggelegt hatte, um ihre Tochter zu mustern, aber auf ihrem Sofaplatz sitzen geblieben war, wunderte sich über ihre

recht verhaltene Resonanz, denn von ihrem Vorschlag hatte sie sich mehr Begeisterung versprochen.

Nachdem Schnuppi fürs erste in der Schachtel verstaut war, drehte sich in Lenas Kopf alles um Frau Schaufler. Was würde die als nächstes tun? Eins war klar, sie konnte ihr in Pfrondorf jederzeit über den Weg laufen. Und was dann? Diese Angst vor dem Ungewissen, Unberechenbaren belastete Lena immens, und sie fürchtete, dass sie ihr in den nächsten Tagen und Wochen einigen Kummer bereitete. Ihre Notlage war mit der ‚Schnuppi-Rettung' alles andere als beendet.

Das Telefon in der Polizeidienststelle klingelte. Gundel nahm ab.

„Hallo Gundel. Entschuldige, dass ich dich störe. Hier ist der Ulf."

„Hallo Ulf, was gibt's?" Gundel schmunzelte belustigt. Hatte sie etwa einen neuen heimlichen Verehrer? Dass Torstens Kollege sich bei ihr meldete und nicht bei Torsten, war ungewöhnlich und entfachte eine amüsierte Erwartung, was er als nächstes vorhatte.

„Ich würde gerne mal unter vier Augen mit dir sprechen. Könnte sein, dass sich daraus für dich etwas Dienstliches ergibt, damit du verstehst, was ich meine."

Ach so.

„Mir wäre es allerdings recht, wenn wir uns diskret in der Stadt treffen könnten", erklärte er ernst. Gundel verstand gar nichts, aber es schien dringend zu sein. „Gut, wenn es dienstlich ist, würde ich vorschlagen, während meiner Arbeitszeit. Wann willst du?" „Möglichst noch diese Woche", bat er.

Wenig später nach dieser undurchsichtigen Anfrage saßen beide in einem Tübinger Café an einem Zweiertischchen vor ihren Tassen. Die Bedienung sah wiederholt zu ihnen herüber, obwohl sie beide versorgt waren, und Gundel fragte sich, ob die Ursache ihr eigener Bekanntheitsgrad oder der ihres Begleiters war.

„Deine Bemerkungen neulich bei euch zuhause haben mich nachdenklich gemacht." Ulf schaute düster drein und fummelte mit seinen Händen an seiner Kaffeetasse herum. „Welche Bemerkungen meinst du?" fragte Gundel nach. „Na, die aus deinem kleinen Vortrag über die Zustände in

Altenpflegeheimen." Ihr fragender Blick sagte ihm, dass sie keinen blassen Schimmer hatte, worauf er hinaus wollte. „Ja, und was genau beschäftigt dich daran?" hakte sie nach, um wenige Augenblicke später beinahe vom Schlag getroffen zu werden. „Vor einigen Jahren hatten ich und meine Frau eine Großtante von mir im Petrusstift ganz hier in der Nähe als Pflegefall angemeldet. Sie hatte außer uns keine Angehörigen mehr und war stark pflegebedürftig geworden, Alzheimer, du verstehst? Die arme Tante verstarb kurz nach der Aufnahme, obwohl keiner damit gerechnet hatte. Und komisch, es gab bestimmte Ähnlichkeiten zu den Details, die du uns beschrieben hast. Es sind in dieser Phase noch einige andere Alte gestorben. Eine Angehörige hatte Anzeige erstattet, es kam aber nichts dabei heraus. Waren damals Kollegen von dir an dem Fall dran?"
Gundel war sich nicht sicher, ob sie Ulf wirklich richtig verstanden hatte, und faltete sich sogleich einen angestrengt neutralen Ausdruck aufs Gesicht. Hier zog eine Chance am Horizont auf, die sie sich nie hatte träumen lassen. Sie wollte es sich und Sven nicht vermasseln. Andere hatten ihr den Fall damals verhagelt. Aber was gingen Ulf ihre Missgeschicke aus vergangenen Zeiten an?
„Was früher war, können wir heute nicht ändern", erklärte sie mit tiefsinniger Überzeugung: Ihre Nerven fühlten sich plötzlich an wie Drahtseile. Mit bis zum Hals schlagendem Herzen wendete sie das Boot scheinbar unbeeindruckt auf den neuen Kurs. „Was soll sich für die Zukunft daraus ergeben?" „Ich war damals ziemlich unzufrieden und dachte mir, eigentlich eine Sauerei, dass da nicht energischer nachgefragt wird. Die Angehörige, die die Anzeige erstattete, hatte uns von dem oberflächlichen Vorgehen der Polizei erzählt. Im Nachhinein sehe ich mich durch das, was du gesagt hast, voll bestätigt. Ich will die Angelegenheit so nicht stehen lassen, falls sich noch etwas machen lässt. Deshalb wollte ich mit dir reden." Gundel fiel ein Stein vom Herzen. Ihre Manöver waren gut gegangen. Die Angehörige hatte sie an dem besagten Abend bei ihnen zuhause glücklicher Weise nicht erwähnt, und Ulf hatte übersehen, dass der Fall damals tatsächlich in ihren Zuständigkeitsbereich fiel. Für den berechtigten Ärger über den Rattenschwanz an Problemen, die der gesamte

verkorkste Vorgang von damals noch heute nach sich zog, war im Augenblick keine Zeit. Aber er war in ihrem Elefantengedächtnis an einer sicheren Stelle abgespeichert. Und sie würde es den lieben Kollegen heimzahlen, wenn sich eine Gelegenheit dazu ergeben würde.
„Du hast Recht. Ich finde auch, dass es eine Sauerei ist", ereiferte sie sich. Ulf pflichtete ihr bei, indem er stumm nickte.
„Was ist nun dein Ziel?"
„Kann man der Sache nicht nochmals nachgehen? Ich meine, Mord verjährt doch nicht, so heißt es doch immer, oder? Vielleicht war es ja Mord, unter solchen Umständen, wie du sie uns dargelegt hast. Ich wünsche mir Gewissheit, auch wegen meiner Großtante. Ich möchte wissen, ob sie wirklich eines natürlichen Todes gestorben ist oder nicht."
Gundel erkannte die Gelegenheit, das Maximum heraus zu holen.
„Die Leiche zu exhumieren und zu obduzieren, wird als Feststellungsverfahren nicht ausreichen. In den meisten Fällen geschehen solche beabsichtigten Tötungen mit einer Überdosis an Medikamenten oder Gift. Und deren Reste sind meist nicht mehr nachzuweisen." „Das heißt?" „Am weitesten könnten wir kommen, wenn du Strafanzeige bei der Staatanwaltschaft stellst, und zwar wegen Mord. Das ermöglichst es uns, bei den Ermittlungen unsere Möglichkeiten voll auszureizen. Willst du so weit gehen und Anzeige erstatten?"
Er überlegte nicht lange und nickte wieder. „Ich denke schon." „Gut. Noch ein Tipp. Erwähne bitte nicht, dass wir uns privat kennen." Sie zwinkerte ihm keck zu. „Verstehe. Du kannst dich auf mich verlassen."
Sie tranken aus. Ulf bezahlte die Rechnung, und sie verließen das Café in jeweils unterschiedliche Richtungen.
Nach diesem kurzen, aber weit reichenden Gespräch war Gundel ganz schön aufgedreht. Noch auf dem Weg zum Auto holte sie ihr Handy aus der Tasche und aktivierte Svens Nummer. Jetzt, wo der Stein ins Rollen kam, war sie hin und her gerissen. Die alten Narben juckten bedenklich. Was, wenn es wieder so lief, wie damals?
„Mein Chef wird nicht gerade begeistert sein. Falls da was rauskommt, wäre es möglich, dass er ein Problem hat,

so kurz vor der Pension. Aber machen wir nicht den vierten vor dem ersten Schritt. Es liegt eine Menge Arbeit vor uns. Ich gehe mal davon aus, dass er uns am Anfang nicht behindern wird, weil er spekuliert, dass ihn die alten Mechanismen schützen, zumal die Wahrscheinlichkeit, dass wir nach der langen Zeit auf was Brauchbares stoßen, äußerst gering ist. Das weiß er natürlich auch."
Sven winkte ab. „Nicht so viel nachdenken, Gundel. Einfach machen."
Gundels Neuigkeiten setzten bei ihm kühle strategische Energie frei. Warum gerade jetzt eine Strafanzeige im Anflug war, die ihnen super in den Kram passte, fragte er sich nicht. Dazu hatte er gar keine Lust. Er rieb sich verschmitzt die Hände und freute sich hämisch auf einen Skandal. Als Frischling hatte er sich bis jetzt noch nie ernsthaft die Finger verbrannt. Glücklichweise fehlte ihm die Erfahrung, was passierte, wenn Vorgesetzte oder Kollegen den Eindruck hatten, dass ein übereifriges Greenhorn dabei war, ihnen kräftig in die Suppe zu spucken. Diesbezüglich war er in einem beneidenswert jungfräulichen Zustand.
„Ich fürchte, dass uns die Staatsanwaltschaft wegen der Strafanzeige bald offiziell mit den Ermittlungen beauftragt. Schon allein das wird seinen Blutdruck um einiges in die Höhe treiben." „Na und! Du wirst doch wohl vor so einer Knalltüte nicht kneifen?" Sven flüsterte beschwörend. „Er wird nicht umhin können, unserer Abteilung den Ermittlungsauftrag zu erteilen, denn alles andere wäre schon ein bisschen auffällig, findest du nicht?" Inzwischen zerbrach sich Gundel den Kopf darüber, was alles passierte, sobald der Startschuss gefallen war. Svens Unbedarftheit war der rettende Anker.
„Klar. Bestimmt geht er davon aus, dass er mit denselben Schikanen noch mal durchkommt. Schon deswegen will er den Fall keinem anderen geben. Wir werden eine Liste von Personen erstellen, die zur mutmaßlichen Tatzeit im Petrusstift arbeiteten. Wir werden von Anfang an ein kritisches Augenmaß auf die Begleitumstände der Pflegesituation werfen, wenn wir die Personen verhören. Ich möchte Druck auf die Leute ausüben, damit sie mit der

Wahrheit rausrücken, und ihnen klarmachen, dass es hier nicht um Kleinigkeiten geht."
Er drehte mit Absicht so auf, weil er befürchtete, dass Gundel doch noch kalte Füße bekam.
„Wir werden uns umgehend große Abschnitte aus den Pflegedokumentationen um den Todeszeitpunkt herum vorlegen lassen, damit wir uns einen möglichst präzisen Eindruck davon machen können, was passiert sein könnte. Eine weitere Möglichkeit besteht darin, einen externen Gutachter zu beauftragen, der diese Daten besser beurteilen kann als wir. Wir werden die Leiche im Institut für Rechtsmedizin obduzieren lassen, auch wenn es nicht sehr Erfolg versprechend ist. Wir werden alles zu einem Gesamtbild zusammensetzen und es genau anschauen. Wenn wir dann keinen tragfähigen Hinweis entdecken…"
Er stockte. „…können wir einpacken." Seine Nackenhaare sträubten sich.
Gundel schaute ihn von der Seite an. „Aber erst dann!"
Er hatte laut nachgedacht, und dabei war ihm die interne und externe Brisanz der Angelegenheit endlich bewusst geworden, und auch, was das ganze für ihn und seine Karriere bedeuten konnte. Er ging darüber hinweg.
„Wie gehen wir mit der Öffentlichkeit um? Beziehungsweise, wie gehen wir damit um, dass von Seiten des Petrusstifts keinerlei Interesse an Aufklärungsarbeit dieser Art besteht?"
„Frag' doch lieber mal, wie wir damit umgehen, wenn wir viel Zeit und Energie investieren, um auf die Schnauze zu fallen. Keiner beneidet uns um diese Aufgabe. Alle sehen, wie wir uns abstrampeln, und lachen sich halb zu Tode. Was denkst du, ist das für ein Signal an die Täter, wenn es welche gibt, wenn sie trotz intensivster Nachforschungen nicht erwischt werden, weil es einfach keine Spuren gibt?"
Ihre Skrupel waren mittlerweile ziemlich anstrengend. Sven hatte genug von Gundels Hin und Her.
„Gundel, hör' auf. Was willst du eigentlich? Du willst doch ermitteln, oder nicht?" Er wurde ein wenig ärgerlich und gab sich die Antwort selbst. „Ist doch normal, dass im Petrusstift niemand vor Begeisterung sprüht, wenn wir mit den Recherchen anfangen. Das ist übrigens in allen anderen Fällen auch so. Das gehört dazu. Außerdem gibst du wieder

zu früh auf. Vielleicht finden wir trotzdem was. Vielleicht werden sie nervös und machen Fehler, die wir für uns ausnützen können."
Gundel antwortete nicht.
„Was die Öffentlichkeit betrifft: Von unserer Seite aus so verschwiegen wie möglich. Garantien, dass nichts nach außen dringt, können wir selbstverständlich nicht abgeben", fügte er ironisch hinzu.

Als die Staatsanwaltschaft aufgrund der von einem Herrn Prof. Dr. Ulf Zauner erstatteten Strafanzeige den Ermittlungsauftrag erteilte, bestätigten sich einige der düsteren Prognosen. Der Kriminalrat gab den Auftrag an Gundel weiter, machte sich aber nicht die Mühe, sein Missfallen zu überspielen. Gundel nahm seine nonverbalen Kommentare trotz ihrer Bedenken mit belustigter Genugtuung zur Kenntnis. In einem ersten Schritt beantragte sie die Einsicht in den geschlossenen Teil des Totenscheins zum Sterbefall von Karla Weigel - so hieß die Großtante von Ulf -, der beim örtlichen Gesundheitsamt hinterlegt war. An diese Informationsquelle hatte Sven bei all seinen strategischen Vorüberlegungen nämlich nicht gedacht. Und das war auch gut so, denn Gundel wollte ihm als Vorgesetzte schließlich auch etwas beibringen. Sie rief Ulf von der Dienststelle aus an, um mit ihm schnellstens einen Vernehmungstermin zu vereinbaren. Das Spiel begann.

Ulf wartete am Eingang der Polizeidirektion, von wo ihn Gundel abholte.
„Am besten ist es, wenn wir uns hier konsequent mit ‚Sie' ansprechen", tuschelte sie ihm zu und zog bedeutungsvoll die Augenbrauen hochzog. Ulf war das mehr als recht. Es gelang ihr, ihn ohne großes Aufsehen in ihr Büro zu schleusen. Dort nahmen sie an einem Besprechungstisch Platz. Auf dem Tisch lagen einige Formulare bereit. Sven kam hinzu.
„Herr Professor Zauner, Sie haben Strafanzeige gegen Unbekannt wegen mutmaßlichen Mordes an Ihrer Großtante Karla Weigel erstattet, die vor fünf Jahren unerwartet und überraschend im Petrusstift verstorben war", eröffnete Gundel den routinemäßige Teil der Vernehmung, um sich zügig dem eigentlichen Thema zu nähern. Sven nahm sich den Kugelschreiber, um mitzuprotokollieren. Prof. Dr.

Zauner war, wie Torsten, in der Tübinger Öffentlichkeit kein Unbekannter. Er sollte so bald und so dezent als möglich wieder aus der Polizeidirektion verschwunden sein, damit niemand unterstellte, dass Gundel die Vorteile eigener Verbindungen nutzte.

„Was ist der Grund, weshalb Sie erst so spät auf den Gedanken kommen, hier Strafanzeige zu erstatten? Warum haben Sie das nicht früher getan?" wollte Sven wissen, der über Gundels Abendessen natürlich nicht informiert war. Nun, da der entscheidende Impulsgeber wie ein Phoenix aus der Asche aufgetaucht war und leibhaftig vor ihm saß, interessierte ihn die Frage doch.

Zauner sah sich genötigt, zu einer längeren Erklärung auszuholen. Er betete sein Sprüchlein herunter. „Weil der Vorfall für mich bis heute nicht abgeschlossen ist. Unsere Tante war zwar gesundheitlich angeschlagen. Auf so einen plötzlichen Tod waren wir jedoch nicht eingestellt. Dass wir bisher nichts unternommen haben, müssen Sie entschuldigen. Es hat damit zutun, dass wir mit der Angehörigen im Gespräch standen, die zur gleichen Zeit wegen dem Tod ihrer Mutter Strafanzeige erstattet hatte. Wir haben von ihr erfahren, dass nichts dabei herausgekommen ist. Das hat uns nicht gerade ermutigt, dem Tod von Tante Karla nachzugehen. Wir waren im Zwiespalt, weil wir auch miterlebten, wie ungut das Petrusstift damals in der Öffentlichkeit weg gekommen ist."

„Sein Ruf war ohne Frage stark angekratzt." Gundel stützte ihren Kopf mit dem Arm und nickte ihrem Zeugen bestätigend zu. „Auf der anderen Seite ist es Ihr gutes Recht, ohne falsche Rücksicht dem eigenen Empfinden zu trauen. Gut, dass Sie Ihre Scheu endlich überwunden haben. Hätten seinerzeit zwei Anzeigen vorgelegen, hätten wir vielleicht viel leichter Autopsien durchsetzen können."

Sven machte große Augen, denn das war völliger Quatsch, was Gundel eben erzählte. Zauner guckte frustriert. „Eine Autopsie hätte uns Sicherheit gegeben."

Intuitiv kapierte Sven, dass es besser war, den wundersamen Zufall von der ach so plötzlichen Anzeige doch nicht so genau zu hinterfragen. Einfach weitermachen. „Viele Tötungsdelikte, durch Medikamente etwa, sind mit einer

Obduktion kaum nachzuweisen, auch wenn sie kurze Zeit nach dem Eintritt des Todes durchgeführt wurde."
Bitte, Sven, gib' ihm ein Gefühl von Hoffnung, wir sind auf sein Vertrauen in unsere Arbeit angewiesen, flehte Gundel. Sie sah die Gefahr, dass Ulf vor lauter Desillusionierung seine Anzeige wieder zurückzog, und drehte sich Sven demonstrativ zu, um ihn eindringlich anzuschauen. Augenblicklich nahm er sich pikiert zurück und fragte sich, was Gundel gerade nicht gepasst hatte. Er hatte doch nur ihre eigene Skepsis ausgesprochen und die gemeinsame Linie mit ihr gesucht. Beleidigt hielt er seinen Mund.
„Also, wie mein Kollege eben andeutet, ist die Leichenschau eine Notwendigkeit, die, selbst wenn sie keine Hinweise erbringt, wenigstens begründet, warum wir andere Wege bei der Ermittlung werden einschlagen müssen. Insofern ist sie äußerst nützlich und erbringt so oder so Informationen." Gundel nahm Frau Schaufler ins Visier.
„Zu Hoffnung, dass etwas Neues dabei herauskommt, besteht demnach wenig Anlass, habe ich das richtig verstanden?" meinte Ulf Zauner enttäuscht. „Kommt darauf an. Zumindest wäre zum Tod Ihrer Großtante nachträglich alles geklärt, was zu klären möglich war." Gundel war sehr froh über die Anzeige, wollte aber auf dem Boden der Tatsachen bleiben. Falsche Versprechungen waren wenig hilfreich, auch wenn Ulf nur Mittel zum Zweck war, den Zugang zu Erika Schaufler herzustellen.
„Wir werden das gesamte Programm, das uns zur Verfügung steht, durchziehen, und Sie auf dem Laufenden halten, darauf können Sie sich verlassen!" Ulf war nicht mehr ganz so frustriert, wie eben, hatte aber eingesehen, wie windig das ganze Unternehmen war. Gundels Ausführungen darüber, welche Art von Akten und Dokumenten zu sichten waren, und dass es eine Menge Leute zu vernehmen gab, nährten aber seine zarten Hoffnungen auf ein Ergebnis. Und vielleicht fand Gundel mit diesem Gruber zusammen eine neue, heiße Spur. Einen pfiffigen ersten Eindruck machte er ja.

Sven war glücklich auf Linie gebracht, hatte aber Blessuren davon getragen. Gundel nahm darauf keine Rücksicht. „Sagt dir der Name Ullrich Pfleiderer was?"
„Ullrich Pfleiderer? Woher denn. Tu' doch nicht so. Du bist

doch die Expertin", meckerte Sven und brachte seine Missstimmung über das, was vorhin passiert war, deutlich zum Ausdruck. „Ich dachte, du hättest die Akten von dem früheren Todesfall im Petrusstift bereits durch? Hätte ich zumindest erwartet!" piesackte sie von oben herab. Manchmal versuchte Gundel, sich Sven gegenüber als Chefin aufzuspielen. Das waren jene Momente, an denen sie ihm auf die Nerven ging. So wie gerade eben zum Beispiel. Sie schien dafür keine Antenne zu besitzen, und Sven fragte sich dann, selten zwar, aber in schöner Regelmäßigkeit, auf welchem Trip sie sich manchmal befand. Aus seiner Sicht hatte sie es nicht nötig, sich so aufzuspielen. Aber vermutlich merkte sie das selbst nicht.

„Gut, gib' halt her, wenn du mir nicht sagen magst, wer dieser Ullrich Pfleiderer sein soll." Er angelte sich die Mappe mit den Unterlagen von ihrem Schreibtisch. Gundel wartete nicht ab. „Es ist laut Akte der Pflegedienstleiter vom Petrusstift, der die Station mit diesen auffällig vielen Sterbefällen unter sich hatte. Wir müssen wissen, ob er noch im Petrusstift arbeitet. Dazu werden wir zuerst mit dem Gesamtleiter sprechen und ihm mitteilen, was wir vorhaben. Dienstweg ist Dienstweg." „Wird bestimmt trotzdem lustig." Nun überstrahlte Svens Vorfreude auf den ersehnten Skandal, der ein wenig Leben in die Bude brachte, wenn alles gut lief, die voran gegangene Frustration über Gundels überflüssige Aufgeblasenheit ihm gegenüber. „Haben wir schon einen Termin?" „In einer halben Stunde." „Na dann, rein ins Vergnügen."

Der Geschäftsführer des Petrusstifts kannte Gundel von den früheren Ermittlungen her. Er war ein Mann mit konservativer Veranlagung und einem äußerst hausbackenen, nichts sagenden Erscheinungsbild, was indessen keine Schlüsse auf sein Wesen zuließ.

„Was glauben Sie eigentlich, was das für den Ruf unseres Hauses bedeutet? Der Ruin. Das Ganze wird unweigerlich an die Öffentlichkeit gehen. Oder setzen Sie sich Tarnkappen auf, wenn Sie auf Station herumschnüffeln?" Er bemühte sich, nicht zu schreien, was ihm nicht gelang, und warf verärgert die Arme in die Luft, um seinen Ausführungen mit theatralischen Gebärden Nachdruck zu verleihen. Als ob das etwas änderte. Sein Kopf war rot vor

Erregung. Er stand hinter seinem Schreibtisch und plusterte sich auf wie eine hysterische Henne.

Gundel kannte die unsympathische, cholerische Veranlagung des Mannes gut. Sie hatte sich nicht geändert. Gundel hasste sie. Vor fünf Jahren hatte er sich ähnlich aufgeführt. Die Art, wie er ‚gute Beziehungen' nutzte, um seine Interessen durchzusetzen, fügte sich nahtlos in den Gesamteindruck, den er bei friedfertigen Mitmenschen hinterließ, wenn sie ihn eine Weile lang kennen gelernt hatten. Daher war er für seinen Umgangsstil ‚nach Gutsherrenart' stadtbekannt, setzte seine Macht gegen Mitarbeiter rücksichtslos, wenn auch subtil, ein und war es gewohnt, dass niemand aufmuckte.

Sein Handy klingelte. Sofort nahm er das Gespräch mit wichtiger Geste entgegen und signalisierte unmissverständlich, dass die Herrschaften von der Kripo störten und ihn von seinen wichtigsten Aufgaben als Geschäftsführer des Petrusstifts abhielten.

Im Angesicht solcher Arroganz und Respektlosigkeit platzte Gundel beinahe der Kragen. Was nahmen sich diese autoritären Typen heraus, die meinten, durch ihr polterndes Auftreten den Rest der Welt einzuschüchtern? Irgendwie hatte er gewisse Ähnlichkeiten mit ihrem eigenen Chef. Dass die beiden ‚befreundet' waren, kam nicht von ungefähr. Gut, dass Sven dabei war. Mit ihm im Schlepptau gelang es ihr, sich einigermaßen zu beherrschen und diplomatische Ruhe zu bewahren. Das war ein erster wichtiger Unterschied zu den früheren Zusammenstößen. Diesmal würde er ins Leere laufen. Sie würden ihm zeigen, wo er wirklich hingehörte.

„Benehmen Sie sich gefälligst, wenn wir mit Ihnen reden. Was glauben Sie eigentlich, mit wem Sie es zu tun haben?" herrschte sie ihn streng an und setzte dazu einen vernichtenden Blick auf. Völlig baff stutzte er.

O.k., das saß. Vorerst. Augenblicklich würgte er den Anruf ab, setzte sich auf seinen Bürostuhl und wechselte über zu einem Wehklagen und Jammern über seine schwierige Situation als Leiter eines Altenpflegeheims. Wie sehr er sich aufopferte tagtäglich, wie er sich als ach so armes Opfer in seinem beruflichen Engagement in Edelmut dem

Allgemeinwohl darbrachte und keiner seine Leistungen zu würdigen bereit war.
Gundel tat ihm Leid mit seinem Zwang, sein kleines, unbedeutendes Ego bis zum Anschlag aufzublähen. Aber es war mehr Verachtung als Mitleid. „Wenn das so ist, werden wir gleich mit unserer Arbeit auf der Station beginnen." Diese beherzte Drohung stoppte sein Gezeter augenblicklich.
„Wir bringen von der Staatsanwaltschaft alle Genehmigungen mit. Wenn Sie nicht kooperieren, haben wir kein Problem mit einem Durchsuchungsbeschluss. Und dann stellen wir hier alles so auf den Kopf, dass Ihnen Hören und Sehen vergeht. Darauf können Sie sich verlassen", zischte sie.
Verblüfft von diesem ungewohnten Umgangston wurde sein Kopf immer röter. Wie durch ein Wunder blieb Gundel ruhig. Zähneknirschend und mit immer noch hochrotem Kopf – er regte sich fürchterlich auf – versuchte er hilflos, seine Rage zu dämpfen. Seine Stimme bebte.
„Sie begreifen nicht, in was für eine Notlage wir geraten können. Ich bitte darum, dass Sie mit der größtmöglichen Sorgfalt vorgehen. ... Das mit dem Durchsuchungsbeschluss werde ich auf mich zukommen lassen." Eine letzte Widerborstigkeit konnte er sich nicht verkneifen. Wer weiß? Möglich, dass die beiden blufften. Sein misstrauischer Blick verriet, dass er höllisch aufpasste, nicht hereingelegt zu werden. Gruber tat ihm leid, weil er eine Frau zum Chef hatte.
„Wen wollen Sie vernehmen?" wollte er provokant wissen. Immerhin hatte er hier in dem Laden am meisten zu sagen, nach wie vor. Sven schaltete sich ein. „Endlich sagen Sie auch etwas. Das ist doch nicht in Ordnung, was hier abgeht." Der Versuch, sich mit dem anderen Mann gegen die Hauptkommissarin solidarisieren zu wollen, war lächerlich. Sven hatte diesen Kretin nach seinem ersten Auftritt noch mehr gefressen als Gundel. Er hielt knappe und eindeutige Anweisungen für angemessen, denn nur solche schien der Geschäftsführer zu verstehen. „Wir wollen die Namen der Mitarbeiter haben, die vor fünf Jahren auf der Station beschäftigt waren mit Angaben darüber, ob sie noch hier arbeiten, und wenn nein, wo wir sie gegenwärtig

antreffen können. Außerdem legen Sie uns die komplette Pflegedokumentation der Station aus dieser Zeit vor – ich gehe davon aus, dass Sie die Unterlagen hier im Haus aufbewahren – und zwar über ein Zeitfenster von einem Jahr um den Todeszeitpunkt von Frau Weigel herum, verstanden?"
Das waren Hiebe. Der Geschäftsführer stöhnte. Sven setzte deshalb noch eins drauf. „Bis wann haben Sie die Informationen zusammen?" Die Widerstandskraft des Geschäftsführers war deutlich untergraben. Er gab klein bei. „Bis Anfang nächster Woche. Wir haben hier nämlich noch andere Aufgaben zu erledigen, außer die Aufträge der Herren – oh, Entschuldigung, Damen – Kripobeamten abzuarbeiten."
Genug erreicht. Gundel und Sven ließen es für den Anfang gut sein.

„Was war das denn?" Sven konnte draußen auf dem Flur seinem Befremden kaum Ausdruck verleihen. „Das war der Geschäftsführer. Der Stiftungsrat, dem unser Kriminalrat angehörte, ist sozusagen sein Vorgesetzter. Zu blöd für ihn, dass unser lieber Chef da nicht mehr seine schützende Hand ausstrecken kann. Er ist es wohl nicht gewohnt, nicht alle Fäden in der Hand zu halten." „Oder er hat wirklich Dreck am Stecken und wird nervös." „Sonst wäre unser lieber Kriminalrat da nicht vor fünf Jahren Hals über Kopf ausgestiegen. Das könnte für deine Theorie sprechen. Aber bevor wir uns in Spekulationen verkünsteln und Verhöre durchführen, wirst du den Totenschein vom Gesundheitsamt besorgen."

Das Gesundheitsamt war in einem hässlichen, wenig Vertrauen erweckenden Betonbau aus den frühen 60ern des letzten Jahrhunderts untergebracht. Der groß angelegte, weiß gekachelte Eingangsbereich war mit einem kränkelnden Philodendron geschmückt und strahlte eine kalte und ungemütliche Atmosphäre aus. Er gab einen repräsentativen Einblick in die nicht gelungenen architektonischen Auswüchse des 60er Jahre Stils. Die abgestandene Luft drinnen war kühler als draußen und roch, wie nicht anders zu erwarten, nach Putzmittel.
Da haben wir es in unserer Polizeidirektion ja noch ganz gut, dachte Sven, als er in dem Gebäude eine Art Schalter

entdeckte, der offenbar die Funktion einer Pforte oder eines Empfangs hatte. Er stellte sich vor und zeigte seinen Ausweis.

Die junge, blonde Frau hinter dem Schalter ersparte sich ein ‚Was kann ich für Sie tun?'. Stattdessen bekundete sie ihm, sein Anliegen vorzutragen, indem sie nickte. „Warten Sie bitte auf dem Flur."

Nach einer halben Stunde wurde Sven aufgerufen. Es war Sache des Amtsleiters, Einblick in den Totenschein von Frau Weigel zu gewähren. „So etwas hatte ich noch nie", raunzte er, ein Herr in den späten Fünfzigern, ein Dr. med. von Hülshoff-Beckmann, als er Sven in seinem Büro vorsprechen ließ. Passend zum altmodischen Baustil trug er einen weißen Arztkittel und ein großes antiquiertes Brillengestell im Gesicht. Der Raum war groß, wirkte jedoch leer. Es standen schmucklose Möbel herum, ein Schreibtisch, zwei Stühle und ein Aktenschrank.

Der Amtsleiter begab sich hinter seinen Schreibtisch und öffnete den verschlossenen Teil des Totenscheins, ja, Sven sah ganz richtig. Der verschlossene Teil des Totenscheins war bis jetzt völlig unberührt gewesen. Ja, gab es auch so was? Er konnte es nicht fassen. Traf man denn hier in diesem Landstrich nur unsympathische, alte Knacker, die meinten, beim Skatabend alles in ihrem Sinne und unter der Hand regeln zu können, und unfähige Provinzler wie diesen verdammten Amtsleiter hier? Eben kam es ihm so vor, als ob sich kaum ein Zeitgenosse, mit Ausnahme von ihm und Gundel, je noch pflichtbewusst um seinen Job kümmerte und auf eine einigermaßen anständige Weise das tat, was seine Aufgabe war.

„Sie wollen mir wohl nicht allen Ernstes rüber bringen, dass Sie dieses Dokument hier und heute und zum ersten Mal in seinem Inhalt zur Kenntnis nehmen?" fragte Sven ungläubig. „Ja, was denken Sie denn, wir haben hier einiges zu tun. Der offizielle Teil des Dokumentes ist völlig unauffällig. Meinen Sie, ich habe nichts Besseres zu tun, als meine freiberuflichen Kollegen zu kontrollieren?" zischte er eingeschnappt zurück. „Haben Sie noch nie etwas von Vertrauen gehört?"

Sven reagierte auf diese moralische Tour äußerst allergisch. Mit drohend zusammengekniffenen Augen fauchte er den

Amtsleiter gereizt an. „Glauben Sie eigentlich, dass dieser Teil des Totenscheins eine Art Beschäftigungstherapie sein soll? Oder ist Ihnen seine Bedeutung abhanden gekommen, weil Sie sich hier auf Ihrer Beamtenstelle gemütlich Ihren Hintern platt drücken?" „Seien Sie vorsichtig." „Sie haben keinen Zeugen. Und ich gebe Ihnen Recht, genug geplaudert. Was steht drin? Falls es sich herausstellt, dass Sie es unterlassen haben, trotz vorliegender Indizien aktiv zu werden, werden wir uns noch auseinander setzen, das verspreche ich Ihnen."

Mit weißem Gesicht und zusammengesunkenen Achseln studierte Herr Dr. med. von Hülshoff-Beckmann daraufhin verdruckst den Text.

„Na was jetzt?" drängte Sven ungemütlich. Die Miene des Amtsleiters hellte sich auf. Er gewann einen Teil seiner alten Selbstsicherheit zurück und verkündete wie selbstverständlich, dass die Todesursache in akutem Herz- und Nierenversagen bestanden hatte. Damit war er vorerst aus dem Schneider.

„Also, Sie sehen, alles ganz normal. Übliche Komplikation in dem Alter, in dem sich die alte Dame befand." „Kein Grund für eine Obduktion?" „Nein", behauptete er mit überlegenem Blick. „Wir brauchen keinen, der uns kontrolliert, merken Sie sich das. Wir wissen hier selbst, was wir zu tun haben. Sonst noch Fragen?" vermerkte er unterkühlt, passend zum Raum. Er wollte den Störenfried loswerden.

„Ja, genau. Da fällt mir noch was ein." Der Amtsleiter nahm den Kopf ein wenig zurück und presste die Lippen zusammen. „Übermitteln Sie eine Kopie des vollständigen Totenscheins an das Institut für Rechtsmedizin. Wir lassen die Leichenreste von Frau Weigel untersuchen und möchten einen direkten Abgleich." Daraufhin mutierte das Gesicht von Dr. von Hülshoff-Beckmann zu einer überheblichen, höhnischen Fratze, die nichts Gutes ahnen ließ. „Wie Sie wollen. Ich wünsche Ihnen viel Erfolg."

Sven stieg gereizt in sein Dienstfahrzeug. Verdammt, Kooperation zwischen Behörden schimpfte sich so was. Wieder im Büro, machte er als erstes seinem Ärger Luft. Mit verschränkten Armen an einem Aktenschrank lehnend, hörte Gundel zu, während er wütend im Zimmer auf und ab

ging und über seine jüngsten Erfahrungen abläserte. Es war lediglich der berühmte Tropfen, der das Fass zum überlaufen brachte. Die Mühseligkeit ihrer Fortschritte strapazierten jedoch nicht nur seine Nerven. Gundel hätte sich selber gerne bei irgendjemandem ausgekotzt, aber einer musste die Nerven behalten.
„Siehst du? So läuft es hier oft. Du hast manchmal das Gefühl, dass hier über allem ein großes, schwarzes Tuch liegt, und keiner daran interessiert ist, dass es weggezogen wird. Bei allem wird einem eingeredet, dass man vorsichtig sein muss, erst mal abwarten, nur keine vorschnellen Verdächtigungen. Als ob nicht zuviel gefragt oder herausgefunden werden darf. Man muss ziemlich aufpassen, nicht in einen Verfolgungswahn zu verfallen, wenn man versucht, dem Verhalten von bestimmten Personen eine Logik abzugewinnen. Manchmal habe ich das Gefühl, dass jeder mit jedem unter einer Decke steckt und jeder jeden vor etwas schützt. Manchmal frage ich mich, wie man hier überhaupt arbeiten kann. Und manchmal weiß ich nicht, was ich von bestimmten Leuten hier halten soll."
Sven begriff langsam, was Gundel ihm die ganze Zeit über mitteilen wollte.
„Du hast Recht. Was soll's. Wir müssen weitermachen. Falls hier in diesem Behördenwust wirklich irgendetwas grundlegend schief läuft, dann stehen wir sowieso unter scharfer Beobachtung, weil wir an der Fassade kratzen. Wenn wir einen Fehler machen oder uns Versäumnisse leisten, lassen die uns hochgehen, aber nicht mit einem großen Knall, sondern auf die stille, diskrete Art." Gundel nickte, Sven hatte kapiert. „Diejenigen mit dem meisten Dreck am Stecken haben logischerweise am ehesten ein Interesse, uns auflaufen zu lassen." „Das sehe ich auch so. Also, nicht aufregen, sondern weitermachen, wie du selber sagst. Heute Nachmittag wird die Leiche von Frau Weigel exhumiert, beziehungsweise das, was von ihr nach den Jahren noch übrig geblieben ist. Da sollten wir dabei sein."

Auf dem Tübinger Bergfriedhof war bereits ein kleiner Bagger zugange, als Gundel und Sven mit zwei weiteren Polizeibeamten im Schlepptau eintrafen. Sofort eilten sie zu der Grabungsstelle.

„Hören Sie sofort auf. Könnten Sie bitte warten, bis die Kollegen von der Rechtsmedizin eingetroffen sind?" herrschte Gundel den Baggerfahrer laut an. Bei Ignoranten ging es nicht anders, als sich mit harten Worten Respekt zu verschaffen. Eingeschnappt stellte er den Motor ab und stieg aus.
„Ist mir egal, wann Sie Feierabend haben. Das hier ist wichtiger."
Zum Glück kam schon das Fahrzeug um die Ecke, mit dem Frau Weigels Überbleibsel abtransportiert werden sollten.
„Gut. Machen Sie weiter", befahl Gundel. Der Mann stieg mit seiner abgebrannten Zigarette im Mundwinkel und kaum wahrnehmbaren Kopfschütteln wieder auf den Sitz und ließ den Dieselmotor an. Nur noch wenige Zentimeter Erde bedeckten den Sarg. Der rechtsmedizinische Gutachter stapfte zu ihnen an das Grab heran. „Bin mal gespannt, was noch übrig ist nach fünf Jahren. Der Zerfallsprozess hängt stark davon ab, wie feucht die Erde gewesen ist. Es hat ja immerhin recht stark geregnet die letzten Jahre."
Das wusste Gundel selber. Positiv war seine kommunikative Umgangsweise. Er wollte durch seine inhaltlich überflüssigen Erklärungen mit seinen Kollegen ins Gespräch kommen, das musste man ihm zugute halten.
Die Baggerschaufel traf auf morsches Holz. Es knarrte. Der Deckel der Holzkiste gab nach. Gundel wies den Baggerführer an, aufzuhören und mit einer kleinen Schaufel die Holzstücke vorsichtig auf die Seite zu räumen. Erdigmodriger Geruch verbreitete sich in der spätsommerlichen Luft und verdichtete sich zu einer ekligen Duftfahne. Gundel wedelte sich hin und wieder mit der Hand vor der Nase herum, weil sie fürchtete, dass ihr schlecht wurde. Sven machte Fotos fürs Protokoll. Die Assistenten der Rechtsmedizin stiegen mit Mundschutz und Handschuhen ausgerüstet in das Grab hinab und glaubten die Reste von Frau Weigel in ein Behältnis aus Metall zusammen. Es war sinnlos, den kompletten Sarg zu bergen, denn er wäre beim Herausschieven zerbröselt.
„Nach fünf Jahren kann man bei einer Leiche noch Knochen, Haut oder ähnlich harte Überreste vorfinden. Die weicheren Teile sind in der Regel bereits zerfallen, innere Organe und so. Alles, was an den weicheren Teilen zum

Tod geführt hat, können wir deshalb nicht mehr nachweisen. Grobe Verletzungen an Knochen dagegen schon", dozierte der Gutachter. Sven sah zu Gundel. Kennen wir bereits. Hatte er nichts Interessanteres zu erzählen? Gundels Lust auf eine Unterhaltung begann zu schwinden. Die Assistenten packten alles, was nach Leichenteil aussah, in den Metallbehälter. Mit den Händen in den Hosentaschen und hochgezogenen Schultern schlenderte Sven Richtung Auto und drehte sich fragend seiner Chefin zu. „Sollen wir gleich hinterher oder warten, bis Ergebnisse vorliegen?" „Lass uns gleich hinter her fahren, bevor da dran herumsortiert wird. Ich möchte die Leichenreste selber sehen und zwar möglichst im Originalzustand."

Im Bau der Rechtsmedizin, die der Universität der Stadt zugeordnet war, gab es mehrere Räume, deren Gestaltung – Decken, Wände und Fußböden waren gekachelt – unheilvoll an das örtliche Gesundheitsamt erinnerten. Sofort kam Sven Herr Dr. med. von Hülshoff-Beckmann, dieser fette Widerling, in den Sinn, und er musste sich heftig gegen negative Übertragungen auf die wenig vertrauten Kollegen hier zur Wehr setzen. Bloß keine negativen Erwartungen aufbauen, ermahnte er sich. Es war ja nicht erwiesen, dass alle in dieser Stadt unter derselben Decke steckten.

Ihr Gutachter begleitete sie in den Raum, in den die Assistenten die Reste von Frau Weigel gebracht hatten. Sie öffneten die Metallkiste und breiteten die Leichenstücke vorsichtig auf einem Seziertisch aus. „Mein Mitarbeiter hat veranlasst, dass das Gesundheitsamt den vollständigen Totenschein zur Verfügung stellt. Vielleicht ist das von vornehrein eine Hilfe bei der Suche nach Indizien", teilte Gundel ihm mit. „Ja, er ist bereits als Fax angekommen. Ging recht schnell. Sind wir von denen nicht gewohnt", gab der lapidar zurück. Er hatte eine Mappe dabei, in die das Fax eingelegt war. „Ich sehe mir das gleich mal an. Als Todesursache wird akutes Herzversagen in Kombination mit akutem Nierenversagen angegeben. Daraus ergibt sich natürlich kein direkter Hinweis auf mögliches Fremdverschulden." „Was heißt das für uns?" Sven runzelte die Stirn. „Will es mal so sagen. Bei dem, was von der Leiche noch übrig ist, können wir, wie bereits erwähnt, Hinweise auf Fremdeinwirken dann noch erkennen, wenn

man ihr beispielsweise den Schädel eingeschlagen oder bei einer Akut-OP Geräte im Bauchraum vergessen hat oder ähnliches. Alle Todesursachen, die möglicherweise die direkte Funktionsweise der weichen Teile betroffen haben, sind kaum mehr nachweisbar." „Sie denken an Medikamente oder Gift", kam ihm Gundel zuvor. „Ja." Er blickte in enttäuschte Gesichter, konnte als leidenschaftlicher Pathologe den Frust durchaus nachvollziehen. „Gift- oder Medikamententötungen hinterlassen zu unserem Leidwesen in der Regel je weniger Spuren, desto länger der Eintritt des Todes zurückliegt."
Der Rechtsmediziner nahm sich einen kleinen Haken und untersuchte die verwesten Teile an einigen Stellen, indem er den Haken einstach oder schwarze Stücke auf die Seite schob. Auf diese Weise inspizierte er zunächst oberflächliche alles, was dalag.
„Aus den Resten des Herzens oder dem, was einmal die Niere war, ist für sich genommen nicht viel ableitbar." Er legte die Untersuchungsinstrumente wieder auf die Seite.
„Eine kleine Hoffnung existiert allerdings noch." Gundel horchte auf. Komm, Junge, du bist doch eine Kapazität auf deinem Gebiet; zeig' mal, was du kannst. „Dann schießen Sie mal los. Ich kann es kaum erwarten." „Die Dame ist im Altenpflegeheim verstorben, stimmt's?" „Sagten wir doch schon." Svens Ungeduld war beinahe schmerzhaft, vor allem für die Umstehenden. Er trat von einem Fuß auf den anderen, als ob er dringend auf die Toilette musste, und verbreitete mit seinem unhöflichen Benehmen schlechte Laune.
Lass' den Mann gefälligst nachdenken. Gundel sah Sven strafend an und schoss ihn in Gedanken ohne Sauerstoffgerät auf den Mond, damit er so etwas nie wieder tat.
„Mein Mitarbeiter und ich stochern ziemlich im Nebel, Sie müssen uns entschuldigen, wenn wir etwas kurz angebunden sind", erklärte sie entschuldigend und lächelte den Pathologen an. „Verstehe, ist ja auch keine einfache Sachlage, vom pathologischen Standpunkt ausgesehen", fuhr er fort. „Mir fehlen natürlich noch Informationsquellen. Wichtig ist noch, was der ehemalige Hausarzt der Lady und

die Pflegedokumentation zu sagen haben. Erst daraus könnten Sie Indizien zusammen basteln."

Er bemerkte, dass Gruber unzufrieden war. „Gut. Ich will es Ihnen erklären", meinte er dann weiter und setzte zu einem komplizierten, wissenschaftlichen Vortrag an. „Akutes Herzversagen kann akutes Nierenversagen nach sich ziehen. Akutes Herzversagen und akutes Nierenversagen als Todesursache können, wenn wir von Fremdverschulden ausgehen würden, genauso gut von einer Überdosis an Medikamenten ausgelöst werden, die, sagen wir, unwissentlich oder aber absichtlich falsch verabreicht wurde. Manche Medikamente, die bei chronischen Herzbeschwerden verordnet werden, wirken nebenbei nephrotoxisch, das heißt, sie verursachen für sich genommen akutes Nierenversagen, während der Patient aufgrund der Überdosis an Substanz, die ihm paradoxerweise wegen seiner Herzbeschwerden injiziert wurde, schon mit einem schweren Herzanfall kämpft. Können Sie mir folgen?" Gruber nickte eifrig, was Gundel ärgerte, denn sie fand ihn heute unmöglich. Sie selber konnte den vielen Informationen kaum folgen. Sie begriff nur, dass der Pathologe sie auf einen höchst bedeutenden Zusammenhang hinwies.

Der Pathologe fuhr fort. „Ein denkbarer Wirkstoff, der hier in Frage kommt, stammt aus dem Fingerhut. Bei solchen Wirkstoffen, Herzglykoside genannt, beispielsweise Digoxin, liegen der therapeutische und der toxische Effekt sehr nahe bei einander. Es reichen geringe Überschreitungen der zuträglichen Mengen, um bei einem Menschen den Tod herbeizuführen. Wegen dieses Risikos sind diese Wirkstoffe nicht mehr sehr verbreitet. Die Frage, um zu klären, ob jemand von außen nachgeholfen hat, lautet: Was hat was ausgelöst? Hat ein auftretendes Herzversagen auf einem natürlichen Weg zu Nierenversagen geführt oder hat zuviel verabreichtes Digoxin das Herversagen und das Nierenversagen ausgelöst und die Patientin getötet? Alles auf den Punkt gebracht: Wenn Frau Weigel vorher keine auffälligen Nierenprobleme hatte, aber Herzprobleme, die mit Digoxin behandelt wurden, schließt der Totenschein Fremdverschulden nicht aus. Die nächste Frage wäre die nach der Absichtlichkeit. Aber das gehört nicht in meinen

Kompetenzbereich. Entschuldigen Sie bitte, wenn ich mich aus Versehen eingemischt habe." Ihm fiel die Gereiztheit des jungen Kommissars wieder auf, und er hatte nicht vor, sich unnötigen Ärger einzuhandeln.

Gundel hatte zwar aufmerksam zugehört, aber die Einzelheiten aus dem Blick verloren. Auf die Schnelle konnte sie sich nicht alles merken, was er eben erklärt hatte. Außerdem hatte sie berechtigte Zweifel, ob Sven das alles verstanden hatte. „Können Sie uns Ihre Stellungnahme schriftlich zukommen lassen? Das sind bedeutende Hinweise, die wir der Staatsanwaltschaft vorlegen können." „Langsam, langsam. Das waren jetzt mal Spekulationen. Ich will mich natürlich nicht zu weit aus dem Fenster lehnen", unterbrach er. „Besorgen Sie die anderen erforderlichen Informationen, sprich Hausarzt und Medikation im Pflegeheim, und wir werden sehen, ob meine Konstruktion für Sie als Spur taugt." Die warnenden Worte waren wohlwollend gemeint. Was allerdings jetzt schon klar war, war die Tatsache, dass es sich wenigstens mit dem Pathologen hervorragend zusammenarbeiten ließ, und das war in ihrer Situation von unschätzbarem Wert.

Mit einem schmalzigen „So, was haben wir denn bis jetzt herausgefunden?" erkundigte sich der Kriminalrat scheinheilig nach dem Stand der Ermittlungen in dem unleidigen Fall, den er schon lange als abgeschlossen und ‚aufgeklärt' betrachtet hatte. Aus seiner fachlichen Sicht war es absoluter Blödsinn, die Ermittlungen erneut aufzunehmen, um dasselbe Ergebnis wie vor Jahren zu reproduzieren. Das brachte er überdeutlich zum Ausdruck. Warum ein überengagierter Verwandter jetzt noch mal Anzeige erstattete? Und was das den Staat an überflüssigem Aufwand und an Steuergeldern kostete.
Das Bild, das er abgab, sein bigottes Schmunzeln in Kombination mit seinen fettglänzenden grauen Schmalzlocken und dem schreiend karierten Jackett in gelb und schwarz, das er heute trug, und das wirkte, als wäre es aus der Altkleidersammlung, war zum aus der Haut fahren. Gundel fiel auf seine falsche Freundlichkeit nicht herein. Das wenige Pulver jetzt schon zu verschießen, hielt sie für strategisch unklug. Sie entschied sich daher fürs Tiefstapeln, was beim gegenwärtigen Stand der Sachlage taktisch am

klügsten war. Ein paar Krumen sollten reichen, nicht zu kärglich, aber gerade so viele, wie nötig waren, dass er sie nicht von dem Fall abzog. Je weniger sie preisgab, desto weniger konnte er quer schießen. „Wir haben noch nicht alle Informationen erhoben. Der Kollege aus der Rechtsmedizin kann die Leichenteile erst auswerten, wenn uns die Pflegedokumentationen und die Vernehmungen der Zeugen, sprich dem damaligen Pflegepersonal, vorliegen." Geeignete Sätze, um Zeit zu gewinnen und um Genehmigungen zu erzwingen.

„So." Er begann, sich zu wiederholen. Mehr fiel ihm dazu nicht ein. Als ihm das selbst klar wurde, verzog er sein Gesicht. Es schien ihm nicht zu passen, dass der Pathologe ihnen Hoffnungen gemacht hatte. Also verlangte er von Gundel jeden zweiten Tag einen kurzen Zwischenbericht. Dabei sparte er nicht an herablassenden Gesten, bevor er mit betont aufrechtem Gang ihr Büro verließ. „Sie halten mich auf dem Laufenden, nicht wahr?"

Idiot, dachte Gundel abschätzig, als er die Berichterstattung anordnete.

Das war reine Schikane.

Die kritische Rückfrage, warum das denn nun nötig sei, ersparte sie sich, denn damit hätte sie ihm eine Steilvorlage geliefert, seine Chefposition umso mehr heraus zu kehren. Formal hatte er das Recht auf solche Berichte, die jedoch kein verantwortungsbewusster Vorgesetzter von seinen Mitarbeitern einforderte, wenn er auf ein gutes Klima der Zusammenarbeit Wert legte und ihnen vertraute. Mit einem betont freundlichen „Wie Sie wünschen." signalisierte sie ihm, dass das Gespräch für sie beendet war, denn ihm fielen nun wirklich keine Fragen mehr ein, obwohl es für verantwortungsvolle Vorgesetzte durchaus Fragen gegeben hätte. Vielleicht war er früher wirklich in einen schmutzigen Interessenkonflikt verwickelt? Manchmal wusste Gundel nicht, in welchem Fall sie tatsächlich ermittelte.

11. Beharrlichkeit zahlt sich aus
 Bei ihren abendlichen Unterhaltungen klammerte Torsten das Thema Kriminalrat seit geraumer Zeit ganz aus. Wenn Gundel zu Jammertiraden über ihn ansetzte, war der Abend meistens gelaufen.
Und es kam nichts dabei heraus.
„Ich kann sehr gut verstehen, wie gerne du ihm an den Karren fahren würdest. Der Kerl ist eine Zumutung, das sehe ich wie du. Was du von den anderen erzählst, ist allerdings auch nicht ermutigender." Er meinte den Geschäftsführer des Petrusstifts und den Leiter des Gesundheitsamtes. „Drei korrupte Kotzbrocken in leitenden Positionen. Ist das nicht traurig? Manchmal muss man sich schon wundern, dass in diesem Land überhaupt etwas funktioniert." In diesem Aspekt konnte er seiner Frau vorbehaltlos zustimmen.
Die Bestätigung kam jedoch in den meisten Fällen nicht an. Gundel war der Meinung, dass Torsten nicht wirklich mitsprechen konnte, weil ihm die Erfahrung dazu fehlte. „Erst wenn du dich tagtäglich mit solchen Typen herumschlägst, weißt du wirklich, wie zermürbend das ist. Gruber geht es genauso. Ohne ihn hätte ich längst aufgegeben."
Torsten hatte in solchen Situationen manchmal den Eindruck, dass sich zwischen ihnen beiden eine tiefe, unüberbrückbare Kluft auftat. Gundel, die ihm dann weit weg vorkam, nahm es ihm häufig nicht ab, dass er sie verstand. Er blieb in seinen Versuchen eben meistens abstrakt und theoretisch. Dabei gab er sich die größte Mühe bei seinen Ausführungen. „Auf der anderen Seite, wenn man seiner Fantasie mal freien Lauf lässt, ist es vorstellbar, dass sich im Zuge eurer Recherchen noch Abgründe auftun, von denen wir nicht im Entferntesten was ahnen. Abgründe, die existieren, von denen wir nichts erfahren, wenn ihr nichts heraus bekommt. In diesen absolut unglücklichsten Fall bleiben Leute, die keinerlei Empfinden für ihre eigenen kriminellen Handlungen haben, völlig unbehelligt. Es sind nicht allein die grausigen Vorstellungen über Verbrechen, sondern die Unerträglichkeit, dass Charakterschweine mit ihren Machenschaften durchkommen, weil sie es mit ihrer popeligen Hausmacht durchsetzen können."

„Hör bitte auf. Was du da sagst, treibt meine Stimmung noch tiefer in den Keller", schimpfte Gundel, der die ethisch-moralischen Betrachtungen ihres Gatten nicht weiter halfen. „Das weiß ich alles selber. Mit dem Unterschied, dass ich mir den reinen Luxus theoretischer Reflexionen nicht leisten kann." Gundel war frustriert wie nie. Jetzt tat es ihm leid, was er gesagt hatte. Reuig nahm er sich vor, sich mehr als bisher zurückzuhalten, denn sie hatte wirklich einen Scheiß-Job. „Entschuldige, aber deine Erzählungen belasten mich genauso. Und ich weiß nicht, wie ich mit ihnen umgehen soll. Ich würde dir so gerne helfen." „Dann geh' morgen für mich zur Arbeit."
Lustiger Joke. Die verdammte Polizeiarbeit drückte auf ihre Beziehung. Schlecht gelaunt hing Gundel im Sessel und nippte lustlos an ihrem Weinglas.

Nach einiger Zeit klingelte es an der Haustür. Die beiden sahen sich überrascht an. Wer konnte das sein? „Erwartest du jemanden?"
Torsten war froh, dass Franz auf einen spontanen und unangekündigten Besuch herein schneite, denn ansonsten hätte es an diesem Abend in der aufgeheizten Atmosphäre einen deftigen Krach zwischen den beiden gegeben. Und beide hätten sich dafür am nächsten Morgen verflucht, aber erst nachdem jeder für sich das Haus verlassen hatte.
„Ich hoffe, ich störe nicht." Franz registrierte ein gewisses Knistern in der Luft, ließ sich dann auf das Sofa nieder, als beide ihn zum Bleiben aufforderten und ihm ein Weinglas in die Hand drückten. Wahrscheinlich bin ich gerade richtig und werde als Eheberater gebraucht, hoffte er insgeheim, denn er war ein Mensch, der sich im Angesicht der Krise, im Auge des Orkans pudelwohl fühlte. Deshalb stattete er seinen Freunden heute Abend auch den Besuch ab. Gundels Ausführungen zu den Patiententötungen hatten ihn fasziniert und nicht mehr losgelassen. Dass er sich bei dieser Gelegenheit eventuell nebenbei – als Draufgabe sozusagen – als neutrale Person und Vermittler in einem Konflikt nützlich machen konnte, freute ihn. Franz freute sich allerdings etwas zu früh, denn Gundel und Torsten vertuschten ihre Spannungen vor ihm und schenkten ihm ihre ungeteilte Aufmerksamkeit.

„Bei was für einer Unterhaltung habe ich euch denn gerade unterbrochen?" erkundigte er sich. „Och, nichts Wichtiges. Wir sind einfach so da gesessen."

„Hast du einen stressigen Tag gehabt?" wandte er sich an Gundel, die eindeutig erschöpfter wirkte als Torsten. Er war sich noch nicht darüber im Klaren, wie er am Geschicktesten auf das Thema, weswegen er hier war, überleiten sollte, ohne zu aufdringlich zu wirken.

„Geht so." „Wie war's bei dir?" warf Torsten dazwischen, damit seine Frau ihre Ruhe hatte. „Nichts Aufregendes."

Genau darin bestand sein Problem. Ihm fehlten die Abenteuer, von denen er glaubte, dass Gundel sie erlebte. „Meine Themen sind längst nicht so spannend wie die bei der Polizei, vor allem, wenn es um Mord und Todschlag geht." „Die Arbeit bei der Polizei ist nicht spannend, sondern anstrengend und nervig", stellte Gundel kurz angebunden richtig.

Experiment fehlgeschlagen.

Franz sah ein, dass sein mickriger Annäherungsversuch gescheitert war. Er nippte am Weinglas. Als es leer war, schenkte Torsten nach.

„Ich fand deine Schilderungen nach unserem letzten Abendessen sehr spannend, Gundel. Ich habe auch einige Zeit darüber nachgedacht, ob ich als Wissenschaftler aus der Sicht meines Faches mit dem Thema etwas anfange. Mir ist aber nichts eingefallen. Das heißt, mir fehlt die zündende Idee." „Ich finde das Thema ist eher für Kriminalpsychologen geeignet. Und auch nur dann, wenn wir sicher wissen, dass Straftaten vorliegen und wer der Täter ist. Aber dann ist der Fall gelöst, und es geht um Erklärungen, wie es zu der Tat kommen konnte. Das Motiv kann erst richtig verstanden werden, wenn das alles bekannt ist, sprich wenn Beweise vorliegen. Unsere Arbeit ist damit aber vorbei." Sie ärgerte sich über das falsche Bild, das Franz von ihrer Arbeit kultivierte. „Die wirklich interessanten Themenaspekte bearbeiten andere. Wir machen nur die Drecksarbeit." Das Thema war für Franz mit dieser abweisenden Bemerkung Gundels allerdings nicht erledigt. Im Gegenteil. Hartnäckig bohrte er weiter. Auf ihn wirkte Gundel sehr kompetent und in diesem Zusammenhang ausgesprochen erotisch. Aufmerksam hörte er ihren Bemerkungen zu, während er auf Torsten neidisch war. Zu gerne hätte er seinen Platz eingenommen.

Gundel schlussfolgerte aus der naiven Redseligkeit ihres spontanen Gastes, dass Ulf nichts von seiner Anzeige erzählt hatte, und das war gut so. Alle konkreten Einzelheiten, die auf ihre polizeilichen Aktivitäten in Bezug auf das Petrusstift nach außen in die Öffentlichkeit drangen, waren dazu geeignet, potentielle Zeugen oder gar Täter zur Verwischung von Spuren und Beweismaterial zu veranlassen. Und bei Franz war sie sich in Bezug auf seine Zuverlässigkeit in Sachen Verschwiegenheit nicht so sicher. Alles, was man ihm erzählte, konnte schnell die Runde machen. Sie hatte noch nicht durchschaut, weshalb er heute Abend gekommen war. Das Anliegen seines Überraschungsbesuchs klang ihr ein wenig aufgesetzt. Seine Zugewandtheit jedoch tat ihr gut, und trotz allem war er ein netter Kerl, bestens geeignet für angeregte Unterhaltungen, die sich aber nach einer guten dreiviertel Stunde angesichts der allgegenwärtigen Müdigkeit und des fortgeschrittenen Abends dennoch tot gelaufen hatte.

Gähnend steckte Gundel mit ihrer Schläfrigkeit die beiden Männer an. Franz sah ein, dass es Zeit war, sich zu verabschieden, und brach zum Nachhausegehen auf. Ohne die vorhergehenden Kabbeleien mit Torsten fortsetzen, erklärte Gundel, unverzüglich schlafen zu gehen. „Ich komme auch gleich", fügte er an.

Aus dem ‚gleich' wurde eine Stunde, in der er grübelnd im Sessel sitzen blieb und vergeblich darüber nachdachte, was zwischen ihm und Gundel derzeit nicht stimmte. Was ihn störte, war der Eindruck, dass sie sich heute Abend mit Franz besser verstanden hatte als mit ihm.

Das Treffen mit Ullrich Pfleiderer, dem Pflegedienstleiter des Petrusstifts, fand in dessen Büro statt. Zuvor hatte er mit seinem Geschäftsführer anhand der vorhandenen Akten penibel nachvollzogen, wie sich der Pflegefall Karla Weigel in den Unterlagen abbildete. Daher konnte Pfleiderer Oberkommissarin Tenneberg und Hauptkommissar Gruber einigermaßen gelassen empfangen. Mit seinen circa fünfundvierzig Jahren, etwas dicklich, wirkte er wie ein knabenhaftes Bürschchen mit Milchbubigesicht und gab bei seinen Auskünften zu seinen

privaten Verhältnissen den Familienstand ledig und allein lebend an. Ständig fingerte er an irgendetwas herum und lächelte dabei ein künstliches Dauerlächeln, das abstoßend und zugleich devot wirkte.
Die Unterlagen dagegen sahen auf den allerersten Blick einwandfrei aus.
Während er mit ihnen sprach, rieb er sich in regelmäßigen Abständen nervös die dicken Hände und spreizte dabei gelegentlich den kleinen Finger der linken Hand ab, an dem er einen kitschigen dicken Goldring mit folkloristischen Mustern und einem Stein trug. Ansonsten schmückte er sich mit der in Pflegeheimen gebräuchliche weiße Berufsbekleidung.
Nach den üblichen einführenden Erläuterungen kam die Oberkommissarin sofort zur Sache. Bestimmt hatte es sich im ganzen Petrusstift bereits herumgesprochen, dass Polizei im Haus war. „Nein, da täuschen Sie sich. Unser Geschäftsführer hat bisher ausschließlich mich informiert. Die Angelegenheit wird sich schnell erledigt haben. Warum sollen wir darum herum ein großes Tamtam veranstalten?"
„Gut, dann stürzen wir uns ins Getümmel. Zeigen Sie uns die Unterlagen und erläutern Sie uns gegebenenfalls bitte die verwendeten Fachbegriffe."
Anhand der Unterlagen stellte Pfleiderer die Abläufe bei Frau Weigel über den gesamten Pflegezeitraum auf der Grundlage ausreichend vorhandener Eintragungen stimmig und lückenlos dar.
„Einschränkend muss ich Ihnen, um von Anfang an Missverständnissen vorzubeugen, mitteilen, dass ich mit Ihnen allenfalls die Unterlagen über Frau Weigel durchgehen kann. Die Unterlagen von allen Bewohnern der ganzen Station, das heißt, von denen, die kurz vor oder nach Frau Weigel verstorben sind, durchzugehen, würde völlig den Rahmen für unser heutiges Gespräch sprengen. Zudem beziehen sich Ihre richterlichen Genehmigungen, wenn ich korrekt informiert bin, so wie so nur auf Frau Weigel und nicht auf andere Bewohner", erklärte er trocken.
Die hatten sich gut vorbereitet. Keine zufälligen Spontaneinblicke in weitere Schriftstücke. Schade.
Pfleiderer nahm mit Genugtuung zur Kenntnis, dass den beiden Ermittlern keine Gegenrede einfiel. Er legte nach.

„Warum haben Sie die Unterlagen nicht schon vor fünf Jahren eingesehen. Da waren Sie doch schon mal hier, Frau Oberkommissarin Tenneberg?" bemerkte er ironisch. Die Feindseligkeiten lagen nun offen zutage.

„Hätte ich sollen?"

„Na ja, Sie hätten in dem anderen Todesfall genauso wenig gefunden wie bei dem, um den es heute geht. Ihr heutiger Aufwand wäre Ihnen erspart geblieben, verstehen Sie?" Er grinste und faltete selbstzufrieden die Hände. Er schien es zu genießen, Gundel zu ärgern.

„Es ist nicht Ihre Aufgabe, meine Arbeit beurteilen, das kann ich selbst. Sie brauchen nicht zu meinen, dass das nötig ist, bloß weil wir Ihnen auf die Finger schauen", warf sie ihm böse entgegen. „Ich darf Sie höflichst bitten, zur Sache zu kommen und reibungsloser mitzuarbeiten. Oder haben Sie vielleicht doch etwas zu verbergen?" „Ich warne Sie vor verfrühten oder unfundierten Verdächtigungen. Sie befinden sich schließlich an der Achillessehne einer jeden Pflegeeinrichtung, damit Ihnen das klar ist. Da dürfen Sie von unserer Seite aus mit Empfindlichkeiten und Widerstand rechnen", konterte er und reckte sich dabei auf, um Eindruck zu machen.

„Was meinen Sie mit Achillessehne einer jeden Pflegeeinrichtung?" hakte Sven nach. „Die Gerüchte in der Öffentlichkeit, die zwangsläufig entstehen, wenn bekannt wird, dass die Polizei bei uns herumschnüffelt. Sonst nichts."

„Dann sollten Sie im Vorfeld alles unternehmen, solche Schnüffeleien zu vermeiden. Es liegt an Ihnen, mit Ihren Bewohnern so umzugehen, dass bei allen Beteiligten Verdachtsmomente erst gar nicht aufkommen."

„Es existieren keine Verdachtsmomente." Er wurde lauter.

„Und übrigens, was haben denn die beiden Todesfälle miteinander zu tun? Warum stellen Sie eine Verbindung her?" Gut, dass Gundel Sven dabei hatte. Geistesgegenwärtig hatte er einen interessanten Punkt aufgegriffen. Hatte sich Pfleiderer etwa verplappert? Mit Mühe kämpfte er darum, die Oberhand zu behalten und nicht in die Defensive zu geraten, aber er war dabei, ins Schwimmen zu kommen und damit in Gefahr, Dinge von

sich zu geben, die einen Verdacht gegen das Pflegeheim und ihn eher nährten als verringerten.
Gundel war von ihrem Mitarbeiter begeistert.
Nichtsdestotrotz steuerte sie auf die Faktenlage zurück.
„Kommen wir mal ganz konkret zu Karla Weigel. Was genau ist vor fünf Jahren passiert? Woran ist sie zu Tode gekommen?"
Pfleiderer, dessen Kopf inzwischen knallrot angelaufen war, blätterte unwillig in seinen Papieren. „Frau Weigel ist an Herzversagen verstorben, und zwar am 15.9. vor fast genau fünf Jahren", behauptete er. „Wer hat das bescheinigt?" „Der Allgemeinarzt, der damals die gesamte Station medizinisch betreute." „Herzversagen, sagen Sie? Noch was?" Er ließ sich alles aus der Nase ziehen. „Nein, hier steht noch Nierenversagen. Das kommt bei alten Leuten nicht selten in Kombination vor."
„Was hatte die alte Dame denn für Beschwerden, weswegen wurde sie vom Arzt behandelt?"
„Wegen chronischen Herzbeschwerden natürlich. Frau Weigel war zusätzlich Demenz krank. Das war der Grund, weshalb sie die Angehörigen nicht zu Hause pflegen konnten", erklärte er mit herablassender Selbstverständlichkeit.
„Sie hatte Alzheimer in einem weit fortgeschrittenen Stadium, wie viele Bewohner hier, schwer verwirrt, entsprechende Pflegestufe." „Na und? Was heißt das, und wie lange lebte sie im Petrusstift, bis sie starb?" „Ungefähr drei Wochen, ja, sie verstarb nach drei Wochen. Freilich, sie war erst kurz hier, aber sie war als schwer pflegebedürftig eingestuft, war daher in ihrem Allgemeinzustand angeschlagen. Zudem ist für viele alte Menschen der Umzug in ein Pflegeheim ein so einschneidendes Ereignis, dass manche aufgeben. Das kann den Tod nach sich ziehen", begründete er weiter und blickte aus dem Fenster hinaus, als ob es draußen etwas Wichtigeres gab, als diese Unterredung in seinem Dienstzimmer.

„Der Arzt, der damals die Station betreute, war also gar nicht der frühere Hausarzt von Frau Weigel?" Pfleiderer schüttelte den Kopf. „Nein. Wir haben hier einen Ansprechpartner für die gesamte Station. Das ist für die Ärzte insgesamt betrachtet wirtschaftlicher." Damit waren

sie am springenden Punkt angekommen. „Geben Sie uns noch eine Kopie von der Pflegedokumentation mit. Wir werden sie mit einem Sachverständigen durchsehen und uns wieder bei Ihnen melden."
Mit betonten Schritten bewegte sich Pfleiderer aus dem Büro, um einige Minuten später mit den geforderten Kopien zu erscheinen, für die er seltsam lange gebraucht hatte. „Sie unterschreiben mir hier, dass Sie die Unterlagen erhalten haben", verlangte er schnippisch. „Rechnen Sie damit, dass wir, wenn wir alles ausgewertet haben, zu einer zweiten Runde auf der Polizeidienststelle einladen. Dort werden wir alles endgültig zu Protokoll nehmen. Vielen Dank für heute." Gundel schloss das Gespräch freundlich ab, stand auf und war dabei, den Raum zu verlassen.
Erst als Sven die Türklinke in die Hand nahm, drehte sie sich beim Hinausgehen um. „Halt, fast hätte ich es vergessen: Stellen Sie eine Liste der Pflegekräfte zusammen, die in der Zeit von Frau Weigel Dienst hatten. Ich möchte eine Aufstellung von Ihnen mit Adressen oder gegebenenfalls Uhrzeiten, wann wir sie hier antreffen. Ich möchte die Mitteilung sobald als möglich auf meinem Schreibtisch haben. Wir werden mit den Leuten Kontakt aufnehmen und erwarten, dass Sie uns für die ersten Vernehmungen Ihr Büro zur Verfügung stellen. Oder ist es Ihnen Recht, wenn die Besucher draußen auf dem Flur interessante Gesprächsfetzen aufschnappen, die dem Ruf des Petrusstift sicher alles andere als dienlich sind?" Bevor Pfleiderer zu einem neuen Gegenanlauf über verletzte Verschwiegenheit ansetzte, kam ihm Sven zuvor. „Übrigens, hübscher Ring. Ist der echt?" Ohne die Antwort abzuwarten, verschwanden sie. Sie ließen einen perplexen Pflegedienstleiter zurück, der nicht mehr wusste, wo rechts und links war.

Gundel schlug vor, unterwegs eine Pause zu machen und einen Kaffee zu trinken. „Ich muss mich erst mal neu sortieren. Rück' du zuerst raus mit deiner Einschätzung, egal, wie verrückt sie ist." Die Pause entwickelte sich zur Dienstbesprechung mit höchst persönlichen Anteilen.
„Du legst also Wert auf die brillanten, eventuell verrückten Reflexionen deines einzigen brauchbaren Mitarbeiters. Na gut. Seltsamer Kauz, dieser Pfleiderer. Für mich eigentlich

überhaupt nicht einschätzbar. Auf der einen Seite ist es ja verständlich, unter welchem Druck er steht. Wer weiß, ob ich mich nicht genauso hitzköpfig aufführen würde. Nebenbei bemerkt, passt der mit seiner Mentalität super zu seinem Chef." „Der war vor fünf Jahren genauso drauf, hat sich nicht besonders verändert. Ich würde vermuten, dass die beiden ausschließlich dann ‚harmonieren', wenn Pfleiderer nach dem Motto ‚nach oben buckeln – nach unten treten' funktioniert. Der Geschäftsführer lässt sich bestimmt keine Wutanfälle von seinem Pflegedienstleiter gefallen." „Du meinst, der trägt so eine bizarre masochistische Ader in seinem tiefsten Inneren, die er sadistisch an seinen Untergebenen auslebt?" Sven amüsierte sich darüber, dass er mit seinen tiefsinnigen psychologischen Interpretationen seiner Chefin Konkurrenz machte. „Dass er beruflich im sozialen Bereich gelandet ist, könnte dazu passen", ergänzte er frech. „Hör mal zu, mein Lieber. Masochisten triffst du nicht nur in sozialen Berufen. Brauchst dich bloß mal in deinem eigenen beruflichen Umfeld umzusehen."
Das merkwürdige Treffen mit Pfleiderer hatte kein direkt verwertbares Ergebnis erbracht, bis auf die Sache mit den verschiedenen Ärzten. Aber das war immerhin was, und Gundels gute Laune befähigte sie zu erstaunlich souveräner Selbstironie. Trotzdem ignorierte Sven ihre Bemerkung lieber. Wer weiß, wie leicht die positive Stimmung seiner Chefin zu erschüttern war. Er musste schmunzeln, weil er wusste, dass er der Grund für ihre gute Laune war, und knüpfte lieber an dem ernsthaften Teil ihrer Auswertung an.
„Wenn ich mich richtig erinnere, schlossen die Analysen zu seriellen Patiententötungen Sadismus als Motiv eher aus. Im Gegenteil. Wenn du dich an den Artikel erinnerst, die Täter meinten es gut mit ihren Opfern und wollten ihr Leiden beenden. Sie wollten ihnen eigentlich helfen. Darin liegt das Perverse. Auch die Tötungsmethoden passen nicht zu Sadismus. Pfleiderers Persönlichkeit, beziehungsweise das, was wir von ihr erlebt haben, passt nicht zu sadistischen Straftaten. Apropos Straftaten. Irgendwie hatte ich durch ihn eine Art Déjà-vu-Erlebnis. Er hat mich an jemanden erinnert, ich weiß nur nicht, an wen und in welchem Zusammenhang. Könnte unbedeutend sein, denn es gibt immer Leute, die einen an irgendjemanden erinnern."

„Hat es etwas mit dem Ring zu tun?"
Gundel interessierte es nun, warum er dem Ring eine derart starke Beachtung geschenkt hatte. Sie nahm zunächst an, Sven habe Pfleiderer lediglich ärgern wollen.
„Der Ring war auffällig. Vor allem, Männer, die fette Goldringe an kleinen Finger tragen, sind die nicht geschmacklos? Das passt doch überhaupt nicht zum sozialen Bereich. Da zieht doch kaum einer so einen Ring an. Rein assoziativ fällt mir dazu das Zuhältermilieu ein."
Nun ging Svens Kreativität Gundel doch eine Spur zu weit. „So war das nicht gemeint mit der Einladung zu den verrückten Interpretationen. Jetzt heb' mal nicht ab."
„Du wolltest sie hören!" Sven schüttelte den Kopf. Da sollte einer wissen, was die Frauen wollten. „Gut, ich nehme alles zurück." Gundel gab sich großzügig, um Sven nicht zu verärgern. „Ich würde vorschlagen, wir statten als nächstes unserem Kollegen aus der Gerichtsmedizin einen Besuch ab und fragen ihn, was er von den Eintragungen in der Pflegedokumentation hält. Und die Namen der eingeteilten Pflegekräfte nicht vergessen." „Schau ich in der Dienststelle gleich nach."

Eilig verließen sie das Café und fuhren unverzüglich ins Büro, um die Unterlagen zu sichten. Sven traf beinahe der Schlag.
„Gundel, was meinst du, von wem die Eintragungen vom Todestag von Frau Weigel und von den Tagen davor stammen?"
„Ich hätte einen Vorschlag, aber ich traue mich kaum, ihn zu denken…"
„Richtig, von unserer lieben Frau Schaufler! Von ihr stammen die Eintragungen vom Todestag von Frau Weigel und von den Tagen davor."
Gundel war ganz aus dem Häuschen. In ihrem Inneren vollführte sie Freudensprünge. Womöglich waren sie auf einen Ansatzpunkt gestoßen, von dem aus sich Verbindungen zwischen Informationen ergaben, die endlich ihre ungelösten Fragen beantworteten. „Wir müssen sofort in die Rechtsmedizin. Los!" befahl sie, bevor Sven ihre Euphorie in ein realistisches Format bringen konnte.

„Tatsächlich. Die haben die Herzprobleme der Patienten allen Ernstes mit Digoxin behandelt." Der Pathologe

blätterte in den Unterlagen und versuchte, aus den Einzelinformationen so gut es ging, auf die Schnelle Zusammenhänge zu rekonstruieren. Er holte sich einen dicken Wälzer über Medikamente, Wirkstoffe und Dosierungen und begann, darin zu blättern.
„Die Angaben sind vollständig. Es sind Daten über Gewicht, Flüssigkeitsgaben und ausgeschiedene Urinmengen aufgeführt. Das Verhältnis zwischen Digoxindosis und Körpergewicht ist in Ordnung. Aus den Informationen über die ausgeschiedenen Urinmengen kann man nicht schließen, dass ihre Nieren kurz vor dem Kollaps standen." „Das bedeutet, wenn ich es richtig verstanden habe, dass die Unterlagen als Beweismaterial ungeeignet sind?" „Als Beweismaterial für ein Verbrechen, wenn Sie das meinen? Ja. Dazu reicht es meines Erachtens nicht aus. Zu wenige Indizien. An den Leichenteilen selbst kann ich keine Vergiftungsspuren mehr nachweisen. Das hatten wir ja nicht anders erwartet. Die Röntgenbilder der Knochen zeigen nicht Unnormales."
Gundel kam sich vor, wie ein dummes kleines Kind, das es hätte besser wissen können und dem gerade eben der Glaube an den Osterhasen genommen wurde. „Also stehen wir wieder an dem Punkt, dass wir die Ermittlungen einstellen müssen, und zwar ohne Ergebnis."
Kein Anlass, Frau Schaufler ordnungsgemäß zu verhören. „Das kann leider sein", meinte der Pathologe, ohne von Gundels Problem recht berührt zu sein. „Denken Sie denn selbst, dass es sich um ein Verbrechen handelt?" wollte er wissen. Irgendwie konnte er nicht nachvollziehen, was die beiden Ermittler bewegte. „Wir haben keine handfesten Indizien oder Beweise für das Gegenteil", wandte sie dünnhäutig ein. „Das einzige, was wir haben, ist die Strafanzeige, der wir nachgehen müssen."
Beinahe wäre ihr das Wort ‚dürfen' herausgerutscht, als ob sie sich für ihre Arbeit hätte entschuldigen müssen. „Das klingt nicht besonders überzeugt", entgegnete er emotionslos.
„Wie steht es mit Ihnen? Haben Sie einen Tipp, wie die Ermittlungen weiter gehen könnten?" Sven war der Meinung, dass man vom Pathologen ruhig etwas mehr verlangen sollte. Oder war der mit seinen Gedanken etwa

schon im Wochenende? „Wenn Sie uns alles mitteilen, was Ihnen beim Durchgehen der Pflegedokumentation einfällt, wäre das für uns von größter Wichtigkeit. Schließlich sind wir keine Mediziner", erinnerte er ihn.
„Natürlich, dafür bin ich ja da." So einfach war das, wenn man nicht wie Gundel, mit den Nerven am Ende war und jeden Moment in der Gefahr stand zu kapitulieren.
„Der Arzt, der für die Station zuständig war, ist eine interessante Informationsquelle. Wichtige Fragen sind: Welche Menge Digoxin hat er verordnet? Deckt sich das mit den Mengen in den Notizen oder war es vielleicht ein bisschen mehr? Und wenn ja, sollten wir uns fragen, wo das Zeug hingekommen sein kann? Das sind Punkte, die mir spontan einfallen, wenn wir mal davon ausgehen, dass auf unserer Erde nicht lauter Unschuldslämmer herum laufen."
Geht doch, dachte Sven und nickte ihm zu. „Danke für den Hinweis. Falls sich etwas ergibt, kommen wir wieder auf Sie zu." „Gerne." Dass man aber auch jedem, wirklich jedem sagen musste, was er zu tun hatte. Nichts ging von alleine.

Das nächste Hürde war der lästige Zwischenbericht an den Kriminalrat. Der stellte für Gundel zweifellos der Horror dar. Antreten zum Rapport. Sven war bereit, mitzukommen, unter der Bedingung, dass ihm der größte Teil der Berichterstattung zufiel, auch wenn es für Gundels Selbstdarstellung nicht von Vorteil war.
So hockten sie alsbald in seinem Büro und versuchten, das Wenige, was sie vorzuweisen hatten - und das war herzlich wenig - möglichst gut zu präsentieren. Er saß zurück gelehnt und lauernd hinter seinem Schreibtisch und wippte nervös mit den Beinen. Zu allem Überfluss trug er heute wieder das bedrohlich aussehende schwarz-gelbe Jackett, und Gundel fragte sich, ob da System dahinter steckte. Vielleicht war das eine Form von psychologischer Kriegsführung. Sven stellte das für sie Wesentliche von Anfang an in den Mittelpunkt.
„In der Gerichtsmedizin wird ein Verbrechen nicht ausgeschlossen", betonte er. Das war natürlich eine riskante Schönfärberei. „Die Pflegeunterlagen können wir erst beurteilen, wenn uns von dem zuständigen Allgemeinarzt Nachweise über die verschriebenen Medikamente und deren

Mengen vorliegen. Die Verhöre des Pflegepersonals stehen ebenso noch aus."

„Deutet sich eine konkrete Spur an, ein Verdacht?"

„Für einen konkreten Verdacht haben wir derzeit zu wenig Beweismaterial. Wir haben aber auch noch nicht alle Informationsquellen ausgeschöpft und ausgewertet. Das heißt, wir brauchen noch ein bisschen Zeit. Tja, so sieht es aus." Sven versuchte, locker und souverän zu bleiben. Der Kriminalrat hatte noch keinen triftigen Grund, die Ermittlungen einzustellen. Die Fakten, die Sven vorgelegt hatte, nötigten ihn sogar dazu, den Fall zunächst weiter laufen zu lassen.

Unwirsch wandte er sein Gesicht ab und fing an, mit der Wand zu reden. Das ganze Thema nervte ihn unsäglich.

„Lassen wir das mit den zweitägigen Berichten. Wenn Sie bis in zwei Wochen nichts Konkretes herausgefunden haben, klappen wir die Akte zusammen und räumen sie weg. Sie machen sich ja lächerlich, und mich mit dazu." Sein Plan war, die Akte bereits in dieser Besprechung zu schließen, und er war sauer, dass sich das ganze noch einige Tage hinaus zögerte. Nebenbei hatte er offenbar keine Lust, sich jeden zweiten Tag eine derartige Dienstbesprechung zu geben. Augen zu und durch, schien seine neueste Umgangsweise zu lauten. Er ging wohl davon aus, dass sie funktionierte, denn bei dem Informationsstand grenzte es aus seiner Sicht an ein Wunder, wenn Tenneberg und Gruber weiterkamen. Gleichzeitig konnte man ihm keine Behinderung von Ermittlungsarbeit vorwerfen. Und darauf legte er gesonderten Wert.

„Ganz schön krass, was der sich raus nimmt. Der glaubt doch sicher, dass er uns sehenden Auges ins offene Messer rennen lässt", stellte Sven hinterher ernüchtert fest. „Ja. Wenn es dem nicht hundertprozentig in den Kram passt, lässt er dich auf Granit beißen, ohne jeden Skrupel. Und dann zieht er sein Ding durch und muss sich dabei nicht einmal anstrengen. Der Kerl ist gnadenlos." „Und er sorgt dafür, dass es bei Fehlern nicht ihn trifft, sondern seine Untergebenen. Sauerei", raunzte Sven empört. „Genau so ist es."

Gundel hatte schwarze Ringe unter den Augen und sah heute sehr müde aus. Seit ein paar Tagen war sie sehr gereizt und unglaublich empfindlich.

„Nun hast du es selbst erlebt, wie es läuft.
Sven, ich bin mit den Nerven völlig fertig. Ich habe beschlossen, mir ein paar Tage frei zu nehmen", teilte sie ihm mit, ohne Rücksicht darauf zu nehmen, dass ihm das überhaupt nicht recht war. „Ich brauche eine kleine Auszeit. Es ist auch für dich von Vorteil, wenn ich dann wieder reibungsloser funktioniere. In meinem jetzigen Zustand bin ich nicht hilfreich."

Gundel hatte schon vor der Besprechung hinter Svens Rücken die zwei freien Tage beim Kriminalrat beantragt und genehmigt bekommen. Er hatte selbstverständlich keine Schwierigkeiten gemacht. Zähneknirschend nahm Sven Gundels Entscheidung zur Kenntnis. Die Vorgehensweise enttäuschte ihn, denn er hatte ihr gegenseitiges kollegiales Verhältnis anders eingeschätzt, und er zweifelte nun, ob auf seine Chefin Verlass war, wenn es hart auf hart kam. Ausgerechnet jetzt.

Während Gundel frei hatte, blieb ihm nichts anderes übrig, als alleine die fehlenden Informationen über die Medikamente zu beschaffen und mit dem Pathologen zu besprechen. Weitere sinnvolle Schritte fielen ihm spontan nicht ein. Schöne Aussichten. Sie war wenigstens so fair und stülpte ihm nicht noch irgendwelche Arbeitsaufträge über, nur um ihn zu beschäftigen. „Ich erwarte von dir, dass du dich wirklich erholst und einigermaßen ausgeruht zum Dienst erscheinst. Ansonsten können wir unser Projekt kicken." „Jawohl, Herr Gruber. Ich werde an Sie denken, wenn ich mich auf der Terrasse im Liegestuhl in der Sonne räkele."

In Wirklichkeit setzte die Aussicht auf die zwei freien Tage Gundel unter Stress. Sie wusste zu gut, dass es ihr schwer fallen würde, die Gedanken über diese verkorksten Ermittlungen loszulassen und abzuschalten, aber wenn sie jetzt nicht bald eine Pause einlegte und Distanz zwischen sich und dieser unglückseligen Dienststelle herstellte, würde sie über kurz oder lang an der Schwelle zu einem Nervenzusammenbruch stehen. Die zwei Tage frei waren überlebensnotwendig.

Als Sven in der Morgendämmerung in der Dienststelle eintraf, war er einer der ersten. Nirgends auf den Fluren brannte Licht. Er war extra so zeitig gekommen, damit er nach seinen acht Stunden heute früher nach Hause gehen konnte. Nun saß er da, etwas verloren, und hatte nicht anderes vor, als seinen Gedanken nachzuhängen.
Insgeheim war er froh, Gundel zwei Tage nicht zu Gesicht zu bekommen.
Er schaltete seinen Computer ein und ging Internetseiten durch, auf denen kriminalistische Themen abgehandelt wurden.
Der Ring, verrückt. Ihm fiel der seltsame Ring des Pflegedienstleiters ein. Komischer Mensch. Und das Gesicht. An wen erinnerte er ihn? Ihm fiel nichts dazu ein. Ziellos ließ er sich über die Internetseiten treiben. Schließlich brauchte er in den nächsten beiden Tagen ihre Fälle nicht alleine aufzuklären.
Bald hatte er genug davon. Es kam nichts dabei heraus. Ein Blatt Papier, das vor ihm auf den Schreibtisch lag, war mit Kritzeleien voll geschmiert. Sven nahm einen Bleistift und kratzte mit seiner Spitze über freie, weiße Stellen. Er fing an, aus dem Gedächtnis eine Skizze von dem Ring anzufertigen. Nach einigen Minuten war er fertig.
Als er seine Zeichnung zur Begutachtung hin und her drehte, fand er sie gar nicht so schlecht. Der Ring war zwar ein wenig schief geworden, aber die Muster und Verzierungen fand er gut getroffen. Während er ihn so betrachtete und überlegte, ob er alles Wesentliche aufgezeichnet hatte, kitzelte ihn seine Experimentierfreude. Er faltete das Blatt zusammen, nahm den Autoschlüssel aus der Schreibtischschublade und verließ das Büro, um ins Stadtzentrum zu fahren.
  Am Rand der Fußgängerzone kannte er einen kleinen, verstaubten Laden, in dem mit gebrauchtem Goldschmuck gehandelt wurde. Es war bereits neun Uhr. Die Geschäfte öffneten. Beim Betreten des Ladens blieb er mit der Tür an einer von der Decke herunter baumelnden Glocke hängen, die mit einem hellen Läuten verkündete, dass die erste Kundschaft im Laden stand. In dem Geschäft gab es außer gebrauchtem Schmuck Antiquitäten zu kaufen, darunter Kleinmöbel und Vasen. Durch die angelaufenen Scheiben

fiel eine gedämpfte Helligkeit nach innen, so dass die Lichtverhältnisse den Raum in eine altmodische Düsterkeit tauchten. Hinter der alten abgenutzten Ladentheke hing ein schwerer roter Samtvorhang von der Decke, der sich wenig später bewegte, nachdem die Glocke aufgehört hatte zu bimmeln.
Ein älterer Mann schob den Vorhang beiseite und postierte sich hinter der Theke. Ein Stirnband umgab seinen kurz geschorenen Kopf. An ihm waren eine Lupe und eine kleine Lampe anmontiert, mit denen er die Waren, die die Leute bei ihm loswerden wollten, gründlich inspizierte und in ihrem Wert einschätzte. Seine Hemdsärmel waren hochgekrempelt und mit speziellen Haltebändern fixiert. Über dem Hemd trug er eine abgewetzte, gestreifte Anzugsweste, an der vor seinem Bauch eine dicke Goldkette hing, deren Enden in eingearbeiteten Täschchen verschwanden.
Der Mann rieb sich die Hände und kaute dabei. Sven hatte ihn wohl beim Frühstücken unterbrochen „Guten Tag, ich mache uns erst einmal Licht", begrüßte er Sven verschmitzt und schluckte hastig. Dabei zog er an einer Schnur über der Theke und knipste eine antiquierte Lampe an, die einen grellen Lichtkegel auf die Thekenmitte warf. „Was kann ich für Sie tun?"

„Sieht so aus, als ob Sie sich mit Schmuck auskennen, habe ich Recht?"
„Ja, da sind Sie bei mir genau richtig. Ich betreibe hier einen kleinen Pfandverleih, so neben her, verstehen Sie? Da habe ich schon allerhand zu Gesicht bekommen. Wollen Sie etwas verkaufen oder kaufen?"
„Nein, eher kaufen, und zwar etwas ganz bestimmtes. Ich dachte, vielleicht gibt es so etwas in Ihrem Laden?" Sven legte ihm die Zeichnung vor. „Es soll ein Geschenk für meine Freundin sein, etwas Besonderes. Sie hat es zufällig bei jemandem gesehen, einer fremden Person in einem Lokal, an einem Nachbartisch. Der Ring hat ihr aber so gut gefallen, dass sie aus dem Gedächtnis eine Zeichnung angefertigt hat." Gemeinsam beugten sie sich über die Zeichnung. „Haben Sie eine Ahnung, wo ich so etwas herbekommen oder von woher man es beschaffen könnte?"
Der Ladenbesitzer runzelte die Stirn.

„Die Gestaltung wirkt nicht europäisch, sonder eher fernöstlich. Ein relativ großer Stein. Welche Farbe hatten denn das Metall und der Stein?"
Sven überlegte einen Moment. „Gelb. Das Metall war sehr gelb, Gold vermutlich, aber so gelb? Der Stein war rot."
„Gelb sagen Sie. Da könnte es sich um Gold in relativ hoher Konzentration gehandelt haben. So etwas wird hauptsächlich in Thailand verkauft." Thailand!
Plötzlich hatte er es sehr eilig, aus dem Laden zu kommen, aber der Händler war noch nicht fertig. „Für Thais ist Goldschmuck eine Art Ersatzwährung. Daher ist dort sehr viel Goldschmuck mit hohen Goldkonzentrationen auf dem Markt. Meistens mit dreiundzwanzig Karat. Ja, die Art der Gestaltung würde passen, er könnte von dort stammen." Er sah Sven freundlich an. „Ich habe etwas Ähnliches in meinem Sortiment. Wollen Sie es einmal anschauen?" Schon war er dabei, hinter der Theke zu kramen, als Sven abwehrte. „Nein, nein, etwas Ähnliches kommt nicht in Frage, höchstens, wenn es sehr ähnlich ausfallen würde."
Der Mann gab noch nicht auf: „Ich kann versuchen, für Sie Kontakt aufzunehmen, um so ein Stück zu besorgen." Sven suchte nach einer guten Ausrede. „Dazu muss ich erst mal wissen, was es denn überhaupt kostet. Das mit der hohen Goldkonzentration war uns so nicht bewusst. Das wird sicher ziemlich teuer."
Der Ladenbesitzer mäßigte seine Freundlichkeit. „Vielleicht muss ich mir ein anderes Geschenk überlegen, weil der Ring eventuell doch meine finanziellen Möglichkeiten übersteigt." „Ganz billig ist so ein Ring hier nicht. Wenn Sie ihn in Deutschland kaufen wollen, geht es eben über Zwischenhändler. Oder Sie buchen einen Thailandurlaub und kaufen selbst ein. Vorort sind die Schmuckstücke sicher günstiger zu haben." Sven atmete auf. „Guter Hinweis. Ich fühle mich sowieso urlaubsreif. Sie haben mir sehr geholfen."
Er packte eilig seinen Zettel mit der Skizze ein, hob eine Hand zum Gruß und verließ mit schnellen Schritten den Laden. Verdutzt über das jähe Ende des Gesprächs, folgte der Schmuckhändler seinem vermeintlichen Kunden einige Schritte in Richtung Ausgang. Unbeholfen fing er die

Ladentür ab, der Sven einen impulsiven Stoß versetzt hatte, damit sie nicht mit Karacho ins Schloss einschlug.

Zurück im Büro stürzte er sich auf seinen Computer und begann, alles durchzugehen, was er auftreiben konnte. Alle Täter, nach denen in den letzten fünf Jahren, in welchem Zusammenhang auch immer, polizeilich gesucht wurde, in kurzer Zeit durchzuchecken, war unvorstellbar. Aber das Stichwort Thailand erwies sich als ein brauchbarer Filter. Die Informationen ließen sich auf ein überschaubareres Maß reduzieren und ergaben eine kleine Schnittmenge aus thailändischen und deutschen Daten, deren Sichtung von Sven in wenigen Stunden vernünftig zu bewältigen war.

Nach und nach kam er darauf, was ihn beschäftigt hatte. Vor drei Jahren, in der Zeit also, bevor er an die Tübinger Dienststelle kam, hatte er sich auf einem Lehrgang mit aktuellen internationalen Fahndungen befasst. Ein Fall beschäftigte ihn besonders, weil er außerordentlich stereotyp erschien, und man, wenn man die polizeilichen Routinen kannte, normalerweise erwartet hätte, dass die Polizei einem solchen Tätertyp in absehbarer Zeit das Handwerk legte. Aber es war anders gekommen, nämlich genau so, wie er befürchtet hatte. Der Täter war offensichtlich immer noch auf freiem Fuß. In der Datenbank waren Fotos von ihm abgespeichert, die nicht besonders gut waren. Auf einem Foto war er als gedrungener Mann auf einer Straße in einer thailändischen Stadt abgelichtet, während er mit einem augenscheinlich minderjährigen, zerlumpt angezogenen Jungen sprach. Sein rundes Gesicht war aus einer schrägen Perspektive von der Seite her aufgenommen und schwer erkennbar. Er hatte seinen Arm um die Schultern des Jungen gelegt und sich ihm zugewandt. In der anderen Hand schien er etwas zu halten, das er dem Jungen zeigte, aber es war nicht zu erkennen, was das war.

Der Mann auf dem Bild wurde wegen sexuellen Missbrauchs an Kindern in vielen Fällen von der thailändischen Polizei dringend gesucht. Sven starrte wie gebannt auf den Bildschirm. Das war sein Dé-javù-Erlebnis! Der Mann auf dem Foto sah Ullrich Pfleiderer dem ersten Anschein nach nicht sehr ähnlich. Er trug einen dichten Bart, der das Gesicht stark verdeckte. Aber Sven konnte nicht anders. Sein Gehirn erkannte ständig den untersetzten

Pflegedienstleiter des Petrusstift. Bei dem Täter auf dem Bild wurde vermutet, dass es sich um eine Person aus Deutschland handelte, die jahrelang im Urlaub für ein paar Wochen nach Thailand reiste, und auf dem Kinderstrich ihre perversen Neigungen auslebte. Der Mann bereitete seine ‚Urlaubsreisen' offenbar sehr gut vor, denn mit einer überaus professionellen Vorgehensweise entzog er sich den Fahndern immer wieder mit Erfolg. Die Polizei war lediglich im Besitz von ein paar Fotos und wenigen Aussagen von einigen Opfern. Das letzte Mal war er vor drei Jahren auf Streifzug in thailändischen Bordellen und in der Straßenstrichszene beobachtet worden, allerdings wieder zu spät. Seither fehlte von ihm jede Spur. Es war nichts davon bekannt, ob er seither neue Straftaten verübt hatte. Jedoch war vom kriminalistischen Standpunkt aus ziemlich sicher davon auszugehen.

Sven saß vor dem Computerbildschirm und rieb sich sein abgekämpftes Gesicht. Zuerst der tote Munsinger, danach die vermeintliche Serientötung im Petrusstift und jetzt ein Pflegedienstleiter, der ihn derartig aufdringlich an einen polizeilich gesuchten Kinderschänder erinnerte, dass er es nicht fertig brachte, die Verbindung in seinem Gehirn zu kappen.

Vielleicht war ja tatsächlich nichts dran. Vielleicht konstruierten sie sich ja aus lauter Verzweiflung inzwischen wirklich die Fälle in ihrer Fantasie zusammen, und alle waren Hirngespinste. Wenn das stimmte, blieb nur eine Erklärung für seine geistige Verirrung übrig. Und die bestand darin, dass er mit aller Gewalt versuchte, Klarheit in einen Fall zu bringen, in den keine Klarheit zu bringen war. Sein Verstand reagierte auf dieses Dilemma wohl mit einer Art exaltierter Kreativität, die Ausdruck seiner – inzwischen war er selbst der Meinung – übertriebenen Motivation zu sein schien. Sven machte sich müde Notizen über den von der thailändischen Polizei Gesuchten und schaltete den Computer aus. Er ging für ein paar Schritte nach draußen.

Ein kurzer Spaziergang um das Behördengebäude herum und ein Kaffee im gegenüberliegenden Bistro unterbrachen seine zwanghafte Gedankenwelt. Am besten war es, wenn er sich schlicht an das Greifbare hielt, z.B. endlich mal die Unterlagen des Arztes vom Petrusstift zu den Medikamenten überprüfte, damit er Gundel wenigstens eine vernünftige Auskunft als Ergebnis seiner Arbeit vorlegen konnte, wenn sie wieder im Dienst war. Er war urlaubsreif und neidisch auf die Auszeit, die Gundel sich genommen hatte.

Von wegen, Frau Oberkommissarin Tenneberg machte Urlaub. Kaum war der erste freie Tag angebrochen, Torsten bereits auf dem Weg zur Uni, saß Gundel allein daheim im Morgenmantel am Küchentisch vor ihrem Frühstückskaffee. Sie hatte sich für diesen Tag nichts vorgenommen, und das war ein Fehler.

Ohne Vorstellung, was sie nun mit ihrer Zeit anfangen sollte, saß sie wie auf Kohlen da und rührte nervös mit dem Löffel in der Tasse. Zwei ganze freie Tage und nicht verreisen, waren schlechte Bedingungen, um abzuschalten. Das Hamsterrädchen lief weiter. Sie konnte es nicht verhindern, über Frau Schaufler nachzudenken.

Mit einem Male bekam sie Lust auf Bewegung. Warum nicht die schöne Landschaft um Tübingen herum genießen und einen Spaziergang machen? Einfach so. Zum Beispiel in Pfrondorf? Oder zum Steinbruch? Warum nicht. Schließlich hatte das nichts mit der Arbeit zu tun, wenn sie genauso wie alle anderen normalen Menschen auch von ihrem guten Recht Gebrauch machte, als Privatperson einen Spaziergang durch den Wald zu unternehmen, wo immer sie wollte.

Ihr fiel auf, wie sehr sie sich aufgrund ihrer Rolle als Kommissarin auch privat einschränkte, obwohl das keiner von ihr verlangte. Draußen war schönes Wetter, angenehm mild, sonnig, nicht zu warm. Sie bekam total Lust auf den Spaziergang, suchte sich die passenden Kleidungsstücke zusammen und zog sich an. In ihrer Tasche befand sich ihr Geldbeutel, der noch genügend Kleingeld für eine spontane Einkehr unterwegs enthielt, falls sich die Gelegenheit dazu ergab. Die Bedingungen für einen kleinen Ausflug waren perfekt. Mit dem Auto fuhr sie in Richtung Pfrondorf.

Als sie den Ortsrand erreichte, überlegte sie, wo die beste Parkmöglichkeit war, und entschied, das Auto gleich am Ortsrand in einer Seitenstraße abzustellen. Sie wusste nicht, was sie genau wollte oder ob sie etwas suchte. Wenn sie ehrlich war, entsprang ihr richtungsloses Handeln doch der diffusen Getriebenheit, die sie nicht abstellen konnte.

Aber egal. Sie sah sich in die Richtung um, in der Frau Schaufler wohnte. Ob sie sie von ihrem Haus am Ortsrand aus beobachtete, war ihr gleichgültig. Also hielt sie sich nicht lange mit Überlegungen darüber auf, sondern spazierte forsch in Richtung Waldrand.

Automatisch nahm sie den Weg, den Frau Schaufler und das Mädchen am Vortag vom Tode Munsingers gegangen sein wollten. Zunächst führte er über eine mittelmäßig stark befahrene Straße, die von Tübingen her kam. Danach folgten einige Hundert Meter Weg, auf dem sie an Wiesen und Feldern entlang marschierte und zum Waldrand gelangte. Es war ein schöner Spazierweg, der einen weiten, herrlichen Blick über das Neckartal zur gegenüber liegenden Schwäbischen Alb erlaubte, bei dem Gundel jedoch nicht lange verweilte. Sie setzte ihren Weg in den Wald fort. Die Sonne tauchte die nicht sehr dicht stehenden Buchen in ein freundlich schillerndes Vormittagslicht. Einige Vögel gaben ein munteres, buntes Zwitscherkonzert. Von weitem kam ihr ein Jogger entgegen, der wenige Augenblicke später in gleichmäßigem Laufrhythmus und mit einem keuchenden ‚Grüß Gott' an ihr vorbei japste. Sie erwiderte den Gruß freundlich, wandte sich kurz nach ihm um und sah, dass er sich ebenfalls nach ihr umdrehte, aber seinen Lauf fortsetze. Die Schritte des Joggers entfernten sich, und Gundel schlussfolgerte, dass er harmlos war. Merkwürdig, dass sie sich nie darüber Gedanken gemacht hatte, dass es rein theoretisch jedem passieren konnte, in scheinbar unverfänglichen Situationen seinem Mörder über den Weg zu laufen, auch wenn die Wahrscheinlichkeit nicht sehr groß war. Immerhin war in diesem Wald schon mindestens eine Person auf eine höchst dubiose Weise zu Tode gekommen.

Der Wald war wieder wie menschenleer. Seine großräumige Tiefe wirkte friedlich. Gundel nahm die ungewohnte Stille, die das leise Vogelgezwitscher umgab, wahr und blieb stehen, um diesen Eindruck bewusst in sich aufzunehmen. Ein quer liegender Baumstamm lud dazu ein, Rast zu machen. Der ruhigen Atmosphäre haftete etwas Schauriges an, seit ihr der Jogger begegnet war. Sie bemerkte, dass sie nun nicht mehr sitzen wollte. Also setzte sie ihre kleine Wanderung fort.

In der Nähe des Steinbruchs wurde der Weg abschüssig. Ihre Schritte beschleunigten sich. Wenig später befand sie sich an der Absperrung, die unmittelbar am Abgrund angebracht war. Gundel blieb direkt an ihr stehen, stemmte die Hände in die Seiten und streckte den Hals nach vorne, um besser in den Steinbruch hineinschauen zu können. Sie passte dabei auf, nach vorne nicht das Gleichgewicht zu verlieren, denn es ging einige Meter senkrecht nach unten. Mehrere Sekunden verharrte sie in dieser Haltung, um alles genau anzusehen. Plötzlich vernahm sie ein Geräusch. Ein kaum hörbares Knacken jagte ihr einen kleinen Schrecken ein. Sie war stocksteif und hoch wachsam. Intuitiv verlagerte sie ihren Schwerpunkt nach hinten, um nicht aus Versehen abzurutschen. Sie neigte ihren Kopf langsam schräg nach hinten. Plötzlich durchfuhr sie ein Blitz. Reflexartig ruderte sie leicht mit den Armen, um nicht wegen ihres Schauderns aus der Balance zu geraten. Gundel war geschockt. Frau Schaufler stand wie eine reglose Statue keinen Meter hinter ihr und fixierte sie eindringlich.
„Haben Sie die Schilder mit den Warnungen nicht gelesen?" Die Alte löste sich aus ihrer erstarrten Haltung und schaltete pfeilschnell auf scheinheilig. „Hier kann man sich böse wehtun, wenn man nicht aufpasst. Meinen Sie, ich habe Lust, noch einmal wegen eines angeblichen Mordfalls in Verdacht zu geraten?" zischte die Alte feindselig.
Gundel war wie aufgelöst und trat schnell einige Schritte vom Abgrund weg. Hätte sie sie nicht bemerkt, wäre es ein Leichtes gewesen, ihr von hinten einen kräftigen Stoß zu versetzen. Sie wäre in die Schlucht gestürzt, ohne im nach hinein angeben zu können – falls sie es überlebt hätte -, wer sie hinunter gestoßen hatte.
„Was machen Sie hier? Was fällt Ihnen ein, mich so zu erschrecken? Tun Sie doch nicht so unschuldig. Sie sind mir doch schon die ganze Zeit heimlich gefolgt, oder nicht?"
„Ich glaube, die Arbeit bei der Polizei tut Ihnen nicht gut. Können Sie eigentlich auch einmal in der Welt unterwegs sein, ohne dass Sie an allen Ecken und Enden etwas Verbrecherisches vermuten?" „Sie werden mich nicht dazu bringen, meinen gesunden Menschenverstand abzuschalten, merken Sie sich das." „Was geht es Sie an, was ich hier zu suchen habe? Ich muss mich doch wohl hier nicht von Ihnen

verhören lassen? Und überhaupt: Was haben SIE hier zu suchen? Was schnüffeln Sie hier herum? Wollen Sie mir immer noch etwas wegen Herbert Munsinger anhängen?"
Gundel sah, dass Frau Schaufler ihren leeren Korb für das Hasenfutter unter dem Arm hatte. Fehlanzeige. So war es nicht möglich, ihr unseriöse Absichten zu unterstellen.
„Falls sich noch irgendetwas ergibt, stehen wir wieder auf der Matte, das kann ich Ihnen versichern.
Und nun: Einen guten Tag."
Gundel machte einen großen Bogen um Frau Schaufler herum und wandte sich bergab zum Steinbrucheingang. Frau Schaufler ließ sie ohne weitere Kommentare stehen. Der Todesschreck verwandelte sich beim Gehen in Wut und Ärger über die alte Hexe; Gundel hätte sie wegen ihrer Unverfrorenheit am liebsten am Kragen gepackt und geschüttelt, und das hätte vermutlich auch funktioniert, denn Frau Schaufler wirkte körperlich geschwächt.

Nun stand sie im Steinbruch und betrachtete den felsigen Abgrund aus der Perspektive von unten. Was hatte sie erwartet? Der Boden war unverändert mit vielen kleinen und großen Felsbrocken und Kieseln übersät, ohne neue Informationen. Sie stellte sich an die Stelle, an der Munsinger gestorben war. Welchen Grund könnte Erika Schaufler gehabt haben, einen Stein nach ihm zu werfen, und warum schwieg das Mädchen?
Eine Antwort auf die zweite Frage war leichter vorstellbar. Erika Schaufler setzte das Mädchen unter Druck. Die Antwort auf die erste Frage war nach wie vor ein Rätsel. Ohne Motiv keine sinnvolle Suche nach Beweisen, wenn es überhaupt noch welche gab.
Hatten wir das, worüber ich mir gerade den Kopf zerbreche, nicht schon längst durch? dachte sie erschöpft. Die Begegnung von eben gerade oben am Steinbruchrand hatte die alten Überlegungen reaktiviert. Zuzutrauen war es der Alten ja, wenn man bedachte, wie sie ihr heute hinter her geschlichen war. Der Umstand, dass ihnen keiner eine nachvollziehbare Auskunft darüber gab, was Munsinger im Steinbruch wollte, hielt die Geschichte in Gundels Gehirn weiter am köcheln. Das war es, was sie im Augenblick in aller Deutlichkeit begriff. An diesem Punkt hatten sie und

Sven es eindeutig an Ausdauer und Beharrlichkeit mangeln lassen. Warum waren sie nicht penetranter gewesen?
Gundel kam sich schlecht vor. Wie so oft, war sie als Tiger gesprungen, als Bettvorleger gelandet, wie es so schön hieß. Ihr Chef hatte Recht, sie machten sich lächerlich, aber aus anderen Gründen, wie die, die er gerne gesehen hätte.
Wusste Erika Schaufler am Ende, dass sie Munsinger hier antreffen würde?
Munsinger selbst schien nach der Analyse der Fotos am Tatort von völliger Unbedarftheit gewesen zu sein. Nichts deutete darauf ihn, dass er jemanden erwartet hatte. Er wähnte sich offenbar alleine. Keine Spuren im Boden, die auf Hektik, Flucht, Kampf, eine weitere erwachsene Person oder sonst etwas hindeuteten. Oder war er etwa im Steinbruch, gerade weil er unbeobachtet sein wollte? Wollte er doch nur ‚austreten'? Verflixt!
Schluss jetzt! Gundel holte ihr Handy aus der Tasche und notierte sich ein paar Fragen. Um diese sinnvoll zu erörtern, brauchte sie Sven. Schnell überflog sie mit einem abschließenden Rundumblick den ganzen Ort und verließ ihn in Richtung Lichtung.
Dort traf sie Frau Schaufler zum zweiten Mal. Sie bückte sich fortwährend, rupfte grüne Büschel aus und füllte ihren Korb mit dem Grünfutter auf. Nebenbei tat sie so, als ob sie die Kommissarin nicht bemerkte. Gundel hatte genug und ging zügig zu ihrem Auto zurück. Sie nahm sich vor, sich am nächsten Tag wirklich eine Auszeit zu gönnen und abzuschalten. Jetzt war sie sich sicher, dass sie es schaffte, abzuschalten. Morgen würde sie auf der Terrasse die Beine auf den Tisch legen und ein gutes Buch lesen.

„Na, hast du dich ein wenig erholt?" erkundigte sich Sven sofort, als Gundel zwei Tage später wieder im Dienst erschien. Sie wirkte ausgeschlafen. „Geht so." Kaum hatte sie sich hinter ihrem Schreibtisch nieder gelassen, blickte er sie viel versprechend an. „Na, und du? Hast du unsere Fälle gelöst?" fragte sie ihn darauf hin scherzhaft. „Wo hast denn du deine gute Laune her? Wenn das so ist, mach' ich auch mal frei. Scherz beiseite. Wir stehen kurz vor drei Festnahmen", witzelte er. „Nun werd' ich aber ungeduldig, Kollege. Spuck es aus. Ich glaub ja fast schon an den

Durchbruch, wenn ich sehe, wie du hinter deinem Schreibtisch thronst."

Er fing mit seinem ersten, nicht weniger spektakulären Ergebnis an. „Laut den Verschreibungen des Arztes, der die Station betreute, hatte, neutral gesprochen, tatsächlich bedeutend mehr Digoxin zur Verfügung gestanden als zur Behandlung notwendig gewesen wäre. So, da staunst du? Gut, nicht?"

Gundel war baff. „Wie hast du das rausgekriegt? Ohne Durchsuchungsbeschluss?" „Tja, ich hab' den guten Mann einfach gefragt. Für ihn war das zunächst alles scheinbar gar kein Problem. Er stellte es als völlig normal dar, dass man in solchen Heimen, wo immer was gebraucht wird, einen großzügigen Umgang mit dem Zeug praktiziert. Und dann habe ich mit unserem Pathologen über die Mengen gesprochen. Er meinte, dass das viel zu viel war. Was die getrieben haben, hätte man als reinste Lagerhaltung bezeichnen können." „Hast du den Arzt dazu vernommen? Wie hat er das begründet?" „Zuerst hat er versucht, die Mengen zu verharmlosen. Hat insgesamt die Situation bagatellisiert. So nach dem Motto, die Pflegekräfte kennen sich aus, er habe sie genau instruiert, sie brauchen für den Notfall was auf Vorrat und so weiter. Dummes Gelaber. In Wirklichkeit war er schlicht zu faul, im Petrusstift ständig Hausbesuche zu machen. Kaum zu glauben. Zum anderen, so vermutet unser Pathologe, gab es Provisionen von der Herstellerfirma. Da diese Art von Medikament ja nicht mehr ganz so gebräuchlich ist aus den uns bekannten Gründen, versucht der Hersteller seinen Marktanteil über unkonventionellere Wege zu stabilisieren, und schiebt den Ärzten, die es verschreiben, attraktive Werbegeschenke rüber." „Das heißt, da waren unter Umständen Mengen im Umlauf, die in der Pflegedokumentation an keiner Stelle auftauchen?"

„Richtig! Und zwar erhebliche, wenn man mal die Gefährlichkeit der Substanz in Rechnung stellt. Viel mehr, um damit vier oder fünf Menschen zu töten. Mengen, die fünf Jahre später in einer Autopsie nicht mehr nachzuweisen sind."

Gundel verschlug es die Sprache, holte schwer Luft und fing sich wieder.

„Da werden wir uns mit Herrn Pfleiderer zusammensetzen wollen."
Sven stellte sich sein Gesicht vor und lehnte sich herablassend zurück. „Damit wollte ich warten, bis du wieder da bist. Außerdem habe ich den Antrag für den Haftbefehl für Pfleiderer vorsorglich schon mal vorbereitet. Brauchst nur noch zu unterschreiben." „Dem Freundchen gehen wir an den Kragen. Mir ist auch noch eine Idee gekommen. Und zwar, als mich die Schaufler beinahe den Steinbruch hinunter geworfen hat." Gundel konnte mit ihrer eigenen Sensation nicht mehr hinterm Berg halten. „Noch mal zum Mitschreiben. Was hast du die letzten beiden Tage getrieben?"
Gundel kicherte viel sagend. „Ich hab' einen Spaziergang unternommen, darf ich doch in meiner Freizeit, oder? Ursprünglich, um mich zu erholen." Sven hörte sich die Geschichte erschrocken und fasziniert zugleich an, die ihm Gundel nun auftischte. „Nun bin ich einmal nicht dabei, und sofort machst du solche Zicken. Ich weiß nicht, ob ich dir noch mal freigeben kann. Außerdem hab' ich immer gesagt, mit der stimmt was nicht. Die wirkt auf mich komplett unzurechnungsfähig."
Gundels Handy piepste und erinnerte sie an die von ihr notierten Fragen. Sie holte es aus der Tasche und stierte auf das Display. „Was noch?" Sven war angesichts so vieler neuer Ereignisse ganz aufgedreht. Gundels Manöverkritik, dass sie bei den Munsigers nicht ausreichend hartnäckig aufgetreten waren, konnte er nur unterstreichen. Jetzt war er etwas versöhnt. Beim derzeitigen Informationsstand besaßen sie unerwartet gute und greifbare Anhaltspunkte, um einigen Leuten endlich gründlich auf den Zahn zu fühlen. „Wir müssen aufpassen, dass wir nicht zu sehr ausflippen bei den vielen Türchen, die sich uns plötzlich auftun." „Was glaubst du, wie der Kriminalrat erst ausflippt, wenn der realisiert, was wir in der Hand haben?" Genüsslich verschränkte Sven die Arme und schüttelte sich vor Schadenfreude, ohne einen Funken Schuldgefühl.

Ein paar Zusammenhänge waren beim jetzigen Stand so konkret, dass Sven es riskierte, von seinen gewagten Überlegungen zu Pfleiderers Ring zu erzählen, ohne zu befürchten, Gundel in den Wahnsinn zu treiben. „Du erinnerst dich an Pfleiderers Ring?" „Ja." Gundel machte große Augen. „Was ist damit?" „Der Ring stammt vom Stil und vom Material her höchst wahrscheinlich aus Thailand. Das habe ich bei einem Schmuckhändler recherchiert. Das Stichwort Thailand hat mich aber auf noch was anderes gebracht. Vor drei Jahren auf einem Lehrgang bestand unser Übungsmaterial aus Personenangaben zu Tätern auf freiem Fuß. Ich war mir im ersten Moment nicht sicher, aber ich hatte das Gefühl, Pfleiderer schon mal gesehen zu haben. Er hat mich sofort an einen europäisch aussehenden Mann auf einem Foto erinnert, das man uns im Kurs gezeigt hatte. Das Foto hatte die thailändische Polizei herausgegeben, die den Mann heute noch sucht." „Weswegen?" „Sexueller Missbrauch von Kindern." „Ach du dickes Ei." „Im wahrsten Sinne des Wortes." „Wenn da etwas dran ist. Das werden wir im Auge behalten und so schnell wie möglich angehen. Zu allererst müssen wir aber das mit den Medikamenten weiter verfolgen. Sonst geht uns alles in die Hosen." „Wie wahr. Kann man so sagen. Letzte Woche sind wir hier nutzlos im Büro herum gesessen und hatten keine vernünftige Idee, wie wir unsere Dienstzeit sinnvoll herunterreißen sollen, und heute haben wir Mühe zu entscheiden, wo genau anfangen, ohne was zu verpatzen."

Sven deutete behutsam an, dass sie nebenbei gegebenenfalls an Verstärkung denken sollten. Gundel schüttelte den Kopf. „Noch besteht nicht die Gefahr, dass uns einer wegläuft. Von daher würde ich vorschlagen, wir schauen uns die Informationen über den gesuchten Dreckskerl, der den kleinen Mädchen unter den Rock geht, gemeinsam an." „So wie es bisher aussieht, geht er nicht den Mädchen an den Rock, sondern den Jungs in die Hose."

„Du sagst, seine Identität ist den thailändischen Behörden unbekannt."

In der Datenbank fand Sven noch ein zweites Foto, das den Mann ebenfalls auf der Strasse zeigte. Wieder hatte er seinen Arm um einen Jungen gelegt. Auf dieser Aufnahme war er etwas mehr von vorne abgebildet, allerdings mit der Sonne im Rücken, so dass seine Gesichtszüge nur undeutlich zu erkennen waren. Auf einem Phantombild trug der Gesuchte einen wilden Bart und eine Sonnenbrille im Gesicht und hatte einen Hut auf. Ähnlichkeiten mit

Pfleiderer waren nicht ausgeschlossen, aber auch nicht eindeutig. „Besorge Vergrößerungen von den Gesichtern von den Fotos. Und sieh' mal alle Personenangaben durch, die wir zu gesuchten oder ergriffenen Missbrauchern von kleinen Jungs auftreiben können. Vergleiche aber besonders die Fotos. Mehr geht hier erst mal nicht, ansonsten sind wir gezwungen, beim Kriminalrat unsere Karten auf den Tisch zu legen. Ich werde mir die Munsingers vorknöpfen." „Ist es zweit nicht besser?" „Gut, dann komm'."

Eigentlich hätte Gundel diese Fahrt gerne alleine gemacht. Sie hatte vor, langsam an Frau Schauflers Haus vorbei zu fahren in der Hoffnung, dass diese sie vom Fenster oder vom Garten aus bemerkte. Das war als ein kleiner Terrorakt oder zur Ausübung von subtilem Druck gedacht oder als Rache, um ihr für den Mordsschreck neulich eins auszuwischen, oder als Ankündigung, sich trotz des spätsommerlichen Wetters warm anzuziehen, weil neue nette Einladungen zur guten Zusammenarbeit auf sie warteten. Gundel hätte ihr bei ihrer Interpretation freie Auswahl gelassen und ihr erlaubt, die polizeiliche Präsenz ganz nach Tagesform und Geschmack zu deuten. Bedauerlicherweise erübrigte sich dieses kleine Projekt mit Svens Wunsch, sie zu begleiten.

Sie stiegen in den Dienstwagen und fuhren direkt zu den Munsingers, ohne den kleinen Abstecher.

Während der Fahrt stellte Gundel telefonisch sicher, dass Franz Munsinger und seine Frau in der nächsten Stunde zu Hause waren. Sie hatten Glück, beide waren heute Vormittag nicht aufs Feld hinaus gefahren, sondern direkt am Hof zu Gange. Nachdem die Ernte eingebracht war, standen in dem Betrieb Vorbereitungen für den Herbst an. Sven ließ das Auto auf das Hofgelände rollen, um sogleich von Franz Munsinger abgefangen und in die gute Stube bugsiert zu werden.

„Haben Sie etwas Neues herausgefunden?" „Was glauben Sie eigentlich, wie wir arbeiten? Wir sitzen in der Dienststelle um eine Glaskugel herum und beschwören die Toten im Jenseits. Diese wiederum erzählen uns, von wem sie ermordet wurden, sagen uns, wo wir die Beweismittel finden, und dann brauchen wir nur noch zuzugreifen." Das Ehepaar Munsinger saß da und glotzte nach diesem

offenherzigen Einblick in die polizeiliche Ermittlungsarbeit in synchroner Verdutztheit aus der Wäsche.
„Entschuldigen Sie", setzte Gundel ihre Erläuterungen fort, ohne sich im Ton zu zügeln. „Aufgrund von welcher Datenlage sollten wir plötzlich einen Täter wie ein Häschen aus dem Zylinder zaubern, hm?" Die Munsingers schluckten, waren dabei, sich eine Gegenrede zu überlegen, schwiegen aber, weil ihnen nichts passendes einfiel. Sie fühlten sich von den beiden Beamten überrumpelt, schwankten zwischen Empörung und Betroffenheit hin und her und hatten keinen blassen Dunst, auf was die Tenneberg hinaus wollte. Daher hielten sie es für klüger, abzuwarten, bis die beiden Ermittler von sich aus auspackten.
„Wir haben immer noch kein Tatmotiv. Und was vermuten Sie, warum nicht?" Gundels bestimmtes Auftreten hinterließ einen spürbaren Eindruck. Die beiden zuckten eingeschüchtert mit den Schultern. „Weil wir von Ihnen keine Antwort auf eine entscheidende Frage bekommen haben, die nämlich lautet, was Herbert Munsinger in dem Steinbruch suchte. Die Pinkeltheorie können Sie kicken. Keiner fährt den ganzen Weg mit dem Traktor, um auszutreten. Sie verschweigen uns etwas."
Gundel stemmte angriffslustig die Arme auf den Tisch und legte eine schwerwiegende Pause ein. Die Munsingers hefteten ihre niedergeschlagenen Augen inzwischen verlegen an die Tischdecke, als ob dort die Antwort stünde. „Was wollen Sie denn wissen? Wir haben alles gesagt", meinte die Frau verdruckst.
„Tatsächlich? Soll ich Sie auf das Präsidium einbestellen, damit Sie das offiziell zu Protokoll geben? Das können wir noch mal machen", schimpfte Gundel. Sven rutschte auf dem Stuhl hin und her. Hoffentlich klappt das. „Bei Ihnen finden wir mit Sicherheit ein Motiv, das erklärt, warum Herbert Munsinger vor wenigen Wochen zufälliger Weise von einem Stein am Kopf getroffen wurde. Mit den Alibis, die Sie sich gegenseitig gegeben haben, sind Sie nicht zwingend aus dem Schneider. Dann stehen Sie unter Mordverdacht."
Das schlug ein wie eine Bombe. Frau Munsinger konnte ihre Tränen nicht mehr zurückhalten und schluchzte hysterisch. Ihr Mann schaute bedrückt zu ihr und schlug einen um

Gnade flehenden Tonfall an. Die Weich-klopf-Strategie war aufgegangen.

„Bitte, welche Frage haben wir Ihnen nicht beantwortet?" winselte er. Er hatte Angst, einen Fehler zu machen. Gundel wiederholte die Frage. Frau Munsinger weinte immer noch, nur etwas leiser, um die Antwort ihres Mannes nicht zu verpassen. Franz Munsinger versuchte, eine Miene der Reue und des Unrechtsbewusstseins mit der Hoffnung auf Strafmilderung aufzusetzen, so gut es ging. Dafür war es reichlich spät, zu spät.

„Wir hatten einen Wurf junge Katzen. Auf dem Hof können wir nicht so viele gebrauchen. Das müssen Sie verstehen. So ist das halt. Mein Vater ist in den Steinbruch gefahren, um sie zu ersäufen", flüsterte er geknickt.

„Wo sind die Katzen jetzt?" fragte Sven mit streng zusammen gekniffenen Augenbrauen, fassungslos angesichts dieser ungeheuren Naivität.

„Keine Ahnung."

Nach einem tiefen, angespannten Seufzen legte Gundel das weitere Vorgehen fest.

„Sie werden das auf der Dienststelle offiziell zu Protokoll geben. Damit begehen Sie auf Ihrem Hof Tierquälereien. Was jedoch noch schlimmer ist….." Die Munsingers zuckten zusammen. „Indem Sie uns grundlegende Informationen unterschlagen haben, haben Sie unsere Ermittlungen aufs Schwerste behindert, wenn nicht sogar verunmöglicht. Das muss Ihnen klar sein. Das wird nicht ohne Folgen bleiben, denn von den Katzen ergibt sich unter Umständen die Spur zum Täter. Oder besser gesagt: hätte sich ergeben. Den richtigen Zeitpunkt zur Kooperation haben Sie leider verpasst. Ihr Pech."

Aus Verständnislosigkeit für all das hatte Gundel darauf verzichtet, sich nach dem Grund für die unterschlagene Information zu erkundigen. „Heute Nachmittag erscheinen Sie beide auf der Dienststelle. Gibt es noch was, was wir wissen müssen?" Angesichts dessen, was da vor ihnen lag, kam von Munsinger nur ein schüchternes, kleinlautes Nein. Es wirkte glaubwürdig, denn Gundel hatte ihnen gehörig den Kopf gewaschen.

Soeben hatten die beiden das Wohnhaus verlassen und den offenen Platz in der Mitte des Hofes in Richtung Auto

überquert, da schlug sich Gundel fassungslos an die Stirn. „Nein, ich glaube es nicht. Sag' mir, dass das eben ein Traum oder eine Einbildung war. Gibt es so etwas?" „Wir werden nach so langer Zeit im Steinbruch keine Spuren mehr über den Verbleib der Katzen finden. Dazu hat es nachts einfach zu viel geregnet. Dass es Mord war, wird ja immer wahrscheinlicher. Diese Idioten. Wenn wir gewusst hätten, wonach wir hätten suchen sollen", murmelte er bissig. „In dem Jutesack waren also junge Katzen."
„Ob der Sack bei der Schaufler gelandet ist?" „Zumindest habe ich bei der keine jungen Katzen gesehen." „Was an sich nichts heißt. Sie wird sie nicht gerade im Garten der Nachbarschaft vorführen. ... Vielleicht war es doch der große Unbekannte? Auf meinem Spaziergang ist mir nochmal klar geworden, wie unbemerkt man sich im Wald bewegen kann." „Und die Gummistiefelspuren des Mädchens? Möglicherweise war sie wegen der Kätzchen unten." „Ohne Zweifel. Die werden wir uns auch noch mal vornehmen." Mit einer kumpelhaften Geste forderte Gundel Sven auf, ins Auto einzusteigen.

Am Nachmittag nahmen sie die neuesten Aussagen der Munsingers zu Protokoll.

„Wenn wir die Ermittlungen abgeschlossen haben und abschätzen können, welche Folgen Ihre Vertuscherei tatsächlich hatte, werden wir Sie zur Rechenschaft ziehen. Aus dieser Verantwortung werden Sie nicht so einfach herauskommen, auch wenn Sie nicht sofort von uns hören", gab Sven ihnen zum Abschied mit. „Meinen Sie, wir sollten uns einen Anwalt nehmen?" fragte Franz Munsinger beschämt. „Besser wär's. Und übrigens: Lassen Sie Ihre Tiere gefälligst sterilisieren, wenn Sie keinen Nachwuchs gebrauchen können, und zwar tierärztlich, verstanden? Sie legen uns bitte die entsprechenden Bescheinigungen vor, dann verzichten wir diesbezüglich auf eine Anzeige."
Kaum waren sie draußen, holte Gundel ihren Mitarbeiter auf den Boden zurück. „Auf das, was du als letztes gesagt hast, hätten wir verzichten können." Sven war angesäuert. Auf was er hätte verzichten können, war Gundels prompte Kritik.
„Die sind jetzt echt fertig mit den Nerven. Von Fluchtgefahr brauchen wir bei denen auch nicht auszugehen", behauptete

Gundel. „Wenn wir das alles früher gewusst hätten, stünden wir viel besser da", motzte Sven beleidigt. „Oder auch nicht. Die Munsingers sind wohl sehr einfach gestrickte Leute. Obwohl sie wissen, was für einen Aufruhr sie gegen sich erzeugen, wenn sich ihre Methoden zur Geburtenkontrolle herumsprechen, haben sie keinerlei Bewusstsein dafür, dass man diese Dinge heutzutage anders regelt. Hoffentlich haben wir wenigstens dieses Problem endgültig aus der Welt geschafft. In dem Fall war unsere Arbeit heute auch mal auf eine ganz direkte Weise effektiv, auch wenn sie die Welt nur um ein klitzekleines Bisschen verbessert hat. " „Wenn du meinst", stöhnte er. „Übrigens, um unseren kontinuierlichen Verbesserungsprozess in Bezug auf die Welt fortzusetzen, sollten wir uns zügig dran setzen und die Verhöre im Petrusstift vorbereiten."

## 12. Herr Pfleiderer hat einen Plan

Für Ullrich Pfleiderer war das Verhör eine Katastrophe. Als es vorüber war, wurde seine Panik unerträglich. „Jetzt nicht durchdrehen. Alles schön der Reihe nach", versuchte er sich zu beruhigen. Sein Herz raste. Ihm war heiß und kalt zu gleich. An seiner Zimmertür klopfte es.

„Es geht jetzt nicht", rief er verstört hinaus. Er war in einer Verfassung, in der er von niemandem gesehen werden wollte. Aber er konnte sich hier nicht den ganzen Tag verstecken.

Hektisch fingerte er in seiner Hosentasche herum und ertastete einen verschlossenen Streifen mit Tabletten, der sich in seinem Schlüsselbund verfangen hatte. Er knallte das ganze Bündel auf den Tisch und fummelte eine Beruhigungstablette in schwacher Konzentration heraus. Das dürfte reichen, nuschelte er vor sich hin und goss sich ein Glas Sprudel ein, damit die Tablette besser rutschte. So etwas hatte er noch nie getan, nicht im Dienst, aber er hatte das Mittel zufällig bei seinem morgendlichen Gang über die Station einkassiert, weil er es offen herumliegen sah, und so etwas eigentlich nicht erlaubt war. Die Pflegekräfte praktizierten seiner Meinung nach einen viel zu sorglosen Umgang mit Medikamenten und verhielten sich nicht immer den Vorschriften gemäß. So hatte er die achtlos herumliegenden Tabletten an sich genommen, um sich die betreffenden Herren und Damen bei Gelegenheit vorzuknöpfen.

Was heute Morgen ein unverzeihliches Ärgernis darstellte, entpuppte sich im Moment als Segen. Das Beruhigungsmittel wirkte schnell. Er spürte einen Gleichmut in sich aufsteigen, der ihm gut tat. Pfleiderer ließ sich auf seinem Schreibtischstuhl nieder und nahm erleichtert wahr, wie sich seine Herzschläge verlangsamten.

Es klopfte erneut. „Ja?" Eine junge Pflegeschwester lugte durch den Türspalt.

„Frau Seyfried will nicht essen. Sie verweigert die Nahrung. Ich stehe da nun schon eine halbe Stunde im Zimmer und bringe nichts in sie hinein. Was soll ich machen? So schaffe ich mein Pensum nicht." „Rufe Dr. Zöller an. Er soll kommen und sie untersuchen." „Der wird sich freuen. Außerdem wird es wieder Stunden dauern, bis er da ist."

„Dann muß die Seyfried eben warten. Du kannst weiter machen. Aber guck' immer mal wieder ins Zimmer, damit wir den Überblick behalten, was sie treibt."
Er war gezwungen, den heutigen Arbeitstag ordnungsgemäß hinter sich zu bringen, auch wenn es quälend war. Es wäre aufgefallen, wenn er vor Dienstschluss gegangen wäre. Er würde noch früh genug ins Zentrum des allgemeinen Interesses rutschen, das war früher oder später unvermeidlich. Jetzt, nachdem Tenneberg und dieser aufgeblasene Gruber meinten, sie könnten den Laden kräftig aufmischen mit ihrer lächerlichen Anzeige.
Er dachte nach.
Sein Chef war völlig im Unklaren über Unregelmäßigkeiten auf seiner Station. Die Pflegekräfte waren am Rande ihrer Belastbarkeit angekommen. Sie kürzten gezielt bestimmte Pflegevorgänge ab, um sich wenigstens den Freiraum für kleine Pausen zum Rauchen zu schaffen, denn die zur Verfügung stehenden Zeiten für einzelne Pflegeleistungen waren sehr straff bemessen. Die Einrichtung wollte Gewinn erwirtschaften. Er saß als Pflegedienstleiter zwischen den Stühlen, hatte beiden Seiten gerecht zu werden und bewältigte diesen Balanceakt mit Bravour, wie er meinte. Niemand würde ihm so schnell an den Karren fahren können. Sein Chef war zwar ein seltsamer Kauz, aber solange der Laden am Laufen war und sich niemand beschwerte, hatte er seine volle Rückendeckung. Deswegen veranstaltete er nach dem Aufkreuzen der Bullen auch keine Krise. Er hatte ihm lediglich den Sachverhalt mitgeteilt, sich ausführlich mit ihm über die Pflegedokumentationen unterhalten, und das war's gewesen. Zudem handelte es sich bei Karla Weigel um eine längst erledigte Geschichte.

Gefasst verließ er sein Büro. Als er über den Flur seiner Station schritt, sah er am hinteren Ende, wie sich eine Bewohnerin am Aufzug zu schaffen machte. Schon wieder Frau Abele. Er bewegte sich zügig, aber nicht hektisch auf die Bewohnerin zu.
„So, Frau Abele, wie geht es uns heute. Haben Sie vor, einen kleinen Spaziergang zu machen?"
Er hakte sich bei ihr unter und führte die verdatterte Greisin langsam vom Fahrstuhl weg. Frau Abele war wie so viele auf der Station Demenz krank und in unbekannter

Umgebung nahezu orientierungslos. Wie viele ihrer Leidensgenossen lebte sie in der Vergangenheit und glaubte, dass ihr seit Jahrzehnten verstorbener Mann unter der Grünfläche begraben lag, die um das Heim herum angelegt war, was natürlich nicht stimmte. Aber immer wieder entwischte sie, um ihn auf dem Friedhof zu besuchen, was zur Folge hatte, dass sie sich unterwegs verlief und draußen im Freien hilflos umher irrte. Häufig ohne Jacke. Das Pflegepersonal war dann gezwungen, sie in der gesamten Umgebung zu suchen, weil sie zu Fuß noch erstaunlich flott war und für ihre Verhältnisse überraschend weite Strecken bewältigte.

„Ich will zu meinem Mann", krächzte sie, wehrte sich aber nicht gegen den Eingriff von Pfleiderer. „Ja, ja, ich weiß, Sie wollen ihn auf dem Friedhof besuchen. Darüber hätte er sich sicher gefreut." „Ja, er wartet auf mich", gab sie renitent von sich und brabbelte unverständliches Zeug vor sich hin.

„Kommen Sie. Wir gehen zum Fenster. Wir sehen ihn auch von hier oben. Ich weiß ja, wo er liegt. Von hier aus können wir ihm winken, einverstanden?" Die Alte ließ sich darauf ein und nickte. „Ja, winken."

Nachdem die alte Frau zusammen mit Pfleiderer lächelnd aus dem Fenster gewinkt hatte, hatte sie ihr Vorhaben auch schon wieder vergessen. „So, ich bringe Sie nun zum Singkreis. Die anderen warten sicher schon und freuen sich bestimmt, wenn Sie auch mitsingen." So bugsierte er sie vorsichtig in eine arrangierte Runde mit Stühlen in einer Ecke des weitläufigen Stationsflurs, wo sich schon einige andere Bewohner hingesetzt hatten, und half ihr, sich auf einem freien Platz niederzulassen. Frau Abele war versorgt.

Pfleiderer setzte seinen Rundgang auf Station fort. Im Dienstzimmer war Übergabe. Der Frühdienst wurde von der nächsten Schicht abgelöst. Fünf Frauen und ein Mann hatten sich mit schlecht gelaunten Gesichtern um einen Besprechungstisch versammelt. Pfleiderer setzte sich dazu und verfolgte das Übergabegespräch. Währenddessen hatte er Mühe, sich zu konzentrieren. Er nahm wenig von dem auf, was da an Problemen und Vorfällen mit den Bewohnern besprochen wurde, denn eines seiner eigenen Probleme machten ihm sehr schwer zu schaffen.

Pfleiderer saß da, verklärt dreinschauend. Es arbeitete in ihm. Den Mitarbeitern fiel seine geistige Abwesenheit nicht auf. Sie waren mit sich und ihren eigenen Befindlichkeiten beschäftigt. Tenneberg und Gruber hatten eine alte Geschichte aufgewärmt, die ihm übel auf den Magen schlagen konnte, wenn er nicht für eine endgültige Lösung sorgte.
Die Übergabe dauerte etwa eine Viertelstunde. Der Druck, unter dem er stand, war so groß, die Gefahr, die im Anmarsch war, so bedrohlich, dass ihm diese Zeit reichte, um zu erkennen, was zu tun war.
Ja, so haute es hin. Das wusste er. Seine Entscheidung war richtig. Es ging nicht anders. Es blieben ihm noch zwei Stunden bis zu seinem Dienstschluss. Er war sehr aufgeregt wegen seines ausgefallenen Plans. Aber er versuchte, sich zu beherrschen und sich nichts anmerken zu lassen. Geduld, Geduld, sagte er sich selbst gebetsmühlenartig immer wieder. Es war und blieb ratsam, bis zum Dienstende auszuhalten und nicht unter einem fadenscheinigen Vorwand früher zu verschwinden. Alles, was ungewohnt war und sich außerhalb der üblichen Routine bewegte, konnte sein eigenes Vorhaben gefährden. Nach der Übergabe setzte er sich also wieder brav in sein Dienstzimmer und bastelte an den Dienstplänen herum.
Die Zeit war eine Schnecke.
Alle zehn Minuten warf er einen Blick auf seine Uhr, die er am liebsten eigenhändig vorgedreht hätte. Der Dienstplan war längst fertig, und immer noch dauerte sein Arbeitstag für heute eine ganze Stunde.
Er stand auf und trat von einem Fuß auf den anderen. Danach kratzte er sich seinen Bauch und seine Handrücken. Er stellte sich ans Fenster und sah hinaus, griff sich mit einer Hand in den Nacken und rieb ohne Effekt auf den Verspannungen herum. Das Warten strengte ihn an und vergrößerte seine Unruhe. Die hohe Nervosität mit gleichzeitigen Anzeichen von aufgedrehter Müdigkeit machten ihn beinahe wahnsinnig.
Minute um Minute schaute er inzwischen auf die Uhr, bis der Zeiger auf sechzehn Uhr rutschte und Pfleiderer die Unterlagen auf seinem Schreibtisch - Pflegeberichte, Anfragen nach Pflegeplätzen, Informationen für

Pflegedienstleiter, und so weiter - zu einem Stapel zusammen schob.
Auf einmal empfand er eine intensive Konzentriertheit, als ob eine andere Phase in seinem Leben angebrochen war.
Es ging los.
Er verließ sein Büro und sperrte es hinter sich ab.

Auf dem Weg zum Ausgang begegneten ihm zwei Mitarbeiterinnen, die er freundlich zum Abschied grüßte, um dann mit flottem Tempo auf den Parkplatz in seinen Kleinwagen zu steigen und direkt nach Hause zu fahren. Im Kühlschrank zuhause war nichts mehr Essbares, aber das Einkaufen ließ er heute ausfallen.
Der Appetit war ihm gründlich vergangen. Er hatte keinen Hunger, so sehr beschäftigte ihn der Ablauf des heutigen Abends. Unterwegs machte er lediglich an einem Bankautomaten Halt, hob die Hälfte von dem ab, was auf seinem Girokonto war, gut dreitausend Euro, für die er ein ganzes Jahr gespart hatte. Das Geld brauchte er bald.
Zuhause legte er wie gewohnt seine Pflegerkleidung ab und holte sich andere Sachen aus dem Schrank. In eine Tasche packte er alles zusammen, was man benötigte, wenn man vorhatte, für ein paar Tage zu verreisen. So. Fürs erste hatte er alle Vorbereitungen im weiteren Sinne getroffen.
Nun waren die Vorbereitungen im engeren Sinne an der Reihe.
Sein Herz fing erneut an, heftig zu schlagen. Ab jetzt war für ihn nichts mehr Routine. Er war hellwach und setzte sich hin, um ein wenig herunter zu kommen. Alles schön der Reihe nach. Das, was er gerade begonnen hatte, würde er zu Ende führen. Der Wendepunkt, ab dem es kein Zurück mehr gab, war längst überschritten. Er tastete den Ring an seinem Finger ab und nahm ihn vom Finger. Es war ein Geschenk, das er auf einer Thailandreise von einem Mann für eine kleine Gefälligkeit als Glücksbringer erhalten hatte. Unter den gegenwärtigen Umständen barg der Ring mit seinen auffälligen Merkmalen das Risiko, die gegenteilige Wirkung zu entfalten, schließlich hatte ihn Gruber bewusst zur Kenntnis genommen. Pfleiderer hielt es für besser, den Ring für eine Zeit lang nicht in der Öffentlichkeit zu tragen. Er nahm ihn vom Finger und packte ihn in einen

Briefumschlag, den er zuklebte und in die Hosentasche steckte. Es gab so vieles zu bedenken. Nur nichts vergessen. Als nächstes suchte er alles zusammen, was er am heutigen Abend zu brauchen glaubte: eine Wintersportmütze, die den ganzen Kopf mit Gesicht bis auf die Augen verdeckte, einen Hammer mittlerer Größe, wie er in vielen Werkzeugkisten zu finden war, Handschuhe, für alle Fälle. In drei Stunden würde die Nacht hereingebrochen sein. Pfleiderer griff zum Telefonhörer und wählte die Nummer vom Spätdienst im Petrusstift.

„Hallo, ja, ich bin's. Rechnet mal nicht damit, dass ich morgen zum Dienst komme. ......... Nein, mir geht es nicht so gut. Ich habe fürchterliche Kopfschmerzen. ......... Vielleicht melde ich mich morgen früh noch mal, wie gesagt, wenn ich nicht komme, bin ich beim Arzt oder im Bett. Ja,.... Ihr kriegt das schon hin. Dörte soll mich vertreten ....... danke, ich geh' mal davon aus, dass ich spätestens in zwei Tagen wieder fit bin. Jetzt werfe ich eine starke Tablette ein und leg' mich ins Bett zum Schlafen. Macht's gut, .... Bis dann, ciao!"

Mit dieser Information würde ihn niemand so schnell vermissen, und zwei Tage würden ihm auf jeden Fall reichen. Er ging ins Badezimmer, holte eine Packung Tabletten aus dem Wandschrank, verwarf den Gedanken aber wieder. Die zwei Tabletten, die er herausgedrückt hatte, warf er in die Toilettenschüssel und spülte. Die angebrochene Packung legte er in den Schrank zurück. Vielleicht war es besser, sich aus dem Kühlschrank ein Bier zu holen, um die Aufregung zu dämpfen, falls das Herzklopfen wieder so stark werden würde wie heute Nachmittag. Aber er besann sich und entschied sich lieber für einen klaren Kopf, um keine unnötigen Fehler zu begehen.

Das Warten war genauso aufreibend wie am Nachmittag.

Als er begann, seinen Entwurf zu Ende zu denken, kam er unter Zeitdruck. Er hatte nämlich vergessen, von einem Leben danach auszugehen. Hastig schaltete er seinen PC ein und fand tatsächlich bei den last-minute-Angeboten einen Flug von Stuttgart nach Tunesien mit Ziel Monastir, 11.30 Uhr Abflug am nächsten Tag. Dass es sich um eine Pauschalreise mit Rückflugticket und Hotel handelte, störte ihn insofern nicht, als dass das Gesamtpaket für schlappe dreihundert Euro zu haben war und er mit einer Buchung erst einmal Raum für seine weiteren Planungen gewonnen hatte. Die wirren Zustände in Tunesien kamen ihm sicher entgegen. Keiner würde ihn dort so schnell vermuten. Das Hotel und das Rückflugticket schienen ihm Optionen offen zu halten, denn, wer konnte schon vorhersagen, was die ‚Zeit danach' brachte.

Er buchte unverzüglich, gab allerdings seinen ‚Zweitnamen' ein. War schon eine praktische Sache, das mit dem zweiten Pass. Den hatte er damals als eine kleine Draufgabe zu dem Ring bekommen. Er war im Moment eher als Glücksbringer geeignet, denn er war noch einige Jahre ‚gültig' und dadurch von unschätzbarem Wert.

Draußen war die Dämmerung einer mondlosen Finsternis gewichen. Es war der Augenblick gekommen, sich mit der Tüte auf den Weg zu machen, in die die Dinge für den heutigen Abend hineingepackt waren. Mit dem Auto waren es von seiner Wohnung aus etwa zwanzig Minuten nach Pfrondorf. Er wusste von früher genau, wo und wie Erika wohnte, und ging davon aus, dass seither alles beim Alten geblieben war.

Zwei Straßenzüge weit von Erikas Haus entfernt stellte er sein Auto in einer wenig beleuchteten Ecke ab. Er hatte es mit der mondlosen Nacht optimal erwischt. Die Hand vor Augen war kaum zu sehen. Mit seiner Tüte unter dem Arm näherte er sich Erikas Haus von hinten, denn da störte absolut keine Straßenbeleuchtung mehr. Ihr Garten war zugewuchert. Wunderbar. Eine Seite grenzte an das freie Feld und war unter den gegebenen Bedingungen schwer einzusehen.

Als er den Gartenzaun erreichte, sah er durch die Ritzen im heruntergelassenen Rollladen, dass im Wohnzimmer Licht brannte. Erika war also noch auf. Er stieg leise über den niederen Zaun, versteckte sich im Gebüsch und traf die restlichen Vorbereitungen.

Mit Mütze und Handschuhen bekleidet, begann er, mit den Ästen laute Geräusche zu erzeugen, als ob Tiere zwischen den Zweigen um Reviergrenzen kämpften.

Nichts geschah. Die Alte reagierte nicht. Verdammt, dachte er. Er stand wie ein begossener Pudel da oder wie jemand,

der sich zu einem Rendezvous verabredet hatte und von der Dame sitzen gelassen wurde.
Das machte ihn aggressiv.
Seine Angrifflust nahm zu und seine Vorsicht ab. Er griff sich Erdklumpen vom Boden und warf sie mit Wucht in Richtung Terrasse. Die Brocken klatschen krachend an den Rollladen der Terrassentür. Nichts.
Doch plötzlich. Mit einem kräftigen Ritsch wurde der Laden hochgezogen und jemand sah durch die Scheibe in den Garten hinaus.
Pfleiderer wiederholte den Versuch mit Ästen. Es fing an zu funktionieren. Augenblicklich öffnete Erika, die ihre Ruhe haben wollte, die Terrassentür und trat unerschrocken auf das Gebüsch zu, um die Tiere, Katzen, Ratten, Marder, was auch immer, aus dem Gebüsch zu vertreiben. Pfleiderer hielt still.
Erika wollte sicher gehen, dass sie nicht mehr gestört wurde. Sie kam dem Gebüsch und Pfleiderer, den sie im stockdunklen Dickicht nicht sehen konnte, immer näher und näher.
Die Störenfriede schienen sich bereits verzogen zu haben.
Erika schaute noch einmal in das Gebüsch und fuhr mit der Hand durch die Zweige. Pfleiderer gelang es gerade mal, ihr auszuweichen. „Ihr blöden Viecher. Macht gefälligst woanders Rabatz", brummte sie. Weil sie nichts mehr feststellen konnte, drehte sie sich um, um ins Haus zurückzukehren.
Plötzlich ertönte ein deutlich hörbares „Hatschi". Erika blickte zurück ins Gebüsch, und bevor sie wegen der vermummten Gestalt schreien konnte, platschte es nass und heftig in ihrem Gesicht, auf ihrem Kopf, einmal, zweimal, dreimal, woraufhin sie die Besinnung verlor.
Erika hauchte ein letztes ‚Uff' in die Dunkelheit und sackte blutüberströmt vor dem Gebüsch zusammen.
Da lag sie nun und machte keinen Mucks mehr.
Pfleiderer war verblüfft darüber, wie einfach alles gewesen war, und realisierte prompt, dass ihm die nächste Stufe seines Planes geglückt war. Bloß nicht im Übereifer die Tatwaffe vergessen, dachte er. Geistesgegenwärtig hielt er den triefenden Hammer in seiner Hand gut fest. Flink setzte

er sich über den Zaun auf das freie Feld ab und huschte in der Deckung der Hecke zu seinem Fahrzeug.

Pfleiderer war erleichtert. Vor dem Lichtkegel der ersten Straßenlampe blieb er kurz stehen und verbarg seine Hand samt Hammer in der Tüte. Es war zwar kein Mensch unterwegs. Trotzdem war das kein Grund, übermütig zu werden. Man brauchte ja nicht absichtlich Verdacht erweckendes Verhalten an den Tag, besser gesagt an die Nacht, zu legen. Nun aber flugs ins Auto und ab.

Bevor er einstieg, sah er an sich hinab und bemerkte, dass seine Hose und sein T-Shirt Blutspritzer abbekommen hatten, zwar nicht viele, aber immerhin. Um seinen Handschuh auszuziehen, stülpte er ihn über die Hand, mit der er zugeschlagen hatte, so dass sich die Innenseite nach außen und die Blutspuren nach innen wendeten. Auch der Stiel des Hammers steckte nun drin. Sein Kopf ragte rot und schleimig aus dem umgedrehten Handschuh heraus. Angeekelt ließ Pfleiderer beides in die Tüte fallen, knotete sie zu, damit das Zeug aus seinem Blickfeld verschwand, warf es ins Auto und fuhr nach Tübingen zurück.

Arme Erika. Sie tat ihm nicht wirklich leid, denn hatte sie ihm nicht beinahe in ernsthafte Schwierigkeiten gebracht, als sie die letzten Jahre vor der Rente im Petrusstift auf seiner Station arbeitete? Schwierigkeiten, die ihn seit dem erneuten Auftauchen dieser blöden Tenneberg und ihrem jungen Mitarbeiter einzuholen drohten, wenn er nicht schleunigst etwas unternahm?

Er kehrte nicht direkt nach Hause zurück, sondern stellte sein Auto für einen Zwischenstopp nahe des Zentrums an einem wenig beleuchteten Abschnitt der Uhlandstrasse ab. Als er ausstieg, sah er sich vorsichtig um und, als er überprüft hatte, dass die Luft rein war, schlich er mit der Plastiktüte samt Hammer und Handschuh über die kleine Fußgängerbrücke auf die Platanenallee, die sich auf einer länglichen Insel im Neckar dahin streckte.

Mittlerweile war es nach vierundzwanzig Uhr. Es war keiner unterwegs.

Die Allee bestand aus zwei parallelen Reihen uralter, riesiger Bäume, die rechts und links einen breiten Fußweg säumten, und die mit ihren mächtigen Kronen die schmale Insel weit überspannten. Die Gefahr, dass zufällig vorbei

kommende Passanten in der spärlichen, nächtlichen Beleuchtung dessen gewahr wurden, was da genau zwischen den Bäumen passierte, bestand kaum.
Das nutzte Pfleiderer aus.
Eilig lief er die Allee hinauf, aber nicht auf dem Weg zwischen den Bäumen, sondern auf dem seitlichen Rasen, und gegen die Flussströmung.
Dort gab es einen Abschnitt, der dichter bewachsen war, als die übrige Insel, und dort war es besonders dunkel. An der finstersten Stelle blieb Pfleiderer stehen und riss ein paar kleine fiese Löcher in die Tüte. Dann warf er sie mit dem frommen Wunsch, dass keiner an einer derart öffentlichen Stelle eine versenkte Tatwaffe suchen würde, so weit und hoch, wie er konnte, in die Mitte des Flusses. Rotierend flog das träge Geschoss in der dunklen Nacht einen hohen Bogen über den Wasserspiegel und versank mit einem hohlen Plätscher-Geräusch im Wasser. Bei Tageslicht würde keiner die Tüte bemerken, denn auf dem Boden des seichten Flusses lagen zu viele Plastiktüten, die von achtlosen Zeitgenossen in den Neckar geworfen waren, die optimale Tarnung. Außerdem durchspülte die Strömung die Tüte, so dass eventuelle Spuren bald beseitigt waren.

Nach erfolgreicher Erledigung auch dieses Meilensteins aus der Liste dessen, was er sich vorgenommen hatte, zog er es vor, nicht den einfachen Rückweg zu nehmen, sondern seine Runde über die Insel fortzusetzen. So gelangte er an eine zweite Brücke, die ihn auf die Uhlandstrasse zurückführte. Ein Fahrradfahrer, der vorbei radelte, beachtete ihn kaum. Selig über den bisher reibungslosen Gesamtverlauf seines Vorhabens, setzte er sich in sein Auto und fuhr nach Hause.

Zuhause zog er seine Kleider aus. Die Blutflecken waren mittlerweile angetrocknet, und er betrachtete sie eingehend. Daran zu riechen, verkniff er sich. Das war Erikas Blut. Unvorstellbar. Er seufzte tief. Aber was nützte ihm diese falsche Sentimentalität? Die Alte war ein Klotz am Bein, schon immer gewesen. Der kleine Dienst, den er sich ihr früher einmal in Rechnung zu stellen erlaubte, hatte sich für ihn ohnehin als nutzlos herausgestellt.
Bevor er die Wäsche in die Maschine packte, holte er den Umschlag mit dem Ring, den er beinahe vergessen hätte, aus

der Hosentasche. Obwohl nicht alle Kleidungsstücke dafür geeignet waren, stellte er das Programm mit Vor- und Kochwäsche ein, kippte die doppelte Ladung Waschpulver hinzu und drückte auf ‚Start'. Die karierte Hose hatte er ohnehin nicht gemocht. Er blieb im Bad und entschied sich für eine lauwarme Dusche. Als er fertig war, zog er sich einen Schlafanzug über und ließ sich im Wohnzimmer in seinen Sessel fallen.

Schlafen war nach der Aufregung freilich unmöglich. Er saß da, war aufgedreht, innerlich leer und starrte vor sich hin. Je länger er dasaß und vor sich hinglotzte, desto weniger ertrug er seine Untätigkeit, die ihn, je länger sie andauerte, in ein Gefühl von Irrealität hineinzutreiben schien.
Was war bloß geschehen? Was hatte er getan? War es wirklich er gewesen?
Einzelne Bilder von den Ereignissen vorhin bei Erika stiegen in ihm hoch, wirkten aber weit, weit weg und unwirklich. Nein, das muss Einbildung gewesen sein. Ein böser Traum. Er war aufgewacht, konnte nach diesen widerlichen Bildern nicht mehr schlafen und hatte sich in seinen Sessel gesetzt, um auf einen Müdigkeitsschub zu warten. Im Grunde war es für ihn unvorstellbar, einen Menschen zu töten. Nicht doch, er liebte die Menschen.
Tagtäglich versuchte er, anderen zu helfen und ihnen ihr Leben erträglich zu gestalten, als Altenpfleger und als Führungskraft. Und auch sonst in seiner Freizeit tat er nie etwas Schlimmes, sondern war nett zu allen. Er versuchte, den unguten Traum zu vergessen.

Aus eigener Kraft bekam er seine Aufgedrehtheit, die stetig schlimmer wurde, nicht in den Griff. Verzweifelt stand er auf, ging ins Badezimmer und holte sich die Schlaftabletten her. Dann drückte er eine aus der Packung heraus. Weil sie sehr stark waren, halbierte er sie und spülte eine Hälfte mit einem kräftigen Schluck aus dem Wasserhahn die Gurgel hinunter. Im Bett wartete er auf die Wirkung, die alsbald einsetzte und ihn in einen flachen Schlaf abgleiten ließ. Die halbe Tablette betäubte ihn bis zum nächsten Morgen. Um circa halb sieben wachte er mit einem leichten Brummschädel auf.

Nach Feierabend traf Gundel ausnahmsweise vor Torsten zu Hause ein. Ihr Gatte hielt ein außerplanmäßiges Abendseminar ab und war frühestens ab halb neun zu erwarten. Das Alleinsein bis dahin verbrachte Gundel in der Küche, gelähmt von ihren Eindrücken um die unglaublichen Erlebnisse der letzten Tage, die sie immer wieder vor ihrem geistigen Auge Revue passieren ließ.
Wie gewöhnlich drehte sich ihr Denken aber auch um sie selber.
Womit habe ich mich all die Jahre als Polizistin beschäftigt? Eigentlich doch hauptsächlich mit Grabenkämpfen, mit erfolglosen Abgrenzungen gegen einen unfähigen Kriminalrat, der vorwiegend seine Eigeninteressen im Sinn hat, der auf meine Kosten lebt und der mit meinen Minderwertigkeitskomplexen spielt. Ohne es zu merken, schüttelte sie leise den Kopf über so viel Irrsinn.
Heute jedoch hatte sie es den Munsingers gezeigt.
Darüber war sie froh.
Und es war gar nicht so schwer gewesen, weil jemand neben ihr saß, der am selben Strang zog. Der Kriminalrat hatte ihr Sven als vorletzte Chance zugeteilt und mehr Erfolge eingefordert. Es war noch nicht so weit, als dass er sie hätte ohne größeres Aufsehen versetzen lassen können. Der falsche Hund hatte sich in Gruber getäuscht. Dass die beiden so erfolgreich zusammen arbeiteten, war nicht in seiner Personalplanung vorgesehen gewesen, aber es hatte niemand anders außer Gruber zur Verfügung gestanden, und er schätzte Gundel als derart dusselig ein, dass man ihr hätte jeden an die Seite stellen können und es wäre für sie schief gelaufen.
Vom Fenster aus sah sie Torsten den Weg heraufkommen und freute sich, dass er nach Hause kam. Gutgelaunt wie meistens betrat er das Haus und begrüßte sie herzlich. „Sollen wir heute Abend essen gehen? Ich habe keine Lust, etwas zu kochen, und du scheinst auch nichts vorbereitet zu haben." Erst jetzt fiel ihr auf, dass sie völlig vergessen hatte, sich ums Abendessen zu kümmern. „Super Idee. Wohin sollen wir gehen?"
  Eine dreiviertel Stunde später saßen sie in einem italienischen Restaurant in der Tübinger Altstadt. Beide hatten Pizza bestellt. Torsten erzählte knapp von seinem

Seminar und interessierte sich aber schnell für das, was Gundel zu berichten hatte, denn die Episode im Steinbruch mit dieser Schaufler hatte ihn ebenso beunruhigt wie Gundel. Es war ein Ereignis, das ihrer Arbeit eine subtile Brutalität verlieh, die ihm neu war, und er wollte nun zeitnah über alles genauestens informiert werden, auch wenn er darauf vertraute, dass seine Frau in der Lage war, sich im Notfall effektiv zur Wehr zu setzen. Die neueste Story mit den Katzen, die Gundel im Flüsterton erzählte, setzte dem Ganzen aus seiner Sicht noch mal eins oben drauf. „Mir wäre es fast lieber, du würdest den Job an den Nagel hängen", war sein Kommentar.

„Und was soll ich stattdessen arbeiten? Kannst du mir das mal verraten? Ich habe nichts anderes gelernt."

Dass Gundel ihren Job erst aufgeben würde (wenn überhaupt), wenn die Rechnungen mit dem Kriminalrat beglichen waren, war ihm nicht bewusst.

Gundel hatte das begriffen und vermied es tunlichst, ihn in Kenntnis zu setzen, denn sie kannte Torstens Einstellung. Er war strikt dagegen, sich in solchen Kämpfen abzumühen, die seiner Meinung nach gegen Windmühlen geführt wurden. Die berufliche Alternativen, die sich Gundel spontan anboten, waren wenig attraktiv. Dass sie bei ihm als Institutssekretärin einstieg, war ausgeschlossen. Deshalb ließ er das Thema wieder fallen.

„Zurück zu den Munsingers. Ergibt sich aus dem, was ihr herausbekommen habt, ein Mordmotiv? Was werdet ihr als nächstes unternehmen?"

„Ein Mordmotiv ergibt sich daraus nur, wenn der Täter oder die Täterin wusste, dass in dem Sack Kätzchen waren, und er oder sie davon ausging, dass Munsinger sie abmurksen wollte. Da gibt es immer noch die Fußspuren von dem kleinen Mädchen im Steinbruch. Vielleicht hat sie den Sack mit den Tieren geholt? Ihre Klamotten nach denselben Jutefasern abzusuchen, die bei Munsinger zu finden waren, ist mittlerweile witzlos. Die Mutter hat sie bestimmt schon mehrfach gewaschen." „Und den Sack der Schaufler gebracht? War er da bereits verletzt?" Torsten hatte den roten Faden verloren. Gundel sah ihn fragend an. Sie kapierte nicht, warum er alles durcheinander brachte, und fragte sich, auf was er hinaus wollte. Weil sie darauf keine

Antwort hatte, machte einfach mit ihren Spekulationen weiter.

„Die Schaufler war ja mit dabei. Sie müsste in der Tat den Stein geworfen und ihn getroffen haben. Aber wie sollen wir das beweisen? Es fehlen uns einige Indizien, um eine stringentere Beweiskette aufzubauen. Morgen werde ich mit Gruber die Vernehmung der Alten planen und auch die Kleine werden wir ein weiteres Mal ins Visier nehmen."
„Und der Typ vom Petrusstift? Der wirkte in deinen Schilderungen auch nicht ganz koscher. Hoffentlich lauert er dir nicht eines Nachts irgendwo auf und sticht dich ab?"
„Hast du Angst?"
„Wenn ich ehrlich bin, ein bisschen."
„Ich werde aufpassen. Ich kann dich beruhigen. Ich hänge auch an meinem Leben, und für so eine Trantüte das Feld zu räumen, wirst du von mir nicht erleben." „Wenn er aber etwas zu verbergen hat, womit zu rechnen ist, hat er vermutlich kein Interesse daran, aufzufliegen." „Natürlich nicht. Aber keine Sorge. Ich schätze ihn als tendenziell feige ein. Der ist im Grunde eine Memme. Der wird sich nichts trauen, darauf kannst du dich verlassen, ... wobei wir sein kriminelles Potenzial bisher nicht beurteilen können, das gebe ich durchaus zu..... Könnte sein, dass wir ihn unterschätzen."
„Kann ich mich darauf verlassen, dass du mich auf dem Laufenden hältst?"
„Hast du Zweifel?"
„Manchmal schon."
„Iss deine Pizza, bevor sie kalt wird."

„Was wollen wir wann von wem wissen?" Das war die kritische Fragestellung, die Sven gleich am nächsten Morgen in den Raum stellte. Besonders das Wann war ein sensibles Problem, denn an wie vielen Fällen arbeiteten sie eigentlich? War die Schaufler doch in den Munsigertod verwickelt? War sie etwa auch am Tod von Frau Weigel beteiligt? Oder hatte Pfleiderer die Weigel auf dem Gewissen? Waren weitere Personen beteiligt, die bisher noch nicht ins Zentrum gerückt waren? Oder war Pfleiderer der Mann auf dem Foto, das in Thailand aufgenommen wurde? Wenn ja, welche Auswirkungen würde es haben, dass Sven ihn auf seinen Ring angesprochen hatte?

„Ich halte es für sinnvoll, da einzusteigen, wo wir die meisten Indizien haben, nämlich bei den Digoxinmengen, für deren Verbleib der Nachweis fehlt. Die werden ja wohl nicht irgendwo in einem hintersten Medikamentschränkchen einfach so herumliegen. Damit sollten wir den Pfleiderer nochmals konfrontieren, aber auch die anderen Personen, die in der Zeit auf der Station zugange waren." „Wenn ich das zusammenrechne, komme ich einschließlich Pfleiderer und Schaufler auf fünf weitere Zeugen. Ich habe hier mal die Namen herausgeschrieben. Die Adressen kriegen wir schnell raus. Benno Zullig, Astrid Obermeier, Rubina Amato, Gieslinde Storz und Kirsten Wiebald."
„Und was wollen wir von denen wissen? Die werden sich wohl kaum an einzelne Medikamentendosierungen erinnern. Das heißt, auf Fragen in diese Richtung erhalten wir lauter unbrauchbare Antworten." „Ja, wir müssen unsere Fragen so stellen, dass wir bestimmte Verhaltensmuster heraushören können, die auch in dem Artikel über die Serienmorde in der Pflege erwähnt sind."
Sven suchte in seinem Computer die Datei, in der er den besagten Text abgespeichert hatte. „Neben dem Hinweis, den wir schon haben, nämlich dem hohen Digoxinverbrauch – ich nehme auch nicht an, dass das Zeug einfach in die Kloschüssel gefallen ist -, gab es ja einige andere Verdachtsmomente, Gundel, du erinnerst dich?"
Gundel erinnerte sich nur dunkel. Heute fühlte sie sich von seinem Arbeitseifer überfordert und wurde albern. „Sven, ich finde, du solltest ein Buch schreiben." Während sie das sagte, stand sie auf und stellte sich zur Abwechslung ans Fenster. „Lass gefälligst die blöden Scherze. Konzentriere dich auf die Sache. Ich werde die Arbeit nämlich nicht alleine machen." „Sorry, was war noch für uns wichtig?" Sven rekapitulierte alle wichtigen Sachverhalte, aus denen sich Hypothesen für ihre Verhöre ableiten ließen.

Gundel hörte ohne Absicht mitten drin auf, zuzuhören. Seit einigen Monaten fiel es ihr schwer, sich viele Details auf einmal zu merken. Und seit ihrem heiklen Vortrag, der zu Ulfs Anzeige führte, war sie nicht mehr dazu imstande, mehr als drei Sachverhalte zu behalten.
Glücklicherweise war Sven geduldig. „Sag' bloß, dass wir es da im Grunde mit einer verschworenen Gemeinschaft zu

tun haben. Alle wissen, was abgeht, und alle decken sich gegenseitig? Unglaublich. Das nenne ich teamfähig. Von denen könnten wir uns eine Scheibe abschneiden." Wenigstens hatte Sven alle wichtigen Punkte im Kopf. Ohne ihn war sie aufgeschmissen.
„In den Befragungen werden uns vor allem diese unseligen Verleugnungsmechanismen Schwierigkeiten machen. Keiner wird offen zugeben, dass es auf der eigenen Station vielleicht Mörder geben könnte." Sie verließ den Raum, um kurz darauf mit zwei Bechern Kaffee vom Automaten auf dem Flur zurückzukehren. Einen der Becher schob sie ihrem Mitarbeiter hinüber. „Lassen wir das mit den Verleugnungsmechanismen vorerst beiseite", erwiderte sie. „Darüber zu spekulieren, macht keinen Sinn. Erst wenn wir wirklich einen vor uns sitzen haben, der als potentieller Täter in Frage kommt, können wir über so etwas nachdenken. Bis jetzt ist die Sachlage für so etwas zu schwammig. Außerdem finde ich das, was vielleicht psychologisch in den Leuten vorgeht, ungeheuer komplex. Dafür sind wir nicht ausgebildet. Kein Gericht wird auf ein eigens von Fachleuten angefertigtes psychologisches Gutachten verzichten, falls wir es je bis zu einer Anklage bringen. Das heißt, uns braucht das im Grunde nur beiläufig zu interessieren. Außerdem vermute ich, dass der Pfleiderer als direkter Täter nicht in Frage kommt, sondern eher eine Pflegekraft, die während der Pflege mit den Bewohnern in Kontakt stand." „Das legt sich aus dem, was ich herausgefunden habe, nahe."
Sven, der mit Sorge registrierte, wie unkonzentriert Gundel war, beschäftigte sich nebenher mit dem Kaffeebecher. „Welche Rolle spielte er dann? Und: Dass vor fünf Jahren tatsächlich mehrere Bewohner überzufällig rasch hintereinander weggestorben sind, muss ja nicht unbedingt an Erika Schaufler gelegen haben. Die anderen kämen genauso gut in Frage." „Je nachdem, wer Dienst hatte, als der Tod eintrat." „Das ist noch kein Beweis."
Sven warf seinen Stift auf den Tisch. „Wir werden also als nächstes Pfleiderer einen Besuch abstatten mit den Details im Hinterkopf, auf die wir ein Augenmerk haben müssen." „Ich würde vorschlagen, bevor wir uns die Schaufler wegen Munsinger vorknöpfen, fragen wir das kleine Mädchen nach

den Katzen. Motiv geben die Tierchen für unsere beiden Tierfreundinnen ja genug her." Sven hatte nichts dagegen.
„Sehe ich auch so."
„Was meinst du, wer hat den Stein geworfen?"
„Sag' du zuerst. Du bist die Chefin. Wenn der Anlass nicht so grausig wäre, würde ich eine Wette vorschlagen."
„Na gut. Ist aber reine Spekulation. Ich glaube nicht, dass es das Mädchen war. Schon allein deshalb nicht, weil der Brocken für sie zu schwer war."
„Somit hat sich die Wette erübrigt. Zuerst Petrusstift, dann Lena Bachmann?"
„Zumindest bei Bachmanns sollten wir uns vorher anmelden, Herr Kollege."

Der Wecker klingelte bereits einige Minuten, als Pfleiderer gegen 6.30 Uhr langsam wach wurde. Das, was in der letzten Nacht passiert war, war unter einer dicken Decke verborgen, und das war gut so, denn die Nervosität, die ein Gedanke daran auszulösen imstande war, konnte er beim besten Willen nicht gebrauchen. Was ihm am meisten fehlte, war ein klarer Kopf und etwas mehr Kaltschnäuzigkeit. Aber sein Verstand sagte ihm, dass das sture Ignorieren der gestrigen Ereignisse die Gefahr zukünftiger Fehler in sich barg. Und so gab es Momente, in denen er sein Leben hasste, genauso wie das Schicksal, das ihm dieses Leben zumutete. Schon früher hatte er sich nicht selten danach gesehnt, ein anderer zu sein. Und zwar in jeder Beziehung. Die Möglichkeit, ab und an eine gewisse Zeitspanne als Michael Sturm durchs Leben zu gehen, reichte ihm nicht aus. Michael Sturm dachte, fühlte und handelte insgesamt betrachtet wie Ullrich Pfleiderer. Er war ihm viel zu ähnlich, der Mann aus seinem zweiten Pass. Nein, manchmal wünschte er sich, es hätte ihn nie gegeben, diesen Ullrich Pfleiderer.

Die Tasche für die Reise stand im Flur bereit. Das Auto würde er hier lassen, denn es hätte ihn am Flughafen möglicherweise zu früh verraten. Geld für ein Taxi auszugeben, schmerzte ihn indessen – eine ärgerliche und an und für sich überflüssige Investition, die man sich unter normalen Umständen hätte sparen können. Aber diesmal ging es nicht anders.

Was aber wie immer war, war der Augenblick des unausweichlichen Wehmuts, der eintrat, wenn er sich zu einer Reise aufmachte. Er war ein Mahnmal dafür, dass er sich von keinem zu verabschieden brauchte, weil es niemanden gab, den er zu Hause zurückließ, genauso, wie es keinen gab, der auf ihn wartete oder der einen Anruf mit der freudigen Nachricht der Rückkehr entgegen nahm. Seine Kollegen im Petrusstift und seine Station waren ihm über die Jahre zum trostlosen Familienersatz geworden.

Er fühlte sich erbärmlich, einige Momente wenigstens, und verachtete sich solange dafür, bis er mit seinem allerletzten Rest Stolz im Leib das Erbärmliche trotzig in eine dunkle Ecke verwies. Er war nicht bereit, kampflos aufzugeben. Genauso, wie er nicht bereit war, sich als Jammerlappen, als Versager, durchgehen zu lassen. Noch nicht. Wenn schon untergehen, dann wenigstens mit wehenden Fahnen. Er reckte sich auf, als ob seine aufgerichtete Körperhaltung seine deprimierte Stimmung ausradiert hätte, und verließ erhobenen Hauptes seine Wohnung.

In seinem Block gab es zwölf Wohneinheiten, verteilt auf vier Etagen. Es war ein Aufzug vorhanden, den er gleich nach Verlassen seiner Wohnung betrat. Er drückte den Knopf für ‚Erdgeschoß, Ausgang'. Der Aufzug setzte sich quietschend in Bewegung, um abrupt auf dem nächst tiefer liegenden Stockwerk anzuhalten.

Ein hübscher Junge, der sich entsprechend seiner körperlichen Entwicklung leider am Ende seiner Pubertät zu befinden schien, stieg ohne zu grüßen ein und beachtete ihn nicht im Geringsten. Stattdessen hatte er lässig die Hände in den Hosentaschen und wippte stereotyp mit der Musik aus seinem MP3-Player mit, dessen Ohrstöpsel ein guthörbares rhythmisches Tsching-Tsching-Tsching abgaben. Pfleiderer hatte keinen blassen Schimmer, wo er um diese Uhrzeit hinwollte.

Die Anonymität im Block war ihm heute gerade recht. Die Blicke des Jungen streiften Pfleiderer nicht einmal, als sie beide im Erdgeschoß fast nebeneinander den Fahrstuhl verließen.

Auf der Strasse nahm Pfleiderer den Weg rechter Hand und peilte drei Kreuzungen später exakt den Straßenzug an, in den er das Taxi bestellt hatte. Es traf erst ein, als er bereits da war. Auch das klappte planmäßig.

Ab jetzt musste er aufpassen und sich konsequent als Michael Sturm ausgeben. Er hatte seinen Ullrich-Pfleiderer-Pass vorsichtshalber in einem Zwischenboden seiner Tasche versteckt, denn wenn er Pech hatte, und in eine Zollkontrolle geriet – man wusste ja nie -, dann war er sofort dran, wenn die Zollbeamten den anderen Ausweis mit dem gleichen Bild entdeckten.

Es war etwa 7.15 Uhr, als das Taxi mit ihm zusammen zum Stuttgarter Flughafen losfuhr, und es wurde langsam hell. Am frühesten Morgen hatten sich ein paar Regenwolken zusammengeballt. Die Strassen waren nass. Die Regenwolken verzogen sich nur langsam. Sie verdeckten die Morgensonne, die sich am Horizont hocharbeitete. Wenn er Glück hatte, hatte der kurze, aber kräftige Regen in Pfrondorf seine Fußspuren im Garten von Erika verwischt. Obwohl der Flieger ‚erst' um 11.30 Uhr starten sollte, war es gut, so früh von zu Hause losgekommen zu sein, denn morgens war auf der Schnellstrasse in Richtung Stuttgart gewöhnlich Stau. Trotz allem schaffte es der Fahrer, Pfleiderer gut eine Stunde später am Eingang zum Terminal 2 abzusetzen, wo die Pauschalreisen abgefertigt wurden. Pfleiderer hielt sein Gesicht die ganze Fahrt über vom Fahrer abgewandt und sah aus dem Fenster. Den Small Talk über den Verkehr, das Wetter und was er am Flughafen vorhatte, den der Fahrer angestrengt anzuleiern versuchte, blockte er konsequent ab, damit er nicht aus Versehen Informationen ausplauderte, die ihm später zum Verhängnis wurden.

Noch drei Stunden bis zum Abflug. In der Halle war reger Betrieb, obgleich es ein Tag unter der Woche war und die offiziellen Sommerferien längst vorbei waren. Es wollten eben doch noch einige Urlauber günstig in den Süden, vor allem Einzelpersonen und Paare ohne Schulkinder. Er orientierte sich anhand der Angaben, die er am Abend zuvor aus dem Internet ausgedruckt hatte, und visierte einen Informationsschalter an. Seine Buchung war angekommen, so dass er auch ohne großartige Reiseunterlagen einchecken konnte.

Michael Sturm verschwendete nicht eine Sekunde an Ullrich Pfleiderer, der vor wenigen Stunden eine alte Frau in ihrem Garten mit seinem Werkzeughammer brutal zusammengeschlagen und mit hoher Wahrscheinlichkeit ins Jenseits befördert hatte. Die Umgebung hier strahlte Urlaubsstimmung aus. Die Reisenden liefen mit ihren Rollkoffern kreuz und quer durch die Abfertigungshalle. Mit Rucksack oder Reisetasche waren die Wenigsten unterwegs. Pfleiderers Schalter hatte bereits geöffnet, so dass er sein Gepäck los werden konnte. Er hatte eine größere Tasche dabei, und das war's.
Weil er ein wenig ruhelos und der Andrang an der Personen- und Passkontrolle im Augenblick groß war, stellte er sich unverzüglich zur Masse dazu. Das war am ungefährlichsten. Die Leute drängelten, und das Bodenpersonal war bemüht, die Menge zügig durchzuschleusen. Um die Abfertigung nicht unnötig zu verzögern, begutachteten die Angestellten die Ausweise nicht mehr als oberflächlich. Pfleiderer beziehungsweise Michael Sturm war keinem aufgefallen. Das bedeutete, er war vorerst in Sicherheit.
Immer noch waren es zwei Stunden bis zum Abflug. Folglich war es klug, sich für die Wartezeit und den Flug in einem der Zeitschriftenläden mit Lesestoff zu versorgen. Pfleiderer hätte sich in der Wartezone vor den Gates quer über die Sitze legen und schlafen können, so müde fühlte er sich plötzlich, aber damit hätte er sich um diese Uhrzeit mit Sicherheit von der Menge abgehoben und die öffentliche Aufmerksamkeit auf sich gezogen. An Schlaf war also nicht zu denken. Er verschanzte sich stattdessen hinter einem Buch und bemühte sich, die Umgebung so wach, wie es ihm eben möglich war, in den Blick zu nehmen.
Er blätterte die erste Seite auf und begann zu lesen. Die Buchstaben verschwammen vor seinen Augen. Er bekam überhaupt nicht mit, um was es auf den ersten Seiten des Romans ging. Stattdessen beschäftigten ihn seine Sorgen. Er dachte darüber nach, ob es für ihn überhaupt möglich war, jemals wieder nach Deutschland zurück zu kehren. Die Folgen, die der letzte Abend für ihn haben konnten, wurden ihm zum ersten Mal in ihrer ganzen Tragweite bewusst, und er spürte eine diffuse Angst, aber keine Gewissensbisse

wegen Erika. Wie konnte es in Tunesien für ihn weiter gehen? Scheiße. Womöglich gab es keinen Weg zurück.

Irgendwann hörte er, dass sein Flug aufgerufen wurde. Einige Passagiere setzen sich in Bewegung und bildeten eine Schlange vor der Schleuse zum Transportbus, in die er sich einreihte. Mit einem Schlag erkannte er, wie wenig er seinen so genannten Plan zu Ende gedacht hatte, und es dämmerte ihm, wie sehr er sich zum jetzigen Zeitpunkt bereits verrannt hatte. Aber hatte dieser gesamte Schlamassel nicht schon viel früher angefangen, wenn er mal ganz ehrlich war? Damals in Thailand zum Beispiel, oder noch früher?

Die Reisenden drängelten im Pulk die Schleuse hinunter zu dem Bus, der sie zur Maschine befördern sollte, und bildeten eine mitreißende Menschenwoge, die Pfleiderer erfasste und mit sich zog, um ihn in den Bus zu spülen. Was blieb ihm anderes übrig, als sich treiben zu lassen? Pfleiderer wurde tiefer in den Bus gedrückt. Jemand rammte ihm sein Handgepäck von hinten in die Kniekehle. Es brachte nichts, sich zu beschweren. Der Bus war bis auf den letzten Millimeter rammelvoll und setzte sich in Bewegung.

Heute war Sven an der Reihe zu chauffieren. Gundel machte sich auf dem Beifahrersitz breit und betrachtete einen kleinen weißen Zettel, den sie in der Hand hielt. Sie waren auf dem Weg zum Petrusstift, aber Gundel beschäftigte ein anderes Thema, den Umgang mit Lena Bachmann.

„Wenn sie uns nicht die Wahrheit erzählt hat, was war der Grund?" fragte Sven und brach das konzentrierte Schweigen. „Lena Bachmann?" Er nickte.

„Vielleicht hat Erika Schaufler ihr gedroht, etwas versprochen, was auch immer. Irgendetwas in diese Richtung. Soweit waren dir doch schon", antwortete Gundel genervt. „Das heißt, dass sie uns heute auch nicht die Wahrheit erzählt."

„Trotzdem ist es nach unserem bisherigen Stand unsere Pflicht, sie erneut zu befragen. Das Problem ist der Druck, der unter Umständen auf dem Mädchen lastet, den wir nicht einschätzen können. Wir müssen aufpassen, dass wir ihn nicht unabsichtlich erhöhen. Wenn wir das Kind zu sehr

unter Druck setzen, dann werden wir Probleme kriegen. Von dem abgesehen, ist es nicht fair."
„Also, welche Fragen machen Sinn?" „Keine Ahnung." Gundel zuckte mit den Achseln.
Sven hielt vor dem Petrusstift an und stellte den Motor ab. In der optimistischen Annahme, dass sie heute Vormittag einige für sie wichtige Personen spontan und während ihrer regulären Dienstzeit antreffen würden, begaben sie sich in das Foyer, über die Treppe in den ersten Stock und steuerten zielstrebig auf Pfleiderers Büro zu.
Gundel klopfte. Nichts rührte sich.
Sie wandte sich an eine vorbei huschende Pflegerin und stoppte sie rücksichtslos. „Entschuldigen Sie, der Herr Pfleiderer, könnten Sie ihm bitte sagen, dass Frau Tenneberg vor seinem Büro wartet und ihn sprechen will? Er weiß, um was es geht." „Tut mir leid. Der hat sich bereits gestern Abend krank gemeldet. Ihm scheint's nicht gut zu gehen."
Gundel trat von einem Fuß auf den anderen und schnaufte genervt. „Wann kommt er denn wieder?" „Hatte vor, morgen oder übermorgen wieder zum Dienst zu erscheinen." „So", erwiderte sie gereizt. „Und wer ist nun für Sie zuständig, oder besser gefragt, wer kann uns Ihre Angaben bestätigen?" Die Pflegerin, die sichtlich in Eile war und loskommen wollte, war von Gundels aufdringlichem Auftreten wenig angetan und sendete deutliche Signale des Unmuts aus.
„Wir hätten uns ja auch anmelden können", griff Sven ein und versuchte, irgendwie zu vermitteln. „Hat er eine Vertretung?" „Ja, die Frau Kemmler, die Pflegedienstleitung der Nachbarstation. Suchen Sie sie bitte im dritten Stock."
Damit huschte die Pflegerin weiter und ließ den Besuch auf dem Flur stehen.
„Gundel, wir brauchen die Leute noch", ermahnte er seine Chefin inständig. „Wir sollten es uns nicht von vornherein mit ihnen verscherzen. Druck machen können wir später immer noch!" „Ja, ja, ich weiß, aber jetzt bin ich super angepisst, weil ich das Gefühl habe, das hat etwas zu bedeuten, dass er nicht hier ist, und wir sind – wie kann es anders sein - zu spät dran." Dazu fiel Sven keine Gegenrede

ein. „Los, wir gehen hoch und sehen mal nach, was los ist."
Er wollte keine wertvolle Zeit mehr verlieren.
Die Informationen, die Dörte Kemmler ihnen geben konnte, waren nicht sehr aufschlussreich. „Er hat ausrichten lassen, dass er frühestens morgen wieder im Dienst ist. Mehr kann ich Ihnen nicht sagen, tut mir leid." „Gut, dann müssen wir bis morgen warten. Danke."
Aber so ganz ohne Ergebnis wollten die beiden nun doch nicht abrücken. „Sie wissen vermutlich, dass sich auf der Station von Herrn Pfleiderer gewisse Verdachtsmomente über – sagen wir mal – Unregelmäßigkeiten ergeben haben, die uns dazu berechtigen, dem Stationspersonal ein paar Fragen zu stellen. Auch aus diesem Grund sind wir heute hier. Auch wenn Herr Pfleiderer heute unpässlich ist, wollen wir trotzdem mit den Pflegekräften, die heute da sind, sprechen. Wo ist das möglich?"
Dörte Kemmler wurde vorsichtig. „Da muss ich erst mal unseren Geschäftsführer informieren. Von dem, was Sie da behaupten, weiß ich nichts, … habe ich überhaupt noch nichts gehört." Die Frau wurde resolut.
„Tun Sie das bitte", wies Gundel sie ärgerlich an. „Und fragen Sie bitte nach einem Raum, in dem wir ungestört mit den einzelnen Leuten reden können, ja?"
Dörte Kemmler trabte los zum Telefon.
„Gundel, ist doch klar, dass der Geschäftsführer nicht alle Stationen informiert. Warum sollte er die falschen Pferde scheu machen." Sven war derjenige, der heute seinen verständnisvollen Tag hatte, und versuchte zu beschwichtigen, so gut es ging. Aber Gundel war heute schwierig im Umgang. Sie reagierte auf die kleinsten Widerständen überempfindlich. Ihre leicht paranoide Tendenz, allen, aber auch wirklich allen, außer Sven, zu unterstellen, dass sie mit Absicht gegen sie arbeiteten, sie boykottierten und sabotierten, wo sie nur konnten, hatte Oberwasser. Mochte es so sein, dass sie recht hatte, dass das objektiv betrachtet auf den Geschäftsführer zutraf, aber was nützte ihnen diese Erkenntnis, wenn ihr Urteilsvermögen darunter litt?
„Schon gut, beruhige dich. Ich bin eben angepisst und will mir die Sache jetzt nicht vermasseln lassen. Versteh' das doch endlich." „Das verstehe ich durchaus. Wenn du dich

nicht besser im Griff hast, vermasselst du dir allerdings deinen Erfolg selbst", keifte Sven im Flüsterton zurück. Einen Moment lang trafen sich ihre Blicke wie Klingen, die sich zum Duell kreuzten, bis Gundel die Kurve kriegte und sich der Vernunft fügte. Die aufgebauschte Spannung ebbte langsam ab. Pfleiderers Vertretung kam zurück.
„Sie können die Leute befragen. Sie können den Raum nutzen, in dem wir unsere Übergaben machen. Aber, wenn ich bitten, darf, bitte so, dass Sie unseren laufenden Betrieb so wenig wie möglich stören. Das heißt auch: diskret. Die Personen, die auf Besuch bei ihren Angehörigen da sind, bekommen nichts mit, verstanden? Sonst werden wir Sie wegen ungerechtfertigter Rufschädigung belangen. Darauf können Sie sich verlassen", stellte Dörte Kemmler selbstbewusst klar. „Na, dann führen Sie uns in das Zimmer und informieren Sie die in Frage kommenden Personen. Auf was warten Sie?"
Sven übergab ihr die kleine Liste mit den Namen, die er der Pflegedokumentation entnommen hatte. Frau Kemmler überflog sie mit einem Kommentar, der wie aus der Pistole geschossen daher kam. „Erika Schaufler ist in Rente, Benno Zullig arbeitet im Olgastift, Gieslinde Storz ist seit zwei Monaten krank geschrieben, Rubina Amato hat heute frei. Von den Leuten auf Ihrer Liste treffen Sie heute nur Frau Obermeier und Frau Wiebald."
Sven notierte sich alles. „Wissen Sie zufällig, wo Frau Storz und Herr Zullig wohnen? Wir werden sie zu Hause befragen. Wegen Frau Amato und Herrn Pfleiderer kommen wir morgen noch mal vorbei." „Da muss ich selbst unten in der Mitarbeiterkartei nachsehen. Die ist im Büro von Herrn Pfleiderer. Wieso brauchen Sie die Adresse von Frau Schaufler eigentlich nicht?" fragte sie argwöhnisch nach. Man merkte, dass sie sich ihre eigenen Gedanken machte.
„Die haben wir bereits." „So, so", gab sie bedeutungsvoll zurück.
Als Dörte Kemmler Sven und Gundel nach unten begleitete, bereute sie es mittlerweile bitter, dass sie zu den Polizisten so abweisend gewesen war. Sie war in Wirklichkeit eine alte Tratschtante und hätte zu gerne erfahren, warum sie im Zusammenhang mit dieser geheimnisvollen Unregelmäßigkeit längst im Besitz von Erikas Adresse

waren. Mit dem Versuch, ihre Pampigkeit wettzumachen, suchte sie ihnen ohne Umschweife die gewünschten Adressen heraus und bot ihnen für die Befragungen sogar das Büro von Pfleiderer an. Darüber hinaus stellte sie Gundel und Sven Frau Obermeier und Frau Wiebald vor, wobei sich herausstellte, dass Frau Wiebald die Pflegerin war, mit der Gundel wenige Augenblicke zuvor zusammen gerasselt war. „Wir werden es Ihnen mitteilen, sobald wir fertig sind, danke Frau Kemmler", bemühte sich Sven.

Frau Obermeier war mit ihrem Gang über die Station fertig und kam als erste an die Reihe. Verdutzt stellte sie sich den Fragen und wunderte sich vor allem über die Naivität der beiden Kripobeamten. „Glauben Sie im Ernst, dass ich mich an alles erinnere, was vor fünf Jahren auf unserer Station passiert ist?" erwiderte sie auf Gundels Frage, ob ihr in dem Zeitabschnitt, in dem Frau Weigel verstorben war, etwas Ungewöhnliches aufgefallen war. „Wenn Sie mich so fragen, nein." „Frau Obermeier, Sie brauchen um Ihren Arbeitsplatz nicht zu fürchten. Wir werden mit allen Informationen, die Sie uns geben, sensibel umgehen, das verspreche ich Ihnen." „Das glauben Sie ja selber nicht. Wie wollen Sie das denn machen? Angenommen, ich würde Ihnen etwas erzählen, was auf Fehler hinweist, dann müssen Sie das doch meinen Chefs sagen." „Ja, hat es denn etwas gegeben, was den Chefs nicht gefallen würde, wenn Sie es uns erzählen?" „Nein." …..
Sven machte einen eigenen Anlauf. Er befürchtete, dass Gundels direkte Art sie in ziemliche Schwierigkeiten brachte. „Wie war zu der Zeit die Stimmung auf Ihrer Station? Wie würden Sie sie beschreiben? Hatten Sie zuviel oder eher zu wenig zu arbeiten?" „Arbeit hatten wir genug. In diesem Sommer gab es fünf Neuaufnahmen zuviel. Der Chef hat das aber gut abgeklärt. Die Überbelegung war in Ordnung. Von daher kann ihm keiner was." Ihr Erinnerungsvermögen stellte sich als nicht so schlecht heraus, wie sie zunächst behauptete.

„Und wie ist das, wenn es so viel Überbelegung gibt? Ist das in Ihrem Interesse, ich meine, der Job wird dadurch sicher nicht einfacher."

„Stress hatten wir jede Menge. Die Arbeit war ganz schön anstrengend, das können Sie mir glauben. Aber die

Stimmung war nicht schlecht. Alle waren trotzdem noch gut drauf." „Sie konnten also untereinander noch Späßchen machen, habe ich das richtig verstanden?"
Frau Obermeier nickte.
„Ich kenne mich nun überhaupt nicht in der Altenpflege aus. Ich interessiere mich aber dafür, denn Sie machen eine für die Gesellschaft überaus wichtige Arbeit." Jetzt fing er an, sich plump einzuschmeicheln, worüber Gundel den Mund verzog. Sie war gespannt, auf was er sich nun verstieg.
„Und weil die Arbeit so anstrengend ist, muss man sich mit Späßchen bei Laune halten, stimmt's? Jede Branche hat so ihre typische Späßchen. Wir Polizisten machen immer Beamtenwitze. Soll ich Ihnen mal einen erzählen?" Gundel sah ihn drohend an. Ihr reichte es mit Svens Schmusekurs, der doch nichts brachte. Unsanft ergriff sie das Wort.
„Kommen wir zu den Fakten zurück. Wir haben ausrechnen lassen, dass der Verbrauch und die Mengen an einem bestimmten, auf der Station verfügbaren Medikament mit dem Wirkstoff Digoxin nicht korrekt dokumentiert wurden. Wir können belegen, dass der damalige Arzt der Station Rezepte über sehr hohe Mengen ausgestellt hat. Wo ist das Zeug hingekommen? Wissen Sie etwas darüber? Oder ist es Ihnen nicht aufgefallen, dass die Sterblichkeitsrate in der Zeit um den Tod von Frau Weigel herum außergewöhnlich hoch war?" Die Befragte wurde blass. „Das kommt immer mal vor, dass mehrere Bewohner hinter einander wegsterben. Es gibt ebenso Phasen, da stirbt niemand, verstehen Sie?" „Vielleicht hängt es damit zusammen, dass in solchen Phasen die Belegung stimmt." „Was unterstellen Sie uns? Woher nehmen Sie sich das Recht, so mit mir umzugehen? Ich habe nichts Falsches getan, wenn Sie darauf hinaus wollen. Ich habe nicht zuviel Digoxin verabreicht." Frau Obermeier bereute ihre Offenheit von vorhin und fühlte sich reingelegt.
„Von vorne. Hören Sie zu. Uns liegen hieb- und stichfeste Hinweise vor, die beweisen, dass hier ein Medikament, das in geringster Überdosierung tödlich wirkt, in großen Mengen vorrätig war. Wenn uns irgendjemand hier plausibel erklären kann, wo sich das Zeug befindet oder wo es hingekommen ist, ohne jemanden getötet zu haben, haben Sie hier alle kein Problem, kapiert?"

Frau Obermeier hatte es die Sprache verschlagen. Entsetzt und durcheinander starrte sie Gundel Tenneberg an und nickte.

„Noch mal, ganz langsam zum Mitschreiben: Woran können Sie sich erinnern?"

Die Angesprochene rutschte beinahe unter den Tisch und stammelte verdruckst: „Ich habe mich in meinem Dienst immer strikt an die ärztlichen Vorgaben gehalten, das schwöre ich. Ich kenne mich mit Sterbesituationen und -begleitung auch nicht gut aus, weil ich es in meinen Dienstzeiten selten oder so gut wie noch nie erlebt habe, dass ein Bewohner gestorben ist." „Wir reden gerade mit Ihnen, nicht über Sie, um das klar zu stellen. Ist Ihnen so etwas bei Kollegen aufgefallen?"

Das war eine harte Frage. Aber im Schonwaschgang kam man da auf keinen grünen Zweig. Das hatte Sven Gundel überzeugend vorgeführt.

Frau Obermeier stand nun richtig unter Druck. „Ich kann mich nicht erinnern, glauben Sie mir. Fünf Jahre sind lange her." Sie jammerte. Gundel sah sie unbeugsam an.

Nach einer Pause hatte sie genug. Aus Frau Obermeier war nichts heraus zu bekommen. „Danke. Sie können gehen. Es kann sein, dass Sie Ihre Aussagen auf dem Präsidium schriftlich zu Protokoll geben müssen. Rechnen Sie bitte damit." Die Pflegerin war mittlerweile den Tränen nahe. Sie kramte aus ihrer Kitteltasche ein Papiertaschentuch heraus und wischte sich damit das Gesicht ab, bevor sie aufstand und hastig den Raum verließ.

Gundel öffnete das Fenster, um die dicke Luft nach draußen zu lassen. Ihr Mitarbeiter stand auf und streckt sich, um seine Verspannungen zu lösen.

„Alle Achtung, Gundel. Das war echt gut, wie du mir aus der Klemme geholfen hast. Danke." „Hab' ich für mich gemacht", grinste sie verschmitzt. „Der Auftritt ist mir schwer gefallen, aber ich denke, nur so kommen wir an die Tatsachen."

„Die halten ganz schön zusammen, findest du nicht?" „Ja. Da könnte man richtig neidisch werden."

„Könnte aber auch sein, dass die Teamebene so gut funktionierte, eben weil ein gemeinsames schmutziges Geheimnis den Kitt hergibt."

In der Befragung von Frau Wiebald lief es nicht anders. Diese beteuerte aus tiefstem Herzen, nichts von unerklärlichen Widersprüchen bei Medikamentenmengen zu wissen, noch nie gewusst zu haben.

„Wir brauchen die Dokumentationen über alle Bewohner, die im selben Zeitabschnitt gestorben sind, um mögliche Muster zu erkennen, nicht nur die über Frau Weigel", schlussfolgerte Sven. „Das bedeutet, dass du mich mit dem Indiz vom ungeklärten Verbleib des Digoxins zum Kriminalrat schickst und parallel zur Staatsanwaltschaft, damit unser lieber Chef gegen eine Ausdehnung der Untersuchung nichts unternehmen kann."

„Wenn du so willst."

„Dann muss ich das aber schnell machen. Die Verhöre schieben wir bis dahin auf." „Auch die von Pfleiderer und Schaufler? Ich bin stark dafür, beide zu kontaktieren, bevor die Buschtrommeln zum Einsatz kommen."

„Du denkst, es besteht akute Fluchtgefahr? Glaube ich nicht. Eine Flucht wäre viel zu aufwendig, für beide. Die spekulieren doch alle noch, dass sich keine konkreten Beweise ergeben. Zudem halten sie ihre Handlungen für gerechtfertigt, vergiss' das nicht. Pfleiderer kommt nicht auf die Idee, dass ihn jemand festnehmen will. Hast du selbst recherchiert."

Der Kriminalrat zitierte Gundel umgehend zu sich. Sie hatte nämlich ihre bisherigen Ergebnisse, vor allem die Aussagen des Gerichtsmediziners und Svens Auskunft vom Hausarzt der Station, direkt an den Staatsanwalt mit einem Antrag auf eine Genehmigung zur erweiterten Einsicht in die Unterlagen des Petrusstift weitergeleitet.

Er war außer sich. „Was fällt Ihnen ein, auf die Staatanwaltschaft zuzugehen, ohne mich zuvor zu informieren!" tobte er und spuckte bei jedem seiner sehr lauten Worte mehrere kleine DNA-Proben vor sich auf den Schreibtisch.

Gundel bemühte sich, keine abzubekommen. „Contenance war noch nie Ihre Stärke, zumindest nicht mir gegenüber." Ihre Schlagfertigkeit rührte von den wenigen Fakten, die auf ihrer Seite waren. Ihr Herz klopfte laut bis zum Hals, denn es war das erste Mal, dass sie den Mut hatte, dieser Witzfigur Paroli zu bieten. Außerdem hatte sie Bammel

davor, es nicht durchzustehen, sondern zwischen drin einzuknicken. Aber auf der anderen Seite hatte sie die Schnauze gestrichen voll, sich schikanieren und bestimmen zu lassen, und warf ihren vorauseilenden Gehorsam mit hohem Bogen über Bord.
Der Kriminalrat war eine zahme Frau Tenneberg gewöhnt, die sich ihm gegenüber vorsichtig verhielt und sich fügte. Nun aber rang er nach Sauerstoff.
Gundels Auftreten trieb ihn zur Weißglut.
„Sie haben mich übergangen!" schrie er sie an, um sie in die Knie zu zwingen.
„Hören Sie auf, mich anzuschreien. Sie meinen, Sie könnten sich das leisten, weil wir hier in Ihrem Büro alleine sind und es keiner mitbekommt. Und mit Ihren formalen Argumenten kommen Sie nicht einmal mit einer Disziplinarmaßnahme gegen mich durch. Ich werde zukünftig direkt mit dem Staatanwalt zusammenarbeiten, merken Sie sich das. Und wenn Sie sich nicht zurück nehmen, werde ich noch ganz andere Dinge auf den Tisch legen, darauf können Sie sich verlassen", schrie sie zurück.
Augenblicklich blieben ihm seine nächsten Worte im Hals stecken, obwohl er Gundels Drohungen für reine Schaumschlägerei hielt. Trotzdem, mit diesem aus seiner Sicht unerhörten Verhalten hatte Gundel das Kriegsbeil ausgegraben. Er würde sie ab dem heutigen Tag bei allem genauestens observieren und ihr beim kleinsten Fehler gewaltig an den Karren fahren.
„Ich werde Sie weiterhin über den Stand der Dinge informieren, aber von den Ermittlungen werden Sie mich nicht mehr abhalten, das verspreche ich Ihnen."
Gundel ließ ihn in seinem Büro sitzen. Der Staatsanwalt reagierte umgehend. Gundel und Sven waren berechtigt, umfassende Untersuchungen im Petrusstift anzustrengen. Die Indizienlage nötigte geradezu zu einer Überprüfung.

Torsten freute sich für Gundel, in gewisser Hinsicht. Bei ihr im Büro herrschte Krieg, das war unmissverständlich. „Während du dich genüsslich beim Erzählen in allen Einzelheiten suhlst, male ich mir gerade aus, wie er kurz vor der Detonation steht. Er wird sicher versuchen, dich zu beschädigen. Trotzdem bin ich froh, dass du es ihm gegeben

hast. War Zeit, du hättest schon lange auf den Tisch hauen sollen." Er wusste genau, warum es ihr oft schlecht ging.
„Das sagst du so einfach. Es dann aber zu tun, ist nicht einfach. Glaub' mir, es hat mich Überwindung gekostet. Im Nachhinein bin ich total erleichtert, dass ich das fertig gebracht habe. Ohne Sven hätte ich es mich nicht getraut. Er wird hinter mir stehen, auch wenn der Kriminalrat versuchen wird, uns auseinander zu dividieren."
Torsten kannte Sven persönlich kaum, war aber beruhigt, zu hören, dass die beiden so gut miteinander kooperierten. Er wollte zu gerne wissen, was Sven Gruber für ein Mensch war. „Sollen wir ihn demnächst zusammen mit Franz und Ulf zum Essen einladen?"
Dieser Vorschlag gefiel Gundel ganz und gar nicht. Außerdem hatte sie keine Lust auf Franz, vor allem nicht auf seine peinlichen Annäherungsversuche. Wie konnte Torsten auf die Idee kommen, ihn einzuladen, nach dem, wie er sich vor einigen Tagen bei ihnen aufgeführt hatte? „Ich weiß nicht, ob das so eine gute Idee ist. Sven und ich sind zum Stillschweigen verpflichtet, und Ulf will sicher Informationen haben. Den Franz geht das Ganze nun wirklich nichts an, finde ich. Und wenn wir Sven allein einladen, besteht die Gefahr, dass der Abend zur Dienstbesprechung ausartet, obwohl dir das sicher gefallen würde." Torsten bekam ein langes Gesicht. „Na schön, er hat eine Freundin. Vielleicht kommt sie mit."
Plötzlich fiel Gundel die leichte Bedrücktheit auf, die Torsten ausstrahlte. „Was ist los mit dir?" „Nichts, nein, mit mir ist nichts los."
Es entstand eine Pause, in der sie ihren Mann skeptisch anschaute. Sie stand auf, ging zu seinem Sessel und schmiegte sich an ihn. „Komm schon. Was verheimlichst du mir? Was ist los? Ich merk' das genau, wenn mit dir etwas nicht stimmt." Er zögerte, wusste aber, dass seine Frau nicht locker lassen würde, bis er ihr alles gestanden hatte.
„Ich habe mir heute einen Arzttermin besorgt. Ich spüre seit einiger Zeit ein ziehenden Stechen hier an der rechten Seite am Rumpf, das ich nicht einordnen kann. Ich werde mich gründlich untersuchen lassen."
„Wann ist der Termin?" fragte Gundel beunruhigt.

„Übermorgen. Ich werde zunächst beim Hausarzt nachsehen lassen." „Wieso zunächst? Ich finde es gut, dass du endlich überhaupt mal zum Arzt gehst und dich untersuchen lässt. Das letzte Mal warst du vor fünf oder sechs Jahren dort." Gundel spürte Torstens Besorgnis und nahm sie in sich auf. Ihm tat es leid, dass er sie belastete. Am liebsten hätte er alles verschwiegen, bis die Entwarnung vorlag. „Nun warten wir es erst einmal ab, was dabei herauskommt." Seine Gefasstheit war gespielt und unglaubwürdig.

In der Nacht hatte Gundel einen unruhigen Schlaf. Ihre Befürchtungen über Torstens Gesundheitszustand quälten sie. Unausgeschlafen erschien sie zum Dienst, der ihr heute alles abverlangte. Zuerst telefonierte sie mit dem Staatsanwalt, der ihr dringend nahe legte, die Sachlage im Petrusstift genauestens und ohne falsche Rücksichtnahme unter die Lupe zu nehmen mit der Bitte, ihn unverzüglich über die neuestes Erkenntnisse zu informieren. Er sicherte seine Unterstützung in allem zu, was an Maßnahmen für die Klärung dieser schwer belastenden Indizienlage notwendig war. „Ich werde den Kriminalrat benachrichtigen, dass er sich in diesem Fall getrost auf uns verlassen kann. Wir brauchen dringend einen direkten Draht zueinander, damit wir gegebenenfalls schnell die erforderlichen Schritte veranlassen können."
Dem Staatsanwalt waren die Zustände in ihrer Abteilung nicht bekannt. Sein Vorschlag war aus seiner Sicht etwas ganz normales. Was er damit heraufbeschwor, war ihm völlig unklar. Gundel ließ es laufen. Sollte ihr Chef einen Kopfstand machen oder zwei, wenn er es brauchte.
Richtig freuen konnte sie sich allerdings über diese positiven Entwicklungen nicht, denn in Gedanken war sie bei Torsten. Auf ihrem Weg zum Petrusstift blieb sie ungewöhnlich schweigsam. Der heutige Tag kostete sie unglaublich viel Kraft. Sven interpretierte die Stille als Konzentration. Gundel erwähnte ihm gegenüber nichts von ihren privaten Problemen.

Im Petrusstift standen sie abermals vor einer verschlossenen Bürotür und warteten vergeblich auf einen Ullrich Pfleiderer. Gundel signalisierte Sven, dass es ihr reichte und sie beim Geschäftsführer vorsprechen wollte, und zwar sofort. So hasteten sie finster die Flure entlang zum

Bürokomplex, in dem er residierte. Wenigstens war er zugegen.

Aus einem nicht ganz ersichtlichen Grund witterte der Geschäftsführer den Ernst der Lage. Das führte für Gundel und Sven wenigstens zu der - den Umständen entsprechenden - angenehmen Situation, dass er seine ansonsten cholerische Art aus taktischen Gründen bändigte.

Na, geht doch, dachte Gundel müde. Warum nicht gleich so. Aber immer nur dann, wenn kräftig mit der Peitsche geknallt wurde. Sie bemühte sich, Gedanken in ihren Kopf hineinzukriegen, die ihre innere Erschöpfung verjagten.

„Setzen Sie sich", wies er seinen Überraschungsbesuch an und zeigte mit einer Handbewegung auf eine kleine Sitzgruppe. Der Geschäftsführer schien ihr heute aus der Hand zu fressen. Kein Grund, die Zügel locker zu lassen. Vermutlich glaubte er noch immer, dass ihm seine speziellen Connections zum Kriminalrat etwas nützten.

Gundel kam sofort zur Sache. „Wir haben von unserer Staatsanwaltschaft einen Durchsuchungsbeschluss, der die ganze Station betrifft, auf der vor fünf Jahren unter mysteriösen Umständen die Bewohnerin Karla Weigel zu Tode gekommen ist." Das mit Karla Weigel war ihm natürlich bereits bekannt. Aber nun für die ganze Station? Bevor er reagieren konnte, setzte Gundel nach.

„Wir müssen dringend mit Herrn Pfleiderer sprechen. Wissen Sie, wo er ist?"

„Ist er nicht in seinem Büro oder auf Station?" erkundigte sich der Geschäftsführer vorsichtig. „Offensichtlich nicht. Wo hält er sich auf?"

„Woher soll ich das dann wissen?"

„Geben Sie uns schleunigst seine private Adresse. Und außerdem: Hiermit stellen wir alle Unterlagen über die Pflege aus den letzten sieben Jahren sicher."

Noch während dieser Ankündigung griff Sven geradewegs zum Telefon und forderte ein Einsatzkommando zur Beschlagnahmung des mutmaßlichen Beweismaterials an.

„Wir werden hier bleiben, bis unsere Kollegen eingetroffen sind und das Material konfisziert haben. Hier scheint mir einiges zum Himmel zu stinken, falls Sie meine Meinung interessiert." Gundel nickte Sven zu, der umgehend eine Streife zu Pfleiderers Wohnung schickte.

Das Einsatzkommando war nach einer halben Stunde an Ort und Stelle. Die Polizisten wurden angewiesen, alles einzupacken, was für die Ermittlungen bedeutend erschien, und auf die Dienststelle zu bringen. Währenddessen klingelte Svens Telefon.
„Was, er ist nicht in seiner Wohnung? Haben die Nachbarn etwas bemerkt? Bleibt, wo ihr seid, wir kommen."
Eilig ließen Gundel und Sven das Einsatzkommando zurück und rannten über die Flure, zum Ausgang, zum Wagen. Mit einem quietschenden Kavalierstart fuhren die beiden so schnell wie möglich zu Pfleiderers Wohnung los und trafen die anderen Kollegen vor der verschlossenen Wohnungstür an.
„Scheiße", platzte Gundel heraus und wählte auf ihrem Handy die Nummer des Staatsanwaltes. „Womöglich ist er abgehauen."
Der Staatsanwalt war auch nicht gerade amüsiert über die neuesten Entwicklungen. Gundel wollte schnell in Pfleiderers Wohnung.
„Ich kann mir einen Durchsuchungsbeschluss auch nicht aus den Rippen schneiden, Frau Tenneberg. Das wissen Sie. ... Ein kleines Schlupfloch haben wir aber noch. Wenn er sich offiziell krank gemeldet hat, könnten wir theoretisch unterstellen, dass Gefahr in Verzug ist, und mit diesem Vorwand in die Wohnung eindringen. Vielleicht hat er sich zu einer Kurzschlusshandlung hinreißen lassen. Allerdings ist ohne den Durchsuchungsbefehl beschlagnahmtes Beweismaterial vor Gericht nicht verwendbar. Beachten Sie das bitte, Frau Tenneberg." „Wir werden die Wohnung aufbrechen, nichts anrühren und vor Ort einen Beamten postieren, bis die Genehmigung vorliegt." „Das ist eine Möglichkeit. Ich werde mir größte Mühe geben."

Beim Durchkämmen des gesamten Wohnkomplexes nach Zeugen, die über den Verbleib von Ullrich Pfleiderer hätten Auskunft geben können, stießen Gundel und Sven leider nur auf vage Hinweise. „Nein, den Herrn Pfleiderer habe ich vorgestern zum letzten Mal gesehen", meinte die direkte Nachbarin. „Hat Herr Pfleiderer ein Auto?" wollte Sven weiter wissen. „Ja, einen alten blauen Ford Fiesta." Er schickte einen Polizisten in die Tiefgarage, der nach fünf Minuten zurückkehrte. „Es steht ein blauer Fiesta unten. Ich

habe mir das Kennzeichen notiert und werde überprüfen, wem er gehört." „Danke."
„Ich glaube nicht, dass er die Wohnung nur kurz verlassen hat, um beispielsweise etwas zu besorgen." Gundel dämmerte es.
„Was machen wir, wenn er tatsächlich seit vorgestern verschwunden ist?"
„Dann befindet er sich auf der Flucht und wir können eine Fahndung rausgeben mit den Schwerpunkten Bahnhöfe, Flughäfen und so weiter." Gundel bestellte die Nachbarin für den Nachmittag auf die Dienststelle ein, um ein Phantombild anzufertigen. Die Dinge kamen ins Rollen.

Auf der Rückfahrt ins Büro war Gundel äußerst angespannt. „Wir sollten als erstes die Schaufler verhören. Parallel dazu müssen wir endlich die Pflegedokumentationen sichten, sonst kommen wir nicht weiter." „Das kann ich schnell machen. Es handelt sich ja um einen Abschnitt von ein paar Monaten." Sven holte sich die Unterlagen.
Nach einer halben Stunde präsentierte er Gundel ein vorläufiges Ergebnis. „Wer hätte das gedacht? Ziemlich gruselig, was sich da zeigt. In relativ kurzer Zeit sind neben Frau Weigel noch vier alte Menschen gestorben, alle während der Dienstzeit von Erika Schaufler."
„Warum ist der Pfleiderer dann abgehauen?" „Gute Frage. Unser Fall gewinnt wohl an Dramatik." „So kann man es ausdrücken. Wir brauchen dringend Erika Schaufler und müssen aufpassen, dass wir über dem ganzen Chaos Lena Bachmann und den Rest des Pflegeteams unserer Todesstation nicht aus dem Auge verlieren."

Zwischendrin dachte Gundel an Torsten und nahm sich vor, sich am Nachmittag bei ihm zu melden, um zu hören, wie es ihm ging. Allerdings würde sie das bis zum Abend versiebt und nicht getan haben. „Für Erika Schaufler können wir aufgrund der Indizienlage sofort einen Durchsuchungsbeschluss beantragen", war Svens Vorschlag. Gundel war dankbar dafür, dass sie sich auf ihn verlassen konnte. Es fiel ihr nicht leicht, unter dem gegenwärtigen Druck in dem Durcheinander und dem Tempo der Ereignisse nicht zusammenzuklappen. „Ich will aber nicht abwarten, bis wir ihn haben, sondern gleich bei ihr vorbei." „Geht mir genauso."

13. Das Rad dreht sich weiter

Sven parkte den Dienstwagen direkt vor dem Grundstück. Durch den verwilderten Vorgarten erreichte man über einen schmalen Weg Erika Schauflers Haus. Nach mehrmaligen Klingeln öffnete niemand.

„Sie wird ja wohl nicht mit Pfleiderer durchgebrannt sein."
„Mich wundert inzwischen nichts mehr, das kannst du mir glauben."

Gundel wollte einen Blick durch das Küchenfenster werfen. Sie trat direkt an die Hausmauer und stiefelte dabei geradewegs in ein Blumenbeet, das unter dem Küchenfenster angelegt war. Dass ihre teuren Sportschuhe schmutzig wurden, interessierte sie nicht. Um ein paar Blicke durch das Fenster zu erhaschen, hüpfte sie auf der Stelle mehrmals an der Mauer hoch, bis von den Blumen nicht mehr viel übrig blieb.

Drinnen schien alles normal zu sein. Gundel trat sich die Schuhe auf dem Schuhabstreifer ab. „Gut. Könnte sein, dass sie beim Einkaufen ist. Nach Tübingen zurück fahren und wieder herfahren dauert länger als warten." Sie setzten sich wieder ins Auto, warteten und warteten.

Es geschah nichts. Nach einer Stunde war Svens Geduld erschöpft. Er stieg aus. Gundel folgte ihm. Nachdem er es ein weiteres Mal vergeblich mit Klingeln versucht hatte, setzte er zu einer Runde ums Haus an.

Auf der Höhe des Zauns, der an das freie Feld angrenzte, spähte er in den Garten und entdeckte die offene Terrassentür. Er gestikulierte wild. „Gundel, sieh her. Wir brauchen keinen Durchsuchungsbeschluss. Es ist offen."

Ohne auf seine Chefin zu warten, stieg er an einem lichten Heckenabschnitt über den Zaun und hielt Ausschau. Er blieb an etwas seltsamem hängen. Was war da? Sven näherte sich einem dubiosen Haufen. Dahinten im Gebüsch lag zum Teil unter Ästen verborgen ein lebloser Körper. Gundel hatte ihn eingeholt und den am Boden liegenden Körper ebenfalls entdeckt. Beim Heranhasten verscheuchten sie eine Katze, die auf dem Menschenberg saß und an ihm leckte „Ist sie in ihrem Garten zusammengebrochen?" murmelte Gundel.

„Weiß nicht. Vermute, wir sind schon wieder zu spät dran gewesen."

Ihnen war sofort klar, dass der Körper keine Lebenszeichen mehr von sich gab. Ob es tatsächlich Erika Schaufler war, die hier am Rande des Rasens lag, war wegen der Bauchlage zunächst eine reine Vermutung. Der Kopf steckte mit dem Gesicht in einer blutigen Lache. Gundel zog schnell ein paar Latexhandschuhe aus ihrer Handtasche und fummelte sie hastig über die Finger. Sie tastete an der Halsschlagader nach einem Puls, oder genauer gesagt, an der Stelle, wo sie ihn vermutete in dem Blut, das überall am Leib des Opfers klebte.

„Wir brauchen einen Krankenwagen, schnell. Und ein paar Kollegen vom Revier. Spurensicherung und so weiter."

Als sie die Person langsam und vorsichtig umdrehten, musste sich Gundel beinahe übergeben. Der Anblick, der sich ihnen bot, war schrecklich. Die Stelle, an der früher das Gesicht gewesen sein musste, zeigte eine große, blutige, matschige Vertiefung mit Fleischfetzen und Teilen eines verbogenen künstlichen Gebisses, dazwischen Knochensplitter. Die Nase fehlte. Die Augenhöhlen waren zertrümmert und ausgelaufen. Aus der Stirn quoll das Gehirn hervor. Eine kleine grüne Raupe schob sich über einen undefinierbaren, braunen Fleischkloß, und ein Schwarm kleiner Mücken feierten in dem Loch eine Party.

„Die Leiche liegt bestimmt seit einigen Tagen hier. Ich gehe davon aus, dass es sich um Erika Schaufler handelt, aber wir müssen es überprüfen lassen. Das Gesicht ist ja völlig demoliert. Wer bringt bloß eine derart brutale Tat fertig?" fragte Gundel angeekelt.

Die angeforderte Verstärkung traf nach und nach ein. Eine Spezialeinheit aus Gundels Nachbarabteilung sperrte den Ort, an dem die Leiche aufgefunden wurde, großräumig ab, um ihn gründlich zu untersuchen. Sven winkte Gundel zu sich auf die Seite. „Pfleiderer weg, Schaufler tot. Warum macht sich der Pfleiderer vom Acker, wenn der Hauptverdacht bei den Patienten auf Erika Schaufler fällt?"

„Vor allem, wer hat ein Motiv, Erika Schaufler umzubringen? Nach Selbstmord sieht das wahrlich nicht aus."

Im Haus stießen sie auf die vielen Tiere. Die Vögel flatterten hungrig im Käfig hin und her, die Katzen lugten durch die Türrahmen, und im Garten stand noch ein Käfig

mit Hasen. „Jemand vom Tierheim soll kommen und die Viecher mitnehmen." Damit betraute Gundel einen jungen Polizisten, der etwas verloren in der Gegend herumstand und offensichtlich erleichtert war, dass ihm jemand einen sinnvollen Auftrag erteilte.
Als die Leiche abtransportiert war, begann die Suche nach der Tatwaffe, vermutlich einem stumpfen, schweren Gegenstand, beispielsweise einem Hammer. Vergeblich. Vor Ort war nichts zu finden.
„Super. Jetzt stehen wir wie im Munsingerfall da. Eine Leiche und keine Spuren. Wenigstens können wir hier die Option eines Unfalls ausschließen, so dass wir keine Bedenken haben müssen, im Meer der Hypothesenvielfalt zu ersaufen."
„Apropos Munsinger. Vielleicht bekommen wir unter den neuesten Umständen etwas aus der kleinen Lena heraus. Schließlich wäre mit dem Ableben der potentiellen Geheimnisstifterin ein Schweigegebot hinfällig." „Stimmt. Erst müssen wir aber die eindeutige Identifikation abwarten. Und, Sven, sei so gut, geh' doch ins Badezimmer und nimm' ein Haar aus einem Kamm oder einer Bürste für den DNA-Abgleich mit."
Alsbald trafen zwei Helfer vom Tierheim ein. Sie fuhren einen VW-Bus, der mit verschiedenen Käfigen beladen war. Sie nahmen fünf erwachsenen Katzen, zwei Wellensittiche und zwei Hasen mit. „Kleine Kätzchen haben Sie keine gesehen?" „Nein, da müssten wir vielleicht genauer schauen." Sven schüttelte den Kopf. „Das geht nicht. Wir müssen erst die Spuren sichern."

Der Staatsanwalt war noch nie zuvor an einem Tag so häufig von Gundel oder ihrem Mitarbeiter angerufen worden, wie an diesem. Gundels Bericht bestärkte ihn in der Annahme, dass es in der Konstellation Pfleiderer – Schaufler - Petrusstift einiges zu klären gab. Eine eigenhändige komplette und gründliche Hausdurchsuchung verschob Gundel auf den nächsten Tag.
Zunächst ließ sie die Kollegen von der Spurensicherung arbeiten. Für heute begnügte sie sich mit der Unterbringung der Tiere im Tierheim und ließ das Haus samt Grundstück absperren. „Morgen Nachmittag liegen Ergebnisse aus der

Gerichtsmedizin vor. Dann kann's weitergehen, Kollege. Ich möchte nach Hause."
Gundel hatte genug. Es bedurfte einer Pause. Ihr graute es vor dem kommenden Tag und dem, was er mit sich bringen würde. Torsten hatte morgens seinen Arzttermin, die Leicheninspektion war vorläufig abgeschlossen und das Interview von Lena Bachmann stand auf der Agenda. Die Suche nach Pfleiderer war extrem dringlich. Ihnen schien die Zeit davon zu laufen.
Wenigstens waren sie inzwischen soweit, das Phantombild von ihm, das sie sehr gelungen fanden, zur Fahndung rauszuschicken.

Am Abend lenkten sich Gundel und Torsten vor dem Fernseher ab, und jeder versuchte auf seine Art, die aktuellen Probleme zu verdrängen.
„Hast du Gruber und Anhang eingeladen?" fiel es Torsten ein. „Och, nein, das habe ich ganz vergessen", kam es zurück. „Ist wohl im Eifer des Gefechts untergegangen. Ich wette, die Tote im Garten ist Erika Schaufler. Bei euch muss der Teufel los sein."
„Ist er. Die Frage ist nur, wer und wo ist der Teufel, und wie kommen wir an ihn heran. Die Bilder von der übel zugerichteten Leiche schwirren mir im Kopf herum, und ich kann nichts dagegen machen. Es war das reinste Horrorszenario." Gundel hatte ein riesiges Bedürfnis zu erzählen. „Das Gute am Schlimmen ist, dass wir seit kurzem mit dem Staatsanwalt direkt zusammen arbeiten. Der Informationsfluss über meinen Chef ist ihm zu zäh."
„Glaubst du, er hat etwas von den Animositäten in eurer Abteilung mitbekommen?" „Kann ich nicht sagen. Wenn ja, hat er sich gut getarnt. Wer weiß, was passiert, wenn sich mein lieber Chef bei seinen Mauscheleien von ihm ertappt fühlt. Bei uns reicht es, wenn bestimmte Personen in bestimmten Positionen, die über bestimmte Beziehungen verfügen, auch nur leise denken, dass jemand anderes denkt, dass sie Dreck am Stecken haben,.....du stehst ruckzuck auf der Abschussrampe." „Kenn' ich gut. Hoffen wir, dass der Staatsanwalt ein begnadeter Stratege ist." „Oder tatsächlich ein glücklicher Naivling. Immerhin hat er auf dieser Stelle erst circa vier Dienstjahre auf dem Buckel." „Bei deinem Chef scheinen ziemliche Leichen im Keller zu liegen." „Auf

jeden Fall können wir in der aktuellen Konstellation endlich mal sinnvoll arbeiten. Abzuwarten ist natürlich, wie mein lieber Chef weiter pokert. Es hängt sicher davon ab, was für ihn dabei auf dem Spiel steht. Gegen unsere Kooperation mit Gerichtsmedizin und Staatsanwaltschaft kann er akut nichts unternehmen." „Je mehr Leichen im Keller, desto riskanter der Poker, wetten?" Der Versuch, am Feierabend abzuschalten, war wieder einmal gescheitert.

„Hast du schon einen Verdacht, wer Erika Schaufler umgebracht haben könnte?" Torsten hörte einfach nicht auf. „Ich weiß es nicht. Pfrondorfer Selbstjustiz, weil sie den Munsinger doch auf dem Gewissen hat? Seit den zwei Vorfällen am Steinbruch allerdings, meine Begegnung mit der Schaufler eingeschlossen, kommen mir die zwischenmenschlichen Beziehungen dort nicht mehr so ungetrübt vor wie früher. Aber jetzt habe ich genug gearbeitet. Bitte lass' mich endlich Feierabend machen, Ja?" Ohne es zu merken, strich sich Torsten über die rechte Flanke. Hoffentlich ist es nichts Schlimmes, dachte Gundel und spürte ihr schlechtes Gewissen, weil sie ihn so abrupt abgewürgt hatte.

Der DNA-Vergleich zwischen dem Haar aus Frau Schauflers Badezimmer und der Leiche im Garten bewies - wen überraschte es – vollständige Übereinstimmung. „Die Frau wurde mit einem stumpfen Gegenstand mehrfach extrem brutal ins Gesicht geschlagen, so dass sie schwerste Kopfverletzungen erlitt, die mit starken Blutverlusten einherging. Sie hätte höchstens bei sofortiger Hilfe eine Überlebenschance gehabt, wen überhaupt", erläuterte der gleiche Gerichtsmediziner, mit dem Gundel und Sven nun schon die ganze Zeit über zusammenarbeiteten. „Vermuten kann ich soviel, dass man sie für eine zeitlang in ein künstliches Koma hätte versetzen müssen, wenn man sie noch lebend gefunden hätte. Ob und wie sich ein derartig zermanschtes Gesicht chirurgisch rekonstruieren lässt, weiß ich nicht. Außerdem sind da ja noch die Gehirnverletzungen."

„Der Täter war äußerst gewalttätig. Von seinem Impuls her ungehemmt und extrem aggressiv. Auf der anderen Seite aber auch beherrscht und berechnend, denn er hat gut gezielt. Immer ins Gesicht." „Er muss beim Zuschlagen sehr

nahe bei ihr gestanden haben. Die Wunden sehen auch deshalb so katastrophal aus, weil es in dieser Nacht geregnet hat." Gundel hätte sich auch ohne Regen beinahe übergeben. „Wir haben sie im Garten, in unmittelbarer Nähe der Hecke gefunden. Es gab wegen dieses verdammten Niederschlags keine brauchbaren Fußspuren mehr. Der Täter hat ihr bestimmt in der Hecke, wo sie ihn nicht sehen konnte, aufgelauert. Sie ist zur Hecke gegangen, warum auch immer, und hat offensichtlich nicht damit gerechnet, dass da einer wartet. Es steht da ja nachts nicht einfach so einer mit einem Hammer herum, weil er zufällig nicht schlafen kann und sich die Zeit vertreibt. Was können Sie über den Todeszeitpunkt sagen?" „Vorgestern, zwischen einundzwanzig und vierundzwanzig Uhr."
Sven studierte die Leiche. „Was spürt ein Opfer, wenn ihm etwas Derartiges angetan wird? Wie viele Schmerzen nimmt es wahr? Oder ging alles so schnell, dass dafür die Zeit nicht ausreichte?" wollte er wissen. „Der erste Schlag wird sehr wahrscheinlich noch bewusst wahrgenommen. Über die Höhe der Schmerzen kann man nur spekulieren. Da aber keinerlei Fluchttendenzen erkennbar waren, so wie der Tatort auf den Fotos ausschaut, war sie unmittelbar am Zusammenbrechen, als sie von den nächsten Schlägen getroffen wurde. Die Schläge kamen sehr schnell hintereinander. Der Körper steht bei so etwas unter sofortigem Schock. Ich würde sagen, dass eine Bewusstlosigkeit sehr rasch einsetzte. Außerdem war die alte Dame nicht ganz nüchtern, ihr Blut deutet auf 1,5 Promille hin. Haben Sie die Tatwaffe gefunden?"
Gundel schüttelte den Kopf.
„Und am Körper und an der Kleidung der Leiche befinden sich nicht die klitzekleinsten Spuren, keine Abriebe, Abschürfungen und was es sonst noch geben könnte. Der Täter hat einfach nur zugeschlagen, hat nichts angefasst, nichts berührt, und ist danach mit seiner Tatwaffe verschwunden. Sieht aus wie eine gezielte Hinrichtung."
„Die Spurensicherung hat auch an den Zweigen der Büsche keine brauchbaren Fetzen oder Faserbündel gefunden. Wir müssen alle Nachbarn vernehmen, Sven."
Sven wandte sich erneut an den ärztlichen Kollegen. „Sie erinnern sich bestimmt an die Autopsie von Frau Weigel. In

ihrer Pflegedokumentation ist diese Dame hier mit dem hässlichen Loch mitten im Gesicht mehrfach namentlich erwähnt. Sie hat im Petrusstift bis zur Rente als Altenpflegerin gearbeitet. Frau Weigel ist während ihrer Dienstzeit verstorben." „Das klingt irgendwie kompliziert. Seltsam, dass ausgerechnet sie zum jetzigen Zeitpunkt ermordet wird." „Danke, das sehen wir auch so. Der verantwortliche Pflegedienstleiter ist spurlos verschwunden." „Na lecker. Kommt er als Täter in Frage? Wenn ja, dann hatten die zwei unter Umständen ein schmutziges Geheimnis, das sie nun mit in ihr Grab nimmt." Der gesunde Menschenverstand des Mediziners tat gut und regte Sven zum lauten Denken an. „Der Pflegedienstleiter steht aus unserer Sicht unter mehrfachem Mordverdacht. Er hat vor fünf Jahren bis zu fünf alte Menschen mit Überdosen des Wirkstoffs Digoxin umgebracht und hiermit Frau Schaufler als einzige Zeugin ausgelöscht. Das ist für mich zurzeit die Variante, die mir am wahrscheinlichsten vorkommt. Um zu vermeiden, dass es hätte mehrere Zeugen geben können, hat er sich ausschließlich in ihrer Dienstzeit an dem Medikament vergriffen. So hat er quasi die Belegung auf seiner überfüllten Station eigenhändig reguliert, ohne potentiellen Kunden eine Absage erteilen zu müssen." Ein Schauer durchlief den Arzt, der einiges gewohnt war. Er hatte die Pflegedokumentationen selbst gesichtet, die vom Pflegedienstleiter als korrekt abgezeichnet waren. Svens Theorie war von erdrückender Plausibilität. Gundels Einwand über die fehlenden Beweise wurden zur Kenntnis genommen.

Im Freien vertraten sie sich die Füße. „Um einigermaßen strukturiert zu bleiben, auch wenn uns die Arbeit über den Kopf wächst: wir müssen dringend die Kleine befragen", mahnte Gundel und veranlasste Sven, zum Telefon zu greifen und sie bei den Bachmanns anzukündigen.

Die Vernehmung Lenas im Beisein ihrer Mutter war alles andere als angenehm. Zum einen informierten Gundel und Sven die Bachmanns über den Mord an Erika Schaufler, womit das Tor zur dörflichen Gerüchteküche aufgestoßen war. Zum anderen wurde der Tod von Herbert Munsinger zum wer weiß noch wievielten Male aufgewärmt. „Ist das Thema immer noch nicht ausgestanden? Müssen Sie meine

Tochter damit immer wieder traktieren?" klagte Frau Bachmann.
„Ja, wir müssen", bestimmte Gundel. „Sie können sich die Stufe der Dramatik selbst aussuchen, indem Sie durch Verweigerung der Mitarbeit ein Verhör auf der Dienststelle erwirken oder sich durch Kooperation für ein Gespräch im Wohnzimmer entscheiden. Wie hätten Sie es gerne?"
Frau Bachmann drehte bei. Für einen Moment hielt sie den Mund, um dann zum Wohnzimmer zu zeigen. „Gehen Sie hinein. Ich hole Lena", sagte sie trocken und setzte ihr Saure-Gurken-Gesicht auf.
Das Kind, das immer zu auf den Boden sah, während es von seiner Mutter in den Raum geschoben wurde, setzte sich bedrückt auf einen Sessel nieder und vermied jeden Blickkontakt.
„Lena, nun sind wir schon wieder hier, hoffentlich zum letzten Mal. Wenn wir die Wahrheit kennen, werden wir nicht wieder herkommen, das verspreche ich dir."
Frau Bachmann echauffierte sich erneut. „Wollen Sie damit ausdrücken, dass mein Kind Sie angelogen hat?"
„Nein, Frau Bachmann, wollen wir nicht. Es ist besser, wenn Sie jetzt still sind." Gundel wurde laut und musste aufpassen, dass sie nicht das Interview mit dem Kind gefährdete, weil ihr der Geduldsfaden wegen der Mutter riss.
„Lena, Frau Schaufler ist leider vorgestern gestorben. Hast du davon schon gehört? Sie war deine Freundin, nicht wahr? Es tut mir leid, dass du sie verloren hast."
Lena nickte stumm.
„Wir sind noch mal hier, um dich zu fragen, was im Steinbruch passiert ist. Wir hatten deine Gummistiefelabdrücke gefunden, du erinnerst dich?" Lena nickte wieder.
„Hast du einen Sack mit kleinen Kätzchen geholt?" Lena saß wie versteinert da.
„Wo sind die Kätzchen hingekommen?" fragte Gundel mit einem einfühlenden und verständnisvollen, aber bestimmten Ton. Das Mädchen schwieg beharrlich und presste die Lippen aufeinander. Sven hatte voll und ganz damit zu tun, Frau Bachmann mit strengem Augenausdruck unter Kontrolle und Gundel den Rücken frei zu halten.
Nach kurzem Stillstand setzte Gundel das Gespräch fort.

„Wir wissen, dass du uns nicht angelogen hast. Du hast uns nur nicht alles erzählt, weil Frau Schaufler deine Freundin war. Es passiert dir nichts, Lena, das verspreche ich dir. Wir müssen dringend wissen, wo die Katzen sind, und warum Herr Munsinger den Sack, in dem sie drinnen waren, fallen ließ, verstehst du?"
Lena druckste. Sie zeigte eine unermesslich schuldbewusste Miene und litt unendlich. „Versprechen Sie mir wirklich, dass nichts passiert und ich nicht ins Gefängnis komme?"
Frau Bachmann fiel das Gesicht zusammen. Mit großen, rollenden Augen stierte sie zu ihrer Tochter und schnappte nach Luft. Was hatte die Göre bloß angestellt? Sven blieb nichts anderes übrig, als Frau Bachmann am Arm zu fassen, um sie zu disziplinieren. Sie schüttelte sich angewidert, sah ihn wütend an und schluckte hinunter, was sie als nächstes von sich geben wollte.
„Wir haben die Katzen zu Erika gebracht, in den Keller", flüsterte Lena leise. Gundel traute ihren Ohren kaum. „Und weiter?" ermunterte sie sie. „Der Herr Munsinger ist von einem Stein getroffen worden. Er hat den Sack fallen gelassen. Den habe ich geholt." Gundel stockte unmerklich der Atem. Es war totenstill im Raum. Ihr Herz schien auszusetzen, aber sie fasste sich wieder.
„Wie kam der Stein an seinen Kopf?"
„Erika hat ihn geworfen, aber nur, um ihn zu erschrecken." Sven atmete schwer aus.
„Du hast Erika in der letzte Zeit nicht mehr besucht, stimmt's?" „Ich habe meine Ratte mitgenommen. Jetzt darf ich sie hier im Käfig haben."
Natürlich, die Ratte!
„Und vorher durftest du das nicht?" Lena schüttelte betrübt den Kopf.
Gundel hatte ein weiteres Problem. Sie war absolut ratlos, wie sie ihr vorhin gegebenes Versprechen an Lena unter den aktuellsten Umständen, die eben eingetreten waren, noch einlösen konnte, denn diese Aussagen machte im Grunde ein offizielles Verhör in der Dienststelle zwingend erforderlich. Sie hätte tausend Verwünschungen ausstoßen können.
Zähneknirschend entschied sie, die Lösung dieses Problems aufzuschieben und mit dem Staatsanwalt zu besprechen. Sven hatte alles genauestens mitnotiert.

Frau Bachmann war der Verzweiflung nahe. Dazu kam ihre Mordswut, die sie auf ihre Tochter schob, die genau wusste, wie sie es hasste, wenn Lena ihr Dinge verschwieg. Ihr Gesichtsausdruck war wie ein offenes Buch und für Gundel Anlass, sie auf die Seite zu nehmen und sie nachdrücklich zu verwarnen. Frau Bachmann kapierte zum Glück und wagte es nicht, Widerstand zu leisten. Anschließend wandte sich Gundel erneut Lena zu, um sie aufzumuntern.
„Danke, Lena, du hast uns sehr geholfen. Du brauchst dir keine Sorgen zu machen. Du kommst auf keinen Fall ins Gefängnis. Du hast nicht wirklich gelogen, glaube mir." Sie wandte sich Sven zu, der beflissen nickte, und klopfte ihm auf die Schulter. „Wir haben meinen Kollegen als Zeugen."
Sie machten sich auf zu gehen. „Dürfen wir noch einmal kommen, um deine Ratte anzuschauen?" setzte Gundel nach und blinzelte gleichzeitig zu Frau Bachmann, die verknittert dreinschaute, aber nicht widersprach. Lena nickte.
„Gut, wir werden uns melden." Damit ließen sie das Bachmannsche Familienidyll hinter sich.

„Ich war froh, dass du die Kurve gekriegt hast hast", platzte es aus Sven, als sie außerhalb der Hörweite waren. „Für heute hat es gereicht. Mehr dürfen wir dem Kind nicht zumuten. Aber wir haben wenigstens einen Gesprächsaufhänger für ein zweites Interview", erklärte Gundel nicht ohne Stolz. „Denk' dabei bitte auch an die Mutter. Die verkraftet noch weniger. Eigentlich eine bedauernswerte Figur in ihrer ganzen unsympathischen Art." „Stimmt."

Nachdem Gundel Sven gebeten hatte, zum Auto vorzugehen, damit sie einen Augenblick Luft hatte, entfernte sie sich einige Schritte, um für sich zu sein.
Sie nahm das Handy und gab Torstens Nummer ein. Nach dem dritten Klingeln nahm er ab.
„Hallo, Schatz, wie geht's?" erkundigte sie sich ängstlich. „Wie ich erwartet habe", entgegnete Torsten leise. Seine verhaltene Reaktion ließ Gundel nichts Gutes ahnen. Sie machte sich unbändige Sorgen. „Was heißt das?" „Er kann nichts Genaues sagen. Ich bin nächste Woche in der Uniklinik zur Komplettdurchleuchtung angemeldet. Computertomographie. Dort ist eine definitive Diagnose möglich", meinte er lachend.

Es klang hilflos und unglaubwürdig.

Torsten spürte, dass sich Gundel Sorgen machte, und es schmerzte ihn erneut, dass er sie belastete. Das Ausbleiben der erhofften Entwarnung bedeutete eine weitere Woche Nerven zehrende Ungewissheit, in der Gundel dringend Erholung gebraucht hätte.

Sven saß im Wagen und wartete. Um ihn nicht zu Nachfragen zu veranlassen, beendeten sie ihr Telefonat rasch und stieg zu ihm ein.

„Frau Schaufler hat den Stein geworfen. Das beendet die Suche nach dem großen Unbekannten endgültig. Wir kommen nicht darum herum, Lena Bachmann aufs Revier ein zu bestellen." „Ich weiß." Gundel seufzte. „Das bringe ich ihr bei, wenn wir sie wegen ihrer Ratte besuchen. Bis dahin habe ich ja noch Zeit, mir eine gute Begründung zu überlegen." Sie war frustriert und gereizt. „Ich hätte gute Lust, die Munsingers wegen ihrer Unterschlagung von tatrelevanten Informationen nachträglich gewaltig in Schwierigkeiten zu bringen. Die können von Glück sagen, dass wir vom Pensum her total überlastet sind." Lösungen mit Weitsicht waren heute nicht Gundels Stärke.

„Gundel, werd' nicht schwach, wir müssen das weiterverfolgen. Wir bringen uns in Teufels Küche. Ich bin dafür, den Staatsanwalt zu informieren. Er soll eine andere Abteilung damit beauftragen."

„Gut, kannst du das bitte erledigen?"

„Wenn es sein muss?"

„Bitte. Nun zu Frau Schaufler. Die neuesten Antworten werfen frische Fragen auf und reduzieren unser Pensum nicht im Geringsten. Dass sie ermordet worden ist, steht außer Frage. Vor Gericht wäre ihr aller Voraussicht nach ‚bloß' Todschlag angehängt worden."

Bei dem ‚bloß' rollte Sven mit den Augen. Für ihn war das eine absolut irrelevante Fragestellung. „Was soll das, Äpfel mit Birnen zu vergleichen?" kritisierte er. „Die Schaufler hatte ihre Tat sicher nicht geplant. Der Pfleiderer schon. Ausgangspunkt war sicher die Wiederaufnahme unserer Ermittlungen. Und weil er Angst hat, wegen mehrfachen Mordes aufzufliegen, befindet er sich im Moment auf der Flucht."

Er trommelte mit den Fingern auf den Schreibtisch und setzte seinen Vortrag fort. „Die Kunst besteht nun darin, ihm die Morde im Petrusstift hieb- und stichfest nachzuweisen. Frau Schaufler als Zeugin hat er ja nun ausgeschaltet; die restlichen Pflegekräfte dazu zu bringen, gegen ihn auszusagen, wird schwierig." Gundel konterte und erinnerte ihn an seine eigene Fragestellung. „Wie kannst du herausfinden, ob Pfleiderer der Typ aus Thailand ist?" Sven gab sich schließlich geschlagen und machte sich an die Arbeit.

Die Maschine mit Zielflughafen Monastir hob planmäßig ab, endlich. Pfleiderer saß beruhigt in seinem Sitz und atmete tief durch. Für die paar Stunden bis zur Landung um circa 16.30 Uhr würde er sein Problem, wie es mit ihm weitergehen könnte, vergessen. Er hatte vor, ein wenig zu dösen und sich zu erholen.

Neben ihm saß indessen eine Frau mit ihrem Kind. Genauer gesagt, das Kind saß in der Dreierreihe zwischen der Frau und ihm, was ihn letztendlich vom Dösen abhielt. Es hatte seine Aufmerksamkeit auf sich gezogen. Er nahm an, dass es sich bei der Frau um die Mutter handelte. Ihr Junge war etwa neun Jahre alt und trug eine kurze Hose. Pfleiderer starrte wie beiläufig auf seine nackten Beine und konnte es nicht verhindern, dass sich bei ihm ein Ständer ankündigte. Verflucht. Er rutschte im Sitz hin und her und versuchte, seine Weichteile mit seinen Schenkeln einzuklemmen und zur Räson zu bringen. Die Mutter des Jungen hatte mittlerweile bemerkt, dass der Mann auf dem Fensterplatz ein Problem zu haben schien.

„Stört Sie etwas?" fragte sie demonstrativ nach. Pfleiderer hatte wirklich Pech mit dem Platz.

„Nein, mir ist nur ein bisschen schlecht", log er.

„Wenn Sie sich übergeben müssen, sagen Sie es bitte rechtzeitig. Sie sollten dann schnell zur Toilette gehen, denn wenn ich Erbrochenes riechen muss, falle ich in Ohnmacht", klärte sie ihn daraufhin unfreundlich auf.

Toilette war die Lösung. Er musste sie nur rechtzeitig erreichen. Sobald das Flugzeug eine bestimmte Flughöhe erreicht hatte und die Flugbegleiterinnen es den Passagieren erlaubten, die Sicherheitsgurte zu lösen, presste er sich die Hand vor den Mund und stammelte: „Ich muss kotzen."

Das wirkte.
Eilig machten der Junge und die Frau Platz, so gut es ging, und Pfleiderer quetschte sich zum Mittelgang durch. Er taumelte zum vorderen Ende des Flugzeugs.
Die Toilette war frei. Drinnen verriegelte er hastig die Tür, fummelte seinen Hosenladen auf, und schon drückte sein erigierter Schwanz ins Freie. Kaum hatte er ihn in Position gebracht, schoss eine weißliche Fontäne in die Schüssel.
Pfleiderer schloss die Augen, zuckte und stöhnte. Eine ungeheure Spannung fiel von ihm ab. Er lehnte sich einige Sekunden an die Wand und wischte sich übers Gesicht. Befreit spülte er sein Ejakulat, das mit der Spülflüssigkeit eine blaue Brühe bildete, das Chemieklo hinunter. Abschließend sah er prüfend in den Spiegel und war der Meinung, nicht auf seinen ursprünglichen Platz zurückkehren zu wollen. Es war ihm zu riskant, und er musste vorsichtig sein.
Im Flugzeug waren in anderen Reihen einige Sitzplätze frei. Während er seine Sachen zusammensuchte und in eine Sitzreihe auf einen Platz am Gang wechselte, in der ein älterer Herr am Fenster saß, warf ihm die Kindesmutter böse Blicke hinterher. Soll doch froh sein, die Kuh, dacht er bei sich, sonst vernasche ich ihr Bürschchen noch mal. Er sah, wie der Junge hoch erfreut auf seinen ehemaligen Fensterplatz hinüber kletterte. Seine Mutter blieb auf ihrem Sitz und belegte den Mittelplatz mit Zeitschriften.
Pfleiderer ließ sich erschöpft in den neuen Sitz fallen. Seine Lider klappten ermattet zu. Die nackten Beine des Neunjährigen tanzten vor seinem inneren Auge umher. Es fiel ihm schwer, abzuschalten. Es war wie ein Zwang.
Er versuchte, die Bilder loszuwerden, von denen er sich gehetzt fühlte wie ein blutender Hirsch von einem Rudel Wölfe. Es wollte und wollte nicht aufhören.
Dennoch verfiel er kurze Zeit später in einen unruhigen Schlaf. Solange er sich in der Luft befand, war er einigermaßen in Sicherheit. Was erwartete ihn aber am Flughafen von Monastir? Nun kam die Angst. Die Ungewissheit, wie weit ihm die Polizei bereits auf den Fersen war, trieb ihn in eine unendliche Nervosität hinein und machte ihn rasend.

Das war ungerecht. Es war immer dasselbe. Das Leben behandelte ihn wie den letzten Dreck, obwohl er kein schlechter Mensch war. Nie bekam er das zurück, was er investiert hatte. Warum konnte er nicht einfach seine Ruhe haben? Er hatte sich im Pflegeheim für die Alten aufgeopfert, er hatte seine Mitarbeiter sehr zuvorkommend und mit viel Verständnis behandelt, er mochte die Menschen gern. Er wollte niemanden etwas Böses tun, ließ sich wegen vieler seiner Taten von einem schlechten Gewissen malträtieren und machte sich das Leben weiß Gott nicht leicht. Das mit Erika tat ihm nun doch leid.

Aber es war ihm nicht mehr möglich gewesen, anders zu handeln.

Er gab zu, da hatte er eine gewisse Grenze überschritten. Aber sie war ihm zu gefährlich geworden und hatte ihm keine andere Wahl gelassen. Dabei hatte er sie früher gut leiden können. Es war zum Heulen. Er war hellwach.

Pfleiderer wurde schwindelig. Im Handgepäck führte er für den Notfall, den er hiermit als eingetreten erklärte, einige Beruhigungstabletten mit sich. Er wurstelte sie heraus und winkte einer Flugbegleiterin, die ihm etwas Wasser brachte. Fieberhaft schluckte er zwei Tabletten, spülte mit dem Wasser nach und wartete ungeduldig, bis die Wirkung einsetzte. Es konnte ihm nicht schnell genug gehen, bis eine wohl bekannte Benommenheit in ihm aufstieg und ihn passiv und gleichgültig werden ließ.

Die Bilder wurden schwächer und schwächer, bis sie ganz aufhörten, ihn zu verfolgen, aber nur für eine kurze Verschnaufpause. Das wusste er. Immerhin fand er bis zur Landung am Zielflughafen in eine oberflächliche Ruhe hinein, in der jegliches Zeitgefühl wie ausgelöscht war.

In Monastir verließen die Passagiere das Flugzeug mit derselben Drängelei wie beim Einsteigen. Die Menge schwappte mit Gepäck beladen in die Ausgangshalle, wo diverse Personen mit Schildern warteten, um die Pauschaltouristen auf ihre gebuchten Hotels zu sortieren und an die Zielorte zu transferieren. Pfleiderer landete in einer kleinen Gruppe, die zu einem Hotel mit dem wohl klingenden Namen ‚Sahara Palace' gebracht werden sollte. Da entdeckte er seine ehemaligen Sitznachbarn, die die gleiche Gruppe ansteuerten. Sie warfen ihm einen

unsympathischen, abschätzigen Blick zu, um ihrem Missfallen darüber Ausdruck zu verleihen, dass sich ihre Wege im Hotel mit Sicherheit noch einige Male kreuzten. Von vorneherein achteten sie auf die weitest mögliche räumliche Distanz zu ihm, ohne den Anschluss an die Gruppe zu verlieren, und nahmen im Bus eben solche Plätze ein.
Als männlicher Alleinreisender war er ihnen wohl suspekt. Das gefiel ihm gar nicht. Er wollte verhindern, dass die Leute anfingen, sich sein Gesicht einzuprägen. Deshalb drehte er sich vorsorglich weg.
Der klapprige, alte Bus fuhr sie durch staubige, holprige Straßen, an deren Rändern unterwegs hin und wieder armselige Hütten standen. Vor ihnen saßen einheimische Händler, die auf vorbeifahrende Touristenbusse warteten und von denen manchmal sogar einer anhielt, um die Urlauber aussteigen und die Waren besichtigen zu lassen. Es war Abend und die Budenbesitzer waren am Zusammenräumen. Als gute Muslime beendeten sie bei Einbruch der Dunkelheit ihre Geschäfte und zogen sich in ihre Clans zurück. Pfleiderer saß wie erschlagen im Bus, glotzte aus dem Fenster und ließ das alles unbeteiligt an sich vorbei rauschen.

‚Sahara Palace' lag in unmittelbarer Strandnähe, war im Tausend-und-eine-Nacht-Stil gebaut und ebenso üppig ausdekoriert. Pfleiderer hatte nur noch einen Wunsch, sein Zimmer zu beziehen und sich kräftig einen hinter die Binde zu gießen. Seine Appetitlosigkeit ließ ihn das anberaumte Abendessen übergehen. Die Weinflaschen, die er im Flughafen geistesgegenwärtig im Duty-free-Shop gekauft hatte, waren für heute Mahlzeit genug, zumindest eine davon. Dass er bei der aktiven Gestaltung seines weiteren Lebens gewaltig unter Zeitdruck stand, wenn er der Polizei entkommen und eine längere Gefängnisstrafe vermeiden wollte, verdrängte er mit diesem spontanen Eingriff erfolgreich. Heute würde er sowieso keine guten Einfälle mehr haben, wie er alles wieder in den Griff bekommen konnte.

Die Wirkung der Mischung aus Beruhigungsmitteln und dem Inhalt einer ganzen Weinflasche verfolgte ihn den ganzen nächsten Morgen. Pfeiderers Schädel bebte.

Nachdem er sich am Frühstücksbuffet mit Eiern und Speck versorgt und an einen Tisch weit weg von der Frau mit ihrem Sohn niedergelassen hatte, kaute er abwesend auf seinem Essen herum. Er hatte einen Tisch für sich alleine und war froh, dass sich niemand mehr zu ihm setzte. Sein Hunger hielt sich in Grenzen, das flaue Gefühl im Magen war nicht gerade Appetit steigernd, er zwang sich jedoch etwas zu essen. Der Kaffee schmeckte sehr europäisch und tat gut.

Nach dem Frühstück begab er sich in die Hotelhalle, ohne zu wissen, was er hier konkret wollte. Unruhig stellte er sich eine zeitlang an ein Fenster, blickte hinaus und setzte sich dann in einen Sessel. Es lagen deutschsprachige Tageszeitungen herum, von denen er sich eine nahm und zu blättern anfing.

Er überflog die Artikel, ohne deren Inhalt zu erfassen. Ihn beschäftigte etwas anderes. Er konnte nicht lange hier bleiben. Die Polizei würde seine Spur, die in dieses Hotel führte, bald aufgenommen haben. Darüber machte er sich keine Illusionen.

In einer Ecke der Halle stach ihm ein Computer ins Auge. Ein Internetzugang für die Hotelgäste. Er legte die Zeitung beiseite, ging zu dem PC hinüber und rief seine E-Mails auf. Pfleiderer hatte seit einiger Zeit den Kontakt mit Thailand gemieden. Vor allem von seinem heimischen PC aus wollte er keine frischen Spuren erzeugen. Nun aber blieb ihm nichts anderes übrig, als Kontakt aufzunehmen. Es führte kein Weg an dem Eingeständnis vorbei, dass sein Projekt, Teile seiner Vergangenheit hinter sich zu lassen, um ins biedere Leben zurückzukehren und in Ruhe und Frieden alt zu werden, bedauerlicherweise als gescheitert zu betrachten war. Eine gute Gelegenheit, seine Verbindungen zu seinem Freund Somchai zu reaktivieren.

Somchai, der wegen seiner Kundschaft einigermaßen deutsch sprach, hatte er auf einem seiner ersten Thailandaufenthalte kennen gelernt. Er war Direktor in einem für deutsche Alleinreisende einschlägigen Hotel in Bangkok und hatte Pfleiderer den zweiten Pass als Gegenleistung für diverse Gefälligkeiten besorgt. Bei den thailändischen Behörden war Michael Sturm kein unbeschriebenes Blatt, dafür aber bei den tunesischen.

Würde er als Michael Sturm von Tunesien aus nach Thailand fliegen, könnte er sich dort vorerst als Ullrich Pfleiderer tarnen, bis Somchai ihm einen dritten Pass beschafft hatte.

Der Gedanke gefiel ihm.

Ohne zu zögern schikcte er ihm eine E-Mail mit der Frage, ob er die nächstmögliche Flugverbindung nach Bangkok nehmen könnte. Während er auf die Antwort wartete, suchte er am PC schon mal Flüge heraus. Es gab am nächsten Tag eine Möglichkeit, mit einem Umweg über Paris nach Bangkok zu reisen. Das war nicht ungefährlich. Aber bestimmt waren die Behörden mit ihrer internationalen Fahndung noch nicht so weit. Seine finanziellen Mittel reichten für das Ticket. In Thailand würde Somchai ihm helfen, an neues Geld zu kommen.

Die Antwort ließ auf sich warten. Pfleiderer unternahm einen Spaziergang am Strand. Es war Ende September, und in Tunesien herrschte angenehmes Badewetter bei für tunesische Verhältnisse gemäßigten Temperaturen. Nach den politischen Wirren und jetzt vor allem auch wegen der Nebensaison hielten sich die Menschenmengen am Strand in erträglichen Grenzen.

    Nach zwei Stunden hatte Pfleiderer die Antwort. Auf Somchai war Verlass. Er war sogar hoch erfreut, dass Pfleiderer sich nach wenigen Jahren Funkstille von sich aus bei ihm meldete, und befürwortete seine Anwesenheit in Bangkok auf das herzlichste, ohne großartig zu hinterfragen, was ihm denn so plötzlich und ausgerechnet jetzt erneut die Ehre verschaffte. Wann er denn einzutreffen gedenke? Das war das Praktische und zugleich Beruhigende an solch einem Freund und der thailändischen Gastfreundschaft. Sofort buchte Pfleiderer den Flug und teilte Somchai seine Ankunftszeit mit. Morgen in aller Herrgottsfrühe würde er sich vom Acker gemacht haben und ab übermorgenfrüh in Bangkok eine Wellness-Verschnaufpause einlegen. Bei Somchai war er unauffindbar, eine komfortable Ausgangslage, die es ihm erlaubte, seinen Vorsprung zu vergrößern. Bis zur Abreise würde er sich im Hotelzimmer aufhalten, um sich ohne Frühstück und Abmeldung mit einem Taxi zum Flughafen bringen zu lassen.

Einen Tag, bevor Michael Sturm von Monastir in Richtung Paris abreiste, leitete Gundel Tenneberg von Tübingen aus die deutschlandweite Fahndung nach Ullrich Pfleiderer in die Wege.

Schauflers Haus wurde vorerst versiegelt. Dringlicher war Pfleiderers Wohnung, denn wer konnte ausschließen, dass er vorhatte, heimlich und unbemerkt zurück zu kehren und Beweismaterial zu beseitigen? Mit einem kleinen Einsatzkommando inklusive Spurensicherung drangen sie gewaltsam in die Wohnung ein. Pfleiderer residierte zur Miete in bescheidenen zwei Zimmern mit Küche und Bad. „Eine typische Junggesellenbude", kommentierte Gundel das vernachlässigte, stellenweise verdreckte Erscheinungsbild von Pfleiderers Domizil. „Ist alles recht überschaubar, auch, wenn nichts aufgeräumt ist."
Das erste oberflächliche Absuchen der Räume erbrachte kein Ergebnis. Gundel gab Anweisung, von Türklinken und anderen einschlägigen Stellen, Schubladen und Schranktüren, Fingerabdrücke abzunehmen. „Den Computer nehmen wir mit, auch die Ordner und Mappen mit Papierkram." Sven wies einen Polizisten an, die Kiste abzustöpseln und einzupacken. „Wir werden den Inhalt auf der Dienststelle genauer unter die Lupe nehmen." Er drückte sich durch die angelehnte Badezimmertür, sah sich achtsam um, öffnete Schranktürchen, Toilettendeckel und Mülleimer. Auf dem Waschbeckenrand entdeckte er die angebrochene Blisterpackung mit den restlichen Tabletten, die er in einem Plastiktütchen sicherstellte. Beim mehrfachen Umdrehen und gründlichen Durchsuchen der wenigen Quadratmeter stießen sie mit Ausnahme der Fingerabdrücke, des Computers, aller möglichen privaten Unterlagen und der Tablettenpackung auf keine potentiellen Beweisstücke. Kein Hinweis auf eine Tatwaffe. Auch die Durchsuchung von Keller, Tiefgarage und Auto brachte nichts Einschlägiges zutage.
„Ganz schön gerissen, der Junge." „Warte mal. Könnte sein, dass er doch nicht der Täter ist. Bis jetzt wissen wir noch nicht einmal, ob er wirklich auf der Flucht ist", gab Gundel zu bedenken. „Was ist mit der Wäsche in der Waschmaschine?" Sie hatten natürlich auch die Waschmaschine im Bad entdeckt, die offensichtlich schon

länger mit dem Waschprogramm fertig war. Sven war nach wie vor von seiner Theorie überzeugt. „Das sagt gar nichts", antwortete er lapidar. „Falls du richtig liegst, hat er die entscheidenden Spuren rechtzeitig beseitigt, falls er seine Klamotten nach der Tat umgehend in die Waschmaschine gestopft und das Programm für Kochwäsche eingeschaltet hat. Dass er die Waschmaschine nicht mehr abgestellt hat, beweist, dass er Hals über Kopf das Weite gesucht hat."
„Das wäre genau meine Lesart der Dinge", erwiderte Sven. Gundel machte ein langes Gesicht.
„Ich bin dafür, dass wir immer schön optimistisch bleiben", wandte Sven ein. „Denk' dran, immerhin haben wir einen schwierigen Fall gelöst und in einem anderen, oder sagen wir lieber in mehreren weiteren Fällen sehr greifbare Ansatzpunkte. Wir sollten uns selber nicht frustrieren...."
„Ja, ja, ist schon gut. Ich bin heute einfach nicht gut drauf", wiegelte Gundel barsch ab.
Für den Anspruch, das Positive im Negativen zu würdigen, war sie heute wenig empfänglich. Das lag an Torsten, aber das konnte Sven ja nicht riechen. Er bemerkte ihre verhaltene Stimmungslage immer wieder, unterließ es jedoch weiterhin, über eine Ursache zu spekulieren.
„Entschuldige bitte, war nicht so gemeint." Ihre Reaktion tat ihr leid.
„Schon gut." Sven war nicht der Typ, der den Beleidigten heraushängte. „Ich finde, wir haben alles Wichtige sichergestellt. Mehr gibt die Wohnung vorerst nicht her. Für den Computer werde ich morgen einen Spezialisten anfordern."

Um sich nicht weitere überflüssige Feinde zu schaffen, vermied es Gundel, im Olgastift ähnliches Aufsehen wie im Petrusstift zu erregen, und so lud sie Benno Zullig für die Vernehmung direkt auf die Dienststelle vor. Die Nachricht, dass seine ehemalige Kollegin Erika Schaufler ermordet worden sein soll und sich sein früherer Vorgesetzter Ullrich Pfleiderer mit hoher Wahrscheinlichkeit auf der Flucht befand, erschütterte ihn schwer.
„Die beiden haben sich immer gut verstanden. So hat es jedenfalls auf mich gewirkt. Der Ulli war ein toller Vorgesetzter, überaus teamfähig. Keiner hat ihn als arrogant empfunden." „Und Ihr Verhältnis zu Frau Schaufler?" fragte

Gundel unnachgiebig. Auf diese Frage schoss Zullig eine spontane Röte ins Gesicht. „Warum werden Sie rot? Gibt es einen Grund?"
„Haben Sie mich im Verdacht wegen irgendetwas? Ich komme mir wie ein Schwerverbrecher vor bei der Art, wie Sie mich ausfragen."
„Hätten wir einen Grund für einen Verdacht?"
„Nein", wehrte er sich schnell und setzte einen konsternierten Blick auf. Gundels Vernehmungsgeschick war deutlichen Schwankungen unterworfen. Obwohl sie bei Lena Bachmann eine super Leistung hingelegt hatte, ertappte Sven sie immer wieder bei dem Fehler, wichtige Zeugen zu vergraulen. Über die Vorwürfe gegen Pfleiderer in Bezug auf die zeitweise hohe Sterberate auf seiner damaligen Station zeigte sich Zullig zunächst überrascht. Er war dann aber erstaunlich schnell im Bilde, worüber Gundel redete. Allerdings wurde er mit seinen Äußerungen vorsichtig und ließ sich bei seinen Antworten Zeit.
„Aus welchen Gründen haben Sie den Arbeitsplatz gewechselt, Herr Zullig? Hat es Ihnen im Petrusstift nicht mehr gefallen?" Sven saß daneben und musste es ertragen, wie Gundel die Kurve einfach nicht kriegte. Er machte eine Handbewegung, bis es in Gundel ratterte und sie verstand, was er meinte. „Mein Kollege macht mit der Befragung weiter."
Sie stand auf und ging zum Fenster. Sven lehnte sich zu Benno Zullig über den Tisch und schlug einen versöhnlichen Ton an. „Herr Zullig, wir verdächtigen nicht Sie, keine Sorge. Es ist uns bewusst, wie schwerwiegend die Vorwürfe sind, die im Raum stehen. Glauben Sie mir, an Ihrer Stelle wäre ich ähnlich verunsichert. Immerhin geht es ja um Menschen, mit denen Sie lange Zeit vertrauensvoll zusammengearbeitet haben. Dennoch müssen wir uns klar machen, dass wir es hier vermutlich mit mehreren Verbrechen zu tun haben. Können Sie sich daran erinnern, wie es auf der Station in der fraglichen Zeitspanne war? An die Stimmung? An das, was geredet wurde? Ist Ihnen beim Medikamentenverbrauch irgendetwas komisch vorgekommen?" „Mir ist nichts aufgefallen, bis auf das, dass die Erika, ich meine, die Frau Schaufler, immer wieder das Pech hatte, dass ausgerechnet in ihrer Schicht Bewohner

gestorben sind. Das hat sie ganz schön mitgenommen. Sie hat sich rührend um die Alten bemüht. Bewundernswert."
„Was ist denn passiert?"
„Es geschah mehrfach in ihrem Spätdienst, und sie hat sich extrem viel Zeit genommen und sich zu den Leuten ans Bett gesetzt und mit ihnen geredet, die Hand gehalten." „Woher wissen Sie das so detailliert? Haben Sie zur gleichen Zeit gearbeitet?" „Nein, nie, aber sie hat es mir erzählt. Sie war so beeindruckt und überwältigt von diesen Erfahrungen, dass sie, man hätte fast sagen können, mit einer gewissen Begeisterung bei der Sache war. Ich glaube, sie war eine sehr gute Sterbebegleiterin. Sie konnte mit dem Frieden, der in solche Situationen steckt, umgehen. Nicht viele Menschen haben die Kraft dazu. Einige Kollegen waren froh, dass es nicht sie selber erwischte, sondern immer Frau Schaufler."
„Und da ist Ihnen nichts seltsam vorgekommen?" eine etwas suggestive Frage von Sven, die er für berechtigt hielt. „Was denn?" „Na, dass es zum Beispiel kein Zufall war, dass alle bei Frau Schaufler starben. Oder hatte es sich bei den Bewohnern herumgesprochen, dass Sterben bei Frau Schaufler besonders angenehm ist?" „Wollen Sie damit sagen, dass wir nachgeholfen haben?" empörte er sich.
„Nicht Sie, sondern Frau Schaufler etwa."
„Wie denn?"
„Mit einem bestimmten Medikament, das vermehrt verbraucht wurde?"
„Davon ist mir nichts bekannt. Wenn, dann müsste das in der Pflegedokumentation drin stehen." „Tut es eben nicht."
„Da kann ich Ihnen auch nicht weiterhelfen."
„Warum haben Sie die Arbeitsstelle gewechselt?" „Im Olgastift habe ich eine Vollzeitstelle bekommen. Mit der Bezahlung auf einer Teilzeitstelle können Sie keine großen Sprünge machen. Die Kohle reicht kaum zum Leben."
„Klar. Noch zu Herrn Pfleiderer. Was für ein Verhältnis hatte er zu Frau Schaufler?" „Das habe ich Ihnen doch schon gesagt. Ein gutes."
„Wann haben Sie das Petrusstift als Arbeitsstelle verlassen?" Es stellte sich heraus, dass Benno Zullig kurz nach der Phase, in der die überdurchschnittliche Todesrate auftrat, im Olgastift seinen Dienst aufnahm. „Und bis dahin

waren die beiden super Freunde?" „Die Bezeichnung ‚super Freunde' ist übertrieben, aber sie kamen sehr gut miteinander aus. Ulli hat ihr die schwierigen Aufgaben anvertraut, weil sie eine hervorragende Fachkraft war." „Das bedeutet, sie verfügte eventuell über Kompetenzen, die nicht alle hatten, beispielsweise eigenverantwortlichen Zugang zum Medikamentendepot, oder sagen wir lieber, unkontrollierten Zugang."
„Dem würde ich nicht widersprechen. Sie hatte aufgrund ihrer Fähigkeiten größere Freiheiten, Dinge zu entscheiden, als die anderen im Team. Sie haben als Pflegedienstleitung keine andere Wahl, als die Aufgaben auf diese Weise zu verteilen, denn vom Personalumfang her war alles so knapp veranschlagt, dass die Kollegen auf der Station das Gesamtpensum ansonsten kaum einigermaßen bewältigt hätten. Immerhin arbeiten wir mit Menschen." „Ja, das tun Sie, in der Tat."
Mehr war aus Zullig nicht herauszuholen. Sven bedankte sich und ließ ihn gehen.
„Was meinst du, welche Verdachtsmomente ergeben sich aus seinen Aussagen?" „Das vielleicht gar nicht Pfleiderer die Leute vergiftet hat, sondern doch Erika Schaufler höchst persönlich." „Welcher Grund veranlasst Pfleiderer dann, sie aus dem Weg zu räumen?"
„Sie haben es gemeinsam zu verantworten?"
„Als Komplizen?" „Scheint so zu sein."
„Warum bekam er erst jetzt Angst, dass sie ihn verpfeifen könnte? Hätte sie doch auch schon viel früher tun können. Gut, in dem Fall hätte sie sich selbst mit überführt. Vielleicht kamen ihm Bedenken, dass sie an einem Lebensabend im Knast interessiert sein könnte, weil ihre Rente zum Leben nicht reichte?" Gundel sah Sven fragend an. „Sehr gute Deutung", meinte er sarkastisch. Ihre Kreativität war anstrengend.

Es stellte sich heraus, dass der angeforderte Computerexperte einen Tag später zur Verfügung stand als eingeplant. Bis dahin stand Erika Schauflers Haus ganz oben auf der Agenda.
„Wir dürfen die Katzen nicht aus den Augen verlieren", betonte Gundel, als sie die Versiegelungen aufbrachen. Wenigstens hatte sie sich nach dem Auffinden der toten

Frau Schaufler einen Haustürschlüssel mitgenommen. „Wurden die nicht vom Tierheim abgeholt?" „Nein", erwiderte Gundel. „Die sagten doch, dass keine jungen dabei waren." „Stimmt."
Sven ging mit zwei Kollegen von der Spurensicherung ins Haus vor und schickte einen von ihnen umgehend in den Garten. „Dort hinten ist eine Feuerstelle, an der unter Umständen Beweismaterial verbrannt wurde. Das sollten wir uns noch mal eingehend ansehen. Kümmern Sie sich darum."
Gundel folgte ins Haus und registrierte den fauligen Mief, der in der Luft lag. Es war seit Wochen oder Monaten nicht mehr gründlich gereinigt, geschweige denn gelüftet worden. Sie durchstreiften die Räume.
Die Einrichtungsgegenstände waren altmodisch. Es stand viel Ramsch herum. Die alte Dame mochte wohl nichts mehr wegwerfen. Im Erdgeschoss und im ersten Stock war nichts Brauchbares zu finden.
Auf dem Dachboden entdeckten sie Kisten. Gundel zog sich Latexhandschuhe über, bevor sie den Inhalt zu sichten begann. Fotos, alte Briefe, andere Schriftstücke. „Einpacken", wies sie einen Mitarbeiter an.
„So, nun sehen wir uns den Keller an." Schon auf der ersten Stufe der Kellertreppe schlug ihnen ein scharfer Geruch entgegen. Katzenpisse, igitt!!! Gundel presste sich die Hand auf die Nase und ging vor. Sven stieg ihr tapfer hinterher, hielt sich aber auch ein Taschentuch vor den Mund, um sich vor dem unerträglichen Gestank zu schützen.
Der Keller bestand aus zwei Räumen, die beide mit Kisten und Regalen voll gestopft waren, in denen verstaubtes, modriges Zeug lagerte. Gundel wies an, alles haarklein zu untersuchen. Eine Kellerecke stach durch ihre weiße Farbe hervor, die sich vom Rest leuchtend abhob. „Scheint erst vor kurzem frisch gestrichen worden zu sein. Frau Schaufler wollte wohl im Haus renovieren? Das spricht gegen eine Planung eines Lebensabends in einer Gefängniszelle", bemerkte Sven scharfzüngig. „Ich kann mir nicht vorstellen, dass wir hier kleine Katzen finden." „Der Geruch spricht sehr dafür, dass sie hier zumindest versteckt gehalten wurden, findest du nicht? Das deckt sich mit Lena

Bachmanns Darstellung." „Und wo sind sie jetzt, wenn sie vom Tierheim nicht abgeholt wurden?"

„Frau Tenneberg", rief es von oben. „Können Sie bitte mal kommen?" Der Beamte, den Gundel zu der Feuerstelle geschickt hatte, war offensichtlich auf etwas gestoßen. Er hielt kleine graue Stückchen in der Hand. „Hier, das sind Reste von kleinen Knochen, verkohlt zwar, aber deutlich erkennbar." „Könnten die von Katzen sein?" „Durchaus möglich, das müssen wir im Labor überprüfen." „Danke, tun Sie das."

Gundel wandte sich an Sven. „Ich gehe mal davon aus, dass Frau Schaufler auf der einen Seite ausgesprochen barmherzig gegenüber allen Lebewesen eingestellt war, und dass sie sich als Retterin der Gerechten verstand. Das schließt jedoch andererseits nicht aus, dass ihre Barmherzigkeit sehr skurrile Ausformungen annehmen konnte, vor allem, wenn sie an die Grenzen ihrer Möglichkeiten stieß."

„Du meinst, Exekutionen bezogen sich nicht nur auf die ihr anvertrauten Heimbewohner, sondern auch auf andere Geschöpfe in ihrer Obhut?"

„Exekution finde ich ein hartes Wort. Erlösung von ihrem irdischen Leid fände ich passender." „Folglich war bei der Alten im Oberstübchen ganz schön was durcheinander geraten."

„Hatte Pfleiderer vielleicht davor Angst?" „Und wie hat er herausbekommen, dass sie zunehmend unberechenbarer wurde?" „Weil sie schon im Petrusstift unberechenbar war." „Mir fehlt bei all dem die Logik." „Uns fehlt vor allem Pfleiderer."

Bis auf die dubiosen Verbrennungsreste in der Feuerstelle fanden sie keine Spuren, vor allem keine, die auf Pfleiderer hindeuteten. Der nächtliche Regen hatte jede Zuversicht weggespült, an den Zweigen doch noch kleinste Spuren von Fasern von Kleidungsstücken sicherzustellen. Gundels Telefon klingelte. „Unser Computerexperte aus Stuttgart ist eingetroffen", berichtete sie, nachdem sie wieder aufgelegt hatte.

Sie brachten die Hausdurchsuchung zu einem vorläufigen Ende. Gespräche mit den Nachbarn waren unergiebig. Keiner wollte etwas gesehen haben. Frau Schaufler war als

Nachbarin weder besonders unbeliebt noch sehr gemocht. Ihr Tod wurde nicht bemerkt, weil sie keiner vermisste. Selbst die offene Terrassentür schien niemand irritiert zu haben. Sie lebte für sich, galt als eigenbrötlerisch und sonderbar, pflegte ihre Kontakte ringsum äußerst oberflächlich und unterhielt zu niemandem eine intensivere Beziehung. Einzig ihre Tiere leisteten ihr Gesellschaft. Kein Hinweis auf Verwandte oder Angehörige. Die Durchsuchung warf ein letztes trostloses Licht auf ihr vereinsamtes Dasein. „Genügend Stoff, um nachträglich über ein Motiv zu spekulieren, dem Munsinger einen Felsbrocken an den Schädel zu knallen", fasste Gundel die vorläufigen Erkenntnisse zusammen und blies zum Aufbruch. Auf dem Präsidium wartete endlich der von Stuttgart entsandte Experte. Gundel wies ihm ein Büro zu und ließ ihm den Computer mit sämtlichem Zubehör bringen, das mutmaßlich dazugehörte, Speichermedien, die ihnen zwischen die Finger gefallen waren, und so weiter.

    Die restlichen Gespräche mit Rubina Amato und Gieslinde Storz waren schnell durchgezogen. Alles blieb, wie es war. Kein revolutionär neuer Erkenntnisstand. Wenigstens stellten sie den erreichten ‚Vermutungsstand' nicht in Frage.

Auf der Rückfahrt vom Petrusstift in die Dienstelle gerieten Gundel und Sven in einen Stau. Die Strasse verengte sich über eine längere Strecke wegen einer Baustelle. Der Verkehr wurde einspurig durchgeleitet. Vor einer Baustellenampel, die bei Grün immer nur wenige Autos durchließ, hatte sich eine beträchtliche Schlange gebildet. Sven klopfte nervös auf das Lenkrad. „Soll ich unser Blaulicht aufs Dach knallen? Immerhin haben wir es eilig."
„Nein. Du bist selbst schuld. Es war doch klar, dass es hier eng wird. Ich habe mich vorhin schon gefragt, warum du nicht anders gefahren bist", schimpfte Gundel. „Sorry, ich hab' nicht aufgepasst. Vielleicht habe ich über die Fragen nachgedacht, die wir noch zu klären haben", antwortete er vorwurfsvoll.

Gundel schwieg mürrisch.

Schließlich wollte Sven die Verzögerung konstruktiv nutzen und mit Gundel darüber sprechen, was sie mit den Vernehmungsergebnissen anfangen sollten. „Das nenne ich

Zusammenhalt. Wohl nicht alle Menschen, die zusammenarbeiten müssen, führen einen Dauerkrieg gegeneinander. Wir sind es nur nicht mehr gewohnt, dass es Teams gibt, die funktionieren", wandte sie altklug ein.
Nun wurde Sven grantig. „Das ist doch Quatsch, Gundel. Ein funktionierendes Team lässt doch keine Morde zu, wenn du mich fragst. Außerdem wird sich niemand auf ein Zusammengehörigkeitsgefühl verlassen, das gewissermaßen auf der Bekämpfung eines außerhalb liegenden, gemeinsamen Feindes basiert. Zumindest ich nicht. Was passiert, wenn das Team seinen Feind verliert?" Der Wagen rollte, aber die Ampel schaltete erneut auf Rot. Gundel schwieg. Nach Svens Berechnungen würden sie noch drei ewig lange Ampelphasen brauchen, um endlich wieder freie Fahrt zu haben. Er wurde wütend. „Führst du mich eigentlich an der Nase herum? Ich versuche, nachzuvollziehen, wie es zu der Serientötung kommen konnte, und du gönnst dir den Luxus, den internen Zustand unserer Dienststelle zu reflektieren? Haben wir im Moment nichts anderes zu tun?"
Sie standen kurz vor einem handfesten Streit. „Ich hätte mir mehr Kooperation gewünscht, Frau Chefin." Jetzt erst realisierte sie, wie aufgebracht er war, und wie wenig Kraft für eine Konfrontation sie hatte. „Vergiss', was ich vorhin gesagt habe. Ich bin zurzeit eben mit den Nerven am Ende. Die Arbeit strengt mich unsäglich an." „Gut, das kann ich verstehen oder auch nicht. Aber bitte lass' es nicht an mir aus. Und falls ich der Grund deiner Dünnhäutigkeit bin, erwarte ich eine faire Auseinandersetzung", posaunte er. Gundel hatte Angst, dass die seit einigen Tagen sich aufschaukelnde Spannung zwischen ihnen ihre Zusammenarbeit untergrub. Svens Nerven lagen genauso blank wie die ihrigen, wenn auch aus anderen Gründen. Das mit Torsten ging ihn nichts an, und Unstimmigkeiten mit Sven konnte sie am allerwenigsten gebrauchen.
Plötzlich wurde sie stark nach vorne gedrückt. Das Fahrzeug kam mit einem abrupten Ruck zum Stehen. Sven hatte eine Vollbremsung hingelegt. Auf der Gegenverkehrsseite ließ die Ampel viel mehr Autos durch. Er hatte sie gezählt. Gundel strich sich die Haare aus dem Gesicht und sah ihn an.

„Pass auf, Torsten und ich, wir wollten dich zum Abendessen zu uns nach Hause einladen. Ihr kennt euch noch nicht. Hast du Lust, er kocht wirklich gut?" Ihr Angebot zeigte eine positive Wirkung. Auch er hatte nicht wirklich vor, sich mit ihr zu verkrachen. „Ich gebe zu, dass ich seit ein paar Tagen auch auf dem Zahnfleisch daher komme, ich weiß zwar nicht genau, warum, aber wir sollten nicht anfangen, uns gegenseitig die Hölle heiß zu machen. Schwamm drüber. Der letzte Urlaub ist eine Ewigkeit her. Abgemacht, ich komme, kann ich noch jemanden mitbringen? Sonst komme ich mir einsam und alleine vor und fürchte mich vielleicht bei euch." Jetzt schmunzelte er. „Klar, der oder die jemand ist herzlich eingeladen", entgegnete sie. Sie stützte ihren Kopf mit dem am Beifahrerfenster angelehnten Arm ab. Es sah aus, als ob er unendlich schwer und kaum zu tragen war.
„Können wir die Angaben von Amato und Storz im Präsidium auswerten? Ich möchte mir in Ruhe selber noch ein paar Gedanken dazu machen, was ich von ihnen halte. Meine Schnellschüsse entwickeln sich zur Zeit nicht gerade zu geistigen Höhenflügen."
„Wollen wir uns den Rattenbesuch heute noch antun? Oder warten wir nicht lieber bis morgen" fragte Sven vorsichtig, bevor er wieder zuviel Tempo vorlegte. „Wenn wir schon unterwegs sind, fahren wir da noch vorbei, vorausgesetzt, wir kommen heute noch an der Ampel vorbei. Diese Baustelle ist einfach schrecklich. Das hätte man bestimmt auch anders regeln können. Ich möchte dieses unsägliche Kapitel endlich abschließen und Freiraum für die dringenden Dinge bekommen."

„Frau Bachmann, um Ihre Tochter nicht weiter unnötigen Belastungen auszusetzen, verzichten wir auf ein wiederholtes Gespräch bei uns im Dezernat. Das kann ich unter den gegebenen Umständen bedenkenlos vertreten", versicherte Gundel Lenas Mutter, nachdem sie und Sven mit Lena deren Zimmer und die Ratte besichtigt und dabei mit Lena die gesamte Geschichte um sie und Munsingers Katzenwurf herum rekonstruiert hatten.
Insgeheim war Gundel entsetzt über die dramatische Art und Weise, wie sich eins ums andere schicksalhaft aus sich heraus ergeben, und in welch seelischer Not sich das Kind

befunden hatte. Die Schilderung über die Befreiungsaktion ihres Tieres schockte sie am meisten. Auch Frau Bachmann war wie gelähmt und außer Stande, ihrer Betroffenheit Ausdruck zu verleihen, wenn auch aus einem anderen Grund. Die Details der Vorgänge wurden ihr von der Kommissarin überbracht. Lena hatte darum gebeten, weil sie Angst vor ihrer Mutter hatte. Gundel hatte sie daraufhin mit Lenas Erlaubnis über alle Einzelheiten ins Bild gesetzt.
„Frau Bachmann, vielleicht suchen Sie für sich selber das Gespräch in einer Beratungsstelle. Ich bin mir sicher, dass das alles, was wir hier gehört haben, für Sie nicht von heute auf morgen zu verdauen ist. Wir können alle froh sein, dass die Sache für Lena so glimpflich abgelaufen ist. Uns muss klar geworden sein, dass sie sich bei Frau Schaufler phasenweise in sehr großer, wenn nicht sogar in Lebensgefahr befunden hat." Diese Worte trafen Frau Bachmann wie Speere. Sie begann zu weinen.
„Brauchen Sie sofort jemanden? Ich kann mich darum kümmern." „Mein Mann kommt gleich von der Arbeit nach Hause", antwortete sie schluchzend. „Sind Sie sicher, dass Sie beide beziehungsweise Sie drei heute Abend einigermaßen zurechtkommen?" fragte Gundel ein zweites Mal. Frau Bachmann nickte Tränen überströmt in ein aufgeweichtes Papiertaschentuch hinein. Gundel gab Sven ein Zeichen, dass sie auf jeden Fall bis zum Eintreffen von Herrn Bachmann warten wollte. Bis dahin verging eine gute dreiviertel Stunde, die sie zu viert im Wohnzimmer verbrachten. Frau Bachmann hörte nach gut einer halben Stunden mit dem Weinen auf und hatte ein durch dicke Schwellungen verunstaltetes Gesicht.
Als Herr Bachmann eintraf, war er einigermaßen erstaunt über die wunderliche Versammlung. Gundel erklärte ihm, was geschehen war, und seine Fassungslosigkeit war ähnlich groß wie die seiner Frau. Dann verließen sie das Haus. An den Nachbarfenstern bewegten sich die Vorhänge.
Draußen im Wagen saßen sie einige Minuten da und fanden keine Worte. „Große Güte." Das, was sie eben erlebt hatten, war für beide ein harter Brocken. Schweigend saß Sven am Steuer und chauffierte sie zur Dienststelle zurück. Diesmal umfuhr er die Baustelle weitläufig. „Wäre nicht nötig gewesen, Sven. Der Berufsverkehr ist vorüber." Gundel fiel

nichts Intelligenteres ein, um die bedrückende Stille zu unterbrechen. Sven ignorierte ihren Versuch.

Es war inzwischen spät geworden. Torsten hatte mehrfach versucht, Gundel auf dem Handy zu erreichen. Sie rief ihn erst vom Büro aus kurz zurück, informierte ihn, dass sie etwas später nach Hause kommen würde, und packte wortlos ihre Sachen zusammen. Der Computermensch hatte längst Feierabend gemacht. Auf Svens Schreibtisch lag ein Zettel mit der dringenden Aufforderung, ihn so bald als möglich zu kontaktieren. Sie sahen sich stumm an, aber keiner sagte etwas. Worte erübrigten sich. Jeder wollte nur noch nach Hause. Beide hatten eine Pause nötig, denn morgen wartete ein nicht minder anstrengender Tag auf sie.

## 14. Tenneberg und Gruber erhalten Verstärkung

Im Hause Tenneberg wollte am Abend keine rechte Fröhlichkeit aufkommen. Weder Torsten noch Gundel verspürte entgegen der üblichen Gepflogenheit Appetit. Gundel wärmte eine Fertigsuppe auf, damit wenigstens eine Kleinigkeit gegessen wurde. Nach einer wortkargen halben Stunde am Küchentisch brach Torsten das Schweigen. „Magst du mir nicht erzählen, was heute bei euch los war?" „Wenn ich anfange, wird es eine längere Geschichte. Uns sind heute offensichtlich alle relevanten Einzelheiten im Zusammenhang mit Herbert Munsinger klar geworden. Wenig erbaulich."
Torsten blieb hartnäckig. „Das liegt in der Natur der Sache. Es gibt keinen Grund, mich zu schonen. Also, erzähl' schon." Daraufhin beschrieb Gundel ausführlich die Ergebnisse des Tages, obwohl sie überhaupt keine Lust dazu hatte. Immer wollte er alles wissen und bohrte penetrant nach, bis er ihr alles aus der Nase gezogen hatte. Und bestimmt würde er sich um sie Sorgen machen, wenn sie ihm alles erzählte.
Das nervte.
Er hatte kein Recht dazu, alles von ihr und über sie zu erfahren, auch wenn sie verheiratet waren. Sie wollte manche Dinge für sich behalten, ihren Streit mit Sven etwa.
„Ich habe mir hin und her überlegt, ob ich schuld gewesen wäre, wenn dem Mädchen etwas zugestoßen wäre." „Schuld ist in meinem Verständnis der falsche Ausdruck. Wie kannst du schuld an Dingen sein, über die du keinerlei Informationen besitzt."
„Ich hätte mich intensiver um die Informationen bemühen können."
„Wie denn, wenn du nicht weißt, wonach du suchen sollst."
„Was ist deiner Ansicht nach dann die zutreffende Bezeichnung?" „Ich kann mir vorstellen, dass man sich Vorwürfe macht." „Torsten, das ist im Effekt dasselbe. Aus Vorwürfen entstehen die Schuldgefühle." „Hättest du denn einen Anlass für Vorwürfe gegen dich selbst gehabt?" „Ja, ich hätte härter und konsequenter nachfragen können. Es ist letztendlich Sven zu verdanken, dass wir in dem Fall nicht schon im Anfangsstadium aufgegeben haben." „Und was heißt das?" „Dass ich mich seit längerem frage, ob ich für

den Job geeignet bin." Gundel erschrak, als sie sich diese Worte aussprechen hörte.

Torsten dagegen hatte mit diesem Manöver erfolgreich von seinen eigenen Problemen abgelenkt, über die zu reden er keine Lust hatte. Die Sache mit seiner Gesundheit lag ihm schwer im Magen. Es war einfacher für ihn, sich über Gundels Schwierigkeiten zu unterhalten.

Sven war am Morgen absichtlich vor Gundel im Büro erschienen. Er überlegte, ob er auf sie warten oder gleich den IT-Kollegen anrufen sollte. Im selben Moment ging die Bürotür auf und Gundel schleppte sich mit einem ‚Guten Morgen' unausgeschlafen, aber halbwegs wach durch den Türrahmen. Sie sah schlecht aus.

„Guten Morgen. So früh schon da? Und, wie geht's?" erkundigte sich Sven besorgt.

„Geht so. Muss gehen. Irgendwann einmal wird es ja wieder Urlaub geben, oder wir bringen unser Projekt zu Ende. Es kann ja nicht ewig so weiter gehen. Mit dem Blick aufs Ende kann ich ungeahnte Reserven mobilisieren", behauptete sie zynisch, ein krampfhafter Versuch, humorvoll zu sein.

Sie schien trotz ihres schlechten Aussehens heute in einem halbwegs arbeitsfähigen Zustand zu sein, und darüber war Sven heilfroh. Alles andere war anstrengend. „Gut. Wo fangen wir an? Der Fellner will dringend angerufen werden. Mal sehen, ob er in der Kiste was gefunden hat." „Mir wär's recht, wenn er herkommen würde. So kann ich den Bericht parallel zu seinen mündlichen Erzählungen schreiben. Spart Zeit."

Fellner hielt es sogar selbst für notwendig, Gundel und Sven persönlich und unter sechs Augen zu informieren. Nach einer Stunde saß er bei den beiden im Büro. Der PC war auf Svens Schreibtisch aufgebaut. „Also, auf der Festplatte war nicht mehr viel drauf. Sieht so aus, als ob Pfleiderer wenige Tage vor seinem Verschwinden unglaublich viel Datenmaterial gelöscht hat." Gundel machte ein enttäuschtes Gesicht. „Ja, und?" „Ich kann darüber noch nicht alles sagen. Ich werde mich noch mal für ein paar Stunden dran setzen müssen." „Wäre uns recht, wenn Sie das hier machen könnten. Ich werde eine Verlängerung Ihrer Abordnung besorgen." War das alles? Darum machte er einen Wirbel mit ‚dringend zurückrufen' und so?

„Eine für Sie nicht unerhebliche Kleinigkeit hat sich allerdings recht schnell ergeben, von daher wäre es nicht ungeschickt gewesen, wenn Sie mich gestern Nachmittag bereits kontaktiert hätten." „Die wäre?" Gundel kam sich von ihm langsam ziemlich brüskiert vor. Der redete mit ihr wie mit einer Praktikantin von der Polizeischule. „Machen Sie schon, los!" gab sie barsch zurück.

„Die Internetseiten, die er als letzte besucht hat, führen zu einem Anbieter von last-minute-Reisen. Er hat dort vor vier Tagen eine Pauschalreise nach Tunesien mit Abflugort Stuttgart gebucht, die er am nächsten Tag angetreten haben muss."

Gundel fiel die Kinnlade herunter. „Falls er nicht schwul ist und sich die Wohnung und den PC nicht inoffiziell mit seinem Freund teilt, hat er diesen Trip unter dem Namen Michael Sturm für sich eingefädelt." „Das heißt, er hat eine zweite Identität. Folglich ist er im Besitz eines weiteren Passes." Svens Gehirn schaltete einen Gang höher. „Scheint so zu sein", gab Fellner spitz zurück.

„Michael Sturm." Sven zermahlte die einzelnen Buchstaben beim Aussprechen förmlich. „Das könnte der Mann auf den Fotos der thailändischen Polizei sein!" „Das lässt sich sofort überprüfen."

Sven rief an seinem PC die entsprechende Datenbank auf und gab den Namen ein. Nach einer Weile zog er viel sagend die Augenbrauen hoch. „Ein gewisser Michael Sturm wird von den thailändischen Behörden gesucht. Es handelt sich um einen Mann mit einem deutschen Pass, der unter mehrfachem und dringendem Verdacht steht – Gundel, halt' dich fest – auf dem thailändischen Kinderstrich, der von einer speziellen thailändischen Mafia organisiert wird, minderjährige Jungs aufgesucht und missbraucht zu haben."

„Könnte eine gute Hypothese hergeben, was Pfleiderer alias Sturm von seinem PC gelöscht hat", fuhr Fellner fort. „Kinderpornographie." „Sie sagen es, Frau Tenneberg."

Sven starrte weiter auf den Bildschirm und versuchte, die Informationen zu interpretieren. „Er muss unter dem Namen Michael Sturm mehrfach in Thailand gewesen sein, um sich an kleinen Jungs zu vergreifen. Obwohl nach ihm gefahndet

wurde, wurde er an den Flughäfen nie festgenommen, weil er als Ullrich Pfleiderer reiste, aber als Michael Sturm dort lebte." Unter diesen Gesichtspunkten betrachtet, gab die Datenbank einiges her. „Außerdem muss er Kontakt zu dieser speziellen Gattung von Mafia haben, die ihn zusätzlich deckt."
„Wir brauchen eine Kooperation mit der Polizei dort. Wir müssen sofort überprüfen, ob wir ihn in Tunesien erwischen." Fellner mischte sich ein. „Wenn der einigermaßen richtig tickt, dann ist der nicht mehr in Tunesien, das kann ich Ihnen versprechen. Wer Kontakte zur organisierten Kriminalität unterhält, gehört nicht zu den Dünnbrettbohrern. Das sollten Sie doch selbst wissen."
Er war einigermaßen verwundert darüber, wie wenig kriminelle Energie die Tübinger Kripokollegen Pfleiderer alias Sturm zumaßen nach all dem, was Gruber an Informationen und Vermutungen schon besaß. „Wir haben es hier mit einem heimtückischen, berechnenden Verbrecher zutun", belehrte er Gundel. „Das dürfen Sie mal meinem Chef erzählen", konterte sie, ärgerte sich zum hunderttausendsten Mal über das immer wieder gleiche Problem und hatte es unendlich satt. Umgehend kümmerte sie sich darum, den Staatsanwalt in Kenntnis zu setzen.

„Die Genehmigung für die Kooperation mit den tunesischen Behörden ist überhaupt kein Problem. Probleme sehe ich eher darin, wie unsere Partner – verstehen Sie mich nicht falsch – unsere Anliegen umsetzen. Ich kann nur hoffen, dass die begriffen haben, worum es geht." Seine Unterstellungen ließen nichts Gutes erahnen. Außerdem kündigte er an, den Kriminalrat zu beauftragen, drei weitere Beamte zur Bildung einer Sonderkommission in ihre Abteilung zu verlegen. „Sie haben die Leitung, Frau Tenneberg. Wir haben einen dicken Fisch an der Angel, der uns nicht aus dem Netz gehen darf, verstehen Sie?" „Eine Bitte, Herr Staatsanwalt, Fellner hat uns schon sehr geholfen. Außerdem kennt er sich in dem Fall inzwischen aus. Vielleicht könnten es er und noch zwei von seinen Kollegen aus Stuttgart sein. Wäre doch gut, wenn wir nicht zuviel Zeit mit unnötigen Teambildungsprozessen verschwenden würden. Mir wäre das sehr recht." Gundels Argumentation leuchtete ihm sofort ein, und ohne sich länger mit möglichen und eventuellen Komplikationen aufzuhalten, sagte er unbürokratisch zu. „Ich werde alles tun, was ich tun kann. Ich vermute mal, dass die Stuttgarter sich da gar nicht quer legen."

Gundel legte grinsend den Hörer auf und lachte sich ins Fäustchen. Sie stellte sich ihren Chef bildhaft vor, wie er sich aufregte, sich in seine überschäumende Wut hineinsteigerte, bis er sich aufblies wie ein mit giftigem Schleim gefüllter Luftballon, und platzte und sein schmuckes Büro schlagartig in ein altes renovierungsbedürftiges Kabuff verwandelte. Die Vorstellung gefiel ihr.

„Wird aber auch Zeit." Sven machte sich wichtig, als er von den Plänen des Staatsanwalts hörte. Zudem war er froh, dass die Verstärkung nicht aus ihrer Dienststelle abgeordnet, sondern von außerhalb her zusammengestellt wurde. Die früheren Altlasten aus persönlichen Animositäten und nicht nachvollziehbaren Rivalitäten hätten ihr Projekt ruiniert. Außerdem witterte er eine passende Gelegenheit, ein Thema anzuschneiden, das ihn seit geraumer Zeit beschäftigte. „Welcher Hund zwischen dir und dem Kriminalrat begraben liegt, ist mir absolut schleierhaft. Der Interessenskonflikt zwischen Kriminalrat und ehemaligem Stiftungsratmitglied kann es allein doch wohl nicht sein?"

Gundel hörte auf, an einer halbvollen Kaffeetasse zu nippen, und setzte sie demonstrativ auf den Schreibtisch ab. „Ach, du hast es auch schon bemerkt", gab sie spitzig-ironisch zurück. „Wenn ich ehrlich sein soll, ich weiß es nicht. Er hat es mir nicht verraten. Ich kann daher deine Frage leider nicht beantworten."

Sven stutzte. „Was meinst du damit?" „Dass ich es nicht weiß. Du könntest mir allerdings dabei helfen, es herauszubekommen." Sie reagierte super empfindlich auf seine Nachfrage und fand es lästig, wenn nicht sogar unverschämt, dass er sie nötigte, sich über dieses Thema mit ihm auseinanderzusetzen. Einen freundlichen Tonfall beizubehalten, machte ihr Mühe. Warum ließ er sie damit nicht in Ruhe? Unterstellte er ihr etwa in dem Dauerclinch mit ihrem Chef eigene Fehltritte? Fehltritte, die vielleicht sogar die Ursachen des Dauerkonflikts darstellten? Die immer weiteren Kreise, die der Konflikt zog, waren unendlich lästig.

Es half nichts. „Sven, wir brauchen unsere Kräfte für die Lösung unserer Fälle und nicht zum Herumwühlen in nebensächlichen Geschichten. Ich kann deine Neugierde nicht befriedigen."

Das wirkte wenig souverän. Trotzdem ließ Sven das Thema um des lieben Friedens willen ruhen. Obwohl er den Grund immer noch nicht bis ins Letzte verstand, kapierte er, dass seine Nachfrage bei Gundel alles andere als gut ankam. Das hielt sein grundsätzliches Interesse an dem Thema wach.

Fellner hatte ihnen erklärt, dass es ungefähr einen halben Tag in Anspruch nehmen würde, den früheren Inhalt der Festplatte von Pfleiderers PC zu rekonstruieren.

Am Nachmittag war es soweit. „Um einen IT-Crack handelt es sich bei diesem Pfleiderer erfreulicherweise nicht. Sonst hätte er nicht nur das Gesicht der alten Frau, sondern auch seine Festplatte mit einem Hammer demoliert. Oder aber, er hatte es derartig eilig, dass ihm dafür keine Zeit mehr blieb. Unser Glück, wir konnten einige der gespeicherten Daten wieder herstellen", erklärte er seiner neuen Vorgesetzten auf Zeit. Dabei drehte er sich eine Zigarette.

Er machte es sehr spannend und genoss seine wichtige Rolle. „Nun schießen Sie schon los." „Wie wir bereits vermuteten, hatte sich der Knabe einen Haufen Porno-Material aus dem Internet herunter geladen, hauptsächlich mit kleinen Jungs, und zwar massenhaft. Ich gehe mal davon aus, dass er das für sich selber gemacht hat. Tonnenweise Fotos von nackten Kindern in unmissverständlichen Positionen." Er steckte sich die Zigarette in den Mundwinkel, respektierte aber das Rauchverbot. Gundel durchlief ein tiefer Schauder, aber sie ließ sich nichts anmerken und blieb nach außen hin cool. „Gute Arbeit, Herr Fellner. Sichern Sie das Material, ich werde bei Gelegenheit einen Blick hineinwerfen."

Diesen Augenblick wollte sie jedoch so lange wie möglich hinausschieben. Die Vorstellung, dass sie selber das Beweismaterial für seine weitere Verwendung sichten musste, um es zu beurteilen, löste jetzt schon einen unangenehmen Magendruck aus.

„Die Vermutung von Gruber, dass Pfleiderer in Thailand auf dem Straßenstrich Kinder missbraucht hat, erscheint äußerst plausibel." Fellner nickte ungerührt. Die Zigarette in seinem Mundwinkel wippte, während er signalisierte, auf dem Weg zur nächsten Raucherecke zu sein. Er war ganz schön abgebrüht, oder waren sie im lauschigen Tübingen nur nichts gewöhnt?

Der nächste Schlag ließ nicht lange auf sich warten. Das zweite, bedeutende Geschehnis an diesem ereignisreichen Arbeitstag, das das Potential einer zerstörerischen Naturkatastrophe in sich barg, trat binnen weniger Stunden ein. Zuvor hatte der Staatsanwalt die Erhöhung der personellen Kapazitäten, die Gundel unterstellt sein sollten, erfolgreich in die Wege geleitet. Der Kriminalrat zitierte Gundel zu sich ins Büro.

„Geh doch einfach nicht hin."
„Sven, du hast tolle Ideen, meinst du, dass das irgendetwas bringt?" „Der will dich unter vier Augen fertig machen. Das ist alles. Das hast du nicht nötig." Gundel war hin und her gerissen. „Klar. Wenn ich rein gehe, geht er mir knallhart unter die Gürtellinie. Ob ich will oder nicht. Er haut mir alles Mögliche um die Ohren. Und die Tatsache, dass er denkt, dass er sich das herausnehmen kann, ist besonders demütigend. Aber wenn ich kneife, werde ich mir meine eigene Feigheit zum Vorwurf machen. Ich werde mich fühlen, als ob er mich tatsächlich klein gekriegt hat. Ich kann es nicht vermeiden, mir heiße Backen abzuholen."
Sven wollte ihr die Schikanen des Kriminalrats ersparen und versuchte aufrichtig, sie zu warnen. „Wenn ich an deiner Stelle wäre, ich würde ihn am Telefon fragen, was er will, und ihm mitteilen, dass über den Staatsanwalt alles in Ordnung geht. Er ist außen vor, er will es nur noch nicht wahrhaben." „Und kämpft wie ein angeschossener Tiger um jeden Millimeter Revier." „Wenn du ihn bluten sehen willst, dann geh."

Als Gundel von dem Gespräch zurückkam, wirkte sie ungewöhnlich aufgeräumt, geradezu heiter. Sven hatte extra auf sie gewartet. „Er hat mir erklärt, dass er es voll und ganz unterstützt, dass der Staatsanwalt die Aufsicht über die Ermittlungen übernimmt", erzählte sie lapidar.

„Wie bitte? Ist er nicht ausgerastet?" „Nein. Er war lammfromm und hat mir beinahe aus der Hand gefressen." „Ich versteh' die Welt nicht mehr." „Sven, ich auch nicht. Aber wenn ich dir mal was ganz Vertrauliches rüberbringen darf. Hier stimmt doch etwas Grundsätzliches nicht. Er kann es sich im Moment offensichtlich nicht leisten, mich bei der Arbeit zu stören. Er verhält sich verdächtig ruhig, und ich glaube, wir haben das verminte Gebiet betreten, allerdings mit einem Minenschutz namens Staatsanwalt, gegen den der Gauner aus irgendeinem Grund nichts unternehmen kann. Beiläufig hat er sich nach dem Ermittlungsstand erkundigt, aus welchem Grund auch immer. Ob es ihn als Chef interessiert oder ob er zur Wahrung des Scheins nachgefragt hat oder ob er abschätzen will, wie nahe wir an ihm dran sind, ich weiß es nicht", erklärte sie ihm, um es umgehend zu bereuen.

„Das heißt, wir haben einen internen Parallelfall ‚under cover' zu bearbeiten." Gundel wurde es richtig schlecht, als sie Svens Worte hörte. Seine Gier nach Sensationen in Kombination mit seinem Ehrgeiz hatte etwas Anstrengendes, Aufreibendes. Ihm zu verbieten, genau zu beobachten und seine fünf Sinne einzusetzen, war natürlich unmöglich. Das würde er sich nicht gefallen lassen. Er würde alles tun, um notfalls den Quertreiber zu spielen, wenn er sich beim Staatsanwalt damit profilieren konnte.

Der Staatsanwalt setzte zuverlässig, wie er war, alle Hebel in Bewegung. Innerhalb von zwei Tagen standen Gundel neben Fellner zwei weitere Mitarbeiter aus Stuttgart zur Verfügung. Das war zwar immer noch zu wenig Personal, um die vielen schwerwiegenden Verdachtsmomente, die sich inzwischen angehäuft hatten, zu bearbeiten, aber mehr war nicht drin.

Sven bekam von Gundel den Auftrag, für die weitere Arbeit die notwendigen Auslandskontakte in Tunesien und Thailand aufzubauen. Die internationale Fahndung nach Ullrich Pfleiderer alias Michael Sturm wurde rausgegeben.

In Paris stieg Pfleiderer unbehelligt in die Maschine nach Bangkok und verließ sie einige Flugstunden später wie vorgesehen am Endziel.

Somchai hatte gut für ihn gesorgt. Am Flughafen wurde er von einem Fahrer in Empfang genommen. Wenige Stunden nach seiner Abreise aus Tunesien stürmte ein mehrköpfiges mobiles Einsatzkommando sein Zimmer im ‚Sahara Palace' und stellte es von oben bis unten auf den Kopf, um mit ein paar Fingerabdrücken und wenigen Haaren aus der Toilette unverrichteter Dinge wieder abzuziehen. Erst nachdem er in Bangkok angekommen war und das Flughafengebäude bereits verlassen hatte, wurde er an allen wichtigen internationalen Flughäfen unter den Namen Ullrich Pfleiderer und Michael Sturm polizeilich gesucht. Für ihn war das nicht von akuter Bedeutung, denn er war praktisch in Sicherheit. Als er in das Auto einstieg, befand er sich unter Somchais Fittichen und war so gut wie unsichtbar.

Der freundliche Fahrer nahm ihm die Tasche ab und ließ ihn in den alten Mitsubishi einsteigen. Dieses Modell war in tausendfacher Ausführung auf Bangkoks Straßen unterwegs und gab wegen seiner starken Verbreitung eine perfekte Tarnung ab. Pfleiderer ließ sich mit einem entspannten Seufzer auf die Rückbank fallen. Lässig glitt der Fahrer hinters Steuer. Durch die staubigen Scheiben waren die Insassen im Auto von außen kaum zu erkennen. Sofort sog Pfleiderer die wohlbekannte gute Laune der Leute in sich auf, die er so sehr liebte, und die er in Deutschland so vermisste, und er freute sich über ihre beruhigende Wirkung. Pfleiderer war ein sensibler, feinsinniger Mensch, der im Grunde seines Herzens für alle nur das Beste im Schilde führte. Ihm tat es nicht gut, wenn andere Menschen unfreundlich zu ihm waren. Und so war er glücklich, so unverhofft hier zu sein und abschalten zu können. Die Beruhigungstabletten waren hier überflüssig.

Der Verkehr von Bangkok war immer noch so, wie er ihn von früher her kannte. Es fuhren unglaublich viele Menschen auf Motorrollern durch die Gegend, alle mit demselben penetrant lauten Motorengeräusch unterschiedlichster Tonhöhen, die ein ohrenbetäubendes Gesamtgetöse abgaben, gekrönt von einem nicht abreißenden Hupkonzert. Dazwischen gab es noch ein paar wenige, die sich mit Fahrrädern fortbewegten, mehr oder weniger klapprig und rostig. Und die Abgase. Um die scherte sich hier niemand.

Der Fahrer lenkte sie geduldig durch das pulsierende Chaos der Straßen, ständig aufgehalten durch Verkehrteilnehmer mit und ohne Fahrzeug, die ihren Weg kreuzten und sie zum Anhalten nötigten. Er regte sich kein einziges Mal auf. Sie kamen zwar kaum voran, aber sie hatten es auch nicht eilig. Zudem war es nicht weit. Somchais Etablissement lag in der Nähe des internationalen Flughafens. Nach gut einer Stunde erreichten sie ihr Ziel.

Im Hotel wurde er von einer jungen hübschen Thailänderin begrüßt, die zwar kein Deutsch sprach, ihm aber alle Wünsche von den Lippen abzulesen schien. Sie führte Pfleiderer in einen Raum mit einer fernöstlich angehauchten Sitzgruppe und bedeutete ihm mit Blicken, es sich in ihr bequem zu machen. Indem sie tiefsinnig die Lider niederschlug, übergab sie ihm einen verschlossenen Briefumschlag. Pfleiderer ließ sich in die Polster fallen. Während er den Umschlag öffnete und den Brief auseinanderfaltete, legte die Hübsche seine Beine auf einem niederen Schemel ab und zog ihm die Schuhe aus. Er sah ihr dabei zu. Warum bin ich nicht schon früher wieder hergekommen, fragte er sich kopfschüttelnd, während ihm auf das Angenehmste die Füße massiert wurden. Ein Deckenventilator drehte sich unentwegt und fächelte kühle Luft in den Raum. Pfleiderer klemmte sich den Strohhalm seines Softdrinks zwischen die Zähne und sog genießerisch die leckere Flüssigkeit in sich hinein. Das war Gastfreundschaft pur. Nebenbei warf er einen Blick auf den Inhalt des Schreibens.

„Lieber Michael, ich freue mich, dich hier wieder begrüßen zu dürfen. Ich hoffe, du hattest einen angenehmen Flug. Die anmutige Durudee wird dir deine Unterkunft zeigen. Ich selbst bin am heutigen Nachmittag verhindert, die Geschäfte, du verstehst. Gegen Abend werde ich im Hotel eintreffen. Du bist aufs Herzlichste mein Gast. Wir sehen uns beim Abendessen, bei dem wir ein wenig über unsere Zukunftspläne plaudern wollen. Bis dahin, lass dich von Durudee verwöhnen, Somchai."

Pfleiderer legte den Brief neben sich auf ein Kissen.

Durudee saß zu seinen Füssen, massierte fortwährend seine Sohlen und sah lächelnd zu ihm auf. Er kannte sie von früher her nicht. Sie war wohl Somchais neueste Errungenschaft. Mit diesem Verwöhnangebot durch Durudee konnte Somchai bedenkenlos großzügig sein. Er wußte, dass Pfleiderer nicht auf Frauen stand, auch wenn er es eine zeitlang vergeblich probiert hatte.

Auf Somchais Zukunftspläne war Pfleiderer gespannt. Die Perspektive verursachte ihm sogar ein flaues Gefühl in der Magengegend. Hatte er wirklich geglaubt, Somchai würde für seine Gefälligkeiten keine Gegenleistungen erwarten? Warum sollte er sich geändert haben? Pfleiderer nahm den Brief, faltete ihn zusammen und stopfte ihn in seine Hosentasche. Er nahm die Füße vom Schemel und seine Tasche in die Hand. Die unterwürfige Durudee erriet sofort, was er wollte. Sie fasste ihn an der Hand und führte ihn aus dem Raum in die Hotelhalle.

Die Hotelhalle war nach einer Seite hin offen und gab durch eine Säulenreihe den Blick auf einen üppigen Garten frei. Auf der anderen Seite des Gartens konnte man durch die wuchernden Pflanzen mit unzähligen Blüten und sattem Grün hindurch ein weiteres Gebäude erkennen, das ebenfalls im landestypischen Baustil gestaltet war. Pfleiderer kannte den Weg von seinen früheren Aufenthalten. Dennoch ließ es sich Durudee nicht nehmen, ihn an der Hand zwischen dem Grünzeug hindurch zu dem einstöckigen Gebäude zu losten, dessen Mauer zum Garten hin mehrere Türen aufwies.

Sie öffnete eine von ihnen mit einem Schlüssel und zeigte Pfleiderer den Raum, der sich dahinter auftat. Es war ein kleines, aber feines Zimmer, ausgeschlagen mit bunten Textilien und einer Liege, über die ebenso bunte Stoffe drapiert waren. Es hatte ein raffiniertes Oberlicht als Fenster, das den Raum in eine sanfte, gleichmäßige Helligkeit tauchte. Pfleiderer trat ein, während Durudee ohne einen Mucks draußen stehen blieb und lautlos hinter ihm drein lächelte. Er stellte seine Tasche auf dem Boden ab und drehte sich um. Durudee zog den Schlüssel ab und ließ ihn in einer Falte ihres Gewandes verschwinden. Lächelnd drehte sie sich um und verschwand.

Allein und ungestört legte er sich auf das Bett und blickte zu der Milchglasscheibe des Fensters in der Decke hoch. Was Somchai wohl von ihm wollte? Tief genug in der Scheiße saß er ja schon. Egal, er war erst mal hier. Heute Abend würde er es noch früh genug erfahren. Von der Hitze lief ihm die Brühe in die Stirn. Es war ziemlich schwül und stickig. Durudee sollte ihm ein Bad organisieren. Doch, wo

war sie bloß? Er erhob sich, warf seine Tasche auf das Bett, nahm seine ihm verbleibenden Wertsachen, seine letzten Euros, die er auf einer Bank umtauschen wollte, und seine beiden Pässe an sich. Den Ring, das Geschenk Somchais, an den er glücklicherweise gedacht hatte, steckte er sich an den Finger und verließ das Zimmer.
Als er in den Garten hinaustrat, huschte Durudee an einem Busch vorbei, mit einem Seitenblick auf ihn gerichtet. Sogleich stand sie vor ihm und lächelte ihn an.
Er sprach fast kein Thailändisch und beherrschte nur ein paar einzelne Wörter. Das hatte bisher gereicht. „Haong naam", stakste er etwas unbeholfen und fuchtelte mit seinen Händen unter den Achseln herum. Durudees Lächeln fehlte für einige Sekunden die Lebendigkeit, bis er an ihrer Mimik erkennen konnte, was sich unter ihrer Schädeldecke wohl abspielte und sie zu kichern begann. „Oh, hong nam", gab sie mit einem für ihn unnachahmlichen Singsang zurück (= Badezimmer). Sie hatte begriffen. Ihm fiel ein, dass er, wenn er nach dem Bad frische Klamotten anziehen wollte, seine Tasche brauchte. Bevor sie ihn wie vorhin bei der Hand nehmen konnte, hatte er sich ihr entwunden und ihr stattdessen signalisiert, dass sie an Ort und Stelle auf ihn warten sollte. Daraufhin trabte er zu seinem Zimmer zurück, um das Erforderliche zu holen. Durudee führte ihn zu einem weiteren, etwas kleineren Gebäude, in dem ein großes Badezimmer eingebaut war.
Er ließ sie nicht mit hineinkommen, sondern schickte sie mit einer abweisenden Handbewegung fort, um mit sich allein sein. Überhaupt schien er, bis auf Durudee und einige wenige Hausangestellte, im gesamten Hotel allein zu sein. Er hatte bis jetzt mit Ausnahme seiner selbst keinen weiteren Gast entdeckt.
Es hatte sich seit seinem letzten Aufenthalt also nichts verändert.
Alles war beim alten geblieben. Das Hotel war nämlich gar kein Hotel, sondern diente Somchai seit einigen Jahren als Tarnung. Alle Zimmer waren seitdem permanent ausgebucht, auf dem Papier.

Was wusste er eigentlich über ihn? Einiges, teilweise so viel, dass er ihm hätte gefährlich werden können. Somchai verließ sich stets darauf, dass Pfleiderer die Klappe hielt, um sich nicht selbst ans Messer zu liefern. In den letzten Jahren war er sozusagen nur ein passives Mitglied in dem großen und undurchschaubaren Netzwerk Somchais gewesen und hatte sich in dieser Rolle mit der ihr innewohnenden Distanz vergleichsweise wohl gefühlt. Wie gerne hätte er reinen Tisch gemacht und sich vollständig aus all dem zurückgezogen in eine Normalität, in der er wirklich seinen Seelenfrieden gefunden hätte. Stattdessen versank er mit jeder Bewegung, die er machte, immer tiefer in diesem Sumpf. Das Netzwerk war es, was Somchai so gefährlich machte. War man einmal drin, gab es keinen Weg zurück. Jede undichte Stelle, jegliche Verweigerung von Loyalität wurde bitter geahndet. Seine Leute fanden jeden, egal, wann und wo, und radierten denjenigen ohne mit der Wimper zu zucken aus.

Pfleiderer drehte unter der Dusche den Kaltwasserhahn auf, um seinen Körper in der heißen Schwüle wenigstens für kurze Dauer zu erfrischen. Zuerst kostete ihn das etwas Überwindung. Das Wasser war sehr kalt. Nachdem der erste Schock abgeklungen war, stellte er sich mit dem ganzen Körper unter den kräftigen Strahl. Die Regenzeit dauerte voraussichtlich bis Ende November, er hatte also noch einige drückende Tage vor sich, auch wenn es in den Nächten üblicherweise wie aus Eimern schüttete. Er drehte die Dusche wieder ab. An einem Haken entdeckte er einen Bademantel aus einem leichten, geblümten Stoff, den er fürs erste überzog. Daraufhin begab er sich mit seinen Sachen nach draußen, legte sich in einen der Liegestühle, die in dem Garten herum standen, und versuchte, abzuschalten.

Er blickte nach oben zum Himmel. Der Garten war paradiesisch und im Grunde genommen ein großer Innenhof unter freiem Himmel, umgeben von den einstöckigen Gebäuden, mit einem kleinen Teich in der Mitte, dem oberirdischen Teil einer primitiven, aber cleveren Anlage, mit deren Hilfe die Wassermassen der Regengüsse gebändigt wurden. Er konnte ein paar kleine Wölkchen am Himmel sehen. In wenigen Stunden würde sich der Himmel als Vorbereitung auf den nächtlichen Wolkenbruch vollständig zugezogen haben. Es war verrückt. Das Petrusstift samt seinem Ullrich Pfleiderer kam ihm irreal vor, weit weg, ohne Verbindung zu dem hier.

Er war drauf und dran, es selbst zu glauben, dass sein richtiger Name Michael Sturm war, war dabei, sich für diesen Menschen zu halten.
Aber wer war eigentlich dieser Ullrich Pfleiderer?
Michael Sturm war eine Kreation Somchais. Sein Geschöpf. Er war von ihm abhängig. Pfleiderer gefiel der Gedanke, ganz in Michael Sturm aufzugehen trotz der Tatsache, dass er nachher über die Geschäfte reden musste. Aber das Leben war mitunter schwirig und unerbittlich, dass es nur gut war, einen starken, sehr starken Freund zu haben, der sich um einen kümmerte wie ein großer Bruder, der notfalls alle vermöbelte, die dem Kleinen zu nahe traten.
Als er so über sich und sein Dasein nachgrübelte, kam es ihm in den Sinn, dass es sich womöglich als reine Energieverschwendung erwies, sich zu intensiv mit Michael Sturm auseinanderzusetzen. Er konnte diesen Pass womöglich nicht mehr verwenden. So dumm war die deutsche Polizei nun auch wieder nicht, dass sie sich nicht seinen Computer vornahm. Die Pornos hatte er kurz vor seiner Abreise gelöscht. Hatte sich ganz schön viel angesammelt. Schade drum. Es waren niedliche Bildchen dabei, mit denen er sich einen runter holen konnte, wann immer ihm danach war. Aber die Internetseiten mit seiner Buchung nicht. Die hatte er vergessen zu löschen. Somchai würde ihm eine neue Identität verpassen. Ihn zum zweiten Mal neu erschaffen. So mächtig war er. Und wohlhabend.
Pfleiderer überlegte, ob er Somchai nicht selbst seinen neuen Namen vorschlagen sollte. Versuchen könnte er es immerhin einmal. Somchai würde das zwar nicht gefallen, er war ein außerordentlich freundlicher, sorgender Mensch, sehr großzügig, aber es gab Dinge, die konnte Somchai keines Falls leiden. So pflegte er in der Regel, alles selbst zu entscheiden und dabei keinen Widerspruch zu dulden. Verständlich, denn als Kopf einer solch umfassenden Organisation, wie er sie leitete, war es für ihn unerlässlich, den Überblick zu behalten und ihre Geschicke mit einem Blick auf das große Ganze zu lenken. Der Vorteil war, dass eine endlose Zeitverschwendung durch unerbauliche Diskussionen vermieden wurde.
Am Gedanken, sich auszumalen, wer er als nächstes sein könnte, fand er trotzdem Gefallen. War es nicht so, dass

jeder Mensch Ziele und Visionen brauchte, um voranzukommen? Das hatte er bitter nötig. Und war es nicht so, dass die Schnelllebigkeit der modernen Zeit es vielen Menschen abverlangte, sich hin und wieder ganz neu zu erfinden? Während er noch immer in dem Liegestuhl lag, stieg in ihm die Lust auf richtiges Frischfleisch auf. Er hatte lange genug enthaltsam gelebt, beziehungsweise sich mit Bildern begnügt. Die Aufnahmen, die er im Zuge seiner Computersäuberung leider gezwungen war, zu vernichten, ersetzten die Vergnügungen im realen Leben nur teilweise. Deshalb spielte er nicht den Kostverächter, wenn sich unverfängliche Gelegenheiten boten, wie hier bei Somchai. Er nahm sich vor, das Thema anzuschneiden.

Erst am nächsten Morgen gab Durudee Pfleiderer das Zeichen, dass Somchai für sie beide neben dem Teich einen Tisch zum Frühstück hatte herrichten lassen. Pfleiderer kam aus seinem Zimmer und erspähte ihn sofort, den kleinen, gut genährten älteren Herrn, der auf vorzügliche Kleidung wert legte und eine sündhaft teure Armbanduhr einer einschlägigen Nobelmarke trug. Auf der Stelle legte Pfleiderer seine Handinnenflächen auf Nasenhöhe aneinander und trat mit einer ehrerbietenden Verbeugung lächelnd auf den Hausherrn zu. „Sawad-di", sagte er in thailändischer Manier. Somchai erwiderte den Gruß und lachte. „Du hast nichts verlernt, mein Guter, schön, dich hier begrüßen zu dürfen." Er drängte ihn mit einer Handbewegung, sich wieder aufzurichten. „Wir haben uns inzwischen an internationale Gepflogenheiten gewöhnt. Benimm' dich ganz wie zu Hause."

Er registrierte mit Wohlwollen den goldenen Ring an Pfleiderers Finger, legte ihm seinen Arm um die Schultern und schob ihn zum Frühstückstisch. „Gestern Abend ist es leider ein bisschen später geworden. Ich hoffe, du hast dir mit Durudees Hilfe die Wartezeit einigermaßen angenehm vertreiben können, und sie hat dir zumindest etwas zu Essen vorbeigebracht." „Verehrter Somchai, sie war eine perfekte Gastgeberin, ganz in deinem Sinne", erwiderte Pfleiderer devot. „Gut. Aber bitte, hör' auf mit dem Theater und stell' dich vernünftig hin. Man bekommt ja sonst bei deinem Anblick Rückenschmerzen. Komm, setzt' dich und greif' zu."

Pfleiderer fiel Somchais Deutsch sofort auf. „Kompliment. Du hast seit unserer letzten Begegnung einiges dazu gelernt." „Ja, es war nötig. Unsere geschäftlichen Kooperationen mit Deutschland haben sich stark intensiviert", erklärte er. „Aber darüber werde ich später mit dir reden. Nun habe ich Hunger."
Somchai setzte sich an eines der beiden schmalen Tafelenden. Pfleiderer nahm an der gegenüber liegenden Seite Platz. Neben traditioneller Frühstücksreissuppe und Reisbrei waren Spiegeleier und gebratener Schinken, eine Schale mit gedämpftem Fisch und Gemüse, eine Art Brot, herrliches frisches Obst, Tee und Kaffee aufgetischt. Pfleiderer langte ordentlich zu, und Somchai nickte dabei wohlwollend. Er erzählte ihm vom gestrigen Abend, allerdings weniger von den Geschäften als von den Hahnenkämpfen, bei denen sich die Männer bis spät in die Nacht vergnügten. Irgendwann einmal begann er, sich für den Grund von Pfleiderers ach so plötzlichem Besuch zu interessieren. Nicht ohne eigennützige Hintergedanken, denn er liebte es, wenn andere in Schwierigkeiten waren. Aus ihnen half er Freunden großzügig heraus und verpflichtete sie bei dieser Gelegenheit ihm gegenüber zu Dankbarkeit. So stellte er sicher, dass für ihn selbst etwas dabei heraus sprang. Für so etwas hatte er einen untrüglichen Riecher, ein nicht unerheblicher Bestandteil seines überaus erfolgreichen Geschäftsmodells.
„Nun erzähl' schon. Wie geht es dir? Was führt dich so Hals über Kopf zu mir?" „Mir ist die Decke auf den Kopf gefallen. Hab' es nicht mehr ausgehalten." Schnell überlegte Pfleiderer, wie viel er preisgeben konnte. Am besten gar nichts. „Dich juckt es wohl gewaltig in der Hose." „Das auch." „Sag's doch gleich. Hier brauchen wir nicht um den heißen Brei herumzureden", übertrieb Somchai. „Wir sind schließlich nicht in Deutschland. Wie lange willst du bleiben?"
Bei dieser vorsichtigen Nachfrage formte er seine Schlitzaugen abschätzend zu schmalen Strichen. Pfleiderer hatte völlig vergessen, sich auf diese Frage vorzubereiten. Ging doch alles ein bisschen schnell in den letzten Tagen. Wenn ihm ein Fehler unterlief, würden sich solche Versäumnisse auf übelste Weise rächen. Er nahm sich vor,

seine Situation bei Gelegenheit genauer zu durchdenken, als er es bisher getan hatte, falls sich eine ergab.

„Klingt vielleicht ein wenig seltsam. Aber …. ich habe es mir noch gar nicht so richtig überlegt. Die Vorstellung, so ganz spontan aus dem gewohnten Trott ein wenig auszusteigen, gefiel mir sehr gut." Er hielt inne, um abzuwarten, wie Somchai, der alles andere als naiv war, seine Story aufnahm.

Nach kurzem Abwarten kam die Antwort. „Verstehe."

Und er hatte verstanden. Die Einzelheiten interessierten ihn nun nicht mehr. Pfleiderer würde ihm gute Dienste leisten, dessen war er sich sicher. „Ich schlage vor, du unternimmst heute eine kleine Entspannungstour. Brauchst du Geld?" „Gute Frage. In ein paar Tagen bestimmt. Bis jetzt habe ich noch einige tausend Baht." „Wie du willst. Du weißt ja, wo du die Dinge bekommst, die du brauchst."

Pfleiderer fiel ein, dass er im Zuge seiner Nacht-und-Nebel-Abreise gar nicht mehr an kleine Lümmeltütchen gedacht hatte. Auf die legte er großen Wert, denn das Überflüssigste von der Welt war es, sich durch absolut bescheuerte Nachlässigkeiten und Vorurteile weitere Schwierigkeiten einzufangen. „Gibt es hier irgendwo ein paar Gummis für mich?" Während Somchai sein Grinsen im Gesicht fixierte, schnippte er mit den Fingern. Sogleich war Durudee zur Stelle. „Mechai", warf er ihr zu. Sie schlug züchtig die Augen nieder, verschwand und brachte Pfleiderer nach einigen Minuten ein Päckchen, das sie ihm mit gesenktem Blick überreichte. „Ich erwarte dich heute Abend zum Abendessen hier im Garten. Ich möchte dir von meinem neuesten Projekt erzählen."

Damit war das Frühstück offiziell beendet. Das Lächeln in Somchais Gesicht fand zu seiner ursprünglichen Lebendigkeit zurück. Dennoch war Pfleiderer nicht wohl. Die Ungewissheit über die kommenden Ereignisse versetzte ihn in eine unangenehme Aufregung. Er zwang sich zur Ruhe, so gut es ging, und dachte an das, was als nächstes kam. Wird nicht so schlimm werden. Jetzt gehen wir erst mal Gassi. Er fütterte seine Gehirnwindungen mit Bildern der freudigen Erwartung und des baldigen Vergnügens und hatte plötzlich nur noch eins im Sinn, sich möglichst schnell auf dem illegalen Kinderstrich umzusehen.

Um Somchais Misstrauen nicht zu provozieren, verbeugte er sich zum Abschied, nahm zum Gruß die Hände vors Gesicht und verließ mit Päckchen und Bargeld das Hotel. Draußen auf der Straße winkte er ein Taxi herbei, das ihn zu einem Bordell für Spezialwünsche am Rande der Slums bringen sollte. Dort verbrachte er die nächsten Stunden.

Im Bordell konnte er die restliche unfreundliche Welt, die ihn umgab, eine Zeitlang vergessen. So gut war es ihm schon lange nicht mehr gegangen. Er war gelöst und zufrieden und fuhr er mit einem Taxi ins Hotel zurück, um ausgiebige Körperhygiene zu betreiben. Das war auch angebracht, denn die sanitären Verhältnisse und die gesundheitlichen Voraussetzungen der kleinen Liebhaber in den Bordells hierzulande ließen in der Regel sehr zu wünschen übrig. Das war der einzige Kritikpunkt, den er gegen diese Art von Einrichtungen vorzubringen hatte.

Da er tagsüber wegen des tropischen Klimas wenig Hunger verspürte, griff er dafür am Abend umso herzhafter zu. Er fühlte sich erholt und gestärkt, als Somchai von den Geschäften anfing.

„Ich habe da einen kleinen Auftrag in der Warteschleife, und bin der festen Überzeugung, dass er für dich etwas passendes sein könnte. Es geht um das Geschäftsfeld, das dir selber sehr am Herzen liegt."

Pfleiderer konnte sich denken, um was es sich handelte.

Somchai hatte sich in den letzten Jahren mit seiner Organisation am Markt für ‚exotisches' und ‚erotisches' Material engagiert, vor allem in Europa. Er liebte es nicht, von Kinderpornographie zu sprechen. Das war für ihn die falsche Bezeichnung. „Bei euch sitzen viele zahlungskräftige Kunden, die bereit sind, für originelle Arbeiten einen guten Preis zu zahlen", erklärte er. „Es lohnt sich für uns, da wir hier mit der Produktion von kreativen Angeboten sehr gut sind. Ich gebe zu, dass das daran liegt, dass unsere Produktionsbedingungen ungleich besser sind als die in Europa. Aber diesen komfortablen Marktvorteil sollten wir für uns nutzen, solange es geht. Unsere Geschäftsbedingungen haben sich in der letzten Zeit zu unserem Nachteil entwickelt. Die hiesigen Behörden sind längst nicht mehr so traditionell orientiert wie früher, auch wenn sie zu großen Teilen noch auf unserer Seite stehen.

Trotzdem haben wir Schwierigkeiten mit der Polizei. Sie versuchen, uns zu behindern. Wir müssen uns also auf neue Herausforderungen einstellen." Pfleiderer hörte genau zu.
„Daher bin ich dafür, die Kuh solange zu melken, wie sie Milch gibt."
„Und was ist mein Part in dem Ganzen?"
„Bisher haben wir unsere Produkte weitgehend über das Internet vertrieben. Es ist ein wichtiger Marketingfaktor und Vertriebsweg und wird es auch bleiben, da bin ich mir ziemlich sicher. Da uns aber Diskretion stark am Herzen liegt, möchte ich parallel neue Wege gehen und Vertriebsarten testen. Schon allein deshalb, um unsere Angebote noch mehr Kunden als bisher zugänglich zu machen."
Somchai hörte sich an, als ob er über ein stinknormales Unternehmen Südfrüchte oder thailändisches Kunstgewerbe nach Europa verschacherte, und glaubte das vermutlich inzwischen auch selbst. „Um diesen Vertriebsweg zu testen, suche ich einen geeigneten Handelsvertreter, der ab und an mal vor Ort präsent sein kann, Kontakte zu Filialisten pflegt und sie mit Nachschub versorgt. Kurz, jemand, der bestens vernetzt ist in unserem Segment."
„Das heißt, ich muss nach Deutschland zurück reisen?" Pfleiderer erschrak bis ins Mark, ließ sich aber nichts anmerken.
„Exakt, mein Lieber", bejahte Somchai.
Pfleiderer schwieg. Was hatte er erwartet? Dass er hier umsonst im Garten Eden weilte? Ein Rückzieher seinerseits war ausgeschlossen. Ganz davon abgesehen, dass man in Thailand einem Gastgeber, dem man zu Dank verpflichtet war, ohnehin keine Bitte abschlagen konnte, wäre ein Nein ein ziemlich sicheres Todesurteil gewesen.
„Ich sehe, du bist einverstanden."
Um Vergeltung zu üben, brauchten Somchais Leute ihn dazu nicht einmal aktiv zu töten. Der Verstoß aus einem so umfassenden Netzwerk bedeutete eine generelle Ächtung und kam einem Todesurteil auf Raten gleich. Der Unterschied war, dass der Prozess des Tötens qualvoll in die Länge gezogen wurde, denn wie sollte er im Status eines Vogelfreien angesichts der allgegenwärtigen Mafia in

Thailand Fuß fassen und eigenständig einigermaßen würdevoll durchkommen?
„Mach' dir keine Sorgen. Ich werde dir neue Papiere besorgen und dich entsprechend präparieren. Das ist für uns seit geraumer Zeit zwar umständlicher. Wir bemühen uns allerdings, uns so schnell wie möglich an die zukünftigen Herausforderungen anzupassen und technologisch den Anschluss nicht zu verlieren. Und solange nicht allen Menschen auf der Welt bei der Geburt ein Mikrochip irreversibel in tiefste Gehirnregionen eingestanzt wird und nicht alle diese Menschen in einem gigantischen Computer gespeichert werden und vergleichbar sind, fälschen wir jeden noch so ausgeklügelten Ausweis, das verspreche ich dir."
Pfleiderer Bedenken bezogen sich nur nebenbei auf die technischen Hürden. Er stellte sich vor, wie ihm die Kontrolle über sein Nervenkostüm entglitt, und fragte sich in einem für ihn untypischen Anfall von Selbstkritik, ob er hierfür ausreichend kriminelles Potenzial mitbrachte. „Ich vertraue dir", sagte Somchai freundlich. „Es ist ein zeitlich begrenztes Projekt, in dessen Rahmen wir einiges ausprobieren und danach auswerten."
Für den Fall des Scheiterns hatte Somchai an einige Sicherheitsvorkehrungen gedacht, die er Pfleiderer lieber verschwieg, um ihn nicht unnötig zu beunruhigen. Mit einer Teetasse vor dem Gesicht, an der er immer zu nippte, versuchte Pfleiderer seine inneren Widerstände gegen das Projekt zu verbergen. Er steckte in einer Sackgasse und war Somchai auf Gedeih und Verderb ausgeliefert. Er musste das Spiel mitspielen.

Pfleiderer setzte die Tasse ab, denn Somchai blinzelte ihn ungeduldig an. „Wann soll es losgehen?" „Gut. Ich sehe, du hast dich entschieden. Schön. Ich freue mich. Um die Vorbereitungen zu treffen, benötigen wir etwa eine Woche. Mache es dir bis dahin so gemütlich wie möglich. Betrachte deinen Aufenthalt als Urlaub. Du bist mein Gast." Somchai eiskaltes Gesicht strahlte Selbstgerechtigkeit aus. Er hasste Widerspruch oder andere Komplikationen aus tiefstem Herzen. Wenn dagegen alles nach Plan lief, war er der verträglichste Zeitgenosse, den man sich vorstellen konnte, und er tat für seine Mitarbeiter alles, was in seiner Macht stand.

Enttäuscht nahmen Gundel und Sven von den tunesischen Kollegen die Nachricht entgegen, dass die gesuchte Person mit der Identität Michael Sturm Tunesien bereits verlassen und ihre Flucht nach Thailand fortgesetzt hat. Gundels Sonderkommission ging realistischer Weise davon aus, dass ihr Hauptverdächtiger zum heutigen Datum auf thailändischen Boden längst untergetaucht war. Sven schaltete Interpol ein, um sich eine Bestätigung über Pfleiderers Weiterflug von Paris aus geben zu lassen.

„Schlechte Karten, Leute", brummelte Gundel mürbe. Sie ärgerte sich über die düsteren Aussichten auf einen schnellen Zugriff und darüber, wie sehr sie den Ereignissen hinterherliefen. Und morgen stand Torstens Untersuchungstermin an. „Nicht ganz", widersprach Sven, der wieder derjenige war, der nicht bereit war, die Flinte ins Korn zu werfen und die gerade eben gebildete Sonderkommission wieder aufzulösen.

„Wir sollten auf jeden Fall das Material auf Pfleiderers Festplatte als Ausgangspunkt für weitere Ermittlungen nehmen", empfahl Fellner. „Da gibt es noch einiges rauszuholen." Allein die oberflächliche Durchsicht des sichergestellten Materials löste eine ziemliche Betroffenheit in der Soko aus.

„Wozu Menschen fähig sind. Wer Kinder dazu bringt, bei solchen Aufnahmen mitzumachen, hat ja wohl eine gewaltige Störung im Oberstübchen." Sven kam zum ersten Mal in seiner Laufbahn direkt mit kinderpornographischem Material in Kontakt. Er war zutiefst erschüttert. „Du glaubst doch selbst nicht, dass Kinder bei so was freiwillig mitmachen? Das kann ich mir nicht vorstellen." „Natürlich nicht!" Das schwer verdauliche Material belastete die Atmosphäre. Selbst Fellner und seinen Leuten, die einiges gewohnt waren, fiel angesichts der nie da gewesenen Perversion zu den Aufnahmen nichts mehr ein.

„Kann man herausfinden, wo das Zeug herkommt?" Gundel richtete die Frage an Fellner. „So direkt nicht, aber wir sehen ja, dass die Kinder asiatische Gesichtszüge aufweisen, eine dunkle Haut, dunkle Haare, die Augen, Nase. Die Aufnahmen wurden in einem geschlossenen Raum gemacht.

Das Drumherum könnte Deko sein, die man überall besorgen kann. Der Stil muss nicht zwingend auf ein bestimmtes Ursprungsland hindeuten. Aber die vielen verschiedenen Kinder mit ähnlichen Merkmalen, das ist ein Hinweis. Wie war das mit dem Typen, dem die Thailänder auf den Fersen sind? Das Material könnte meines Erachtens von dort stammen." „Der Michael Sturm, den wir suchen, muss der Michael Sturm von den thailändischen Fahndungsfotos sein. Und der ist identisch mit unserem Ullrich Pfleiderer", erklärte Sven. Bei Fellner war der Groschen endgültig gefallen. Er stieß einen Pfiff aus.
„Könnt ihr herausfinden, ob wir hier in Deutschland in den letzten Jahren schon mal ähnliches Material entdeckt haben und zu welchem Ergebnis die Fahndungen gekommen sind?" „Wird erledigt, Chefin." Sven machte sich eine Notiz.

Nur, um ein paar Schritte gehen zu können, hatte sich Gundel vom Flur einen Becher Kaffee geholt. Sie stellte ihn vor sich auf den Schreibtisch und ließ ihn dort achtlos stehen, bis er kalt war und sie ihn wegschütten konnte. „Nachdem Pfleiderer im Besitz eines gefälschten Passes ist, müssen wir davon ausgehen, dass er selbst Teil dieser Mafia ist. Wie soll er sonst dran gekommen sein?" meinte sie, als sie mit dem Becher am Waschbecken stand. „Unter Umständen hat oder hatte er früher schon mehr als eine Identität." Gundel hob den Becher hoch über das Becken und drehte ihn um. Die braunen Spritzer besprenkelten sogar die Wand, an der das Becken angeschraubt war. Fellner beobachtete alles genau. „Auch das sollten wir herausfinden. Wer hätte das gedacht, dass sich hinter einem kleinen Pflegedienstleiter ein so schwerer Junge verbirgt." „Der führt ein gut getarntes Doppelleben. Gundel, ich werde auch überprüfen, ob er hier in Deutschland Verwandte hat. Kann mir vorstellen, Gespräche mit denen werfen etwas Licht auf den Hintergrund seiner Persönlichkeit. Vielleicht können wir so Prognosen über sein weiteres Vorgehen erstellen." „Gute Idee, Sven. Da fällt mir was ein. Wir sollten noch mal im Petrusstift die Mitarbeiter, die ihn kannten, interviewen, ob denen etwas von dem besonderen Lebenswandel ihres PDL bekannt gewesen ist, beispielsweise seine Urlaubsorte." „Das wird unserem lieben Geschäftsführer aber gar nicht gefallen", lachte Sven, der auch den Auftrag erhielt, in Bangkok wegen der internationalen Fahndung nachzuhaken.

„Was wollen Sie denn schon wieder hier?" schnauzte der Geschäftsführer des Petrusstift Gundel an. „Seien Sie vorsichtig, was Sie sagen. Wir sind heute alles andere als gut drauf." Gundel blies ihm von Anfang an den Marsch. „Wir haben die Fahndung nach Herrn Pfleiderer veranlasst. Er steht im Verdacht, vor circa fünf Jahren fünf der Ihrer Einrichtung anvertrauten Bewohner umgebracht zu haben." Nicht zu glauben, was er da hörte.

„Wie kommen Sie darauf? Sie haben diese Vorwürfe doch schon vor fünf Jahren nicht belegen können. Wie lange wird das denn noch aufgerollt? Haben Sie sonst nichts zutun, außer unseren guten Ruf zu beschädigen?" „Uns liegen eine Reihe aussagekräftiger Indizien vor, die das Zutreffen dieser Vorwürfe belegen. Nun fehlt uns nur noch der Hauptverdächtige. Und daneben werden wir uns mit Ihrer Rolle in dem ganzen Vorgang beschäftigen. Sie tragen hier immerhin die Gesamtverantwortung. Bereiten Sie sich also ruhig darauf vor", fauchte Gundel zurück.

Er war geplättet.

„Sie brauchen sich nicht nach unseren Kompetenzen zu erkundigen. Hier."

Sie hielt ihm ein Schreiben des Staatsanwalts unter die Nase. „Sie werden wohl Ihren Stiftungsrat informieren müssen. Schließlich haben selbst Sie noch einen Chef", herrschte sie ihn an.

Sven horchte auf. Stiftungsrat? Die Verbindungslinie zu ihrem eigenen Vorgesetzten war in aller Öffentlichkeit gezogen.

„Fangen wir mit Ihnen an. Was wissen Sie über Ullrich Pfleiderer? Ich meine, privat und so? Was ist Ihnen über ihn bekannt, außer, dass er hier eine Anstellung als Pflegedienstleitung innehat?" Gundel blitzte ihn drohend an, was er aggressiv erwiderte.

„Der Pfleiderer braucht hier nicht mehr aufzukreuzen. Wer ohne Begründung so lange vom Dienst fern bleibt, der kann sich als fristlos gekündigt betrachten. Schade drum, denn er war ein kompetenter Mitarbeiter. Ihre Vorwürfe gegen ihn kann ich nicht stehen lassen, aber dass er nicht zum Arbeiten

kommt, geht nicht. Was denken Sie, was bei uns los ist? Wir sind auf jeden angewiesen."
Die Mitleidsschiene zog nicht.
„Weil Sie so gerne überbelegen etwa?" „Jetzt passen aber Sie auf, was Sie sagen. Üble Nachrede gegen mich und meine Einrichtung werde ich Ihnen nicht ungeahndet durchgehen lassen, verlassen Sie sich drauf."
Gundel war auf der Hut, schürte das Feuerchen aber noch ein wenig. Mal sehen, wie er mit dem nächsten Brocken umging. „Was glauben Sie, bringt Mitarbeiter in Altenpflegeheimen dazu, Bewohner zu töten? Sie sind doch Experte der Materie. Oder wollen Sie bestreiten, dass solche Vorkommnisse existieren?" „Sind Sie nun wegen Pfleiderer gekommen, oder wollen Sie mir ans Bein pinkeln?" „Wir können gerne bei Pfleiderer bleiben. Erzählen Sie von ihm."
„Da gibt es nicht viel zu erzählen. Bis vor wenigen Tagen hat er hier regelmäßig und zuverlässig seine Arbeit erledigt. Bis Sie aufgekreuzt sind. Ab dann war er bei uns von der Bildfläche verschwunden." „So, und das macht Sie nicht stutzig?"
Der Geschäftsführer begriff, dass ihm mit seiner letzten Äußerung ein Fehler unterlaufen war. Der Punkt ging an Frau Tenneberg. „Möglicherweise sind unsere Vorwürfe nicht so haltlos, wie Sie behaupten.
Haben Sie übrigens mitbekommen, dass Ihre frühere Angestellte Frau Schaufler vor wenigen Tagen ermordet wurde?" „Frau Schaufler ermordet?" rief er ungläubig. „Was soll das alles?" „Das fragen wir uns auch!" „Ich war's nicht, falls Sie darauf hinaus wollen", setzte er unvermittelt nach. „Warum verteidigen Sie sich plötzlich?" warf Sven ein. Fiese Fouls waren seiner Meinung nun auch von ihrer Seite aus erlaubt. „Wir haben nichts in diese Richtung geäußert."
Die Nerven des Geschäftsführers lagen blank. „Ich schwöre Ihnen, ich kenne Herrn Pfleiderer privat kaum. Fragen Sie meine Frau, sie wird es bestätigen. Und das mit Frau Schaufler. Wer tut so etwas? Haben Sie da auch den Pfleiderer im Visier?" „Das haben Sie gesagt! Wie kommen Sie darauf?"
„Jetzt reicht es. Ich werde mit Ihnen nur noch unter Beisein meines Anwaltes reden." „Nicht nötig. Wir haben Ihnen

nichts vorgeworfen." „Ach nein." „Oder aber, Sie wissen selbst, weshalb Ihnen ein Anwalt hilfreich sein könnte."
Gundel hatte das Katz-und-Maus-Spiel für dieses Mal weit genug getrieben und ihr Ziel erreicht. Der Geschäftsführer war gewaltig in die Defensive geraten. „Wenn Ihnen zu unseren Fragen noch Substantielles einfällt, möchte ich Sie bitten, mich im Präsidium zu kontaktieren. Für heute ist es genug. ... Halt, nein. Ich vergaß beinahe. Mit denselben Fragen müssen wir natürlich ebenfalls Ihre Angestellten konfrontieren, was wir umgehend tun werden. Guten Tag." Sven folgte ihr hinaus.

Nach einer Stunde waren sie durch. Keiner ließ sich auf irgendetwas Konkretes festlegen. Alle behaupteten, Pfleiderer sei ein fairer und durchsetzungsfähiger Stationsleiter. Er hatte den Ruf eines rechtschaffenen Vorgesetzten, mit dem man ohne weiteres vertrauensvoll über heikle Themen reden konnte. Keiner machte auch nur im Entferntesten Andeutungen über die Existenz einer Parallelwelt, in die er nach Dienstschluss eintauchte. Niemand kannte ihn privat.

„Nur die Erika Schaufler hatte ein engeres Verhältnis zu ihm", kam es plötzlich ans Tageslicht. Frau Amato erwähnte, dass es Frau Schaufler gewesen sei, wenn es jemanden gab, der etwas Genaueres über Pfleiderer hätte sagen können. „Die haben in früheren Zeiten nicht selten zu zweit im Dienstzimmer gesessen und lange gequatscht. Das hat nicht unpersönlich gewirkt", versicherte sie. Das habe jedoch schlagartig und für Außenstehende ohne jeglichen ersichtlichen Grund einige Zeit, bevor Frau Schaufler in Rente gegangen sei, aufgehört. Interessant.

„Kleine Zwischenfrage erlaubt, Frau Tenneberg? Was fangen wir mit diesen Informationen an?" „Sven, jetzt stellst du die frustrierenden Fragen", lästerte Gundel. „Rückst du nun von deinen eigenen Prinzipien ab? Kümmere dich lieber um die Recherchen zu Pfleiderers Angehörige." „Hab' ich gemacht. Pfleiderer hat wohl einen jüngeren Bruder, der irgendwo bei Heidelberg lebt, und einen Vater, der schon seit Jahren sein Leben auf einer geriatrischen Station einer psychiatrischen Klinik bei Ravensburg fristet", berichtete er. „Sonst niemand? Ist nicht gerade üppig. Keine Partnerin und ansonsten keine Freundschaften. Komischer Kauz."

„Wieso? Das passt doch gut zu seiner Freizeitbeschäftigung. Ohne Kontakte keine Zeugen oder Mitwisser. Sein Geld hat er in die Pornobilder investiert. Ein ausgefülltes Leben sozusagen. Ich weiß nicht, was du hast. Es gibt genügend Leute, die mit ihrer Freizeit weniger anfangen", entgegnete er ironisch.

Torsten saß im Wohnzimmer, als Gundel nach Feierabend zu Hause eintraf. Er hatte sich entgegen ihrer Vereinbarung nach seiner Untersuchung telefonisch nicht bei ihr gemeldet, ein Alarmsignal. Ohne abzulegen, ging sie bekümmert auf ihn zu.

„Was ist herausgekommen, Torsten?" „Es ist nicht so schlimm, wie ich dachte", versuchte er sie zu beruhigen. „Was heißt das?" „Ich muss operiert werden. Der Arzt ist zuversichtlich. Er meint, dass ich hervorragende Heilungschancen habe. Alles wird gut." Torsten wirkte beherrscht, aber Gundel war geschockt. Sie wollte ihn nicht aus der Bahn werfen. Nach ein paar Momenten des Schweigens fing sie sich, ihm zuliebe. „Alles wird gut? Was wird gut?" fragte sie weich. „Sie haben einen kleinen Tumor in meiner rechten Niere entdeckt. Er soll nächste Woche entfernt werden. Ich werde zehn Tage im Krankenhaus bleiben. Danach kann man meinen Zustand genauer beurteilen."

Torsten nahm Gundel in den Arm. „Mach' dir keine Sorgen. Damit hilfst du mir am meisten. Ich bin in den besten Händen. Der Arzt sagt, dass sich der Tumor in einem sehr frühen Stadium befindet. Die meisten Leute überleben das, wenn direkt nach der OP eine Chemotherapie angeschlossen wird."

Gundel schluckte. „Ja, bestimmt. Ein Glück, dass du so früh auf die Symptome reagiert hast. Andere laufen mit so etwas noch Monate durch die Gegend und wundern sich dann, warum die Zeit knapp wird. Es wird bestimmt gut gehen, das weiß ich." Sie fassten sich an den Händen und saßen eine ganze Weile so da.

Bald hatte Torsten genug davon. Er machte sich los und stand auf. „Komm, das Leben geht weiter, auch wenn nicht immer alles nach Wunsch läuft. Ich würde mit dir zusammen gerne etwas kochen und eine Flasche Wein zum Essen trinken." Gundel war froh über diesen Vorschlag.

Während sie in der Küche werkelten, interessierte sich Torsten für das Neueste aus dem Präsidium. Eine dankbare Ablenkung. „Wir vermuten, dass Pfleiderer eine zutiefst gespaltene Persönlichkeit besitzt", erklärte Gundel, während sie Gemüse aus dem Kühlschrank holte und am Becken wusch. Dann schnippelte sie es mit einem riesigen scharfen Messer in kleine Stücke. „Alles deutet daraufhin, dass er mindestens zwei Leben führt, die in krassem Widerspruch zueinander stehen. Auf der einen Seite präsentiert er sich in der Öffentlichkeit als der sich aufopfernde verantwortungsvolle Mitmensch, der wertvolle Beiträge zum Allgemeinwohl leistet. Auf der anderen, seiner dunklen Seite, entpuppt er sich als kalter, eigennütziger Ausbeuter und Missbraucher von Kindern, der sogar Verbindungen zur Unterwelt und zum organisierten Verbrechen unterhält." Torsten stellte eine große Pfanne auf den Herd und erhitzte Öl, um das Gemüse anzubraten. In einer Schublade fand er eine Packung Nudeln. Die Weinflasche war entkorkt. Er goß sich ein Glas ein.
„Keine Angst. Ich trinke nicht aus Verzweiflung", meinte er.
Gundel, die ihn dabei beobachtete, fuhr fort.
„Er besitzt offensichtlich keinerlei normale Sozialkontakte. Niemand will etwas von Schnittstellen oder Berührungspunkten zwischen diesen beiden Welten beobachtet haben." „Sozialkontakte hat er berechnender Weise entweder abgebaut oder nie gepflegt", nahm Torsten an. „Wie ist einer strukturiert, wenn er sich ein derartiges Leben zusammen zimmert?" „Weiß ich nicht. Auf jeden Fall ist er gefährlich, würde ich mal sagen, weil er sehr gut mit seinen Widersprüchen zurechtkommt. Sie stören ihn nicht. Mich würde es in Stücke reißen. Bei einem Gestörten wie ihm musst du mit allem rechnen, vor allem dann, wenn er selber zu der Auffassung kommt, dass er nichts mehr zu verlieren hat. Und er gehört nicht zu den Schlauesten."
Das Gemüse in der Pfanne zischte. „Oh, das Nudelwasser kocht." Aus einem Topf quoll dicker Wasserdampf hervor. „Er hat in seinem PC die Festplatte gelöscht, und offensichtlich nicht gewusst, dass das nicht reicht, um die gespeicherten Daten zu vernichten." „Sind bisher zwei wesentliche Charaktereigenschaften." Torsten gab Salz in das kochende Wasser und versenkte die Nudeln darin.

„Einfältig und brutal zugleich. Wir gehen davon aus, dass er Erika Schauflers Mörder ist." „Meinst du, er hat die fünf Alten getötet?" „Dafür kommt er in Frage, aber auch Erika Schaufler. Immerhin sind beide keine unbeschriebenen Blätter, wie die Vergangenheit gezeigt hat. Vielleicht haben sie es gemeinsam getan? Die Frage ist, ob wir jemals in die Verlegenheit kommen, vor Gericht die Schuldfrage zu stellen. Bei Schaufler ist es ja bereits zu spät."
Das Gemüse war inzwischen gar und die Nudeln noch bissfest. Torsten goss sie ab und stellte sie zusammen mit der Gemüsepfanne auf den Tisch. Teller und Besteck lagen bereit.
„Bei euch geht es zu, wie in einem übertriebenen Krimi", behauptete Torsten, während sie aßen. Gundel legte ihr Besteck beiseite und sah ihn eindringlich an. „Die Stuttgarter sehen das anders. Für die ist Tübingen eine weltfremde, verschlafene Unistadt, die endlich aufwachen und erkennen sollte, wie schmutzig das Leben wirklich ist, unsere Dienststelle inbegriffen. ..... Morgen fahren Gruber und ich nach Heidelberg zu Pfleiderers Bruder."

„Gundel, von Ravensburg habe ich die Rückmeldung, dass es angeblich völlig sinnlos sei, mit Pfleiderers Vater zu sprechen." Als sie in Richtung Heidelberg losfuhren, war das Svens erste Neuigkeit.
„Warum?" fragte Gundel genervt. Sven hatte sich doch wohl nicht abwimmeln lassen.
„Kein Grund zur Panik. Ich will dich nur darauf vorbereiten, dass wir auch hier nicht mit offenen Armen empfangen werden." Er hatte mit dem Klinikleiter telefoniert und wenigstens einen Lokaltermin durchgesetzt. „Das bedeutet, dass wir nach unserem heutigen Heidelbergtrip morgen in aller Frühe nach Ravensburg aufbrechen werden."
Gundel passte das gar nicht in den Kram. Am liebsten hätte sie Sven morgen alleine nach Ravensburg geschickt. Torsten kam morgen aus der Klinik nach Hause. „Kannst du morgen den Termin in Ravensburg ohne mich wahrnehmen? Ich glaube, das kann einer alleine durchziehen."
„Klar." Sven kam das gerade recht. Er hatte keine Lust, immer alles im Doppelpack zu erledigen. Gundel war in der letzten Zeit oft zu gereizt und schwer auszuhalten.

Die Autobahn nach Heidelberg war ziemlich dicht, was zur Folge hatte, dass sie mehrfach im Stau standen und eine Stunde länger unterwegs waren als üblich. Als sie endlich ankamen, war es bereits elf Uhr.

Dietrich Pfleiderer lebte in einem Heidelberger Vorort in einem Mehrfamilienhaus im dritten Stock und bewohnte mit seiner Frau und seinem Sohn eine Vier-Zimmer-Wohnung. Um zu vermeiden, dass die Polizei an seinem Arbeitsplatz auftauchte, hatte er sich spontan einen Tag frei genommen und war zuhause geblieben. Von seinem Äußeren her erinnerten seine Gesichtszüge an Ullrich Pfleiderer, wenngleich die zwei Männer vom Typus her sehr unterschiedlich waren. Dietrich war viel kleiner und schmächtiger als sein Bruder und besaß deutlich dichteres Kopfhaar. Er regte sich über die Störung durch die Tübinger Kripo auf.

„Ich habe meinen Bruder schon seit Jahren nicht mehr gesehen. Wir besuchen uns nie", erklärte er im Beisein seiner Ehefrau unhöflich. „Auch keine Telefonate oder ähnliches?" „Nein!" „Weshalb nicht?" „Was ist mit ihm? Warum kommen Sie wegen ihm zu mir?"

Gundel zählte alles auf, was Ullrich Pfleiderer zur Last gelegt werden konnte.

„Momentan ist er auf der Flucht. Wir vermuten ihn in Thailand. Er muss dort unter dem Namen Michael Sturm eingereist und untergetaucht sein."

Der Klops saß. „Ist das wahr?" Ungläubig starrten Dietrich Pfleiderer und seine Frau den widrigen Besuch an. „Glauben Sie, wir sind zum Spaß hier?" Sven sagte das, ohne sich aus der Ruhe bringen zu lassen. „Das ist sehr, sehr wahrscheinlich wahr."

„Warum die Distanz zu Ihrem Bruder? Ist es nicht denkbar, dass er irgendwann auf seiner Flucht Kontakt zu Ihnen aufnimmt, weil er nicht mehr weiß, wohin?

Er könnte überraschend ein Interesse daran entwickeln, alte Familienbande neu zu beleben."

„Wenn das alles stimmt, hat er hier nichts verloren", polterte Dietrich Pfleiderer. „Ich schmeiße ihn in hohem Bogen wieder raus." „Genau deshalb sind wir hier, Herr Pfleiderer. Wir vermuten Ihren Bruder zwar in Thailand. Die Frage ist aber, wie gut er seine Lage im Griff hat, und ob er da bleibt.

Täter auf der Flucht sind stark unter Druck und klammern sich mitunter an jeden Strohhalm, der sich findet. Wir wissen nicht, wie es ihm dort ergeht. Vielleicht ist er resigniert. Vielleicht gelingt es ihm gar nicht, dort Fuß zu fassen. Für den Fall der Fälle sind wir auf Ihre Kooperation angewiesen. Wir fordern Sie auf, umgehend mit uns Kontakt aufzunehmen, falls er sich bei Ihnen meldet."
Die Pfleiderers saßen kreidebleich da. Wahrscheinlich hatten sie hinreichende alltägliche Sorgen, die ihnen das Leben schon schwer genug machten. Die Ausstattung der Wohnung ließ auf ein sehr schmales finanzielles Budget schließen. Und nun noch das.
In Sven regten sich Bedenken, ob die Leute diesem Auftrag gewachsen waren, und er knuffte Gundel dezent in die Seite. Erstaunt drehte sie sich zu ihm um und vernahm, wie er den Pfleiderers Ansprechpartner bei der Heidelberger Kripo versprach. Das war zwar nicht abgesprochen, klang aber vernünftig.
Gundel stimmte dem Vorschlag ihres Mitarbeiters unwirsch zu, der die Sachlage wieder mal besser im Griff hatte, als sie. Allerdings sollte er sich gefälligst selbst darum kümmern. „Herr Gruber wird das in die Hand nehmen und alles Notwendige in die Wege leiten, das versichere ich Ihnen."
Die Pfleiderers nahmen das mit gemischten Gefühlen auf. Sie erkannten, wie ernst die Lage war. Die Atmosphäre taute ein wenig auf.
„Nun noch zu der spannenden Frage, warum Sie in den letzten Jahren keinen Kontakt zueinander pflegten. Was war der Grund?" Weil er sah, dass Widerstand sinnlos war, gab sich Dietrich Pfleiderer einen Ruck. „Wir hatten uns auseinander gelebt, schon vor Jahren. Jeder ist seinen eigenen Weg gegangen. Jeder hatte mit seinen eigenen Problemen zu kämpfen. Was bei Ullrich daraus geworden ist, sehen wir ja jetzt. Er stand immer auf der Kippe." „Was meinen Sie damit? Hat das etwas mit Ihrem Vater zu tun?" „Kann sein oder auch nicht. Wo mein Vater lebt, haben Sie sicher schon herausbekommen." Er machte eine abfällige Kopfbewegung. „Er wurde krank, als wir noch nicht erwachsen waren. Wir haben früh angefangen, uns um uns

selbst zu kümmern. Unsere Wege haben sich bald danach getrennt."

„Was war mit Ihrer Mutter?" Pfleiderer waren die Fragen unangenehm. Sie nötigten ihn, sich mit Dingen zu beschäftigen, die er längst hinter sich glaubte. Er senkte den Kopf. Es hatte keinen Sinn, es ihnen nicht zu erzählen. „Sie wurde von meinem Vater in einem Anfall von Verfolgungswahn die Treppe hinunter gestoßen. Sie brach sich dabei das Genick. Das ist viele Jahre her. Seit der Gerichtsverhandlung ist er in der geschlossenen Psychiatrie untergebracht, wurde später nach Ravensburg verlegt. Für immer."

Eine bleierne Schwermut hing im Raum. Die Pfleiderers machten einen todtraurigen Eindruck.

„Das tut mir leid. Das ist für Sie alles sicher nicht einfach." Für Gundel war es ein zwiespältiger Trost, dass andere Menschen ebenso wie sie selbst mit harten Schicksalsschlägen zu kämpfen hatten.

„Vorerst reichen uns diese Informationen. Wenn wir weiterhin Ihre Hilfe brauchen, werden wir uns wieder an Sie wenden", erklärte sie mild und deutete an, dass es für diesmal reichte.

„Es war gut, nicht zu lange zu bleiben. Die Leute tun mir ehrlich leid", meinte sie unter vier Augen und fühlte sich hundeelend. „Ich habe meine Zweifel, ob sie es schaffen, mit uns sinnvoll zusammenzuarbeiten, falls Ullrich Pfleiderer aufkreuzt. Die überblicken nicht, was sie tun." Es war nicht klar, wen sie mehr bedauerte, die Pfleiderers oder sich. Sie vermischte zurzeit ständig ihre privaten Probleme mit denen bei der Arbeit und machte es ihnen schwer, das Wesentliche im Auge zu behalten. Wenigstens hatte Sven sie in Ravensburg nicht dabei. Das war der eigentliche Grund, weshalb er sich freute, dass sie im Büro blieb, oder wo auch immer.

In Ravensburg hatte er es mit einem übereifrigen Klinikchef zu tun, der durch seine Wichtigtuerei um das angebliche Patientenwohl herum versuchte, jeden Einblick in seinen Klinikbetrieb von außen strikt zu unterbinden. Sven wunderte sich, warum er nicht demonstrativ ein Bein hob und an die Wandecke pinkelte, während er sich mit ihm

herumschlug. Pfleiderers Vater bekam er nicht zu Gesicht, sondern er hatte sich mit Berichten des Chefs zu begnügen.
„Für ein Gespräch mit ihm bedarf es wegen seines schlechten Zustands einer Sondergenehmigung", säuselte er in gekünsteltem Tonfall. „Zudem werden Sie eh nicht viel erfahren, wenn Sie mit ihm sprechen. Er bewegt sich nach einigen heftigen psychotischen Schüben, die geraume Zeit zurückliegen, in einer abgeflachten Erlebenswelt, die uns Gesunden völlig fremd ist. Wir vom Fach nennen das Residualzustand." Du Pisser, dachte Sven. „Er dämmert vor sich hin und ist kaum ansprechbar. Seine Tat, der Rest seiner Familie und der Grund, warum er hier ist, für ihn alles belanglos. Er lebt bei uns sehr abgeschirmt, und damit kann er umgehen."
Nun wussten sie wenigstens, dass der Vater als Anlaufpunkt für den flüchtigen Sohn nicht in Betracht kam. Das war doch schon mal was. Außerdem brauchte keine weitere wertvolle Zeit mehr mit diesem aufgeblasenen, arroganten Schnösel verschwendet zu werden. „Dazu hätte ich gerne von Ihnen eine schriftliche Stellungnahme, in der Sie mir genau das, was Sie eben behauptet haben, bescheinigen. Und zwar umgehend." Sven schob ihm eine Visitenkarte hin und beendete das Gespräch. Damit war die Sache wenigstens erledigt.

## 15. Pfleiderers neues Leben

Die Perspektive einer baldigen Rückkehr nach Deutschland hemmte Pfleiderers Euphorie. Um was für einen Auftrag es sich wohl handelte? Somchais vage Ankündigungen nährten seine Fantasie auf ungute Weise und bescherten ihm nächtliche Grübelphasen. Wie sollte er sich mit dieser Ungewissheit im Nacken erholen? Es blieb ihm nichts anderes übrig, als sich abzulenken, so gut es eben ging. Also suchte er so häufig wie möglich seinen Anlaufpunkt am Rande der Slums auf. Auch dort wollte sich jedoch kein uneingeschränkter Genuss einstellen. Er stand zu sehr unter Strom.

Nach einigen Tagen bestellte ihn Somchai zur entscheidenden ‚Besprechung' ein.

„So, mein Freund. Bald kann es losgehen." „Bist du sicher, dass ich für deinen Auftrag der Richtige bin?" „Natürlich, mein Lieber!"

Somchai erinnerte Pfleiderer an die Episode, die ihn veranlasst hatte, ihm den Ring und den Pass zu schenken. Das war vor drei Jahren auf Pfleiderers viertem oder fünftem Thailandtrip. Damals war das Hotel wirklich noch ein Hotel. Pfleiderer war dort untergekommen, wie einige andere Gleichgesinnte.

Die Gäste hielten sich für harmlose Touristen, die vorhatten, sich im Urlaub auf besondere Weise zu amüsieren und den Alltag hinter sich zu lassen.

Somchai trat als Hoteldirektor auf, der im Rahmen seines Sonderprogramms besonders verschwiegene Gäste zu den exklusivsten Schmankerln am Markt navigierte. Die servierte er in den diskreten Tiefen der Bangkoker Unterwelt denen, die sich zusätzlich durch ihren ausgefallenen Geschmack und eine Extragebühr qualifizierten. Kurz: Es waren so ziemlich die abgefahrensten Bordelle, die Pfeiderer jemals zu Gesicht bekommen hatte. Somchai hatte eben mit einem seiner Mittelsmänner verhandelt, als sich ein Mopedfahrer von hinten näherte und direkt auf Somchai zusteuerte. Erst im letzten Augenblick hatte Pfleiderer erkannt, dass der Fahrer ein kleines Schießeisen in der Hand hielt, das überraschend in der Sonne blinkte. Der Mopedfahrer war auf Somchais Höhe gewesen, als sich ein Schuss löste. Somchai war bereits zu Boden gegangen, als

der Schuss sein Ziel verfehlte. Pfleiderer hatte ihn geistesgegenwärtig umgerissen. Der Mopedfahrer hatte aber schon Gas gegeben und war entkommen. Als Somchai unversehrt vom Boden aufstanden war und sich den Staub vom Ärmel klopfte, hatte er nur den Kopf geschüttelt und sich bei Pfleiderer bitterlich über die unsäglichen Konkurrenzkämpfe unter den einzelnen Wettbewerbern in seiner Branche beklagt. Er hatte ihm im Gegenzug den Ring und einen gefälschten Pass geschenkt, falls er einmal in Schwierigkeiten war. In der Situation damals war Pfleiderer unvorstellbar über sich selbst hinausgewachsen, hatte danach allerdings von Thailand erst mal genug, denn er fühlte sich in seinem tiefsten Inneren nicht zum Westernhelden geboren.
Seither setzte er seine Thailandurlaube aus. Dass er Somchai jemals wieder begegnen würde, hätte er sich bis vor einigen Tagen selbst nicht vorstellen können.
„Siehst du, mein Freund. Es steckt mehr in dir drin, als du es dir zuzutrauen wagst. Du brauchst die passenden Herausforderungen, um deine wahren Talente zu erkennen und zu entwickeln." Somchai lächelte smart. Pfleiderer blieb keine andere Wahl, als sich auf ihn einzulassen. Augen zu und durch. Er war bereits mitten drin im Spiel.
„Wie sieht es aus? Steht deine Entscheidung noch?" Somchai drängte. Nun wurde er ungemütlich, denn von Seiten seines Gastes schien sich ein Eiertanz anzudeuten, der ihm nicht passte. Pfleiderer war inzwischen fest eingeplant. Es war an der Zeit, ihn in die Einzelheiten einzuweihen, damit ihr ‚Vertrauensverhältnis' keine Kratzer abbekam. Er war auf Pfleiderers Loyalität angewiesen und hasste geschäftsschädigendes Verhalten.
„Wir haben hier tolles Material angefertigt. Es ist auf USB-Sticks gespeichert. Ich möchte, dass du die kleinen Dinger nach Deutschland bringst. In einem Koffer wird das keine Schwierigkeit sein. Die eigentliche Aufgabe wird darin bestehen, die Bezahlung sicherzustellen und hier her zu bringen. Der Aufbau neuer Geschäftsverbindungen ist mit vielen Unbekannten verbunden. Ich kenne die Leute bis jetzt nur oberflächlich. Ihre langfristige Zuverlässigkeit muss sich erst erweisen. Du wirst entweder mit dem Geld oder, falls sie Zicken machen, mit der Ware hier her zurückkommen.

Du bekommst einen neuen Pass, der es dir ermöglicht, dich problemlos einige Tage unbehelligt in Deutschland aufzuhalten. Wir werden deine Flüge im Rahmen von Pauschalreisen arrangieren, um für lockere Grenzkontrollen zu sorgen. Wie du siehst, liegt das Risiko der ganzen Aktion auf meiner Seite."

Das hörte sich gut an, besser als erwartet. Pfleiderer hatte den Eindruck, dass die Gefälligkeit für Somchai unter diesen Umständen zu bewältigen war. Die Rückkehr nach Thailand schon wenige Tage später machte den Auftrag annehmbar. Nachdem er sich Somchais weitere Erläuterungen angehört hatte, kam es Pfleiderer sogar so vor, als ob in der Zusammenarbeit mit Somchai eine Art Zukunftsperspektive für ihn steckte. Wo, zum Teufel, hätte er denn auf diesem gottverdammten Planeten sonst noch seine Zelte aufschlagen sollen nach all dem, was passiert war?

„Wann geht es los?" fragte er, als hätte er es kaum erwarten können, sich für Somchai ins Zeug zu legen. „Wenn deine Papiere fertig sind." Somchai rieb sich zufrieden die Hände. „Du wirst sehen, dass du Spaß daran haben wirst, für mich zu arbeiten, glaub' mir." Das war die Aussicht auf ein Leben wie im Paradies.

In seinem dritten Pass hieß Pfleiderer Markus Hohwald. Ullrich Pfleiderer, Michael Sturm, Markus Hohwald. Ihm drehte sich der Kopf. Ursprünglich war er wer? Alles schien sich aufzulösen. Er hätte Ullrich Pfleiderer am liebsten ganz vergessen, um seinem Leben einen neuen Startpunkt zu setzen. Das wäre für ihn das Beste gewesen. Und Somchai war sein Freund, das wollte er unter allen Umständen glauben. „Unsere Geschäftspartner in Deutschland betreiben ein Lokal in Stuttgart. Wir haben dir einen Direktflug gebucht mit einem Rückflug nach drei Tagen. Sag' den Leuten, dass du Stuttgart unmittelbar nach der Geschäftsabwicklung wieder verlässt, um nach Bangkok zurückzukehren. Du wirst ein für dich reserviertes Zimmer in der Nähe des Lokals bewohnen und das Lokal beobachten, während du in Stuttgart bist. Mich interessiert, was für einen Eindruck die Leute machen." Die Anweisungen waren klar. Alles war sehr gut vorbereitet. Am Nachmittag vor der Abreise tourte Pfleiderer durch die Innenstadt von Bangkok, um sich mit neuen Klamotten und mit dem, was darüber hinaus für seine Reise erforderlich war, auszustatten. Außerdem wurde er von Somchai zur Erledigung seiner Aufträge in Deutschland mit ausreichend Bargeld versorgt. „Ich möchte, dass du mithilfe dieses Handys regelmäßig Kontakt zu mir aufnimmst und mich über den Verlauf des Projektes ständig informierst, verstanden?" Pfleiderer nickte, worauf Somchai ihm beglückt den Arm um die Schultern legte und ihm alle erforderlichen Unterlagen samt der Ware und dem Handy übergab.

Wenig später fuhr ein Taxi vor dem Hotel vor, in das Pfleiderer mit seinem Gepäck einstieg. Als es losfuhr, setzte sich wenig später ein zweites Taxi in Bewegung und folgte dem ersten in einigen Metern Abstand. Als dieses das Hotel passierte, stand Somchai noch am Straßenrand und bewegte beinahe unbemerkt einen Finger zum Gruß. Nachdem die zwei Fahrzeuge vom Bangkoker Verkehrchaos verschlungen waren, drehte er sich um und verschwand im Schatten des Gebäudes.

Beide Fahrzeuge erreichten kurz hintereinander den Flughafen. Aus dem zweiten stieg ein Mann aus - von der Statur her vermutlich ein Thai-, der mit Sonnenbrille und einer dunklen Kappe die Sicht auf seine Gesichtszüge dezent erschwerte. Wie ein Wiesel folgte er Pfleiderer in großer Distanz, um ihm gerade noch unbemerkt auf den Fersen zu bleiben.

Somchai war kein Anfänger. Obwohl er über Nerven wie Drahtseile verfügte, hatte er es sich bei seinen Geschäften angewöhnt, alle möglichen Risiken eiskalt zu minimieren und sozusagen mit Netz und doppeltem Boden zu arbeiten. Sicher war sicher. Darüber hinaus bestand er auf konkrete Erfolge. Natürlich ohne Pfleiderer einzuweihen, setzte er den zweiten Mann eigens für dessen Überwachung ein. Pfleiderer hatte ihm zwar das Leben gerettet, aber was hieß das schon in seiner Branche? Immerhin hatte sein neuer Mitarbeiter die Anweisung, etwa hunderttausend Euro Bargeld, die Bezahlung für die Ware, in großen Scheinen nach Thailand zu schmuggeln. Das war eine Menge Geld und stellte für die meisten Menschen eine erhebliche Versuchung dar. Wenn Pfleiderer unterwegs mit der Kohle türmte, bot sie ihm den Freiraum, sich in irgendeiner anderen schmutzigen Ecke dieser Erde ein neues Leben aufzubauen, oder wenigstens den Anfang davon. Und: Für Somchai war es bis heute unterm Strich offen, ob Pfleiderer mit dem Auftrag zurechtkam. Rein technisch betrachtet. Wenn ja, war alles in Ordnung. Falls er sich bewährte, sowohl unter technischen, als auch unter charakterlichen Gesichtspunkten, konnte er sich in Somchais Organisation einen festen Platz erarbeiten. Geeignete Verstärkung war fortwährend willkommen, denn durch die Gefährlichkeit seiner Arbeit kam es andauernd zu unvermeidlichem Schwund beim Personal. Wenn nein, hatte Somchai eben für ein Sicherungssystem gesorgt. Auf den Mann mit dem Auftrag, Pfleiderer das ganze Projekt über zu beschatten, war hundertfünfzigprozentig Verlass.

Nach einigen Stunden Flug landete die Maschine in Stuttgart. Pfleiderer durchquerte mühelos die Sicherheitskontrollen. Die Ware befand sich ohnehin im aufgegebenen Gepäck. Seine Aufregung, die er bis dahin erstaunlich gut unter Kontrolle hatte, legte sich vollends. Er fühlte sich sicher. Und so fiel es ihm auch nicht weiter auf, dass er stetig beschattet wurde. Als Pfleiderer das Terminal verließ, war es früher Vormittag. Er heuerte ein Taxi an, um sich, wie angeordnet, unverzüglich in die genannte Pension im Stuttgarter Osten zu begeben und sich auf seinen Geschäftstermin vorzubereiten. Darüber hinaus dachte er daran, Somchai mit dem neuen Handy Bericht zu erstatten.

Die Dienstbesprechung in der Tübinger Polizeidirektion fand in großer Besetzung statt. Gundel vermutete Pfleiderer immer noch in Thailand. Ein schneller Zugriff außerhalb Europas war so gut wie ausgeschlossen, denn die thailändischen Kollegen in Bangkok waren zwar alle sehr nett und schienen sich größte Mühe zu geben. Aber sie konnten nicht weiterhelfen. Sie besaßen keinerlei Spuren, weder von einem Ullrich Pfleiderer noch von Michael Sturm. Laut Flughafenpolizei war die gesuchte Person wie vom Erdboden verschluckt. Gundels Zorn machte sie dem Staatsanwalt gegenüber ungeduldig. Dieser fühlte sich zu Unrecht unter Druck gesetzt.

„Dass wir eine eigene Eingreiftruppe entsenden, ist undenkbar. Das käme einer Verletzung von staatlichen Hoheitsrechten gleich. Fehlanzeige, Frau Tenneberg." Er räusperte sich erregt. „Zudem haben wir keine Ahnung, wo sich der Gesuchte aufhält. Mir ist klar, was da alles dran hängt. Leider sind wir machtlos, außer, Herr Fellner findet einen neuen Hebel."

Fellner und seine Kollegen waren intensiv mit den Recherchen um das verbotene pornographische Material beschäftigt. Sie hatten es gründlich ausgewertet, mit allem, was die polizeilichen Archive und Datenbanken hergaben, abgeglichen und konnten beweisen, in welchem Umfang sich Pfleiderer seit geraumer Zeit über das Internet Material verschafft hatte. „Falls er je nicht als Mörder von den fünf Bewohnern des Petrusstift und auch nicht als Mörder von Erika Schaufler in Frage kommt, ist er auf jeden Fall wegen der Kinderpornographie dran. Der Strafbefehl und die Fahndung bleiben wirksam", erklärte Fellner.

Einzig der Kriminalrat, der ebenfalls bei der Dienstbesprechung anwesend war, zuckte mit den Schultern und schien sich am wenigsten darüber aufzuregen, dass Gundel mit ihren Leuten weiterhin in einer Sackgasse steckte. Verbal hielt er sich noch zurück und ließ den Staatsanwalt die unangenehmen Wahrheiten aussprechen.

„Wenn uns nicht noch irgendein unvorhergesehener Glücksfall auf wundersame Weise weiter hilft, sind wir zu akuter Untätigkeit verdammt. Es ist leider so." „Das bedeutet, wir können unsere nette, kleine Sonderkommission wieder auflösen. Ist es das, was Sie uns damit sagen wollen?" Gundel war sauer. Der Kriminalrat freute sich insgeheim wie ein Schneekönig.

„Frau Tenneberg, ich würde mir auch etwas anderes wünschen", entgegnete der Staatsanwalt patzig, weil er den Eindruck hatte, dass sie nicht damit aufhörte, ihre Enttäuschung an ihm abzulassen. „Ja, so sieht es leider aus. Wir legen den Fall natürlich nicht in die Schublade, aber Sie sehen doch selbst, dass uns gegenwärtig die Hände gebunden sind." Die Betriebstemperatur stieg merklich. Der kleine Schlagabtausch machte das Klima nicht gerade besser. Erbittert kickte der Staatsanwalt mit seinem Fuß ans Tischbein, was Gundel dazu verführte, mit der Faust auf die Tischplatte zu knallen. „Davon wird es auch nicht besser, Frau Tenneberg. Mit etwas mehr Beherrschung Ihrerseits halten auch wir die unerträglichen Verhältnisse besser aus", wies der Kriminalrat Gundel scheinheilig zurecht. Er spielte triumphierend auf eine Bemerkung an, mit der sie ihn vor kurzem zur Weißglut gebracht hatte. Gundel schluckte und bändigte ihre unguten Impulse. „Wir sollten es für heute gut sein lassen. Wenn wir uns selbst zerfleischen, ist niemandem gedient." Sven versuchte, den Ball flach zu halten und Gundel aus der Schusslinie zu holen. Er hielt es für richtiger, in der heutigen Dienstbesprechung einen vorläufigen Schlusspunkt zu setzen, und traf damit auf Zustimmung.

Die nächste Demütigung konnte er damit allerdings nicht verhindern. Gundel war überfällig, urlaubsreif war gar kein Ausdruck. Ihr Gesuch nach einer Woche frei angesichts der verfahrenen Situation war für ihren Chef eine Steilvorlage, besonders, weil der Staatanwalt zugegen war. „Übrigens, Frau Tenneberg, wenn ich Sie so anschaue, Sie erinnern mich an was", säuselte er gönnerhaft. „Ich habe Ihren Urlaub genehmigt. Erholen Sie sich gut." Der Staatsanwalt stand wortlos auf und verließ als erster den Raum.

Sven hatte nun einige Tage allein im Büro vor sich. Darüber war er heilfroh. Gundel nutzte den Urlaub, um sich möglichst viel um Torsten zu kümmern. Seine Operation stand unmittelbar bevor. Diesen eigentlichen Grund für ihren Urlaubsantrag hatte sie ihrem Chef verschwiegen, denn er kostete jede Schwachstelle aus, die sie ihm darbot. Auch Sven war inzwischen aufgefallen, dass sein Verhalten ihr gegenüber selbst in der Öffentlichkeit hinterhältig und gemein war, auch wenn er versuchte, es anders aussehen zu lassen. In seinen Augen war der Kriminalrat ein Schwein.

Angesichts der aktuellen Rückschläge war es ruhig geworden. Sven hatte im Grunde nichts zu tun, zumindest nichts Dringendes. Eine einmalige Gelegenheit, auf eigene Faust im Aktenschrank zu stöbern.

Gundel würde bestimmt nichts dagegen haben.

Er ignorierte den Kaffeeautomaten und machte sich die Mühe, eigenhändig in der Stockwerksküche in aller Ruhe eine große Kanne aromatischen Kaffees zu kochen. Zum Kaffee holte er sich die Schriftstücke über die Vorgänge im Petrusstift dazu, die vor fünf Jahren angelegt wurden, und breitete sie auf dem Schreibtisch aus.

Das Ermittlungsprotokoll war merkwürdig knapp gehalten, obwohl es sich immerhin um den Vorwurf der fahrlässigen Tötung handelte.
Nichts sagende Gesprächsprotokolle zu einer etwas oberflächlichen Untersuchung eines erheblichen Vorwurfs. Die Auskünfte vom Geschäftsführer, Pfleiderer und von einigen Pflegekräften, Erika Schaufler eingeschlossen, ergaben, dass die Indizien einen natürlichen Tod der alten Frau nahe legten und, dass auf die Einleitung eines Strafverfahrens verzichtet wurde.
Doch halt!
Eines war seltsam. Kein Anhaltspunkt über eine Stellungnahme der Staatsanwaltschaft. Sven sah sich die Unterlagen genauer an. Die Strafanzeige, die die Angehörige vor fünf Jahren erstattet hatte, war offenbar nicht an die Staatsanwaltschaft weitergeleitet worden. Etwa um eine Anklageerhebung von vorneherein zu verhindern? Das ging nach Svens Interpretation jedenfalls aus dieser Akte hervor. Warum aber hatte Gundels Chef nicht dafür gesorgt, dass diese Akte vollständig vernichtet wurde, nachdem die Weiterleitung der Strafanzeige unterblieb? Logisch: Weil er davon ausging, dass es funktionierte, wenn er das unsaubere Vorgehen in allen Teilen Gundel in die Schuhe schob.
Gundel saß in der Zwickmühle. Und selbst das wenige, was in der Akte dokumentiert war, stank zum Himmel wie hundert dampfende Misthaufen.
Dass ein Tötungsdelikt vorlag, dessen war sich Sven sicher, auch wenn ihnen noch jeglicher schlagkräftige Beweis fehlte. Hätte Frau Weigel junior damals den Mut oder das Selbstbewusstsein aufgebracht, auf die Untersuchung ihres Verdachts mit Nachdruck zu bestehen, wäre Gundel über die Klinge gesprungen. Sein internes Netzwerk erlaubte es dem Kriminalrat, Gundel mit dem Rücken an die Wand zu drängen und sich schadlos zu halten. Was aber hatte die Tochter des Opfers zu dem schnellen Rückzieher veranlasst? Svens Gehirnwindungen arbeiteten auf Hochtouren. Diese Vorgänge waren äußerst obskur. Im Augenblick fehlte ihm eine schlüssige Vorgehensweise für den Umgang mit seinen Erkenntnissen. Das Material barg zweifelsohne eine Menge Zündstoff, aber nur, wenn ihnen der Beweis der

absichtlichen Tötungen im Petrusstift gelang. Andernfalls blühte dem Kriminalrat höchstens eine vergleichsweise harmlose Dienstaufsichtsbeschwerde, deren Folgen er mühelos bis zur Pensionierung aussitzen konnte. Eine harmlose Dienstaufsichtsbeschwerde war für sie beide allerdings eine Katastrophe, denn er hätte es gewiss bis zum Schluss ausgekostet, ihnen die Hölle heiß zu machen.

Sven klappte die Akte zu, ging zur Tür und lugte auf den Korridor.

Es war wenig los, die Gelegenheit, um am Kopierer um die Ecke rasch den spärlichen, aber brisanten Inhalt der Akte abzulichten. Sicher war sicher, falls sie entgegen aller Erwartungen doch überraschend ‚verloren' gehen sollte. Niemand nahm von ihm Notiz. Seine Ausbeute verwahrte er in seiner Tasche, um sie nach Dienstschluss bei sich zu Hause in Sicherheit zu bringen. Die Originale legte er an ihren ursprünglichen Platz zurück. Als er gegen 12.30 Uhr in der Kantine auftauchte, warf ihm der Kriminalrat einen schmalzigen Gruß zu.

Vom Taxi aus wirkte die altbekannte Gegend, durch die er chauffiert wurde, unwirklich und fremd. Dass er sich so schnell in Deutschland und ausgerechnet in Stuttgart wieder fand, erzeugte in ihm das Gefühl eines schmerzhaften Schwindels, der sich in seinem ganzen Körper ausdehnte. Auf das Dach des Taxis trommelten Regentropfen. Schon bei der Ankunft auf dem Stuttgarter Flughafen hatten sich ihm wie zur Begrüßung vom Wolken verhangenden Himmel einige kühle, ungemütliche Sturmböen entgegen gepeitscht. Es war Herbst geworden. Das Wetter verhielt sich entsprechend. Derweil fröstelte es ihn, und er spürte, dass sich Haare an seinem Körper reflexartig aufrichteten und an manchen Stellen eine Gänsehaut bildeten.

Wie traumhaft dagegen war es in Bangkok. Sonne, Wärme, nette Menschen, alle lächelten. Hier traf man überall auf diese miesepetrig dreinblickenden Gestalten, denen jegliche Lebensfreude abzugehen schien. Alles war grau. Pfleiderer sehnte sich nach Bangkok. Und plötzlich empfand er Dankbarkeit für das, was ihm in den letzten Wochen widerfahren war, für das Gute wie das Schlechte, weil es ihn nach Thailand zurückgebracht hatte.

Er würde hier in wenigen Tagen - zackzack - seinen Auftrag zu Somchais vollster Zufriedenheit erledigt haben und dann zurückkehren, um den schönen Teil seines Lebens beginnen zu lassen. Der Verzicht auf ein Dasein, besser gesagt auf ein Dahinvegetieren in seiner alten Heimat tat ihm keineswegs weh. Im Gegenteil. Ja, es war schon in Ordnung so, wie es bis jetzt gelaufen war.

Seine Unterkunft war eine miese Absteige. Sie lag an der Kreuzung einer breiten Hauptstrasse, die vom Zentrum kommend direkt auf eine wichtige Bundesstrasse ins Umland führte. Entsprechend war der Verkehr. Ein Auto nach dem anderen brauste ununterbrochen vorbei. Der ohrenbetäubende Straßenlärm verminderte sich lediglich für die wenigen Sekunden, in denen eine Ampelanlage beim Umschalten den gesamten Verkehr auf der Kreuzung lahm legte.

Nach Abschluss dieses Vorgangs setzte er aufs Neue mit voller Wucht ein.

Pfleiderer betrat das vom Straßendreck verschmutzte Sandsteingebäude aus der Gründerzeit und fand sich in einem abgedunkelten, staubigen Foyer wieder.

Ein unrasierter, aus dem Mund stinkender Mann war wohl der Portier. Er saß hinter einem Tresen, rauchte eine Zigarette nach der anderen und registrierte ihn sofort. Pfleiderer checkte ein.

Im dritten Stock war für ihn eine ungemütliche Bruchbude reserviert, in der er die meiste Zeit seines Aufenthalts zubringen sollte. Der Raum war hässlich eingerichtet. Die Möbel sahen aus wie vom Sperrmüll. Wenigstens schien das Bettzeug frisch gewaschen zu sein. Der Straßenlärm drang unangenehm durch die alten Fenster ins Zimmer, die über die Strasse hinüber die Sicht auf das Lokal freigaben, das Somchai ihm genannt hatte. ‚Grüner Baum' stand auf einer kaputten Leuchtschrift über der Eingangstür, die ihre besten Zeiten längst hinter sich hatte. Der Begriff Lokal war als Bezeichnung ausgesprochen schmeichelhaft für das heruntergekommene Loch, nach dem es schon von weitem eindeutig aussah.

In die Kreuzung mündeten zwei weitere kleine Seitenstraßen ein, die in verwahrloste Gegenden hinein führten. Zwischen den Straßenzügen stand ein weiteres Gebäude, ein schmales mehrstockiges Haus, in dem ebenfalls eine Pension untergebracht war. Er überlegte flüchtig, ob er sein Quartier wechseln sollte, denn es machte einen wesentlich besseren Eindruck als seine Bleibe. Dann verwarf er den Einfall, denn er hatte keine Lust, sich mit Somchai über solche Nebensächlichkeiten auseinander zu setzen. Das hier würde ihn schon nicht umbringen. Während er so beim Hinausschauen seinen Gedanken nachhing, fiel ihm nicht auf, dass ein weiteres Taxi an der Kreuzung anhielt und ein kleiner Mann ausstieg, der mit demselben Flugzeug angekommen war wie er. Der kleine Mann verschwand in der Pension gegenüber.

Pfleiderer stellte seine Reisetasche auf einen Stuhl. Er fand es überflüssig, sie auszupacken und seine Klamotten in den unappetitlichen Schrank zu hängen. Lediglich seinen Waschbeutel stellte er auf die trübe Glasablage über einem abgenutzten Waschbecken. Hundemüde legte er sich auf das Bett, um ein wenig auszuruhen.

Wenige Stunden später erwachte er aus einem flachen Schlaf und blieb rücklings auf dem Bett liegen. Er brauchte einige Momente, bis er ganz da war, und sah sich genauer an, wo er gelandet war. Von der hohen Zimmerdecke baumelte weit oben eine nackte Glühbirne, die den von der Grundfläche her kleinen Raum mit Sicherheit in grellstes Licht tauchte, sobald es draußen dunkel war und sie eingeschaltet wurde. Er stand auf und wandte sich zum Fenster, fummelte an der schmuddeligen Gardine herum und ertastete dahinter ein Seil, das auf das Vorhandensein eines Rollladens hindeutete. Es bestand den Test. Der Rollladen funktionierte.

Zwar fühlte er sich noch matt, aber er entschied sich, sich allmählich mit der Durchführung seines Auftrags zu beschäftigen. Die Besichtigung der Duschgelegenheit schob er auf, bis sich ein konkreter Anlass dazu ergab. Er setzte sich wieder auf die Bettkante, hob seine Tasche vom Stuhl auf den Schoß und öffnete den Reißverschluss. Nach kurzem Herumkramen hielt er eine stoßfeste Kassette in der Hand, in der sich die Ware befand. Als nächstes ertastete er in einer seiner Hosentaschen seinen Schlüsselbund, an den er den Schlüssel für die Kassette dran geknipst hatte. Der Schlüssel war ihm von Somchai zum Abschied viel sagend überreicht worden. Ihm fiel auf, dass er noch den Wohnungs- und Autoschlüssel aus seinem früheren Leben mit sich herumschleppte. Und einen anderen seltsam sperrigen Schlüssel, zu dem er die Erinnerung besaß, dass man sich mit ihm Zugang zu nahezu allen Räumlichkeiten eines großen Gebäudes verschaffen konnte, in dem lauter alte Menschen den jämmerlichen Rest ihres verflossenen Lebens fristeten, um es früher oder später ein letztes Mal und für immer und ewig in unwiderruflicher Horizontallage zu verlassen.

Mit den drei letzten Schlüsseln wollte er nichts mehr zutun haben. Sie waren bedeutungslos geworden und hatten höchstens noch die Funktion, den Schlüsselbund mit dem Kassettenschlüssel zu beschweren, so dass er Pfleiderer nicht so leicht aus der Hosentasche fallen und verloren gehen konnte. Also ließ er sie am Bund dran. Mit dem kleinen Schlüssel von Somchai öffnete er die Kassette. Sein Inhalt war noch da. Kein Schwein von Grenzkontrolle hatte ihn angerührt.

Pfleiderer hielt es für unprofessionell, die Kassette sofort mit in den ‚Grünen Baum' zu nehmen. Es wunderte ihn, dass Somchai ihn darauf nicht extra hinwies, wie er ihn überhaupt sehr spärlich mit Tipps auf sein neues Arbeitsgebiet vorbereitete. Immerhin war der Auftrag kein Pappenstiel. Langsam dämmerte es ihm, dass er auf die Probe gestellt wurde. Er würde sich bewähren müssen. Ansonsten war er für Somchai auf Dauer nutzlos. Dieses Kalkül verletzte ihn im ersten Moment, leuchtete ihm dann aber ein. Er selbst hätte es höchst wahrscheinlich genauso gemacht.

Also, die Kassette zurück in die Tasche, Reißverschluss zu, vorsichtshalber in den Schrank gestellt und abgeschlossen. Schrankschlüssel zu den anderen an den Bund. Gut.

Pfleiderer glaubte, die erste Hürde der Prüfung bravourös gemeistert zu haben, und fühlte sich aufgrund dieses Anfangserfolgs für seine Aufgabe gestärkt. Ihm fiel noch etwas ein und er griff in die andere Hosentasche. Das Handy war noch da, seine direkte Verbindung zu Somchai, das ihm jetzt wie ein Schutzengel vorkam, obwohl das bei der Entfernung natürlich völliger Quatsch war.

Plötzlich quälte ihn ein unbändiger Hunger. Sein Magen knurrte wie der eines gierigen Wolfs. Und Durst. Sein Mund fühlte sich ausgetrocknet an. Oder war das von der Aufregung? Er hielt es für klug, nichts zu überstürzen, die nächste Hürde hinauszuschieben, die in der Kontaktaufnahme mit den Geschäftspartnern bestand. Deshalb entschied er, sich auf der Straße zuerst etwas Essbares zu besorgen und sich die Gestaltung der weiteren Schritte genauestens durch den Kopf gehen zu lassen. Er kam sich nicht ungeschickt vor in dem, wie er die Sache anging, verließ guten Mutes das Zimmer und wenig später das Hotel.

Es war Nachmittag. Bevor er sich auf die Suche nach etwas Essbarem machte, ging er über die Strasse hinüber zum ‚Grünen Baum'. In einem Glaskasten hing neben einer Preisliste für die Getränke ein Zettel mit den Öffnungszeiten. Die Kneipe öffnete täglich um halb neun Uhr abends. Er hielt es nämlich für ganz schön clever, zunächst als ‚normaler Gast' im ‚Grünen Baum' aufzutreten und sich so einen naturgetreuen Eindruck von den neuen Geschäftspartnern und ihrem Umfeld zu verschaffen. Erst danach hatte er vor, den wahren Hintergrund seines Erscheinens preiszugeben.

Pfleiderer sah auf seine Armbanduhr. Bis dahin hatte er eine Menge Zeit tot zu schlagen. Jetzt war es erst drei Uhr.

Er schlenderte die Strasse hinauf. Auf seinem Weg kam er an einem kleinen Dönergeschäft vorbei. Es sah primitiv, aber sauber aus. Es setzte ein leichter Niederschlag ein, und weil er nichts gegen den Regen dabei hatte, entschied er sich für Döner. Er betrat den kleinen Laden, lehnte sich an einen der runden Stehtische und wartete. Vor ihm waren zwei weitere Kunden dran. Keiner nahm genauere Notiz von ihm. Nach dem ersten Döner hatte er immer noch Hunger. Und weil er durch die Scheibe sah, dass der Regen draußen stärker wurde, bestellte einen zweiten, den er mit ungezügeltem Heißhunger in sich hineinstopfte. Aber schon nach den ersten Bissen merkte er, dass ihm das viele fettige Zeug eigentlich nicht gut tat. Dazu trank er eine Dose billigen Colas. Hinterher war ihm schlecht, aber das überging er. Er verließ den Laden, um frische Luft zu schnappen und um die Übelkeit zu vertreiben. Der Regen hatte wieder nachgelassen.

Nachdem Pfleiderer draußen eine Weile gegangen war, wurde es fünf Uhr. Der Verkehr auf der Hauptstrasse, auf die er erneut eingebogen war, nahm deutlich zu.

Noch dreieinhalb Stunden.

Der lange Flug hing ihm nach. Zurück ins Hotelzimmer? Das Wetter war ungemütlich, und er hatte die Schnauze vom Spazierengehen voll. An einer Ecke sah er einen Kiosk. Dort stattete er sich mit ein paar Zeitschriften aus, besorgte sich in einer Metzgerei noch ein paar belegte Brötchen und machte sich auf den Rückweg.

In seinem Zimmer ließ er den Rollladen herunter, schaltete das grelle Licht ein und vertrieb sich die Wartezeit auf dem Bett mit Lesen. Draußen machte sich die Dämmerung breit. Pfleiderer sah irgendwann einmal auf die Uhr und stellte fest, dass es acht geworden war. Er legte seine Lektüre zur Seite, zog den Rollladen wieder hoch und schaltete das Licht aus. Dann begann er zu beobachten, was sich um den ‚Grünen Baum' herum abspielte.

    Somchais Verbindungsmann Wu hatte in der Vergangenheit einige knifflige Aufträge für ihn erledigt. Er hatte sich als absolut loyal, gerissen und dabei nicht gerade zimperlich, wenn nicht sogar skrupellos erwiesen. Wu war intelligent, ein absoluter Einzelgänger. Er hasste die Gesellschaft anderer Menschen und war einer von Somchais wertvollsten Mitarbeitern. Nun hing er Pfleiderer an den Fersen, seit er von Bangkok aus nach Stuttgart aufgebrochen war. Pfleiderer besaß keinerlei Kenntnis von seiner Existenz. Das war eines der Strukturprinzipien in Somchais Unternehmen. Es gab winzige Firmeneinheiten, die derart abgetrennt vom Rest operierten, dass ihr Vorhandensein kaum wahrnehmbar war. Diese Methode zementierte Somchais absolute Machtstellung in seinem Imperium. Das war von zentraler Bedeutung, denn es bestand immer die Gefahr von Streit oder Auseinandersetzungen und das Risiko, dass Projekte scheiterten, weil er seinen Einfluss verlor. Wu war einer seiner Sicherungsmechanismen.

    Er hatte sich nach seiner Ankunft in Stuttgart ganz diskret in der gegenüberliegenden Unterkunft in Stellung gebracht und besaß einen hervorragenden Blick sowohl auf die Fensterfront, wo Pfleiderers Zimmer war, als auch auf den Eingang des ‚Grünen Baum'. Er hatte Anweisung, auf seinem Posten zu bleiben und ihn nur für den Fall zu verlassen, dass schwerwiegende Komplikationen auftraten. Wenn alles glatt lief, war das nicht nötig. Er hatte genügend Kontrolle, denn Pfleiderer wurde von ihm mithilfe seiner technischen Ausstattung permanent überwacht. Mit einem Empfänger war er in der Lage, Pfleiderer über das Handy ständig abzuhören und festzustellen, in welchem Stadium sich Somchais Projekt befand. Er brauchte Pfleiderer nicht einmal direkt zu folgen, um zu wissen, was er gerade trieb. Pfleiderer hatte von Somchai den strikten Befehl, das Handy stets in eingeschaltetem Zustand bei sich zu tragen. Das war sozusagen eine der Geschäftsgrundlagen für Pfleiderers Einsatz überhaupt. Falls wider Erwarten Dinge schief laufen sollten, war Wu für den Notfall mit einer Pistole inklusive Schalldämpfer ausgerüstet, aber nur für den absoluten Notfall, und mit der endgültigen Entscheidungsfreiheit, vor Ort zu definieren, wann dieser Notfall gegeben war. Nach der Rückkehr nach Bangkok war Wu für das geplante Finale von Pfleiderers Auftrag verantwortlich.

Wu schaltete den Empfänger ein und legte sich aufs Bett, immer mit einem Ohr bei den Signalen, die übermittelt wurden. Bis vor kurzem bewegte sich alles, was Pfleiderer tat, im vereinbarten Rahmen. Allerdings kombinierte Wu, dass er die Kontaktaufnahme mit dem ‚Grünen Baum' hinauszögerte. Das ließ ihn misstrauisch und aufmerksamer werden. Pfleiderer hatte bereits mit dieser eigenständigen Entscheidung Wus Frühwarnsystem in Gang gesetzt. Nun beobachtete er vom Fenster aus, wie er in seine Pension zurückkehrte. Wenig später wurde der Rollladen in seinem Zimmer geschlossen.

Gegen acht Uhr übermittelten die Geräusche aus dem Lautsprecher gesteigerte Betriebsamkeit. Wu stellte sich im Dämmerlicht hinter die Gardine und warf gleichzeitig ein Auge auf die Kreuzung. Wenige Augenblicke sah er Pfleiderer auf der Strasse. Er schien die Ware nicht bei sich zu tragen, von einer Tasche mit Kassette war nichts zu erkennen.

Der ‚Grüne Baum' war erst vor kurzem von seinen jetzigen Betreibern übernommen worden. Diese hatten ihn

alsbald inoffiziell zu einem (besonderen) Teil des Stuttgarter Rotlichtmilieus umfunktioniert, was nur in einschlägigen Kreisen bekannt war. ‚Members only' stand am Eingang.
Gleich am Eingang wurden Ankömmlinge von einer Dame, die hinter einer Theke hervorsprang, begrüßt, präziser ausgedrückt abgefangen und inspiziert. Man achtete streng auf das passende Publikum.
Pfleiderer wurde von der schummrigen Atmosphäre eingenommen.
„Hallo", begrüßte ihn die Empfangslady mit verrauchter Stimme. Sie hatte schwarz gefärbte lange Locken, die sehr künstlich wirkten, dunkel geschminkte Augen und war mit Rouge und viel rosa Lippenstift bemalt. Sie stand in einem silbrigen Glitzerpulli und einer roten Lackhose auf Schwindel erregend hohen Hacken vor ihm und überragte ihn um einige Zentimeter. „Ich kenne Sie noch gar nicht. Normalerweise haben neue Besucher hier Eintritt, wenn sie von einem alten Stammgast mitgebracht werden. So kommen wir immer alle gut miteinander aus, verstehen Sie? Zudem sind Sie ein bisschen früh dran, finden Sie nicht?" Sie hatte sich wie ein Wall vor ihm aufgebaut, um zu verhindern, dass er in den Barraum entwischte.
Damit hatte er nicht gerechnet. Nun war er gezwungen, von seinem Plan abzuweichen und zu improvisieren. Das irritierte ihn. Gut, dass die Ware noch im Hotelzimmer war. Ihm fiel ein Stein vom Herzen. Gleichzeitig ärgerte er sich über seine unbeholfene Verfahrensweise. So fremd war ihm die Szene mit ihren speziellen Gepflogenheiten nun auch wieder nicht, als dass er sich nicht im Voraus hätte denken können, wie es lief. Er kam ohne Umschweife zur Sache.
„Ich komme von Somchai."
Die Empfangsdame stutzte. „Warum sagen Sie das nicht gleich? Wir hätten uns das Anfangstheater sparen können. Warten Sie hier." Sie drehte sich um, stöckelte virtuos durch den raschelnden Vorhang aus Bambusstückchen und tauchte im Dunst des Barraums ab.
  Nach einigen Momenten war sie zurück und machte ihn mit dem Hausherrn bekannt, einem großen, schmierigen Typen, ziemlich fett und mit speckiger Frisur. Vom Äußeren her erfüllte er so ziemlich alle Klischees, die rechtschaffene Bürger normalerweise über einen Zuhälter besaßen, vom

offenen Hemd in kaum gesellschaftsfähigen Farben über die obligatorische Panzermassivgoldkette, die schwer in den talgigen Brusthaaren versank, bis hin zu einer der unseriösesten Ausstrahlungen, die Pfleiderer jemals bei einem Menschen erlebt hatte, unterstrichen durch ein kräftiges, aufdringliches Männerparfum. Und er hatte eine Bulldogge mit einem stacheligen Halsband im Schlepptau, die aggressiv hinter ihm hervorspähte und Pfleiderer sofort ans Hosenbein wollte.
„Fifi, geh' weg", drohte er laut und packte den Köter am Genick. Der zuckte augenblicklich zusammen, jaulte schrill, sah sein Herrchen entschuldigend von unten herauf an und bettelte um Gnade. Das Herrchen ließ los und wies mit einer Handbewegung nach hinten. Der Hund trollte sich und verschwand hinter dem Bambusvorhang.
„Sie also sind der Kurier", stellte er lapidar fest und taxierte Pfleiderer einige Sekunden mit seinem gewalttätigen Blick.
„Ja."
Eine Pause entstand. Die beiden Männer standen sich gegenüber, fast wie bei einem Duell, bis sich der Hausherr entspannte und ordinär lachte. „Wir haben sehnlichst auf Sie gewartet. Wir dachten, Sie treffen am Nachmittag ein. Folgen Sie mir nach hinten." Er klopfte ihm mit der Hand kumpelhaft auf den Oberarm, als ob er ein Friedensangebot unterbreiten wollte, und zog ihn mit sich mit.
Endlich wurde auch Pfleiderer von dem Raschelvorhang verschluckt. In der verrauchten Luft nahm er einige Tischgruppen wahr, aber auch Polsterecken, die mit abgenutztem Plüsch überzogen waren. Gegenüber einer langen Bar mit etwa zwanzig Hockern war eine Art Bühne aufgebaut, die von der Decke her in buntes Scheinwerferlicht getaucht war. Der Schuppen war recht groß, bot bestimmt, wenn alle Sitzgelegenheiten belegt waren, hundert Personen Platz. Es standen ein Schlagzeug, ein Klavier, einige Mikrophone und voluminöse Lautsprecherboxen herum. An den Wänden hingen große Plakate mit leicht bekleideten, jungen Frauen in dubiosen Posen. Alles hatte einen leichten Rotstich. Der Mann bewegte sich auf die nächste Wand zu und griff an eine kaum sichtbare Klinke. Dahinter befand sich ein weiterer

Raum, der hell erleuchtet war. „Kommen Sie." Der Mann schob Pfleiderer durch die Wand.

Eine gealterte, schlanke Frau trat auf Pfleiderer zu und streckte ihm eine runzelige Hand entgegen.

„Das ist meine Frau", erklärte der Mann. „Wir betreiben unsere Bar gemeinsam." „Da sind Sie ja. Wir haben schon befürchtet, dass Sie unterwegs in Schwierigkeiten geraten sind", behauptete sie mit rauchiger Stimme und bleckte die vom Nikotin vergilbten Zähne. Mit ihrer rot gefärbten, aufgetürmten Frisur erinnerte sie ihn an die Bardamen, die ganz früher im Fernsehen in alten Westernserien zu sehen waren. Zu allem Überfluss hatte sie sich einen auffälligen Schönheitsleberfleck links auf die Backe gemalt, der ihr den Touch verlieh, lächerlich verkleidet zu sein. Pfleiderer kapierte bald, wer von den beiden die Hosen anhatte, auch wenn die Frau im Minirock dasaß, der ihre nicht ernstzunehmende Aufmachung noch unterstrich. Sie schob einen Stuhl her. „Nehmen Sie doch Platz, bitteschön." Pfleiderer gehorchte. Auch der Mann ließ sich nieder. Die Bulldogge machte es sich, ebenfalls auf Anweisung von Frauchen, auf einem erhabenen Platz bequem, der aussah wie ein Hundethron, überaus kitschig und mit einer Decke aus Leopardenkunstfell ausgelegt. Von dort aus verfolgte sie mit heraushängender Zunge und gespitzten Ohren hechelnd und sichtlich zum Einsatz bereit die Geschehnisse.

„Wie können wir sicher gehen, dass Sie derjenige sind, auf den wir warten?" fragte Frauchen argwöhnisch. Pfleiderer sah die beiden fest an und konterte. „Woher weiß ich, dass Sie diejenigen sind, zu denen ich geschickt wurde?" Die Frau grinste sichtlich amüsiert. „Haben Sie die Ware dabei?" „Nicht hier bei mir, aber an einem sicheren Ort. Wenn wir uns geeinigt haben, kann ich sie holen." „In Ordnung. Wollen wir nichts überstürzen. Schließlich haben beide Seiten ein Interesse an einem erfolgreichen Geschäftsabschluss, äh, ich meine, an einer lange andauernden erfolgreichen Zusammenarbeit. Um das zu gewährleisten, müssen auch wir überlegt vorgehen, verstehen Sie, was ich meine?" erklärte sie ihm daraufhin. Pfleiderer verstand sehr gut. Er hätte genauso gut ein V-Mann der hiesigen Ermittlungsbehörden sein können. Die

Taxierungsrituale waren Bestandteil des Geschäfts. Klar, dass jeder darauf achtete, seine Risiken zu minimieren.

„Wie lange werden Sie bleiben?" wollte sie wissen. „So lange, wie ich brauche, um das Geschäft im Sinne Somchais abzuschließen", behauptete Pfleiderer frech. Aus seiner Sicht liefen die Dinge inklusive seiner Improvisationen bis jetzt hervorragend. Er hatte sich alles sehr viel schwieriger vorgestellt, aber nun begann er, Selbstbewusstsein in seiner neuen Rolle, nein, in seinem neuen Leben zu entwickeln. Es fing an, Spaß zu machen. Pfleiderer fühlte sich zehn Zentimeter größer.

Seine Nervosität war wie weggeblasen. Lässig drehte er sich auf die Seite und lehnte sich mit dem Arm auf den Tisch. Das Pärchen beobachtete ihn aufmerksam. Ihm kam es so vor, als hätte er sie ungeheuer beeindruckt. Er glaubte, die Regeln durchschaut zu haben, und leistete es sich, zu schweigen und abzuwarten, bis die anderen beiden die Initiative ergriffen. Mal sehen, was sie als nächstes vorhatten. Immerhin wollten sie etwas von ihm haben und nicht umgekehrt. Los jetzt, zur Sache. „In Ordnung."

„In Ordnung", äffte der Mann die Frau nach, weil ihm nicht besseres einfiel. Vielleicht wollte er bloß dem Anschein widersprechen, dass er rein gar nichts zu sagen hatte, um ernst genommen zu werden. Sie dagegen probierte es mit Schmeicheln. „Kompliment, Sie sind sehr gerissen. Ich kann verstehen, dass Sie die Ware nicht gleich mitgebracht haben. Aber an ihr würden wir erkennen, dass Sie tatsächlich von Somchai kommen. Immerhin bezahlen wir Somchai gut für seine exquisiten Häppchen. Er kann sich denken, dass wir hier aus dem Material Gewinn herausschlagen, von dem er einen ordentlichen Teil abhaben will. Von Marktsättigung kann bei uns noch lange nicht die Rede sein. Für ihn ist es ein Geschäft mit glänzenden Aussichten. Ich schlage vor, wir legen uns gegenseitig die Karten offen auf den Tisch."

Der Austausch von Ware gegen Cash entpuppte sich als ziemlich diffizile Angelegenheit. Auf eventuelle Verhandlungsspielchen hätte ihn Somchai ruhig eingehender vorbereiten können. Bei den Bedingungen, die er plötzlich aus dem Ärmel schütteln sollte, kam er beträchtlich ins Schwitzen. Er war sich weder sicher, welche Bedingungen er stellen, noch auf welche er sich einlassen sollte. Aber was hatte er denn erwartet? Einen unbefristeten Job mit geregelten Arbeitszeiten, Schichtzulagen und Urlaubsgeld, arbeitgeberischer Fürsorgepflicht, Weiterbildungsangeboten, Betriebsausflug und Unfallversicherung? Ihm fiel im ersten Moment nichts Besseres ein als ein „In Ordnung."

Scheiße, hatte das der Mann, der offensichtlich absolut nichts zu melden hatte, nicht auch schon wie ein Echo von sich gegeben? Pfleiderer spürte Hitzewellen. Sein neues Selbstbewusstsein geriet ins Wanken. Welche Bedingungen sollte er ihnen nur stellen? Zeit gewinnen war die Devise, Zeit zum Nachdenken. Jetzt bloß keine Fehler machen.

Er schnitt eine Grimasse, von der er hoffte, dass sie wie ein Pokerface aussah und bei seinen Sparringspartnern cool rüber kam.

„Woher kennen Sie Somchai?" fragte er angriffslustig.

Gerettet! Er war doch nicht so einfach aus der Reserve zu locken; das sahen die beiden endlich ein. Sie warfen sich einen hastigen Blick zu, als ob es etwas zwischen ihnen zu besprechen gab, und setzten freundliche Gesichter auf.

„Vielleicht sollten wir uns nicht so misstrauisch begegnen", schäkerte die Frau nun. „Wir haben uns ja noch gar nicht vorgestellt, so, wie es sich für anständige Leute gehört. Nennen Sie mich Irina." Während sie das sagte, legte sie mit einer übertrieben graziösen Bewegung eine Hand auf ihr nacktes, mageres Brustbein, das von einem tiefen Ausschnitt umgeben war. Erst als sie das aussprach, fiel Pfleiderer auf, dass sie einen überdeutlichen russischen Akzent hatte, und er sah ihr zu, wie sie ihre Hand vom Ausschnitt wegführte und zu ihrem Nachbarn zeigte. „Und das ist mein Lebensgefährte Sascha."

Sascha verneigte brav sein schmieriges Haupt, das auf einem schwulstigen Stiernacken saß, und präsentierte im Zuge dieser recht verspäteten Vorstellungsrunde dessen wahre Pracht. Wäre dieser Teil des Gesprächs nicht schon viel früher dran gewesen? Im letzten Moment gelang es Pfleiderer, ein ‚in Ordnung' zu unterdrücken und es in ein Überlegenheit demonstrierendes „Geht doch!" zu transformieren. Und wenngleich er der Meinung war, ihnen bereits genug von seiner geschäftlichen Identität preisgegeben zu haben, ließ er sich an dieser Stelle auf ihre

Regeln ein und behauptete: „Ich heiße Markus. Das muss reichen."
Die beiden blieben albern und scherzten. Irina und Sascha, das waren die Namen, die ihm auch Somchai genannt hatte. „Sie scheinen noch nicht allzu lange in diesem Geschäft tätig zu sein, Markus", entlarvte ihn Irina, was er ihr umgehend krumm nahm. Was ging das diese vergammelte Nudel an. „Kann man so nicht behaupten. Ich war in der Branche in einer anderen Rolle und mit anderen Aufgaben engagiert." Der Schlagabtausch setzte sich fort. Aber Pfleiderers Frage, von woher sie ihre Kontakte zu Somchai besaßen, ging unter.
„Nun, wie kommen wir ins Geschäft?" Irina drückte aufs Tempo. Inzwischen störte und verwirrte Pfleiderer die zwei-zu-eins-Konstellation. Irina und Sascha waren zu zweit eindeutig im Vorteil, und das war anstrengend. Das Einzige, was ihm Somchai eingebläut hatte, war, auf den Kaufpreis für die Ware zu bestehen. „Du kommst mir nicht mit weniger als hunderttausend Euro in großen Scheinen zurück. Das war zwischen uns vereinbart. Lass dich nicht über den Tisch ziehen", hatte er ihm im Originalwortlaut bei der Abfahrt nachgerufen. „Haben Sie die Hunderttausend?"
„Aber natürlich, in großen Scheinen, ganz so, wie von Somchai gewünscht."
Irina verschwand in einer weiteren Wandtür, die erahnen ließ, dass sich der Grundriss des Gebäudes stark in eine Tiefe fortsetzte, was man von der Straße aus nicht unbedingt vermutete. Sie verschloss die Wandtür sorgfältig hinter sich, damit er nicht zu viel von dem Zimmer erkennen konnte, um wenig später mit einer Schachtel zurückzukehren, die sie weder auf den Tisch stellte, noch sonst wie aus der Hand gab. Stattdessen drehte sie sie auf ihrem Schoß zu Pfleiderer und hob den Deckel mit einem ihrer langen Fingernägel hoch, so dass Pfleiderer ihren Inhalt zu Gesicht bekam. Die Schachtel war – falls nicht nur die obere Schicht mit ihnen zugedeckt war – angefüllt mit unzähligen Fünfhunderteuroscheinen. Schnell klappte Irina das Behältnis wieder zu und verstaute es hinter sich. „Sie sehen, das Geld ist da. Wann sollen wir die Übergabe ansetzen?"
Pfleiderer, der nicht darauf verzichten wollte, das Geld nachzuzählen, überlegte, ob er den nächsten Morgen

vorschlagen sollte, weil es ihm in der Nacht sowohl mit der Ware als auch mit dem Geld auf der Straße unheimlich war. Dann kam er zu dem Schluss, dass der helllichte Tag kein passender Rahmen für Geschäfte dieser Art abgab. Ihm blieb nichts anderes übrig, als den kommenden Abend vorzuschlagen, obwohl das ebenfalls eine Abweichung von den ursprünglichen Verabredungen darstellte. Der Teil seines Auftrags, der die Observation des ‚Grünen Baums' beinhaltete, war mit der Veränderung vereinbar. Also blieb er bei der vorgeschlagenen Vorgehensweise. Irina und Sascha wirkten zufrieden. „Gut, wir sehen uns morgen um dieselbe Zeit wieder", erwiderte Irina zustimmend.

Pfleiderer hatte für heute genug. Ihm war danach, sich in seine Bruchbude zurückzuziehen und das bisher Geschehene zu überdenken. Zehn Minuten später war er dort mit sich alleine. Glaubte er.

In ihm pochte es laut, als er auf dem Bett lag und die Erlebnisse im ‚Grünen Baum' rekapitulierte. Er griff sich nervös den Schrankschlüssel, rüttelte ungeduldig an der klemmenden Tür, bis sie endlich aufsprang, und kramte fieberhaft nach der Kassette. Sie war noch da. Er öffnete sie hektisch, und erleichtert stellte er fest, dass auch der Inhalt noch in seinem Besitz war. Puh.

Etwas beruhigt packte er die Kassette in den Schrank zurück und drehte den Schlüssel wieder um. Am Rücken spürte er, wie die Schweißtropfen an seiner Haut herunter liefen, obgleich es im Zimmer kalt war. Er war klatschnass.

Daraufhin drehte er den Thermostat am Heizkörper hoch, in der Hoffnung, dass die Heizung funktionierte. Entgegen seiner Befürchtung erwies sich der abgenutzte Duschraum als sauber geputzt und einigermaßen hygienisch. Es waren sogar frische Handtücher vorhanden. Pfleiderers Anspannung flachte mehr und mehr ab. Er zog sich aus und stellte sich unter die Dusche, nachdem er das Wasser solange hatte laufen lassen, bis tatsächlich etwas Warmes aus der Leitung strömte. Bald stand er unter einem dampfenden Strahl. Wenn er sich bei solchen Gelegenheiten wie der jetzigen gewöhnlich knackige, nackte Jungs (möglichst junge!) vorstellte, geriet er normalerweise richtig in Fahrt.

Heute aber regte sich nichts an ihm. Sein bestes Stück hing schlapp an ihm herunter und verriet ihm, dass er wohl unter erheblichem Stress stand, dessen Existenz sein Kopf bis jetzt überzeugt bestritt. Bei seinem Schwanz dagegen kam er mit solchen Lügen nicht durch. Pfleiderer war frustriert, weil der Start in sein neues Leben mit so viel Anstrengung und Mühen verbunden war. Er biss zerknirscht die Zähne zusammen und beendete die Dusche ohne Höhepunkt.
Als er sich mit dem Handtuch abtrocknete, breitete sich im Zimmer eine gewisse Wärme aus. Die Heizung war angesprungen, so dass er sich entschied, in der Nacht auf den Gebrauch eines Schlafanzugs zu verzichten. Das Handy legte er neben das Bett.

Wu verfolgte die Gespräche im ‚Grünen Baum' von Beginn an und ohne Unterbrechung und fertigte sich genaue Notizen an. Währenddessen lauerte er permanent hinter der Gardine, mit vollem Blick auf den Eingang des ‚Grünen Baum'. Der holprige Einstieg Pfleiderers hatte ihn königlich amüsiert, auf der einen Seite. Sein Auftrag bestand ja darin, bei gravierenden Komplikationen ein- und durchzugreifen, für Tabula rasa zu sorgen und alle Spuren, die im Geringsten hätten auf Somchai hinweisen können, radikal zu beseitigen. An ein paar Stellen der Verhandlung war er stutzig geworden. Würde Pfleiderer ihn zu einem Einsatz veranlassen? Der Narr. Aber Wu hatte sich zu früh gefreut. Im letzten Moment hatte Pfleiderer es immerhin so hingebogen, dass Wu die Knarre stecken lassen musste, weil das Geschäft Fortschritte machte. Schade eigentlich, denn ihm fehlte in der letzten Zeit ein wenig die action in seinem Job, das Salz in der Suppe sozusagen. Auf der anderen Seite bevorzugte Somchai den erfolgreichen Abschluss im Sinne von ‚Geschäftsverbindung stabilisiert', ‚Kohle eingesackt'. Logisch, das brachte ihm im Endeffekt mehr als ein Flop. Also hatte Wu seine spontanen Impulse gefälligst unter Kontrolle zu bringen und im Sinne Somchais genauestens abzuwägen, ob ein Eingriff wirklich nötig war. Bereit dazu war er ständig. Der einzige Trost bestand darin, dass Somchai ihm erlaubt hatte, mit Pfleiderer anzustellen, was er wollte, wenn der erfolgreich nach Bangkok zurückgekehrt war.

Er nahm sein Etui und öffnete die Lasche. Die Waffe, die er herauszog, war aus kühlem Metall gefertigt und glänzte silbern. Liebevoll strich er mit zwei Fingern über den kurzen Lauf. Er hatte sie stets gut gepflegt und erinnerte sich beim Betrachten an die gemeinsame Geschichte, die ihn mit dieser Pistole verband. Bereits drei oder vier Mal hatte sie ihm dabei geholfen, für Somchai Leute aus dem Weg zu räumen, die nicht mehr in sein Team passten. Sie war sehr zielgenau, auch mit dem netten, putzigen Schalldämpfer vorne drauf, und bei ihrer Anwendung hatte definitiv keiner gelitten.

Das letzte, was er an diesem Abend belauschte, war das Gespräch, das Pfleiderer mit Somchai führte. Nun war er an der Reihe, mit dem Chef zu telefonieren und ihm gegenüber Pfleiderers Bericht entweder zu bestätigen oder zu dementieren. Da sich zwischen beiden Darstellungen keine erheblichen Differenzen ergaben, wies Somchai Wu an, die kleineren Veränderungen, die Pfleiderer an dem verabredeten Ablauf vorgenommen hatte, durchgehen zu lassen. Danach merkte Wu, dass auch er eine längere Ruhepause benötigte. Wenn Pfleiderer nicht völlig schwachköpfig war, waren von seiner Seite bis morgen mit keinen Welt bewegenden Aktivitäten mehr zu rechnen. Wu wartete ab, bis sich die Signale so anhörten, als ob sich Pfleiderer zum Schlafen ins Bett gelegt hatte. Als er sich dessen sicher war, drehte auch er sich um, ließ den Empfänger jedoch in Betrieb.

Kratzendes Getöse und einige Schmerz getränkte Schreie, die von dem Empfänger übertragen wurden, beendeten sein Schläfchen. Sofort war er hellwach und hing für ein paar Momente mit beiden Ohren prüfend an der Geräuschkulisse aus Pfleiderers Unterkunft. Nachdem sich Wu vorstellen konnte, was passiert war, sprang er vom Bett auf und linste durchs Fenster.

Nach einer unruhigen Nacht wachte Pfleiderer sehr früh morgens auf. Er wurde vom einsetzenden Verkehrslärm geweckt. Es dauerte ein Weilchen, bis er voll orientiert war und realisiert hatte, wo er sich befand. Mit leicht torkelnden Gang wollte er sich im Halbschlaf zu dem Stuhl hangeln, auf dem er seine Klamotten abgelegt hatte. Den Rollladen hatte er am Abend oben gelassen. Die Lampe ließ er vorerst mal ausgeschaltet, denn er war ja splitterfasernackt. Im schummrigen Licht, das von draußen eindrang, waren die Gegenstände im Zimmer bestenfalls schemenhaft erkennbar. Er setzte einen Fuß vor das Bett, jaulte plötzlich mit einem lauten Autsch auf und fand sich nach einem unerwartet schwungvollen Flug und einem geräuschvollen Krach mit schmerzenden Hintern und angeschlagenem Kopf lang hingestreckt auf dem Boden wieder. Das zweite, was er nach dem Schmerz wahrnahm, war seine maßlose Aufgebrachtheit wegen seiner Schusseligkeit. Er hatte den schmalen Plüschbettvorleger nicht beachtet und war böse ausgerutscht. Der war auf dem alten, gewichsten Linoleum weggeglitten, als Pfleiderer mit seinem Fuß achtlos darauf getreten war. Das Missgeschick kostete ihn einige blaue Flecken und eine dicke Beule am Hinterkopf. Mühsam rappelte er sich auf und schleuderte den unseligen Bettvorleger fluchend unter das Bettgestell, um ihn für den Rest seines Aufenthalts unschädlich zu machen. Alles im Leben hatte seinen Preis, diese Lektion sollte er sich endlich hinter die Ohren schreiben.

Hinterm Fenster stehend beobachtete Wu, wie gegenüber Licht anging. Er konnte erkennen, wie Pfleiderer nackt durch sein Zimmer humpelte und abtauchte, weil er sich wohl auf etwas niederließ, um wenig später angezogen wieder aufzutauchen. So ein Tölpel. Er kicherte und war gespannt auf den weiteren Tagesablauf inklusive Abendprogramm. Besonders freute er sich auf die Überraschungen, die Pfleiderer unabsichtlich bereithalten würde. Einen Nutzen hatten die lustigen Zwischenfälle nämlich. Sie waren ausgesprochen unterhaltsam, lockerten Wus an und für sich langatmige Beschattungsaufgabe auf und sorgten dafür, dass er zwischendrin nicht einfach wegdöste.

Nach einer Weile sah er, wie Pfleiderer den Raum verließ. Der Empfänger meldete wenig später Frühstücksgeräusche. Nicht schlecht, dachte er anerkennend, als Pfleiderer das Zimmermädchen für die Dauer seines Aufenthaltes abbestellte. Wu blieb weiterhin beinahe regungslos am Fenster kleben und orderte sich vom Telefon neben dem Bett aus ein Frühstück aufs Zimmer. Er war heute dazu verdammt, die Rolle des armen Schweins zu spielen, das sich mit Koffeintabletten wach halten musste. Im Unterschied zu Pfleiderer, der den ganzen Tag in seinem Hotelzimmer verpennte, hatte er keine Gelegenheit, seinen Jetlag auszuschlafen. Das Einzige, was Wu tatsächlich erheiterte, waren einige, dem privaten Bereich zugehörigen Geräusche, die Pfleiderer ungeniert von sich gab. Ansonsten geschah nichts, wie von Somchai vorgesehen. Die Aufgabe, den ‚Grünen Baum' zu obersvieren, war natürlich Schwachsinn. Somchai war sich dessen bewußt, dass Pfleiderer zunächst die Übergabebedingungen aushandeln musste, um dann erst die eigentliche Arbeit zu verrichten. Die Anweisung sollte verhindern, dass Pfleiderer vergaß, dass er in Deutschland auf der Fahndungsliste stand und womöglich auf die Idee kam, das Hotel unnötig häufig zu verlassen. Somchai legte größten Wert darauf, dass seine Mitarbeiter in der Öffentlichkeit so gut wie unsichtbar blieben, vor allem dann, wenn sie mit Aufträgen beschäftigt waren. Für Wu war auch ein großer Teil des Abends stinklangweilig, weil Pfleiderer ihn im Hotelzimmer verbrachte, bis endlich Leben in die Sache kam. Pfleiderer stand auf und wurde aktiv.

## 16. Der Eingriff

Pfleiderer ruhte sich den ganzen Tag über aus und machte sich dann für die wichtigste Phase des Geschäfts bereit. Sein Kopf und sein Allerwertester taten noch immer weh von dem blöden Ausrutscher. Die Kassette hüllte er in ein Etui. Angezogen kam er sich irgendwie immer noch nackt vor. Eine Waffe zur Selbstverteidigung wäre nicht schlecht gewesen, trotz seiner mangelnden Erfahrung mit so etwas. Aber er hatte ja wenigstens das Handy, das er in der Hosentasche verschwinden ließ.

Irina und Sascha erwarteten ihn schon. Sie lotsen ihn in das Hinterzimmer von gestern und wiesen ihm einen Platz an dem Tisch. Sascha klappte ein Laptop auf. „Wir wollen logischer Weise wissen, ob die Ware in Ordnung ist", bestimmte Irina und stellte klar, dass es vorher kein Geld gab. Sascha schob Pfleiderer den PC hin.

„Warum gibt's hier eigentlich nichts zu trinken? Finde ich nicht besonders gastfreundlich." Pfleiderer hatte Lust, auszuprobieren, wie weit er gehen konnte. Sein ausgeschlafener Zustand rief in ihm geradezu Übermut hervor. Seine Beule am Kopf war nicht mehr wichtig. Zum ersten Mal sah er Irina eine Zigarette anzünden. Sie wirkte nicht mehr cool, sondern eher nervös. Mit der angesteckten Zigarette im Mundwinkel blinzelte sie Sascha zu. „Wenn es unbedingt sein muss? ... Sascha, hol' uns drei Tassen Kaffee." Der Aufgeforderte trollte sich, ließ aber die Tür sperrangelweit offen, so dass er stets den Überblick hatte, was in dem Hinterzimmer vor sich ging.

Als Sascha mit dem Kaffee zurück war, begann Pfleiderer, seinen Kunden Einblick in die Inhalte der USB-Sticks zu gewähren. Irina, und auch Sascha, waren begeistert. Die Darstellungen waren so ziemlich das Beste, was sie je gesehen hatten. Daraus ließ sich viel Kohle schlagen, da war sich Pfleiderer sicher. Er sah die Bilder auch zum ersten Mal und spürte, wie ihn eine gewisse Lebendigkeit in der Hose zwickte. Nach zehn Minuten beendete er die Vorführung. „Gut. Ihr habt die Ware gesehen. Ich gehe davon aus, ihr wollt sie auch behalten. Wo ist die Schachtel mit den Hunderttausend? Ich will nachzählen, bevor ich euch die Bilder gebe und hier verschwinde." Die beiden glotzten ihn auf eine

unberechenbare Art an. Dabei gaben sie keinen Piep von sich. Ihm wurde mulmig. Wollten die etwa nicht bezahlen, durchfuhr es ihn eiskalt. „Ich warne euch", drohte er. Jetzt kam es auf den entscheidenden Bluff an.
Geistesgegenwärtig klopfte er sich auf die Hosentasche. „Somchai hört über mein Handy alles mit. Falls ihr Zicken macht, wird er die Rechnung später begleichen, aber mit einem angemessenen Aufschlag, das verspreche ich euch."

Wu hob es vor dem Empfänger aus den Latschen. Er zog sich seine Sachen über und drückte den Hut ins Gesicht, tastete nach seiner silbernen Freundin und schlich sich eilig aus seinem Quartier.

Irina nickte Sascha zu. Er holte die Schachtel aus dem Nachbarraum und stellte sie vor Pfleiderer hin. Das Nachzählen stellte sich als total bescheuert heraus, da er sich konzentrieren und über die Schachtel beugen musste. Der Effekt war, dass Irina und Sascha aus seinem Blickfeld verschwanden. Immer wieder sah er nur kurz auf die Scheine und war vielmehr damit beschäftigt, zu prüfen, ob die beiden noch auf ihren Plätzen saßen. Endlich war er mit zwei Drittel durch. Seine Finger waren vom Blättern schon ganz rot. Seine Zunge fing an auszutrocknen, da er zum Zählen die Finger nass machte. Der Geschmack der zum Teil abgegriffenen Geldscheine war widerlich.
Gleich war er durch. Er wollte schnell fertig werden und abhauen, da sah er nur noch Irina da sitzen. Wo war Sascha? Bevor er die Frage zu Ende denken konnte, spürte er einen tief stechenden, unerträglichen Schmerz in seiner Beule am Hinterkopf. Er verlor das Bewusstsein und fiel in ein großes, schwarzes Loch.

Nach einer Zeitlang im absoluten Nichts, deren Dauer er nicht abzuschätzen vermochte, kam er wieder zu sich. Jemand holte ihn aus dem Jenseits zurück, indem er ihm hinten am Kopf mit einem Messer herum schnitt und einen höllischen Schmerz verursachte. Zumindest fühlte es sich so an. Nein, es waren zwei Messer, die in der frischen Wunde an seinem Hinterkopf herumstocherten.
Im Raum war es dunkel. Es brannte kein Licht mehr. Er sah niemanden, ahnte jedoch, dass sich Fifi ganz in seiner Nähe befand. Das schloss er aus dem gefährlichen leisen Knurren, das als einziges Geräusch zu hören war. Pfleiderer wagte es

nicht, sich aufzurichten. Wer weiß, wie der Hund reagiert hätte. Reglos blieb er liegen bei dem Versuch, zu begreifen, was passiert war. Er spürte die Lage seiner Beine, seines Rumpfes und seines ausgestreckten rechten Arms und verfolgte mit seinen Sinnen seine Körperkonturen weiter, bis er in seiner rechten Hand landete, die sich an etwas Metallenem festhielt. Er hütete sich vor jeder ruckartigen Bewegung, neigte seinen Kopf in Zeitlupentempo in Richtung seiner rechten Hand und mutmaßte in ihr eine kleine Pistole. Von Irina und Sascha vernahm er nichts. Wie erschlagen blieb er liegen, machte einfach die Augen zu und hatte absolut keine Idee, wie es weitergehen konnte.........

*(Wu verließ sein Hotel und verschwand hinter der nächsten Hausecke. Sein Spürsinn ließ ihn das Desaster in seinem ganzen Ausmaß am Horizont aufziehen sehen. Er schlich sich durch einen Innenhof von hinten an das Gebäude des ‚Grünen Baums' heran und machte flink ein verdecktes Fenster aus, durch das er die drei beobachten konnte. Mit dem Rücken an die Wand gepresst, gewann er von der Seite her Einblick. Dabei blieb er aus der Perspektive von denen drinnen unbemerkt. Pfleiderer zählte Geldscheine ab, während sie ihren Wortwechsel fortsetzten. Die Geschehnisse entwickelten sich plötzlich sehr schnell. Wus Instinkt erhielt die Bestätigung, dass etwas nicht stimmte. Die Frau und der Mann vergrößerten laufend ihren Abstand zueinander, so dass es für Pfleiderer immer schwieriger wurde, das Geld zu zählen und die beiden Halunken ausreichend im Auge zu behalten. Sie führten etwas im Schilde, so viel ging aus dem, wie sie sich benahmen, hervor.*
*Im Nu durchschaute Wu ihren Plan, in dem bestimmt nicht vorgesehen war, für die Ware zu bezahlen. Die Situation entglitt Pfleiderer. Alles musste nun sehr schnell gehen. Wu jagte um das Haus zum Eingang des ‚Grünen Baum'. Der Eingang war abgeschlossen. Weil es sehr spät in der Nacht war, eigentlich schon sehr früher Morgen, war so gut wie nichts auf der Strasse los. Das hatte Wu blitzschnell erfasst und riskierte es. Er setzte seine Freundin mit einem dumpfen Paff auf das Türschloss an, das augenblicklich auseinander barst und den Eingang frei gab. Leise und im Handumdrehen lehnte er die Tür an, flitzte unmerklich*

*durch den Barraum dorthin, wo er den Durchgang zu den hinteren Räumen vermutete. Der Barraum war inzwischen verdunkelt. Die Beleuchtung der hinteren Räume zeichnete die Ritzen der Wandtür nach. Der folgende Durchgang dahinter stand offen, so dass er den Weg rasch fand. Er machte seine Freundin erneut bereit, als er einen dumpfen Schlag vernahm, der die Eskalation begleitete. Wendig tauchte er mitten im Geschehen auf. Die Frau und der Mann brauchten viel zu lange, bis sie reagierten. Wu zielte präzise, schoss einmal, zweimal, die Frau ging zu Boden, aber auch der Mann, der den dicken Prügel fallen ließ, mit dem er Pfleiderer den Schädel eingeschlagen hatte.*
*Saubere Schüsse.*
*Beide hatte er mitten ins Herz getroffen. Rasch analysierte er die neue Sachlage und begnügte sich mit einer oberflächlichen Begutachtung von Pfleiderers Zustand. Er hatte nicht viel Zeit, musste schleunigst entscheiden. Pfleiderer war bestimmt mausetot. Der Mann hatte ihn mit Sicherheit mit einem einzigen Schlag aus der Welt befördert. Auf dem Tisch stand die Schachtel. Wu machte den Deckel zu, suchte die Kassette mit der Ware zusammen. War alles da. Nun war Verwirrung zu stiften. Wehmütig betrachtete er seine kleine Freundin. Es war kein Platz für Sentimentalitäten. Er legte sie Pfleiderer in die Hand und drückte seine noch ganz geschmeidigen Finger um sie herum zu. Fingerabdrücke abzuwischen erübrigte sich, denn er trug routinemäßig Handschuhe. Es sollte im ersten Moment so aussehen, als hätte Pfleiderer die beiden auf dem Gewissen. Dann schnappte er in Windeseile alles Wichtige, das Geld und die USB-Sticks, löschte alle Lichter und verschwand lautlos.)*

.......und gab auf, zu verstehen, was passiert war.
Irgendwann schlug Pfleiderer die Augen wieder auf, aber im Raum war es nach wie vor dunkel. Er lag unbeweglich da. Hörte den Hund mit klackenden Krallen näher kommen. Die kalte, flache Schnauze schnüffelte ihm im Gesicht herum. Er hechelte, stieß Pfleiderer seinen üblen Mundgeruch in die Nase und watschelte weg. Jetzt, wie der Hund sich abwandte, drängte sich pulsierend der Schmerz in seinem Schädel in den Vordergrund. Die Schmerzen wurden von seiner unbequemen Liegeposition noch verstärkt. Sein

Körper fühlte sich zerbrochen an. Er setzte alle Energie ein, um jegliche Bewegung zu vermeiden. Dann glaubte er, schleckende Geräusche wahrzunehmen. Als er intensiver in die Stille hineinhorchte, kam er zu der Erkenntnis, dass der Hund eine Flüssigkeit in sich hinein schlabberte. Gut, er war vorerst beschäftigt. Zeit zum Handeln. Pfleiderer setzte alles auf eine Karte, umfasste fest die Pistole, schob den Finger an den Abzug und richtete ihren Lauf in die Richtung, in der er den Hund vermutete. Sein Atem stockte.

Paff. Jaul. Paff. Der Rückschlag der Waffe schleuderte seinen Arm nach oben und riss an ihm. Damit hatte er nicht gerechnet. Ihm blieb nichts anderes übrig, als darauf zu vertrauen, dass er den Hund erwischt hatte. Dessen Umrisse waren aus der geringen Distanz nun undeutlich zu erkennen. Der Morgen graute durch das Fenster. Er fühlte sich unbeschreiblich elend, ließ die Waffe sinken und keuchte vor Anstrengung. Jetzt nicht aufgeben! Er wäre am liebsten heulend zusammengesunken und vom Erdboden verschwunden. Er musste versuchen, aufzustehen, das Licht anzuschalten, auch wenn es in seinem Kopf hämmerte und dröhnte. Zuerst den Oberkörper aufgerichtet. Pfleiderer wurde es davon schon ganz übel, woraufhin er sich abstützte, so gut es ging. Die Waffe legte er neben sich, rutschte auf dem Boden zur Tür und hangelte sich hoch.

Er fand den Schalter. Das grelle Licht blendete. Als er sich an die Helligkeit gewöhnt hatte, wurde das ganze Chaos offenbar. Kaum zu glauben. Hier sah es aus, wie auf einem Schlachtfeld, für ihn völlig unwirklich und unmöglich, nachzuvollziehen, wie es dazu hatte kommen können. Leise strampelnd und winselnd lag der Hund neben Irina in einer Blutlache und röchelte schwer. Pfleiderer hatte ihn so schlimm verletzt, dass er unfähig war aufzustehen. Gespenstisch ruhig lagen die Leichen von Irina und Sascha mit glotzenden Augen da. Der Hund hörte auf, zu zappeln. Es war totenstill. Ihm dämmerte, dass sich irgendjemand in das Geschäft eingemischt hatte.

Aber wer?

Er suchte das Zimmer ab. Er musste sich beeilen, das Licht schnell wieder löschen, bevor irgendein Frühaufsteher die Sauerei spitz kriegte. Am Fenster fehlte ein Rollo. Seine Verzweiflung beschleunigte seinen Geist. Wo war das Geld,

wo die Speichermedien mit den Bildern? Alles weg! Pfleiderer ahnte, dass er irgendjemandem auf den Leim gegangen war. Dass er die Schießerei überlebt hatte, war reines Glück gewesen, ein Versehen des Eindringlings. Er schien sie alle drei überrascht zu haben. So viel stand fest. Das Fiese war, dass er es so hinstellen wollte, als habe Pfleiderer die beiden – den Hund vernachlässigte er bei seiner Zählung – auf dem Gewissen.
Somchai! Er griff an die Hosentasche. Das Handy war an seinem Platz. Trotzdem war die Verbindung zu Somchai unbrauchbar geworden, nachdem, was ihm hier alles passiert war. Mit ihm in Kontakt zu treten, war ab dem jetzigen Zeitpunkt ausgeschlossen. Mit Entsetzen realisierte er, dass er nun auf sich gestellt und Mutterseelen allein war.

Er versuchte, den kaputten Eingang des ‚Grünen Baums' mehr recht als schlecht zu verriegeln, und schlich sich im Morgengrauen davon. Wenn er ehrlich war, hatte er unter den gegebenen Umständen kein Ziel mehr, jedenfalls nicht den Flieger nach Bangkok, in dem übermorgen ein Platz für ihn reserviert war. Der Druck, unter dem er stand, war unbeschreiblich. Hals über Kopf packte er in seinem Zimmer seine Sachen zusammen und überschlug grob, über wie viel Bargeld er noch verfügte.
Das Problem des akuten Geldbedarfs würde ihm kurz oder lang zu schaffen machen. Es reichte seiner Einschätzung nach noch eine Woche, wenn er die Rechnung für seine Unterkunft bezahlt hatte. Das nächste Problem stellte die Pistole dar. Er hatte sie geistesgegenwärtig mitgenommen, verfügte aber über keinerlei Know-How, wie man mit so etwas umging. Sie kam ihm so vor, als wäre sie scharf, wobei er nicht wusste, woran er das festmachte. Der Lauf war mit einem Aufsatz verlängert, von dem er lieber die Finger ließ. Von einem Riegel, den er an ihr entdeckte, nahm er an, dass er die Sicherung war. Er hatte keine andere Wahl, als es in einem Verfahren von Versuch-und-Irrtum auszuprobieren, ihn auf die Seite zu schieben und – ihm stockte der Atem vor Angst, er kniff die Augen zu, als ob jeden Augenblick eine Atombombe explodierte - abzudrücken. Es war einfach alles scheiße. Die Schussrichtung war ihm gleichgültig, denn wenn sich tatsächlich ein Schuss löste, war sowieso alles egal. Er kam

sich vor, als hätte ihm das schöne neue Leben einen ungerechten Tritt in den Hintern verpasst und ihn wie einen räudigen Hund aus seinem Einzugsbereich verjagt.

Klack. Er glaubte zuerst nicht, was er hörte, bis er kapierte, was geschehen war. Der Abzug rastete, ohne einen Schuss auszulösen, an seinen Ausgangspunkt zurück.

Es war, als ob im letzten Moment seine eigene Hinrichtung abgesagt worden war. Erschöpft ließ er sich auf das Bett fallen und starrte leer an die Decke. Bedeutete das das endgültige Ende seiner Pechsträhne? Er flehte zum Himmel. Schweißperlen liefen ihm von der Stirn. Er nahm sich zusammen, setzte sich um eine klitzekleine Last erleichtert auf und prägte sich die Hebelstellung ein. Bestimmt enthielt die Pistole ein Magazin, in denen sich einige Schuss befanden. Er verstaute sie in der Reisetasche zwischen ein paar Kleidern wie eine zerbrechliche Vase, bis er sich endlich im Bad um die Wunde am Kopf kümmern konnte, so gut es eben ging.

Die Wunde hatte mittlerweile blutigen Schorf gebildet. Pfleiderer ließ sie so, wie sie war. Verbandszeug hätte er ohnehin keines zur Hand gehabt. Unter seinen Sachen fand sich eine Mütze, die er vorsichtig über den Kopf zog, um die Verletzung zu verbergen. Nebenbei kämpfte er mit einem immer wieder kehrenden Taumeln, was auf eine Gehirnerschütterung hindeutete. Was er jetzt brauchte, war ein Versteck, um sich zu regenerieren. Möglichst weit weg vom ‚Grünen Baum'.

Er verließ die Pension und schleppte sich mit seiner Tasche zur nächsten Haltestelle, an der einige Leute auf einen Bus warteten, um in die Stadtmitte zu fahren. Das ausgesprochen kühle Wetter steckte er nach dieser Nacht nicht ohne weiteres weg. Er zitterte. In der Menschenansammlung fühlte er sich wohler als vorhin noch alleine im Hotelzimmer. Die meisten sahen verschlafen und missmutig aus. Aber Pfleiderer beneidete sie plötzlich um die bleischwere Normalität, die sie ausstrahlten, die ihm abhanden gekommen war und für ihn jetzt eine Wohltat gewesen wäre. Zu gerne hätte er mit irgendeinem von ihnen getauscht.

Der Bus, den er mit den anderen Wartenden bestieg, fuhr los. Im gleichen Moment kam ihm ein Polizeiauto mit

Blaulicht und Sirene entgegen. Pfleiderer blickte zurück und sah beim Wegfahren, wie es vor dem ‚Grünen Baum' anhielt und hektische Polizisten ausstiegen. Der Bus bog an der nächsten Ecke ab.

Wus Ziel war es, unverzüglich den Flughafen zu erreichen, um die nächste Maschine nach Bangkok zu nehmen, in der noch ein Platz frei war. Zuvor hatte er sich in seiner Unterkunft die Geldscheinbündel so kunstvoll um den Körper gebunden und einen dicken Pullover darüber gezogen, dass er lässig jede Sicherheitskontrolle passieren konnte. Die Datenträger transportierte er, wie zuvor Pfleiderer, im großen Gepäck.

Am Flughafen war ein Erfolgsbericht an Somchai fällig. Nachdem die Verbindung hergestellt war, informierte er ihn über die Ausbeute: Die Ware zurück und das Geld. Dass Pfleiderer dabei hops ging, war eine Komplikation, die Somchai ja von vorne herein mit einkalkuliert hatte, früher oder später. War also kein Problem.

„Hast du das Handy?" fragte Somchai in Thai.

Das Handy? Das Handy! Wu lief es heiß und kalt den Rücken herunter vor Schreck. An das Handy hatte er nicht mehr gedacht. Ihm war ein grandioser Fehler unterlaufen.

„Du hirnrissiger Idiot. Willst du, dass wir alle auffliegen?" wetterte Somchai auf der anderen Seite. Es nützte Wu nichts, seinen Patzer mit Ausflüchten klein zu reden. Er war unverzeihlich. Wenn Wu ohne das Handy zurückkehrte, würde ihm Somchai eigenhändig die Kehle durchschneiden. So waren nun mal die Regeln.

Er biss sich auf die schmalen Lippen und ließ mit angespanntem, unbeweglichem Kopf seine Augäpfel wie suchend von links nach rechts und wieder zurück wandern.

„Chef, ich kümmere mich darum. Ich verspreche es. Ich werde das Handy wieder beschaffen", gab er voller unterwürfiger Reue und mit dem Schwur, so einen Schnitzer nie wieder zu begehen, zurück. Dabei ballte er ärgerlich die Faust in seiner Manteltasche. „Ich verlasse mich auf dich", war das Letzte, was er von Somchai hörte.

Nun hatte er selbst für die ersehnten abwechslungsreichen Zwischenfälle gesorgt und war dabei kräftig übers Ziel hinausgeschossen. Er suchte eine ruhige Ecke, wo er seinen Empfänger heimlich einsetzen konnte. Zum Glück hatte er wenigstens sein Gepäck noch nicht aufgegeben. Während er die Gegend abcheckte, überlegte er, wie er das Handy zurückbekommen konnte. Falls die Polizei die Bühne bereits betreten hatte, hatte er ein echtes Problem, denn dann war alles verloren, sein Auftrag total verpatzt.

Er verließ die Abflughalle und visierte einen Platz an, auf dem einige Pkws geparkt waren. Ansonsten war nicht viel los. Als er in Deckung war, öffnete er den Koffer und baute den Empfänger auf. Er hatte nicht viel Zeit. Die Aktion glich einem Himmelfahrtskommando, denn mit dem Herstellen der Verbindung zum Handy war es ein Kinderspiel, ihn zu orten. Aber es ging nicht anders. Wu schaltete das Gerät ein. Verblüfft hörte er die Signale ab. Motorengeräusche, laute verzerrte Stimmen verschiedener Personen. Erwartet hatte er etwas anderes. Eigentlich gar nichts. Denn wenn Pfleiderers erkaltete Hülle noch im ‚Grünen Baum' lag, hätte es kaum Geräusche übertragen, und wenn die Bullen das Handy auseinander genommen hatten, ebenfalls nicht.

Andererseits schien die Geräuschkulisse aus einem Fahrzeug zu stammen, vielleicht einem Bus, dem Motorengeräusch nach zu urteilen.

Wu war auf hundertachtzig. Pfleiderer war gar nicht tot. Das Geräusch, das der Empfänger übertrug, passte genau zu dem Bild eines Busses, der beim Abbremsen laut quietschte. Wütend ballte er erneut die Fäuste, stieß einen bitterbösen Fluch aus und jammerte sich bockig den Frust von seiner geschundenen Verbrecherseele. Mist.

Dass Pfleiderer vermutlich noch am Leben war, brauchte er Somchai ja nicht extra zu beichten. Er würde ihn suchen. Wenn er wieder im Besitz des Handys war und Pfleiderer um die Ecke gebracht hatte - oder umgekehrt -, bestand keine Notwendigkeit mehr, Somchai gegenüber ein Wort über Pfleiderer zu verlieren. Weit konnte er noch nicht sein. Wu musste dringend Ballast abwerfen, eilte zurück in die Abflughalle und fand, was er suchte. Er packte den größten Teil des Geldes und den überflüssigen Rest des Gepäcks samt Ware in ein Schließfach. Mit dem Notwendigsten versehen machte er sich auf den Weg zurück in die Innenstadt.

Die Nachricht über die zwei Leichen im Stuttgarter Rotlichtmilieu erreichte die Tübinger Dienststelle am Nachmittag. Gundel war wieder im Dienst, aber die Aufregungen um Torsten hatte sie schwer mitgenommen. Der Tumor ihres Mannes war bösartig, aber eine Chemotherapie wurde als aussichtsreich eingeschätzt. Gundel versuchte, ihre traurige Stimmung zu verbergen. „Torsten ist zu Hause. Für die einzelnen Behandlungstermine muss er in die Klinik, aber immer nur kurz", erklärte sie Sven, der die zwiespältige Nachricht mit Sorge aufnahm. Seine Chefin wechselte das Thema, als sie das mit den Leichen zur Kenntnis nahm. „Nun bekommt Fellner in Stuttgart einiges zu tun. Wir können unsere Verstärkung also abschreiben." „Wenn wir endlich den Durchbruch schaffen würden. Irgendwie sind wir dabei, an unseren Fällen zu scheitern, wenn es so weiter geht, und dafür ist dein Chef verantwortlich." Gundel gab ihm resigniert Recht, was ihn dazu veranlasste, sein Gemotzte fortzusetzen. „Wir laufen hier mit allem ins Leere." Seine miese Stimmung drohte in Wut umzuschlagen. „Bitte, beherrsche dich und nimm ein wenig Rücksicht. Mich zieht gerade alles herunter. Ich vertrage rein gar nichts", warnte Gundel.

Das Telefon klingelte. Der Staatsanwalt war am anderen Ende der Leitung. Die Fahndungsspuren nach Pfleiderer hatten sich im Sande verlaufen. „Höchsten, Sie vernehmen seinen Bruder ein weiteres Mal intensiv. Daraus ergibt sich vielleicht noch etwas. Außerdem sollten wir die Wohnung beobachten, falls Ullrich Pfleiderer doch zurückkommt."

Nach dem freundlichen Gespräch legte Gundel wieder auf. „Ist das Zweckoptimismus oder meint der das ernst?" wollte sie von Sven wissen. „Wenigstens sind wir in den nächsten Tagen beschäftigt und brauchen uns vom Kriminalrat keine Arbeitsbeschaffungsmaßnahmen gefallen lassen." „Noch so ein Positiv-Denker", murrte es zurück. Gundel bemühte sich, dabei zu grinsen, um ihrer Bemerkung eine lustige Tönung zu verleihen. Sven fand das aber gar nicht komisch. „Du als Vorgesetzte hast selbst dafür zu sorgen, dass du dich nicht so gehen lässt. Du untergräbst meine Arbeitsmoral. Mir macht das hier auch keinen Spaß. Im Gegenteil, ich finde es super anstrengend, auch mit dir." Ihm platzte beinahe der Kragen. „Entschuldige bitte. Mir geht es einfach nicht gut."

Somchai gegenüber war Respekt unabdingbar. Er verlangte absoluten Gehorsam und Erfolg. Jetzt schäumte er und war kaum zu besänftigen. Schaudernd vor lauter Angst kontaktierte Wu ihn notgedrungen ein weiteres Mal. Seine Sorge war berechtigt. Unlängst hatte er einem anderen seiner Gefolgsmänner, dem ein ähnlich schlimmes Missgeschick widerfahren war und der versucht hatte, die Sache zu vertuschen, übel eins ausgewischt und zur Abschreckung ein Exempel statuiert. Kein Hahn krähte in Bangkok nach einer massakrierten Leiche, die in der Nähe der Slums auf einem abgelegenen Müllhaufen aufgefunden wurde. Wu flehte um Gnade, gelobte inbrünstig, sich zu bessern und erbat sich als zweite Chance eine Handyortung. Somchai war klug und gab nach. Er veranlasste alles Erforderliche.

Am Hauptbahnhof stieg Pfleiderer aus dem Bus aus. Die Linie endete hier. Andernfalls wäre er sitzen geblieben und hätte sich Schicksalsergeben irgendwohin fahren lassen. Seine Erschöpfung leistete der Gefahr, in Willenlosigkeit zu versinken, zusätzlichen Vorschub. Er war kurz davor aufzugeben. Aber der Bus stoppte abrupt, und der Motor wurde abgewürgt. Der Fahrer stand auf und drehte sich zu den Leuten um. „Alles aussteigen!" Dieser Ruf rüttelte ihn hoch. Die Fahrgäste drängten sich nach draußen. Pfleiderer war der letzte, der den Bus verließ. Die körperliche Bewegung machte ihn aktiv. Draußen auf dem Busbahnhof hielt er auf den Bus zu, der als nächstes da stand. ‚Stuttgart-Feuerbach' stand drauf. Er war zwar niemals zuvor in Feuerbach gewesen, aber als einem, der aus der Umgegend stammte, war ihm der Name ein Begriff. Für ihn las er sich wie eine Verheißung. Also rein.

Als er an der Endhaltestelle ausstieg, schaute er sich in den Straßen mit den nichts sagenden Gebäuden um. Ein Haus stach ihm besonders ins Auge, weniger wegen seiner hässlichen Fassade, sondern viel mehr, weil es das einzige Gasthaus zu sein schien, und er froh war, so unkompliziert auf einen potentiellen Unterschlupf gestoßen zu sein. Von den fünf Zimmern waren drei belegt. Pfleiderer mietet sich für vorerst drei Nächte ein. In der Nummer fünfzehn fiel er

auf das Bett und schlief in seinen Kleidern samt Mütze ein. Nach drei Stunden schlief er noch immer und hatte nicht mitbekommen, wie ein asiatisch aussehender Gast die Nummer vierzehn neben ihm in Beschlag nahm.
Als Pfleiderer zu sich kam, stellte er durch die Fensterscheibe fest, dass die Helligkeit draußen mit fortschreitender Tageszeit nachließ, eine gute Gelegenheit für einen Gang auf die Strasse. Er benötigte dringend Verbandszeug, um seine Verletzung am Kopf zu versorgen. Außerdem meldete sich sein Magen und forderte unnachgiebig Beachtung. Bevor er das Zimmer verließ, nahm er aus einem unbestimmten Impuls heraus die Waffe an sich und verbarg sie unter seiner Jacke nahe am Körper. Ihre Gestalt befremdete ihn und drückte kühl auf seine Haut, aber nach einer gewissen Gewöhnung löste sie in ihm wundersame Illusionen, wenn nicht gar blühende Fantasien aus. Er hielt inne und kam sich vor wie ein einsamer Westernheld, der sich in einem heroischen Überlebenskampf gegen seine Feinde behauptete. Dann bildete er sich ein, ein Auftragskiller aus einem Krimi zu sein, der seine Taten rational und unaufhaltsam anging und jedes Detail genau kontrollierte. Das tat ihm ungeheuer gut. Ein Gefühl von Stärke und Unverletzlichkeit ließ den verstörenden Eindruck der jüngsten Ereignisse verblassen. Das Handy hatte seine Bedeutung verloren und landete mit einer lässigen Wurfbewegung auf der Bettdecke.

Wu erfuhr, dass Pfleiderer sich in einem Gasthaus im Stuttgarter Stadtteil Feuerbach aufhielt. Eilends machte er sich auf den Weg. Den Taxifahrer, der sich auskannte, wies er an, loszufahren und Gas zu geben. Er jagte ihn durch den dichten Straßenverkehr, der immer wieder ins Stocken geriet und Wu unglaublich unter Strom setzte. Hoffentlich war das Handy noch da!
Unterwegs brütete er fieberhaft darüber nach, wie er an Pfleiderer und das Handy heran kam, ohne seine Tarnung aufzugeben, und entschied, sich im selben Gasthaus einzumieten. Er wollte auf keinen Fall die Spur verlieren. Es sprach nichts dagegen. Für Pfleiderer war er ein Unbekannter.
Prinzipiell liebte Wu das Risiko. In diesem speziellen Fall aber bevorzugte er die sichere Variante. Darin war er

Somchai sehr ähnlich. Also beschloss er, abzuwarten, bis tiefe Nacht hereingebrochen war. Gegenwärtig war es Spätnachmittag. Aus Pfleiderers Zimmer drangen Geräusche zu ihm herüber, teils über das Handy und den Empfänger, teils durch die dünne Wand. Das Haus war sehr hellhörig. Wu vernahm Schritte, Rascheln und Geklirre. Pfleiderer Zimmertür knarrte. Hatte er tatsächlich vor, das Zimmer zu verlassen? Der hatte Nerven. Wu geriet unter Zugzwang. Was sollte er nun tun? Pfleiderer folgen und verhindern, dass er türmte, falls er es vorhatte? Was wusste er schon über die Optionen unterzutauchen, über die Pfleiderer in dieser Stadt verfügte. Es konnte sein, dass er um die Ecke Freunde oder Verwandte besaß, bei denen er sicheren Unterschlupf fand. Dann war der Zugriff ungleich schwieriger. Trotzdem hätte er während seiner Abwesenheit am liebsten sein Zimmer ausspioniert, um für die Nacht einen bombensicheren Plan zu entwerfen. Angesichts des Handys, das die Verbindung zu Pfleiderer garantierte, solange es noch aufgeladen war, beurteilte Wu es unter allen verfügbaren Alternativen als die beste Möglichkeit, das unkalkulierbare Risiko einzugehen und das Zimmer mit der Nummer Fünfzehn zu durchsuchen.

Pfleiderers Schritte entfernten sich. Wu stutzte. Die Übertragung durch den Empfänger wurde unterbrochen. Er machte seine Tür einen Spalt auf und lauschte prüfend auf den Flur. Alles war totenstill. In die anderen Zimmer hatten sich Handelsvertreter eingemietet, die bestimmt noch bei ihren Kunden saßen und Aufträgen nachjagten. Sie waren erst spät am Abend zurückzuerwarten und würden sich müde vom Tagesgeschäft und vom abendlichen Bier in ihr Bett werfen, um bis zum frühen Morgen durchzuschlafen. Geschickt, lautlos huschte Wu zu Pfleiderers Zimmertür hinüber und bearbeitete das primitive Schloss mit einem verbogenen Draht, der neben einem Messer zu seiner noch verbleibenden Grundausrüstung gehörte. Es sprang unbeschädigt auf. Er war drinnen.

Zunächst wanderte sein Blick einmal, zweimal durch das Zimmer. Dann sah er es. Das Handy. Es lag mitten auf dem Bett. Ohne zu zögern nahm er es an sich und atmete tief aus.

Der erste Teil der Aufgabe war geschafft. Ihm war es gleichgültig, was Pfleiderer davon hielt, wenn es nach seiner Rückkehr verschwunden war.

Neben dem Bett stand seine Tasche, unausgepackt, wie von einem Getriebenen, der stets damit rechnete, augenblicklich seine Zelte abbrechen zu müssen, um seine Flucht fortzusetzen. Mit übergestreiften Handschuhen tastete sich Wu mehrfach durch ihren Inhalt. Die Pistole war nicht da. Verdammt. Sie war auch sonst nirgends im Zimmer, egal, wo Wu nach ihr suchte. Ärgerlich und enttäuscht kaute er auf diesem zähen Stück Rückschlag herum, passte aber auf, dass er wegen der Irritation nicht schlampig wurde und nebenbei wie ein Anfänger Spuren erzeugte. Was führte Pfleiderer im Schilde? Er musste ihm folgen.

Zurück in seinem Zimmer warf er sich seinen Mantel über, drückte den Hut weit ins Gesicht und vergewisserte sich, ob sein zweites Werkzeug in Ordnung war. Er hielt es in der offenen Hand. Es lag schwer in seiner Handfläche und besaß einen geschmackvoll verzierten Griff – ein Schmuckstück, das Wu sehr liebte – versehen mit einem Druckknopf, den er probeweise berührte.

Tschuck. Prompt schnellte eine gefährlich blitzende Klinge hervor, die mit einer speziellen Rille versehen war. Sie hatte die Funktion, das Blut, das normalerweise schlecht aus Verletzungen herauslief, wenn das Messer noch steckte, zum Sprudeln zu bringen. Das steigerte die Effektivität des Messers um ein Vielfaches. Wu schob die Klinge zurück, ließ das Werkzeug in seiner Hosentasche verschwinden und verließ ebenfalls das Gasthaus.

Nebenbei brauchte er demnächst dringend etwas Essbares zwischen seine mageren Rippen, um bei Kräften zu bleiben. Auf den Straßen war einiges los. Keiner nahm von dem kleinen Mann mit dem großen Hut Notiz.

    Auf der Strasse sah sich Pfleiderer zuerst um. Auf der einen Seite präsentierten sich aneinandergereiht einige Läden, darunter Discounter, aber auch Fachgeschäfte. In einem Supermarkt erstand er Pflaster, ein Verbandsspray, abgepacktes Brot, billige Wurst und Käsescheiben, Proviant für ein paar Tage. Dann kam er an einer wenig besuchten Würstchenbude vorbei, an der man an Stehtischen im Freien essen konnte. Der Geruch von verbrauchtem Fett zog ihn

magisch an wie Zuckerwasser Wespen. Er hatte plötzlich Heißhunger, verschlang eine Currywurst mit Pommes und warf beim Anblick der Bierflaschen hinter der Theke alle Bedenken über Bord. Er leerte die erste Flasche in wenigen Schlucken. Das warme Gefühl hatte keine Schwierigkeiten, ihn zu einer zweiten Flasche zu überreden.
Als er in den Gasthof zurückgekehrte, hatte er drei Currywürste, zwei Portionen Pommes Frites und vier Flaschen Bier intus und war ansatzweise beschwipst. Für die Verarztung seiner Wunde war er nun zu faul oder zu apathisch. Eigentlich war ihm von dem fettigen Zeug übel, aber es gelang ihm, alles bei sich zu behalten und auf dem Bett einzudösen, obwohl seine Nachbarn zur rechten Seite zwei bedauernswerte Seelen waren, die unter Schlafstörungen zu leiden schienen und geräuschvoll die gesamte Nacht durchwachten. Erst am nächsten Morgen bemerkte er, dass seine Tasche durchwühlt worden war. Das Handy war weg! Hatte sich jemand an seinen Sachen vergriffen? Nichts im Zimmer sonst schien angerührt. Die blanke Panik überflutete ihn. Fieberhaft versuchte er seine jäh auf geschreckten Befürchtungen unter Kontrolle zu bringen. Um einen klaren Kopf zu behalten, setzte er sich bewegungslos hin und rekapitulierte. Im ‚Grünen Baum' hatte jemand Irina und Sascha erledigt, das Geld und die Sachen von Somchai entwendet, den Verdacht auf ihn gelenkt und ihm dabei eine Knarre spendiert. Nun war das Handy verschwunden, die Tasche durchsucht. Das war kein Zufall. Jemand wollte seine Pistole zurückhaben!

Nur weg! Irgendwohin, egal wohin! Pfleiderer packte seine Sachen und stellte sich zum Bezahlen an den Empfang. Eine rundliche, bieder angezogene Frau der Gattung Tratschweib erkundigte sich mit einer übertrieben freundlichen Grimasse bei ihm, ob er zufrieden war und ob alles in Ordnung gewesen sei. Sie sah ihm direkt in die Augen, bis sich ihre Freundlichkeit eintrübte und sie ihn skeptisch von oben bis unten musterte. Unwillkürlich rümpfte sie mit einer leisen Bewegung, die sie wohl selber kaum wahrnahm, die Nase. Ihr entging nicht, dass er mit seinem Äußeren und seiner Körperhygiene inzwischen eindeutig aus dem Rahmen des Üblichen fiel. Ihn ärgerte es, dass er weder Gelegenheit zum Zähneputzen, noch zum

Duschen oder Rasieren gefunden hatte und bereits auf eine unangenehme Art sinnliche Eindrücke hinterließ, die sich bei den Leuten einprägten.
Vor allem mit seiner verschmutzten Kopfbedeckung.
Saubere Wäsche zu besorgen war das nächste Problem. Das gab seinem unbestimmten Gefühl, beobachtet zu werden, Nahrung und verstärkte es, ohne dass er etwas dagegen tun konnte. Der beklemmende Würgegriff, der ihn am Hals erfasste, ließ ihn nicht mehr los. Als er es endlich – es kam ihm vor wie hundert Ewigkeiten – geschafft hatte, seine Schulden zu begleichen, ließ er die Dame ohne Gruß stehen und machte sich davon. Sein Bargeld wurde knapp.

Auf der Strasse drehte er sich immer wieder um, zwanghaft, ohne jemanden Bestimmtes entdecken zu können. Er ging zügig, eilig. Gejagt und vor sich hergetrieben von etwas Ungreifbarem hastete er durch die Strassen. Was er sah, waren die vielen Menschen auf der Strasse, die ihn nicht beachteten. Aber das, was ihn verfolgte, blieb ihm verborgen. Es hätte jeder sein können, der seinen Weg kreuzte. Trotzdem, die Menge strahlte Sicherheit aus, denn es konnten unmöglich alle sein, vor denen er floh. Also, immer schön unter Menschen bleiben, unter möglichst vielen.

Ein Bus fuhr eine Haltestelle an, an der Menschen warteten, Leute, die in die Innenstadt wollten, um irgendetwas zu erledigen, zur Arbeit zu fahren oder was auch immer. Spontan stieg er ein, nur, damit sein Leben weiterging. Stillstand konnte das Ende bedeuten. Er suchte die Fahrgäste ab, sah in die meist trübsinnigen Gesichter und konnte sich für keinen entscheiden, der ihm als Verfolger taugte. Wo wollte er eigentlich hin? Gab es für ihn noch einen Ort, an dem er sicher war? Er quälte sein Hirn und kam zu keinem Ergebnis. Seine Lage war aussichtslos, er hatte sich verrannt und steckte in einer Sackgasse. Rein gar nichts hatte sich in den letzten Tagen zum Besseren verändert. In manchen Momenten ertappte er sich, wie er sich nach einem einigermaßen würdevollen Abschluss sehnte. Aber worin bestand diese Würde? Worin bestand seine Würde unter all den Umständen noch? Plötzlich irritierte ihn ein verzögerter Gedanke, ein vager Einfall, und er fand die Kraft, innezuhalten und ihm nachzuspüren. Das war ein Weg. Eine Schlussabrechnung sozusagen. Indem er sich vorstellte, in seinem Leben doch noch einiges ins rechte Licht zu rücken, gewann er ein wenig Gelassenheit zurück, die ihm den zugeschütteten Zugang zum rationalen Denken allmählich neu ebnete. Er wollte den unbekannten Verfolger stellen.

Am Stuttgarter Hauptbahnhof stieg er in ein Taxi um und wies den Fahrer an, ihn zu einer bestimmten Autobahnraststätte zu chauffieren. Als sie das Umland erreicht hatten, fing der Fahrer, höchst erfreut über den umfangreichen Auftrag, eine Unterhaltung an. „Normalerweise machen wir fünfundneunzig Prozent unserer Fahrten im näheren Umkreis vom Taxistand. Es ist schön, auch einmal eine größere Strecke fahren zu dürfen." Er warf einen Blick in den Rückspiegel. „Übrigens, mein Kollege, der mit dem Fahrgast nach Ihnen an der Reihe war, hat heute auch Glück gehabt, wie es aussieht. Er darf ebenfalls eine lange Fahrt machen." „Was meinen Sie damit?" Pfleiderer war hellwach. „Dass er offensichtlich einen Kunden erwischt hat, der in eine ähnliche Richtung möchte wie Sie. Er folgt uns in einem Abstand von zwei bis drei Autos." Pfleiderer war sich plötzlich absolut sicher, dass er seinem Verfolger bald von Angesicht zu Angesicht gegenüber stand. Er saß vorne auf dem Beifahrersitz und beobachtete im Außenspiegel, dass ihnen in der Tat in einem gewissen Abstand ein weiteres Taxi folgte. „Ja. Glück braucht man manchmal. Da haben Sie Recht", erwiderte er beiläufig, um kein Misstrauen hervor zu rufen, und signalisierte schweigend sein Desinteresse an einer weiteren Unterhaltung. Er fragte sich, ob der Fahrer wirklich nur über diese scheinbar harmlose Beobachtung plaudern wollte, oder ob er ihm einen Köder hinwarf, um etwas mehr über das zweite Fahrzeug in Erfahrung zu bringen. Aber was ging das alles den neugierigen Taxifahrer an, der sich nach Dingen erkundigte, die ihn eindeutig nicht die Bohne zu interessieren hatten? Auf Pfleiderers Bemerkung hin fiel dem nicht mehr viel ein.

Inzwischen waren sie nahe am Ziel, und der Fahrer setzte den Blinker. Auf dem Parkplatz beim Eingang der Raststätte hielt er an. Pfleiderer zählte das Geld heraus, während der Wagen noch rollte. Er drückte es dem Fahrer wortlos in die Hand. „Brauchen Sie keine Quittung?" Mit welcher Penetranz der dran blieb. „Nein, verschwinden Sie", herrschte Pfleiderer ihn abweisend an. Was für eine Klette. Schnell stieg er aus. Jetzt sah er, wie aus dem zweiten Taxi ein kleiner Mann mit einem großen Hut ausstieg. Ohnmächtig interpretierte er aus der noch recht weiten Distanz das asiatische Erscheinungsbild des Mannes korrekt. Somchai! Wie er vermutet hatte. Er steckte dahinter. Warum war er nicht schon früher darauf gekommen. Somchai hatte ihn die ganze Zeit über beschatten lassen, und er war nicht dahinter gekommen mit seinem schlichten Gemüt.

Dass ihm seit geraumer Zeit ein Auftragskiller auf den Fersen war, verlieh seiner ursprünglichen Mission eine völlig neue Dimension. Er tastete an seinem Körper herum und spürte die Waffe. Er befand sich in allerhöchster Gefahr, seit er in Bangkok aufgebrochen war. Die einzige Möglichkeit, sich eine Verschnaufpause zu verschaffen, sah er darin, sich schleunigst ins Innere der Raststätte zurück zu ziehen. Zwischen den vielen LKW-Fahrern war er für eine gewisse Dauer in Sicherheit.

Wenig später saß er an einem der Tische vor seinem Kaffee und einer Flasche Wasser und starrte ihn ungeniert an. Der kleine Schlitzäugige trank Tee und glotzte ebenso dreist zurück. Pfleiderer hatte ihn niemals zuvor gesehen. Das also war derjenige, der die ordinäre Irina und ihren fetten Sascha durchlöchert hatte mit der Knarre, die nun ihm gehörte. Er hatte bestimmt auch das Handy, mit dem er ihn mit Sicherheit – er hätte sich ohrfeigen können für seine Leichtgläubigkeit – permanent abhörte.

Bestimmt hatte er von Somchai den Auftrag, ihm beizeiten das Geld UND die Ware abzunehmen und damit das Beste aus dem Deal herauszuholen, was drin war. Dass ihm damit die Rückkehr nach Thailand verunmöglicht wurde, hatte Somchai von vornherein eingeplant. Panne war wohl, dass er die Schießerei im ‚Grünen Baum' überlebt und dieser Zwerg da drüben das Handy vergessen hatte. Andernfalls wären sie sich hier nie begegnet. Pfleiderer war plötzlich klar, dass nur einer von ihnen beiden den Rastplatz lebend verlassen würde.

 Wus Vorhaben, Pfleiderer nachts im Gasthof zu beseitigen, war gescheitert. Diese verdammten Idioten in

Nummer Sechzehn hielten tatsächlich bis zum Morgen durch. Das Risiko, sie durch die hellhörigen Wände zu Zeugen zu machen, war zu groß. Irgendwann um sechs Uhr hörte er, wie Pfleiderer sich wohl daran machte, zu verschwinden. Wenigstens darauf war er vorbereitet. Er hängte sich ihm direkt an die Fersen.
Pfleiderer erwies sich aus Wus Perspektive erneut als überraschend durchtrieben. Er bewegte sich zügig fort und sah sich auf der Strasse ab und zu um. Er suchte in den nächsten Stunden immer wieder Orte oder Plätze in der Öffentlichkeit auf, an denen sich größere Menschenansammlungen aufhielten. Wu schloss daraus, dass Pfleiderer sich dessen bewusst war, dass er verfolgt wurde, jedoch nicht wusste, von wem. Jedenfalls verhielt er sich wie einer, der sich verstecken wollte. Obwohl sich Wu ihm gegenüber im Vorteil wähnte, war die Jagd auf Pfleiderer keine Angelegenheit für Dilettanten. Immerhin war er im Besitz der Pistole, in der - wenn er zwischenzeitlich nicht alles verballert hatte – ein beinahe volles Magazin mit Munition steckte. Das Magazin reichte aus, um nebenbei einen Banküberfall fertig zu bringen. Rein theoretisch. Aber Pfleiderer war und blieb aus seiner Sicht unterm Strich eine Memme, die die ihr gestellte Aufgabe gegen die Wand gefahren hatte. Er würde daher durch einen allen Regeln der Kunst entsprechenden Streich seines herrlichen Messers sterben. Wu lag auf der Pirsch und war bereit, ihn zu hetzen, bis sich eine passende Gelegenheit auftat. Wichtig war ihm nur, dass er dabei seine eigene Tarnung nicht in Gefahr brachte.
Jetzt befand sich Wu auch an der Bushaltestelle und stieg mit Pfleiderer und vielen anderen ein. Der Busfahrer betätigte die automatische Tür, die sich direkt hinter ihm schloss und ihn beinahe einquetschte. Aber was scherte ihn das. Er war in den überfüllten Bus glücklicherweise gerade noch hinein gekommen. Es war gar nicht so einfach, hinter Pfleiderer nicht zu weit zurück zu fallen und ihn nicht entwischen zu lassen. Pfleiderer verließ den Bus am Hauptbahnhof und stieg hastig in ein Taxi um. Wu riss sich das nächste unter den Nagel, das verfügbar war, und fuhr ihm hinterher.

Die Fahrt führte auf einer großen Hauptverkehrsstrasse nach Norden. Nach einer gehörigen Strecke ging sie in eine breite Bundesstrasse über. Diese Phase der Verfolgung war einfach, denn das erste Taxi hielt sich streng an die Geschwindigkeitsbegrenzung, auch auf der Autobahn, die bald darauf folgte. An einer Ausfahrt zu einer grauen Autobahnraststätte bog es ein und hielt auf einem Parkplatz an. Wu beobachtete aus der Entfernung heraus, wie Pfleiderer ausstieg und sich umsah. Er fühlte Pfleiderers aufgerissene Augen förmlich, als er ihn und sein Taxi entdeckte. Sein Gesichtsausdruck sprach Bände. Er erkannte offensichtlich sofort, was Sache war. Wu blieb nichts anderes übrig als ebenfalls auszusteigen und sich in Pfleiderers Nähe zu halten. Pfleiderer drehte sich um und machte sich auf in die Raststätte. Währenddessen warf er andauernd Blicke über die Schulter zu ihm herüber. Wu folgte ihm siegessicher nach. Pfleiderer war ihm ausgeliefert; von wem sollte er Hilfe erhalten? Er hatte einen weiteren Fehler begangen und saß in der Falle. Wu spürte ein berauschendes Überlegenheitsgefühl, denn er brauchte lediglich geduldig zu warten, bis in seiner waidwunden erschöpften Beute der Wille zum Überleben vollends zerbrach.

In der Raststätte war einiges los, aber die Situation war nicht unübersichtlich. Vor allem LKW-Fahrer, die eine Pause einlegten, waren unterwegs. Er sah, wie sich Pfleiderer an der Selbstbedienungstheke ein Tablett mit einem Kaffee und einer Flasche Wasser holte. Dabei ließ er ihn keine Sekunde aus den Augen, auch nicht, als Wu sich einen Tee holte und sich ihm gegenüber frech breit machte. Jetzt waren sie nur durch wenige Tische voneinander getrennt. Pfleiderer starrte ihn entkräftet an. Er sah aus ein abgehalfterter, unrasierter Kerl, für den sich niemand sonst interessierte. Wu suhlte sich wohlig in der Demütigung, die er Pfleiderer zufügte, indem er unverfroren zu ihm hinüber grinste, während kein anderer Gast in der Raststätte Notiz von ihnen und ihrer stummen Unterhaltung nahm. Genauer betrachtet taxierte er seinen Fang, wie eine Katze, die eine Maus in ihren Krallen hatte, und übte durch seine unausweichliche Anwesenheit gezielt Druck aus. Die Schlinge zog sich immer weiter zu. Die Arbeit fing an, ihm wieder Spaß zu machen.

Scheinbar ruhig saßen sie da. Keiner von beiden ließ den anderen auch nur eine Sekunde aus den Augen, und jeder lauerte von seinem Platz aus hoch aufmerksam, bereit, sofort zuzuschlagen, wie eine Raubkatze vor dem entscheidenden tödlichen Absprung. Angesichts der Todesgefahr vervielfachte sich Pfleiderers Instinkt für die Attacken seines Feindes auf eindrucksvolle Weise, und er erlebte in sich eine nie da gewesene Nüchternheit. Klar war, dass derjenige, der mit der größtmöglichen eiskalten Berechnung die zerbrechliche Ruhe als erstes beendete, die größte Chance besaß, den Kampf für sich zu entscheiden. Beide signalisierten die bedingungslose Bereitschaft, zu den letzten Mitteln zu greifen.
Seine Kaffeetasse war leer. Ohne denjenigen aus dem Blickfeld zu verlieren, der ihn zu ermorden gekommen war, stellte er sich ein zweites Mal an der Selbstbedienungstheke an und besorgte sich eine weitere Tasse Kaffee. Der Zwerg blieb derweilen auf seinem Platz sitzen und wartete, bis er zurück war. Dann erhob er sich und holte sich einen weiteren Tee. Wenn einer den Raum verlassen sollte, war der andere gezwungen, zu folgen. Pfleiderer brütete wie fanatisch über einer Erklärung, die ihm sagte, was diesen Gnom zum Handeln anstachelte. Dann auch noch das. Ein typischer Druck meldete ihm, dass Kaffe und Wasser ihren natürlichen Weg gegangen waren. Er musste dringend pinkeln. Nicht sofort, aber in der nächsten halben Stunde. Und der andere? Hatte der etwa einen Ballon unter dem Mantel? Vielleicht stellte sich lediglich die Frage, wer es länger aushielt.
Ein bulliger hünenhafter Mann mittleren Alters setzte sich zu Pfleiderer an den Tisch. Anfangs war der mit seinem triefenden Riesenhamburger beschäftigt, von dem er mit aufgerissenem Mund große Stücke abbiss und mit hörbarem Kauen und Schlucken seiner Verdauung zuführte. Nebenbei blätterte er in einer Zeitung mit wenigen fetten Überschriften und interessierte sich kaum für seine Umgebung. Nach seiner Mahlzeit holte er sich eine große Flasche Cola und setzte sich wieder an seinen Platz. Starker Regen hatte eingesetzt, der von außen an die Fenster trommelte. „Scheiß Wetter heute", begann Pfleiderer das Gespräch. „Mh", entgegnete der Mann. „Zu dumm, wenn

man heute unterwegs sein muss." Der Mann legte seine Zeitung beiseite, lehnte sich zurück und streckte seine Füße nach vorne aus. Er breitete seine Arme lässig auf den Stuhllehnen rechts und links aus und schaute zu den Fenstern hinüber. Sein kariertes Hemd spannte sich über seinem Bauchansatz. „Das kannst du laut sagen, aber wer fragt schon danach? Fahren müssen wir trotzdem", gab er zurück.

Nach einer kurzen Unterbrechung setzte Pfleiderer das Gespräch fort. „Bist du schon lange unterwegs?" Der Mann hatte nichts dagegen und freute sich über das Geplauder nach seiner langen, einsamen Fahrt. „Seit heute Nacht. Ich hab eine Ladung aus Italien dabei. Die muss in fünf bis sechs Stunden in Köln sein." „Was für eine Ladung?" „Gemüse, alles mögliche; das muss morgen früh auf dem Großmarkt liegen." „Da hast du's ganz schön eilig." „Das kannst du wohl annehmen." Somchais Mann reckte unmerklich den Hals hoch, um etwas von dem, was gesprochen wurde, zu verstehen, was aus der Distanz und bei dem Geräuschpegel im Hintergrund allerdings unmöglich war. Pfleiderer gefiel das sehr gut, denn nun war er an der Reihe, zu bestimmen, wie es weiter ging. Der Mann holte aus seiner Hosentasche eine Schachtel Zigaretten heraus und hielt sie demonstrativ hoch. „Ich muss mal schnell nach draußen, eine rauchen." Pfleiderer sah seine Chance. „Spendierst du mir auch eine?" „Warum nicht?" Kumpelhaft trottete er hinter ihm her ins Freie.

Der Regen hatte nachgelassen und die Luft feucht und kalt gemacht. Der Mann hielt ihm die Schachtel hin, Pfleiderer bediente sich. Als die Zigaretten angesteckt waren, fragte er nach dem LKW. „Welches ist denn deiner?" „Der da drüben, der rote mit dem weißen Container hinten drauf." Er zeigte hinüber. Bis jetzt war er ziemlich unkompliziert und ließ sich bereitwillig ausfragen. „Gehört er dir selber oder haste den geliehen?" „Der gehört meinem Chef, der betreibt eine Spedition. Nein, leisten kann ich mir so was nicht. Was denkste, was der kostet." Mächtig stolz wippte er auf seinen Zehen vor und wieder zurück. Dem Gnom drinnen fielen beinahe die Augäpfel aus den Höhlen. Um nichts zu verpassen, stierte er ihnen nervös durch die Scheiben hinterher. Pfleiderers neuer Freund zog intensiv an seiner

Zigarette, inhalierte tief und stieß gemächlich den Rauch aus.

Pfleiderer wollte elegant zur Sache kommen, ohne die wertvolle Bekanntschaft vor den Kopf zu stoßen. „Ich bin selber auf der Durchreise. Allerdings ohne Auto." „Wie biste dann hierher gekommen?" fragte der Mann erstaunt. „Mit einem anderen LKW, der mich mitgenommen hat." Um lästige Nachfragen oder das Aufkommen eines Verdachts zu vermeiden, musste schleunigst eine glaubwürdige Erklärung her.

„Hab'ne Wette abgeschlossen." „Was für'ne Wette?" Der Mann guckte Pfleiderer verdutzt an. „Dass ich es per Anhalter innerhalb von einem Tag von München nach Heidelberg Hauptbahnhof schaffe und nur in LKWs mitfahre." Auf was für Ideen die Leute kommen. „Mit wem haste denn so was gewettet? Und was, wenn du verlierst?" „Mit einem Kumpel, der auch LKW fährt wie du. Es geht um drei Kasten Bier." Pfleiderer fand die Story selber ziemlich blöd. Etwas Besseres fiel ihm aber auf die Schnelle nicht ein, und er hoffte, dass sein möglicher Retter die Kröte schluckte.

„Naja", meinte der schließlich. „Da will ich mal kein Spielverderber sein. Bei mir kannste mitfahren. Ich kann dich allerdings nur bis zum Autobahnkreuz mitnehmen. Ab da musst du selber zusehen, wie du vollends nach Heidelberg kommst." Pfleiderer versteckte seine Genugtuung. „Ich bin übrigens der Uwe", stellte sich der Mann vor und klopfte ihm auf die Schulter. Da Pfleiderer wieder nichts Intelligenteres einfiel, antwortete er schnell etwas und wiederholte sofort seine eigenen Worte, um sie sich selber gut einzuprägen. „Bernd. Ja, Bernd ist mein Name. Wann geht's los?" „In einer halben Stunde. Ich muss meine Pausen einhalten. Dann darf ich weiterfahren. Vorschrift ist Vorschrift."

Uwe zögerte, wieder nach drinnen zu gehen. „Abgemacht. Jetzt muss ich aber mal für kleine Jungs, ich komme nach." „Warte, ich muss auch mal." Das lief ja wie geschmiert. Im Gefolge dieses Exemplars von Mann waren auf der Toilette keine spektakulären Zweikämpfe zu befürchten. Sein Begleiter würde den Hänfling von Reisfresser mit bloßen Händen zerquetschen. Nach Erledigung ihrer Notdurft verließen sie die Männerklos. Auf dem Weg zum Gastraum begegneten sie einem kleinen Mann mit Hut, den Uwe übersah. Aber nicht Pfleiderer. So nah wie bei dieser Begegnung war er seinem Widersacher bisher nicht gekommen. Ihre Blicke kreuzten sich wie die Klingen zweier Säbel.

Wu wurde kribbelig. Pfleiderer fing an, Kontakt aufzunehmen, und der hünenhafte Mann, der sich an seinem Tisch niedergelassen hatte, machte mit. Leider verstand er nicht ein Wort von dem, was das gequatscht wurde. Er hasste diese Art von Kontrollverlust. Auf einmal standen sie auf, gingen nach draußen und verschwanden sogar hinter der nächsten Ecke. Nichts mehr hielt Wu in der Raststätte. Er folgte ihnen.

Im Freien tappte er zunächst suchend umher, bis er sie bei einem LKW ausmachte. Sie unterhielten sich fortwährend, und Wu wurde immer rastloser. Vorsichtshalber ging er in Deckung, denn die beiden kamen zum Gebäude zurück und verschwanden in der Toilette. Er selber hätte sich ebenfalls Erleichterung gewünscht, aber die Situation war denkbar schlecht. Also hielt er durch.

Er horchte in die Toilettenräume hinein und hörte ihre Stimmen und ihr Geplätscher. Die Toiletten besaßen keine Fenster, daher auch keine Fluchtwege. Gut so. Sie kamen wieder heraus. Der andere registrierte ihn beim Vorbeigehen nicht im Geringsten, aber Pfleiderer war so rotzig und starrte ihn offen an. Sie begaben sich, als ob nichts gewesen wäre, ruhigen Schrittes auf den Weg zurück in die Raststätte. Pfleiderer war sich seiner Sache wohl sehr sicher. Wu folgte ihnen und hielt sich im Rücken des anderen Mannes. Sie hatten es sich erneut an ihrem Tisch bequem gemacht und schwafelten weiter. Manchmal lachte sogar einer von ihnen. Pfleiderer stellte das sehr geschickt an. Wu zerbarst beinahe vor Hochspannung. Es bahnte sich etwas an, was für ihn womöglich in eine Katastrophe mündete. Pfleiderer arbeitete mit zunehmendem Erfolg an seiner Flucht. Diesem Eindruck konnte sich Wu nicht mehr entziehen, während er den beiden zusah. Die maskenhafte Fratze, die er seinem Gesicht aufzwang, war wie eingefroren. Zugleich hätte er sich zerreißen mögen wegen seiner Schnitzer, die sich inzwischen böse rächten.

Die beiden Männer standen wenig später wieder auf. Sie benahmen sich, als ob der große Aufbruch bevorstünde. Wu konzentrierte sich auf seine Fähigkeit zur Eiseskälte und ignorierte es, wie sein Atem schneller und sein Mund trockener wurde. Fürchterlich. Erregt folgte er ihnen nach draußen. Da trennten sich plötzlich ihre Wege. Der Lkw-Fahrer wandte sich nach rechts und marschierte auf den Laden bei der Tankstelle zu. Pfleiderer schwenkte nach links, wieder in Richtung Toiletten, und tauchte in dem dunklen Eingang ab. Wu schlich sich heran und spähte in die Innenräume. Sie waren dunkel. In einem kleinen Vorraum waren Waschbecken, dahinter erstreckte sich ein weiterer Flur, soviel war im dunklen Zwielicht erkennbar, der Eingang zu den eigentlichen Klos. Er suchte sein Messer, packte es fest und hielt es einsatzbereit vor sich. Langsam und leise glitt er in den Vorraum. Dann vernahm er Geräusche von hinten aus einer der Kabinen. Geräuschlos tappte er auf Zehenspitzen vorwärts. Immer noch drangen Geräusche aus der Kabine. Er war auf der Hut, denn Pfleiderer hatte die Pistole. Er aber hatte keine andere Wahl. Er versteckte sich in der Nachbarkabine. Das Schloss nebenan löste sich, jemand trat heraus. Wu löste die Absperrvorrichtung und machte auf. Ein überraschender Hieb traf mit mächtiger Wucht und einem dezenten Puff sein Gesicht. Ein zweiter setzte nach. Die Projektile bliesen ein Loch in sein Gesicht und zogen die gesamte Spannung aus seinem Körper heraus. Wus sterbende Hülle brach auf dem kalten Boden zusammen. Ein Mann verließ wenig später den Ort.

17. Schluß

Pfleiderer war außer sich und schnappte nach Luft. Er war draußen vor der Toilette und am Leben. Er drehte sich nicht um. Es schien ihm niemand zu folgen. Jedenfalls hörte er nichts dergleichen. Keuchend stürmte er zum LKW und suchte Uwe. Zuerst war er sich nicht sicher, auf wen er im Dunkeln geschossen hatte. Aber als er am LKW stand und kein Schlitzäugiger weit und breit zu sehen war, schlussfolgerte er, dass es sich ausschließlich um seinen Verfolger handeln konnte. Es war ihm gelungen, Somchais Killer zur Strecke zu bringen, davon war er nun überzeugt. Uwe ließ auf sich warten.
Der Regen setzte wieder ein, und keine Seele begab sich freiwillig nach draußen. Das Wasser rann Pfleiderer bereits übers Gesicht. Die Nässe drang durch den Stoff seiner Hose und erreichte seine Oberschenkel. Er schlich zur Toilette zurück. Als er die Gestalt am Boden wähnte, suchte er augenblicklich den Mantel ab, fand das verflixte Handy und nahm es an sich. Er sicherte seine Knarre, steckte sie weg, strich sich durch die Haare, als ob es auf diese Ordnung noch angekommen wäre, und wusch sich in aller Eile unter dem Wasserhahn einige Blutspritzer von den Händen ab. Auf seiner ansonsten verschmutzten Kleidung fiel der Rest nicht auf. Danach verließ er diesen Ort endgültig.
Uwe hatte sich noch ein paar Schachteln Zigaretten besorgt und sich wegen des Regens kurz in der Tankstelle aufgehalten. Sie trafen sich am LKW. „Früher hieß so etwas Konfirmandenbläschen", machte er sich über Pfleiderer lustig und freute sich auf ein Stück Autobahnfahrt in Gesellschaft. „So, jetzt aber los."
Als beide im Fahrerhaus Platz genommen hatte, startete er den Motor. Pfleiderer war noch nie zuvor in einem LKW mitgefahren. Man saß sehr hoch und hatte eine gigantische Übersicht. Hinten hingen einige Tonnen Ladung. Trotzdem war das Gefährt sehr beweglich. Der Motor brummte wie ein überdimensionaler, gezähmter Bulle. Er freute sich auf die Fahrt, auf der er bestimmt endlich ein wenig verschnaufen konnte. Uwe war dabei, auf die Autobahn einzuscheren und Gas zu geben. Das Gespann legte an Tempo zu, als Pfleiderer im Rückspiegel einen kleiner werdenden Streifenwagen ohne Blaulicht auf den Rastplatz

einfahren sah. Er lehnte sich auf dem tollen Beifahrersitz zurück und begann, es sich für die nächsten paar Stunden bequem einzurichten.

„Du bist ganz schön nass geworden." Uwe drehte die Heizung auf und steckte sich beim Fahren eine Zigarette an. „Warum willste ausgerechnet nach Heidelberg?" „So halt." Pfleiderer lachte seinen Helfer von der Seite an. "Hat keine bestimmte Bedeutung. Weil es halt eine schöne Stadt ist." Uwe war vorerst zufrieden. Nach einer weiteren Zigarette startete er einen zweiten Anlauf. Pfleiderer kam ihm zuvor. Er wollte nicht ausgefragt werden. „Von wo in Italien bist du losgefahren?" „Turin. Köln – Turin und zurück ist eine Tour, die ich oft mache." Pfleiderer dachte darüber nach, ob ihm ein Leben als LKW-Fahrer gefallen hätte, immer unterwegs.

„Seit wann fährst du LKW? Wie bist du dazu gekommen?" „Fahren tue ich schon seit einigen Jahren. Ich habe leider keinen Schulabschluss gemacht. Mit dem LKW-Führerschein hab' ich trotzdem gleich einen Job bekommen. Hatte nicht viel Auswahl."

„Und so? Bist du zufrieden?" „Geht so. Könnte besser sein. Die Bezahlung hält sich in Grenzen. Das Fahren ist schon eine Maloche, ständig unter Starkstrom. Mit was verdienst du deine Brötchen?" Pfleiderer überlegte. Das leise, gleichmäßige Brummen der Zugmaschine wirkte sich beruhigend, geradezu meditativ auf ihre Unterhaltung aus und verlangsamte sie. Er ließ sich mit der Antwort Zeit und wirkte dabei super cool. „Gelegenheitsjobs, mal hier, mal da, in einem Getränkehandel aushelfen, Leergut aufeinander stapeln." Er wollte erreichen, dass sich Uwe in einer besseren Lage als er wähnte, um seine Hilfsbereitschaft ihm gegenüber am Leben zu erhalten. Endlich war wieder mal jemand auf seiner Seite, und das tat ihm unendlich gut. Er gegen den Rest der Welt, das widersprach zutiefst seinem innersten Wesen. Uwe sollte denken, er sei ein armer Kerl. War er ja auch. Die Vorstellung, dass er in wenigen Stunden aus dem LKW aussteigen musste und erneut ganz auf sich alleine gestellt war, gefiel ihm gar nicht.

Der Regen wurde zum Wolkenbruch. Die Fahrzeuge, die unterwegs waren, arbeiteten sich durch dicke Rinnsale, die sich auf dem ausgefahrenen Belag bildeten. Ihr Spritzwasser erschwerte die Sicht. Uwe richtete seine Konzentration stärker auf den Verkehr. Er hörte Pfleiderer nur halb zu. Nach einem ausgedehnten Überholvorgang war er wieder ganz Ohr.

„So ein Scheißwetter. Manchmal macht das Fahren keinen Spaß." „Was würdest du machen, wenn du nicht fahren würdest?" fragte Pfleiderer naseweis. „Weiß nicht. Fahren wahrscheinlich", lachte Uwe. „Ich kann mir inzwischen nichts anderes mehr vorstellen. Ich habe mich so an dieses Leben gewöhnt. Ich vermute mal, in anderen Jobs läuft es auch nicht jeden Tag gleich gut. Doch, wenn ich es mir genau überlege, das Fahren selber macht Spaß, vor allem mit dem großen Laster. Der ist wie ein überdimensionales Spielzeug und voller Technik." Er schmunzelte wohlwollend vor sich hin. Das Cockpit hinter dem Lenkrad machte Uwes Aussage überaus glaubwürdig. Pfleiderer nahm ihm seine Begeisterung voll und ganz ab, eine Begeisterung, die ihm jedoch sauer aufstieß und einen diffusen Unmut hervorkehrte. Zu gerne hätte er ein Leben wie Uwe gehabt, der trotz des Alltagsstresses in einer beinahe ausgeglichenen Grundstimmung vor sich hin existierte. Geordnete Verhältnisse. Die Sehnsucht nach einem einfachen, unkomplizierten Leben, in dem er sein bescheidenes Auskommen und seinen Seelenfrieden fand, fraß an ihm und erwischte ihn an seinem Gewissen. Oder hatte er überhaupt jemals ein Gewissen gehabt? Hatte er denn noch ein Recht auf ein einfaches, unkompliziertes Leben mit bescheidenem Auskommen und simplen Seelenfrieden? War ihm jemals die Chance auf ein solches Leben begegnet?

Die Fahrt entwickelte sich zu einer unerwartet anstrengenden Ruhepause. Pfleiderer war im Vergleich zum stink normalen, liebenswürdigen Uwe ein Versager, eine Erkenntnis, die ihn in überbordendem Selbstmitleid beinahe zerfließen ließ. Hoffentlich war die Fahrt bald zu Ende.

Uwe erzählte und erzählte. Er war ein richtiger Labersack. Von seinen vielen Touren, die er schon gemacht hatte, von den vielen verschiedenen Sachen, die er alle schon transportiert hatte, von der Fracht, die er vorhin in Turin eigenhändig verladen hatte, von seiner gescheiterten Ehe und von den beiden Kindern, die bei der Mutter lebten und in der Schule Schwierigkeiten machten, zwei Jungs, einer sieben, der andere elf. Sieben Jahre. So einen jungen hatte Pfleiderer noch nie. Seine waren immer mindestens zehn gewesen.

„Wie oft siehst du deine Kinder?" „Jedes zweite Wochenende kommen sie zu mir." „Schön." „Na ja, es sind halt zwei richtige Rabauken, streiten viel und haben lauter Unsinn im Kopf. Sie sind ziemlich anstrengend, aber ihre Mutter will alle zwei Wochen ihre Ruhe haben, hat einen Neuen, mit dem die beiden nicht gut auskommen." „Klingt ziemlich stressig." „Ist es auch."

Die Unterhaltung schlief ein. Uwe war mit seinen Problemen und mit dem, was sich auf der Straße abspielte, beschäftigt. Plötzlich bremste er den LKW herunter. Hinter einer Kurve tauchte ein Stauende auf. Der Verkehr wurde zähflüssig und bewegte sich bald im Schritttempo weiter. Zwei Streifenwagen mit Blaulicht drängelten sich ungeduldig zwischen den Fahrzeugen durch. Hatte Pfleiderer jemals daran gedacht, Kinder zu haben? Es wäre wundervoll gewesen. Er hätte seine Kinder gemocht, sehr sogar. Auch körperlich, Nähe und Zärtlichkeit mit allem drum und dran. Dass das in der gegenwärtigen Gesellschaft nicht gut angesehen war, machte ihn wütend. Menschen wie er waren dazu verdammt, ihr Leben im Verborgenen zu leben und auf die selbstverständliche gesellschaftliche Anerkennung zu verzichten. Was für eine Sauerei. Sex mit Frauen machte ihm einfach keinen Spaß, es verunsicherte ihn zutiefst, widerte ihn sogar an, er hatte es ausprobiert. Eine Beziehung zu einer (erwachsenen) Frau war für ihn undenkbar. Aber wenn er Kinder gehabt hätte, hätte auch er so eine Art Familie haben können, und er hätte sich schwer um die Kinder bemüht. Nicht so wie Uwe und seine geschiedene Frau.

„Und du?" schaltete sich Uwe wieder ein und unterbrach Pfleiderer bei seinen total gestörten Selbstbeweihräucherungen. „Hast du so was wie Familie?" Uwe fing an, ihm unsympathisch zu werden. „Nein", gab er zurück, zu faul zum Lügen. „Warum nicht?" Er durfte es sich mit Uwe nicht verscherzen. Pfleiderer wandte sein genervtes Gesicht ab, sah aus dem Fenster und schenkte für einen Moment der Landschaft Beachtung, die an ihnen

vorbei kroch. Er suchte nach unverfänglichen Antworten, die von seinem Handlanger nicht als Abfuhr verstanden wurden.
„Hab' noch nicht die richtige gefunden." „Verstehe. Ist auch gar nicht so einfach." „Ich hab' nicht viel zu bieten, und die meisten Frauen sind ganz schön anspruchsvoll." „Das sehe ich auch so", pflichtete Uwe bei und nickte beinahe weise. Pfleiderer hatte erneut seine Wellenlänge getroffen. Uwe war mit der Antwort zufrieden, und ließ das Thema nach dieser aus seiner Warte erschöpfenden Analyse fallen.
Der Stau löste sich auf, und der LKW legte im Tempo wieder zu. Sie fuhren durch eine ebene Gegend. Durch das Grau des Wetters und des fortgeschrittenen Herbstes wirkte sie ungemütlich. Pfleiderer ließ sie unbeteiligt an sich vorbei rauschen.
Irgendwann kündigten Schilder das Autobahnkreuz Heidelberg an. Rechts und links neben der Autobahn lagen Wohngebiete. „Ich fahre den nächsten Parkplatz vor dem Kreuz an. Ab dann musst du selber zusehen, wie du weiterkommst", war Uwes Kommentar. Alsbald bog er in einen Parkplatz ein, stieg aus und verschwand in dem Toilettenhäuschen. Als er zurück war, wirkte er zielstrebig und eilig. „Ich muss auch gleich weiter. Der Stau hat mich zuviel Zeit gekostet. Hier hast du noch meine Telefonnummer." Er gab Pfleiderer einen kleinen Zettel. „Lass es mich wissen, ob du die drei Bierkästen bekommen hast. War nett, dich kennen gelernt zu haben. Mach's gut, Bernd." „Danke für's Mitnehmen. Werde es dir mitteilen."
Salopp klopften sie sich zum Abschied gegenseitig auf die Schultern. Uwe hatte eine Zigarette im Mundwinkel, an der er nuckelte. Mit einem „Grüß' mir deine Jungs", beendete Pfleiderer das Geplänkel. Uwe war schon auf dem Weg zum Lkw, stieg ein und setzte seine Fahrt ohne Verzug fort. Pfleiderer wartete, bis er außer Sichtweite war, und stellte sich unter den Unterstand vor dem Toilettenhäuschen.

Es nieselte. Zu dumm, dass er nun auf diesem Parkplatz hing. Wer um alles in der Welt machte denn auf einem Parkplatz kurz vor Heidelberg halt, wenn er eh dorthin wollte? Die Leute, die hier einen Zwischenstopp einlegten, waren doch bestimmt woanders hin unterwegs. Am Unterstand warf er Uwes Zettel achtlos in die Gosse und sah sich um. Es waren kaum Pkws da. Drei Lkws standen herum. Am Toilettenhäuschen war nicht viel Betrieb. Bestimmt war an dem Rastplatz nach dem Autobahnkreuz mehr los. Aber von dort wäre er schon zu weit an Heidelberg vorbei gewesen. Es gab nur eine Möglichkeit. Er musste seinen Weg nach Heidelberg-Wieblingen vorerst zu Fuß fortsetzen, notfalls querfeldein.

Vielleicht war es gar nicht so schlecht, sich alleine durchzuschlagen. Hinter dem Häuschen ging es eine Böschung hinunter zum offenen Feld. Dahinter fingen Industrieanlagen an. Er stolperte durch das hohe, nasse Gras die Böschung hinunter und landete direkt in der matschigen Erde eines umgepflügten Ackers. Um zu den Industrieanlagen zu gelangen, musste er da hindurch. Der Regen hörte auf, aber bald würde die Dämmerung einsetzen. Die Straßenbeleuchtung glimmte in der Ferne.

Die Strecke durch den nassen Acker war mühselig. An Pfleiderers Schuhsohlen blieben Erdklumpen hängen, die sich beim Vorwärtsmarschieren auftürmten und wieder abfielen. Schwankend rutsche er über die glitschigen Schollen in die Furchen im Erdreich und war ständig bemüht, nicht auf die Nase zu fallen. Er sah jämmerlich aus. Mit seinen Schuhen streifte er immer wieder seine Hosenbeine, an denen Teile des Drecks hängen blieben und die Hose fast bis zu den Knien verschmutzte. Seine Schuhe fingen an, die Feuchtigkeit durchzulassen. Die Nässe drang durch die Sohlen, durchfeuchtete die Socken und kühlte seine Füße aus. Bald fror er am ganzen Körper. Immer noch schleifte er seine Tasche hinter sich her, die schwerer und schwerer zu werden schien.

An einer Stelle mitten im Acker ließ er sie resigniert los und richtete seinen schmerzenden Rücken auf. Er hatte eigentlich nichts Unnötiges dabei, bis auf das Handy, das er dringend loswerden wollte. Die Ackerfurchen waren der geeignete Ort. Er zerrte das unselige Stück hervor, drückte es fest, sehr fest in den aufgeweichten Boden und trat mit dem Fuß kräftig hinterher, bis es in der Versenkung verschwunden war. Danach schob er mit den Schuhen nasse Erde über die Stelle und deckte sie mit dem weiterem Matsch gut zu. Ironischerweise kam ihm das wie eine Beerdigung vor, bei der die anfängliche Enttäuschung über

den Tod einer erlösenden Entlastung wich. Die Tasche war plötzlich viel leichter.
Die Waffe war bis jetzt trocken geblieben. Sie steckte in seinem Hosenbund in einem stabilen Gürtel, der sie an ihrem Platz fixierte. Darüber kamen ein Unterhemd, ein T-Shirt, ein dicker Pullover und seine Jacke. Wenigstens sie fühlte sich direkt auf der Haut ganz warm an. Seine Verletzung am Hinterkopf hatte er völlig vergessen. Er hatte jetzt andere Sorgen.

Nach einem Kräfte aufzehrenden Fußmarsch war das freie Feld überquert. Er stieß auf einen mit Pfützen übersäten Feldweg, dem direkten Weg zu den Gebäuden, und folgte ihm.
Endlich war er bei den Gebäuden. Die Wege waren von nun an geteert, so dass das Gehen spürbar leichter fiel. Die ersten paar hundert Meter hinterließ er eine erdige Spur. Der Kleb fiel nach und nach von den Schuhen ab, aber natürlich war das keine ausreichende Reinigungsprozedur. Er schleppte sich weiter und erreichte ein Werkstor.
Dort traf er einen Pförtner. Nach einer kurzen Auskunft war er schlauer. Erleichtert erfuhr er, dass er sich bereits in Eppelheim befand. Ja klar, Eppelheim. Von da aus war es kein Problem, nach Wieblingen zu kommen. Es waren von da aus höchstens zwei Kilometer bis zu seinem Bruder. In einer halben Stunde würde er dort sein. Er würde es schaffen.

Aus der halben wurde eine ganze Stunde. Aber darauf kam es nicht mehr an. Stetig näherte er sich seinem Ziel. Das ließ ihn durchhalten, wobei es ihm unerklärlich war, von wo seine augenblickliche Zuversicht herkam.
Als er vor dem Wieblinger Wohnblock stand, war es bereits dunkel. Seine Armbanduhr zeigte an, dass es für einen abendlichen Überraschungsbesuch bei einem lieben Verwandten, mit dem man schon lange keinen Kontakt mehr gehabt hatte, noch nicht zu spät war. Er sah an dem Wohnblock hinauf und erinnerte sich an das Stockwerk. Meine Güte, war das lange her, dass er das letzte Mal hier gewesen war. Und es brannte Licht. Gut, dass jemand zu Hause war. Heute hoffentlich nicht bloß sein Neffe. Bevor er bei ‚D. Pfleiderer' klingelte, überdachte er sein Sprüchlein, das er sich beim Gang über den Acker

ausgedacht hatte. Es war das Ergebnis einer Durchhaltemaßnahme. Die Denkaufgabe hatte ihm geholfen, die Strapazen des beschwerlichen Weges auszuhalten. Jetzt, wo er so vor der Haustüre stand, fand er es nicht mehr passend. Er hatte keine Lust und keine Kraft mehr, etwas Erfundenes vorzugaukeln und genauestens darauf zu achten, dass er sich nicht verhedderte. Er war hier schließlich bei seinem Bruder, seinem eigenen Fleisch und Blut, bei seinen Wurzeln sozusagen. Hier wollte er seine Flucht beenden und in den heimatlichen Hafen einlaufen. Was, wenn er ihn nicht aufnahm?
Er klingelte. Aus der Sprechanlage meldete sich eine männliche Stimme. „Ja bitte, wer ist da?" „Ich bin's", gab der Ankömmling von sich. „Dein Bruder."
Die Stimme aus der Sprechanlage verstummte. Es folgte eine verstörte Frage. „Bist du es, Ullrich?" Er zögerte. „Ja. Ja, ich bin es." „Warte, ich komme herunter." Aus der Sprechanlage ertönte ein kratziges Klackgeräusch. Der Hörer wurde aufgelegt.

Wenig später ging im Treppenhaus das Licht an. Im geriffelten Glas der Haustür zeichneten sich die Umrisse eines Mannes ab, der die Treppe herunterstieg, zur Tür kam und die Klinke herunterdrückte.
Da standen sie sich nun gegenüber, die beiden Brüder. Dietrich sah besorgt aus. „Hallo Ullrich", begann er zögerlich. „Lange nicht gesehen."
„Hallo Dietrich", stammelte Pfleiderer unsicher und trat von einem Fuß auf den anderen. „Ja, ich dachte, ich komme mal vorbei, so ganz spontan. Wollte mal wissen, wie's euch so geht."
„Du siehst ziemlich mitgenommen aus. Bist du in den Regen gekommen?" „Ja, er hat mich voll erwischt. Ich dachte, das Wetter hält vielleicht. Hat aber nicht geklappt."
„Willst du nicht rein kommen?" fragte Dietrich seinen Bruder endlich. „Hilde ist oben. Benjamin ist nicht da, ist auf Klassenfahrt."
Langsam stiegen sie die Treppe in den dritten Stock hinauf. Dietrichs Frau wartete bereits am Wohnungseingang und sah die beiden bemüht freundlich an. Irgendwie war ihnen sein Erscheinen nicht recht. Was hatte er denn erwartet nach der langen Sendepause und seinem unangekündigten

Auftauchen, und dann noch in dieser Aufmachung? Dass ihm alle um den Hals fielen und einen Freudentanz aufführten wie um das wieder gefundene verlorene Schaf? Er besaß keine Option für ein ‚Entschuldigt bitte den Überfall. Wenn ich störe, komme ich einfach ein andermal wieder, wenn es euch besser in den Kram passt'.
Unbeholfen schob er seine Tasche über die Schwelle in den Wohnungsflur. Dietrich und Hilde rangen unschlüssig nach Worten, bis Dietrich entschied.
„Setz' dich erst mal in die Küche. Ich suche dir von mir ein paar Kleider zusammen. Eine Jogginghose wird dir sicher passen. Du kannst dich im Bad duschen und saubere Sachen anziehen." Dietrich verschwand im Schlafzimmer und zog hastig das Gesuchte aus den Schränken heraus. Hilde nestelte währenddessen sinnlos an Gegenständen, die im Flur herumstanden, als ob sie die Wohnung gemütlicher machen wollte.
Als ihr Mann zurückgekehrte, bot sie zum zweiten Mal das Badezimmer an. „Jetzt dusch' dich in Ruhe. Ich gehe in die Küche und mache uns allen etwas zu essen." Ihr Ton klang keineswegs ruhig. Sie wirkte aufgebracht.
„Ich mache euch doch keine Umstände?" Dietrichs offensichtliche Irritiertheit nötigte ihm versöhnliche Floskeln ab. „Nein, nein, sicher nicht. Es ist halt ein wenig überraschend, verstehst du?" Dazu nickte Hilde beschwichtigend. Sie musterte ihn und seine Tasche, die er nicht aus der Hand gab. „Die nehme ich lieber mit rein. Bestimmt habe ich selber brauchbare Klamotten." Lächelnd verschwand er im Bad und schloss sich ein.
Dietrich und Hilde sahen sich beunruhigt an. Er schob seine Frau in die Küche.
„Was jetzt?" Hildes Stimme bebte. Sie flüsterte. „Ich habe Angst vor ihm, Dietrich." „Wegschicken wäre zu riskant gewesen. Er hätte sich denken können, dass die Polizei uns informiert hat. Ich habe keine Ahnung, zu welchen Kurzschlusshandlungen er in der Lage ist", erwiderte ihr Mann ratlos.
„Wir müssen versuchen, ihn hier zu behalten und die Polizei alarmieren." „Bist du verrückt? Wie wird das denn weitergehen? Dass sie mit Waffengewalt die Wohnung stürmen und wir hier im Kugelhagel abwarten, ob wir mit

dem Leben davon kommen? Bin ich froh, dass Ben nicht zu Hause ist."
Für Hilde war der Schwager erledigt. Sie würde nie mehr etwas mit ihm zutun haben wollen. „Hilde, wir haben ein Problem. Wir können Ullrich nicht einfach wegschicken, ohne die Polizei zu informieren, begreif' das bitte. Wir müssen uns darauf einlassen." Seine Frau unterdrückte ihre Tränen. „Wenn er das alles tatsächlich getan hat, weswegen die Polizei ihn sucht, halte ich es hier mit ihm nicht aus. Und gerade eben duscht er sich in unserer Wohnung und zieht uns mit in die Patsche." „Da müssen wir jetzt durch. Ich kann es auch nicht ändern." Er berührte sie am Arm und sah sie fest an. „Was also jetzt?"
„Vielleicht gelingt es uns, keinen Verdacht zu erwecken. Wir essen erstmal. Er wird sicher hier bleiben, wen wir es ihm anbieten. Er soll in Bens Zimmer übernachten. Wenn er schläft, werde ich die Polizei verständigen." Hilde schluchzte laut auf. Draußen hörte man, wie Pfleiderer aus dem Bad kam und sich auf dem Flur zu schaffen machte. „Psssst! Nicht so laut, sonst merkt er etwas."
Pfleiderer streckte den Kopf in die Küche. „Ich bin fertig. Ich habe alles wieder an seinen Platz gestellt und hoffentlich kein Chaos hinterlassen." „Ist nicht schlimm", behauptete Hilde mit zitternder Stimme und versuchte, Haltung zu bewahren. Dietrich ergriff das Wort. „Es ist schon spät. Hast du dir schon überlegt, wo du übernachten willst? Bens Zimmer ist ja frei. Wenn es dir nicht zu unbequem ist, kannst du gerne über Nacht da bleiben."
So weit hatte Pfleiderer noch gar nicht geplant, aber er war über die unerwartet großzügige Gastfreundschaft froh. „Ja, das ist eine gute Idee. Ich selber hätte euch das nicht zugemutet, aber wenn du meinst?" gab er bescheiden vor. „Komm mit. Ich zeige es dir. Hilde, was gibt es denn zu Essen?" Den Rücken seinem Bruder hingewandt, warf er ihr einen auffordernden Blick zu. „Oh, im Kühlschrank haben wir noch Saitenwürstchen. Mit einer großen Schüssel Kartoffelsalat dürften die für uns alle reichen. Ansonsten müsst ihr euch mit Spagetti und Tomatensoße begnügen." „Tolle Idee mit den Würstchen. Was meinst du, Ullrich?" „Ja, finde ich auch gut." Er bekam Appetit, aber nicht auf Nudeln mit Soße.

Nachdem er ihm ein Paar alte Hausschuhe angeboten hatte, zeigte Dietrich seinem Bruder Bens Zimmer. Hilde war kurzzeitig alleine in der Küche. Sie fing an, die notwendigen Sachen zusammenzusuchen und die Kartoffeln, ach herrje, die waren im Keller, …. Das war ein Problem. In den Keller zu gehen, bedeutete, Dietrich mit dieser Bestie von Bruder alleine zu lassen. Auf der anderen Seite, wenn er Schwierigkeiten machte, was hätte sie helfen können? Sie war hin- und her gerissen. Während sie die dumpfen Stimmen aus Bens Zimmer wahrnahm, fasste sie sich ein Herz. „Ich bin gleich wieder da, muss im Keller Kartoffeln holen", rief sie im Flur und machte sich mit einer Schüssel auf den Weg.

Pfleiderer hatte seine schmutzigen Kleidungsstücke zu einem Bündel zusammen geschnürt und in seine Tasche gestopft. „Willst du mir die Sachen nicht zum Aufhängen geben? Sie sind doch ganz nass." „Nein, lass mal. Das reicht, wenn ich wieder zu Hause bin. Ich will euch wirklich keine Umstände bereiten." Die nasse Mütze hatte er komischerweise nicht abgelegt. „Was ist mit der Mütze?" Dietrich wurde mutiger. „Nichts. Ich habe mich am Kopf gestoßen. Es blutet noch ein bisschen." „Wäre es nicht besser, wenn wir ein richtiges und vor allem frisches Pflaster drauf kleben würden?" Dietrich wollte gute Stimmung verbreiten.

Pfleiderer fing an, an der Versorgung Gefallen zu finden. Jemand kümmerte sich um ihn. Er ließ sich darauf ein. „Wenn ich es mir so recht überlege, stimmt. Besser wär's." „Dann komm' noch mal mit ins Bad." Dietrich ging vor. „Setzt dich auf den Klodeckel." Die Mütze war mit sabberndem Grind verklebt und zog schmerzhaft an der Wunde. Beim Abnehmen entfuhr Pfleiderer ein zischendes ‚Autsch'. Erschrocken entglitt ihm die Mütze und er bückte sich eilig, um sie aufzuheben. Ihr Zustand war erbärmlich. Beim Bücken flutschte ihm Dietrichs Unterhemd, das ihm eigentlich zu kurz war, aus dem Gürtel. Dietrich, der sich hinter ihn gestellt hatte, um die Wunde zu verarzten, durchfuhr es jäh. Ullrich richtete sich so schnell auf, dass die Kleidungsstücke augenblicklich an ihren ursprünglichen Platz zurückrutschten und der seltsame Gegenstand umgehend verschwand. Trug sein Bruder im Hosenbund

eine Pistole, oder war der Revolverknauf bereits eine Auswirkung der vielen Aufregungen, eine Halluzination? Er hatte noch nie im Leben so ein Ding in echt gesehen. Er versuchte, Haltung zu bewahren. Ullrich stutzte zunächst und lachte belustigt. Seine Hand fasste vorsichtig an die Seite, von woher Dietrich das blitzende Metall ins Auge gestochen war, und blieb dort, als ob er sich abstützte. Von unten drehte er seinen Kopf soweit zu Dietrich hinauf, bis er ihn genau im Auge hatte. „Warum bist du auf einmal so schweigsam, mein Bruder?" „Nichts. Ich muss im Schrank das Heftpflaster suchen. Hoffentlich haben wir überhaupt noch welches." „Gut, dann los, lass dich von mir nicht aufhalten."
Ullrichs prüfender Blick lag auf Dietrich, der sich langsam zum Schrank an der Wand bewegte. Doch urplötzlich hörte er Ullrich aufspringen und weghechten. Der brachte sich blitzartig mit dem Rücken zur gegenüberliegenden Wand in Position. „Lass alles fallen und nimm die Hände hoch Jetzt ist eh alles zu spät", fauchte er. „Du kannst dir das mit dem Pflaster sparen."
Dietrich war überrumpelt. Er realisierte vor sich die Mündung einer zierlichen Pistole, die sein eigener Bruder in seinem Badezimmer frontal auf ihn gerichtet hielt. „Das Ding funktioniert. Glaub's mir, ich habe es ausprobiert. Es ist sogar Schall gedämpft."

Zur Wohnung gehörte ein langes, schmales Kellerabteil, in dem Sperrmüll abgestellt war, aber auch ein Regal mit Konserven und anderen haltbaren Lebensmitteln. Hilde hastete hier herunter. Weil alles in ihr Karussell fuhr und ihr Kreislauf verrückt spielte, ließ sie sich auf einer alten Kiste nieder. Mit der Schüssel auf dem Schoß, die sie krampfartig umklammert hielt, bis ihre Arme schmerzten, unterdrückte sie mühevoll ihre hysterischen Anwandlungen und rang um Selbstbeherrschung. Dann warf sie in aller Hektik ein paar Kartoffeln in die Schüssel und verließ den Keller wieder. Nur nicht zu lange wegbleiben.
Im Treppenhaus konnte sie nicht mehr anders.
Sie klingelte. Einmal, zweimal.
Es kamen Schritte näher. Ein kurzes Innehalten. Jemand beäugte sie durch den Spion. Ein Türspalt tat sich auf, und die alte Frau Sieberding, die alleine in ihrer kleinen

Wohnung lebte, begrüßte sie verwundert. „Guten Abend, Frau Pfleiderer. Ist irgendetwas?"
Nachdem sie ihr mit wenigen leisen, aber drängenden Worten verklickert hatte, dass sich ihr Mann oben in der Wohnung in einer Notlage befand und sie schnellstens Hilfe holen musste, ließ Frau Sieberding, die überhaupt nicht verstand, um was es ging, Frau Pfleiderer eintreten und übergab ihr verdattert das Telefon. Mit aufgerissenen Augen stand sie daneben und war sich nicht sicher, wie gut ihrem übrig gebliebenen Hörvermögen noch zu trauen war, als ihre Nachbarin aus dem dritten Stock dem Notruf erklärte, dass sich der polizeilich gesuchte Verbrecher in ihrer Wohnung aufhielt. „Ja,...., mh, ja, ich werde es versuchen. Sie werden doch sicher bald hier sein. ....Meinen Sie, dass ich das wirklich so machen soll? Oh du meine Güte. Ich habe Angst. Mein Mann ist mit ihm alleine. Gut..." Hilde Pfleiderer legte auf und stöhnte schwer. „Was für ein Verbrecher....", wollte Frau Sieberding verdattert wissen. „Frau Sieberding, ich muss nach oben. Sie bleiben ruhig in Ihrer Wohnung und lassen keinen Menschen herein, haben Sie verstanden? Die Polizei ist gleich hier. Es wird Ihnen nichts passieren. Am besten schließen Sie sich gut ein, wenn ich draußen bin." Mit ihrer Kartoffelschüssel im Arm ließ sie die arme, verschreckte Frau Sieberding allein zurück und trat mit der neutralsten Unschuldsmiene, die ihr unter diesen Umständen möglich war, ihren Gang nach oben an.

„Hier bin ich wieder", rief sie mit gezwungen gespielter Fröhlichkeit. „Hat ein bisschen länger gedauert, weil mich Frau Sieberding auf dem Flur abgepasst hat. Sie wollte, dass ich ihr ein Gurkenglas aufmache, das sie nicht aufgekriegt hat."
Keine Antwort. Stille. Wie angewurzelt stand sie da, jede Bewegung war schwer. Sie konnte nichts Wesentliches wahrnehmen, bis auf den Türspalt zum Badezimmer. Schließlich antwortete Dietrich mit gefasster Stimme. „Hilde, bitte mach' jetzt keine Dummheiten, dann passiert mir nichts. Komm' ganz ruhig zu uns ins Bad." Sie traf beinahe der Schlag. Mit angehaltenem Atem vergrößerte sie langsam den Spalt, der nach und nach die gesamte Szenerie frei gab. Dort saß ihr Mann auf dem herunter geklappten Klodeckel. Da auf dem Badewannenrand hockte sein Bruder

und richtete eine Waffe auf ihn. Sie verschluckte ihren Aufschrei und erstarrte. „Wir gehen jetzt alle miteinander in die Küche und machen es uns gemütlich, damit Hilde den Kartoffelsalat zubereiten kann, ja?" „Wie du willst, Ullrich." stotterte Dietrich. „Wartet." Pfleiderer verdrehte ihm den Arm auf den Rücken und drückte ihm von hinten den Lauf der Pistole an den Hals. „Hilde geht voraus."
Sie tat, was er verlangte. „Geh' zum Herd", befahl Pfleiderer, zog einen Stuhl unterm Küchentisch hervor und bedeutete seinem Bruder mit der Pistole, Platz zu nehmen. Er setzte sich gegenüber mit dem Rücken zur Wand, so dass er einen guten Überblick über die Geschehnisse hatte, ließ aber keinen Moment mit der Pistole von seinem Bruder ab. Dietrich saß kreidebleich da. Er bebte vor Angst und sah zu seiner Frau, die einen erstaunlich gefassten Eindruck machte.
„Ullrich", begann er. „Wo soll das enden? Wie kommst du zu der Waffe?" „Frag' mich nicht solche Sachen. Es ist einfach schief gelaufen, dass du sie entdeckt hast. Wenn das nicht passiert wäre, hätten wir einen schönen unbeschwerten Familienabend verbracht und ich wäre morgen offiziell wieder nach Hause gefahren. Ich habe nicht ernsthaft vor, dir irgendein Haar zu krümmen. Du bist immerhin mein Bruder, auch wenn unser Verhältnis nie richtig herzlich war. Tut mir leid, ich wollte euch nicht mit hineinziehen."
„Wirklich nicht? Warum bist du dann hier aufgekreuzt?" „Sehnsucht nach einem warmen Nest vielleicht? Ich hatte gehofft, dass ihr mich ein wenig unterstützen würdet. Wir hätten alte Fehden begraben und unsere Bande gefestigt." „Du bist von allen guten Geistern verlassen", raunzte Dietrich. „Wie Papa. Willst du das sagen? Habt ihr ihn in der letzten Zeit mal besucht? Wie geht es ihm?"
Ullrich spielte mit der Knarre vor seiner Nase herum. „Es geht ihm den Umständen entsprechend gut", heuchelte Dietrich, der seit Monaten keine aktuellen Informationen darüber besaß, wie es in Ravensburg lief. Ullrich wusste genau, dass Dietrich kaum Interesse an ihrem Vater hatte. „Was hast du jetzt vor?" „Gute Frage, Hilde. Das führt uns wenigstens weiter, hoffe ich doch. Was würdest du vorschlagen?" „Ich weiß nicht. In deiner Situation würden mir die Ideen ausgehen." Damit hatte Hilde, die dabei war,

die Kartoffeln zu waschen, ihren Schwager geärgert. „Das mit den Kartoffeln kannst du bleiben lassen. Das dauert zu lange. Mach' mir die Würstchen warm, und zwar alle. Da ich, wie ihr euch denken könnt, auf mehr Problemen herumsitze als ihr, halte ich eine gemeinsame Mahlzeit für überflüssig." Hilde tat, was er verlangte. „Du bleibst schön am Herd, bis alles fertig ist und du das kochende Wasser in den Ausguss gekippt hast."
Sie hatte keineswegs vor, eine eigenmächtige Rettungsaktion zu starten, sondern wartete sehnlichst auf das Eintreffen der Polizei. Wenn sie es doch Dietrich hätte sagen können. Der Arme wähnte sich im Angesicht des Todes und war mit den Nerven am Ende. Er tat ihr so schrecklich leid. Man merkte, dass er seinem Bruder alles zutraute. Sie lugte verstohlen aus dem Küchenfenster, aber draußen tat sich rein gar nichts. „Was ist da draußen? Warum glotzt du ständig raus?" „Nichts. Nur eine dumme Angewohnheit." Pfleiderer befahl ihr, die Jalousie herunter zu lassen.
Noch schöpfte er keinen konkreten Verdacht, aber er fing an, sich immer unwohler zu fühlen, denn etwas erinnerte ihn an Irina und Sascha. Zwei Personen gleichzeitig im Auge behalten zu müssen, war einfach scheiße. Es bestand die Gefahr, jede Mucks falsch zu interpretieren und alles zu vermasseln.
Als das Wasser kochte, holte Hilde die dampfenden Würstchen aus dem Wasser und stellte sie auf einem Teller vor Pfleiderer hin. Er schickte sie in ihre Ecke zurück. Pustend machte er sich über die Mahlzeit her, ohne etwas von seiner Drohkulisse zurückzunehmen. Das Essen verbesserte seine Laune ein wenig.

Nach seiner Mahlzeit klärte er die beiden über seine neuesten Pläne auf, die ihm währenddessen eingefallen waren. „Ich werde euch nicht mehr lange belästigen. Dietrich, was für ein Auto fährst du gerade?" „Einen Opel." „Wo steht der?" „Unten in der Tiefgarage." „Wie viel Benzin ist drin?" „So dreiviertel voll. Dreißig Liter." In Dietrich wuchs ein zartes Pflänzchen Zuversicht, während Hilde immer unbeweglicher wurde. Eine Zuversicht, der Ullrich augenblicklich einen hässlichen Kratzer verpasste. „Ich werde dich als Geisel mitnehmen, um Hilde darin zu

unterstützen, nicht auf dumme Gedanken zu kommen. Du gibst mir deinen Autoschlüssel. Wohin wir fahren, ist für euch uninteressant. Unterwegs schmeiße ich dich in der Pampa raus. Dann kannst du zusehen, wie du weiterkommst." „Ullrich, bitte", flehte Dietrich. „Denk' mal nach. Was dann? Wo willst du hin? Du bist doch auf der Flucht vor der Polizei", brach es aus ihm heraus.
Er hatte sich verplappert.
Ullrich stockte. „Woher willst du das wissen? Was sagst du da?" Dietrich war an einen Punkt angelangt, an dem er nicht mehr weiter konnte. Er hielt den gegenwärtigen Zustand nicht mehr aus und schrie jetzt laut. „Ja, wir wissen, dass du gesucht wirst. Die Polizei war auch schon hier, vor ein paar Tagen!" „Klappe!!" „Mach' doch, was du willst. Die kriegen dich, das versprech' ich dir." „Halt's Maul, du Verräter, du Schwein."
Die Situation eskalierte. Ullrich tobte. „Wenn das so ist, fahren wir gleich. Steh' auf!" Mit der Knarre im Rücken schob er seinen Bruder vor sich her. „Wenn du eine falsche Zuckung von dir gibst, Hilde, knall' ich ihn ab, verstanden? Wehe, du rührst dich und verlässt die Wohnung! Und du, den Autoschlüssel, wir gehen runter, klar?" Ullrich blieb dicht hinter Dietrich und ließ ihn den Pistolenlauf im Rücken spüren. Unsanft schubste er ihn vor sich her, die Treppe hinunter in die tieferen Stockwerke. Auf dem Flur begegnete ihnen kein Mensch.
‚Gleich hier' war etwas übertrieben. In der Heidelberger Einsatzzentrale legten sie eine Turbogeschwindigkeit hin und benötigten trotzdem mindestens eineinhalb geschlagene Stunden, bis alle informiert waren, ein annähernd plausibler Einsatzplan vorlag und ein Sondereinsatzkommando zusammen gestellt war. Nun war das Mehrfamilienhaus in Wieblingen großräumig umstellt. Die Dunkelheit war einerseits ein Vorteil, andererseits erschwerte sie natürlich die Arbeit. „Chef, hier ist noch mal die Frau von vorhin dran." „Danke." Einsatzleiter Oberkommissar Raabe nahm das Handy entgegen, auf welches das Gespräch übermittelt wurde. „Mh, mh, verstehe." Er sah zu einem Fenster im dritten Stock hinauf, in dem sich im Licht die Umrisse der Person abzeichnete, mit der er eben telefonierte. „Gut. Wir werden alles Erdenkliche versuchen, um Ihren Mann da

lebend raus zu holen. Bitte bleiben Sie, wo Sie sind. Noch eins, wir wissen nicht, ob er noch mal in die Wohnung zurückkehrt. Bitte legen Sie deshalb auf und verhalten Sie sich ruhig."

Wenig später wurde die Jalousie wieder heruntergelassen. Raabe legte seine Stirn in angestrengte Falten. „Also Leute", gab er über ein Funkgerät allen Beteiligten bekannt. „Der Gesuchte will mit einem grünen Pkw, einem Opel, fliehen. Ziel unbekannt. Das Fahrzeug wird aus der Tiefgarage herausfahren. Aber Vorsicht. Er ist im Besitz einer Schusswaffe und hat vor allem eine Geisel in seiner Gewalt, die er mit der Waffe bedroht. Die Geisel ist sein Bruder, aber das ist keine Gewähr dafür, dass er ihn schont, wenn es hart auf hart kommt. Das bedeutet, wir können unseren ursprünglichen Plan kicken. Alles wartet auf mein Kommando."

Aus der Tiefgarageneinfahrt drang Licht nach draußen. Der grüne Opel fuhr bis zum Tor, das sich auftat, und setzte sich in Bewegung. Man sah zwei Männer im Wagen. „Alle Scheinwerfer auslassen", ordnete Raabe an. „Lasst den Opel fahren. Es ist zu riskant."

Ein Motorrad nahm mit Sicherheitsabstand die Verfolgung auf. Sobald ersichtlich war, auf welcher Route sich die zwei Männer von Heidelberg weg entfernten, nahm Raabe erneuten Kontakt zu den Kollegen der Einsatzzentrale auf, gab ihnen das Autokennzeichen durch und erteilte ihnen den Auftrag, entlang der Strecke in Stellung zu gehen. Mit einem weiteren Beamten hängte er sich an das Motorrad dran.

„Was für eine Scheiße", fluchte er im Auto. Obwohl er schon immer von so einem verantwortungsvollen und spektakulären Einsatz geträumt hatte, um sich endlich mit seinen wahren Kompetenzen profilieren zu können, hatte er plötzlich gehörigen Bammel, dass das Ganze in die Hose ging. Mit seinen Künsten zur Improvisation hatte er nämlich wenig Erfahrung.

Vom Motorradfahrer erhielten sie zwar laufend Informationen über Position und Geschwindigkeit der beiden Männer. Wenn allerdings kein glücklicher Zufall dazwischen funkte, waren sie dazu verdammt, dem Opel zu folgen, bis er von selber anhielt, weil das Benzin ausging, eine Panne eintrat oder was auch immer. Nicht auszudenken. Inzwischen waren an der Autobahntrecke nach Köln einige Streifenwagen postiert, die auf die Flüchtigen warteten und untätig zusehen mussten, wie ein grünes Auto älteren Baujahres mit Heidelberger Nummer an ihnen vorbei brauste.

Auf der Höhe von Koblenz machte der Opel auf einen verlassenen Parkplatz halt. Der Motor wurde abgestellt, die Scheinwerfer gingen aus, die Nacht war pechschwarz. Es war nicht zu erkennen, ob die beiden Männer im Wagen saßen oder nicht. Raabe wies den Motorradfahrer an, auf sie zu warten, und ebenfalls alles abzudunkeln. Sie befanden sich nun in relativ geringer Entfernung zum Fluchtfahrzeug und konnten getrost annehmen, dass sie selbst längst entdeckt waren. Eine brenzlige Situation. Raabe schimpfte leise vor sich hin. „Wir werden das Fahrzeug in der Dunkelheit großräumig umstellen, beeilt euch", verbreitete er über Funk und gab genaue Anweisungen, in welche Stellungen sich die Einsatzkräfte bringen sollten. Am Opel tat sich nichts.

Plötzlich stieg der Beifahrer aus, mit Sicherheit der gesuchte Mann, und sprang geduckt zur Fahrertür. Raabe wusste, dass er keinen Schießbefehl erteilen konnte, weil sie im Zweifelsfall den Falschen erwischten. Die Gestalt huschte vorne herum zur Fahrertüre, machte sie auf und drängte sich nahe an den anderen, der jetzt auch ausstieg. Was hatten sie nur vor? Raabe schaltete das Abblendlicht ein. Er sah zwei Männer vor dem Auto. Der eine wurde durch einen auf den Rücken gedrehten Arm festgehalten. Dem anderen schien es zu gelingen, ihn mit dem Griff wirksam zu kontrollieren. Raabe erahnte die Waffe. Der Entführer benutzte sein Opfer wie ein Schutzschild und hielt ihm die Waffe an den Hals. Sie blieben am Auto stehen.

„Glaubt ihr Idioten, ich hätte nicht gemerkt, was hier läuft? Ihr seid mir doch auf den Fersen. Los, kommt raus. Bestimmt hockt ihr alle im Gebüsch und wartet auf eine Gelegenheit, stimmt's?" Pfleiderer brüllte sich beinahe die Kehle aus dem Leib. „Aber ihr habt mich noch nicht!" schrie er weiter. Sein Bruder war bewegungslos vor

Schreck, litt sichtlich Todesängste. „Antwortet mir gefälligst einer?"
Raabe griff zum Mikrophon. Bei dem, was er jetzt tat, konnte er auf keinerlei Vorerfahrungen zurückgreifen. Er bebte. Von seinen Mitarbeitern, die durch die Bank froh waren, im Augenblick nicht an seiner Stelle zu stehen, vernahm er keinen Mucks. Er wollte sprechen und spürte seine trockene Kehle.
„Herr Pfleiderer." Seine Stimme krächzte. Er räusperte sich. Es war zum aus der Haut fahren, dass ihm gerade jetzt die Stimme versagte, wo er so wie so um die richtigen Worte rang.
„Herr Pfleiderer." Ihm fielen lediglich ein paar unbeholfene Floskeln ein, die ihn selber keinen Millimeter überzeugt hätten. „Lassen Sie die Waffe fallen. Ziehen Sie bitte nicht noch Ihren Bruder mit hinein. Das macht alles noch viel schlimmer. Tun Sie bitte ihm und sich selber das nicht an."
„Ich ziehe meinen Bruder mit hinein, wann und wo ich will, kapiert?"
Pfleiderer machte einen wahnsinnigen Eindruck. Was die Brisanz des Einsatzes erhöhte, war Raabes aufkeimende Erkenntnis, wie unzurechnungsfähig Ullrich Pfleiderer war. Im Gespräch bleiben, beschwörte er sich, mit solchen Leuten im Gespräch bleiben und ruhig. Ein Beamter flüsterte ihm etwas ins Ohr. Nun hatte er die Gewissheit, dass der Parkplatz dicht umstellt war, auch wenn keiner zu sehen war. Gut so. Das hatte geklappt.
„Denken Sie doch mal an später. Wie soll es mit Ihnen weitergehen, wenn Sie hier Dummheiten machen?" „Bei mir geht gar nichts weiter, Sie Pisser." Pfleiderer war kurz davor, loszuheulen. Er wirkte total zermürbt, war dabei hoch aggressiv.
Wie kriegen wir den von seinem Bruder weg?
„Doch, wenn Sie die Waffe auf den Boden legen."
„Ich werde nicht aufgeben", schrie er rüber. Er bewegte sich nun wieder zurück zur Autotür und zog seinen Bruder mit. Raabe kam immer mehr ins Schwitzen. Die Situation drohte zu kippen. „Herr Pfleiderer, warum machen Sie das alles?" rief er hinüber, in einem Anflug von eigener Hilflosigkeit. „Ich würde Sie gerne verstehen." „Ach quatsch, Schwätzer,

mich versteht eh keiner. Ich versteh' mich ja nicht mal selber. Wieso soll das dann ein anderer tun?"
Langsam wurde es kühl. Sie standen nun schon eine ganze Weile in einer fortgeschrittenen Herbstnacht im Freien herum.
Das setzte allen zu.
Pfleiderer schien sich mit seinem Bruder wieder in den Opel zurückziehen zu wollen, etwa, um weiter zu fahren. „Wenn Sie uns nicht weiterfahren lassen, schieße ich auf meinen Bruder." Dietrich stöhnte. „Ullrich, bitte, was soll das alles?"
Raabe bekam mit, dass sich die zwei unterhielten. Kurz darauf zogen sie sich ins Auto zurück. Das dauerte eine halbe Stunde. Plötzlich stieg Ullrich wieder aus. „Hier bin ich", schrie er.
Kaum hatte Raabe das Funkgerät aufgenommen, um die Anweisung zum Scharfschießen zu geben, da ahnte er, dass Pfleiderer etwas zum Mund führte. Nach einem dumpfen Plopp sackte er zusammen.
Alles war still. Nichts geschah. Dietrich Pfleiderer saß reglos im Auto.
Raabe zog seine Dienstwaffe und näherte sich langsam und hochaufmerksam dem leblosen Körper. War das ein Trick, um ihn in die Falle zu locken? Raabe war es heiß und kalt. Was, wenn sich Pfleiderer blitzschnell umdrehte und ihn von vorne niederschoss? Er atmete kaum, spürte seinen Körper nicht. Von der anderen Seite her kam sein Fahrer an den Wagen heran, ebenfalls mit der gezogenen Dienstwaffe und mit dem Blick stets auf den am Boden liegenden Pfleiderer.
Es passierte immer noch nichts.
Im Dämmerlicht der Autoscheinwerfer argwöhnte Raabe, ein Rinnsal auszumachen, das aus Pfleiderer heraus lief. Eine dunkle Flüssigkeit. Er war absolut leblos. Die Waffe war ihm aus der Hand gefallen und lag daneben.
Er war tot.
Bis Raabe realisierte, dass er außer Gefahr war, vergingen einige Sekunden. Daneben kümmerte sich sein Fahrer bereits um Dietrich Pfleiderer, der am Steuer zusammengebrochen und nicht ansprechbar war. Er hatte

zwar keine Schussverletzung, stand aber unter Schock. Ein Krankenwagen transportierte ihn wenig später ab.

Es dauerte drei Tage, bis Dietrich Pfleiderer seine Erstarrung aufgab und halbwegs vernehmungsfähig war. Raabe hatte Gundel Tenneberg und Sven Gruber informiert, aber darauf bestanden, dass er die Vernehmung mit ihm alleine durchführte. Gundel und Sven saßen hinter der Einwegscheibe. Dietrich Pfleiderer war sichtlich verstört, erzählte sehr leise und war für die Zuhörer hinter der Scheibe kaum zu verstehen.

Raabe, der erschüttert aus der Vernehmung kam, erstattete ihnen danach Bericht.

Ullrich Pfleiderer hatte vor seinem Selbstmord noch im Auto seinem Bruder gegenüber ein Geständnis abgelegt, das Dietrich Pfleiderer schwer auf der Seele lag. Er hatte in der Vernehmung angegeben, dass er sich nicht dazu imstande sah, zu beurteilen, ob er es im Detail korrekt wieder gegeben konnte, weil das, was er da von seinem Bruder gehört hatte, so verrückt, ja wahnsinnig war, dass er an seinem eigenen Gedächtnis zweifelte. „Er hat von ihm verlangt, dass er ihm vergibt. Das war die Bedingung dafür, ihn am Leben zu lassen. Sein Geständnis war eine Art Beichte. Er hat wohl im Angesicht seiner vielen Probleme für sich in diesem Leben keine Perspektiven mehr gesehen. Es ist dramatisch, was der Bruder zu Protokoll gegeben hat. Unsere Arbeit hier in Heidelberg ist damit vorerst beendet", teilte Raabe müde mit. „Wahrscheinlich müsst ihr in Tübingen noch mal nacharbeiten. Da steckt noch einiges dahinter. Aber dafür bekommt ihr von uns einen ausführlichen Bericht." „Und was war Inhalt dieser Beichte?" hakte Gundel nach. „Wird alles in dem Bericht stehen."

Raabe erzählte pflichtbewusst, aber gequält weiter, und hatte eigentlich keine Lust dazu, weil es ihn zu sehr an die Nieren ging. „Er war wohl in Tübingen als Krankenpfleger angestellt und hat eine andere Pflegekraft auf seiner Station dabei erwischt, wie sie Medikamente überdosiert hat. Es hat Todesfälle gegeben. Er hat sie nicht angezeigt, weil er meinte, die Motive zu verstehen: berufliche Überlastung; hat sich mit seinen Kollegen identifiziert. Jetzt kommt aber der Klops, falls das stimmt. Er selber litt unter pädophilien Neigungen, von denen seine Kollegen vermutlich keine

Ahnung hatten. Die lebte er in einer gut abgeschotteten Parallelwelt im Internet und auf diversen Thailandurlauben aus."

Soweit waren die Tübinger auch gekommen.

„Wartet, das war noch nicht der Klops. Der kommt erst: Ihm war bewusst, dass er damit auf Dauer in Schwierigkeiten geraten würde. Er sehnte sich wohl durchaus nach einem unbeschwerten Leben ohne Angst vor Strafverfolgung, und hat nach einer Lösung für sein Problem gesucht. Allerdings war an diesem Punkt bereits alles zu verkorkst. Für eine wirkliche Lösung hätte er Unterstützung von außen gebraucht, dabei wären aber seine Straftaten bis dahin aufgeflogen, und für die geradezustehen, war er zu feige. Deshalb hat er die Mörderin nicht angezeigt, sondern sie mit seiner Entdeckung erpresst."

Raabe strich sich mit der Hand über das Gesicht. „Er hat sie zu Sexualverkehr mit ihm gezwungen in der Annahme, er könnte so seine verbotenen Neigungen ausradieren oder sich wie eine Festplatte im Computer neu formatieren und die lästigen Neigungen überschreiben, sozusagen. Und er hat ihr versprochen, sie in dieser Art Tauschgeschäft für die Morde nicht anzuzeigen. Die Frau hat er, weil er nach Jahren Panik schob, er könnte doch verpfiffen werden, eigenhändig aus dem Weg geräumt. Und so hat sich eine Geschichte entwickelt, die immer unglaublichere Blüten trieb."

Gundel schwieg.

„Übrigens: Die Kugel, die in dem Asiaten vom Rastplatz steckte, stammte aus Pfleiderers Waffe. Und: In dem Schließfach, dessen Schlüssel der erschossene Asiate bei sich trug, waren einige Bündel Geldscheine und ein paar USB-Sticks mit pornographischen Darstellungen, von denen selbst Profis Albträume kriegen."

Raabe hatte genug. „Mir tun der Bruder und seine Frau leid. Ob die das jemals verdauen? Und ich brauch' jetzt einen Kaffee."

Auch Fellner meldete sich alsbald in Tübingen. Von ihm erfuhr Gundel, dass die beiden Toten aus dem Stuttgarter Rotlichtmilieu ebenfalls mit Pfleiderers Waffe erschossen worden waren. „Wie viele Alte Erika Schaufler tatsächlich auf dem Gewissen hat, werden wir vermutlich nie herausfinden", meinte der Staatsanwalt, der Gundel und

Sven zu einer Dienstbesprechung einbestellte. „War der Fall nicht schon mal aktuell, lange bevor die jüngste Strafanzeige erstattet worden war?" „Das war vor Ihrer Zeit", erklärte Gundel. „Und warum haben Sie damals nicht nachdrücklicher ermittelt, Frau Tenneberg?" Er schlug einen vorwurfsvollen Ton an, der Gundel einen schweren Stich versetzte. „Vielleicht war es ihr nicht möglich. Ich war zwar auch nicht dabei", sprang Sven ein. „Aber, mit Verlaub, auch auf die Gefahr hin, dass ich den Mund aus Ihrer Perspektive zu voll nehme, immerhin bin ich seit geraumer Zeit Mitglied der Abteilung und mir gehen dieselben Zuständen wie Frau Tenneberg auf die Nerven. Ich für meinen Teil habe genug von der Art, wie es hier alles läuft, egal, wie das hier für mich endet." Er griff in seine Tasche und holte einen schmalen Bund Blätter hervor. „Das sind die Unterlagen von damals. Hier bitte. Schauen Sie sie durch. Soweit ich es beurteilen kann, geht in Verbindung mit unseren Aussagen und dem Umstand, wie unglücklich unser Herr Kriminalrat hier in Tübingen mit anderen so genannten Honoratioren vernetzt ist, hervor, dass er nicht neutral war in der Sache, von Anfang an nicht. Aus meiner Sicht handelt es sich um einen Fall von Strafvereitelung im Amt, die er mit Einschüchterungsversuchen und Denunziation vertuschen wollte."

Das war hart. Sowohl Gundel als auch der Staatsanwalt, der die Unterlagen sofort an sich nahm, waren sprachlos, wenn auch aus unterschiedlichen Gründen. „Das werde ich natürlich genau prüfen. Aber wenn da was dran ist, hat das ein unangenehmes Nachspiel, vor allem für Ihren Vorgesetzten und gegebenenfalls für weitere Beteiligte."

Der Herbst war weit vorangeschritten. Im Kamin in Hagelloch prasselte ein gemütliches Feuer, vor dem es sich Gundel und Torsten am Abend bequem machten. „Das hat Sven mit mir nicht abgesprochen. Auf der einen Seite bin ich total sauer darüber, auf der anderen Seite hätte ich noch nicht den Mumm gehabt, diesen wichtigen Konflikt mit allen Konsequenzen vom Zaun zu brechen." Ihr ging es immer noch nicht richtig gut, obwohl sie Glück gehabt hatten und die richtigen Wendungen eingetreten waren. „Und ich war nicht diejenige, die die Aufklärung dieser Fälle herbeigeführt hat", sagte sie. „Ich kann mich da an einen Abend mit viel Rotwein entsinnen, an dem meine Frau eine Vorstellung der besonderen Art hingelegt hat", schmunzelte Torsten. „Wenn das keine Fallarbeit war, weiß ich auch nicht." „Okay, ganz untätig war ich nicht, das gebe ich zu. Wobei der Abend genauso gut in ein Desaster hätte münden können." „Hat er aber nicht." „Damals warst du anderer Meinung und verhältnismäßig beleidigt, aber lassen wir das. Die wirklich schlimme Phase steht uns erst bevor. Wir müssen mit einem Chef leben, der interne Ermittlungen am Hals hat, weil wir es fertig gebracht haben, ihm an den Karren zu fahren." „Kann er nicht zwangsweise beurlaubt werden?"

Torsten war gerade dabei, sich von seiner Operation zu erholen. Die Prognose war überaus günstig. Trotzdem kämpfte er mit den Nachwirkungen der Behandlungsprozedur. Zudem stand ihm eine Chemotherapie bevor. „Doch, aber erst, wenn die Zuständigen den Verlauf aufgerollt und die Indizien eindeutig festgestellt haben. Das dauert. Mir kann das nicht schnell genug gehen." „Anderes Thema. Einen Punkt habe ich noch nicht ganz kapiert. Warum hat der Pfleiderer die Schaufler erschlagen, wenn sie die Alten umgebracht hat?" „Können wir nur vermuten. Ich nehme mal an, dass sie das mit der Kinderpornographie wusste, wie auch immer sie dahinter gekommen war. Wenn wir sie erwischt hätten, hätte sie nichts mehr zu verlieren gehabt. Pfleiderer wäre dran gewesen. Und was legt sich anderes nahe, als sich für erzwungenen Sex zu rächen? Sie wurde zu gefährlich, als wir anfingen, die Anzeige von Ulf zu bearbeiten." Torsten nickte langsam. „Du hast Sven viel zu verdanken. Wann ist endlich unser Abendessen zu viert?"